HEYNE BÜCHER

SCIENCE FICTION

Herausgegeben
von Wolfgang Jeschke

Von Caroline Janice Cherryh erschienen in der Reihe
HEYNE SCIENCE FICTION & FANTASY:

Brüder der Erde · 06/3648
auch in: Chroniken der Zukunft,
hrsg. von Wolfgang Jeschke, Band I · 06/1001
Weltenjäger · 06/3772
Der Biß der Schlange · 06/4081
Die letzten Städte der Erde · 06/4174
Das Kuckucksei · 06/4496
Der Engel mit dem Schwert · 06/4526
Der Paladin · (in Vorb.)

DIE MORGAINE-TRILOGIE

Das Tor vor Ivrel · 06/3629
Der Quell von Shiuan · 06/3732
Die Feuer von Azeroth · 06/3921
Alle drei Romane in einem Band als illustrierte Sonderausgabe unter dem Titel:
Tor ins Chaos · 06/4204

EALD-ZYKLUS:

Stein der Träume · 06/4231
Der Baum der Schwerter und Juwelen · 06/4514

DIE DUNCAN-TRILOGIE
(auch ZYKLUS DER STERBENDEN SONNEN)

Kesrith — die sterbende Sonne · 06/3857
Shon'jir — die sterbende Sonne · 06/3936
Kutath — die sterbende Sonne · 06/3948
Alle drei Romane in einem Band als illustrierte Sonderausgabe unter dem Titel:
Sterbende Sonnen · 06/4763

DER PELL-ZYKLUS

Pells Stern · 06/4038
Kauffahrers Glück · 06/4040
40000 in Gehenna · 06/4263
Yeager · 06/4824
Schwerkraftzeit · 06/5017
Höllenfeuer · 06/5062

DER CHANUR-ZYKLUS

Der Stolz der Chanur · 06/4039
Das Unternehmen der Chanur · 06/4264
Die Kif schlagen zurück · 06/4401
Die Heimkehr der Chanur · 06/4402

DER CYTEEN-ZYKLUS

Der Verrat · 06/4710
Die Wiedergeburt · 06/4711
Die Rechtfertigung · 06/4712

C. J. CHERRYH

SCHWERKRAFTZEIT

Ein Roman aus dem Pell-Zyklus

Aus dem Amerikanischen
übersetzt von
Rosemarie Hundertmarck

WILHELM HEYNE VERLAG
MÜNCHEN

HEYNE SCIENCE FICTION & FANTASY
Band 06/5017

Titel der amerikanischen Originalausgabe
HEAVY TIME
Deutsche Übersetzung von Rosemarie Hundertmarck
Das Umschlagbild malte David Cherryh

Redaktion: Wolfgang Jeschke

Erstveröffentlichung by Warner Books, New York

Printed in Germany 1993
Umschlaggestaltung: Atelier Ingrid Schütz, München
Technische Betreuung: Manfred Spinola
Satz: Schaber Satz- und Datentechnik, Wels
Druck und Bindung: Elsnerdruck, Berlin

ISBN 3-453-06597-2

1. KAPITEL

Es war ein einsamer Ort, diese ferne Tiefe des Gürtels, ein Ort, wo die Dinge, wenn sie schiefgingen, schlimm schiefgingen. Und das einsamste Geräusch von allen war dieser dünne, langsame Piepton, der ein Schiff in Raumnot bedeutete.

Manchmal zeigte er sich, manchmal blieb er weg. »Das Schiff rollt«, hatte Ben gemeint, als er ihn zum erstenmal hörte, aber Morrie Bird dachte: Es taumelt, und als Ben die wahrscheinliche Konfiguration des Objektes eingab und den Computer fragte, sagte er das auch. Er sagte es in Zahlen. Bird sah es vor seinem geistigen Auge. Wenn man dreißig Jahre damit verbracht hat, Felsbrocken zu markieren und auf die dünnen, numerischen Stimmen von Markierungen und Leitstrahlsendern und schwachen, fernen Schiffen zu lauschen, weiß man so etwas. Man kann sich das Muster so ungefähr vorstellen, bevor der Computer es zeichnet.

»Muß tot sein«, sagte Ben Pollard. Bens Gesicht hatte diesen scharfen, versessenen Ausdruck, den es bekam, wenn Ben etwas berechnete, das er sich besonders wünschte.

Ein nervöser Mann, dieser Ben Pollard. Vierundzwanzig und ehrgeizig, gebürtiger Gürtelbewohner. Das ASTEX-Institut hatte er erst zwei Jahre hinter sich gehabt, als er mit einem Scheck über zwanzig Tausender in der Hand zu Bird gekommen war — keine Kleinigkeit, auch wenn sein Unterhalt und sein Studium von der Versicherung seiner Mutter bezahlt worden waren. Ben hatte sich auf der *Trinidad* eingekauft und war Birds Computermann geworden. Und zu einer Zeit, als viele Anfänger ganz schlimm unter Einbildung litten und etwas für nichts erwarteten, erschöpfte Ben doch tatsächlich die Geduld eines alten Mannes mit seinem

»Noch einen Versuch« und »Bird, ich habe da einen weiteren Gesichtspunkt« ...

Bei diesem Notsignal war es überhaupt nicht schwer, Bens private Berechnungen zu erraten. Ben stellte sich die gleichen Fragen, die sich ein alter Mann auf dem Grunde seiner verpfändeten Seele stellte: Wie weit ist es? Wer ist da draußen in Schwierigkeiten? Sind sie am Leben? Und ... Was sagt das Bergungsrecht?

Also riefen sie Basis und berichteten Mama, sie hätten einen Mayday. Habe sie das Signal gehört?

Basis hatte es nicht gehört. Das war einigermaßen merkwürdig. Die Geosynchronisierer über dem Schwerkraftschacht hatten es nicht gehört, und das ECSAA-Insystem hatte es nicht aus all den Pieptönen und Echos der Markierungen und Schiffe im Gürtel herausgefiltert. Basis nahm sich etwas Zeit zum Nachdenken, genehmigte einen Kurs und gab ihnen neue Sektor-Pläne, mit denen Mama außerordentlich knauserig war. Mama sagte: »Funkverkehr genehmigt« und »Gehen Sie mit Vorsicht vor. Viel Glück, Zwei Zwanzig-neun Tango.«

Unheimlich, daß Basis dieses Signal nicht gehört hatte — daß sie behauptete, es sei ein leerer Sektor. Also war jemand sehr weit von seinem Kurs abgekommen. Bird lag oft wach und dachte an all die Namen, die er kannte, an Menschen, die in diesem Augenblick hier draußen sein konnten — gute Freunde darunter. Und er fragte sich, was passiert sein konnte und wann. Felsbrocken werfen zuweilen ein Signal als Echo zurück. Verlorengegangene Schiffe können sehr verlorengehen. Dieser Sender mußte der Standard-Typ mit fünf Watt sein, aber ein sterbender Sender ist unter Umständen irreführend — und gewinnt kurz vor dem Erlöschen eine wahrhaft furchterregende Signalstärke, worüber man sich auch seine Gedanken machen konnte, man hatte so vieles zu bedenken.

In der Regel war es so, daß Basis die Bahnen von allem, was sich hier draußen bewegte, verfolgte. Wenn das Funkgerät eines Raumfahrers versagte, gab er ›Mayday‹ mit dem Notsender und wartete, bis Mama ihm klare Anweisungen gab, wie sie ihn herausholen werde — er erwartete nicht, daß ihm jemand nachkam. Heutzutage tanzte niemand mehr aus dem ihm zugewiesenen Sektor hinaus, ohne daß Mama den Kurs bestätigte, und niemand benutzte ein Funkgerät für ein Ferngespräch mit Freunden. Verlauft ihr euch im Dunkeln, kleine Raumfahrer, haltet ihr euch genau an die Vorschriften und schreit, damit Mama auf euch aufmerksam wird.

Genau das tat dieses geisterhafte Signal, jawohl, aber Mama hatte es nicht gehört ... und sie hätte es hören müssen. Mama sagte, es könne ein ganz schwaches Signal sein — sie ließen Berechnungen über den Doppler-Effekt durchlaufen, um dem nachzugehen ... Mama behauptete, sie habe es nicht gehört, außer durch die *Trinidad* als Relais, und danach müsse es nahe sein.

Oder aber, sagte Mama, ihr Empfang habe ein technisches Problem, was, einmal drauflosgeraten, eine Makke in der Software bei den großen Parabol-Antennen bedeuten mochte. Über solche Dinge sprach Mama jedoch nicht mit Erzsuchern.

Mit armen Schweinen von Erzsuchern sprach Mama auch über eine Menge anderes nicht.

Mitten in Birds Wache wachte Ben auf und fragte: »Du erinnerst dich an diese Piraten?«

»Ja.« Bird wartete einen Servo-Monitor. Er zog eine Schraube fest und setzte hinzu: »Ich habe Karl Nouri *gekannt.*«

»Du machst Witze.«

»Das ist erst zwanzig Jahre her. Zum Teufel, ich habe mit ihm getrunken. Ein netter Kerl. Er und sein Partner.«

Das beeindruckte Ben, und ob! Er rutschte in seinen Ge-1-Kreisel zurück und stellte ihn wieder an. Aber nach einer Weile schaltete Ben ihn von neuem ab, stieg heraus, zog seinen Stim-Anzug und seinen Overall an und setzte sich zum Frühstück, unrasiert und trübäugig.

Ein Mann schämt sich vor sich selbst, wenn er den Schlaf eines so jungen Burschen stört.

Aber die Erinnerung an Nouri ließ auch Bird keine Ruhe finden.

Gegenwärtig wurden im Gürtel von niemandem Schiffe überfallen. Die Company hatte Nouri und seine Partner ausgelöscht, zwei von ihnen in die Hölle speditiert, die sie verdienten. Hatten sie doch Helfer mit einem falschen Notsignal herbeigelockt, die Mannschaften getötet, die Logs nach wertvollen Funden und die Schiffe nach verwendbaren Teilen ausgeplündert ...

Nouris Taktik hatte funktioniert, eine Zeitlang — bis Leute mißtrauisch wurden und zu fragen begannen, wieso Nouri und seine Freunde soviel Glück hatten, daß sie immer mit einem Fund zurückkamen, ihre Ausrüstung nie versagte, ihre Schiffe so wenig Treibstoff verbrauchten. Sorgfältige Wartung, behauptete Nouri immer wieder. Sie machten das selbst. Sie waren gut in ihrer Arbeit.

Aber ein argwöhnischer Company-Polizist hatte die Nummern von Teilen auf Nouris Schiff überprüft und, wie Bird sich erinnerte, einen Verdichter gefunden, einen verdammten 50-Dollar-Verdichter mit einer Seriennummer, die sich zum Schiff des armen Wally Leavitt zurückverfolgen ließ.

Man hatte Nouri und fünf seiner Verbündeten zur Erde gebracht, damit sie dort vor Gericht gestellt würden, weil das, so sagte man, die Vorschriften der Company verlangten. Aber viele hätten gern gesehen, daß Nouri selbst einen Spaziergang durch den Schacht machte.

In jenen Tagen war im tiefen Gürtel noch schlimmer als die Furcht das Mißtrauen gewesen, mit dem jeder jeden auf der Basis ansah und dachte: Bist du einer von denen? oder ... Glaubst du, ich könnte einer sein?

Etwas, worüber die Leute im Gürtel immer noch diskutierten, war die Frage, ob Jidds Pratt und Dave Marks ebenfalls schuldig gewesen seien.

Aber die Company sagte, ja. Die Company behauptete, schlagende Beweise zu haben, und warf die beiden jungen Burschen mit Nouri in einen Topf.

Danach, Teufel, hatten selbständige Erzsucher und Schlepper überhaupt keine Rechte mehr. Der Company hatte es nie gepaßt, mit Unabhängigen zu tun zu haben; sie hatte ihnen ständig mehr Schwierigkeiten gemacht, sobald sie ihren Nutzen aus ihnen gezogen hatte, und die Nouri-Sache wurde der Wendepunkt. Erzsuchen auf eigene Faust gab es seitdem nicht mehr. Heutzutage dokumentierte ein Erzsucher jedes Niesen, er meldete Big Mama genau, was er bei der Entnahme von Proben gefunden hatte, er wurde einem Metalltest unterzogen, wenn er durch den Zoll ging, und er führte akribische Log-Aufzeichnungen für den Fall, daß man ihn einer Verfehlung anklagte, ganz zu schweigen von, Gott helfe ihm, unerlaubten Operationen oder unerlaubten Handelsgeschäften. Wenn er einem Kumpel aushalf, wenn er auf der Basis Geräte oder eine Markierung oder einen Antwortsender eintauschte, notierte er das Datum und die Zeit und füllte die Formulare aus, jawohl. Er bat seinen Kumpel, für einen 50-Cent-Clip zu unterschreiben, wenn darauf eine Seriennummer stand, und der stehende (gar nicht komische) Witz lautete, die Company sei dabei, sich ein spezielles Formular für das Auswecheln von Toilettenpapier auszudenken.

Heutzutage war es illegal, wenn ein Erzsucher die eigenen Sektorpläne behielt, nachdem er angedockt hatte: Mamas Agenten kamen an Bord und löschten seinen Speicher, die Zollbeamten konnten bei ihm eine minutiöse Suche nach geschmuggelten Datenkarten durchführen, wenn sie es sich in den Kopf setzten, und er hatte kein Mitspracherecht bei dem Sektor, der ihm zugeteilt wurde, wenn er wieder hinauszog. Massentreiber bewegen sich, das liegt in ihrer Natur, ein Raumfahrer muß die vorgeschriebene Zeit in Schwerkraft verbringen, da gibt es keine Ausnahmen, und Mama schickte ihn bestimmt nicht in die Nähe des vorherigen Gebiets. Es war illegal, einen Nachbarn während einer Fahrt anzurufen. Man lebte drei Monate damit, daß man den Schweiß des anderen einatmete, zwei Männer in einem Mannschaftsraum, der fünf Meter lang und an der breitesten Stelle drei Meter breit war, man saß sich so dicht auf der Pelle und war so einsam, daß man hörte, wie die Gedanken des anderen als Echo von den Wänden zurückschallten. Aber wenn ein selbständiger Erzsucher versuchte, einen anderen anzurufen, der einen Sektor von ihm entfernt war, wurden er und sein Partner, ehe er sich dessen versah, illegaler Handelsgeschäfte angeklagt, weil es jetzt als illegal galt, sich gegenseitig Tips zu geben, auch wenn weder Geld noch Ausrüstungsgegenstände den Besitzer wechselten. Die Company behielt sich das Recht auf solche Informationen vor; sie ging davon aus, die Erzsucher hätten ihr diese Daten verkauft, und sie könne sie mit dem Recht des Eigentümers für ihre eigenen Interessen verwenden — soll heißen, für die bei ihr angestellten Erzsucher. Niemand war sehr überrascht, als die Gerichte die Partei der Company ergriffen. Es war also nach der Interpretation der Company illegal, ein anderes Schiff anzurufen oder eine Flasche zu teilen oder sich mit Lebensmitteln auszuhelfen oder sonst einen freundschaftlichen Handel zu tätigen. Das alles hatte aufgehört, als Nouri das Handwerk gelegt wurde.

Als Bird und Ben Basis informiert hatten, sie wünschten, eines möglicherweise in Raumnot befindlichen Schiffes wegen den ihnen zugewiesenen Sektor zu verlassen, brauchte Mama eine nervenzerfetzend lange Zeit, bis sie ihnen diese Erlaubnis erteilte. GM — das Gürtel-Management — war bestenfalls ein verdrossenes Luder, und ein Selbständiger versuchte *niemals,* Mama zu erzählen, er handele aus reiner Menschenfreundlichkeit. Das glaubte Mama aus Prinzip nicht. Mama war mißtrauisch, und Mama nahm sich die Zeit, die Dossiers eines gewissen Morris Bird und eines gewissen Benjamin Pollard und des Erzsucherschiffes *Trinidad* daraufhin nachzusehen, ob die *Trinidad* oder einer von ihrer gegenwärtigen Crew in jüngster Zeit ein auffälliges Verhalten gezeigt oder seltsame Investitionen getätigt hatte.

Sie konnten in der Zwischenzeit ihr Funkgerät benutzen, um mit dem Signal zu reden. Das würde Mama erlauben.

Und offenbar glaubte Mama schließlich, was sie hörte — die Feuerspur eines Treiberschiffes kreuzte die Pläne, die sie schickte, was einen Unfall da draußen durchaus erklären konnte, und nun brauchte man nicht mehr ganz soviel Angst zu haben, wenn man diesem Signal nachjagte. Aber für Bird und Ben war es jetzt ein bißchen zu spät zum Aussteigen; sie besaßen die Pläne, sie hatten die Situation gesehen, sie konnten sich nicht drücken, wenn Menschenleben auf dem Spiel standen, und Mama hatte den ganzen Apparatismus in Gang gesetzt, damit sie sich der Sache annahmen.

In Ordnung.

Sollte sich herausstellen, daß sie Schwierigkeiten bedeutete, konnte Mama nichts für sie tun. Mama hatte mitgeteilt, sie besitze keine Information über jemanden, der überfällig oder vom Kurs abgekommen sei, und das war verdammt merkwürdig. Der nächste Gedanke war natürlich der an das Militär — sie fragten Mama danach, aber Mama sagte nur: Negativ vom Flottenkommando.

Inzwischen piepte das Signal weiter.

Also leitete Mama einen Strahl von dem R2-8-Relais um, schickte sie auf einen Weg, der laut Mamas Plänen ein guter, sicherer Kurs war, und sie jagten das Signal mit den neuen Plänen, die Mama ihnen einspeiste, hielten unterwegs auf allen Seiten nach Felsbrocken und

Nicht-Felsbrocken Ausschau — es gab eine hübsche Belohnung, wenn man einen Fehler in Mamas Plänen nachweisen konnte. Hatte man die Pläne legal in Besitz, durfte man sie bearbeiten, das stand in den Vorschriften.

Bei dieser Geschwindigkeit betete man nur zu Gott, der Fehler werde nicht direkt auf dem eigenen Kurs auftauchen.

Doch im allgemeinen herrschte in den Sektoren hier draußen die große Leere. Lange, lange Zeit gab es nichts weiter als zwei Markierungen der Company und eine von einem Selbständigen. Mamas Pläne waren unglaublich genau ... ausgenommen die Quelle des Signals, das anscheinend ein schwaches Signal war. So lautete Mamas gegenwärtige wohlerwogene Meinung.

Was bedeutete, es war nahe.

Vierzehn Tage voller Nervosität, und die ganze Zeit war ihnen bewußt, daß mit deprimierend wenig Warnung aus ihnen eine große, helle Feuerkugel werden mochte.

Natürlich war es mitten beim Abendessen/Frühstück und Schichtwechsel, daß das Radar wegen etwas, das nicht auf seinen Plänen war, Blip! machte, und Bird verbrühte sich mit Kaffee.

Der Blip entsprach, als sie ihn sich auf dem Schirm ansahen, tatsächlich der Signalquelle.

»Sollen wir Mama Bescheid geben?« fragte Ben.

Bird biß sich auf die Lippe, er dachte an Menschenleben, an Mamas berüchtigt langsame Entscheidungen, und er ließ die Vorschriften an sich vorüberziehen, die hier gelten mochten. »Warten wir, bis wir eine optische Erfassung haben. Etwas wirklich Neues gibt es ja noch nicht. Wir tun, was Mama uns gesagt hat. Es sieht aus, als könnten wir ohne ihre Hilfe bremsen. Kein großes Differential. Und im Ernst, ich will Mamas Rat nicht, wenn wir an dem Ding arbeiten. Das wird sowieso eine heikle Sache.«

»Du hast recht.« Ben stieß nervös den Atem aus, legte die Finger auf die Tasten und begann zu rechnen.

»Sieht aus, als wäre es mit einem Felsbrocken zusammengestoßen.« Bird zeigte auf den tiefen Schatten in der Mitte dessen, was der Außentank Nummer eins hätte sein sollen.

»Ja.« Ben war vergnügt, seit die optische Erfassung das Schiff als einen Erzsucher ausgewiesen hatte. »Es sieht gewiß nicht gesund aus.«

»Es sieht gewiß nicht gut aus. Versuchen wir es noch einmal mit einem Standfoto; vielleicht läßt sich eine Seriennummer auf diesem armen Schwein erkennen.«

»Recht hast du«, sagte Ben.

Sie krochen weiter darauf zu. Sie sandten ununterbrochen den Schiff-zu-Schiff-Ruf hinaus — die Erlaubnis hatten sie — und erhielten keine andere Antwort als diesen vom Taumeln modulierten Piepton.

Schließlich hatten sie das Schiff in ihren Scheinwerfern. Es war kein hübsches Bild.

»Ein höllischer Zusammenstoß«, murmelte Ben. »Vielleicht ein Hochgeschwindigkeitsfelsen.«

»Könnte sein. Gott, beide Tanks sind explodiert, da, siehst du? Es ist von der Seite her gerammt worden.«

»Die Leute hatten keine Chance.«

»Plötzlich. Unglücklicher Winkel. Hohe Ge-Zahl.«

»Aufschlag auf der einen Seite. Explosion auf der anderen. Vielleicht hat es sie gegen einen Felsen geschleudert.«

»Weiß nicht. Schon eins von beidem hätte genügt — Gott helfe ihnen —, vielleicht 10 ganz plötzliche Ges.«

»Ganz plötzliche Begegnung mit einem Schott. Danach kennt man das eigene Gesicht nicht wieder.«

»Sie werden gar nicht gewußt haben, wie ihnen geschah.«

»Angenommen, dieser Massentreiber hat ein Steinchen ausgestoßen?«

»Könnte sein. Kosmisches Pech in all dieser Leere. Man sagt ja, dein Name steht darauf geschrieben. Wie hoch ist die Wahrscheinlichkeit?«

»Für diese Leute hundert Prozent.«

Eine weitere Bildaufnahme. Weiße Ziffern warfen reflektiertes Licht in die Kameras. Eine aufgemalte Seriennummer.

»Scheiße, das ist eine Einser-Nummer! Einser vierundachtzig Zebra ...«

Nicht von ihrer Basis. Von außerhalb ihrer Zone. Fremde von jenseits der Grenze.

Das Taumeln brachte den Schleusenzugang in das Licht ihrer Scheinwerfer. Bird sagte: »Luke sieht aus, als sei sie in Ordnung.«

»Du wirst dir doch nicht einfallen lassen, *hinein*zugehen?«

»Doch.«

»Bird, um der Liebe Gottes willen, dort findest du nichts.«

»Vielleicht ist ihr Empfänger aus. Vielleicht haben sie ihre Funkeinrichtung ganz verloren. Vielleicht sind sie so verletzt, daß sie nicht antworten können.«

»Vielleicht sind sie tot. Du brauchst nicht hineinzugehen!«

»Stimmt. Aber ich werde hineingehen.«

»Ich nicht.«

»Das Bergungsrecht, Ben, mein Sohn. Ich dachte, wir seien Partner.«

»Scheiße!«

Es ist eine Routine-Operation für einen Erzsucher, einen Spin zu stoppen, und die meisten Felsbrocken trudeln — aber der Spin eines spindelförmigen Objektes ihrer eigenen Größe und, abgesehen von den zerrissenen Tanks, ihrer eigenen Masse war eine richtig heikle Sache.

Sie mußten den Arm und die Bürste ausfahren und

ganz leichten Kontakt mit dem Ding halten, bis man die eine und die andere Bewegung abgestellt hatte, während die Gyroskope die Gierung und das Stampfen ausglichen. Und bei jedem Zünden der Düsen feuerten sie Geld hinaus. Aber Bird hatte das in mehr als dreißig Jahren unzählige Male getan und ein gewisses Fingerspitzengefühl dafür entwickelt. Ein nachschleppendes Kabel erwischte sie und jagte Ben einen höllischen Schrecken ein. Es kostete sehr viel Schweiß und eine Menge Zeit, bis sie es geschafft hatten, daß das Ding sich nicht mehr bewegte, und noch mehr Zeit, bis sie das weiße Bullauge neben der Schleuse des Fremden in ihrem Andockvisier zentriert hatten.

Nach all den vorhergegangenen Schwierigkeiten war es eine sanfte Berührung.

Greifer klickten und klirrten.

»Das wär's«, sagte Bird. »Wir haben es geschafft.«

Ein langer Atemzug. Ben sagte ehrfürchtig: »Es gehört uns.«

»Das wissen wir noch nicht.«

»Zum Teufel, es ist Bergungsgut!«

»Wir kommen gleich nach der Bank.«

»Hm-hm. Selbst wenn es allein der Company gehört, erhalten wir einen Anteil von 50 %.«

»Es sei denn, drüben hat noch jemand die Kontrolle.«

»Na, dieser Jemand sieht nicht danach aus.«

»Wissen tun wir es erst, wenn wir nachgesehen haben, oder?«

»Langsam, Bird — wir *müssen* doch nicht dort hinein, oder? Das ist verdammt blöde.«

»Wir müssen nicht, und es *ist* blöde.« Bird löste seinen Gurt, schob sich vorsichtig aus seiner Stellung, tupfte einen Drehpunkt mit der Zehenspitze an und segelte zum Spind zurück. »Kommst du mit?«

Mürrisch schnallte Ben sich los und schwebte hinüber, während Bird die Anzüge hervorholte und anfing, sich anzuziehen.

Ben meckerte weiter halblaut vor sich hin. Bird konzentrierte sich auf seine Ausrüstung. Bird konzentrierte sich immer auf seine Ausrüstung, nicht darauf, wohin er wollte, nicht auf das Unerfreuliche, das er wahrscheinlich auf der anderen Seite von der Schleuse da drüben finden würde.

Und vor allem erlaubte er es sich nicht, daran zu denken, was das Bergegut auf dem Markt bringen würde.

»Fünf zu zehn, daß es ein totes Schiff ist«, sagte Ben. »Willst du wetten?«

»Der Sender kann zerstört sein. Es kann alles mögliche passiert sein. Ben, halte bloß deine Begeisterung im Zaum. Gib kein Geld aus, bevor es uns gehört.«

»In dem Schiff wird nichts als eine verdammte Schweinerei sein. Gott weiß, wie alt es ist. Vielleicht ist es noch eins von den Nouri-Wracks.«

»Das Notsignal geht noch.«

»Notsignale können so lange gehen.«

»Nicht, wenn das Lebenserhaltungssystem versagt. Höchstens sechs Monate. Außerdem hat Nouri als erstes die Energiezellen und den Treibstoff für sich genommen.«

Bens Helm trieb zwischen sie. Ben schnappte ihn sich. »Ich nehme das Stemmeisen. Ohne das werden wir nicht hineinkommen. Willst du wetten?«

Bird griff sich seinen Helm aus der Luft und setzte ihn auf. Es roch nach altem Plastik und Desinfektionsmitteln. Nach vielen, vielen Stunden und vielen, vielen scheußlich kalten Augenblicken.

Dies mochte der Beginn eines weiteren sein. Die beiden Männer quetschten sich in die Schleuse. Sie war breiter als tief und für einen Mann gedacht, und schon der konnte darin einen Anfall von Klaustrophobie bekommen.

Vielleicht war es wirklich unvernünftig, sagte sich Bird, daß sie beide die Anzüge angelegt hatten. Es konnte sogar gefährlich sein, wenn sie geschlossene Schleusen zwischen sich und betriebsfähige Systeme legten. Aber da waren sie tagelang einem Geistersignal durch den Gürtel nachgejagt, er hatte Alpträume von zwei armen Teufeln, ohne auch nur zu ahnen, wer sie waren, aus seinem Gedächtnis waren sämtliche Gelegenheiten aufgestiegen, als er selbst dem Tod eben noch von der Schippe gehüpft war — und da mußte er es mit eigenen Augen sehen, um die Geister zu vertreiben. Wenn er es seinen Freunden in der Basis erzählte (und er würde es ihnen erzählen), wollte er das Erlebnis ganz ausgekostet haben, und er wollte, daß sein Partner imstande war, es zu beschwören.

Vor allem aber machte es ihn ein bißchen nervös, daß sein Partner in solche Erregung über Geld geriet und darauf bestand, das Schiff gehöre ihnen.

Ganz besonders nach Nouri und dem Zusammenbruch und seit die Company so pingelig geworden war, wollte man Zeugen haben, die vor Gericht beschwören können, was man berührt und was man an Bord eines anderen Schiffes getan hat.

Bird schloß die Innenluke und drückte die Knöpfe, die den Öffnungsmechanismus in Gang setzten. Das rote Licht leuchtete auf, verkündete DRUCKSENKUNG, und die Anzeige pendelte auf Null hinunter.

»Ber-gung!« kam Bens Stimme blechern aus dem Anzuglautsprecher. »Vielleicht ist das Schiff gar nicht ganz hin, was meinst du? Wenn diese Tanks der schlimmste Schaden sind — Teufel, das sind doch nur Behälter. So teuer werden sie nicht sein. Wir könnten eine Hypothek darauf aufnehmen, es wieder herrichten — die Bank wird ein Schiff, das noch zu reparieren ist, als Sicherheit anerkennen, oder nicht?«

»Ich finde, wir sollten lieber Obacht geben, wo wir sind. Hier hat es schon einen Unfall gegeben, also paß auf, daß keine zwei daraus werden.«

Die Anzeige sprang um auf DRUCK AUSGEGLI-

CHEN. Ben hatte den Fuß eingestemmt und schaukelte ungeduldig zwischen den beiden Wänden hin und her. Aber man öffnet eine Schleuse niemals hastig. Sauerstoff kostet Geld. Wasser kostet Geld. Hier draußen kostet trotz all der laufenden Maschinen an Bord sogar die Wärme Geld. Man behandelt diese Pumpen und diese Siegel, als seien sie aus Gold, und wenn die Sicherungen Beinahe-Null auch als Null anerkennen und sich übergehen lassen würden, man öffnet nicht. Denn dann würde Geld hinausfließen. Das wird einem spätestens dann klar, wenn man nach der nächsten Wartung die Rechnungen präsentiert bekommt.

Die Anzeige tickte an 5 mb vorbei zum harten Vakuum, so gut es der Kompressor herstellen konnte. Ben drückte den Knopf, der die äußere Luke öffnete, die Türen zogen sich zurück und zeigten ihnen das vernarbte, vom Staub verdunkelte Gesicht der gegenüberliegenden Luke. Staub bedeckte die Anzeige für den Innendruck des Wracks. Ben säuberte sie mit dem Handschuh. »760 mb. Das Schiff ist voll! Wenigstens ist es nicht durchlöchert worden.«

Ben stieß geräuschlos mit der Brechstange gegen die Schleuse und legte seinen Helm an die Tür.

»*Nada*«, sagte er. »Tot da drinnen, Bird, das sage ich doch.«

»Wir werden sehen.« Bird entlieh sich das Stemmeisen und brach die Sicherungsabdeckung über dem äußeren Türgriff auf.

Nichts regte sich. Keine Energie in den Hilfssystemen des Schiffes.

»Die haben Pech gehabt«, stellte Ben fröhlich fest. »Sie sind bestimmt tot.«

Bird stemmte das äußere Liekpaneel auf. »Holst du bitte unser Kabel?«

»Ach, Scheiße, Bird.«

»Nerven?«

Ben antwortete nicht. Er schob sich zu ihrer eigenen

Schleusenwand hinüber, um das Liekkabel aus seinem Gehäuse zu ziehen, und schwebte zurück. Das Kabel schlängelte sich im Licht. Bird griff sich den mit einer Muffe versehenen Stecker und schob ihn in die Liekstecksdose des Wracks. Die Hülle ruckte und vibrierte unter seinem Handschuh. »Es ist funktionstüchtig«, stellte er fest.

»Ber-gungs-gut«, erwiderte Ben mit zischenden Atemzügen.

»Gib das Geld nur noch nicht aus.«

Rhythmisches Zischen des Atems über die Anzuglautsprecher, während das Metall mit der Pumpe drinnen vibrierte. »He, Bird! Was ist ein ganzes Schiff wert?«

Ein Mann versuchte, vernünftig und verständig zu sein. Ein Mann versuchte, an die armen Teufel da drinnen zu denken, ein ehrlicher Mann brach seine Prospektor-Arbeit ab und lief tagelang zu hohen Kosten und bei großem Risiko einem Irrlichtsignal nach und versuchte, seine Gedanken auf die Rettung von Menschenleben zu richten, nicht auf die Frage, wieviel Metall dieses Schiff enthielt oder ob es funktionstüchtig war oder daß ein zweites Schiff für ihn und Ben ein gesichertes Leben bedeuten würde. Auf Raffinerie Zwei war die Liste der Leute, die ein Schiff chartern wollten, so lang, daß kein Schiff länger müßig herumsaß, als für die Wartung notwendig war.

»130 mb. 70. 30. 10.« Die Druckanzeige tickte nach unten. Das Vibrieren unter Birds Hand veränderte sich. Die Türen öffneten sich.

Glitzernde Eiskristalle drehten sich vor ihnen im matten Licht geborgter Energie. Eis bildete sich auf den Innenflächen der Schleuse — Feuchtigkeit da, wo sie nicht hingehörte.

»Sieht nicht günstig aus«, bemerkte Ben.

Bird stieß sich mit dem Zeh ab, faßte einen Griff neben den Innentüren. Sein Handschuh glitt über Eis. Ben landete neben ihm, sagte »In Ordnung«, und Bird schlug auf den Kippschalter TÜR SCHLIESSEN.

»Wird langsam gehen.« Er richtete den Blick auf den oberen Teil des Visiers, der ihm einen 360-Grad-Blick bot, und sah zu, wie sich die Außentüren des Wracks hinter ihnen mühsam schlossen.

»Bist du sicher wegen dieser Batterie?« erkundigte sich Ben.

Bird legte den Schalter ZYKLUS 2 um. Die Pumpen vibrierten. »Ein teuflischer Augenblick, das zu fragen.«

»Bist du sicher?«

»Ich bin dreißig Jahre im Geschäft, da kannst du Gift darauf nehmen, daß ich sie überprüft habe. — Na also.« Die Anzeige im Visier blinkte plötzlich gelb und ließ Daten in Grün abrollen. Die an der Schleusenwand glühte in einem trüben Rot auf.

»VERSEUCHUNGSSTOFFE.« Ben ließ den angehaltenen Atem zitterig ausströmen. »Es wird nicht angenehm da drinnen werden. — Bird, müssen wir unbedingt weitermachen? Im Innern lebt nichts mehr.«

»Wir sind bereits da. Könntest du in Zukunft ruhig schlafen, wenn du dich nicht überzeugt hättest?«

»Und ob ich ruhig schlafen würde, ganz ausgezeichnet würde ich schlafen! — Ich will das nicht sehen, Bird. Warum, zum Teufel, muß ich es sehen?«

»He, wir enden alle so. Kohlenstoff und Stickstoff, eine Menge H_2O ...«

»Hör auf, Bird!«

»Erde zu Erde. Staub zu Staub.« Die Indikatoren sagten *740/741 mb* und DRUCK AUSGEGLICHEN. »Lausiger Kompressor«, stellte Bird fest und drückte den Knopf INNENTÜR ÖFFNEN. Luft entwich pfeifend an dem Druckdifferential und einem unebenen Verschluß vorbei. Die Türen scharrten langsam zurück. Das Außenmikrophon hörte es. 10° Celsius meldete Birds Helmanzeige über die Raumtemperatur. Nicht gerade mild. »Die Heizung versagt. Die Heizung versagt immer als vorletztes. Du weißt doch, was als letztes versagt, Ben, mein Sohn?«

»Das verdammte Notsignal.« Ben klapperten die Zähne — Bird war überzeugt, es lag nicht an Bens Anzugheizung. Über den Helmlautsprecher kamen Bens abgerissene Atemzüge. »Damit Mama das Wrack bergen kann. Nur sind diesmal wir die ersten. Bird, mir gefällt das nicht. Wenn nun der Kabelstecker herausrutscht?«

»Der Stecker wird nicht herausrutschen.«

»Hoffentlich, Bird!«

Die Innentüren hatten es geschafft, sich zur Hälfte zu öffnen. Bird faßte die Kante und schob sich und seinen Rucksack in das schwach erleuchtete Innere.

Ein helmloser Raumanzug trieb langsam vor ihnen dahin und wickelte sich in seine nachschleppenden Anhängsel, Kabel und einen Schlauch, wie in einen lockeren Kokon. Ein Kabel lief von seinem Batterie-Pack zur Schalttafel, einer letzten kläglichen Zuflucht: Den Insassen war Zeit genug geblieben, um zu erkennen, daß sie in Schwierigkeiten steckten, Zeit, um die Hauptbatterien und die Liekeinheit aufzubrauchen und schließlich zu diesem letzten Mittel zu greifen.

Einzelne Stücke der Ausrüstung schwebten in dem trüben Licht umher, funkelten im Licht ihrer Anzugscheinwerfer hell auf, Kabel, Clips — alles, was beim Taumeln eines Schiffes losgerissen werden konnte. Flüssigkeiten bildeten kleine Monde und Planeten.

»Eine schöne Schweinerei«, erklang Bens Stimme. »Oder etwa nicht?«

Bird faßte den Schlauch, zog sich den Anzug vorsichtig aus dem Weg und sah im Anzugschrank nach. »Ein Anzug fehlt.«

»Ich stelle das verdammte Signal ab«, sagte Ben. »In Ordnung?«

»Ja, tu das.«

Überall Zeug. Kabel. Ein kleiner Meteoritenschwarm

von Werkzeug-Clips blitzte im Licht auf. Kügelchen aus Flüssigkeiten leuchteten sowohl ölig-dunkel als auch bernsteinfarben. Ein Pullover und ein einzelner Slipper tanzten und drehten sich gemeinsam wie ein Gespenst.

»Das Lebenserhaltungssystem funktioniert überhaupt nicht mehr«, stellte Ben fest. Eine Schranktür knallte in das Außenmikrophon, während Bird die Kreiselzylinder nach Insassen überprüfte. Leer. Ebenso die Dusche.

Eine Energiezelle schwebte vorbei. Ein totes Ersatzteil, vermutlich eins von der Schleuse.

Eine Flüssigkeitskugel prallte gegen Birds Visier und hinterließ eine Kette von dunkelroten Perlen.

»Komm, Bird. Laß uns hier verschwinden. Versiegeln wir das Schiff. Es ist keiner mehr da. Nur ein totes Schiff, das ist alles. Frag nicht erst, was das für eine Brühe ist, die hier herumfliegt. Die Recycling-Anlage ist kaputt.«

Treibender Schlauch. Weitere Clips. Birds Brustscheinwerfer fiel auf einen Deckenhaufen unter dem Arbeitsplatz Nummer 2. »Sieht so aus, als hätten wir einen von ihnen gefunden«, sagte Bird.

»Gott! Laß das liegen! Bird!«

»Kohlenstoff und Wasser. Nichts als Kohlenstoff und Wasser.« Bird hielt sich an der Tischkante fest und zog die Decke weg.

Die Leiche trieb an dem Sessel vorbei und rollte ins Freie. Die Decke begann mit dem Pullover zu tanzen.

Ein junger Mann in einem schmutzigen Overall. Glattes dunkles Haar und schlaffe Glieder bewegten sich in dem bißchen an Drall, den das Hervorholen ihm gegeben hatte.

Nicht viel Bart.

Bird faßte einen Ärmel, stoppte den Drall, sah ein schmutziges Gesicht, geschlossene Augen, einen offenen Mund. Die Dehydrierung hatte die Haut einschrumpfen und die Lippen aufspringen lassen.

»Faß ihn nicht an!« protestierte Ben. »Gott, faß ihn nicht an!«

»Der Bart ist rasiert, vielleicht vor drei Tagen.«

»Gott weiß, wie lange das her ist — er ist tot, Bird. Das ist eine Leiche.«

Bird schubste den Kinnhebel auf Sensoraufnahme hinüber und befahl: »Links. Hand.«

Es wurde sehr viel mehr Wärme angezeigt als die 10° Raumtemperatur.

Nachgiebiges Fleisch.

»Das ist keine Leiche, Ben. Der Junge lebt.«

»Scheiße«, sagte Ben. Dann: »Aber die Kontrolle über dieses Schiff hat er nicht. Oder?«

Es dauerte lange, lange, bis die Türen sich schlossen, mit dem Bewußtlosen waren sie zu dritt in der engen Schleuse eingezwängt, die Motoren hatten nicht genug Energie und drohten, ganz zu versagen. Dann konnten sie ihre eigene Luftschleuse mit der Modus-2-Vorrangschaltung öffnen, die Luftvorräte mischen und den Druck zum Wohle ihres Passagiers aufrechterhalten.
»Geh und versiegele das Schiff hinter uns«, sagte Bird. »Laß es genau so, wie es war, falls Mama Fragen stellen sollte.«

»Gott, jetzt leuchtet in *unserer* Schleuse VERSEUCHUNG auf! Warum, zum Teufel, haben wir keinen Transportsack? Gott, dieser Kerl ist völlig verdreckt!«

»Das nächste Mal werden wir daran denken. Nun mach schon.«

Ben fluchte, überwachte das zum Verrücktwerden langsame Schließen der Schleusentüren des Wracks, zog ihr Liekkabel heraus und drückte LUKE SCHLIESSEN auf ihrer eigenen Schalttafel. Das Einser-Schiff 84 Zebra, das immer noch an ihnen hing, versank in elektronischen Schlaf; seine letzte Batterie war so gut wie leer.

»Der Mann war ein kompletter Trottel«, murmelte

Ben. »Zur Energieversorgung hätte er das Schiff an den Anzug anschließen sollen, nicht umgekehrt. Dann hätte er alle Reserven aufbrauchen können.«

»Ja, das wäre vernünftig gewesen«, stimmte Bird zu.

»Und wo ist der Partner?«

»Das weiß Gott allein. Drück auf den Knopf. Ich kann ihn nicht erreichen.«

Ben langte mit dem Arm an Bird und dem Geretteten vorbei und schlug auf den entsprechenden Schalter. Ihr eigener Kompressor lief an, zuverlässig und schnell, ein gesundes Vibrieren unter den Deckplatten.

Dann wurde die ganze Kammer rot, und ein blinkendes weißes Licht auf der Schalttafel verkündete ALARM — VERSEUCHUNG IM INNERN.

»Zum Kotzen«, stöhnte Ben.

»Das Recht hast du.«

»Ein schlechter Witz, Bird. Das Zeug ist durch die Filter eingedrungen!«

»Umgehe die Schaltung einfach. Sag dem Computer, es tue uns leid, wir könnten nicht anders.«

Ben drückte den Knopf bereits. Er beschwerte sich: »Wir brauchen keinen verdammten Leichnam, der uns die Luft versaut, ganz gleich, wie lange er braucht, um einer zu werden. — Gott, Bird, uns *gehört* dieses Schiff!«

»Darüber wollen wir uns hier keine Gedanken machen.« Bird spürte die leichte Bewegung in seinen Armen. Er hielt den Mann fest und dachte: Armer Teufel. Halte durch. Halte noch eine Weile durch. Wir haben dich. Du bist in Sicherheit. Er sagte zu Ben: »Er bewegt sich.«

Ben holte hörbar Atem. »Weißt du, wir könnten ihn drüben hineinstecken. Wer soll das je erfahren?«

»Ein schlechter Witz, Ben.« Das Zeichen DRUCK AUSGEGLICHEN leuchtete auf. »Lukenknopf. Komm, hilf mir, ja? Ich kann mich nicht umdrehen.«

»Wir können uns das nicht leisten, verdammt noch

mal!« schimpfte Ben. »Unser Konto zeigt ein Soll von ...«

»Ben, um Gottes willen, drücke einfach den verdammten Knopf!«

Ben drückte ihn. Die Luke öffnete sich, nahm den Druck von Birds Rücken, gab ihm Platz, sich umzudrehen und den Geretteten ins Innere zu schieben. Vorsichtig ließ er den Mann los und ließ ihn treiben. Er selbst kehrte noch einmal in die Schleuse zurück und sicherte das Liekkabel in seinem Gehäuse. Dann segelte er wieder hinein und schloß die Innenluke.

Ben nahm seinen Helm ab — Ben machte ein angewidertes Gesicht, und er fluchte. Ihr Luftqualität-Alarm hatte die Warnsirene eingeschaltet und ließ die Deckenbeleuchtung flackern — so schlimm war es. Ben packte ihren Gast beim Kragen und begann ihn aus seinen Kleidern zu schälen.

Auch Bird entfernte den Helm und ließ ihn treiben, streifte die Handschuhe ab und half Ben, den Bewußtlosen bis auf die Haut auszuziehen. Sie gaben sich Mühe, nicht zu atmen, rollten den Overall und den Stim-Anzug Stückchen für Stückchen fest zusammen, um zu verhindern, daß die Sachen allzuviel mit der Luft in Berührung kamen. Bird überlegte, ob er einen Verseuchungssack holen oder alles in die Waschmaschine stekken und damit vielleicht die Reinigungsflüssigkeit für den Rest der Reise verderben solle. Die Waschmaschine war näher. Er stopfte das Zeug hinein, mit Schuhen und allem, hebelte das Türchen zu und drückte den Knopf. Der Gestank haftete an seinen bloßen Händen. Sein Anzug war mit gelben und roten Flecken bedeckt.

Eine schwache Stimme — es war nicht die Bens — protestierte unzusammenhängend. Bird drehte sich um. Ben zog gerade die Tür der Dusche auf, und der junge Mann versuchte, Widerstand zu leisten. Ben schob ihn hinein und schloß die Tür — ein Knie war im Weg, und Ben gab ihm einen Stoß. Nun schwebte ihr uneingeladener Passagier hinter der Plastikwand und schlug mit einer schwachen Faust gegen die klare Plexiglastür.

»Verdammt, sei ein bißchen vorsichtig, Ben.«

Ben zog den äußeren Verschlußhebel nach unten, hob die Abdeckung der Schalttafel neben der Tür, drückte den Probelaufknopf und hielt derweilen die Tür zu. Wasser begann zu sprühen. Wieder schlug ihr Gast mit der Faust gegen die Scheibe. Er trieb an die Wand zurück, als das Wasser ihn traf.

»Wie ist die Wassertemperatur?«

»So, wie du sie gelassen hast.«

»Ich erinnere mich nicht, wie ich sie gelassen habe. — Stell ab, Ben, er hat das Bewußtsein verloren.«

»Es schadet ihm nicht, verdammt noch mal! Wir haben genug für den Trottel geopfert, ich werde nicht in diesem Gestank leben! Es ist auch mein Geld, Bird, falls du das vergessen hast! Mein Geld haben wir ebenso hinausgepulvert wie deins, als wir diesem Knilch hinterhergelaufen sind, mit meinem Geld werden diese Filter bezahlt, und bei diesem Gestank dreht sich mir der Magen um, Bird!«

»Schon gut, schon gut. Immer mit der Ruhe.«

»Es stinkt überall!«

»Ben — sei still! Bitte, sei still! Hast du verstanden?«

Die Luftqualität-Sirene heulte immer noch. Das langte, um einen Mann verrückt zu machen. Bei dieser Fahrt war das Ergebnis gleich Null; sie hatten überhaupt kein Erz gefunden. Sie hatten nervenzerfetzende Stunden damit verbracht, die Schiffe aneinanderzukoppeln, und nun war Ben so nahe an das große Geld herangekommen, daß er es schon auf der Zunge schmeckte. Ben holte Atem. Er sah aus, als ob es ihm immer noch schwerfalle, sich zu beherrschen, und als wisse er nicht recht, solle er selbst zusammenbrechen oder etwas in Stücke schlagen.

Bird schob sich zu der Schalttafel des Lebenserhaltungssystems hin und stellte die Sirene ab. Die nun folgende Stille war ohrenbetäubend. Zu hören war nichts als die noch laufende Dusche und ihr eigenes hartes Atmen.

Ben konnte schwer arbeiten, und manchmal arbeitete er zu schwer. Das sagte sich Bird, er sagte sich, Ben sei ein verdammt feiner Partner, und der Gürtel war einsam, und die Nerven scheuerten sich blank. Zwei Männer, die monatelang in einer fünf mal drei Meter großen Blechdose zusammengepfercht waren, mußten sich gegenseitig Spielraum lassen — sie mußten, das war alles.

Mit verkniffenen Lippen, aber in vernünftigem Ton sagte Ben: »Bird, wir müssen die Anzüge abwischen. Wir müssen den Gestank beseitigen. Er wird unsere Filter lahmlegen, verdammt noch mal.«

»Das wird er nicht«, versicherte Bird ihm ruhig, aber er ging und holte die Schachtel mit den Handtüchern aus dem Schrank. Die Dusche fing mit dem Trocknen an. Der Junge schwebte darin, die Augen geschlossen. Vielleicht schlief er, vielleicht war er bewußtlos. Bird faßte nach der Tür.

Ben hielt die Klinke fest und drückte den Probelaufknopf ein zweites Mal.

»Ben«, protestierte Bird, »Ben, um Gottes willen, der Mann hat genug gehabt. Willst du ihn ertränken?«

»Ich werde nicht mit dem Gestank leben!«

Der Mann — besser gesagt, der Junge, denn er sah jünger aus, als Ben war — war gegen die Wand der Dusche getrieben worden und klebte jetzt dort. Er bewegte sich wieder, wenn auch nur schwach — und vielleicht war es feige, nicht darauf zu bestehen, daß Ben Vernunft annahm, aber in einem kleinen Schiff ist kein Platz für eine Schlägerei, und wahrscheinlich schadete es dem Jungen nicht, vielleicht tat es ihm sogar gut. Man konnte den Wasserstaub einatmen, man konnte das Reinigungsmittel trinken, ohne daß das böse Folgen hatte. Dehydriert, wie er war, konnte er ein bißchen sauberes Wasser brauchen, und so ausgekühlt, wie er gewesen war, mochte es auf diese Weise am schnellsten gehen, ihn durchzuwärmen.

Deshalb sagte Bird: »Schon gut, schon gut, Ben«, öffnete die Schachtel mit den desinfizierenden Handtüchern, fuhr sich über die Hände und die Brust und die Arme und arbeitete sich weiter nach unten vor.

»Ich kann es immer noch riechen«, behauptete Ben mit zitteriger Stimme und wischte seinen eigenen Anzug ab. »Sogar nach dem Abreiben kann ich es immer noch riechen.«

»Das ist nur das Desinfektionsmittel.«

»Nie im Leben.«

Ben ging es nicht gut, dachte Bird. Er hatte darauf bestanden, daß Ben ihn in das andere Schiff begleitete, und das war vielleicht ein Fehler gewesen. Ben war selbst noch nicht viel über zwanzig, und Ben mochte in seinem ganzen, auf einer Station verbrachten Leben noch nie wahre Einsamkeit und Angst kennengelernt haben. Und er hatte sich tagelang mit all diesem Gerede über Raumpiraten selbst verrückt gemacht.

Andererseits würden sich ein alter Dreckbuddler von der Erde und ein gebürtiger Gürtelbewohner, der gerade vier Jahre aus der Schule war, vielleicht niemals auf allen Ebenen verstehen.

Sie legten die Anzüge ab. Sie hatten drei Viertel ihres Vorrats an Handtüchern verbraucht. »Es ist wohl tatsächlich am besten, daß unser Gast in der Dusche bleibt ...« — Bird hatte inzwischen in Ruhe darüber nachgedacht —, »bis wir etwas haben, wo wir ihn hineinstecken können. Seine Sachen werden in Kürze trokken sein.« Eigenhändig stellte er die Dusche noch einmal an. Er verstaute seinen Anzug und schwebte zu dem Trockner hinüber, der eben mit seinem Programm fertig wurde. Die Kleider waren ein bißchen feucht an den Nähten und rochen nach Desinfektionsmittel: Sie brauchten einen neuen Feuchtigkeitssensor für den Trockner, ebenso wie ein Dutzend anderer Dinge, die ganz unten auf Birds Liste zu ersetzender Ausrüstungsgegenstände standen. Er las die Kennzeichnung auf dem Overall. »Unser Junge hat einen Namen. Hier steht Dekker, P.«

»Das ist gut. Er hat also einen Namen. Ich möchte nur gern wissen, was seinem Partner zugestoßen ist.«

Vielleicht war es das, was Ben beunruhigte — zu viele Geschichten über Nouri und die Raumpiraten.

»Es ging ihm selbst nicht so besonders, oder?« Dekker, P. schwebte in dem Duschabteil. Gelegentlich bewegte er sich, aber nicht viel. Bird öffnete die Tür, diesmal ohne daß Ben sich einmischte, und sagte ruhig, bevor er den Arm des Mannes faßte: »Dekker, mein Name ist Bird, Morrie Bird. Mein Partner heißt Ben. Du bist in Sicherheit. Wir werden dich jetzt anziehen, damit du dich nicht erkältest.«

Dekker öffnete die Augen halb, ob er nun auf die kalte Luft oder auf die Stimme reagierte. Bird wollte ihn hinausziehen; er riß den Arm zurück. »Cory?« fragte er. In Panik stemmte er ein Knie und eine Hand gegen den Rand der Tür. »Cory?«

»Paß auf!« rief Ben, aber dann war es Ben, der eine lockere Rückhand ins Gesicht bekam. Dekker wurde zurückgeschleudert und stieß sich den Ellenbogen. Er setzte dazu an, sich an den beiden anderen vorbeizuschieben, aber er hatte nichts mehr übrig, weder Hebelwirkung noch Kraft. Bird blockierte seinen Fluchtweg und schlang den Arm um ihn. Danach verblaßte Dekker irgendwie, er wurde ganz schlaff, murmelte : »Cory ...«

»Muß der Partner sein«, meinte Bird.

»Das weiß Gott allein. Ich möchte duschen, Bird.« Ben nahm Bird den halb trockenen Overall ab und faßte Dekkers Arm. »Zum Teufel mit dem Stim-Anzug, stekken wir ihn in seinen Overall, bevor er eine Schalttafel einschlägt oder so etwas.«

»Halt du ihn nur fest«, sagte Bird. Bird fing sich den Stim-Anzug, der in der Nähe schwebte, schüttelte das elastische Material aus, entwirrte die Beine und Ärmel und nahm Dekkers Arm. »Linkes Bein, komm, Junge. Saubere Klamotten. Komm, hilf ein bißchen mit. Linkes Bein.«

Dekker versuchte zu helfen, so gut ein Mann es fertigbringt, der ständig wieder das Bewußtsein verliert. Seine Haut war von der Dusche erwärmt worden. In der Kabinenluft kühlte sie rasch ab, und Ben hatte recht: Es ist schon schwierig, sich selbst in einen Stim-Anzug hineinzuquälen, und es erwies sich als nahezu unmöglich, das bei einem von einer Ohnmacht in die andere fallenden Mann zu tun. Dekker kühlte zu schnell ab. Sie gaben es auf. Bis sie ihm den Overall angezogen und den Reißverschluß geschlossen hatten, bewegte er sich nur noch schwach und war schon wieder halb hinüber.

»Ihm geht es gar nicht gut, oder?« sagte Ben. »Eine verdammte Verschwendung von Zeit und Kraft. Er wird sowieso abkratzen ...«

»Wird er nicht«, widersprach Bird. »Gott, Ben, halte deine Zunge im Zaum.«

»Ich will nichts als duschen. Bringen wir ihn ins Bett, ja? Wir duschen, wir rufen Mama und erzählen ihr, daß wir uns ein Schiff besorgt haben!«

»Halte den Mund über das Schiff, Ben.«

Ein langer, vorsichtiger Atemzug. »Hör zu, ich bin müde, du bist müde, vergessen wir es einfach, bis wir wieder voll da sind, ja?«

»In Ordnung.« Bird, selbst in übler Laune, stieß sich ab und schwebte zu den Kreiselzylindern hoch, wobei er Dekker mitnahm. Vorsichtig drehte er sich, hielt sich fest, zog Dekker auf das offene Ende zu. »Komm, Junge, wir bringen dich ins Bett, nur sachte.«

Dekker sagte: »Cory ...«

»Cory ist dein Partner?«

Dekker öffnete die Augen. Sein Blick war verschwommen. Er faßte den Rand des Kreisels, schüttelte den Kopf, wollte sich nicht hineinstecken lassen.

»Dekker? Was ist denn, Junge?«

»Cory...« Dekker gab Bird einen Schubs. »Ich will nicht. *Nein!*«

Ben segelte nach oben, faßte unterwegs Dekkers Kragen und trug ihn halb in den Zylinder. Dekker schlug mit Händen und Füßen um sich. Bird rollte sich herum, stieß sich ab, faßte Dekker an einem Bein. Die ganze Zeit schrie Dekker nach Cory und wehrte sich gegen beide.

»Halt ihn fest!« sagte Ben, und Bird tat es. Er umschlang Dekker von hinten, bis Ben eine Sicherheitsleine vom Schott loshaken konnte, zurücksegelte, Dekkers Arm faßte und an ein Rohr fesselte.

»Total verrückt«, keuchte Ben. »Halt ihn bloß da fest. Ich hole noch eine Leine.«

»Das ist brutal, Ben.«

»Es wäre noch brutaler für uns alle, wenn dieser Idiot gegen die Schalttafeln schlägt. Halt ihn bloß fest, verdammt noch mal!«

Ben begab sich mit einem Überschlag zu den Vorratsschränken. Bird hielt den Atem an, umklammerte Dekkers freien Arm, klopfte ihm die Schulter und redete ihm zu: »Ist ja alles gut, Junge, ist ja alles gut, wir versuchen, dich nach Hause zu bringen. Mein Name ist Bird. Das ist Ben. Wie nennt man dich?«

Mehrere flache Atemzüge. Der Widerstand wurde zum Zittern. »Dek.«

»Das ist gut.« Wieder klopfte er ihm die Schulter. Dekkers Augen standen offen, aber Bird war sich durchaus nicht sicher, ob Dekker wußte, wo er war und was mit ihm geschah. »Halte durch, Junge.« Eine Schranktür knallte, vorn. Ben kam mit einer Rolle Klebeband hoch.

»Ich weiß nicht recht, ob wir das brauchen«, sagte Bird. »Der Junge ist nur ein bißchen durchgedreht.«

Ben ignorierte ihn und fesselte Dekkers anderen Arm an das Rohr. »Der Junge hat vollständig den Verstand verloren.« Dekker versuchte, ihn zu treten. Immerzu brabbelte er: »Cory — wo ist Cory?«

»Es hat da leider einen Unfall gegeben.« Bird faßte Dekkers Schulter. »Der Anzug ist fort. Wir haben nachgesehen. Es war niemand anders auf diesem Schiff.«

»Nein!«

»Erinnerst du dich, was geschehen ist?«

Dekker schüttelte den Kopf. Seine Zähne klapperten. »Cory.«

»War Cory dein Partner?«

»Cory!«

»He!« sagte Ben. Er schüttelte Dekker, schlug ihm leicht ins Gesicht. »Dein Partner ist tot, Mann. Der Anzug war fort. Du bist aufgenommen worden, mein Partner und ich haben dich hier aufgenommen. Hörst du?«

Es nutzte nichts. Dekker faselte weiter von Cory, und Ben sagte: »Ich gehe nach unten und dusche. Oder, wenn du willst, dusch du zuerst.«

»Ich habe Angst, daß wir jemanden in dem Schiff zurückgelassen haben.«

»Du hast niemanden in dem Schiff zurückgelassen, verdammt noch mal, Bird. Wir werden diese Schleuse nicht noch einmal öffnen!«

»Ich bin mir nicht so sicher.«

»Du hast nachgesehen, Bird, du hast *nachgesehen.* Wenn es da einen Cory gegeben hat, ist er verschwunden, das ist alles. Mitsamt seinem Anzug. Wir haben für diesen Mann getan, was wir konnten. Wir haben ganze Tage auf ihn verschwendet. Wir haben für ihn unseren Treibstoff verschwendet, wir haben unser Leben für diesen Knilch aufs Spiel gesetzt ...«

»Sein Name ist Dekker.«

»Mir ist es egal, ob sein Name Dekker oder Cory oder Buddha ist. Er hat den Verstand verloren, wir haben keinen sicheren Ort, an den wir ihn stecken können, wir wissen nicht, was seinem Partner zugestoßen ist, wir wissen nicht, warum Mama ihn nicht kennt, und das macht mir Sorgen, Bird, im Ernst!«

Es war logisch. Alles, was Ben sagte, war logisch. Der zweite Anzug war fort. Sie hatten die Schränke und die Kreisel durchsucht. Sie hatten kein Versteck übersehen. Aber an dieser Geschichte ergab nichts einen Sinn.

»Hörst du mich?« fragte Ben.

»Schon gut, schon gut«, antwortete Bird. »Geh du nur duschen und gib dann unsere Daten ein. Wir müssen uns melden. Das ist Vorschrift. Wir müssen uns bei dieser Sache genau an die Vorschriften halten.«

»Hab bloß kein Mitleid mit ihm. Hörst du mich, Bird? Laß dir bloß nicht einfallen, noch einmal in dieses Schiff zurückzukehren.«

»Das werde ich nicht tun. Ist schon in Ordnung.«

Ben sah ihn verzweifelt an, rollte sich herum und stieß sich mit dem Fuß in Richtung Dusche ab.

Bird schwebte zu der Kombüse neben der Dusche hinunter, öffnete den Kühlschrank und holte eine Pakkung Citrisal heraus, Zitrone, Limone, so oder so schmeckte es scheußlich, aber es enthielt die Spurenelemente und Salze und einfachen Zucker.

Ihm fiel nichts Besseres ein, was er für den Mann tun konnte. Er flog zu Dekker hinüber, holte die Tube aus der Packung und hielt sie Dekker an die Lippen.

»Komm, trink. Es ist das grüne Zeug.«

Dekker nahm einen Schluck, verzog das Gesicht, wandte den Kopf ab.

»Komm, noch einen.«

Dekker schüttelte den Kopf.

Das konnte man ihm nicht verübeln, dachte Bird. Und bei null Ge wollte man ganz bestimmt nicht, daß sich jemandem der Magen umdrehte. Bird sah nach, ob die Leine oder das Klebeband zu fest saßen, und kam zu dem Schluß, Dekker werde es schon eine Weile aushalten. »Wir machen dich los, wenn dein Kopf wieder klar ist. Du bist in Sicherheit. Hörst du? Wir werden dich zur Basis zurückbringen. Zum Arzt. Hörst du?«

Dekker nickte leicht, mit geschlossenen Augen.

Erschöpft, sagte sich Bird. Er klopfte dem Mann sacht auf die Schulter. »Schlaf ein bißchen. Das Schiff ist jetzt stabil.«

Dekker murmelte etwas. Eine Zustimmung, hoffte Bird. Er zitterte vor Übermüdung, und er wünschte, sie seien der Basis ein verdammt großes Stück näher, als sie es tatsächlich waren.

Der Junge mußte ganz dringend in ein Krankenhaus. Und das war mindestens einen Monat weit weg. Eine schlechte Fahrt. Und sie hatten Zeit und Geld für nichts und wieder nichts investiert. Ein halbes Jahreseinkommen, wenn man die notwendige Ausrüstung mitrechnete.

Vielleicht hatte Ben recht, und sie hatten tatsächlich einen Rechtsanspruch auf dieses Wrack — Ben war auf dem College gewesen, Ben kannte das Company-Recht und alle seine Schlupflöcher aus dem Effeff — und vielleicht lauteten die Gesetze so. Aber es gefiel Bird nicht, auf diese Weise zu denken, und ihm gefiel die Situation nicht, in die diese Fahrt sie gebracht hatte. Wenn es ein Company-Schiff war, das sie im Schlepptau hatten, und wenn sie der Company ihre Rechnungen vorlegen mußten — nun ja, dann wäre weiter nichts dabei. Aber das Wrack mit seiner billigen Ausrüstung war nicht schmuck genug für ein Company-Schiff. Das bedeutete, es gehörte einem Selbständigen, und dann stellte es das ganze Leben von irgendeinem armen Teufel dar, ob das nun Dekker war oder ein anderer. Sie mußten ihre Auslagen zurückbekommen, jawohl, soviel sie kriegen konnten, aber sollten sie einem armen Teufel alles rauben, was er besaß? Über so etwas wollte Bird nicht gern nachdenken.

Ben jedoch konnte es. Und Ben jagte ihm plötzlich Angst ein. Da arbeitete man zwei Jahre mit einem Mann in einer Blechbüchse wie dieser zusammen, und man glaubte, ihn recht gut zu kennen. Aber Gott wußte und die Erfahrung hatte es mehr als einmal gezeigt — es war einsam hier draußen, man war weit weg von der Zivilisation, und man konnte nicht ahnen, welche Macken ein Mann hatte, bis jemand den entsprechenden Knopf drückte.

2. KAPITEL

Der alte Mann ging weg. Dekker hörte, wie er oder sein Partner sich umherbewegte. Er hörte über den Geräuschen, die die Pumpe in den Rohren neben seinem Kopf und der Ventilator machten, die Dusche laufen. Das Schiff war stabil. Er hatte gemeint, dieses Gefühl nie wieder zu erleben. Er hatte die Beleuchtung gedämpft, abgestellt, was er konnte, und alles andere in Betrieb gehalten, so gut es ging, bis die Recycling-Anlage versagte und das Wasser faulte.

Und hier war er, frei von dem Stim-Anzug, leicht wie eine Brise und verwundbar gegen die Kälte und den Mangel an Ges. Er war nicht ganz richtig im Kopf, das wußte er: Er ging den Leuten, die ihn gerettet hatten, auf die Nerven, das wußte er ebenfalls, und er versuchte, es nicht zu tun, aber sie machten ihm angst. Sie redeten davon, sein Schiff gehöre ihnen. Vielleicht brachten sie ihn um, vielleicht ließen sie ihn einfach sterben und sagten der Company, tut uns leid, wir haben es nicht verhindern können.

Vielleicht konnten sie das nicht. Vielleicht sollte er sich nicht länger sorgen. Er war müde, er hatte Schmerzen, an Körper und Seele, und das Leben kostete mehr Mühe, als er jemals wieder auf irgend etwas hatte verwenden wollen. Er hatte keine Ahnung, wie weit es bis nach Hause war und wie lange es noch dauerte. Er glaubte nicht, daß er es ertragen würde, auf der ganzen Fahrt so behandelt zu werden. Alles roch nach Desinfektionsmittel, und manchmal war es sein Schiff, und manchmal war es ihres.

Aber Cory antwortete ihm nie, wo er auch war, und von Zeit zu Zeit wußte er, daß sie nicht antworten würde.

Der alte Mann trieb wieder in sein Gesichtsfeld,

steckte ihm einen Trinkhalm in den Mund und sagte ihm, er solle trinken. Dekker tat es. Das Zeug schmeckte nach Kupfer. Der alte Mann fragte ihn, was seinem Partner zugestoßen sei. Da erinnerte sich Dekker — wie hatte er es vergessen können? —, daß sie da draußen war und daß dieses Schiff da draußen war — er sah es kommen ...

»Nein!« rief er und krümmte sich, als es ihn rammte, er wußte, es würde ihn rammen, der Kollisionsalarm kreischte. Er brüllte ins Mikrophon: »Cory ist da draußen!«, weil ihm nichts anderes mehr einfiel, was er ihnen sagen konnte.

»Dein Partner ist tot!« schrie ihn jemand an, und eine andere Stimme mischte sich ärgerlich ein: »Hör auf, Ben, verdammt noch mal! Hast du überhaupt kein Gefühl? Gib dem Jungen eine Chance. Gott!«

Er lebte immer noch, und er verstand nicht, wie er am Leben geblieben war. Er zog sich an das Funkgerät, er stemmte sich gegen den Spin, solange er die Kraft dazu hatte. »Cory!« rief er auf der Frequenz der Anzug-Sprechgeräte, immer wieder und wieder, während das Schiff taumelte. Vielleicht antwortete sie. Seine Ohren klangen, deshalb konnte er die Ventilatoren und die Pumpen nicht hören. Aber er rief weiter ihren Namen, damit sie wußte, er lebte und suchte nach ihr, er würde irgendwie Hilfe zu ihr bringen ...

Sobald er die verdammten Triebwerke zum Feuern bringen konnte.

Oder sobald er die Basis erreichte und das Schiff da draußen zwingen konnte, ihm zu antworten ...

Ben erklärte: »Wir haben *Rechte* an dem Bergungsgut, ob es der Company gehört oder ein unabhängiger Erzsucher ist, das macht vor dem Gesetz *keinen* Unterschied. Es steht in den Vorschriften der Company, ich werde es dir zeigen ...«

Bird antwortete vorsichtig, weil er wollte, daß Ben ihn

verstand: »Wir werden eine Entschädigung bekommen.«

»Raumfahrtrecht seit ...«

»Es gibt das Recht, und es gibt das, was recht ist, Ben.«

»*Recht* ist, daß das Schiff uns gehört, Ben. Dekker hatte es nicht unter Kontrolle, so ist das *Recht*.«

Ben ging die Puste aus. Er brüllte. Bird erwiderte ruhig und vernünftig: »Ich versuche, dir beizubringen, daß es hier eine Menge Komplikationen gibt. Regen wir uns nicht auf. Wir haben noch Wochen bis zurück zur Basis, viel Zeit, um uns dies zurechtzulegen, und wir werden darüber reden. Aber wir werden nirgendwo hinkommen, wenn wir unsere Zahlen nicht eingeben und Mama sagen, sie soll uns nach Hause holen. Und zwar schnell.«

»Also, wieviel willst du für ihn ausgeben? Den Gegenwert von Lebensmittelvorräten für einen Monat? Von Medikamenten? Wir sollen uns für diesen Knilch den Arsch aufreißen und unser Schiff riskieren?«

Bird gab ihm keine Antwort. Ihm fiel keine ein, mit der er dieses Thema hätte beenden können.

»Es ist auch mein Geld, Bird. Es ist mein Geld, das du verschwendest. Vielleicht gehört dir dieses Schiff, vielleicht habe ich nur einen Anteil, aber ich habe das Recht mitzureden.« Ben machte eine Handbewegung nach achtern, in Dekkers Richtung. »Dieser Knilch wird am Leben bleiben, oder er wird sterben. Das eine oder das andere wird er tun, bevor der Monat zu Ende ist. So sehr ich mir wünsche, ihn los zu sein, es ist nicht notwendig, daß wir uns vor Eile überschlagen — wir haben die doppelte Masse zu bewegen, Bird, und verdammt will ich sein, wenn ich die Schlinge abwerfe ...«

»Schon gut, wir werden die Schlinge nicht abwerfen. Unsere nicht und seine auch nicht, wenn wir es vermeiden können.«

»Und wir werden das Schiff keinem harten Schub

aussetzen. Es hat keinen Sinn, daß wir den Hals riskieren. Oder die Bolzen und die Leitungen verschleißen. Wir nennen das keine Sache auf Leben und Tod. Soviel Zeit einsparen können wir nicht. Und ich will ganz bestimmt keinem Felsbrocken auf die Weise begegnen, wie es dieser Knilch getan hat.«

Das machte mehr Sinn als vieles andere, was Ben gesagt hatte. Bird nahm es als hoffnungsvolles Zeichen und nickte. »Darin bin ich mit dir einer Meinung. Ein harter Schub könnte auch ihm mehr schaden als nützen.«

»Er wird sowieso sterben.«

»Er wird nicht sterben«, behauptete Bird. »Um Gottes willen, sei doch still, er kann dich hören.«

»Und wenn er nicht stirbt? In einem Monat hat er sich erholt, wir legen an der Station an, und er sieht gesund aus, und er sagt, aber sicher habe er das Schiff vollkommen unter Kontrolle gehabt ...«

»Hör doch auf damit, Ben!«

»Ich werde Filmaufnahmen machen.«

»Tu das.« Bird schüttelte den Kopf. Er wünschte, er könne nein sagen, er wünschte, er fände einen Weg, Ben zur Vernunft zu bringen. Aber wenn eine Video-Aufzeichnung ihn glücklicher machte, Gott, warum nicht? »Wir haben den Zustand des Schiffes da draußen, wir haben das Log da drüben ...«

»Pläne!« rief Ben aus, als sei das ein ganz neuer Gedanke.

»Wir werden dieses Log nicht anrühren. Kommt nicht in Frage. Die Gesetze *darüber* kenne ich.«

»Davon rede ich ja nicht. Paß auf ... paß auf, ich habe eine Idee.«

Eine Idee war willkommen. Bird sah zweifelnd zu, wie Ben das Zonen-Schema auf den Schirm holte. Er zeigte auf das Treiberschiff und seine Feuerspur zum Schacht, genau das, was einem Angst einjagte, wenn man nur darüber nachdachte. »Das da hat einen Arzt.

Das da steht unter dem Kommando eines verdammten Company-Kapitäns. Wir bitten Mama einfach, uns ein Stückchen über die Grenze zu schicken, und dann können *die da* offiziell Besitz ergreifen.«

»Und ob sie das tun würden! Die Company ist kein Wohlfahrtsinstitut.«

»Es ist ein R1-Schiff! Sie sind *verpflichtet,* Dekker zu übernehmen. Sie haben keine Wahl. Laut Gesetz ist ein Massentreiber eine Basis; er kann uns gleich hier draußen einen Fund gutschreiben, wenn wir einen bringen, und dies ist ein Fund, oder? Das gleiche wie ein Felsbrocken. Wir übergeben das Schiff, wir bekommen Geld auf unser Konto, und wir können uns darum bewerben, zusammen mit den Schleppern des Treibers für den Rest unsere Fahrt Aufräumungsarbeiten zu übernehmen — das ist verdammt gutes Geld. Sicheres Geld. Und wir haben den besten Vorwand, der sich nur denken läßt.«

»Ben, du sprichst von einem Treiber-Kapitän. So einer ist zu überhaupt nichts *verpflichtet.* Willst du, daß er uns sagt, wir sollen umkehren und den Jungen zur Basis, vielleicht sogar bis nach R1 bringen, wenn er sich das in den Kopf setzt? Er kann es tun. Willst du, daß er uns sagt, er wird 84 Zebra für uns in Verwahrung nehmen — und dann seine Gebühren vor Gericht einklagt, wenn er in drei Jahren mit einer Riesenrechnung für das Abschleppen auftaucht? Wir müssen die Unkosten für diese Fahrt tragen, wir müssen schwerwiegende Fragen beantworten, weil an dieser Sache eine ganze Menge nicht stimmt, und ich möchte zu Hause auf der Basis nicht vor einem Untersuchungsausschuß stehen, wenn das ganze Beweismaterial auf einem Treiber liegt, der, soviel wir wissen, erst in drei oder vier Jahren zurückkommt. Hör auf mit deinen Gesetzen, laß uns praktisch denken!«

Ben hielt den Mund.

»Ein Treiber tut, was er will. Drei Jahre Dockgebühren, wenn wir einmal davon ausgehen, daß er seine Fahrt gerade begonnen hat. Drei Jahre Abschleppgebühren. Willst du versuchen, der Company dann noch einen Überschuß zu unseren Gunsten abzuringen? Ganz zu schweigen von dem, was es uns kostet, das Schiff zu dem Treiber hinzubringen. Wir sind so schon knapp bei Kasse. Willst du hören, daß man uns dort sagt, wir sollen mit dem Ding wieder abhauen? Dann müßten wir den Weg zweimal machen! Oder wir werden für *dauernd* in die Schlepper-Mannschaft eingereiht. Weißt du, was man einem unabhängigen Erzsucher für Treibstoff berechnet?«

Ben blickte bei all dem sehr ernst drein. Er biß sich auf die Lippe. »Also ist es damit nichts. Weißt du, wir könnten dem Mann einfach eins über den Kopf geben. Dann wären unser aller Probleme gelöst.«

Das sagte Ben, der sich zu Tode fürchtete, wenn er eine Leiche ansehen sollte.

»Ja, sicher«, sagte Bird.

Und von achtern: »Wie spät ist es? Wie spät?«

Ben hob den Kopf. »Was will er denn jetzt?«

Bird sah auf seine Uhr. »2310«, rief er zurück.

»Ich will meine Uhr.«

»Gott«, murmelte Ben und schüttelte den Kopf. »Uns stehen vier Wochen mit diesem Knilch bevor.«

»Ich will meine Uhr!«

Ben brüllte: »Halt den Mund, verdammt noch mal, du wirst sowieso keine Verabredungen einhalten können!«

»Geduld«, mahnte Bird, aber Ben schoß in Dekkers Richtung davon. Bird segelte hinterher und kam an, als Dekker ruhig sagte:

»Ich brauche meine Uhr.«

Ben antwortete: »Du brauchst sie *nicht,* du wirst nirgendwo hingehen. Es ist, verdammt noch mal, 2310, Mister, du verbrauchst bereits unsere Luft und unseren Treibstoff und unsere Zeit, also halt den Mund!«

»Ben, immer mit der Ruhe.«

»Ich werde ihn gleich mit einem Schraubenschlüssel zum Schweigen bringen.«

»Ben.«

»Schon gut, schon gut, schon gut.« Ben flog wieder davon.

Dekker klagte: »Ich kann meine Uhr nicht sehen.«

Bird schwebte so herum, daß er Dekkers Uhr ablesen konnte.

»2014. Deine Uhr geht beinahe drei Stunden nach.«

»Nein.«

»Das zeigt sie aber an.«

»Welcher Tag ist heute?«

»Der 20. Mai.«

»Du belügst mich!«

»Bird«, sagte Ben unheilverkündend, kam und wollte Dekker fassen, doch Bird hielt ihn zurück.

»Vier solche Wochen halte ich nicht durch, Bird, das schwöre ich dir, dieser Knilch steht bei mir bereits im Soll.«

»Dann gib *mir* ein bißchen Spielraum, ja? Hab Geduld. Sei still. Hörst du?«

»Ich habe schon mit Verrückten zu tun gehabt«, brummelte Ben. »Ich habe schon genug Verrückte gesehen.«

»Gut, gut. Wir holen diesen Jungen aus einem taumelnden Schiff, er hat einen Schlag auf den Kopf bekommen, er ist ein bißchen durchgeschüttelt. Ben, was meinst du, wie es dir gehen würde, wenn du das gleiche durchgemacht hättest wie er?«

Ben starrte ihn an, den Unterkiefer verkrampft. Jede Linie seines Gesichts verkündete, daß er sich schwer beleidigt fühlte.

Es war mitten in Bens Nacht. So war es. Ben war müde, und Ben war durchgedreht, und Ben hatte kein Verständnis für Schwäche bei einem anderen.

Ein schwerer Charakterfehler, dachte Bird. Ein gefährlicher Charakterfehler.

Ohne ein weiteres Wort kehrte Ben an seine Arbeit zurück.

Auf manche Weise war er ein guter Partner. Verdammt tüchtig. Geschickt mit Felsbrocken.

Aber anders. Im Gürtel geboren, zum Beispiel. Sprach nie über seine Verwandten. Von der Gesellschaft großgezogen, für die Gesellschaft.

Sage zu Ben etwas über Shakespeare, und Ben wird fragen: In welcher Schicht arbeitet er?

Sage, ich komme aus Colorado — Ben wird fragen: Ist das eine Stadt?

Aber eigentlich wußte Ben gar nicht, was eine Stadt ist. Man konnte sich nicht vorstellen, was Ben unter diesem Begriff verstand.

Sage, ich bin über das Wochenende nach Denver gefahren, und Ben wird dich komisch ansehen, weil Wochenende wieder etwas ist, das nicht bei ihm ankommt. Aber er würde nicht fragen, weil Ben es gar nicht wissen wollte: Er konnte kein Wochenende verbringen, und er würde weder jetzt noch später nach Denver fahren, und das war die Grenze von Bens Interesse.

Frage Ben nach der Spektralanalyse oder dem Gehalt und der Herkunft eines bestimmten Felsbrockens, und er wird einen dreißig Minuten dauernden Monolog halten.

Die gebürtigen Gürtelbewohner hatten verdammt merkwürdige Wertvorstellungen. Manchmal machte Bird sich seine Gedanken darüber. Im Augenblick wollte er es gar nicht wissen.

Im Augenblick überlegte er, ob er Ben bei der nächsten Fahrt wirklich dabei haben wollte. Ben war ein erstklassiger Geologe, ein zuverlässiger Pilot von der Art, die das Schiff stabil hält, und auf seine eigene Weise ehrlich.

Aber er hatte auch ein paar unheimliche dunkle Stellen.

Vielleicht konnten die Jahre Ben lehren, was eine

Stadt war. Aber Gott allein wußte, ob man Ben lehren konnte, wie man in einer Stadt lebte.

Bird war ernstlich verärgert. Soviel hatte Ben mitbekommen, und es machte ihn wütend, und es machte ihn nervös. Im allgemeinen schätzte er Bird. Bird verstand sich auf sein Geschäft, Bird hatte dreißig Jahre im Gürtel verbracht und Erfahrung auf die harte Art gesammelt, und Ben war es schon mit vierzehn klar gewesen, daß man als Angesteller der Company nirgendwo hinkommt, falls man nicht in der Verwaltung arbeitet oder ein Chef-Pilot ist. Für ersteres besaß er die Verbindungen nicht, und für letzteres hatte er nicht die Reflexe. Also entschloß er sich, ein selbständiger Erzsucher zu werden. Dort arbeitete er nur für sich selbst, und den Unterschied machte das, was man wußte.

Er hatte das Institut mit einer Piloten-Lizenz auf der Basis einer Grundausbildung und mit den allerneuesten Theorien verlassen, er hatte die Zahlen und das Wissen und alles, was dazugehörte. Es hatte die Company gar nicht gefreut, daß ein Institutsschüler sich selbständig machte, statt Sklavenarbeit in ihren Büros zu leisten oder Computermann für einen ihrer Erzsucher zu werden, und die meisten Institutsabgänger hätten nicht die Energie gehabt, das zu tun, was er getan hatte: zu schrappen und zu sparen und in der Schuldner-Unterkunft zu leben und das Geld dann bis auf den letzten Dollar in das Schiff eines freien Erzsuchers zu stecken. Den meisten jungen Leuten, die das Institut durchlaufen hatten, fehlte es an der Disziplin, sie mochten nicht auf die zusätzlichen Lebensmittel und die Unterhaltung und die schicken Wohnungen verzichten, die sie haben konnten. Sie kamen nicht einmal ohne Schulden aus dem Institut hinaus, Gott sei Dank für Mutters Versicherung. Und von denen, die zu allen Opfern bereit gewesen wären, erkannten die meisten nicht, daß sie, wenn sie schon auf die Erzsuche gehen wollten, statt in einem Büro vor einer Tastatur zu sitzen, sich nicht mit einem brandneuen Company-Piloten in Rabble-Klamotten zusammentun durften, der Privilegien noch und noch hatte. Teufel, nein, klug war es, die Aufzeichnungen nach dem alten Unabhängigen zu durchsuchen, der in dreißig teils mageren, teils fetten Jahren zurechtgekommen war.

Nämlich Morris Bird.

Das Erzsuchen auf eigene Faust war das einzige erfolgversprechende Abenteuer, das es im Gürtel noch gab. Es lag in der Natur der Sache, daß die Erzsucher nicht den Vorteil hatten, das neueste Fachwissen vom Institut plus dem Probenamt zur Verfügung zu bekommen. Aber Morrie Bird hatte den Gürtel dreißig Jahre lang abgesucht, und seine *alten* auf den Plänen eingezeichneten Stücke waren größer, als man sie heutzutage noch fand. Sie verteilten sich über die ganze Orbitalspur, und er bekam jeden Monat Lizenzgebühren für sie, die Company widersetzte sich seinen Markierungswünschen nicht, und diese alten bekannten Stücke machten immerzu die Runde in der Art von Felsbrokken, die die Sonne schnell und langsam umkreisen. Manchmal wurde die Bahn dieser vierundzwanzig und zwölf Jahre alten Stücke gestört, und wenn jemand versuchte, Birds Anspruch darauf zu bestreiten, mußte er nach all diesen Jahren solides Zahlenmaterial aufweisen. Außerdem ließen sich die guten Bröckchen, die noch übrig waren, nicht allein durch geschicktes Raten finden. Seine Fähigkeiten als Computermann waren es, die Ben zusammen mit Zwanzigtausend zinsfrei zu bieten hatte, um einige Ausrüstungsgegenstände zu finanzieren, die Bird dringend brauchte. Aus diesem Grund nahm Bird in einer Zeit, als erfahrene Erzsucher betteln gingen, einen grünen Jungen als Computermann: Company-Ausbildung, die Wissenschaft und die Mathematik und die kompletten Gürtelpläne, die das Probenamt besaß. Sie waren als Team erfolgreich gewesen — *ver-*

dammt erfolgreich, bis sie einen dieser absolut jämmerlichen Sektoren gezogen hatten, die Mama einem manchmal verpaßte, einen Sektor, wo kaum etwas anderes zu finden war als eine Handvoll Markierungen der Company auf ein paar der Company gehörenden Felsen.

Deshalb steckten sie im Augenblick in einer finanziellen Klemme, Bird stand unter Stress, und Bird war in mancher Beziehung empfindlich, nur hatte Ben nie herausgefunden, in welcher. Aber dieser Dekker mußte alle Empfindlichkeiten ausgelöst haben mit seinem verrückten Benehmen und seinem hübschen Aussehen. Und nun war Dekker da oben in ihrem Schlafwinkel und murmelte etwas davon, daß er seinen Partner verloren hatte (verdammt nachlässig von ihm!), und Bird war böse auf *ihn* und tat, als sei es *sein* Fehler, daß der Junge am Leben war und der Fund, der ihre große Chance hätte sein können, sich als komplizierte Angelegenheit herausstellte.

Vielleicht, dachte er, wollte Bird dieses Schiff ebenso sehr haben wie er, vielleicht brachte es Bird ebenso aus der Fassung, daß dieser Knilch am Leben war. Bird meinte, Leuten aus moralischen Prinzipien helfen zu müssen — Bird mochte in seinen Gefühlen völlig durcheinander sein.

Eine gefährliche Einstellung, um damit hausieren zu gehen, dachte Ben, diese Mildtätigkeit — und es war ungerecht, wenn Bird auch nur daran dachte, zugunsten von jemandem, der ihm etwas schuldig war und nicht umgekehrt, und zu ungunsten seines eigenen Partners auf dieses Schiff zu verzichten. Dabei konnte Bird doch nur vor die Hunde gehen, und ein Mann, der soviel Wert auf seine Freiheit legte wie Bird, brauchte die Hilfe eines Partners mit nicht zu erschütterndem gesunden Menschenverstand, um heil und ganz zu bleiben.

»Bird?« rief er von seinem Arbeitsplatz. »Ich habe deine vorläufige Berechnung. Keine Komplikationen, nur dieser Treiber und unsere Masse.«

Bird kam zu ihm herüber, Bird sagte, er werde die Arbeit fertigmachen und Mama rufen. Bird berührte auf verwirrend freundliche Art seine Schulter und sagte: »Schlaf etwas.«

Ben antwortete, weil er dachte, es werde Bird freuen: »Schlaf du. Ich bin aufgedreht.« Ganz zuunterst war der Gedanke dabei, wenn Bird einige Zeit in unmittelbarer Nähe von Dekkers ständigem Gemurmel über Cory und seine Uhr verbringen mußte, könnte ihn das ein bißchen weniger mildtätig gegen Fremde machen.

Aber Bird sagte: »Du. Du brauchst den Schlaf am meisten.«

»Was soll denn *das* heißen?«

»Es soll heißen, was es heißt. Du bist müde. Du hast dir den Arsch abgearbeitet. Du mußt dich jetzt ausruhen.«

»Ich glaube nicht, daß ich einschlafen könnte. Dieser Knilch macht mich nervös. Die ganze Situation macht mich nervös.«

»Ein schlimmer Tag. Ein harter Tag.«

Ben stellte erleichtert fest, daß Bird wieder normal war. »Weißt du«, sagte er, »wir könnten aus diesem Jungen vielleicht eine Aussage herausholen. Du weißt schon, außer den Bildern. Ich werde ein Band von diesem ganzen verdammten Wieviel-Uhr-ist-es? machen, das zeigt, womit wir fertig werden mußten. Es könnte den Beweis für unsere Sache liefern.«

Bird schüttelte den Kopf.

»Bird, um Gottes willen!«

»Ben!« Es klang entschieden.

Ben verstand ihn nicht. Er verstand ihn einfach nicht.

»Geh behutsam mit ihm um«, verlangte Bird.

»Welche Bedeutung hat er denn für uns?«

»Er ist ein menschliches Wesen.«

»Das ist, verdammt noch mal, keine Empfehlung«, murrte Ben. Aber es wäre bestimmt ein Fehler gewesen, mit Bird in seiner gegenwärtigen Stimmung zu streiten:

Bird war Eigentümer des Schiffes. Ben schüttelte den Kopf. »Dann mache ich nur die Bilder.«

»Du verstehst es nicht, oder?«

»Was soll ich verstehen?«

»Wenn es nun andersherum wäre?«

»Ich würde niemals in eine so blödsinnige Situation kommen, Bird. Du auch nicht.«

»Du bist dir sehr sicher.«

»Das bin ich.«

»Ben, nimm mir die Frage nicht übel: Was ist mit deinen Angehörigen passiert?«

»Was hat das damit zu tun?«

»Haben sie einmal einen Fehler gemacht?«

»Meine Mutter war nicht die Pilotin. — Dieses Schiff hat nicht die ursprüngliche Masse, nicht mit diesen geborstenen Tanks. Das Massenzentrum wird auch nicht mehr da sein, wo es hingehört. Laß uns bald eine Testzündung durchführen, ja? Ich möchte nicht nach geratenen Werten gehen.«

»Ja. In Ordnung. Aber nichts, was uns durchschüttelt. Vergiß nicht, wir haben einen Passagier.«

Ben bedachte ihn mit einem Stirnrunzeln und hielt den Mund.

Bird zog sich näher an ihn heran. »Ich sage es dir geradeheraus, Ben, wir werden diesen armen Teufel nicht berauben. Er hat genug Probleme. Hörst du? Denk nicht einmal daran.«

»Das ist kein Raub. Es ist vollkommen legal. Es ist unser gutes Recht, Bird, und er würde ebenso auf seinem guten Recht bestehen, wenn die Sache anders herum läge. So funktioniert das System nun einmal.«

»Es gibt das Recht, und es gibt das, was *recht* ist.«

»Er ist nicht unser Freund! Er ist nicht einmal der Freund von irgendwem, den du kennst. Bird, um Gottes willen, das ist für uns ein Glückstreffer. Solche Glückstreffer fallen einem nicht in den Schoß, und sie bringen einem nichts, wenn man sie nicht zu nutzen versteht.

Aus dem Grund gibt es doch Gesetze — sie sorgen dafür, daß man mit Leuten arbeiten kann, so, wie sie sind, Bird, nicht so, wie du sie gern hättest.«

»Man muß sich immer noch im Spiegel ansehen können.«

»Was haben Spiegel mit all dem zu tun?«

»Wenn wir das Recht auf irgendeine Entschädigung haben, dann für unsere Unkosten.«

»Unkosten, zum Teufel! Uns müssen das Abschleppen, die Medikamente und die Chemikalien bezahlt werden, dazu kommt zumindest eine fette Bergungsgebühr. Verdammt noch mal, wir haben ein Recht auf das ganze verdammte Schiff, Bird.«

»Das wird nicht klappen.«

»Und ob es klappen wird, Bird! Ich werde es dir im Gesetzbuch zeigen. Willst du, daß ich es dir im Gesetzbuch zeige?«

Bird sah ihn an, als treibe Ben ihn zur Verzweiflung. Er seufzte. »Ich kenne die Vorschriften.«

Jetzt kannte Ben sich mit seinem Partner überhaupt nicht mehr aus. Aufs Geratewohl fragte er: »Bird — habe ich etwas falsch gemacht?«

»Nein. Sag mir vor der Zündung nur rechtzeitig Bescheid. Ich werde unserem Passagier ein paar Antibiotika spritzen, damit er sich ein bißchen besser fühlt.«

Ben, fest entschlossen, später darauf zurückzukommen, sagte verärgert: »Du solltest fortlaufend notieren, was du für ihn verwendest.«

»Das werde ich nicht tun, Ben! Hör auf, wie ein Computer zu denken. Der Junge kann einen Nieren- und einen Leberschaden haben, er kann Frakturen haben, er kann eine Gehirnerschütterung haben. Berechne du eine hübsche, sanfte Zündung, wenn du schon einmal dabei bist. Wir werden mit ihm an Bord keine plötzlichen Bewegungen machen.«

»In Ordnung. Gut. Langsam und behutsam«, stimmte Ben zu. Bird verließ ihn, und Ben drückte die Tasten mit dem Stift. Langsam kochte er vor Wut — nein, im Grunde war er tödlich beleidigt. Er klopfte mehrmals auf den Rand der Tastatur. Dann stieß er sich von dem Zehenhalt ab und segelte Bird hinterher. »Bird, verdammt noch mal, was, zum Teufel, habe ich verbrochen?«

Bird sah ihn an, als zähle er im Kopf verschiedene Dinge zusammen.

Vielleicht, dachte Ben, vielleicht konnte Bird es nur nicht leiden, wenn man ihm widersprach. Oder vielleicht war es Dekkers hübsches Gesicht. Dekker verkörperte einen Typ, den er aus Herzensgrund verabscheute, denn manche Leute brauchten überhaupt keinen vernünftigen Grund, um so welchen einen Gefallen zu tun, und es spielte überhaupt keine Rolle, ob sie saublöde waren oder bereit, einem die Kehle durchzuschneiden, wenn es ihrem Vorteil diente, die Leute glaubten ihnen, weil sie gut aussahen und gewandt reden konnten. Plötzlich dämmerte es ihm, daß Bird sich wegen dieses Jungen ohne guten Grund wie ein Bescheuerter benahm, und er sagte sich, vielleicht sei es durchaus keine gute Idee, Bird für Dekker sorgen zu lassen. Er sagte schnell, leise: »Ich mache mir um unser Konto Sorgen. Und um die Absichten dieses Jungen. Er ist nicht in seiner richtigen Zone. Er ist weit davon entfernt. Wir kennen ihn nicht. Vielleicht wurde er hierher verschlagen, vielleicht auch nicht. Wir wissen nicht, was er ist. Er könnte noch einer von den Rebellen sein ...«

»Es gibt keine Piraten mehr, Ben. Und er ist kein Rebell. Was sollte er denn ausspionieren wollen? Ein Schiff, das man von weitem ohne irgendwelche optischen Geräte sehen kann? Du hast zu viele Geschichten gehört.«

»Na schön, dann ist er eben einer von den Guten. Du willst ihn in aller Bequemlichkeit untergebracht haben, du willst, daß er eine Dosis Breitband-Antibiotika und auch noch ein paar Vitamine verpaßt bekommt. *Ich* werde mich um ihn kümmern. *Du* führst die Zündung durch.«

»Du hast doch die Vorbereitungen schon getroffen.«

»Ich sagte, ich werde mich um ihn kümmern!«

Ben schoß in Richtung des Medikamentenschrankes davon, und Birds erster Gedanke war: Nun habe ich ihn doch noch zur Vernunft gebracht. Und dann, zynisch: Zumindest sagt er sich, daß er im Augenblick nicht allzu gut bei mir angeschrieben ist, und er will nichts, als sich rückversichern. So schnell ändert man einen Menschen nicht.

Dann sah er Ben eine Spritze füllen und dachte: Gott, er wird doch nicht!

Bird stieß sich mit dem Fuß von dem Kontaktstreifen ab und segelte zu Ben hoch. »Das mache ich.«

Die Flasche trieb in der Luft, und als Bird nach ihr faßte, drehte sie sich so, daß er das Etikett lesen konnte, und es war tatsächlich ein Antibiotikum, das Ben aufgezogen hatte.

»Du benimmst dich verrückt, Bird. Du benimmst dich richtig verrückt, weißt du das?«

»Ich mache das«, sagte Bird. »Warte mit der Zündung ein paar Minuten.«

Ben maß ihn mit einem finsteren Blick, stieß sich von dem Schrank ab und segelte an den Arbeitsplatz zurück. Jetzt ist er beleidigt, dachte Bird ein bißchen gereizt und gleichzeitig ein bißchen schuldbewußt — er war sich nicht sicher, was Ben wirklich vorgehabt hatte. Ben hatte weder Geduld noch Mitgefühl für Dekker oder sonst jemanden — das hatte er jedenfalls geglaubt.

Oder war es bei Ben nichts weiter als Eifersucht?

Ben schnallte sich wieder vor seiner Tastatur an. Er sah nicht zu Bird hin. Er sah demonstrativ nicht zu Bird hin.

Bird flog zu Dekker hoch. Dekker sah aus, als schlafe er, und Bird hoffte, das war alles. Wenigstens hatte er es aufgegeben, nach der Uhrzeit zu fragen. Bird berührte seinen Arm mit dem Handrücken.

Dekker fuhr hoch und schrie auf.

»Antibiotikum«, sagte Bird und zeigte ihm die Spritze. »Hast du irgendwelche Allergien?«

Dekker schüttelte benommen den Kopf. Bird setzte die Spritze, griff sich das Citrisal-Päckchen aus den Rohrleitungen, wohin die Luftströme es getrieben hatten, öffnete den Stiel und steckte ihn Dekker in den Mund.

Dekker nahm einen Schluck oder zwei. Wandte den Kopf ab. »Mehr nicht.«

»Wir werden gleich eine Testzündung durchführen. Danach machen wir 140 und setzen uns auf einen Strahl nach Hause. Wir müssen zu unserer Basis zurückkehren, verstehst du, falls wir keine anderen Anweisungen erhalten. Wir sind von R2.«

Dekker sah ihn benommen an. »Nein. Kein Krankenhaus. 79, 709, 12. Da waren wir. Wir hatten einen Fund gemacht — einen großen. Einen *sehr* großen. Ich werde ihn dir überschreiben. Nur fahr hin. Nimm Cory auf.«

»Dein Partner war bei dem Unfall gerade draußen?«

Dekker nickte.

»Was ist geschehen? Seid ihr mit einem Felsbrocken zusammengestoßen?« Das kam vor. Üblicherweise passierte es Neulingen.

Wieder ein Nicken. Dekker fiel es schwer, die Augen auf etwas zu fokussieren. »Kilometerbreit. Eisenhaltig.«

Unabhängige Erzsucher konnten Nickel-Eisen-Felsbrocken von dieser Größe nicht *finden.* So große Felsbrocken waren von optischen Geräten erfaßt worden. Sie hatten alle längst Nummern, sie gehörten der Company, und wenn der Gehalt hoch war, wurde ein Treiber hingeschickt, er zerlegte sie in Stücke und schickte sie eimerweise in die Verarbeitungszone am Schwerkraftschacht. Aber Dekker machte im Augenblick nicht den Eindruck, als sei er vernünftigen Argumenten zugänglich, und so widersprach Bird ihm nicht. Er sagte nur: »Einen ganzen Kilometer breit! Bist du sicher?«

»Das ist die Wahrheit«, beteuerte Dekker. »Wir markierten ihn. Er war nicht verzeichnet. Du kannst ihn haben, wenn du dorthin zurückkehrst und sie findest.«

»Cory ist eine Sie.«

»Cory. Ja.« Er versank wieder in seinen Dämmerzustand. »Gott, kehr um. Fahr dahin zurück, hör mir zu, alles, was du willst ...«

»Möchtest du noch einen Schluck?« fragte Bird, aber Dekker war wieder bewußtlos. Bird stieß sich ab, schoß nach unten und faßte einen Griff neben Bens Arbeitsplatz. Ben sagte:

»Ich bin dir bereits zuvorgekommen. Er sagte 79, 709, 12? In dieser Richtung ist kein Signal, da ist nichts als der Treiber.«

Nichts als der Treiber, dachte Bird. Gott. »Hast du irgendeine Markierung gehört?«

Ben schüttelte den Kopf.

Bird biß sich auf die Unterlippe. Er fragte sich ...

Er fragte sich, verdammt noch mal, wie lange dieser spezielle Treiber schon dort war. Sicher eine ganze Weile. Mama sagte einem nur, was man wissen mußte. Den Rest konnte man sich daraus, was man mit den eigenen Ohren und mit seinem Radar hörte, zusammenreimen, aber wer hatte schon Lust dazu?

Wer hatte Lust dazu, wenn es um eine Company-Markierung und einen Privatanspruch ging?

Ben dämpfte die Stimme. »Glaubst du, dieser Idiot hat versucht, die Company bei einem Felsbrocken dieser Größe übers Ohr zu hauen?«

Bird dachte: Ich will hier weg.

Doch er antwortete Ben: »Wir werden einfach nicht fragen. Wir wissen nichts, und wir werden der Company nicht in den Weg laufen. Ganz gleich, wer Anspruch auf das Ding da draußen hat, es hängt bereits ein Treiber dran.«

»Das macht andere Ansprüche zu einer rein akademischen Frage, nicht wahr?«

»Du sollst nicht einmal fragen.«

Company-Privilegien, geheime Company-Codes und direkte Zugriff-Codes — Company-Schiffe konnten nach Belieben hin- und herreden, darauf wollte er sein Leben wetten.

Und bestimmt war dieses Treiberschiff bewaffnet — wenn man in einem kilometerlangen Massentreiber eine tödliche Waffe sah, und Bird tat es. Wer wollte schon mit einem Treiber-Kapitän über Vorfahrts- oder Eigentumsrecht diskutieren? Diese Leute waren ASTEX bis ins Mark und eine Klasse, die gleich nach Gott kam.

Ben murrte: »Ich habe es gleich gesagt, wir hätten diesen Knilch auf der anderen Seite der Schleuse lassen sollen. Dazu ist es immer noch nicht zu spät.«

»Hör auf mit dem blöden Witz. Er war schon beim ersten Mal nicht komisch.«

»Bird, hinter der Sache steckt viel mehr als das, was er erzählt. Ein großer Fund, zum Teufel! Sie wollten sich einen Felsen aneignen, der der Company gehört.«

»Das wissen wir nicht.«

»Nun, das ist alles, was ich wissen will. Jetzt bin ich verdammt froh, daß wir nicht mit diesem Treiber gesprochen haben. Mir gefällt das alles nicht, ehrlich.«

»Ich weiß überhaupt nichts. Du weißt überhaupt nichts. Wir haben uns das Log nicht angesehen. Gott sei Dank. Wir wollen bloß machen, daß wir hier wegkommen.«

»Wir könnten uns als Zeugen anbieten.«

»Wie könnten wir irgend etwas beschwören? Wir *wissen* nicht, was passiert ist.«

»Wir *könnten* uns das Log ansehen.«

»Meinst du, ein Dieb wird ins Log eingeben, was er tut? Zum Beispiel: ›1025, und wir haben soeben ein Stück von einem Felsen abgesprengt, der einen Kilometer breit ist‹? Wenn wir die Schalttafel da drüben anrühren, wird aufgezeichnet, daß wir uns Zugang verschafft haben, und das halte ich nicht für eine gute Idee. Habe ich mich klar verständlich gemacht? Sei nicht dumm.«

»Ich könnte an das Log herankommen. Ich glaube, ich kann diese Zugriffsaufzeichnung umgehen, wenn du es wirklich wissen willst.«

»Verlaß dich nicht darauf. Daß du es glaubst, ist nicht gut genug. Nein. Das Risiko gehen wir nicht ein. Am besten kommen wir damit weiter, daß wir diese Aufzeichnungen nicht gesehen haben und von nichts etwas wissen. Wir bekommen keine Probleme, wenn wir einfach sauber bleiben. Keine fragwürdigen Sachen. Nichts. Sauber bleiben, Ben.«

»Hau dem Jungen über den Kopf«, murmelte Ben. »Sorge dafür, daß es keine Fragen gibt. Dann gibt es auch keine Probleme.«

Gott, dachte Bird. Das bringt man also dieser Generation bei?

Das Schiff machte einen Satz.

Dekker schrie laut, schlug um sich, wollte sich losmachen. Jemand — die Stimme kannte er jetzt schon — fuhr ihn an, er solle ruhig sein.

Ein anderer sagte freundlicher: »Wir sind nur in Position gegangen, Dekker. Reg dich nicht auf.«

Danach hatte er wieder eine leere Stelle. Er erwachte mit dem alptraumhaften Gefühl zunehmender Ge-Werte; er wußte nicht, wo es aufhören würde oder warum es angefangen hatte. Etwas drückte sich in seinen Rükken, und er dachte: Gott, wir kreiseln ...

»Cory!« schrie er.

»Halt den Mund, verdammt noch mal!«

»Dekker.« Das kam freundlich zusammen mit einer Berührung an seiner Schulter. Ein Geruch nach etwas, das kochte. Freier Fall. Dekker blinzelte und sah den grauhaarigen Mann an, der ein in Folie gewickeltes Päckchen vor seinem Gesicht schweben ließ.

»Wir haben unsere Position eingenommen«, sagte der Mann zu ihm. Er konnte sich nicht an seinen Namen erinnern, und dann erinnerte er sich doch. Bird war der Gute. Bird war derjenige, der ihn nicht töten wollte. »Wir werden uns morgen auf unseren Strahl setzen und nach Hause fahren. Anscheinend denkt Mama, daß wir keine Eile haben, verdammt soll sie sein. Ich werde dich losmachen, wenn du wachbleiben kannst.« Wieder wurde er auf die Schulter geklopft. »Weißt du, du warst ein Weilchen nicht ganz richtig im Kopf.«

»Wieviel Uhr ist es?«

»Still«, sagte Bird. »Frag das nicht andauernd.«

»Ich möchte wissen ...«

Bird legte ihm die Hand auf den Mund. »Tu das nicht.« Bird sah ihm in die Augen. »Tu das nicht, Junge. Du brauchst es nicht zu wissen. Du brauchst es wirklich nicht zu wissen. Deine Partnerin ist tot, und zwar schon lange. Es gibt nichts, was irgendwer noch für sie tun könnte.«

Dekker wollte das nicht glauben. Er wollte nicht wieder aufwachen, aber Bird ließ das Päckchen weiter vor seinem Gesicht schweben und hielt ihm die Tube hartnäckig an den Mund.

Er trank ein bißchen. Es war warm, es war Suppe, es war höllisch salzig. Er wandte den Kopf ab, und Bird drängte ihn nicht weiter. Ein winziges Suppen-Planetchen blieb abkühlend in der Luft hängen und trieb mit dem Luftstrom davon. Bird fing es mit der Hand ein und wischte es sich auf den Ärmel.

Überall Blut, glänzende dunkle Tropfen ...

Alles war stabil. Sauber und ruhig. Hier war niemals etwas verkehrt gelaufen. Hier war niemals etwas verkehrt *gewesen*. Dekker hielt die Augen aus Angst vor der Dunkelheit hinter ihnen offen und versuchte, noch einen Schluck von dem Zeug zu nehmen, das Bird ihm anbot, während der erste in seinem Magen eine Wirkung hervorrief, über die er sich noch nicht im klaren war.

Warum bin ich hier? fragte er sich. Was ist das für ein Ort? Es ist nicht mein Schiff. Was tue ich hier?

Vielleicht hatte er die Frage laut gestellt. Er merkte nicht immer, was er tat. »Wir fahren zur Raffinerie Zwei«, teilte Bird ihm mit.

Er schüttelte den Kopf. Er holte Atem und dachte: Cory ist noch im Schiff, sie haben Cory im Schiff zurückgelassen ...

Er ermahnte sich, und das brachte er jetzt fertig, nur eine kalte, seltsame Ruhe erfüllte ihn: Nein, Cory ist tot — Nicht etwa, daß er sich erinnerte. Er sagte es sich immer wieder und wieder, aber er erinnerte sich nicht. Sie war noch da. Sie zerbrach sich den Kopf, was aus ihm geworden war. Sie vertraute darauf, daß er das Richtige tat, das, was klug war. Sie wartete darauf, daß er sie holte ...

Der Dunkelhaarige, der junge, Ben hieß er, stieg in sein Gesichtsfeld hoch. Er trug ein dünnes Kabel und eine Davies-Schelle. Ben hing vor seinem Gesicht und legte ihm das Kabel hinter den Hals.

»Teufel!« brüllte Dekker und stieß mit dem Knie zu, aber Ben faßte eine Handvoll von seinem Overall, und das Knie verfehlte sein Ziel.

O Scheiße, dachte er da und sah Ben ins Gesicht. Er glaubte, Ben werde ihn umbringen.

Bird sagte von der anderen Seite: »Immer mit der Ruhe, Junge. Es ist nur vorübergehend. Halt endlich still.«

Er hatte geglaubt, Bird sei in Ordnung. Aber Bird hielt ihn fest, und Ben legte ihm das Kabel um den Hals. Die Schelle rastete klickend ein.

»So«, sagte Ben. »Du kannst jeden Ort erreichen, an den du mußt. Du kannst in diesem Schiff alles erreichen — bis auf die Knöpfe. Und an die willst du doch im Grunde gar nicht, oder?«

Dekker sah Ben in die Augen und fragte sich, ob Ben darauf wartete, ihn töten zu können, wenn Bird schlief.

Er erinnerte sich, daß er sie sprechen gehört hatte. Er fragte sich, ob Ben ihn jetzt gleich schlagen werde.

»Du verstehst mich?« fragte Ben.

Dekker nickte. Er war auf eine eng fokussierte, vom Adrenalin bestimmte Weise gleichermaßen verängstigt und im Kopf klar. Er hielt sich ganz still, während Ben sein linkes Handgelenk von dem Rohr löste. Er dachte weder vorwärts noch rückwärts. Da waren nur er selbst und Ben und der alte Mann, der seine Schulter festhielt und sagte: »Ich bitte um Verzeihung. Ich bitte deswegen aufrichtig um Verzeihung, Junge. Aber wir können dich nicht herumwandern lassen, wenn du nicht richtig im Kopf bist. Ben ist kein böser Mensch. Wirklich nicht.«

Dekker fiel ein, was er mitgehört hatte. Er hatte geglaubt, Bird wolle ihn am Leben lassen, und nun war er sich nicht mehr sicher, ob auch nur einer von ihnen bei Verstand war.

Ben befreite seinen linken Arm, Bird den rechten. Wenn er beide gleichzeitig bewegte, tat ihm die Brust weh, tat ihm der Rücken weh, tat ihm alles so weh, daß ihm Tränen in die Augen traten.

Ben entfernte sich bugwärts. Bird blieb achtern, legte ihm die Hand auf die Schulter. »Da ist kein Unterschied zwischen unserer Ausrüstung und deiner, beides ist der Standard-Typ, soviel ich gesehen habe. Alles, was du erreichen kannst, darfst du benutzen. An deiner Stelle würde ich mit dem Kabel nicht in den Kreisel gehen, du verstehst, aber du hast, solange dein Schiff taumelte, Gott weiß wieviel Ge abgekriegt, wahrscheinlich mehr als genug. Dein Stim-Anzug ist sauber, aber du wärst einen Tag oder so ganz gern von ihm befreit, nicht wahr? Du mußt überall wund sein. — Stimmt's? Versuche nur nicht zu duschen, wegen des Kabels kannst du die Tür nicht fest schließen, und wir hätten dann überall Wasser. Ansonsten kannst du dich frei im Schiff bewegen. Hast du das verstanden?«

»Ja.«

Bird griff nach dem nachschleppenden Kabel, schloß die Faust darum. »Wenn du dich in der Kabine umherbewegst, faßt du das Kabel so. Wir wollen nicht, daß du dich verletzt. Hörst du? Du sollst keinen plötzlichen Ruck bekommen. Wir werden keine Zündung durchführen, ohne dir vorher Bescheid zu sagen. Trotzdem, behalte eine Hand am Kabel. Halte es fest.«

Ihm war einfach zu vieles passiert. Er bekam nicht heraus, wie seine Situation war und was sie wollten. Er stieß sich ab, trieb von dem Schott weg, um das Päckchen Suppe einzufangen, das angeschwebt kam. Sich mit dem Arm an einem Rohr abzubremsen war beinahe mehr, als er fertigbrachte. Er ließ das Kabel verwirrt los und stieß sich den Kopf an.

Jemand faßte seinen Fuß und zog sacht daran. Er wurde gedreht und nach unten befördert, und dort sah er Bird, der ebenfalls ein Päckchen Suppe in den Händen hielt.

»Es ist auch feste Nahrung da«, informierte Bird ihn, »sobald du sie essen kannst. Nimm dir alles aus der Kombüse, was du brauchst. Du warst ziemlich dehydriert.«

Dekker haßte diesen ständigen Gebrauch der Vergangenheitsform, der ihn immer wieder darauf hinwies, daß er sich an einen beträchtlichen Zeitabschnitt nicht erinnerte. In jedem einzelnen Augenblick hämmerte er sich ein, daß Cory tot war, und jedes Mal, wenn er das tat, wollte ihn die Panik überwältigen. Er streifte einen Kontaktpunkt mit dem Fuß, hielt an, trank einen Schluck und sah zu, wie Bird aus seinem eigenen Päckchen trank. Immerzu dachte er: Sie belügen mich, sie bringen mich nicht nach Hause ...

Schließlich fragte er Bird: »Was ist das für ein Treiber da draußen?«

»Was meinst du damit?«

»Ihr habt von einem Treiber gesprochen. Über welchen Treiber habt ihr gesprochen?«

Ben brüllte von unten herauf: »Sag ihm bloß nichts, Bird. Er verdient es nicht.«

Dekker sah von Ben, der unten am Arbeitsplatz war, zu Bird hoch, der am Schott lehnte.

»Ben regt sich leicht auf«, meinte Bird. »Genieße du nur dein Frühstück. Oder auch Abendessen.«

Aber Ben schwebte zu ihnen hoch. Ben bremste ab, indem er sich mit der Hand gegen die Leitungen stemmte. »Ich möchte wissen«, sagte Ben, »was du für diese Fahrt zu zahlen gedenkst. Du ißt unsere Lebensmittel, du atmest unsere Luft, du kostest uns unsere Zeit und unseren Treibstoff. Wir brechen deinetwegen eine Fahrt ab. Wir hatten sie gerade erst begonnen, und jetzt kehren wir zur Basis zurück, ohne daß sie uns etwas eingebracht hätte, und das alles deinetwegen. Hast du irgendwelches Vermögen, daß du dafür bezahlen kannst? Oder hast du nur Schulden?«

»Wir haben Geld«, antwortete Dekker, und dann erkannte er, das hätte er diesen Leuten nicht sagen sollen. Verzweifelt griff er seinen vorherigen Gedankengang wieder auf und hoffte nur, daß ihm dazwischen nichts verlorengegangen war. »Also, was für ein Treiber ist es?«

Ben fragte: »Wieviel Geld?«

»Ben«, mahnte Bird.

»Ich möchte«, erklärte Dekker mit Nachdruck, »ich möchte, daß ihr diesen Treiber ruft und wegen meiner Partnerin fragt.«

»Was sollen wir wegen deiner Partnerin fragen?« erkundigte sich Ben.

»Fragt, ob man ...« — der Gedanke brachte ihn zum Stottern. Er stotterte sonst nie, doch er konnte es nicht herausbekommen — »... ob man s-s-sie aufgen-n-nommen hat.«

»Warum hätte man sie denn aufnehmen sollen? Was habt ihr hier gemacht, habt ihr in der Zone einer anderen Raffinerie gewildert?«

»Das h-h-haben wir n-n-nicht.« Verdammt. »Aber *er.*«

»Wen meinst du mit ›er‹?«

»Ben«, sagte Bird und dann, wobei er ihn ansah: »Vergiß, daß er gefragt hat.«

Dekker verstand nicht. Er war so schwach, daß er von einem zum anderen Augenblick vergaß, was sie sagten. Feindselige Fragen, Null-Schwerkraft und ungewohntes Essen trugen dazu bei, daß alles zu einer einzigen Verwirrung von Gleichgewicht und Orientierung wurde. Ein unaufhörliches Summen in seinem Kopf schwoll an und ab wie die Ventilatorgeräusche. In der einen Sekunde wußte er, Cory war am Leben, und in der nächsten Sekunde wollte er wissen, wie spät es war und auf seine Uhr sehen.

Das war verrückt. Langsam begriff er, daß es verrückt war. Die einzige Hoffnung, die Cory noch hatte, war dieses Treiberschiff. Vielleicht hatte es sie aufgenommen. Vielleicht.

»Er erzählt nicht die gleiche Geschichte wie anfangs«, stellte Ben fest. »Der Mann lügt irgendwo. Eine Kollision mit einem Felsbrocken, hat er gesagt. Eine Explosion hat einen ganzen verdammten Tank aufgerissen. Der andere bekam eine Delle ab, daß man ein Beiboot darin parken kann. Willst du das Videoband sehen, Mann? Ich kann es dir zeigen.«

»Wir sind nicht mit einem Felsbrocken zusammengestoßen.« Dekker schüttelte den Kopf. Er hatte keine Ahnung, wohin das führte. Er hatte keine Ahnung, wessen sie ihn beschuldigten, ob das Gespräch aufgezeichnet wurde oder was sie von ihm wollten.

»Warum ist der Tank denn dann explodiert?«

»Der Treiber hat uns gerammt.«

»Indem er vom Schwerkraftschacht *wegfuhr?* In welcher Zone wart ihr?«

»R1.«

»Treiber, von wegen. Du bist mit deinem Schiff gegen

einen Felsen gerannt, nicht wahr? Weiter war nichts los.«

»Nein.«

»Ben«, mahnte Bird, »immer mit der Ruhe. Der Junge ist verwirrt.«

»›Immer mit der Ruhe‹! — Manche Leute haben nur die Probleme, die sie verdienen, weißt du.«

»Wir wissen überhaupt nichts«, sagte Bird. »Sein Gedächtnis taugt nicht viel nach dem, was er durchgemacht hat.«

»Er sieht aber ganz gesund aus. Er sieht verdammt gesund von unserer Luft und unserem Essen aus. Er macht richtig gute Fortschritte.«

Ben hatte davon gesprochen, sie könnten Anspruch auf das Schiff erheben, daran erinnerte Dekker sich — die beiden waren hinter dem Schiff her, und sie behaupteten, ihn nach R2 bringen zu wollen. Jetzt redeten sie von anderen Schulden ...

Sie redeten, als wollten sie ihn dazu zwingen, für sie zu arbeiten. Er hatte von Nouri gehört. So etwas war im Gürtel schon geschehen. Leute mit allen möglichen Macken zogen in Schiffen hinaus ... und wenn die Zeit für die Rückkehr zur Basis gekommen war, wollten sie den Beweis vielleicht nicht mitnehmen.

Gott, dachte er und wandte den Blick ab ins Leere. Das einzige Ding in der Nachbarschaft war dieses Treiberschiff. Wenn es nicht gemeldet hatte, es habe Cory gefunden ...

Die Instrumente ... etwas kam über den Horizont auf ihn zu ...

Eine Explosion traf sie wie eine Faust. Hoher Ge-Wert. Er streckte die Hand nach den Feuerkontrollen aus.

Keine Energie. Nichts ...

Ben verließ ihn. Bird verließ ihn. Er sah, daß Bird mit Ben sprach, Bens Arm faßte. Er konnte nicht hören, was sie sagten.

Dann brüllte Ben: »Uns gehört dieses Schiff!« und Bird: »Sei doch still, Ben, sei still, um *Gottes willen,* Ben!«

Sie fingen wieder an, sich zu streiten, schrien sich an wegen Geld, wegen der Kosten, die sie seinetwegen hatten, und Bird ergriff seine Partei und sagte immer wieder: »Das hast nicht du zu entscheiden, Ben!«

Dekker sah zu, drehte sich so, daß er zusehen konnte, war manchmal klar, manchmal nicht. Das Ventilatorengeräusch summte in seinen Ohren, die Suppe, die er getrunken hatte, stand ihm unverdaulich vor dem Magen. An einer Stelle fürchtete er, Ben werde den alten Mann schlagen und zum Schluß werde Ben die Kontrolle über das Schiff haben.

Der Streit endete. Dekker war eine Weile ohne Bewußtsein. Er wachte auf, und da war etwas in seiner Nähe. Er sah in eine zyklopische Glaslinse, eine auf sein Gesicht gerichtete Kamera, Bens Gesicht dahinter. Das machte ihm angst. Er starrte zurück, fragte sich, ob Ben nicht ganz bei Trost oder ob er ein Foto-Amateur sei. Er fürchtete sich, dagegen zu protestieren. Er starrte nur zurück und versuchte, die Suppe unten zu behalten.

Dann stellte Ben die Kamera ab, sagte: »Ich habe dich, du Hurensohn«, und trieb davon.

Dekker dachte: Der Mann ist verrückt, er ist absolut verrückt ... Ben wollte sein Schiff. Ben wollte seinen Tod. Er hatte dieses Kabel um seinen Hals, das Ben ihm angelegt hatte. Jetzt hatte er Angst einzuschlafen, er hatte Angst, Ben werde etwas noch Seltsameres tun, und das Adrenalin hielt ihn eine Weile klar. Dann wichen die Dinge wieder von ihm zurück, er war wieder im Dunkeln, und das Schiff taumelte, und der Druck in seinem Kopf stieg, und dann sah ihm wieder diese Linse ins Gesicht, und Ben wurde verrückter und verrückter ...

Er hatte keine Vorstellung davon, wie lang diese Zeiten waren oder ob er die Sache mit der Kamera geträumt hatte. Als er hinsah, schlief Bird in einem improvisierten Netz, das unten in Bugrichtung aufgehängt worden war, und Ben saß wieder am Arbeitsplatz vor der Tastatur, als habe er sich überhaupt nicht bewegt, überhaupt nichts irgendwie Seltsames getan. Dekker beobachtete Ben eine Weile, fragte sich, ob er halluziniert habe, fragte sich, ob es ungefährlich sei, seinen Platz zu verlassen, während Bird schlief. Denn allmählich hatte er es dringend nötig, die Toilette unten aufzusuchen, aber er hatte Angst, etwas zu tun, wogegen Ben Einspruch erheben könnte.

Schließlich stieß er sich ganz langsam ab und trieb mit den Füßen voran auf die Zelle zu, die Dusche und Toilette beherbergte.

Ben sah sich nach ihm um. Dekker berührte die andere Wand und faßte die Tür der Dusche. Anscheinend kümmerte es Ben nicht.

Er durfte die Dusche nicht benutzen, erinnerte er sich — er hielt das Kabel so in der linken Hand, wie Bird es ihm gezeigt hatte, aber für eine Weile vergaß er wieder, wo er war. Dann war er im Innern der Zelle, wo die Toilette war, und erledigte sein Geschäft. Einen panikerfüllten Augenblick lang dachte er: Sie lügen, dies ist doch unser Schiff. Die grüne Wand der Dusche hatte sogar das gleiche Rippenmuster. Er berührte es, und er konnte es fühlen, es war ganz real. Er dachte: Cory kann nicht tot sein, sie ist nicht tot, es gibt gar kein anderes Schiff ...

Aber da war das Kabel, das sich aus der Tür schlängelte, da war die Schelle, die er nicht abbekam — er bemühte sich, er stemmte Füße und Schultern dabei ein, er zog die Federkappe zurück und drückte die Klemmbacken mit den bloßen Fingern, aber er konnte keine Hebelwirkung erzielen, und die ganze Zeit war Cory da draußen und hatte keine Möglichkeit, wieder hereinzukommen ...

Er sah auf seine Uhr. Nach ihr war es 0638. Nach ihr war es der 12. März. Er dachte: Die verdammte Uhr geht falsch, es kann nicht der 12. März sein. Ich bin wieder da, wo ich angefangen habe. Cory wird sterben. O Gott ...

Die Federkappe rutschte weg und klemmte ihm den Finger ein. Vor Schmerz biß Dekker sich auf die Unterlippe und dachte: Ich muß dieses Kabel loswerden. Ich muß das Schiff in meine Gewalt bringen. Ich muß an das Funkgerät gelangen ...

Er sah sich nach einem Gegenstand um, den er zurechtbiegen und als Zange benutzen konnte, um die Klemmbacken bei zurückgeschobener Abdeckung aufzubiegen. Er versuchte es mit dem Seifenspender, riß die kleine Frontplatte auf, bugsierte seinen Körper herum, bis er mit dem Kopf nach unten hing, den Fuß gegen die Wand gestemmt, zog die Federkappe mit der linken Hand von den Klemmbacken zurück und hielt den druckempfindlichen Punkt mit der rechten unter die Kante der metallenen Frontplatte, stieß die Kante, so fest es ging, auf die Schelle hinunter, versuchte, sie nicht wegrutschen zu lassen ...

3. KAPITEL

Aus der Dusche kam ein Bums, und Ben dachte bei sich: Er ist schon zu lange da drinnen.

Er ließ den Sitzgurt zurückgleiten, schob sich in dieser Richtung davon und faßte einen Griff an der Ecke der Dusche. Verschwommen sah er Dekker, der mit dem Kopf nach unten und kreuzweise in der Zelle hing.

Zum Teufel, was soll das? fragte sich Ben. Er riß die Tür auf — und konnte sich nicht gleich einen Reim darauf machen, was Dekker tat. Dann sah er die blutigen Fingerabdrücke auf der Schranktür, den Winkel, in dem Dekker Hals und Arm hielt, um die Frontplatte des Seifenspenders mit aller Gewalt auf die Schelle zu drücken. Dekker ließ plötzlich los, die Platte knallte, Dekker flog von der Wand weg und auf ihn zu, fuhrwerkte nach einem Halt herum, versuchte, wie Ben zu seinem Schrekken klar wurde, ihm das Kabel um den Hals zu schlingen.

Ben schrie auf, warf die Arme hoch und fing das Kabel ein. Ihr Taumeln verwickelte sie beide in das Kabel, das Dekker ihm um den Hals schlingen wollte, und rein aus Panik schlug er ihn, zog sich an dem Kabel heran und schlug weiter auf ihn ein, so fest er konnte.

»Ben!« rief Bird. Ben hörte es nur mit halbem Ohr, seine Fäuste droschen weiter auf Dekker ein, bis sie taub wurden und er so mühsam atmete, daß er nicht mehr wußte, ob er von dem Kabel gewürgt wurde oder nicht. Bird packte seinen Arm, rief: »Du wirst ihn umbringen! — Ben, verdammt noch mal, hör auf!«

Erst jetzt merkte Ben, daß Dekker nicht mehr kämpfte. Bird löste Ben aus seinem Griff, Dekker blieb schlaff in der Luft hängen. Von neuem schüttelte Bird seinen Partner. »Gott, hast du den Verstand verloren?«

Mitgefühl für einen verdammten Wahnsinnigen —

kein Dank dafür, daß er Dekker daran gehindert hatte, sie umzubringen. Ben zitterte von dem Schrecken, den Dekker ihm eingejagt hatte, die Treffer, die Dekker gelandet hatten, schmerzten ihn, und Bird ergriff Dekkers Partei.

»Dieser Hurensohn hat versucht, die Schelle aufzustemmen!« Ben schüttelte Birds Hände ab, packte Dekker, zog ihn wieder nach oben, dahin, wo die Rohre und Leitungen verliefen, und fummelte die Rolle Klebeband aus seiner Hüfttasche. Er begann, Dekkers Handgelenk an ein Kaltwasserrohr zu fesseln. Dekker bewegte sich immer noch nicht, aber Ben beeilte sich, denn schließlich konnte Dekker jederzeit wieder zu sich kommen.

»Laß das!« rief Bird, kam nach oben und schob ihn weg.

Ben tat die Hand weh. Bird ergriff tatsächlich die Partei dieses Wahnsinnigen. Also schwebte Ben nach unten, ging an die Vorräte und genehmigte sich ein Bier. Er sprach nicht mit Bird, er traute sich in diesem Augenblick keine Selbstbeherrschung zu. Sein Kiefer war wund. Ein Zahn fühlte sich locker an. Seine Lippe war aufgerissen. Er hatte sich in der Schule nie geschlagen, und er hatte nicht die Absicht gehabt, das später im Leben nachzuholen, außer wenn ein Kerl ihn töten wollte. Dann schrie er zu Bird hoch: »Laß diesen Hurensohn bloß nicht los! Laß dir das ja nicht einfallen, Bird!«

Ben trank einen Schluck Bier. Er zitterte immer noch, seine Arme und Beine zuckten krampfhaft, seine Atmung war so unregelmäßig, daß er Schwierigkeiten beim Trinken hatte. Das war keine Angst, das war nichts als Wut. Er war verdammt wütend. Der Scheißkerl hatte versucht, ihn zu töten, und Bird schob ihn weg und bedachte den Scheißkerl, der sie beide hatte umbringen wollen, mit mitfühlenden Lauten. Bird war Eigentümer des Schiffes. Bird gab deshalb die Befehle. Und Bird glaubte, sie könnten diesem Hurensohn vertrauen ...

»Wirf mir eine Eisbeutelpackung hoch!« rief Bird herunter.

Ben tat es. Er öffnete den Medikamentenschrank und schickte Bird die Packung hoch, und Bird sah ihn nicht einmal an.

Bird schaltete die Taschenlampe aus. Wenigstens hatten Dekkers Pupillen die gleiche Größe und reagierten beide, was so ungefähr alles war, was ihm zu überprüfen einfiel. Bluttröpfchen rannen aus Dekkers Nase. Bird fing sie mit seinem Taschentuch aus der Luft, damit sie nicht in die Filter gerieten, wischte Dekker das Kinn ab und legte dann Eisbeutel auf Dekkers Gesicht und Nakken.

Langsam gab Dekker wieder Lebenszeichen von sich. Verwirrt kämpfte er einen Augenblick lang mit dem Klebeband, dann faßte er mit der freien Hand danach und riß daran. Bird faßte die Hand, hielt sie fest, sagte so leise, daß nur Dekker es hören konnte: »Nun, nun, bleib ganz ruhig, es ist alles gut. Du darfst dich nicht aufregen, sonst stellst du nur wieder etwas an. Laß das bleiben, hörst du?«

Dekker atmete schwer, sah ihn an oder durch ihn hindurch, Bird hatte keine Ahnung. Dekker wollte los sein. Das konnte er ihm nicht verübeln — er konnte aber auch nicht sicher sein, ob Dekker bei Verstand war, und Gott allein wußte, was sich in Bens Kopf abspielte. Dekker wollte das Handgelenk, das Bird hielt, mit einem Ruck befreien.

»Nicht doch«, sagte Bird. »Verhalte dich einfach ruhig. Du läßt das Klebeband für eine Weile in Ruhe, Hörst du? Du faßt es nicht an.«

»Lügner«, sagte Dekker.

»Ja, schon gut.« Da schlief man ein, und alles war halbwegs unter Kontrolle, und dann wachte man auf, und zwei Männer versuchten, sich gegenseitig umzubringen, und das Ganze ergab überhaupt keinen Sinn.

»Du blutest in unsere Filter. Verhalte dich ruhig — verdammt!« Denn Dekker würgte und nieste Blutperlen. Bird fing sie mit einer Hand mit dem Taschentuch ein, drückte das Taschentuch auf Dekkers Gesicht. »Ich weiß nicht, was du getan hast, Junge. Hast du Ben irgendwie verärgert?«

Dekker schüttelte nur den Kopf, und Bird wußte nicht, ob er es damit leugnen oder einfach keine Antwort geben wollte. Er schnaubte Blut in das Taschentuch, holte blubbernd Atem und murmelte: »Cory. Ruf Cory!«

»Unwahrscheinlich, daß sie antworten wird.« Er führte Dekkers Hand an sein Gesicht. »Halte das fest.« Er fing den Eisbeutel ein, der nach seinem Aufprall gegen die Wand zurückkehrte, und gab Dekker auch den. »Immer weiter kühlen! Wenn du blutest, dann in das Taschentuch, ist das klar? Schnaube nicht dagegen. Laß es laufen.«

Dekker sah ihn an dem blutigen Taschentuch und dem Eisbeutel vorbei an. Vielleicht war er für einen Augenblick bei Verstand. Oder er fühlte sich zu elend und war zu kurzatmig, um verrückt zu spielen.

Bird sammelte sich selbst und seine Kopfschmerzen und die Überreste seiner Geduld zusammen, stieß sich ab und trieb zu Ben hinunter. Ben hatte sich anscheinend vorgenommen, sich ja nicht nach ihm umzudrehen. Deshalb wendete Bird, berührte einen Schrank und änderte den Kurs. Man gewöhnte sich daran, einen Gesichtsausdruck mit dem Kopf nach unten oder von der Seite zu deuten. Ben war sauer, war wütend, und Ben tat, als merke er nicht, daß er gemustert wurde — er trank sein Bier und versuchte, anderswo zu sein.

»Ich habe ein Problem«, sagte Bird. »Ben?«

»Wir haben beide ein Problem«, stellte Ben kurz fest, als beabsichtige er, sonst nicht mehr viel zu sagen. »Der Knilch hat versucht, uns umzubringen. Er hatte die Schelle schon beinahe aufbekommen, indem er eine

Metallkante als Zange benutzte. Was hätte er danach wohl getan, Bird? Kannst du dir das nicht vorstellen?«

»Das weiß Gott allein. Nimm es nicht so tragisch. Wir haben noch einen langen Weg bis nach Hause.«

»Nicht tragisch!« schimpfte Ben. »Paß auf, ich habe mein ganzes Leben gespart und geknappst, um diese Zwanzigtausend zusammenzubekommen, verstanden? Niemand hat mir je eine Chance gegeben, niemand hat mir überhaupt irgend etwas gegeben, und hier haben wir die beste Chance, die man sich nur wünschen kann ...«

»Es bedeutet nicht, daß uns das Schiff gehört.«

»Gott, Bird ...«

»Wir kommen schon zurecht.« Bird konnte Bens Panik ja verstehen. Es war verdammt schwierig gewesen, sich diese Zwanzigtausend zu ersparen, sicher, aber alles war schwierig. »Wir werden nicht untergehen.«

»Untergehen! Du bist alt genug, um es besser zu wissen, Bird. Ich habe die Ersparnisse meines ganzen Lebens in dieses Unternehmen gesteckt!«

»Ich auch«, erklärte Bird knapp, zog sich nach unten und drehte sich so, daß er Bens Gesicht in der richtigen Stellung sehen konnte. »Der Gegenwert von dreißig und mehr Jahren. Und hör mir zu: Du wirst den Jungen nicht noch einmal schlagen. Er hat so schon genug Schläge auf den Kopf bekommen.«

»Wer ist er denn, Bird? Wer ist er, daß du ihm etwas schuldig bist, verdammt noch mal? Ist etwas mit ihm, wovon ich nichts weiß? Kennst du ihn von irgendwoher?«

Bird sah Ben an. Wieder kommunizierten sie nicht. Er hörte sich Bens verbohrtes Gerede an und hatte dabei das unbehagliche Gefühl, er werde seinen Partner vielleicht mit dem Schraubenschlüssel zur Vernunft bringen müssen.

Aber gerade, als er glaubte, Ben werde ganz überschnappen, wedelte Ben matt mit der Hand und schüttelte den Kopf. »Schon gut, schon gut, wir kehren nach Hause zurück, brechen unsere Fahrt ab — vergiß es, vergiß, daß ich etwas gesagt habe.«

»Was für ein Tag ist heute?« fragte Dekker quer durch die Kabine. »Cory? *Cory?*«

»Der 21.«, antwortete Bird ihm. »Der 21. Mai.«

Ben fuhr sich mit der Hand durchs Haar und warf Bird einen gequälten Blick zu. »Ich möchte ihn los sein. Gott allein weiß, was seiner Partnerin zugestoßen ist. Oder ob es jemals eine Partnerin gegeben hat.«

»*Cory?*«

»Halt den Mund!« schrie Ben zu Dekker hoch. »Halt bloß den Mund!«

Bird biß sich auf die Lippe und behielt für sich, was er hatte sagen wollen. Es gibt Zeiten, da diskutiert man etwas aus, und es gibt Zeiten, da tut man es nicht, und Ben benahm sich im Augenblick gewiß nicht so, als sei mit ihm zu reden.

»Sieh zu, daß du unsere Bestätigung von der Basis bekommst«, sagte Bird und wagte es, Ben auf die Schulter zu klopfen. »Es ist alles in Ordnung, Ben. Hörst du?«

»Bring ihn zum Schweigen«, flehte Ben ihn an. »Bring ihn nur für eine Weile zum Schweigen.«

Dekker arbeitete an dem Klebeband um sein Handgelenk, so gut es gehen wollte — seine Finger waren geschwollen, seine Rippen schmerzten, und er erinnerte sich nicht, wie er in diesen Zustand geraten war oder ob er es verdient hatte, geschlagen und angebunden zu werden. Ihm war nichts weiter im Gedächtnis haften geblieben als die Dusche, die grün gerippte Dusche, die Uhr — es war dieser Tag, Cory würde etwas zustoßen — wenn es dieser Tag war ... aber Bird sagte Mai, nicht März.

Der Januar hat dreißig Tage. Nein, 31. Der Februar 28. Der März ...

Dreißig Tage hat der September ... April, März und November ...

»April, *Mai* und November. Halt die Klappe!«

Der 12. März. Einunddreißig Tage. 21 weniger 12.

Nein, fang im Januar an. Das sind 30, nein, 31, und 28 — oder 29, wenn wir ein Schaltjahr haben — haben wir ein Schaltjahr?

»Wir haben kein Schaltjahr!«

28 und 12 — nein, fang von vorn an. Dreißig Tage im Januar ...

»Verflucht, es ist der 21. Mai, Dekker!«

Rechne rückwärts — einundzwanzig Tage im Mai ...

Dann konnte es nicht passieren. Es konnte nicht sein ...

»Ihr habt meine Uhr verstellt, verdammt sollt ihr sein! Ihr versucht, mich in den Wahnsinn zu treiben!«

Bird kam zu ihm hochgeschwebt, legte ihm die Hand auf die Schulter, fing den Eisbeutel ein, der dort trieb, und gab ihn ihm zurück. Bird sagte ruhig, doch auf welches Thema er sich dabei bezog, wußte Dekker nicht: »Die Zeit spielt jetzt keine Rolle mehr, Junge. Reg dich nur nicht auf. Wir werden uns in Kürze auf unseren Strahl setzen. Du wirst bald hören, wie sich das Segel entfaltet.«

»Raffinerie Zwei«, sagte Dekker. Er erinnerte sich. Jedenfalls hoffte er das. Er hoffte, es werde nicht alles noch einmal geschehen.

»Das ist richtig.« Von neuem klopfte Ben seinen Arm. Bird mochte ebenso verrückt sein wie Ben, aber Dekker glaubte, es sei etwas Anständiges an Bird. Er ließ es zu, daß Bird seinen Kopf nach hinten kippte und sich sein Auge ansah, das rechte, das geschwollen und blau war.

»Bird, tu mir einen Gefallen.«

»Du hast zur Zeit kaum noch einen Gefallen gut, Junge. Was ist es denn?«

»Ruf meine Partnerin.«

»Wir tun alles, was wir können.«

Dekker glaubte das nicht. Vor allem glaubte er es dann nicht, als Bird eine weitere Kabelschlinge aus der Tasche zog und nach seinem zweiten Handgelenk griff. Dekker wehrte sich. Er versuchte, Bird wegzuschieben, aber wenn er sich anstrengte, vernebelte sich sein Bewußtsein, und er bekam keine Luft mehr. »Laß das«, bat er Bird leise, damit Ben es nicht hörte. »Binde mich nicht fest.«

»Das geht nicht, Junge. Nicht heute. Vielleicht eine ganze Weile nicht. Ben sagt, du hast Sachen zerschlagen.« Das Kabel schnürte sich in sein Handgelenk, eine Schelle schnappte ein.

»Ben ist ein Lügner!« Nein. Diesen Kurs hatte er nicht steuern wollen. Er versuchte, es wiedergutzumachen. Eine zweite Schelle schnappte — das Kabel aus gewobenem Draht wand sich um ein Rohr oder so etwas. Dekker kämpfte gegen die aufsteigende Panik an. Er versuchte, ganz vernünftig zu sein. »Er hat recht. Ich war eine Zeitlang nicht bei Verstand. Aber jetzt bin ich in Ordnung. Sag ihm, es tut mir leid. Ich werde es nicht wieder tun.«

»Ich will es ihm sagen.« Bird drückte ihm freundlich die Schulter. »Niemand wird dir etwas tun, Junge. Niemand will dir etwas Böses. Es ist nur so, daß wir drei Leute in einem kleinen Schiff sind und du ein bißchen durcheinander bist. Gib dir Mühe, dich ein bißchen ruhig zu verhalten. Dann wird alles gut.«

Dekker war, als sei zu wenig Sauerstoff da. Er nahm sich mit aller Kraft zusammen. Sie sollten ihm nicht sagen, er sei durcheinander! »Bird«, sagte er, bevor Bird sich entfernen konnte, »genau da, wo ich hergekommen bin, ist ein Treiber, nicht wahr?«

»Das kann ich nicht beantworten, Junge. Ich weiß nicht genau, wo du hergekommen bist.«

»79, 709, 12.«

Bird nickte langsam. »Richtig. Ja. Dort in der Nähe ist ein Treiber.«

Dekkers Atem ging immer kürzer. Er sagte ruhig, vernünftig, weil er endlich einen festen Punkt gefunden hatte, in dem sie beide übereinstimmten: »Gut. Ich möchte, daß du ihn rufst. Frage wegen meiner Partnerin.«

»Bist du sicher, daß du eine Partnerin hattest, Junge?«

Die Realität entschwand ihm andauernd. Zeit und Raum und das, was geschehen war, entschwanden. Er konzentrierte sich auf Birds graustoppeliges Gesicht als den einzigen Hinweis, den er hatte. »Ruf nur einfach den Treiber. Frag ihn, ob er meine Partnerin aufgenommen hat. Das ist alles, um was ich dich bitte.«

»Junge ... Ehrlich, ich weiß nicht, was du da draußen in dem einem Treiber zugewiesenen Territorium zu suchen hattest. Du verstehst mich?«

Dekker verstand nicht. Er schüttelte den Kopf.

»Wie lange bist du im Gürtel, Junge?«

»Zwei Jahre.« Auch dieser Zahl war er sich nicht mehr sicher. Er war sich keiner Zahl mehr sicher, die mit der Zeit zusammenhing. Wieder dachte er: Ich muß auf die Uhr sehen — ich muß wissen — in welche Richtung ich rechnen soll.

»Selbständig?«

»Ja.«

»Hast du mit dem Erzsuchen schon Geld verdient?«

Solche Fragen stellte sonst Ben. »Mag sein.«

»Aber gestohlen hast du nie, nicht wahr?«

Dekkers Herz machte einen Satz. Er schüttelte heftig den Kopf, wollte, daß Bird ihm glaubte. »Nein.« Er erinnerte sich nicht, in welchem Gespräch sie begriffen waren, was sie eben gesagt hatten, warum Bird ihn so etwas fragte.

Bird sagte: »Wir sind verdammt nahe an der Feuerspur dieses Treibers, verstehst du, und wenn wir schon einen Unfall gehabt haben, brauchen wir bestimmt keinen zweiten, verstehst du mich?«

Für eine Weile wurde es wieder dunkel. Bird gab ihm

noch etwas Suppe, erzählte ihm, es sei das Frühstück und alles sei in Ordnung. Das hätte Dekker gern geglaubt, aber er glaubte es nicht mehr. Er hörte Stimmen in seiner Nähe. Er meinte, sich zu erinnern, daß ihm Bird danach Fragen gestellt hatte. Er war sich nicht sicher. Er träumte, er antworte, und Bird habe ihn losgemacht, damit er die Toilette aufsuchen konnte. Aber vielleicht war das ein anderes Mal so gewesen.

Von Zeit zu Zeit erinnerte er sich an den Zusammenstoß. Seine Muskeln zuckten, und dann erkannte er, daß das lange her war und er noch lebte. »Wieviel Uhr ist es?« fragte er, und Bird faßte ihn am Unterkiefer und zwang ihn, ihm in die Augen zu sehen.

»Junge, ärgere Ben nicht wieder. Frage ihn nicht nach der Zeit. Frage mich nicht. Deine Freundin ist tot. Sie ist *tot*, verstehst du mich?«

Birds Griff tat ihm weh. Bird war böse, und er wußte nicht, warum.

»Wir haben die Bestätigung von der Basis«, rief Ben herauf.

»Gut!« rief Bird zurück und tätschelte Dekkers Gesicht. »Aus dem Schlitz da wird ein Luftzug kommen. Ich werde dir eine Decke bringen, dich einwickeln — wir werden uns gleich auf den Strahl setzen.«

»Ja«, sagte Dekker. Ihm ging wieder alles durcheinander. Hatte Bird denn nicht gesagt, das werde noch einige Zeit dauern? Aber er hatte es aufgegeben, in Erfahrung bringen zu wollen, wo sie waren. Er hing dort im Nirgendwo und hörte, wie Bird sich umherbewegte. Er hörte Hydrauliken arbeiten, hörte eine Reihe von Geräuschen, die anzeigten, daß ein Segel sich entfaltete. Er dachte: Also kehren wir zur Basis zurück. Eigentlich glaubte er nicht daran. Das würde nicht geschehen. Es war nicht länger möglich. Von dem, was er erlebt hatte, konnte er nicht zurückkehren. Ständig sah er die Wand der Dusche vor sich, die Uhr an seinem Arm, es war ein Endlosband, vielleicht *weil* er tot war ...

Bird kam mit einem Armvoll Decken zurück und stopfte eine zwischen Dekkers Kopf und die Rohre, eine unter Dekkers Kreuz. »Verliere sie nicht«, sagte Bird, nahm ein Netz und band es um ihn und die Decken und die Leitungen, behauptete, das müsse er tun, es diene seiner Sicherheit, aber Dekker hatte aufgehört, Bird zu glauben. Er dachte an die Sol-Station. Mutter kam von der Arbeit nach Hause. Er traf sich mit Cory am Raffinerie-Eins-Dock. Hei, du, würde sie sagen. Ich bin Cory. Und eine Person, die eine Menge Briefe und eine Menge Porto gewesen war, würde zu Fleisch und Blut werden ...

Wenn er bis zum Dock gelangte, wenn sie ihn bis dahin brachten, würde sie da sein ... wenn er zum 12. gelangen konnte, würde er wieder dorthin gelangen ...

Er war seiner Mutter davongelaufen, Cory der ihren. Seine Mutter hatte ihn einfach gehen lassen. Corys Mutter hatte diese Briefe geschickt, die sich in ihrem Postfach stapelten und auf sie warteten ... Er sagte immer: Lies sie nicht, aber Cory las sie. Dann litt sie tagelang unter Schuldbewußtsein und ging allein weg und verbrachte Stunden an einem geliehenen Computer und schrieb Briefe nach Hause. Er tat das nicht. Es gab eine Menge, was er hätte sagen sollen, als er die Chance dazu hatte. Doch es war Cory, die keine Chancen mehr bekam, und das war ungerecht.

»Gleich ist es soweit!« rief Bird zu ihm hoch. »Dekker? Hörst du mich? Wir werden uns gleich auf den Strahl setzen. Geht es dir da oben gut?«

Er glaubte, geantwortet zu haben. Er dachte: Wir fahren nicht nach Hause. Wir werden niemals mehr nach Hause kommen. Alle diese Briefe werden sich aufstapeln und auf Cory warten, und Cory wird sie niemals mehr lesen. Man wird es ihrer Mutter mitteilen ... und sie wird mich umbringen ...

»Dekker! Paß auf, verdammt noch mal!« Das war Bens Stimme. »Antworte!«

»Ja«, sagte er.

»Dekker!«

Er sagte es lauter. Die Beschleunigung drückte seinen Körper gegen die Decken, die Bird zwischen ihn und die Rohre gestopft hatte. Das Klebeband schnitt die Zirkulation ab, und seine Finger an der gefesselten Hand wurden taub. Ihm wurde schwindelig; das Schiff wurde unstabil — alles kam zurück, die Explosion und das Taumeln, die umherfliegenden Gegenstände ...

»Cory!« schrie er, oder vielleicht war das damals gewesen. Er konnte es nicht mehr auseinanderhalten. Jemand befahl ihm, still zu sein, und er erinnerte sich, daß er gerettet worden war. Aber er hatte keine Ahnung, wohin sie fuhren und ob er am Leben bleiben werde.

Schließlich ließ der Andruck nach, und er hing da. In seinem Kopf hämmerte es. Langsam kehrte das Gefühl in die Hände zurück. Der Druck in den Nebenhöhlen und hinter den Augen baute sich zu einem übelkeiterregenden Kopfschmerz auf, als er versuchte, darüber nachzudenken, was geschah und wo er war.

»Wieviel Uhr ist es?« fragte er, aber niemand achtete auf ihn. Er fragte von neuem, mit brechender Stimme: »Wieviel Uhr ist es?«, und Ben segelte in sein Gesichtsfeld herauf, packte ihn beim Knie, packte ihn beim Kragen und schlug ihm ins Gesicht.

»Halt den Mund!« schrie Ben ihn an. Dekker versuchte, sich zu schützen, sein Knie zu benutzen und sein Gesicht abzuwenden, aber Ben schlug ihn immer wieder, bis Bird von unten kam und Ben von ihm wegzog und Ben zubrüllte, er solle aufhören. Bird sagte: »Leg dich wieder schlafen, Ben.« Und Ben brüllte zurück: »Wie kann ich schlafen mit ›Wieviel Uhr ist es‹? Wieviel Uhr ist es, Gott, ich werde ihn erwürgen, noch ehe eine Stunde vergangen ist — ich werde ihn, verdammt noch mal, umbringen!«

»Ben«, sagte Bird beherrscht und faßte Ben bei der

Schulter. »Ben. Ruhig. Ist ja gut. — Dekker ... *zum Teufel, halt den Mund!*«

Dann mochte es der nächste Tag, die nächste Woche, ein paar Stunden später sein, er war sich nicht sicher. Ben kam zu ihm hochgeschwebt, faßte mit Bedacht seinen Kragen, zog ihn fest zusammen und sagte ihm ruhig gerade ins Gesicht: »Jetzt habe ich die Wache, hörst du? Wir sind ganz allein. Hörst du mich, Dekker?«

Dekker nickte. Er sah Ben in die eng beieinanderstehenden Augen und sagte noch einmal »Ja« für den Fall, daß Ben ihn nicht verstanden hatte.

»Willst du wissen, wieviel Uhr es ist, Dekker?«

Dekker schüttelte den Kopf. Er erinnerte sich, daß es Ben böse machte. Ben zog den Kragen noch fester zusammen, schnitt ihm die Blutzufuhr zum Kopf ab.

»Wenn du noch ein einziges verdammtes Mal nach der Zeit fragst, werde ich dir den Hals brechen. Hast du mich verstanden, Dekker?«

Dekker nickte. Der Rand seines Gesichtsfeldes verschwamm. Ben sah ihn immer noch mit Mord in den Augen an.

Er erinnerte sich — aber er war sich nicht sicher —, daß Ben Bilder von ihm gemacht hatte, als er bewußtlos war. Er dachte, während Ben seinem Gehirn das Blut abschnitt: Dieser Mann ist wahnsinnig. Er ist wahnsinnig, und was Bird angeht, bin ich mir durchaus nicht sicher ...

»Hörst du?« fragte Ben.

Dekker versuchte, ja zu sagen. Alles wurde immer grauer. Das Schiff drehte sich. Ben ließ ihn los und verschwand. Dekker sog mehrere Lungenvoll Luft ein und begann zu zittern. Er wünschte, Bird würde aufwachen, er wünschte, er wüßte, wohin er gebracht wurde und ob Cory in dem Dock auf ihn wartete. Sie sagten, Raffinerie Zwei, aber das war, als sagten sie Mars oder der Mond: Jeder Ort war anders, und man wußte nicht, wohin man kam, auch wenn man den Namen wußte.

So war der Gürtel nun einmal. Er war immer so. Die Vorschriften veränderten sich, die Company versuchte, einem die Daumenschrauben anzulegen, aber Cory machte immer die Berechnungen, Cory war auf dem College gewesen, Cory kannte sich mit Zahlen aus, und er nicht.

Er wünschte, sie hätten ihn nicht aus dem Schiff herausgeholt. Er wünschte, sie hätten ihn erst gar nicht gefunden. Oder vielleicht träumte er. Er hatte keine Ahnung, was wirklich war.

Dekker war geistig wieder weggetreten, murmelte vor sich hin, gerade noch unter dem Geräusch der Pumpen und Ventilatoren. Ben drückte die Hand auf das in seine Richtung zeigende Ohr und versuchte, sich auf die Pläne zu konzentrieren. Er gab eine Info ein, die ihm sehr gelegen kam, weil Big Mama Selbständigen sehr ungern irgend etwas über das hinaus, was unbedingt notwendig war, mitteilte. Aber mit einem zusätzlichen und gesetzwidrigen Speicher konnte ein unternehmungslustiger und schweigsamer Selbständiger Mamas Pläne beträchtlich verbessern, sich den Sektor ansehen, den sie ihm anbot, und sich entscheiden, welche Fahrt er um jeden Preis antreten und welche er unterlassen sollte, wenn ihm überhaupt eine Wahl blieb.

Man gab also unterwegs genau Obacht, man lauschte auf die Sektoren, die man blind durchfuhr, und richtete sein Radar, was das auch bringen mochte, auf alle Sektoren ringsumher, während man nach den Anweisungen des Gürtel-Managements auf einem sicheren (das wurde beschworen) Kurs hinaus und wieder nach Hause fuhr. Man gab jedes Stückchen Information ein, das man in die Finger bekam, man spitzte die Ohren nach den älteren Markierungen, legte Pläne von den neuen an, rechnete sich aus, wo sich gute Felsbrocken zusammenballen mochten, addierte die ganze sich bewegende Masse von Partikeln rund um einen, denn wenn Jupiter auf seinem Zwölfjahreskurs durch den Gürtel fegte, Felsen verlangsamte, Felsen beschleunigte und hin und wieder irgendwelche Umläufe um eine Million Kilometer oder so veränderte oder irgendwelche Felsen ganz aus dem Gürtel schleuderte, veränderten sich diese überaus wichtigen Zahlen. Bei dem Spiel wurden Sols Würfel benutzt, aber Jupiter machte das Spiel interessant, und die Selbständigen mit den besten Zahlen und den besten Aufzeichnungen waren die Selbständigen, die überlebten. Manchmal stießen Felsen zusammen, Treiber-Schlepper wurden nachlässig, und manchmal konnte man ein nicht verzeichnetes größeres Stück von einem alten Felsen finden, der längst zerhackt und aufgebraucht worden war, ein Trumm, das immer noch der alten Umlaufbahn folgte, plus/minus dem, was Felsen sich gegenseitig antun und was Jupiter tat und was der unvermeidliche Treiber tut, wenn er Ladungen durch den Gürtel zum Schwerkraftschacht feuert. Viel war hier draußen nicht zu finden, aber ab und zu — und im allgemeinen war es einem Treiber zu verdanken — fanden sie doch etwas mit enormen Ergebnissen. Ab und zu wanderten auch fremde Felsen durch den Gürtel, alte Überreste von Kometen, Oortwolkenschutt, Gott allein wußte, was. Jeder Stein hatte seinen Pfad, sie alle tanzten mit Sol, aber einige Partner waren weit entfernt — und mit der Masse, die Bird und Ben jetzt zogen, konnten sie nur hoffen, daß Mama sie liebte und ihnen solide Zahlen gab.

»Wir sind nicht gerade leicht zu stoppen«, hatte Ben — unter vielen anderen Dingen — zu Bird gesagt.

»Wir könnten bremsen«, hatte Bird geantwortet.

Und er: »Ja, ja, und diese Trossen sind nicht für die Masse gedacht, die wir schleppen.«

»Es wird schon nichts passieren«, sagte Bird.

Eine solche Denkweise versetzte ihn in Wut. Der Gedanke an ein Versagen des Segels, was bestenfalls einen Spaziergang nach draußen und eine Reparatur bedeutete, während schlimmstenfalls eine Reparatur nicht mehr möglich war — der Gedanke, daß die *Trinidad* den langen, langen Sturz in den Schwerkraftschacht antreten könnte, trieb ihn zum Wahnsinn. Er war schon kurz vor dem Platzen, und dann mußte Bird auch noch sagen: *Es wird schon nichts passieren.*

Er malte sich aus, wie er Dekker tötete.

Vielleicht Bird auch.

Aber dann war er ebenso verrückt wie Dekker.

Er speiste weiter die Informationen ein, arbeitete ständig an seinen privaten Aufzeichnungen. Er ignorierte Dekker, so gut es ging. Bei fast null Ge war es schwierig, den Finger ständig im Ohr zu halten. Er dachte daran, seine Ohrstöpsel zu holen, die drüben im Schrank waren, aber die funktionierten *zu* gut für seinen Seelenfrieden.

Er warf einen Blick zu Bird hinüber. Bird schlief ruhig in seinem Netz, das sie zwischen der Kombüse und dem Arbeitsplatz Nummer eins aufgehängt hatten, da Dekker zu nahe an den Kreiselzylindern war. Vielleicht war Dekker schon lange, bevor sie ihn fanden, verrückt gewesen — und Bird mochte schwach genug sein, den Knilch während seiner Wache loszulassen. Mehr war gar nicht nötig, Dekker brauchte nur in die Nähe eines Schraubenschlüssels zu geraten oder, Gott behüte, etwas Scharfes in die Finger zu bekommen.

All das Blut in dem Schiff, all diese kleinen roten Spritzer auf den Anzügen — blutete eine Schnittwunde an der Stirn so stark?

Er mußte Bird überzeugen. Sie mußten Dekker irgendwie in Gewahrsam halten. Sie konnten nicht einen ganzen Monat lang in Netzen schlafen, sie brauchten die Kreisel, und der Gedanke, sechs Stunden in einem Kreisel zu stecken und nichts sehen zu können und zu grübeln, was Dekker während Birds Wache anstellte, drehte ihm den Magen um.

Und, verdammt noch mal, er hatte vor, alles aufzuzeichnen, alles, was sie taten, alles, was dieser Dekker tat, jede einzelne Frage nach der Uhrzeit.

O ja, er würde die genaue Uhrzeit einer jeden dieser Fragen ins Log eingeben.

Er würde auch die Kosten festhalten, er verstand es schließlich, einen Bericht aufzusetzen, den das Management akzeptieren würde — weil Benjamin J. Pollard es nicht zuließ, daß die Schwäche eines alten Mannes sie einer Chance wie dieser beraubte. Zum Teufel, nein.

4. KAPITEL

Raffinerie Zwei war nur ein bißchen hübscher als ein Felsbrocken, aber sie freuten sich auf sie, auf diesen mehr als einen Kilometer durchmessenden rußigen Ring, den man nur mit Hilfe einer Kamera sehen konnte. Soviel Bird wußte, waren die meisten froh, sie wiederzusehen, und schalteten die optischen Geräte lange vor dem Zeitpunkt ein, zu dem laut Vorschrift visueller Kontakt herzustellen war. Da hing sie, vergrößert in der langen Linse, drehte sich wie toll, und ihre Masten ragten empor wie Spindeln, und ihre stationären Mastoberflächen starrten vor Knubbeln, die Marspendler und Schlepper waren und Fähren von den Shepherds und dergleichen. Ein paar, zu keiner Zeit mehr als rund zehn, Company-Schiffe, die auf die Ablösung ihrer Mannschaft warteten, mitgerechnet, waren der *Trinidad* recht ähnlich, sogar sehr ähnlich, wenn man die Ausstattung nach Plan B besorgte und für die Dusche Grün wählte.

Auch im Innern von Raffinerie Zwei waren die Installationen denen der *Trinidad* sehr ähnlich, außer natürlich, wenn man bis auf die Wohnebenen der Bonzen hinuntergelangte, und es war etwa ebenso wahrscheinlich, daß ein unabhängiger Erzsucher sie mit eigenen Augen sah, wie daß man ihn einlud, den Bunker der Company auf Mimas zu besichtigen.

Gürtelbewohner lebten, und Gürtelbewohner starben, und Raffinerie Zwei rollte weiter. Dieser große Ring mit seinem Fabrikherz war der einzige Ort in der R2-Zone, wo die Mannschaften von Erzsuchern und Schleppern in einer Schwerkraft nahe einem Ge leben konnten. Raffinerie Zwei schluckte hinunter, was die Shepherds einsammelten, sie rülpste Methan hoch, und sie schiß Masseln und Strahlen und Folien und Schaumstahl. Sie benutzte ihre eigenen Plastikstoffe und Textilien, oder sie spuckte sie in diesem Jahr, wenn Jupiter ebenso günstig stand wie die Sol-Station, zum Mars hinüber. Doch niemand wußte, was nach Mimas ging. Manche sagten, was da unten sei, repariere sich selbst und habe mehr Herz als jeder Company-Bonze — aber das war ein Gerücht, und man sollte es gar nicht zur Kenntnis nehmen. Manche sagten, es werde zwar behauptet, Mimas sei das Betriebszentrum für den Fall, daß am Schwerkraftschacht etwas schiefging, in Wirklichkeit sei es jedoch der ideale Bunker für die Bonzen. Aber man sagte unter höflichen Menschen auch nicht *Krieg,* und man dachte nicht zuviel nach über das Riesending, das da draußen saß, umwimmelt von Schleppern und Baufahrzeugen, ein Monster mit metallenem Rückgrat, das hier, an der Quelle von Stahl und Plastik, in groben Zügen Gestalt annahm, bevor es zur endgültigen Fertigstellung zur Sol-Station weiterzog. Man nannte das, was im Jenseits vor sich ging, Arbeitskampf oder Steuerstreik oder einen verdammten Blödsinn, aber wenn man klug war, diskutierte man nicht darüber oder über das Schiff da draußen, und da, wo Mama es hören konnte, dachte man nicht einmal darüber nach.

A-men.

»Ach ja«, seufzte Bird, »sie ist immer noch da. Hat das Licht auf der Veranda brennen und die Tür offen gelassen.«

Ben fragte nicht: Was ist eine Veranda? Bird schaffte es nie, ihm eine solche Reaktion zu entlocken.

»Ich habe oft nachts draußen gesessen«, sagte Bird, »und zu den Sternen hochgesehen. Weißt du, was eine Sternschnuppe ist, Ben, mein Sohn?«

»Nein.« Bens Ton machte klar, daß er im Augenblick auch nicht daran interessiert war, es zu erfahren. Er arbeitete die Annäherung bis zu dem Punkt aus, den seine Lizenz zweiter Klasse ihm erlaubte. »Ich bin beinahe soweit, daß ich abgeben kann. Hast du es?«

»Ja.«

»Der Dockmeister hat die Bitte um medizinisches Personal weitergegeben. Es ist unterwegs.«

»Das ist gut«, sagte Bird. Ben klapperte wütend auf der Tastatur. »Ich habe deine Übergabe. Immer mit der Ruhe.«

»Immer mit der Ruhe! Wir werden gleich von Ärzten und Zollbeamten überschwemmt werden, wir müssen die Aufzeichnungen in Ordnung haben.«

»Sie sind in Ordnung. Ich habe sie überprüft. Du hast sie überprüft. — Du bist sicher, daß sie im Dock die Daten über diese Masse richtig empfangen haben.«

»Ja. Ich habe verlangt, daß sie sie wiederholen.« Ben ging die Angaben auf dem Schirm durch. Papiere gab es nicht mehr. Alles war Datenfluß. Das GM wünschte Formulare, und alles war Datenfluß, ganz anders als in der alten Zeit. Damals hatte man, wenn man mit irgendeinem verdammten Company-Formular nicht zurechtkam, die Möglichkeit, es in aller Ruhe durchzulesen. In dieser papierlosen Gesellschaft schnappte sich die Datenverbindung die Informationen und schob einem so schnell neue Fragebogen zu, daß man gar nicht die Zeit hatte, darüber nachzudenken, ob alle Antworten richtig waren.

»Du hast das ganze Zeug«, sagte Bird. »Und ich gönne es dir von Herzen. Verdammt, ich hasse Formulare.«

»Keine Bange.«

Ben hatte einen sicheren Instinkt für richtige Antworten. Ben schwor, es sei eine besondere Denkweise. Ben gab irgend etwas in den Computer ein und sagte: »Scheiße! Stopf ihm das Maul!«

Erst jetzt kam Bird zu Bewußtsein, daß Dekker wieder leise vor sich hin brabbelte. »Ich kann ihn kaum hören, ihm fehlt nichts.«

»Aber *ich* kann ihn hören! Ich kann ihn verdammt gut hören! — Wo sind wir? — Wo sind wir? — Wieviel Uhr ist es? — Ich sage dir ...«

»Nur Geduld.«

»Ich habe Geduld gehabt. Ich werde ihn töten, bevor wir andocken, das schwöre ich!«

»Nein, das wirst du nicht tun. Er hat sich still verhalten. Laß ihn in Ruhe.«

»Du verlierst das Gehör. Du kannst das nicht hören?«

»Nicht besonders deutlich.«

»Der Knilch ist verrückt. Er hat vollständig den Verstand verloren. Das ist das einzig Gute an dieser Sache.«

»Ben ... bitte, hör auf damit. Er ist mit den Nerven am Ende, das ist alles.«

Danach herrschte kaltes Schweigen. Zu hören war nur das Klappern der Tasten und Dekkers Stimme. Jetzt war sie tatsächlich hin und wieder, wenn man einmal auf sie aufmerksam gemacht worden war, laut genug, um gehört zu werden.

Ein langes Schweigen bis auf die Dialoge mit der Betriebsabteilung und der Annäherungskontrolle, die sie durch spezielle Verfahren schleusten.

»Es tut mir leid«, sagte Ben steif.

Vielleicht, weil sie jetzt näher an der Zivilisation waren. Und an der Vernunft.

»Wo sind wir?« fragte Dekker.

»Gott!« schrie Ben und warf sich auf seinem Sitz zurück. Er brüllte zu Dekker hoch: »Es ist der 26. Juni, und wir laufen die Mars-Basis an, hast du das vergessen? Der Präsident der Company wird auch zu der Party kommen!«

»Laß das sein«, sagte Bird. »Der arme Junge ist doch nicht ganz da.«

»Er ist nicht ganz da, das stimmt, verdammt noch mal. Noch eine Woche, und wir werden genauso verrückt sein wie er.«

Die Basis meldete sich wieder: *»Zwei Neunundzwanzig Tango* Trinidad, *hier ist die ASTEX-Annäherungskontrolle.*

Schlepper sind auf Abfangkurs. Halten Sie sich für die zweite negative Beschleunigung bereit.«

»Annäherungskontrolle, hier ist Zwei Neunundzwanzig Tango. Wir halten uns für die negative Beschleunigung bereit.« Bird schaltete sein Mikrophon ab und rief: »Dekker! Gleich wird abgebremst, hörst du?«

»Soll er sich doch den verdammten Hals brechen«, murrte Ben.

Es war keine Zeit, sich zu streiten. Ein Strahl wurde auf sie gezielt. Die Annäherungskontrolle gab ihnen Bescheid und feuerte; der Druck traf das Segel und schleuderte die Körper gegen die Gurte — sie waren nicht in der besten Position, weil sie das andere Schiff im Schlepptau hatten, und so bekamen sie einen harten Stoß. Dekker schrie — vielleicht war er verletzt. Sie hatten ihn mit allem Weichen, was sie finden konnten, gepolstert und festgebunden, aber das war kein Ersatz.

Es hörte nicht auf. Dekker verstummte schließlich. Man konnte nur hoffen, daß er nicht wieder Nasenbluten bekam.

»Zwei Neunundzwanzig Tango Trinidad, *hier ist ASTEX-Annäherungskontrolle. Koppeln Sie das Schiff ab, das Sie im Schlepptau haben.«*

»Annäherungskontrolle, hier ist Zwei Neunundzwanzig Tango. Protokollieren Abkoppeln. O-mega.«

Bird nahm die Kappe von dem Knopf und drückte ihn. Die Klammern öffneten sich, der Ruck war durch die ganze Hülle zu spüren, und R-Eins Vierundachtzig Zebra war frei — immer noch dicht hinter ihnen, 29 240 Kilometer bis zu ihrem Rendezvous mit der näherkommenden Raffinerie, und da würde es bleiben, bis die an der Raffinerie geparkten Schlepper kamen und es ihnen vom Schwanz pflückten.

Ben murmelte: »Ich habe alles, was der Zoll uns über dieses Schiff fragen kann. Ich habe auch schon alle unsere Ansprüche ausgerechnet.«

»Laß das sein, Ben.«

»Ich will dieses Schiff, Bird. Ich will dieses Schiff. Gott, wir haben den Beweis ... ich habe alle Beweise, die die Behörden verlangen können ...«

»Ben ...«

»Paß auf, die Sache wird von Amts wegen untersucht. Aber dieser Knilch ist *handlungsunfähig*, er war *handlungsunfähig*, als wir an Bord gingen. Was wird er tun, wird er fragen, wieviel Uhr es ist? Wir haben das Gesetz auf unserer Seite.« Ben wurde wieder ganz vergnügt. »Wir haben es geschafft, Bird.«

»Laß den Jungen in Frieden«, sagte Bird. »Vergiß das Schiff!«

»Ich werde es nicht vergessen. Verdammt will ich sein, wenn ich es vergesse. Wir erheben Anspruch auf das Schiff. Oder ich erhebe allein Anspruch auf das Schiff. Du kannst es dir aussuchen, Partner.«

»Man kann sich etwas auch zu sehr wünschen. Man kann es sich nicht leisten, sich etwas so sehr zu wünschen. Es ist nicht gesund.«

»Gesund, zum Teufel. Ich werde für uns sorgen. Du brauchst dich nur hinzusetzen und mir dabei zuzusehen, Partner. Ich kenne die Gesetze.«

»Es gibt noch anderes als die Gesetze, Ben. — Du versteckst aber die Pläne, hörst du?«

»Ich werde die Pläne nicht verstecken.«

»Das Schiff wird durchsucht werden, verdammt noch mal. Steck die verdammten Dinger ins Loch oder lösche sie ganz, diesmal kommen wir nicht damit durch ...«

»Alle Erzsucher haben sie, den Zollbeamten ist das schnurz — wir brauchen bloß zu sagen, das seien Videospiele. Sie holen sie nicht einmal auf den Schirm, um das nachzuprüfen.«

»Ben, verdammt noch mal!«

»Ich habe diese ganze Arbeit nicht hineingesteckt, um die Pläne aufzugeben. Sie werden das Schiff mit einem Mikroskop absuchen, Bird ...«

»In dreißig Jahren hat niemand das Loch gefunden, nicht die Zöllner und nicht die Crews, die das Schiff gechartert hatten. Steck sie einfach hinein. Glaubst du, man wird Platte für Platte untersuchen, weil wir einen Schiffbrüchigen gerettet haben?«

»Zwei Neunundzwanzig Tango Trinidad, *hier ist ASTEX-Annäherungskontrolle. Merken Sie vor: Schlepper kommen in 20 Minuten und 14 Sekunden.«*

»Annäherungskontrolle, hier ist Zwei Neunundzwanzig Tango. Wir protokollieren: 20 Minuten, 14 Sekunden. Kein Problem, Kopplung ist gelöst. Vorgehen nach dieser Instruktion.«

Ben sagte: »Du bist auf dieser Fahrt richtig verschroben geworden. Ich verstehe das nicht, Bird. Ich schwöre dir, ich verstehe das nicht.«

»Kennst du Shakespeare, Ben?«

»Bin ihm nie begegnet.«

Sie dockten an, während sie noch sprachen. Es war knapp.

»Geschafft«, sagte Ben.

Mehrere entscheidende Atemzüge später setzte er hinzu: »Entschuldige, Bird.«

»Shakespeare ist ein Dichter«, sagte Bird.

»Einer von denen«, meinte Ben.

»Ja.«

»Hast du ihn auf Band?«

»Ja, es ist ein Band da. Aber es ist schwer zu verstehen.«

»Physik?« fragte Ben.

»Zwei Neunundzwanzig Tango Trinidad, *hier ist die ASTEX-Dockverwaltung. Überprüfen Sie Ihren Druck. Brauchen Sie eine Leitung?«*

»Hier Trinidad, wir haben 800 mb, B-Dock. Keine Leitung, wir sind 796.«

»Trinidad, *796, verstanden. Medizinische Einheiten warten am Dock. Wir werden eine Luftprobe entnehmen.«*

»Verdammt«, ächzte Ben. »Sie wollen uns mit Gesundheitskontrollen hinhalten. Sollten sie ein Insekt an Bord finden, ziehe ich ihm die Haut ab.«

»Sie werden kein Insekt finden. Gibst du bitte unsere Daten durch?«

Sie berührten mit der Nase den Dockmast. Die Halterung schloß sich; ein Vibrieren lief durch die *Trinidad*, dann ein Dröhnen. Das Schiff zischte ein bißchen von seiner Luft in den Probenbehälter.

ASTEX verkündete: »*Willkommen zu Hause,* Trinidad. *Gute Arbeit. Warten Sie auf die Ergebnisse der Luftprobe.*«

Die Luft innerhalb des Docks strömte geradenwegs hinten in die Kehle und stach in den Nebenhöhlen, sie war eisig kalt und roch nach flüchtigen Stoffen. Sie schmeckte wie Eiswasser und Öl, und sie schnitt durch Mäntel und Handschuhe auf die gleiche Art, wie die Sauberkeit und die Kälte letzten Endes durch den Gestank schnitten, den Bird noch im Schlaf roch und den er im Essen zu schmecken sich einbildete. Es passierte immer wieder: Da kam man von einer Fahrt zurück, bei der man nichts als den chronischen Anblick eines einzigen anderen menschlichen Gesichts gehabt hatte, und wenn man dann all den Raum um einen betrachtete und richtige lebendige Menschen sah und Gesichter, die nicht dieses eine Gesicht waren — dann überkam einen die verrückte Vorstellung, das spiele sich alles nur auf einem Bildschirm ab, man treibe im Leeren und habe nichts als eine Sicherheitsleine und eine Handdüse zwischen sich und dem schwindelerregenden Abgrund den Mast hinunter. Das war schlimmer als Arbeiten außerhalb des Schiffes im tiefen Gürtel, und es wurde einem sehr viel übler dabei. Dockaffen schossen in allen Richtungen umher, lasen Anzeigen ab, entnahmen Proben, sprachen mit der leeren Luft. Birds Kopfhörer hielt ihn auf dem laufenden darüber, was die Gesundheitsleute innerhalb des Schiffes trieben, über den Empfang des

Ladungsverzeichnisses und die Zollformulare in den entsprechenden Büros ...

»Morris Bird«, sagte der Kopfhörer, eine dünne Stimme, die das Klopfen und Hämmern im Kern übertönte. »Hier spricht Officer Wills, Sicherheit. Wie ich hörte, haben Sie ein treibendes Schiff gefunden.«

Bird konnte es nicht leiden, wenn man sich an ihn anschlich, er haßte die Bürohengste, die einen Mann zwangen, sich umzudrehen und nachzusehen, wo sie waren — oder ob sie überhaupt da waren und es sich nicht nur um einen Telefonanruf handelte. Er drehte sich um und sah drei von ihnen in den grünen Uniformen der ASTEX-Sicherheit. Sie segelten entlang der Handleine auf ihn zu.

»Jawohl, Sir«, antwortete er, noch ehe sie ihn erreicht hatten. »Einzelheiten sind bereits ans GM gegangen. Irgendwelche Probleme?«

»Nur ein paar Fragen«, sagte Wills. Ehe er ihn erreicht hatte.

5. KAPITEL

»Haben Sie eine Theorie über das, was passiert ist?« fragte Wills. Die Polizisten hingen mit dem Gesicht zu ihm, alle hielten sich an Griffen der Sicherheitsleinen fest, und man brauchte im Augenblick schon Kopfhörer, um sie durch den donnernden Lärm einer Reihe von Ladungen, die den sich drehenden Kern hinuntergingen, zu verstehen. Bird zuckte in Gedanken an die Optex, die Wills trug, die Achseln, schüttelte den Kopf und sagte beinahe ehrlich: »Es könnte ein Zusammenstoß mit einem Felsbrocken gewesen sein. Die eine Seite ist fürchterlich eingedrückt. Andererseits mag es sich bei der Beule um eine Folgeerscheinung handeln. Vielleicht hat er in größter Nähe des einen Fundes gearbeitet und einfach nicht gesehen, daß ein zweiter auf ihn zukam. Wirklich, ich weiß nicht, ob das leicht festzustellen ist. Wir sind nicht nach draußen gegangen, wir haben es uns nur auf dem Schirm angesehen. Allerdings haben wir einen Film gedreht.«

»Den werden wir brauchen. Auch Ihr Log. Haben Sie etwas aus dem Wrack entfernt?«

»Den Schiffbrüchigen und das, was er anhatte. Sonst nichts. Wir haben die Sachen gewaschen, und er trägt sie noch. Er hatte eine Uhr, aber nichts in den Taschen. Die Uhr trägt er noch. Alles andere haben wir an Bord gelassen, sogar seine Kleider und seine Reisetasche. Ohne einen Entgiftungstrupp sollten Sie das Schiff nicht betreten. Da drin sieht es schauderhaft aus.«

»Irgendeine Idee, wo der Partner ist?«

»Es war eine Frau, und offenbar war sie draußen, als es zu dem Unfall kam. Er rief in seinem verwirrten Zustand immerzu nach ihr; ich vermute, er versuchte so lange, sie zu erreichen, bis er an nichts anderes mehr denken konnte. Sie sind von R1. Ihr Name war Cory.

Mehr haben wir nicht herausgefunden. Sein Lebenserhaltungssystem funktionierte schon fast nicht mehr, das Schiff taumelte stark. Er ist mächtig herumgeschleudert worden.« Bird hoffte, damit war Ben außer Verdacht, was die blauen Flecke anging. Er kam sich schmutzig vor, daß er das tat, aber er hätte sich noch schmutziger gefühlt, wenn er es nicht getan hätte. »Der Junge war ziemlich krank davon, daß er das Zeug eingeatmet hatte, er phantasierte ständig davon, er müsse seine Partnerin rufen — offenbar hatte er alles getan, was er konnte, um sie zu finden, so krank er auch war.« Bird versuchte gerechterweise, auch Dekker in das bestmögliche Licht zu setzen. »Als wir zu ihm vordrangen, hatte er wohl gerade erst eingesehen, daß sie tot war. Er begann zu fiebern — er ist größtenteils nicht bei Bewußtsein gewesen, er fragte nur immer wieder und wieder nach seiner Partnerin, das ist alles.«

»Was hat er gesagt?«

»Nur ihren Namen. Manchmal rief er: Paß auf!, als wolle er jemanden warnen. Der Junge ist erschöpft. Das ist so, wie wenn man aufgibt und das Adrenalin versiegt.«

»Ja«, stimmte Wills ihm zu. »Er hat nicht zufällig erwähnt, warum sie sich außerhalb ihrer Zone befanden?«

»Er wußte nicht, daß sie außerhalb ihrer Zone waren.«

»Er hat also doch noch etwas anderes gesagt.«

»Wir mußten ihm erklären, daß wir ihn nach R2 brachten. Das regte ihn auf. Er war desorientiert. Der Unfall muß auf der anderen Seite der Grenze passiert sein.«

Polizisten sagen einem nie etwas. Wills grunzte und hangelte sich die Leine entlang zur Schleuse, als wolle er ins Innere. Die anderen Beamten folgten ihm. Aber einer der blaugekleideten Sanitäter kam heraus. Er zog eine Trage, auf der Dekker lag, und die anderen Sanitäter kamen dicht hinter ihm. Die Polizisten hielten sie an den Leinen vor der Schleuse auf, betrachteten Dekker genau, sprachen mit den Sanitätern, fragten Dekker offenbar etwas. Das Dock war erfüllt von Maschinenlärm — es mußte be- oder entladen werden —, und Bird konnte nicht hören, was sie sagten oder was Dekker antwortete. Sie erlaubten den Sanitätern nur, ihn wegzubringen. Der Zug kam dicht an Bird vorbei.

Sie hatten Dekker in Decken gewickelt und festgeschnallt, und Dekker sah verheerend aus. Immerhin hatte er die Augen offen und sah sich nach allen Richtungen um. Die Sanitäter brachten die Trage zu einem schwebenden Halt und fragten: »Möchten Sie auf Wiedersehen sagen?«

Es war eins dieser Gesichter, die einen verfolgen können, Dekkers verlorener, geistesabwesender Ausdruck — aber anscheinend erkannte er Bird.

»Bird«, kam seine schwache Stimme durch den Lärm und das Dröhnen über ihnen. »Wohin bringen sie mich?«

Dekker wirkte verängstigt. Bird wollte es hinter sich bringen, wollte Dekker und Dekkers Alpträume und den Gestank und die Kälte dieses Schiffes vergessen. Im Augenblick interessierte es ihn nicht einmal, ob sie abgesehen von der Neuausrüstung etwas für ihre Mühe bekamen. Auf keinen Fall wollte er die Bekanntschaft fortsetzen, aber diese Frage setzte sich bei ihm fest, und zu seiner eigenen Überraschung legte er Dekker die Hand auf die Schulter. »In die Klinik. Das ist alles, Junge. Du bist auf dem R2-Dock. Dir wird nichts geschehen.«

Bird sah die Sanitäter an, zuckte die Achseln, wünschte sich, sie würden weitergehen, bevor Dekker sich in eine Szene hineinsteigerte. Sie setzten sich in Marsch.

»Bird?« fragte da Dekker. Und rief lauter, mit einer Stimme, die einem trotz des Lärms durch Mark und Bein ging: *»Bird?«*

Bird atmete zitterig aus und schüttelte den Kopf. Er

empfand im Augenblick nichts als den dringenden Wunsch, an einer Bar zu stehen.

Ben kam mit ihren Reisetaschen aus der Schleuse. Die Polizisten hielten ihn auf und bestanden darauf, die Taschen eine nach der anderen in die Hand zu nehmen und hierhin und dahin zu drehen. Bird schwebte nach oben und hörte, daß sie Ben Fragen stellten und Ben antwortete: »Der Mann war nicht bei Verstand. Wußte nicht, was er tat. Schrie die ganze Zeit herum. Glaubte, er sei in seinem eigenen Schiff. Wir hatten Sorge, er werde sich an den Kontrollen zu schaffen machen oder so etwas.«

Bird sandte Ben einen warnenden Blick zu, aber keinen offensichtlichen: Da war die Optex-Aufnahme, die Wills von jeder ihrer kleinsten Bewegungen machte. Ben sah nur die Beamten an und sagte, um den Blick zu erklären: »Sie wären auch verwirrt, wenn Sie so herumgeschleudert worden wären.«

»Bei dem Unfall.« Wills klopfte auf den Busch.

»Wo das Schiff so getaumelt ist«, betonte Ben. »Es ist ein Wunder, daß er es überlebt hat. Hätte seiner Partnerin gar nicht helfen können. Ihm war nichts übriggeblieben als sein Notsignal, und als der Tank explodierte, sendete es nicht mehr stetig — sehen Sie, da haben Sie dieses Massenzentrum und hier hinten diesen Tank ...«

Wenn man zu technisch wurde, wechselten die Dockleute in aller Eile das Thema.

Wills unterbrach: »Die Einzelheiten können Sie dem Untersuchungsausschuß vortragen. Wir möchten die Reisetaschen protokollieren. Lassen Sie sie bei uns, und wir werden sie Ihnen in Ihre Wohnung schicken. Wie lautet Ihre Identitätsnummer?«

»Sie steht hier auf dem Schild.« Ben wies auf seine Reisetasche. »1347-283-689 ist meine. Bird hat 688-6887-257. Das Schiff ist offen. Sehen Sie sich an, was Sie wollen.«

»Sie können jetzt gehen.«

Auch einen Dank bekam man von einem Company-Polizisten niemals zu hören. Bird machte ein finsteres Gesicht. Er sah Ben an, und die beiden griffen sich zur Handleine hoch. Ein Piepton bedeutete, daß sich ein Ausleger bewegte. Rotes Licht fleckte die Wände. Aber der Alarm galt für das andere Ende des großen Tunnels mit den Leitungen und Fallschächten, der der Frachtmast war. Man konnte schwindelig werden, wenn man auf den Kern selbst sah, wenn man sich nur für einen Augenblick gestattete, an Oben und Unten oder die Frage, wo man war, zu denken. Bird konzentrierte sich auf den Handgriff, der ihm entgegenkam, ignorierte die sich bewegende Oberfläche im Hintergrund seines Gesichtsfeldes — faßte den Griff, wurde mitgezogen und spürte zum erstenmal seit Monaten, wie sein ganzer Körper gestreckt wurde. Ben hielt sich an dem Griff gleich hinter ihm fest — er sah sich nach ihm um.

»Zoll«, sagte er zu Ben, als der Lärm von den Fallschächten kurzfristig nachließ. »Ich hoffe, die Zollbeamten haben mit den Polizisten gesprochen.«

»Kein Problem. Wir haben nicht einmal unsere Reisetaschen dabei. Die Polizisten haben sie. Die Polizisten haben alles. Sie haben mir diese Quittung gegeben, hier.« Er klopfte sich mit der freien Hand auf die Tasche. »Teufel, wir sind nichts als kleine Fische. Was sollen wir schon haben? Sie werden uns durchwinken, du wirst sehen.«

»Sie werden uns die Hölle heiß machen.«

»Dann sag ihnen nicht, daß es außerhalb der Zone war. Wir haben es da gemeldet, wo die Vorschriften es verlangen. Wir haben Rechte. Jetzt befinden wir uns in einem öffentlichen Kontaktgebiet, und es hat für sie gar keinen Sinn, uns zu überprüfen, oder?«

»Du mit deinen Rechten«, murmelte Bird. »Wir haben an Rechten, was Mama für richtig hält, mehr nicht. — Was hast du diesen Polizisten über Dekker erzählt? Hast du ihnen gesagt, er sei verrückt?«

»He, sie brauchten meine Hilfe nicht, um das herauszufinden. Die Sanitäter haben ihn erst fest angeschnallt, bevor sie ihn wegtrugen.«

»Was hast du ihnen erzählt?«

»Ich sagte, schon da, wo wir ihn gefunden haben, sei er nicht ganz klar gewesen. Sie fragten nach den Verletzungen, und ich sagte, er habe sich losgemacht. Ich sagte, er habe an die Kontrollen gewollt und er sei verrückt und außerdem habe er sich gegen uns gewehrt, wenn wir ihn zum Klo und zurück bringen mußten.«

»Das wäre dann wer weiß wie oft gewesen. Ben, um Gottes willen ...«

»He! Wir hatten den Knilch an die Rohre gebunden, er hat am ganzen Körper blaue Flecken jeden Alters. Was sollen wir denn sagen? Wir hätten da draußen eine monatelange Party gefeiert?«

»Ja«, sagte Bird und verstummte, denn der Schacht saugte eine weitere Ladung ein, und hier unten konnte man die hydraulische Anlage hören. Sein Magen war nicht in Ordnung. Er war schon die ganze letzte Woche nicht in Ordnung, als es immer deutlicher geworden war, daß Dekker nicht imstande sein würde, auch nur ein Wort, das sie sagten, zu bestätigen, daß es Dekker zuzutrauen war, alles mögliche zu behaupten, auch, daß sie Außerirdischen begegnet seien oder Gott gesehen hätten. Das wär's dann, hatte Ben gesagt, als Dekker versucht hatte, an die Zündungskontrollen zu gelangen. Sie hatten Dekker an Händen und Füßen gefesselt ins Bett gesteckt. Dekker hatte eine Stunde lang geschrien, und auch das hatte Ben auf Film.

Bird hatte dieses Video löschen wollen. Dekker hatte schon genug Probleme, ohne daß dies in das Archiv der Company geriet. Dekker verlor vielleicht seine Lizenz, sein Schiff, seinen ganzen Besitz, und Bird wollte dem GM nicht die Beweise liefern, mit denen es gegen ihn vorgehen konnte. Aber Ben hatte es gesagt: Dekker war um nichts vernünftiger, als er gewesen war. Dekker wäre in wenigen Tagen tot gewesen, wenn sie ihn nicht gefunden hätten, und so sehr sie sich bemüht hatten, den Jungen zu verarzten, er brauchte offensichtlich nichts anderes als eine Fahrkarte zurück in die Heimat und eine lange, lange Zeit in der Rehabilitation.

»Armes Schwein«, brummte er.

Ben sagte: »Gut, daß wir ihn los sind.« Bird runzelte die Stirn, und Ben fuhr fort: »Teufel, Bird, ich habe schon Verrückte gesehen, ich habe genug von ihnen gesehen.« Tiefe Bitterkeit lag darin, aber Bird hatte keine Ahnung, warum oder wovon Ben sprach, und Ben gab weiter nichts preis. Vielleicht, dachte Bird, sprach Ben über die Schule oder die Schlafsäle, wo Ben das verbracht hatte, was andere Leute ihre Kindheit nennen. Es kam jetzt nicht mehr darauf an. Die Fahrt war vorüber. Dekker war in ärztlicher Betreuung, die ganze Sache war ihnen aus der Hand genommen, und Ben wußte, daß Shakespeare kein Physiker war. Gut für ihn. Sie würden ihre Partnerschaft zusammenflicken und ihre Schwerkraftzeit nehmen, während jemand anders die *Trinidad* charterte — und ihnen 15-und-20 plus Reparaturen und Neuausrüstung bezahlte. So hätten sie es immer haben können, wenn sie gewollt hätten, aber man wird nicht reich von 15-und-20, solange man im Dock sitzt und das meiste davon ausgibt.

Wir müssen uns das Schlafen und das Essen abgewöhnen, war Birds ständiger Witz darüber.

Ben antwortete dann so angespannt wie immer, wenn sie über Geld sprachen: Wenn sich uns eine Chance bietet, müssen wir sie nutzen.

Im Zollamt lösten sie sich von der Leine, erklärten, sie hätten ihre Reisetaschen nicht dabei, die Polizei hätte sie, nein, sie trügen kein Erz in ihren Taschen, und sie hätten keine illegalen elektromagnetischen Medien bei sich, alle Aufzeichnungen seien im Schiff, ja, sie hatten da draußen Kontakt mit einem anderen Schiff gehabt, sie hatten einen Schiffbrüchigen aufgenommen, sie hatten nichts aus dem anderen Schiff entfernt, nein, Sir, jawohl, Madam, sie würden es der Medizinischen Abteilung melden, wenn sie einen Ausschlag oder Fieber oder Husten bekämen, die Medizinische Abteilung hatte ihnen bereits gesagt, daß sie das tun müßten, jawohl, Sir.

Gott, nein, sie banden es dem Zoll nicht auf die Nase, daß es ein Schiff außerhalb der Zone gewesen war, jawohl, Sir, sie hatten den Kontakt gemeldet, nein, sie hatten Befehl gehabt, den Kontakt herzustellen. Die Fragen der Beamten waren reine Routine, und die Lügendetektoren piepten kein einziges Mal.

Der Zoll bestätigte ihre Datenkarten, protokollierte sie beide als aktiv in R2, und sie kehrten an die Handleine zurück, um zu den Aufzügen zu gelangen.

Ben meinte im Gesprächston, während sie an den Handgriffen hingen, diesmal Ben als erster: »Du kannst aufhören, dich wegen der Pläne zu sorgen. Ich habe sie in der Tasche.«

Birds Herz machte einen Satz. »Verdammt noch mal, Ben ...«

»Teufel, ist doch alles gutgegangen.«

»Ich habe dir gesagt, du sollst sie dalassen!«

»Wo die Polizisten sie gefunden hätten?«

»Du hättest es mir sagen sollen. Gott!«

»He! Du bist ein lausiger Lügner. Sollte ich dein Gewissen belasten? Du hast den Lügendetektor überstanden — und ich auch, richtig?«

Ben konnte das. Lügendetektoren hängen von einem Gewissen ab.

»Du bist einfach zu nervös, Bird.«

»Du hättest sie unter dieser Platte lassen können, verdammt noch mal. Du hättest tun können, was ich dir gesagt hatte ...«

»So mußt du es machen, wenn du erwischt werden willst — du brauchst nur etwas vor den Polizisten zu verbergen. Ich habe die Pläne nicht verborgen. Sie sind in meiner Tasche. Gott, Bird, das tun doch *alle*. Wenn sie scharf vorgehen wollten, warum lassen sie uns dann Spielkarten haben? Oder Videos? Warum überprüfen sie die nicht? Ich könnte das ganze Ding auf einem Videoband codieren.«

»Wenn zu viele Leute zu frech werden, wirst du erleben, was die Zollbeamten tun. Irgendein neugieriger Beamter kommt auf eine Idee, und du läufst geradenwegs in die Falle. Ben, du kannst dich nicht aus allem herausreden.«

»Bis jetzt ist es mir geglückt.«

»Teufel«, brummte Bird. Sie kamen ans Ende der Handleine, wo es drei leichte Möglichkeiten gab, eine Stange zu fassen und ordentlich abzusteigen, statt (wie peinlich!) auf die Puffersäcke hinunterzuschießen, die einen Passagier gewaltsam abstreiften, bevor die Leine wendete.

Ben war der erste an der Stange, schwang sich hinüber und hatte auf der Tafel schon den Knopf für das 8. Deck gedrückt, bevor Bird ihn einholte. »Ich fahre mit dir hinunter«, sagte Ben.

»Wohin willst du denn sonst?«

»Was glaubst du wohl?«

»Scheiße, Ben.«

»Irgendwer wird es tun. Wahrscheinlich stehen die Gläubiger für dieses Schiff schon Schlange. Aber wir werden wenigstens die 50/50 bekommen. Und ob wir die bekommen werden.«

»Du handelst dir nur Ärger ein, und du wirst gar nichts bekommen. Es gibt bestimmt eine Vorschrift, daß man nicht gleich nach der Ankunft das erste Deck aufsuchen darf.«

»Meine Knochen werden es aushalten; ich bin noch jung. Und ich bleibe nicht lange dort. Eigentlich habe ich auch gar keine Wahl, Bird. Man muß den Antrag am Tag der Ankunft stellen. *Das* ist Vorschrift.«

»Dann stelle ihn im Kernbüro.«

»Ich soll diesen Schweinehunden vertrauen? Kommt nicht in Frage. Für mich gibt es nur das Deck der Gesellschaft.«

»Du hast den Verstand verloren«, murmelte Bird. Die Kabine kam. Sie schwebten hinein, faßten einen Griff. Die Tür schloß sich, es klirrte, die Kabine stellte die geräuschvolle, ruckende Nahtstelle mit dem rotierenden Herzen des Kerns her und setzte sich nach unten in Bewegung. Bird stritt nicht mehr mit Ben. Wenn Ben soviel Kraft hatte, daß er eine Stunde nach dem Andocken eine Ebene unter das Höllendeck gehen und dort Schlange stehen konnte, um Anspruch auf das Schiff des armen Teufels zu erheben, wußte er nicht mehr, was er mit ihm anfangen sollte. Er seufzte nur und betrachtete düster die Türen und die roten Anzeigen, auf denen der nächste Halt aufleuchtete.

»Bird, du mußt besser für dich selbst sorgen. Wovon willst du im Alter leben?«

»Ich bin bereits alt, und ich habe nicht vor, das Alter zu überleben.« Die Kabine fuhr klirrend in die Speiche ein. Sie hatten die Illusion des Steigens, bis die paar unangenehmen Sekunden kamen, in denen die Entfernung von der Rotationsachse das Momentum der Kabine ausglich, soweit es das Innenohr betraf. Dann stellte das Ohr fest, wo unten war, der rollende Boden der Kabine fand es einen halben Herzschlag später heraus, und Knochen und Muskeln begriffen allmählich, daß die Stim-Anzüge, in denen man arbeitete, die Kreiselzylinder, in denen man schlief, und die Pillen, die man wie Bonbons aß, die Wochen der Schwerelosigkeit nicht wettmachen konnten. Die Knie spürten es, der Rücken spürte es. Die rote Anzeige, die ihre Entfernung vom Kern meldete, schoß auf 8. Deck zurück.

Meg und Sal waren auf dem sechsten. Das hatte Bird schon vor dem Andocken festgestellt. Er hatte eine Botschaft für sie hinterlegt, und er plante, den Abend in Gesellschaft zu verbringen. Außerdem wünschte er sich einen Drink und ein langes, langes Bad. Vielleicht zusammen mit Meg, wenn sie sich die Botschaft hatte geben lassen.

Wenn sie nicht anderweitig beschäftigt war.

Die Kabine hielt. Bird stieg aus. Seine Beine waren trotz der niedrigen Schwerkraft des 8. Decks schwach, seine Muskeln waren müde davon, gegen das elastische Material des Stim-Anzugs zu kämpfen, wobei die Schwerkraft die Sache jetzt noch komplizierte. Ben stieg ebenfalls aus und sagte: »Wir treffen uns im Starbow.«

Ben verlor keine Sekunde. Er drückte den Knopf für die untere Endstation des Kernlifts, das 3. Deck.

Bird schüttelte den Kopf und ging das 8. Deck hinunter — verdammt wollte er sein, wenn er auch nur seine Post abholte, bevor er der Bar des Starbow einen Besuch abgestattet hatte. Die Post bestand doch nur aus einem Kontoauszug und ein paar Nachrichten von Freunden, wann sie hinausgefahren waren und wann sie zurückkommen würden. Sein Bruder in Colorado schrieb zweimal im Jahr, denn das Porto kostete hier draußen soviel wie die Lebensmittel für eine ganze Woche, und Sam war nicht reich. Es war noch nicht ganz Zeit für den halbjährlichen Brief, und abgesehen davon gab es keine Post, für die sich die Aufregung lohnte. Also zum Henker damit. Bird wollte nichts als eine Chance, das Gewicht von den Füßen zu nehmen, etwas zu trinken, zwei wohlvertraute weibliche Gesichter zu sehen, wenn das Schicksal ihm günstig war, und was interessierten ihn Bens Naßträume. Es gab keine Schiffe ohne Schulden, wahrscheinlich hatte es mehrere Eigentümer, ganz zu schweigen von der Bank, und die Company würde irgendeinen Dreh finden, jeden Erlös zu schlucken, den sie möglicherweise aus dem Schiff herausholen konnten, bis es kaum noch den Preis eines guten Felsens plus der Unkosten wert war. Ben würde sich eines Tages noch in einen Herzanfall hineinarbeiten, wenn die Magengeschwüre ihn nicht zuerst erwischten.

Die Ärzte sagen es, und man lernt es im Institut, einige Null-Ge-Wirkungen verschlimmern sich jedes Mal, das man draußen gewesen ist. Die Knochen resorbieren, die Nieren sammeln das Kalzium und machen Steine daraus, und der Körper lernt es, zu reagieren — er wird mit zunehmender Übung darin immer schneller. Ben glaubte es. Die Wissenschaft erfindet Methoden, menschliche Körper, die sich in der Schwerkraft entwickelt haben, zu täuschen, und man nimmt seine Hormone, man verbringt die Schlafenszeit im Kreisel, und man trägt den verdammten Stim-Anzug wie eine Religion. Vor allem hofft man, gute Gene zu haben. Es gab grausliche Geschichten über diesen alten Erzsucher, dessen Knochen völlig zerbröckelten, und auf dem Höllendeck gab es einen Barmann, der so viele Plastik- und Metallteile in sich trug, daß er ständig die Waffensuchgeräte der Polizei auslöste. Ben hatte nicht die Absicht, so zu enden, nein, Sir, er hatte die Absicht, irgendwann in einem hübschen Charterbüro zu sitzen und 15-und-20 für *zwei* ganz schuldenfreie Schiffe einzunehmen, und sollten andere arme Schweine ihre Teile ersetzen lassen. Er hatte übrigens nichts dagegen, daß Morrie Bird in diesem Büro als für die Charterverträge zuständiger Vizepräsident saß. Bird besaß den gesunden Menschenverstand, mit dem der Betrieb funktionieren würde, und Bird konnte nicht in alle Ewigkeit Erzsucher bleiben. Er hatte sich schon beide Hüften ersetzen lassen müssen.

Also hatte Bird die leichtere Anpassung des 8. Decks in dem blinden Vertrauen gewählt, daß Mama schon das Richtige tun und die Probe, die sie in der Schlinge hatten, analysieren und alle Daten aufzeichnen würde, die sie während der Annäherung an die Ämter durchgegeben hatten. Aber Ben, der zwei Jahre für Mama gearbeitet hatte und Mamas Arbeitsweise kannte, fuhr auf der Stelle zum 3. Deck und der Straße der Schuldner-Unterkünfte, wo er einmal gewohnt hatte, hinunter. Hier gab es massenhaft wunderliche Käuze — Ben entdeckte ein Stück weiter die Straße hinunter einen Mann, der von Kopf bis Fuß in Purpur gekleidet war, aber er war nicht notwendigerweise verrückt. Zumindest konnte man Geld darauf wetten, daß er nicht behauptete, die Company habe dieses oder jenes getan, oder einen alle fünf Minuten nach der Uhrzeit fragte.

Gott, er haßte die Erinnerungen an diesen Ort. Aber er hatte hier in einem Sportstudio immer noch einen ganz billigen Spind mit Kleidern zum Wechseln ...

Weil man sich nämlich gut anziehen mußte, wenn man ging, Schulden einzufordern, nicht wie ein Radikaler und nicht wie einer vom Rabble, sondern klassisch. Ein ordentlicher Pullover, eine ordentliche Hose, ein lässiger Mantel. Richtige Schuhe. Man mußte kreditwürdig aussehen, um zu bekommen, was man wollte. Bens Beine waren, alles in allem, in guter Form: Er hatte dies vorausgesehen und auf dem ganzen Rückweg seine Pillen genommen und Konditionstraining gemacht. Bird hatte bei diesen ungewöhnlich langen Sitzungen auf dem Fahrrad und den Sprungkissen wahrscheinlich gedacht, er wolle so das Verlangen dämpfen, Dekker zu erwürgen.

Aber er konnte wenigstens gehen. Er konnte sich aus dem Overall und dem Stim-Anzug schälen, im öffentlichen Sportstudio duschen, sich nach der Mode der Stationsbewohner kleiden und an dem Höllendeck vorbei zum 1. wandern, wo sein Gewicht erdnormal war. Er mochte wie ein alter Mann dahinschleichen, aber er hatte während der Annäherung ein Schmerzmittel genommen, und es kam nur darauf an, daß er sich langsam bewegte. Er ging an einen Ort, wo, wie Mama verdammt gut wußte, ein Raumfahrer, der eben von einer Fahrt zurückgekehrt war, ohne Not nicht hingehen würde. Das war der Grund, weshalb so viele gemeine kleine Vorschriften der Company verlangten, daß man die Formulare am Tag des Andockens höchstpersönlich unterschrieb — im Kernbüro, wenn man wollte, daß Mama sich Zeit ließ, oder im Hauptbüro, wenn man mehr für Schnelligkeit war. Da die inneren Decks bekannt für ihren Mangel an Rechtsanwälten waren, ahnten viele Raumfahrer nicht einmal, daß Schnelligkeit möglich war.

Wenn man zum Beispiel einen von der Company gestützten Anspruch auf ein Bergungsgut anmelden wollte, ging man in das allgemeine Büro, beantragte, daß die Company das Verfahren einleitete und wartete ab. Aber damit geriet es in die Zuständigkeit der ASTEX-Verwaltungsmühlen, die außerordentlich langsam mahlten, und legte es in die Hände der ASTEX-Rechtsabteilung, die für gewöhnlich feststellte, daß bei einem ›T‹ der Querstrich oder einem ›I‹ der Punkt fehlte. Da oben konnte man einen Antrag auf Erstattung der Unkosten stellen, aber genehmigt wurde er erst, nachdem Mama über die Eigentumsansprüche entschieden hatte, es sei denn, man wußte, wie man nachwies, daß es sich um einen Härtefall handelte. Und man konnte Anspruch auf das Bergungsgut erheben, aber man mußte die richtigen Ausdrücke kennen und sich vergewissern, daß der Beamte, den man erwischte, sie auch benutzte. Die Hälfte der Leute auf den unteren Gehaltsstufen kannten sich nicht aus in der Rechtschreibung, ganz zu schweigen von juristischen Fragen.

Am besten war, wenn man einen alten Klassenkameraden vom Institut aufsuchen, aus der Schlange ausscheren *und* die präzisen, den Vorschriften entsprechenden Ausdrücke auf den Antrag bekommen konnte.

Das 8. Deck war ein Durchgangsgebiet und grau und einsam. Vielleicht sah man eine Handvoll Erzsucher, die von einer Fahrt zurück waren, oder Strahl-Mannschaften oder Bauarbeiter oder andere Leute, die sich längere Zeit bei null Ge aufhalten mußten. Man sah gelegentlich Shepherds und Treiber-Crews, unterwegs zu ihren eigenen schicken Einrichtungen, und eine lärmende

Gruppe von einem Raffinerie-Schlepper und Arbeiter aus Lagerhäusern und Fabriken und Dockaffen (auf dem 8. Deck gab es eine Menge Raffinerie-Anlagen) und in letzter Zeit auch Militärpersonal auf Urlaub. Aber da war nichts in der Art der prächtigen Läden oder der Dienstleistungen zu finden, die es unten auf dem Höllendeck gab. Hier bewegte man sich in einer Art Hüpfschritt zwischen Schweben und Gehen, paßte auf, daß man nicht zu schnell wurde, nahm sich vor Wänden und dergleichen in acht — die spröden Knochen und die reduzierten Muskeln und der Kopf mußten die Bekanntschaft mit Oben und Unten erst wieder erneuern. Wer klug war, bewegte sich langsam.

Der öffentliche Teil des 8. Decks war vollautomatisiert, sogar die Hotels — da standen keine unternehmenden Stationstypen hinter den Theken, nicht einmal für die Kurzschichten, die Gesundheit & Rehabilitation einen Stationsbewohner auf dem 8. Deck arbeiten ließ. Es war Roboter-Territorium. Man steckte seine Karte in einen Schlitz und bekam ein Zimmer in einem Hotel oder ein Sandwich oder das Spülwasser, das hier als Bourbon-Whiskey galt. Aber für den Anfang war das ganz in Ordnung, alles war billiger als auf dem Höllendeck, und den Geschmackssinn hatte man sowieso verloren, bis man sich an die Raffinerie-Luft gewöhnt hatte.

Hier fand man keinen Luxus, der nicht aus einem automatischen Spender kam, es sei denn, man arbeitete für die Company. In dem Fall sah man eine ganz andere Klasse von Einrichtungen, behaupteten die Anzeigen. Angeblich war alles, was aus den Verkaufsmaschinen hinter jenen Türen kam, viel besser, aber Bird hatte es nie gesehen. Treiber-Crews und Shepherds brauchten im Gegensatz zu Erzsuchern keine Zwischenaufenthalte. Wenn sie sich hier oben aufhielten, hatten sie sicher im Mast zu tun und kamen aus Neugier für eine Stunde herunter, um sich umzusehen. Im allgemeinen fuhren sie jedoch geradenwegs zum Höllendeck, wo die Offiziere und Ingenieure der großen Schiffe gemütliche kleine Clubs und freie Getränke hatten und alle möglichen Privilegien beim Zugriff auf die Company-Computer.

In den Anzeigen hieß es, auch ein Erzsucher könne zumindest einen Hauch von diesen Privilegien bekommen — wenn er der Company das Eigentumsrecht an seinem Schiff übertrage und sich von ihr ausstatten lasse. Aber das bedeutete auch, daß die Company entscheiden konnte, wann einer zu alt war oder irgendeinem Profil nicht entsprach, und dann war er draußen, auf Wiedersehen und viel Glück, während irgendein dummer Junge sein Schiff bekam. Und Gott helfe dem Raumfahrer, den Mama als Ablösung für ein Schiff einteilte, wenn das Schiff abkommandiert wurde, drei Jahre lang Schlepperdienst am Standort eines Treibers zu tun — was die Folge hatte, daß die Ersatzmannschaften in der Raffinerie auf die Grundbezüge ohne Privilegien zurückgestuft wurden und Schichtarbeit in einer Plastikfabrik machen mußten. Arbeite für die Company, und du könntest deine Zeit damit ausfüllen, Tanks in der Chemie-Abteilung zu schrubben, bis du zu alt wurdest, und dann setzten sie dich auf Rentner-Privilegien herab und ließen dich in irgendeiner Fabrik die Fußböden ausfegen, um dir deine Extras zu verdienen.

Teufel, nein. So ließ dieser alte Erzsucher nicht mit sich umspringen.

Aber viele Jahre lang war er aufs 8. Deck zurückgekommen, und ihm waren Veränderungen aufgefallen — oder vielleicht hatte er sich früher einmal lebendiger gefühlt. Heutzutage hallten auf Acht die Schritte wider, nicht Musik und Stimmen. Die bunten Plakate waren schon vor Jahren verschwunden, in dem Monat, als die Company zur papierlosen Aktenführung übergegangen war. Die Company bevorzugte einen grauen Anstrich oder institutionelles Grün, außer für die Rohre, die die Warnfarben Gelb und Schwarz trugen.

Früher gab es hier auch inoffizielle Plakate, Klebeumbrüche, die über Nacht auftauchten. Sie verkündeten TOWNEY LÜGT und BEFREIT PRATT & MARKS und dergleichen. Mama hatte das schon in der besten Zeit nicht gefallen, nein, Sir, nicht die Plakate, auf denen Sachen standen wie ZUGRIFF FÜR ALLE, nicht die Flugblätter mit den Neuigkeiten, die einem die Company vorenthielt. Das alles war verschwunden. Es gab kein Papier mehr.

Man fand immer noch den alten abgesperrten Kreis, man fand FRIEDEN und FREIE AUSWANDERUNG in die Plastikwände von Toiletten gekratzt, gleich neben den Zeichnungen, von denen man sich vorstellen konnte, daß Neandertaler sie in Steinzeit-Klos eingeritzt hatten — man fand MINIM und RABRAD und ZUR HÖLLE MIT DER GESELLSCHAFT zusammen mit anderen hilfreichen Vorschlägen in den Toiletten ... hier sehr viel häufiger als unten auf dem Höllendeck, sagte sich Bird, weil das Abschmirgeln von Wänden bei geringer Schwerkraft eine Menge Staub erzeugt und Sprühfarbe genauso schlimm ist. Oder vielleicht lag es daran, daß die Sicherheitsleute nicht oft hier heraufkamen und die normalen Wartungsmannschaften zu den Grafitti beitrugen. Deshalb blieben die Schweinigeleien und die Slogans in den Waschräumen erhalten und wurden nicht einmal mit Farbe zugedeckt, während das 8. Deck immer scheußlicher und schmutziger wurde und man ihm — wie einigen Erzsuchern, die er kannte — sein Alter ansah.

Bird war in verdrießlicher Stimmung. Vielleicht lag es an den Polizisten, vielleicht an dem Leichtsinn, mit dem Ben die Datenkarte bei sich getragen hatte, vielleicht hatte er den ganzen Scheiß nur satt. Im Augenblick ärgerte er sich noch dazu darüber, daß die Polizei ihre Reisetaschen zurückhielt. Das bedeutete, er mußte den Stim-Anzug und den schon tagealten Overall weiterhin tragen, bis die Polizei seine Tasche freigab. Verdammt wollte er sein, wenn er sich neue Knie- und Knöchel-Bandagen zu den Preisen der Verkaufsmaschinen anschaffte.

Was er aber doch kaufte, war ein Röhrchen Aspirin, ein billiger Kulturbeutel für Männer und eine viel zu teure Flasche Eau de Cologne. Die Hüften waren ganz hin, die Knöchel beinahe, das Haar wurde grau und dünn, aber was wesentlich war, funktionierte noch, und er hegte bestimmte Hoffnungen. Er ging in die Bar, die vorn in dem Haus mit dem anspruchsvollen Namen ›Starbow-Hotel‹ lag, steckte seine Karte in den Schlitz am Pult und tippte ›Doppelzimmer‹ und ›Gäste zugelassen‹ ein.

Mitten in dieser Transaktion packte ihn jemand von hinten, schwang ihn herum und hob ihn dabei von den Füßen.

»He!« rief Bird. Die Drehung brachte ihn von Angesicht zu Angesicht vor die dunkelhäutige Sal Aboujib, die ihn ebenso packte wie die Person hinter ihm ...

Das *mußte* Meg Kady sein.

Er erwiderte Sals Umarmung bei diesem unstabilen Hüpftanz in Minimalschwerkraft. »Verdammt, ihr seid beide Idioten!«

Aber er hatte von ganzem Herzen gehofft, daß sie seine Nachricht erhalten hatten.

»Ich bin ein alter Freund von Marcie Hager«, stellte Ben sich an der Empfangstheke unten im Archiv vor. »Ist sie da?«

Der Beamte sah über die Schulter, sah Ben an, sah auf die Schlange, die sich bis zur Tür hinaus erstreckte und meinte unsicher: »Könnte sein.«

»Danke!« Ben lächelte herzlich. Eine Adrenalinausschüttung und die hartnäckige Entschlossenheit, sich den Schmerz nicht anmerken zu lassen, ermöglichten es ihm, munter an der Theke vorbeizumarschieren, durch das Territorium der Beamten und zurück in den Flur:

Männer in guten Anzügen stellten sich nicht in dieser Schlange an. Ben Pollard jedenfalls tat es nicht. Er ging bis zu einer Tür, auf der *M. Hager, Technische Aufsicht* stand, wischte sich den Schweiß vom Gesicht, klopfte an, öffnete die Tür und lehnte sich an den Rahmen.

»Hallo, Schöne.«

Marcie Hager sah vom Schreibtisch auf, und für einen Augenblick wirkte sie verwirrt. Dann: »Ben Pollard! Gott, ich dachte, du seist zum Mars unterwegs oder so etwas.«

»Was dagegen, wenn ich mich setze?«

Sie dachte eine Sekunde lang nach und meinte: »Natürlich nicht. Komm doch herein. Kaffee? — Geht es dir gut? Du bist blaß.«

»Bin den ersten Tag zurück. Eben von Acht heruntergekommen. — Du siehst gut aus.«

»Als ich dich das letztemal gesehen habe, warst du beim Probenamt.« Marcie stand auf, goß zwei Tassen Pulverkaffee auf. »Milch? Zucker? — Zurück von wo?«

»Milch. Kein Zucker. — Ich war eine Weile beim Probenamt. Dann habe ich mich in ein Schiff eingekauft.«

Marcies Augenbrauen stiegen nach oben. Ebenso die Einschätzung seiner Finanzen und ihr Interesse. »Ein Höflichkeitsbesuch?«

Ben grinste, setzte sich mit seinem Kaffee und berichtete nach einem absichtlich langsamen Schluck: »Ich habe einen Glückstreffer gelandet. Ich dachte, du seist vielleicht in der Lage, mir zu helfen.«

Man ging in die Company-Schule, man lernte, was man von wem kaufen konnte. Manche waren billig, und manche kosteten mehr, als sich ein Selbständiger leisten konnte. Aber immer behielt man seine alten Klassenkameraden im Auge, und, wenn man darum gebeten wurde, erwies man einem alten Klassenkameraden einen Gefallen, wie Marcie Hager es tun würde. Denn eine Hand wäscht die andere, und das bedeutete unter anderem, daß Ben sich nicht hatte anstellen müssen.

»Ja?« fragte Marcie, setzte sich und trank von ihrem Kaffee. »Klingt interessant.«

Was hieß, Marcie dachte, jemand, der einen Schiffsanteil besaß, obwohl er erst vier Jahre aus der Schule war, könnte zu einem Ziel unterwegs sein, das selbst eine Technische Überwacherin im Archiv nützlich finden mochte — auch wenn Investitionen in unabhängiges Erzsuchen ein hohes Risiko bargen, auf kurze Frist brachte es frei verfügbares Bargeld und hohe Zinsen ein. Und es war Kapital, das eine Technische Überwacherin im Archiv bei all ihren Zugriffsprivilegien nicht in die Finger bekommen konnte.

Nicht etwa, als ob Marcie schnödes Bargeld für einen Gefallen verlangt hätte. In einer Position wie der Marcies, die ständig von der Company kontrolliert wurde, hinterließ man niemals eine Datenspur.

»Mir geht es darum, daß die Sache schnell erledigt wird. Ein Anspruch auf Bergungsgut. Ich möchte nicht am Ende der Gläubigerliste stehen. Dieser Mann steht hoch in unserer Schuld.«

Marcies linke Augenbraue stellte sich schräg. »Wie bei einer Großen Havarie.«

»Eine Schiffsbergung.« Ben lehnte sich zurück, suchte eine bequemere Stellung für die sehr schmerzenden Muskeln in seinem Rücken, nahm noch einen Schluck Kaffee. »R1 Vierundachtzig Zebra.«

»Hmmm. Nicht aus dieser Zone, Benjie. Das wird ein *langes* Verfahren. Wo, zum Teufel, bist du denn gewesen?«

»Nun ja, aber ...« Ben setzte sein nettestes Lächeln auf. Regel Nummer eins: Man verhandelte nicht in deutlichen Worten. Regel Nummer zwei: Man war vorsichtig, was Geld anging. Regel Nummer drei: Man bat Tugendhafte nicht um Gefälligkeiten. Aber Marcie war gewiß keiner.

Marcie sagte: »Wenn du es nur weißt«, und schaltete ihr Terminal ein. Marcies Sorte mochte sich nicht mit

Geld bezahlen lassen, aber Marcie sagte, während sie sich lässig einen Weg durch eine Kette von Zugriffen tippte: »Was ist eigentlich aus Angie Windham geworden, weißt du das?«

»Nein, das weiß ich nicht. Aber weißt du, daß Theo Pangoulis pleite ist? Er hat alles, was er besaß, auf diesen Laden gesetzt — ich hätte ihm sagen können, daß in dieser Lage nichts Erfolg hat.«

Marcies Gesicht verfinsterte sich. Das war nicht die richtige Opfergabe. Sie waren jetzt in ernsthafte Verhandlungen eingetreten, und ihre Finger hörten auf, sich zu bewegen.

Ben begann von neuem: »Andererseits höre ich des öfteren von Harmon Phillips.«

»Ach ja?«

»Er ist in Aby Torreys Stab. Oben in der Personalabteilung.«

»Das ist interessant«, sagte Marcie. »Hast du deine Zahlen da?«

Es war Spülwasser, aber es war genug Schwerkraft da, um es im Glas und einen selbst auf dem Stuhl zu halten, wenn man sich bequem hinsetzte, und die Gesellschaft war ganz bestimmt gut — die beiden hübschesten Anblicke im Gürtel, schwor Bird. Soheila Aboujib, auf deren dunklen Gesicht ein Grinsen schimmerte, während Ohren und Finger von ihrem Reserve-Bankkonto glitzerten, lachte, stieß Meg in die Rippen und sagte: »Er ist zu lange da draußen gewesen.«

»Ich will euch was erzählen«, kündigte Bird an, und er tat es, dort in dem leichten Verkehr der Autobar des Starbow-Hotels. Sie waren umgeben von Dockarbeitern und den Crews von Schleppern und Marspendlern. Die Lautsprechermusik pegelte sich ein und schuf für die Gäste am hinteren Ecktisch so etwas wie eine Privatsphäre.

»Donnerwetter«, sagte Meg, als sie das Wesentliche

gehört hatte. »Dann ist Ben jetzt unten in der Verwaltung?«

»Wenn er sich kein Bein gebrochen hat«, bestätigte Bird. »Ich sage euch, ich mache mir Sorgen um ihn. Er hat sich von dem Zeitpunkt an, als wir die Verbindung mit diesem Schiff herstellten, wie ein Verrückter benommen.«

»Ich weiß nicht.« Meg war ein Rab, das heißt, sie folgte der Mode, mit der junge Leute den Stil der ›Rabble‹ genannten Protestbewegung von vor zehn Jahren imitierten. Ihre augenblickliche Frisur stellte das dar, was Birds Generation ›toll‹ nannte. Kahlgeschoren an den Seiten, oben auf dem Kopf feuerrot, eine Masse von Locken, die ihr in den Nacken fielen, und all diese Reifen an den Ohren. Bei Meg wußte man vorher nie, was man zu sehen bekommen würde — manchmal waren es Zöpfe, und manchmal wechselte das Haar die Farbe. Meg Kady sagte, sie sei von der einen Seite ungarischer Abstammung, und der andere Elternteil sei ein Ire von der Sol-Station gewesen. Aber manchmal war es auch ein Schotte, und einmal hatte man sie in einer Bar sagen hören, ein portugiesischer Marsianer. Gott allein wußte Bescheid über Sal Aboujib, die kaffeebraune Haut und kaffeeschwarze Augen hatte. Sal trug heute Zöpfchen, Hunderte davon, mit Metallspangen, aber man konnte nie wissen — manchmal wechselte auch dieses Haar den Stil und die Farbe.

Die eine wie die andere war zu hübsch für ein grauhaariges altes Wrack mit brüchigen Knochen — es mußte sein Verstand sein, hinter dem sie her waren, davon war er überzeugt. Sie wollten ihn betrunken machen und ihm Fragen stellen, ihn zum Dinner einladen und versuchen, bestimmte Koordinaten aus dem niedergeschlagenen, verschlossenen Bird herauszukitzeln. Viel Erfolg hatte noch keine von beiden damit gehabt. Aber wer versteht schon, wie Freundschaften geschlossen wurden? Man kommt mit Menschen zusammen, man findet heraus, wem man vertrauen kann, und wenn ein guter Kontakt hergestellt ist, hält man ihn auf Hochglanz poliert, das ist alles. Bird erinnerte sich nicht mehr, wie es angefangen hatte. Sie hatten ihn lange vor Ben kennengelernt, damals, als er mit verschiedenen angeheuerten Leuten gearbeitet hatte. Irgendwie war da ein Zusammenhang mit einer Verwechselung bei der Getränkebestellung (er war längst hinüber gewesen, und sie auch) und einem Spiel, bei dem eine Münze in einem Viertel Ge geworfen wurde. Eine Horde ebenso besäuselter Schlepper-Jockeys war dabeigewesen.

Bird wußte auch nicht mehr, wer zum Schluß die Rechnung bekommen hatte.

»Von jenseits der Grenze?« fragte Meg, das verirrte Schiff meinend, und Bird nickte: »Einser Nummer. Pilot spricht ohne Akzent, ist noch ganz jung, vielleicht zwanzig, zweiundzwanzig. Die Partnerin ist ums Leben gekommen. Der Tank explodierte. Sie war draußen.«

»Verdammtes Pech.« Sal schüttelte ihre Zöpfchen und verzog das Gesicht. Dann: »Habt ihr im Ernst ein Recht auf das Schiff?«

»Ben glaubt es. Er glaubt so fest daran, daß er seine Knie riskiert. Er hat wochenlang Konditionstraining gemacht. Ich wußte, daß er das vorhatte, aber ich hätte doch gedacht, daß er sich erst ein Zimmer nehmen würde.«

Meg fragte: »Möchtest du, daß wir ihn aufspüren? Wir haben auf dem Sechsten herumgetrödelt, hatten keine Eile, warteten, ob vielleicht ein Freund auftaucht — hätten schon vor zwei Tagen auf das Dritte umziehen können. Es würde uns nichts ausmachen, hinunterzugehen ...«

»Er wird zurückkommen. Wenn nicht, rufe ich das Krankenhaus an.«

»Habt ihr beide Streit?«

»Ben wird ein bißchen übereifrig.«

»Ja, das sieht ihm ähnlich. — Aber wenn es klappen

sollte, wenn die Bergung anerkannt wird — könnt ihr das Schiff dann einfach nehmen?«

»Es wird nicht klappen. Die Company wird einen Dreh finden. Wartet's ab.«

»*Que sab?*« meinte Meg. »Aber wenn doch ...«

»Meg, er hat sich verdammt verrückt aufgeführt. Seit wir dieses Schiff gefunden haben. Ich sage dir, ich hatte Angst ...« Er war zu lange von einem Drink entfernt gewesen. Auf dem Rückweg hatte er nicht gewagt, sich einen zu genehmigen, und dieser eine traf ihn mit der Wucht eines Hammers. Beinahe hätte er gesagt: Ich hatte Angst vor ihm — aber das Wort konnte zu Ben zurückgelangen, und das wollte er nicht. Statt dessen sagte er: »Ben arbeitet wirklich hart. Aber manchmal sieht er mehr auf das, wohin er geht, als auf das, was er tut.«

Meg legte Bird die Hand auf den Arm. »Wie ist es, *cher*, möchtest du, daß wir einmal mit ihm reden?«

»Nein, nein, das ist eine Sache zwischen ihm und mir. Soll er es doch versuchen. Es wird ihm nichts eintragen als eine Kette von Rechnungen, die für dieses Schiff noch nicht bezahlt sind. Wahrscheinlich ist es für die letzte Treibstofflieferung verpfändet. Wenn wir unsere Unkosten erstattet bekommen, werde ich mich glücklich schätzen.«

»Ich kann Ben nicht verübeln, daß er es versucht«, bemerkte Sal. »Teufel, für eine solche Chance könnte ich einen umbringen.«

Man wußte manchmal nicht so recht, ob Sal Spaß machte.

»Hör mal.« Meg drückte Birds Handgelenk. »Was hältst du davon, wenn du auf die Gesundheitsvorschriften pfeifst, dein Zimmer hier wieder aufgibst und mit zu uns nach Sechs hinunterkommst?«

»Meg, meine alten Knie ...«

»Alt, von wegen. Wir haben eine hübsche Unterkunft in der ›Freiheitsglocke‹. Du bleibst hier und sammelst Ben ein, sobald er kommt. Heute nacht wollen wir feiern. Die Gespenster vertreiben. Wir wußten doch, daß wir auf jemanden warten.«

»Ja«, fiel Sal ein. »Laß uns nur ein bißchen Zeit, damit wir das Zimmer aufräumen können.«

»Aufräumen, um Gottes willen, was sind wir denn? Fremde?«

Meg stieß ihm mit dem Ellenbogen gegen den Arm und stand auf. »He, wir müssen nur ein paar Dinge hinausschaffen. Weibliche Eitelkeit.«

Bird schüttelte den Kopf und trank seinen Bourbon. Ein paar Dinge hinausschaffen. Die Dinge mochten durchaus männlichen Geschlechts sein. Aber er schwieg nachsichtig dazu.

Und es konnte ja stimmen, daß Meg und Sal ein bißchen aufräumen wollten, und es war keine besondere Überraschung, daß Meg und Sal ihm und Ben zuliebe eine Zufallsbekanntschaft oder zwei hinauswarfen. Aus einem Grund, den Gott allein kannte, waren sie *simpatico;* sie standen auch auf der Charterliste der *Trinidad,* obwohl sie selbst erst vor kurzem zurückgekommen und für zwei oder drei weitere Monate gar nicht in der Lage waren, mit einem Schiff auszulaufen.

»Wir sehen uns unten.« Damit gingen sie.

Eine hübsche Frau wie Meg hätte ihn heute abend überreden können, aufs Höllendeck hinunterzukommen. Eine hübsche Frau wie Meg ...

Die log wie ein Company-Anwalt.

Meg war eine frühere Shuttle-Pilotin, geboren auf der Sol-Station (oder auf dem Mars), auf der Sol-Station der politischen Agitation angeklagt (oder wegen Schmuggelns festgenommen, das hing davon ab, was Meg intus hatte). In dem einen wie dem anderen Fall hätte sie in die alte Heimat deportiert werden können, wenn man die Beweise in die Hand bekommen hätte, die zu vernichten ihr offensichtlich gelungen war. In dem einen wie dem anderen Fall hatte die Company sie (so behauptete sie) aufgefordert, Orte, die in bequemer

Nähe zu Quellen des Luxus lagen, zu verlassen. Auf R2 angekommen, hatte Meg sich mit Sal zusammengetan. Sal selbst hatte im Institut eine Pilotenausbildung gemacht und war hinausgeworfen worden, warum, hatte sie nie gesagt, es spielte auch keine Rolle. Sal waren eine Menge Dinge zuzutrauen, und man konnte sich eins aussuchen. Sal war klug, sie hätte zumindest die Lizenz der Klasse 3 erwerben können, und Bird war überzeugt, sie besaß eine Fähigkeit, die den guten Computermann ausmacht: Sie ließ die Zahlen hinter sich und *sah* den Gürtel in ihrem Kopf. Was Sal fehlte, waren die konventionelle Schulung und Erfahrung. Sie hatte sich ihre Kenntnisse in der Schule der letzten Zuflucht erworben, und dort konnte man nur hoffen, lange genug am Leben zu bleiben.

Bird war sich sicher, das Paar stahl gelegentlich — schnippste nur ein bißchen von dem markierten Fund eines anderen Erzsuchers ab, wenn sie ihn nicht persönlich kannten.

Aber ihre Freunde beklauten sie nicht. Oder wenn sie es getan hatten ... er glaubte, sie würden es zurückgeben, sobald es ihnen möglich war, und einem nie sagen, daß sie es gestohlen hatten. Sie waren von dieser Art, sogar Sal, die viele Dinge nicht so eng sah, und Bird rechnete das als Ehrlichkeit. Jeder wurde manchmal verzweifelt genug. Er hatte es selbst ein- oder zwei- oder dreimal getan. Und es den Jungs zurückgegeben, denen er es weggenommen hatte, ohne ihnen jemals zu verraten, daß er sie bestohlen hatte. Er verstand diese Art von Moral.

Er verpachtete also die *Trinidad* hin und wieder an Meg und Sal, und die *Trinidad* war ein besseres Schiff, als sie im allgemeinen kriegen konnten, und hatte eine Ausrüstung, die anderen Schiffen fehlte. Sie lernten. Sie nahmen Rat an. Er hätte ihnen das Schiff auch diesmal gegeben, wenn sie für eine neue Fahrt bereit gewesen wären. Er *mochte* sie, das war Grund genug.

Aber mit einemmal war da dieses andere Schiff. Er hatte die Idee in ihren Augen aufleuchten sehen: Wenn Bird und Ben durch einen Glückszufall kosmischen Ausmaßes tatsächlich ein zweites Schiff bekamen, dann *mußte* irgendwer es chartern — und vielleicht konnten sie Anteile erwerben? Ganz bestimmt würde Bird es nicht an die Company verkaufen. Gott allein wußte, wie weit sich diese beiden von ihrer Phantasie hatten mitreißen lassen.

Verdammt, fragte Bird sich selbst, brachte dieses Schiff Unglück, daß es Ben verrückt machte und jetzt Meg und Sal zu Plänen anregte, die zu verwirklichen sie längst noch nicht gut genug waren?

Aber niemand hatte einen Gedanken für den armen Teufel im Krankenhaus übrig, der alles verloren hatte, was er besaß, ganz zu schweigen von den Eigentümern und den Charter-Crews drüben auf R1, die schwere Verluste erleiden mochten.

Manchmal dachte Bird, er sei schon zu alt und habe sich zu weit von seinen Anfängen entfernt. Manchmal träumte er von Kiefern und Beifuß und Sonnenuntergängen.

Aber er träumte auch sehr realistisch von der Armut — erinnerte sich, wie es war, zu darben und zu sparen, um zur Ausbildung in den Raum zu kommen, es dann mittels wilder Entschlossenheit und einer flinken Zunge zur Asteroiden-Erkundung zu schaffen, zu einem Programm, das den Mietkauf gestattete. Es hatte eine richtig verzweifelte Nachfrage für Piloten von Erzsucherschiffen geherrscht, damals, zu Beginn des gegenwärtigen Booms.

Die meisten, die damals angefangen hatten, waren wahrscheinlich jetzt tot. Bird wußte über die auf R2 Bescheid, und er war der letzte dieser Gruppe. Die einfachen Stationsarbeiter, die in die Raffinerien und Verarbeitungsbetriebe gegangen waren — Gott allein wußte es, vielleicht waren viele von ihnen auch schon tot. Bird erinnerte sich an junge Gesichter, er erinnerte sich an Gespräche darüber, was sie vielleicht finden würden, wie sie alle an den Löhnen der Company reich werden würden.

Ja. Und jetzt, wo man so gut wie alles verzeichnet hatte und die Massentreiber der Company am Werk waren, jetzt wollte die Company keine unabhängigen Erzsucher mehr. Sie waren unwirtschaftlich, hieß es. Sie paßten nicht mehr in das System, wie es sich entwickelt hatte, alles wurde von der Company betrieben, und die ASTEX teilte die Karten aus, wie sie wollte. Man konnte sich nicht beschweren, und man konnte nicht freikommen. Denn das erforderte Geld, das man nicht hatte. Oder wenn man sein Schiff an die Company zurückverkaufte, kam man, nachdem man die Passage bezahlt hatte, mit fünfzig-, sechzigtausend in der Tasche auf der Sol-Station an und war mit über fünfzig und brüchigen Knochen wieder da, wo man angefangen hatte, und diese Sechzigtausend waren alles, was man hatte, um im Alter davon zu leben und die Arztrechnungen zu bezahlen.

Doch Bird las die Briefe seines Bruders, und für ihn stand ohne jeden Zweifel fest, daß dreißig Jahre für jeden eine zu lange Abwesenheit war. Die Erde hatte sich verändert, die Ansichten hatten sich verändert — die Menschen machten sich Sorgen über Dinge, die ihm keine Sorgen machten, und sie machten sich keine Sorgen, wo sie es, wie ihm klar war, tun sollten. Die Erde war im Krieg mit ihren Kolonien, sie schoß menschliche Wesen zusammen, während die Erdbewohner darüber diskutierten, ob die Extraterrestrier auf Pell Seelen hätten, und der Regierung die Schuld an dem wirtschaftlichen Zusammenbruch gaben, als Handelsschiffe der Company wegen der verdammten Visa streikten. Die Rabs liefen mit rasierten Köpfen und in Glitzerzeug herum und schmierten Slogans an die Wände, weil die Gesellschaft zum Teufel ging und die menschliche Rasse mit ihr. Da gab es die Isolationisten, die die fernen Sternen-Stationen schließen und mit niemandem mehr reden wollten als mit der Erde, dem Mars und dem Gürtel, und da gab es die Föderationisten und die Separationisten und die Pazifisten und die Neo-Nationalisten und die Neuen Evangeliker. Sie alle glaubten, sie wüßten, wie die menschliche Rasse zu reformieren sei. Es gab die Eukonomisten und die Anti-Genetizisten und diejenigen, die behaupteten, es gebe eine Verjüngungsdroge aus dem Raum, und die Regierung habe sie beschlagnahmt, aber die Reichen könnten sie trotzdem bekommen. Verschiedene Verteidigungsministerien im Gebäude der Vereinten Nationen und der Vereinten Internationalen bauten diese ungeheuer großen Kriegsschiffe, um das Embargo gegen die Rebellen im fernen Raum durchzusetzen, während die Freihandelspartei, die die Wahlen in der Panasiatiaschen Union gewonnen hatte, gegen jedes Embargo war, die Visa abschaffen und die Menschen reisen lassen wollte, wohin sie Lust hatten. Aber da draußen im tiefen Raum änderten sich die Dinge, die Dinge veränderten sich ständig und schneller, als daß irgend jemand hätte Schritt halten könnten. Bird war noch nicht geboren, als jemand draußen auf Cyteen ›Schneller als Licht‹ entdeckte und das Buch umschrieb, und verdammt wollte er sein, wenn er es verstand, ob nun die physikalischen oder die politischen Aspekte. Aber die Company baute ihre Schiffe aus dem Metall, das er gefunden hatte. Die Händler des Großen Kreises waren vor seiner Geburt von ihr bewaffnet worden, und in diesem Augenblick baute sie diese neuen Translicht-Truppentransporter, UM DEN KOLONIEN EINE LEKTION ZU ERTEILEN. All dies ging seit beinahe hundert Jahren vor sich, jetzt jedoch entwickelte es sich mit Überlichtgeschwindigkeit. Man hatte damals im Jahre 15 die Rabble-Reformer vor den Company-Türen erschossen, man hatte den Visumzwang beibehalten, man hatte die Tätigkeiten der Earth

Company in ein halbes Hundert Tochterfirmen wie die ASTEX aufgespalten, die nichts weiter taten, als die Bücher der Company so durcheinanderzubringen, daß es die Kapazität einer einzelnen Regierung auf der Erde überstieg, sie zu prüfen, und niemand war mehr für irgend etwas verantwortlich. Vor einem Jahr hatte es auf der Sol-Station einen Aufstand der Wehrdienstverweigerer gegeben, vier Jungen waren getötet worden, es ging das Gerücht, zwei Beamte seien überführt worden, die Unterlagen für militärische Lieferungen gefälscht zu haben — und hier draußen im Gürtel waren Bauarbeiter und diese großen Stahlskelette, über die nicht gesprochen werden durfte, und nach einer Handvoll Jahren bekamen sie einen Antrieb und fuhren mit eigener Kraft zur endgültigen Fertigstellung in Richtung Sol-Station. All das ging immer weiter. Aber wenn man den Bildschirm an der Wand betrachtete und sich fragte, was sonst noch vor sich gehen mochte, wovon man nichts wußte, brachte die Company-Abteilung ›Nachrichten und Unterhaltung‹ ein Programm über hydroponisches Gärtnern.

Verdammt verrücktes Leben. Wenn er da draußen im Gürtel zusammen mit einem einzigen anderen Kerl in einem kleinen Schiff saß, fragte er sich manchmal, was mit ihnen beiden geschehen würde, sollte die Menschheit tatsächlich wahnsinnig werden und sich selbst zur Hölle schicken. In letzter Zeit spitzte er bei den Nachrichten, die Mama täglich ausgab, angstvoll die Ohren und versuchte, sich vorzustellen, wer nun in der alten Heimat tatsächlich die Leitung in Händen hielt. Denn es mußte schon mit dem Teufel zugehen, wenn die Company einem irgend etwas in deutlichen Worten mitteilte. ASTEX, die Firma ›Asteroiden-Explorationen‹, war Teil der Earth Company, die das ganze verdammte Vereinigte Verteidigungskommando an der Leine hatte. Alles war ein blödsinniger Buchstaben-Rummel: ASTEX, EC, SS, UI, MEX und FN, um nur einige zu nennen, und jeder von ihnen schlief in mehr als einem Bett — bildlich im Hinblick auf Regierungen gesprochen.

Er ließ es lieber sein. Vielleicht hatten die jungen Leute mit den gefärbten Haaren und der Leuchtfarbe und den Nasenringen recht. Vielleicht würde die Menschheit sich selbst vernichten. Vielleicht würden die Gürtelbewohner hier draußen überleben und sich zu einer ganz neuen menschlichen Rasse weiterentwickeln.

Zu einer, die Shakespeare für einen Physiker hielt.

Er stand auf und bestellte sich mit seiner Karte einen Drink, und weil er einmal dabei war, annullierte er die Zimmerbestellung für sich und Ben im Starbow, denn er hatte den Schlüssel, der aus dem Schlitz gerutscht war, nicht benutzt. Und dann machte er sich ernsthaft Gedanken darüber, ob sein Rücken dem 6. Deck gewachsen sein würde — von verschiedenen Gesichtspunkten aus betrachtet.

»Bird?«

Ben hatte es also überlebt. Ben war wieder da, und die Aufregung blubberte in seiner Stimme. Vor der Verkaufsmaschine kam Ben zum Stehen und hielt sich daran fest. Bird drehte sich zu ihm um.

»Bird, wir haben eine Chance. Wir haben eine echte Chance.« Er schnappte nach Luft. »Hab mir beinahe den Hals gebrochen, um hier herauf zu kommen.« Wieder ein Atemzug. »Das Schiff ist auf zwei Namen eingetragen — drüben in Raffinerie Eins. Paul Dekker und Corazon Salazar. Das ist ›*Cory*‹, das ist die ›*Partnerin*‹ — und sein Besitztitel ist über jeden Zweifel erhaben.«

»Du machst Witze. Er ist doch noch ein Junge.«

»Ich weiß nicht, was *sie* war, aber den beiden hat das Schiff gehört. Einwandfrei — ohne Verpfändung, ohne Schulden, ohne gar nichts. Bird, wir sind obenauf! Wir haben den einzigen Anspruch auf das Schiff! Wir stehen als erste in der Schlange!«

Bird nahm sein Glas aus dem Spender und tat weiter nichts, als daß er es in der zitternden Hand hielt. An so etwas dachte man nicht, man fing nicht einmal an, sich zu wünschen, so etwas könne passieren. Aber da waren Rechnungen zu bezahlen, und die Company war heutzutage so langsam im Erstatten von Unkosten.

Gott verzeihe mir, dachte Bird, er fing tatsächlich an zu denken — wenn Dekker verrückt war — wenn ihnen dieses Schiff im Ernst *zustand* ...

»Ihr Name ist Dekker«, sagten sie. Es waren Ärzte. Er erinnerte sich an sie, aber wie er hierhergekommen war, daran erinnerte er sich nicht. Er wußte nicht, wie lange er wieder bewußtlos gewesen war. Er stellte seinerseits Fragen, nur halfen ihm die Antworten nicht viel.

Manchmal glaubte er, auf einem Schiff wie seinem eigenen zu sein, manchmal glaubte er, sich das alles nur zurechtphantasiert zu haben. »Bird?« fragte er manchmal. Manchmal hatte er Angst, Ben werde nach oben geschwebt kommen und ihn schlagen.

Manchmal glaubte er, Bird und Ben seien nur Gestalten aus Träumen, die er an diesem Ort gehabt hatte, und er kam einfach nicht darauf, wie er hergekommen war, es sei denn, Cory war es irgendwie gelungen, das Schiff zu reparieren, und sie hatte ihn hergebracht. Er fühlte sich benommen. Dies ist ein Krankenhaus, dachte er. Dies ist eine Basis. Wir sind zu Hause. Wir sind in Sicherheit ...

»Wo ist Ihre Partnerin?« fragte ihn jemand.

Er öffnete mühsam die Augen, hob den Kopf so weit, wie es seine Kraft erlaubte. Er sah einen weißen Kittel, einen Mann, der etwas auf eine Eingabetafel schrieb.

»Wo ist Ihre Partnerin?« fragte der Arzt ihn. »Erinnern Sie sich?«

Schwärze. Eine Alarmsirene kreischte. Das Schiff ruckte und drehte sich — er kämpfte gegen das Gewicht seines eigenen Arms, um die Kontrollen zu erreichen, fragte sich, ob der Autopilot die Störung wieder in Ordnung bringen konnte oder ob er sich vielleicht schon eingeschaltet hatte. Er wußte es nicht. Er schlug auf den Schalter. Etwas traf das Schiff, schleuderte ihn gegen den Arbeitsplatz ...

»Mr. Dekker, erinnern Sie sich, was geschehen ist?«

Ein Duschraum mit grünen Wänden. Die Uhr zeigte den 12. März.

»Welchen Tag haben wir?« fragte er. Aber sie antworteten ihm nicht. Er versuchte, auf seine Uhr zu sehen, aber er war nicht fähig, die Arme zu bewegen. »Bird, wieviel Uhr ist es? Um Gottes willen, *wieviel Uhr?*«

Der Mann in Weiß schrieb etwas auf seine Tafel und sagte: »Was denken Sie denn, wieviel Uhr es ist?«

»Geben Sie mir meine Uhr. Wo ist meine Uhr?« Sie war nicht an seinem Handgelenk. Danach konnte er hören, wie sein Herz schwerer und schwerer schlug, und er glitt zurück in die Dunkelheit.

»Bird?« Er glaubte, Ben habe etwas damit zu tun. »Bird, wach auf — Bird, hilf mir — *Bird, wach auf und hilf mir!*«

6. KAPITEL

Glas klang an Glas, in der Freiheitsglocke auf dem Sechsten. »Auf unsere Freunde«, toastete Sal, und Bird, der sich sagte, es sei bei weitem zu früh für irgendwelche Pläne, hatte sich entschlossen, Meg und Sal nichts zu erzählen.

Aber der Entschluß war in der Minute, als er Bens selbstzufrieden fröhliches Gesicht gesehen hatte, über Bord gegangen.

»Ihr habt das Schiff!« behauptete Meg, noch bevor sie ihre Getränke bestellt hatten.

»Wir sind ihm zumindest auf der Spur«, antwortete Ben. »Wir holen auf. Das Verfahren wird beschleunigt abgewickelt.«

Bird konnte sich nicht ums Verrecken vorstellen, wie es Ben gelang, an Leuten in Ämtern vorbeizukommen. Aber es gelang ihm.

Da saßen sie nun, unterwegs zu dem Ziel, überhaupt keinen Schmerz zu empfinden, und zur Hölle mit den 0,7 Ge.

Es war nicht etwa so, daß Meg und Sal ihnen morgen die kalte Schulter zeigen würden, wenn sie mit ihrem Anspruch nicht durchkamen. Von der Sorte waren sie nicht. Aber ganz bestimmt genossen sie die Party heute abend.

Sie genossen auch das, was danach kam, eingezwängt in zwei angrenzende Zimmer in der Glocke — dort ging die Party weiter, und sie mußten diese beiden Schlepper-Jockeys, die sich beschwerten, sie seien eingeladen, zweimal hinauswerfen.

»Nein, wart ihr nicht!« widersprach Sal Aboujib. Und schloß die Tür und rutschte lachend daran hinunter. Auch Meg lachte, sie lachte so sehr, daß sie ihr nicht helfen konnte. Also zogen die Männer Sal in die Höhe und hoben sie auf, und Sal schrie, sie würden sie auf den Kopf fallen lassen.

Sie fielen auf das Bett — was bei niedriger Schwerkraft bedeutete, daß sie alle langsam wieder hochgeschleudert wurden, während Oben und Unten für einen Augenblick in alkoholisierte Verwirrung gerieten.

»Gott!« Bird ließ sich auf das zurücksinken, was er für eine Matratze hielt. »Ich bin blau.«

Meg fiel mit einem dampfigen Kuß auf ihn, und er hörte auf, sich Gedanken zu machen, in welcher Richtung oben war.

Als sie aufwachten, stellte sich heraus, daß sie in Bens und Sals Bett lagen, aber das war nicht weiter schlimm, Ben und Sal waren einfach eine Tür weitergegangen. Aber sie mußten für die Sünden des vorigen Abends bezahlen — ein Kater bei niedriger Schwerkraft, wenn einem die Nebenhöhlen und die Ohren Streiche spielen, ist die Hölle selbst.

»Cory?« fragte Dekker. »Cory?« Aber er war nicht im Schiff, er war zwischen weißen Wänden mit Ärzten in weißen Kitteln, die ihn immer wieder und wieder fragten: »Was ist mit Cory passiert?«, und er konnte sich überhaupt nicht erinnern, was ihre Wahrheit war oder was sie von ihm hören wollten. Er fragte nach Bird, und sie fragten ihn, wer das sei, und jemand sagte innerhalb seiner Hörweite, daß sei der Mann, der ihn hereingebracht habe.

Von wo? Er versuchte, sich ins Gedächtnis zurückzurufen, wo er Bird verlassen hatte oder was geschehen war, aber seine Gedanken kehrten immer zu dieser Duschzelle zurück, die Uhr zeigte ihm die Zeit ... 12. März. Und er hatte die Wahl, was an diesem Tag geschehen würde ...

Er schlief wieder. Als er erwachte, hatte er es bequemer. Seine Hände waren frei, man erlaubte ihm, sich aufzusetzen, und gab ihm einen Obstsaft. Ein Mann kam, setzte sich mit einer Eingabetafel an sein Bett und fing an, ihm Fragen zu stellen. Wie alt sind Sie? Haben Sie irgendwelche Verwandte? Alles wie ein Schnellfeuergewehr. Das waren die Auskünfte, die sie haben wollten, wenn man einen Unfall gehabt hatte, etwas über die nächsten Verwandten. Es ängstigte ihn. Die Dusche in diesem Zimmer war nicht die Dusche, an die er sich erinnerte; er konnte die weißen Wände durch die Tür erkennen. Er hatte einen Zeitsprung vorwärts gemacht. Cory war nicht bei ihm, und er war in einem Krankenhaus und mußte diese Fragen durchgehen wie ein Schauspieler in einem Film. Es konnte nicht wirklich sein. Gott, seine Mutter sollte gar nicht erst erfahren, daß er in einem Krankenhaus lag, irgendwo weit weg von ihr, er hatte genug vermasselt. Also sagte er nur, er sei von der Sol-Station und verstummte.

»Welcher Art war Ihre Beziehung zu Corazon Salazar?« fragen sie dann, kalt und unpersönlich. Er machte weiter mit dem Ritual.

»Sie ist meine Partnerin.«

Aber wenn er fortfuhr zu antworten, würden sie es als wahr aufschreiben, und er wäre dann hier, könnte nicht in die Dusche zurückkehren, er hätte den Kreis verlassen und keine Chance mehr, es besser zu machen. Cory wäre dann tot. Kein Weg zurück.

Der Mann fragte: »Hatten Sie ein Verhältnis mit ihr?«

Das machte ihn böse. »Das geht Sie nichts an.«

Der Mann fragte: »Haben Sie miteinander gestritten?«

»Nein.«

Der Mann vermerkte etwas auf seiner Tafel. »Was hatten Sie in dieses Schiff investiert?«

Er verstand die Frage nicht. Schüttelte den Kopf.

»Hatten Sie Geld hineingesteckt?«

Von neuem schüttelte er den Kopf. »So war das nicht. Cory hatte das Geld.« Cory hatte auch den Verstand, aber das gab er einem Fremden gegenüber nicht zu. Cory war diejenige gewesen, die genau wußte, was sie wollte. Danach fragte der Mann jedoch nicht. Er fragte: »Was ist da draußen passiert?«

Er konnte jetzt nicht in die Dusche zurückkehren. Keine grünen Wände. Weiße. Er dachte: Was soll ich ihnen erzählen? Und der Mann fragte: »Regt Sie das auf? Sie sagten, Ms. Salazar habe außerhalb des Schiffes gearbeitet. Warum?«

Nicht sicher, was er verändert haben mochte, antwortete Dekker: »Wir brachten eine Markierung an.«

»Verrichtete Ms. Salazar immer die Arbeit außerhalb des Schiffes?«

»Ich bin der Pilot.« Zwei Antworten richtig. Er fühlte sich jetzt sicherer.

»Ich verstehe. Ms. Salazar hatte Sie also angeheuert. Und schenkte Ihnen die Hälfte ihres Schiffes. Für nichts.«

Er nickte.

»Wo haben Sie sich kennengelernt?«

»Wir haben uns Briefe geschrieben. Lange Zeit. Schon als Kinder.«

Eine weitere Notiz auf der Tafel. »Dann war es mehr als eine geschäftliche Beziehung.«

»Wir waren Freunde.«

»Es gab keine negativen Auswirkungen?«

Dekker sah auf seine Uhr. Aber sie war nicht da. Man hatte sie ihm weggenommen.

Der Mann fragte: »Haben Sie gestritten?«

»Wir haben nie gestritten.«

»Sie hat immer getan, was Sie wollten? Oder hat sie es dieses eine Mal nicht getan?«

Dekker verstand nicht, schüttelte den Kopf. Er dachte an die Dusche, aber das Bild wurde nicht deutlich. Sogar das Grün wirkte blaß.

Der Mann fragte: »Warum haben Sie die Grenze überquert? Um zu vertuschen, was Sie getan hatten?«

Dekker verstand nicht, worauf der Mann anspielte.

Wieder schüttelte er den Kopf, sah verstohlen auf sein Handgelenk, erinnerte sich, daß er das nicht tun durfte. Es machte die Leute wütend. Wie Ben. Es machte Ben sehr wütend ...

»Sagen Sie mir die Wahrheit«, verlangte der Mann. »Was haben Sie da draußen gemacht?«

»Wir hatten einen Fund«, antwortete Dekker. »Wir wollten ihn markieren.«

Plötzlich verlor er das Zimmer. Es war dunkel, und die Schalttafeln blitzten und blinkten. Er versuchte, die sichere weiße Wand wiederzufinden.

»Haben Sie sie dort zurückgelassen?« fragte der Mann. Dekker erinnerte sich nicht mehr, was er eben gesagt hatte, er konnte nur die Schalttafeln sehen, und jemand drückte ihn aufs Bett. Er bekam einen Arm frei. Leute schrien. Bilder von dem weißen Raum flackerten auf, es waren Gesichter über ihm, und sie alle hielten ihn fest. Er rief: »Laßt mich los!« und spürte eine scharfe Explosion an seiner Schulter. Aber sie hielten ihn weiter fest und redeten ihm zu, er solle sich beruhigen.

Atemlos versprach er: »Ich werde ruhig sein. Ich werde ruhig sein, ich will keine Sedative mehr ...«

Denn wenn sie ihn betäubten, hatte er keine Ahnung, wo er sich befand und wie lange er ohne Bewußtsein war und wohin er in dieser Dunkelheit ging ...

Er öffnete die Augen wieder und hatte ein schreckliches bleiernes Gefühl, als wiege er zuviel, und er konnte nicht aufwachen — aber er wußte, wo er war, er war in der Klinik. Zwei sehr starke Männer hielten ihn fest und fragten ihn, wie er sich jetzt fühle.

Er war heraus aus der Dunkelheit. Er sagte, als er einen ganzen Atemzug geschafft hatte: »Mir geht es gut. Mir geht es gut. Gebt mir nur keine Spritzen mehr, ja?«

»Werden Sie mit uns reden? Werden Sie sich zusammennehmen?«

»Ja«, sagte er.

Der Mann in Weiß beugte sich über ihn, faßte sein

Handgelenk und fragte: »Machen Sie sich immer noch Sorgen über Ihre Uhr?«

Sein Herz klopfte ein bißchen, machte ihm schwindelig. Aber er wußte, es war ein Test. Er sollte nicht nach der Zeit fragen. Sie schlugen ihn, wenn er das tat. Oder gaben ihm Spritzen. Er schüttelte den Kopf. Jetzt wollte er wach bleiben.

Der Arzt fragte: »Wir werden von unserem Gespräch eine Aufnahme machen. Geht das in Ordnung?«

Ein weiterer Test. Da faßte Dekker einen Entschluß. Es kam nicht darauf an, was die Wahrheit war. Wenn er nicht genau das Richtige sagte, gaben sie ihm Spritzen. Er hatte in seinem Leben schon öfters in der Patsche gesessen — aber dies war ernst. Dies war ein Krankenhaus, und man hielt ihn für verrückt.

Der Arzt fragte ihn: »Machen Sie sich immer noch Sorgen über Ihre Uhr?«

Schwärze. Die Sirene heulte. Er hörte etwas wie wild piepen. Ein Wecker — und er erinnerte sich nicht, ihn gestellt zu haben. Er sah, daß der Arzt die Stirn runzelte — er versuchte, sich auf den Arzt zu konzentrieren, er wußte, wie wichtig das war. Und als er das tat, wurde das Piepen langsamer.

»So ist es besser«, lobte der Arzt. »Geht es Ihnen gut? Wollen Sie mir erzählen, was eben passiert ist?«

Dekker holte Atem. Er sagte ruhig und versuchte, gar nicht auf das Piepen zu achten: »Cory war draußen. Wir wollten diese Markierung anbringen ...«

»Auf welcher Seite der Grenze?«

»Auf dieser Seite.« Dumme Frage. Das Piepen beschleunigte sich für eine Weile ebenso wie sein Herz. Er machte es wieder ruhig. »Wir wollten diese Markierung anbringen. Es war ein großer Fund. Groß. Einen Kilometer breit ...«

»Sind Sie sicher, Mr. Dekker?«

»So groß war er. Und wir waren da draußen. Wir hatten die Markierung abgeschossen, aber sie haftete nicht gut. Cory sagte: …« Das Piepen wurde wieder schneller, er verlangsamte es, starrte an die Wand, erinnerte sich, daß Cory gesagt hatte: ›Wir werden nicht zulassen, daß diese Schufte …‹

»… die Markierung müsse richtig befestigt werden. Und Cory wollte es tun.«

»Sie hätten mit einem Felsbrocken von dieser Größe gar nicht zurechtkommen können.«

»Er war stabil. Es war nicht so schlimm.« Wieder das Piepen. Er sagte, bevor es ihm entschwinden konnte: »Aber dieser verdammte Treiber — er war nicht auf den Plänen eingezeichnet — er bremste nicht ab. Ich sagte … ich sagte: ›Cory, komm herein, Cory, er antwortet mir immer noch nicht, Cory, komm herein …‹«

»Das Beruhigungsmittel«, befahl der Arzt. Das Piepen wurde zu einem stetigen Schrillen. Wie der Kollisionsalarm. Lichter flackerten.

»Ich sagte, ich sagte immerzu: ›Du Hurensohn, meine Partnerin ist da draußen, meine Partnerin ist außerhalb des Schiffes, ich kann nicht weg …‹«

Sie stachen ihn mit der Spritze. Zwei von ihnen hielten ihn fest. Doch er hörte nicht auf zu schreien: »Ich kann nicht weg, du Hurensohn!«

»Es funktioniert nicht«, bemerkte jemand.

Der Arzt zog Dekkers Augenlid hoch, beugte sich dicht über ihn, befahl, den Blick anderswohin richtend: »Holt den Chef«, während Dekkers Atem rasch ging und der Monitor seine Panik mit einem ununterbrochenen Piepen anzeigte.

»Der Treiber nahm es nicht zur Kenntnis«, sagte Dekker. »Er sendete nicht …«

Der Arzt befahl: »Ziehen Sie eine weitere Dosis auf. 50 Kubik.«

»Er stand nicht auf den verdammten Plänen …«

»Ruhig«, sagte der Arzt. »Wir verstehen Sie. — Stellen Sie diesen Lärm ab.«

Das Piepen hörte auf. Dekker konnte leichter atmen.

»Gut. Gut.« Dann kam wieder eine Strecke Dunkelheit.

Jemand hatte einen Unfall gehabt, ein R1-Schiff war in der R2-Zone aufgetaucht, wahrscheinlich war es ein Treiber-Unfall — wofür eigentlich das GM zuständig gewesen wäre, aber der Vorgang war in William Paynes Tagesdatei und kam geradenwegs von Craytons Büro in der Hauptverwaltung.

Das Memo sagte: Bearbeiten Sie das. Wir wünschen ein Minimum an Publizität.

Payne ließ die Datei abrollen. Ein selbständiger Pilot im Krankenhaus — erhob wilde Anschuldigungen gegen einen Treiber-Kapitän, der die Vorschriften verletzt habe ...

Gott. Die Shepherd Association stellte sich bei Vertragsgesprächen stur, die Company versuchte, einen Streik abzuwenden — Payne schüttelte den Kopf. Es war im Grunde nicht seine Aufgabe, aber es war ganz deutlich eine Informationskontrolle-Situation, und dafür *war* er als geschäftsführender Direktor der Abteilung Öffentliche Information zuständig. Man konnte sogar, falls man paranoid war, den Verdacht hegen, die ganze Sache sei von den Unabhängigen arrangiert worden — aber anscheinend war der Gesundheitszustand des Piloten nicht simuliert, und eine Erzsucherin war tot.

Die Sache kam zu einem verdammt ungünstigen Zeitpunkt.

Die Frage war, wie weit sich die Gerüchte bereits verbreitet hatten. Der Pilot war von Selbständigen gerettet worden. Das war das eine Problem. Nachrichten & Unterhaltung konnten wieder einmal einen Bericht über die Sicherheit der Raumfahrt bringen, darauf hinweisen, wie gering die Wahrscheinlichkeit war, daß ein Felsen sich mit hoher Geschwindigkeit bewegte, jedermann daran erinnern, daß es nichts als eine entfernte Möglichkeit war — oder vielleicht war es am besten, die

Frage gar nicht aufzuwerfen. Die Shepherd Association wünschte sich eine strittige Frage. Sie flehte um eine Diskussionsveranstaltung. Inzwischen nahm sich die Polizei das Wrack vor, stocherte herum — das war eine Aufgabe, die die Öffentliche Information nicht vollkommen lösen konnte. Am besten hielt man die Polizei von den strittigen Fragen des Falls fern.

Eine Verlautbarung des Piloten war die rundherum beste Maßnahme. Offenbar ließ das GM dieses Schiff von einem erstklassigen Team untersuchen. Das war gut. Wenn es einen mechanischen Fehler fand, war das Problem gelöst. Man mußte eine Erklärung von dem Piloten bekommen, feststellen, bei wem, wenn überhaupt bei jemandem, die Schuld lag.

Bestimmt nicht bei einem Kapitän der Company, und feststellen durfte man es nicht in einem Gerichtsverfahren, bei dem die Shepherd Association möglicherweise zum *amicus curiae* wurde. Das hatte Crayton auf keinen Fall mit ›Regelung‹ gemeint.

Eine Hand berührte Dekkers Gesicht. Er bekam davon Zustände. Er konnte nichts dagegen tun. Konnte nicht einmal die Augen öffnen.

»Mr. Dekker, würden Sie mir eine Frage beantworten? Da ist etwas, das ich nicht verstehe.«

Er holte Atem. Noch einmal. Bekam seine Augen auf, wenigstens um einen Spalt. »Was?«

»Warum die Uhr?«

»Hat die Zeit festgehalten.«

»Mr. Dekker.«

Klarer und klarer. Es war wieder der Arzt. Dekker versuchte, sich aufzusetzen, schob sich auf den Kissen höher.

»Wie fühlen wir uns, Mr. Dekker?«

»Beschissen.«

»Sie haben von der Uhr gesprochen.«

Piep.

»*Erklären* Sie mir die Sache mit der Uhr, Mr. Dekker. Warum regt sie Sie auf?«

Dekker wünschte, er wüßte die Antwort auf diese Frage. Der Arzt stand lange Zeit da. Schließlich dachte Dekker: Vielleicht wird der da mir zuhören. Zögernd begann er: »Wir hatten einige Geräte mit der Hauptschalttafel verbunden. Die *Way Out* war alt. Der Greifarm ließ sich nicht über die Hauptschalttafel bedienen. Eigentlich war es ein Drei-Mann-Schiff, wissen Sie, so, wie es sie früher gab ...«

»Weiter, Mr. Dekker. Die Uhr.«

»Es war nicht möglich, gleichzeitig den Greifarm zu bedienen und den Log-Chronometer zu sehen. Da konnte man sich beim Arbeiten leicht mit der Zeit verschätzen, und wir trauten Corys Anzuganzeigen nicht. Deshalb benutzten wir meine Armbanduhr.« Seine Stimme bebte. Er hatte Angst, der Arzt werde ihn unterbrechen und anordnen, daß man ihm ein Beruhigungsmittel gab, wenn er den Faden verlor. Und er war sich nicht sicher, ob er sich dem Mann verständlich machen konnte. »Der Wecker war schwierig zu stellen, nur auf ganze Stunden — deshalb stellten wir die Uhr auf den 1. Januar. — Welchen Tag haben wir?«

»Den 15. Juli, Mr. Dekker.«

Er verabscheute es, zu weinen. Er tat es nicht. Er würde es nicht tun. Der Arzt wurde ungeduldig. Dekker atmete ein paarmal tief durch, um ihm zu helfen. »Geben Sie mir keine Spritze. Ich muß herausbringen — wie weit ist es ...«

»Quälen Sie sich nicht, Mr. Dekker.«

Der Januar hat einunddreißig Tage. Der Februar 28. 12 Tage des März.

71.

Da draußen im Raum. Einundsiebzig Tage. Nach vier Stunden hatte sie keine Luft mehr gehabt. O Gott ...

»Mr. Dekker.«

»Der März hat dreißig Tage. Oder 31?«

»31.«

31 weniger 12 ist 19. Neunzehn Tage des März. Der April hat ...

Dreißig Tage hat der September ... April, Juni und November ...

Der Arzt klopfte ihm auf die Schulter. Einer der Pfleger kam zurück.

»Nein!« schrie Dekker. »Ich hätte es beinahe gehabt, verdammt noch mal!«

Trotzdem gaben sie ihm eine Spritze. »Seien Sie still«, sagten sie. »Seien Sie still. Versuchen Sie jetzt nicht zu sprechen.«

49. Sie haben mich am 21. gefunden. 49 und 21. Muß man den 12. zweimal zählen?

Ich habe den Faden verloren ... muß von vorn anfangen.

Kann ich meinem Gedächtnis denn trauen?

Sie waren immer noch auf dem 6. Deck, und sie warteten immer noch. Jeden Tag ging Ben hinunter und sah die Listen nach. Jeden Tag stand dort nichts als SCHWEBENDES VERFAHREN. Die *Trinidad* selbst wurde immer noch untersucht — sie hatten keine Möglichkeit, sie zu verpachten, und dabei bewarb sich ein Dutzend Teams um sie. Sie hatten nicht einmal eine Möglichkeit, mit der Neuausrüstung zu beginnen, und jeden Tag, den sie im Dock festsaß, kostete sie Geld, statt Geld zu verdienen. Bird machte die Läden unsicher, erkundigte sich nach den Preisen für die paar kleinen Teile, die das Schiff brauchte. Aber sie konnten nicht einmal hinein, um, wie Bird es ausdrückte, den verdammten Wäschetrockner zu reparieren.

»Die Polizei kann man nicht zur Eile antreiben«, meinte Ben und versuchte, es mit Gelassenheit zu nehmen. »Lange wird es ja nicht mehr dauern.«

Und Sal bemerkte bei ihren Sit-ups — sie trainierten im Sportstudio: »Ich dachte, du brächtest alles zuwege.«

»Soweit reichen meine Kontakte nicht.« Ben war selbst frustriert. Bei der Sicherheit herumzustochern hieß, weitere Untersuchungen herauszufordern.

»Teufel.« Bird wischte sich das Gesicht ab und lehnte sich an den Rahmen einer Gewichtmaschine. »Ich hoffe sehr, daß es bald zu irgendeiner Entscheidung kommt. Viel mehr von diesem Glück verträgt mein Herz nicht.«

Meg sagte nichts weiter als: »Immer mit der Ruhe, Bird.«

Payne schimpfte: »Nein, verdammt noch mal, antworten Sie einfach nicht. Sagen Sie Salvatore — nein, sagen Sie Salvatore nichts. Ich werde mit ihm reden ...«

Ein scheußlicher Tag. Eine Shepherd-Crew und eine Schlepper-Crew waren in einer Bar aneinandergeraten, und jetzt lag ein Unbeteiligter im Krankenhaus, und *das hier* ...

Irgendein Beamter in R1 hatte die Post des Salazar-Mädchens als ›Verstorben, zurück an Absender‹ zurückgeschickt, und der Absender, Salazars Mutter, hatte sich ans Telefon gehängt und Informationen über ihre Tochter verlangt. Die Telefonistin in ASCOM, die nichts darüber wußte, hatte den Anruf an die Personalabteilung weitergeleitet. Die verwirrte Angestellte, die den Anruf in der Personalabteilung von R1 entgegennahm, konnte Salazars Dossier nicht finden und bestand der trauernden Mutter gegenüber darauf, diese Person gebe es nicht. Ihre Vorgesetzte wiederum hatte versucht, die Anruferin hinzuhalten, bis die Sache auf Verwaltungsebene geklärt war. Dann war ihr bewußt geworden, daß das über ihre Kompetenz hinausging, und sie hatte das Gespräch auf eine höhere Ebene weitergeleitet. Daraufhin war es von Abteilung zu Abteilung geschleudert worden, bis eine Sekretärin der Rechtsabteilung es auf ›Warten‹ schaltete und die Frau aufhängte.

Salazars Mutter saß im *Verwaltungsrat* der MarsCorp, um Gottes willen! Niemand hatte ihm das gesagt. Niemand hatte es Towney gesagt. Niemand hatte die tote Erzsucherin als Problem gekennzeichnet!

Alyce Salazars nächster Telefonanruf war auf dem Schreibtisch des Präsidenten gelandet. Nicht auf Towneys Schreibtisch, sondern bei ASTEX. Bei *Hansford,* im Hauptquartier der Earth Company auf der Sol-Station. Hansford hatte Towney angerufen, Towney hatte das Dossier herausgeben müssen, und Hansfords Büro hatte die Einzelheiten an die MarsCorp geschickt.

Alyce Salazar hatte herausgefunden, daß Dekker überlebt hatte, und sofort behauptet, es sei kein Unfall gewesen. Er sei ein Schurke, der ihre Tochter verführt, in den Gürtel verschleppt und ihres Geldes wegen ermordet habe.

Was sich als ein ganz hübscher Batzen herausstellte, vor Abzug der Unkosten. Da gab es eine bindende Klausel in bezug auf den überlebenden Partner ...

Aber Alyce Salazar war eine zornige Frau, eine *verdammt* zornige Frau ... und Rechtsanwälte führten sehr teure Telefongespräche mit Rechtsanwälten.

»Mr. Crayton ist am Apparat«, meldete Paynes Sekretärin.

Gott ...

»Mr. Crayton, Sir ...«

Crayton fragte: »Haben Sie den Brief bekommen?«

»Ja.«

»Einer ist an die Sicherheit gegangen.«

O mein Gott ... »Es tut mir leid, Sir. Ich habe damit gewiß nichts ...«

»Nicht von Ihrem Büro. Von Ms. Salazar. Sie will den Kopf dieses Jungen. Sie verstehen, was das bedeutet? Wir *müssen* diese Schweinerei beseitigen. Wir wollen kein Gerichtsverfahren wegen dieses Jungen. Ich möchte, daß Sie die Sache regeln. Bringen Sie die Tatsachen auf die Reihe. Wir müssen eine Antwort finden.«

Immer noch keine Freigabe von der Polizei. Eines Nachmittags saß Ben in der Bar der Glocke und las irgendwelche technischen Sachen. Da glitt Meg in den Sessel auf der anderen Seite des Tisches, legte beide Arme auf den Tisch und sagte: »Benjie, *cher,* reden wir einmal miteinander.«

Zuerst dachte er, Meg habe nichts als Langeweile, da Bird die letzten beiden Tage nicht auf dem Damm gewesen war, und es überraschte ihn nicht besonders, daß sie, in Megs Zimmer angelangt, mitten am Tag im Bett landeten. Es war für ihn und Meg nicht das erste Mal, und trotzdem war es ungewöhnlich, auch wenn er völlig sicher war, daß Bird keinen Anstoß daran nehmen würde.

Die an den Seiten abrasierten Haare erregten ihn. Der Haarwust oben auf dem Kopf und den Rücken hinunter war mehrere Schattierungen heller als anderswo, aber es war ohne Zweifel eine für Meg richtige Farbe, und um ihr eines Bein wand sich die Tätowierung irgendeines Tiers — einer Schlange, hatte Meg ihm zu Beginn ihrer Bekanntschaft erzählt. Bird hatte ihn aufgeklärt, was eine Schlange ist: Wenn sie einen beißt, ist man angeblich in drei Minuten tot. Ben dachte, daß treffe recht gut auf Meg zu, wenn man sie sich zur Feindin machte.

Aber er war nicht ihr Feind. Er wußte inzwischen, daß Meg tiefere Beweggründe hatte, obwohl Meg nicht von der Sorte war, die einen Mann hinhält, während sein Gehirn durcheinander ist — er schwor, er könne nicht, solange sie ihm nicht gesagt habe, was los sei, aber sie bewies, daß er sich irrte, bevor sie anfing, ihm Fragen zu stellen: Über das Schiff, über Dekker, über Birds Nervosität ...

»Bird ist ganz aus der Fassung«, sagte Meg. »Was glaubst du, wie stehen eure Chancen, das Schiff zu bekommen? Denn wenn sie gut stehen, solltest du mit Bird reden.«

»Dekker hat den Verstand verloren. Daran ist nicht zu zweifeln. Ja, unsere Chancen stehen gut.«

»Bird sagt, wenn ihr überhaupt etwas bekommen könnt, dann nur mit Hilfe eines Prozesses. Bird sagt, ihr würdet ihn nicht gewinnen. Es sei alles nichts als Zeitverschwendung. Aber so benimmt er sich nicht. — Kann euch die Company irgendwie Schwierigkeiten machen? Ich meine, ihr habt da draußen doch nichts wirklich Schlimmes angestellt ...?«

Also das war es, was Meg beunruhigte. Meg und Sal würden sich nach einem anderen Schiff umsehen müssen, das sie für ihre nächste Fahrt chartern konnten, wenn Bird und Ben dieses Schiff nicht bekamen — oder wenn sie es bekamen, aber an die Company verkauften. Meg und Sal hatten sich nirgendwo anders umgesehen, das wurde ihm plötzlich klar, und jetzt mußten sie eine Entscheidung treffen. »Es wird kein Prozeß stattfinden. Das verspreche ich dir. Weißt du, was Birds Problem ist? Er hat Angst davor, Geld zu machen. Jedes Mal, wenn ich davon anfange, sieht er nur in die andere Richtung. Wenn ich unseren Anspruch auf das Schiff nicht angemeldet hätte, denkst du, er hätte es getan? O nein. Erst einmal hätte er sich wieder an die Schwerkraft gewöhnt, und dann hätte er gesagt: Na ja, jetzt ist es zu spät, es wird andere Gläubiger geben ... Sag du mir, was in seinem Kopf vorgeht, Meg. Ich schwöre, ich weiß es nicht.«

»Er ist ein Dreckbuddler.«

»Und?« In einer von ihren Geschichten behauptete Meg, auf der Erde geboren zu sein. Doch war das wohl nicht die Version, die Meg heute benutzte. »Sind sie alle so? Liegt das an einem Bestandteil des Wassers?«

»Bird ist in Armut aufgewachsen.«

»Und ich bin als Waise aufgewachsen. Was hat das denn mit der ganzen Sache zu tun?«

»Bei ihm ist es Gewohnheit: Wenn er genug hat, gibt er sich zufrieden. Mehr will er nicht vom Leben. Er möchte gar nicht reich sein. Er möchte nur genug haben.«

Das ergab keinen Sinn — es erklärte nicht im geringsten das Warum. Ben hielt den Gedanken einen Augenblick in den Händen, drehte ihn um, betrachtete die Unterseite und sagte sich, er werde das doch nicht verstehen. »Also, für mich ist es nicht genug. Noch lange nicht genug.«

Meg seufzte. »Ich habe nie genug gesehen, um zu wissen, was genug ist.«

»Verdammt knappe Rationen«, sinnierte Ben. »Darauf läuft Birds ›Genug‹ hinaus. Und es ernährt einen nicht, wenn die Beine und der Rücken nicht mehr wollen. Es stellt keine Versicherung dar.«

»Versicherung«, kicherte Meg. »Gott, *jeune fils* ...«

»Eine Versicherung *muß* man haben, verdammt noch mal! Was meinst du, wo ich jetzt wäre, wenn meine Mutter keine gehabt hätte!«

»Ja, sicher. — Sie war eine Company-Pilotin, nicht wahr?«

»Technikerin.« Ben legte sich auf die andere Seite. Er sprach nicht gern über Geschehnisse, die abgeschlossen waren, oder über Menschen, die nicht zurückkamen. Sie waren nicht mehr wichtig. Aber das Beispiel war wichtig. »Man kommt zu gar nichts, wenn man ungenügend abgesichert ist. Versicherung — meine Company-Ausbildung — Birds Wissen, an wen wir das Schiff verpachten können ...«

»Zum Beispiel an uns?«

Also jetzt kam sie zur Sache. Meg sah zu ihm hoch, das Kinn auf die Hände gestützt, und legte ihm, ihm ganz allein, die Frage vor, während er keinen Bird zur Hilfe hatte. Er wollte sich Meg und Sal nicht entfremden — vor allem Sal nicht. Sie waren nicht die besten Erzsucher im Gürtel, aber sie hatten andere Qualitäten, und nicht alle davon im Bett. Immerzu fragte er sich, ob er sich vernünftig verhalte, und die Antwort lautete jedes

Mal, es mochte Erzsucher geben, die in ihrem Beruf besser waren, aber wenn man zwei gerissene Partnerinnen suchte, auf deren Wort man sich verlassen konnte, waren seine gegenwärtige Gesellschaft und Sal verdammt nicht die schlechtesten.

Einige Freunde von Bird waren auch so verdreht gewesen wie er. Und sie standen entweder kurz vor der Pleite oder waren tot.

Meg sagte: »Du könntest doch mal ein Wort mit Bird reden, ihm erklären, daß wir vernünftig sein würden. Wir würden für einen Anteil arbeiten.«

Es passierte nicht jeden Tag, daß jemand, der so zäh und gerissen war wie Meg, etwas von ihm brauchte — dringend brauchte. Er rechnete es zusammen, wie hoch die Schulden sein mochten, wieviel sich davon eintreiben ließ. Wenn jemand vorhatte, viele Jahre lang Schiffe zu verpachten, brauchte er verläßliche Partner, die rechnen konnten. Und besonders Sal hatte Möglichkeiten — falls es Sal gelang, ihr Temperament zu zügeln und diese Leck-mich-am-Arsch-Haltung abzulegen. Sal hatte außerdem nützliche Kontakte. Während Meg ...

Er antwortete, wie er hoffte, nach einer nicht zu langen Pause: »Ich werde mit ihm reden. Wozu sind Freunde denn da?«

»Wachen Sie auf!« Jemand schüttelte Dekker an der Schulter. »Kommen Sie, Dekker. Kommen Sie zu sich.«

Er wollte diesmal nicht zurückkommen. Es waren schon wieder weiße Kittel da. Das sah er mit halbgeschlossenen Augen. Aber da war auch ein dunkles Grün und das Schimmern von Silber. Beides paßte nicht zusammen.

Ein leichter Schlag in sein Gesicht. »Kommen Sie, Dekker. So ist es gut. — Möchten Sie einen Orangensaft?«

Natürlich war es keiner. Es war ein Cousin von diesem verdammten Citrisal. Aber sein Mund war trocken, und er trank es, als sie ihm einen Strohhalm zwischen die Lippen steckten und sein Bett hochkippten. Die Schwerkraft war auf einmal höher. Er dachte: Das ist nicht derselbe Ort. Wir sind jetzt tiefer im Rotationskörper.

»Wie fühlen Sie sich?« fragte der Arzt ihn.

Doch Dekker sah auf die grüne Uniform, und ihm wurde schlagartig klar, daß es die Uniform der Company-Polizei war.

»Paul Dekker?« fragte der ranghöchste Polizist. »Wir möchten Ihnen ein paar Fragen stellen.«

Dekker hörte wieder diesen Piepton. Das war er. Das waren die Polizisten, die zuhörten, wie sein Herz schlug, und es schlug ängstlich und schnell.

»Haben Sie sie gefunden?« fragte er. Polizisten kamen immer mit schlechten Nachrichten. Er wollte gar nicht hören, was sie ihm zu sagen haben mochten.

Einer von ihnen setzte sich neben das Bett. »Was haben Sie mit der Leiche gemacht?«

»Mit wessen Leiche?« Einen Augenblick lang wußte er ehrlich nicht, wovon sie redeten, und der Monitor blieb verhältnismäßig ruhig. Dann beschleunigte sich sein Puls. »Wessen Leiche?«

»Die Ihrer Partnerin.«

Die Pieptöne wurden hysterisch. Er brachte das Tempo wieder herunter und erklärte beherrscht: »Ich konnte sie nicht finden. Das Schiff hatte uns gerammt. Danach konnte ich sie nicht mehr finden.«

»Mr. Dekker, halten Sie uns nicht für dumm. Wir wollen uns mit Ihnen verständigen. Ist es nicht auch Zeit, daß Sie sich mit uns verständigen?«

»Dieses Schiff hat uns gerammt ...«

»Und es war nicht auf den Plänen verzeichnet. Kommen Sie, Mr. Dekker, Sie wissen und ich weiß, daß Sie ein Motiv hatten. Ein College-Mädchen kommt mit allem, was sie besitzt, hier heraus, und da sind Sie — im ganzen Leben nie ein fester Arbeitsplatz, keine Ausbildung, kein Cent auf einem Konto. Wie sind Sie überhaupt hergekommen? Wie konnten Sie eine Passage buchen?«

»Cory und ich waren Freunde. Schon lange.«

»Also hat sie das Kapital eingebracht, sie hat darauf bestanden, daß Sie beide als gleichberechtigte Eigentümer des Schiffes eingetragen werden, dazu kommt eine Bestimmung für den Fall des Todes eines Partners ...«

»Nein.«

»Dann war es Ihre Idee?«

»Ich weiß nicht einmal, wovon Sie sprechen.«

»Sie haben es unterschrieben. Ihre Unterschrift steht darunter.«

»Ich habe es nicht durchgelesen. Cory sagte, unterschreibe, und da habe ich es unterschrieben.«

Der Offizier nahm einem der anderen Polizisten die Eingabetafel aus der Hand. Er drückte Knöpfe. »Wir haben hier eine eidliche Aussage aus Ihrem Heimathafen von einer gewissen Natalie R. Frye des Inhalts, daß Sie und Ms. Salazar in der Woche vor Ihrer Abreise über finanzielle Fragen stritten ...«

»Das haben wir nicht!«

»Ich zitiere: ›Cory war wütend wegen einer Rechnung für eine Jacke oder dergleichen ...‹«

»Ich hatte eine Jacke gekauft. Cory meinte, ich hätte zuviel dafür bezahlt. Cory trug ihre Sachen immer, bis sie auseinanderfielen ...«

»Sie haben also wegen Geld gestritten.«

»Wegen einer Jacke. Wegen einer verdammten 38-Dollar-Jacke. Wir haben uns gestritten, na gut, wir haben uns gestritten. Tut das nicht jeder?«

»Ms. Frye fährt fort: ›Cory war mit allen möglichen Männern ins Bett gegangen. Dek paßte das nicht.‹«

»Zum Teufel mit Natalie! Sie war keine Freundin von uns. Cory hätte sie nicht einmal angespuckt.«

»*Ist* Ms. Salazar ›mit allen möglichen Männern ins Bett gegangen‹?«

»Sie hat geschlafen, wo und mit wem sie wollte. Ich auch, also, was soll's?«

»Nun, das würde normalerweise niemanden interessieren, Mr. Dekker, nur ist sie nicht zurückgekommen.«

Die Pieptöne beschleunigten sich, aber nicht durch den Schreck. Jeder Idiot konnte erkennen, wohin das führte. Dekker zitterte, er war so wütend, und wenn er dem Schweinehund an die Kehle ging, würden sie ihm ein Beruhigungsmittel geben und das ebenfalls aufschreiben.

»Cory ist da draußen verlorengegangen«, erklärte er stur. »Ein Schiff hat uns gerammt ...«

»Mr. Dekker, in diesem Sektor war kein anderes Schiff.«

»Das ist eine Lüge. Das ist eine verdammte Lüge.« Er suchte verzweifelt nach Tatsachen, die sie nicht abstreiten konnten. »Bird wußte, daß es da war. Ben wußte es. Wir haben darüber gesprochen. Es war ein Treiber, das war es ... es stand nicht auf meinen Plänen ...«

Der Offizier fragte mit tödlicher Ruhe: »Bird und Ben?«

»Die beiden, die mich aufgenommen haben!« Dekker hatte Angst, die würden ihm weismachen wollen, auch *das* sei nicht geschehen. Aber *jemand* hatte ihn hergebracht. »Ich habe den verdammten Treiber angerufen, ich habe ihm gesagt, daß wir da seien, ich habe ihm gesagt, meine Partnerin sei draußen ...«

»Sind Sie sicher, daß der Felsen das Signal nicht blokkiert hat?«

»Nein! — Doch, ich bin sicher! Ich hatte ihn auf dem Radarschirm. Warum, zum Teufel, hat er mich nicht gesehen?«

»Das wissen wir nicht, Mr. Dekker. Wir fragen nur. Sie sahen ihn also kommen. Und haben Sie Ihrer Partnerin Bescheid gegeben?«

Sie trieben ihn in den Wahnsinn, änderten die Spielregeln. Erst beschuldigten sie ihn. Dann glaubten sie ihm. Manchmal verlor er den Faden.

»Sagten Sie nicht, Sie seien mit einem Felsbrocken zusammengestoßen? War das nicht an einem Punkt Ihre Geschichte?«

Er hatte den Faden verloren, und ihm war übel, und er fühlte sich von den Medikamenten immer noch benebelt. Das Tempo der Pieptöne nahm zu. Er war sich nicht sicher, ob es sein Herz war oder etwas, das über den Lautsprecher kam.

»Wo also soll das Schiff, das Sie sich zusammenphantasieren, gewesen sein, Mr. Dekker?«

»Es war da draußen.«

»Natürlich war es da draußen«, sagte der Offizier. »Sie hatten es auf Ihren Plänen. Das zeigt Ihr Log. Wie könnten wir daran zweifeln?«

Er war völlig durcheinander. Er preßte die Hände auf die Ohren, er versuchte zu erkennen, ob der Alarm sein Herz war oder etwas in seinem Kopf. »Rufen Sie den Treiber an, um Gottes willen. Fragen Sie, ob er Cory aufgenommen hat.«

»Haben Sie ihn nicht angerufen?« fragte der Polizist.

»Doch, verdammt noch mal, ich habe ihn angerufen, ich habe gerufen, und er hat nicht geantwortet. Vielleicht war meine Antenne getroffen worden. Ich weiß es nicht. Ich habe um Hilfe gerufen. Hat das niemand gehört?«

»Ein Schiff hat Sie gehört. Ein Schiff hat Sie aufgenommen.«

»Ein anderes Schiff.« Er war müde. Er hatte keine Lust, Company-Polizisten zu erklären, wie Kommunikationssysteme funktionieren und wie man Notsignale lokalisiert. »Rufen Sie doch einfach den Treiber da draußen an.«

»Wenn da draußen ein Treiber ist«, sagte der Polizist. »werden wir ihn fragen. Aber wenn Ihre Partnerin von ihm aufgenommen worden wäre, hätte er dann nicht seine Basis benachrichtigt? Glauben Sie nicht, daß er das getan hätte?«

Dekker dachte darüber nach. Er dachte darüber nach, wie dieses Schiff Warnungen ignoriert hatte. Er dachte darüber nach, daß es auf seinen Anruf nicht geantwortet hatte. Er dachte: Das ist nicht erst Stunden her, oder? Es ist Monate her, es ist seit Monaten da draußen.

Der Alarm schrillte von neuem. Er wollte ihn zum Schweigen bringen, denn wenn ihm das innerhalb einer bestimmten Zeit nicht gelang, gaben sie ihm Beruhigungsmittel, und er versuchte, für die Polizisten geistig gesund zu sein. »Ich weiß nicht, ob der Treiber mich gehört hat. Rufen Sie ihn an.«

»Wir werden eine Menge Leute anrufen, Mr. Dekker.« Der Polizist stand von seinem Platz neben dem Bett auf. »Wir werden überall Fragen stellen.«

Sie gingen zur Tür. Der Arzt ging mit ihnen. Dekker lag da und konzentrierte sich darauf, den Monitor gleichmäßig und ruhig zu halten. Er war am Rand der Hysterie, aber ein Gutteil vernünftiger, als er im Augenblick zu sein wünschte. Er erinnerte sich an Bird, er erinnerte sich an Ben. Er war sich so ziemlich sicher, daß er mit dem Schiff dieser beiden Männer hergekommen war. Aber manchmal fürchtete er sogar, Cory habe nie existiert. Er sei immer an diesem Ort gewesen. Er sei unwiderruflich verrückt.

7. KAPITEL

Wenn Acht grau und automatisiert war, so war Sechs grüne Farbe und ein paar Selbstbedienungsrestaurants und Läden, aber die Zeit schleppte sich immer noch dahin. Man trainierte in Sportstudios, man besuchte die Läden so oft, daß man das Zeug auf den Theken auswendig wußte, man machte einen kurzen Ausflug zum 3. Deck und vielleicht sogar für eine Stunde zum 2., bis die Knie schmerzten und das Herz Einspruch erhob. Die ersten paar Wochen nach einer Fahrt waren meistens leere Zeit. Man fühlte sich nicht danach, für längere Zeit viel zu tun. Man glaubte, die Kraft zu haben, und dann kam man zu dem Schluß, man hatte sie nicht. Man saß herum, man redete, man vertrieb sich die Langeweile mit Filmen und Kartenspielen, und, wenn man seine Beine wiedergefunden hatte, mit einem gelegentlichen halbherzigen Match im Ballspielhof, oder man saß eins der Mannschaftsspiele zwischen Abteilungen der Company in dem großen Sportstudio auf dem 3. Deck als Zuschauer ab. Aber meistens trainierte man, bis man kurz vor dem Umfallen war, wenn man die Knie bandagieren und Pillen schlucken mußte, als gäbe es kein Morgen — und das war es, was Bird tat, weil die Jüngeren danach lechzten, zu der Schwerkraftzeit hinunterzukommen, die zählte, hinunter zu den Neonlichtern und dem flotten Leben des Höllendecks — hinunter zu den 0,9 Ge auf Zwei — in einer höheren Schwerkraft lebten Raumfahrer nicht —, besonders ins ›Schwarze Loch‹, ihr bevorzugtes Quartier. Und in der Stunde, als Mike Arezzo anrief und sagte, er habe zwei auch noch nebeneinanderliegende Zimmer frei, warfen sie ihre Habseligkeiten in die Taschen und waren fort.

Sich im Schwarzen Loch anzumelden war ein Gefühl, als komme man nach Hause — alte Bekanntschaften, ein stetiger Strom vertrauter Gesichter, Mike, dem das Hotel gehörte und der die Bar vorn betrieb, hielt den Geräuschpegel auf vernünftiger Höhe und war kein Freund von Schlägereien, Klappmessern oder illegalen Stoffen. Alles in allem, ein ruhiger Ort. Das Höllendeck mochte nicht mehr das sein, was es auf der Höhe seines Ruhms gewesen war: Arbeiterunterkünfte und Companyanlagen hatten daran genagt, bis es nur noch einen Streifen von rund anderthalb km darstellte, plus/minus das fashionable Schwanzende, das die Firmenangehörigen benutzten. Das waren weitere zehn oder fünfzehn Lokale — aber man fand keine Firmendekoration im Loch, dort aßen keine Bürohengste zu Abend, es kam nicht einmal ein Fabrikarbeiter auf ein Bier herein. Das Loch war das Territorium der Unabhängigen. Hier sah man Dockaffen und Stauer, Schlepper- und Marspendler-Crews, Erzsucher, Bauarbeiter von der Werft und gelegentlich einen Shepherd. Nicht etwa, daß sich niemals andere Typen hierher verirrten, aber sie blieben nicht. Es wurde nur ein bißchen kühler im Lokal, Köpfe drehten sich, und der Geräuschpegel sank.

Genau umgekehrt war es, wenn verlorene Schafe auftauchten.

Sie traten ein, und die Köpfe drehten sich ihnen zu. »He, Bird!« rief Alvarez. Unfeine Bemerkungen und Pfiffe waren zu hören, als Meg an die Bar schlenderte und sagte: »Hallo, Mike.«

Mike zählte akkurat auf: »Wodka, Bourbon, Wodka und Limone, Gin und Schampus ...«, und hatte die Getränke fast ebenso schnell auf der Bar stehen.

Ja, sie waren wieder zu Hause — soweit man von ›zu Hause‹ überhaupt reden konnte.

»Wie geht's?« erkundigte sich Mike. »Persky erzählte, ihr hättet da draußen ein Notsignal empfangen. Habt einen Mann mitgebracht.«

»Ja. Einen jungen Kerl. Seine Partnerin ist tot. Schreckliche Sache.«

Alvarez fragte: »Was hat das zu bedeuten, daß die *Trinidad* nicht auf der Liste steht? Hat die *Polizei* sie beschlagnahmt?«

Gott, der Klatsch war die zweite Sache, in der das Höllendeck gut war.

»Nicht, weil wir etwas angestellt hätten«, antwortete Ben schnell. »Aber Mama hält sich an bestimmte Verfahren. Wenn man Kontakt mit einem Schiff von jenseits der Grenze hatte ...«

»Von jenseits der *Grenze* ...?«

Gewisse Teile einer Geschichte hält man der Wirkung wegen zurück. Sie sind Drinks, vielleicht sogar ein Abendessen wert. »Warte, warte«, bat Alvarez. »Mamud und Lal sind drüben im Pazifik. Ich rufe dort an. Warte, bis sie hier sind.«

— Hier habt ihr einen Vogel, der am Boden festsitzt, hatte Bird früher gewitzelt, wenn es soweit war, daß sie sich in 0,9 Ge bewegen mußten. So schädlich Nullschwerkraft für den Körper ist, es frustrierte einen, auf dem Höllendeck zu Fuß zu gehen. Wie *lange* dauert es, irgendein Ziel zu erreichen, und die Trans ist immer überfüllt. Man braucht nicht hinter Essen und Trinken herzujagen — das ist der Vorteil. Aber wenn man dort eintrifft, kommt man sich immer so vor, als habe man vergessen, sich anzuziehen. Man gewöhnt sich so daran, daß sich der Stim-Anzug mit einem bewegt und sich jeder Dehnung widersetzt, daß man sich ständig vergewissert, ob man etwas anhat. Die Luft streicht über den Körper, wenn man geht. Und woran erkennt man einen Raumfahrer in einem schicken Restaurant? Das ist leicht. Er ist der Trottel, der immer wieder die Flüssigkeit im Löffel schüttelt, nur um zu sehen, daß sie drin bleibt — oder der einen Gegenstand in die Luft legt und dumm dreinblickt, wenn er zu Boden fällt.

Der Raumfahrer ist auch der arme Teufel, der auf der Bank sein Konto überprüft, um festzustellen, ob das

Probenamt oder das Erzabbau-Unternehmen ihm etwas haben zukommen lassen — oder in diesem Fall, unten im Sicherheitsbüro ist und sich erkundigt, ob, bitte, lieber Gott, der Behördenkram erledigt ist und irgendein verdammter Schreibtischpilot freundlicherweise die Anweisung abzeichnet, mit der er sein Schiff aus dem Hafen bekommen kann.

Nein.

Und nein.

Wir haben den 28. *Juli*, um Gottes willen, und die Polizei ist mit ihrer Untersuchung noch nicht fertig.

Und als Bird sich entschloß, bei der Bank vorbeizuschauen und nachzusehen, ob die letzte der Rechnungen vom 6. Deck eingetroffen war, zeigte das Konto, verdammt noch mal, einen großen Abzug.

Da hatschte nun der vorerwähnte Raumfahrer langsam den langen Weg zur Antragstelle und schloß sich in diesem ärmlich-schäbigen Büro der Warteschlange an, weil er wissen wollte, wie es um die noch nicht anerkannten Ansprüche der *Trinidad* und ihre markierten Funde stand. Ben dagegen war in seinen feinen Büroarbeiter-Anzug gestiegen und hatte sich davongemacht, um Freunden im Probenamt guten Tag zu sagen, die möglicherweise die Analyse beschleunigen konnten — und Bird hoffte inständig, daß nicht gerade das Gegenteil passieren würde.

»Zwei Neunundzwanzig Tango«, sagte Bird zu dem Beamten, der erwiderte: »Die *Trinidad*, ja, Bird und Pollard, richtig?«

»Richtig.«

Der Beamte tippte etwas ein und schüttelte den Kopf. »Ich sage es Ihnen ungern ...«

»Erzählen Sie mir bloß nicht, wir haben einen Signalverlust. Das werden Sie mir doch nicht erzählen wollen.«

»Doch. — Haben Sie einen Stift? Ich werde Ihnen die Nummer geben.«

»Ich habe meine Liste.« Bird fischte seine Karte aus der Tasche und steckte sie in das Lesegerät auf der Theke.

»Das ist Nummer T-29890.«

»Scheiße!« Bird biß sich auf die Lippe. Aus Prinzip schimpfte er nicht mit freundlichen Beamten. Aber das war ihr zweitbester Fund, ein dicker Brocken für diese Zeit. Eisen. Und er war vorsichtig damit gewesen. Er fuhr sich mit der Hand durchs Haar und sagte: »Entschuldigung. Aber bei dem tut es weh.«

»Vielleicht habe ich morgen bessere Neuigkeiten. Sie tauchen ja manchmal wieder auf.«

»Ja«, sagte Bird. »Danke.«

Sie hatten also einen markierten Fund verloren. Das kam vor. Da kennzeichnest du einen Felsen, entnimmst ihm eine Probe und führst an Ort und Stelle Tests durch, und wenn er dir gefällt und du denkst, er werde auch Mama gefallen, rufst du sie an und berichtest ihr, du habest hier möglicherweise Arbeit für einen Massentreiber. Die große Prämie erhältst du, wenn der zweite, der offizielle Bericht des Probenamtes die Ergebnisse bestätigt, und du erhältst bestimmte monatliche Gebühren nur dafür, daß der Felsen auf den Plänen vermerkt wird. Aber eine Bezahlung für den Erzgehalt gibt es erst dann, wenn ein Treiber schließlich dort aufkreuzt und ihn eimerweise zurückpfeffert, bis die Shepherds kommen und die Raffinerie meldet, was sie *tatsächlich* hat. Das wickelt sich nach den Prioritäten der Company ab, nicht nach den deinen.

Und wenn du einen Signalverlust hast, was bedeutet, daß Mama Buch darüber führen und den Fund neu markieren und ihn als Dringlichkeitssache einsammeln oder bis zu einer späteren Gelegenheit sausen lassen muß — das ist alles eine Scheißarbeit, die Mama gar nicht gern tut, wenn du den Bonus doch für eine hübsche, ordentliche Markierung, die an dem Fund dranbleibt, bekommen hattest. Deshalb fordert sie ihn zurück, falls du dem Ding nicht selbst auf der Spur bleiben kannst. Wenn es aus dem Gürtel gerät, was vorkommt, verlierst du es ganz, oder du mußt in einem Prozeß darum kämpfen.

Nun war dieser eine Fund zu gut, um ihn aufzugeben oder es dem Zufall zu überlassen. Vielleicht würde ein bißchen Computer-Arbeit ihn finden. Es bestand eine entfernte Möglichkeit, daß er nur für eine Weile verdunkelt worden war, etwas in der Art, das nicht auf den Plänen war — ein Signalverlust konnte manchmal die Abteilung für Wiederentdeckung zu einem anderen Fund führen, in welchem Fall man diesen gutgeschrieben bekam. Es war jedoch lange her, daß so etwas einmal passiert war. Im allgemeinen fing ein Felsen in der wohlbekannten perversen Art von Felsen an, sich falsch zu drehen, und brachte es fertig, sich so zu drehen, daß der Sender auf die 3 % des benachbarten Universums zielte, die Mamas Ohren nicht erfaßten — oder der Sender konnte versagt haben, Sender lebten nicht ewig, vor allem der Schrott nicht, den sie einem heutzutage verkauften.

Bird mußte also zur Wiederentdeckung hinüberhatschen und das Konto um ein paar Hunderter mehr erleichtern, mit denen er die Techniker bewog, eine Datei abzurufen und mögliche Positionen zu errechnen und zu versuchen, Kontakt herzustellen, bevor sie zu anderen Prozeduren übergingen. In der Zwischenzeit zahlte die Bank keine Zinsen auf das, was Mama vom Konto weggenommen hatte. Aus diesem Grund wurden Abzüge heutzutage immer sofort verbucht, es ging der Bank um jeden verdammten Penny, den sie herausquetschen konnte.

»Seltsam geformter Felsen«, gab er ein und holte sich die Daten aus Mamas Speicher. Fotos. Und Massenberechnungen. Und die Probenanalyse der Stücke, die sie von ihm abgeschlagen hatten.

Der Beamte in der Wiederentdeckung betrachtete den

Datenwust und hob eine Augenbraue. »Gründlich. Macht unsere Arbeit sehr viel leichter. Wir könnten eine echte Chance haben, dieses Baby aufzuwecken. Oder einen Treiber zu ihm zu schicken, bevor es außer Reichweite gerät. Das ist ein wirklich hübsches Stück.«

Endlich einmal etwas, das ihn aufmunterte. Mache den Leuten in der Wiederentdeckung Freude, und vielleicht widmen sie der Aufgabe, dich zu finden, ein bißchen mehr Aufmerksamkeit oder haben es ein bißchen eiliger, dich aufzunehmen. Nimm dir kein Beispiel an den Jungs, die nur eine einzige Probe nehmen und die auch noch von der einzigen guten Stelle des Felsens.

Viele Neulinge unter den Erzsuchern waren auf diese Weise pleite gegangen. Sie hatten Mama zu einer Menge teurer Markierungen auf taubem Gestein überredet, die Prämien kassiert, das Bankkonto geplündert und sich modernere Geräte zur Analyse gekauft — und ein paar waren das große Risiko eingegangen, die Proben einfach zu fälschen. Auf kurze Sicht zahlte sich das aus. Aber die schlampige Arbeit, die für gewöhnlich mit derartigen Unternehmungen Hand in Hand ging, führte früher oder später zu Verweisen und Geldstrafen, und dann kehrte eine Crew von einer Fahrt zur Basis zurück und stellte fest, daß ihr Bankkonte während ihrer Abwesenheit leergeräumt worden war — Mama bat einen heutzutage nicht mehr, einen Scheck auszuschreiben. Nach den neuen Vorschriften nahm sie sich das Geld einfach, und man konnte sie verklagen, wenn man glaubte, betrogen worden zu sein — falls man es sich leisten konnte, die Anwälte der Company zu engagieren.

Ein Erzsucher sagt niemals, der Treiber habe einen bei der Berechnung der Masse, die er zurückgeworfen hat, übers Ohr gehauen, und er sagt *niemals*, eine Raffinerie habe auf der Quittung zu wenig Masse angegeben. So etwas tun Treiber-Kapitäne und Raffinerie-Direktoren nie, nie, niemals.

Aber er tut gut daran, sich den Ruf zu schaffen, er sei peinlich genau, eine ganze Reihe von Proben zu entnehmen, ordentliche Berichte zu liefern, die Treibern und Schleppern *beweisen*, die Funde sind es wert, ihnen hinterherzufahren. Er kennt die Masse. Er fotografiert den Felsen von allen Seiten, erst vor, dann nach der Markierung. Vor allem kennt er den Gehalt — denn jeder Felsen hat seine eigene Individualität und ist beinahe fähig, vor Gericht zu bezeugen, wer seine Eltern waren.

An Birds Funden vergriff sich ein Dieb nicht so leicht, nein, Sir. Denn Morris Bird war ein freundlicher Kerl, er stand mit den meisten Leuten des Höllendecks auf dem Grüßfuß, und wenn er ein paar zur Brust genommen hatte, erzählte er einem jeden des langen und breiten, wie er dafür sorgte, daß seinen Funden nie etwas zustieß, und wie mißtrauisch er wurde, wenn sie verschwanden.

Im Laufe der Jahre waren nur zwei oder drei so unliebenswürdig gewesen, zu bemerken, es könne in diesem Zusammenhang nicht schaden, mit den beiden Personen zu schlafen, bei denen es am wahrscheinlichsten sei, daß sie klauten. Aber Bird hatte Megs und Sals Partei ergriffen, und ein paar andere auch.

Es machte ihn glücklicher, einfach daran zu denken ...

Und er mußte richtig lachen, wenn er dachte, das habe wahrscheinlich mehr dafür getan, Meg Kady zu bekehren, als all die christlichen und islamischen Eiferer, die auf dem Höllendeck ihre Traktate verteilten.

Doch was Sal betraf, dachte er — Sal zu bekehren, war eine ganz andere Sache.

Auf dem Höllendeck gab es nichts, was es nicht gab — nur daß man hier nicht in einem Straßenanzug herumlief, es sei denn, man wollte aus dem Loch hinausgelacht werden. Deshalb legte Ben ihn in dem Sportstudio auf dem 3. Deck, wo er immer noch einen Spind besaß, ab und zog seine Freizeitkleidung und seine Stiefel an. Danach war es ungefährlich, nach Hause zu gehen.

Wechsel der Kleidung, Wechsel des Stils — Ben Pollard konnte auf R2 beinahe überall hingehen, wo er wollte, und niemand würde meinen, er gehöre nicht dazu.

Aber Tatsache war, auf dem Höllendeck hielt er sich am liebsten auf, da unten in dem hämmernden Lärm und den Neonlichtern. Er war so verängstigt gewesen wie irgendein Company-Beamter, als er es — mit 14 — zum erstenmal sah, obwohl seine Mutter dazugehört hatte. Ben Pollard war jedoch schon in diesem Alter klar gewesen, daß er nicht die Verbindungen besaß, um über die unteren Ränge der Company hinauszukommen. Er hatte gelernt, wie es in Wirklichkeit war: Das Ideal, das die Company predigte, mochte klassenblind sein. Komisch war nur, daß junge Leute ohne Geld wie Marcie Hager in den mittleren Rängen endeten, wo sie gewisse billige Privilegien hatten, aber nie einen Pfennig Bargeld bekommen und nie befördert werden würden — und Fähigkeiten und Institutsgrade hatten verdammt wenig damit zu tun. Zum Beispiel hatte nie ein größerer Esel als Präsident Towneys Sohn seinen Abschluß am Institut gemacht, und man setzte ihn auf den Stuhl eines Vizepräsidenten in der Methan-Verarbeitungsfabrik... Ben Pollard, ein Shepherd-Sohn, bekam hingegen die Mindestausbildung als Pilot (für die er kein Interesse hatte) und in Geologie (worin er gut war) und, Gott sei Dank, in Mathematik als Hauptfach. Aber er konnte nicht in die Verwaltung gehen, zumindest nicht, wenn er einen gehobenen Posten anstrebte. Diese Posten gingen an Verwandte der Company-Manager. Sie gingen an Company-Karrieretypen, die oder deren Eltern ihre Schulden bezahlt hatten oder, wie er gehört hatte, hohe Testergebnisse in Company-Konformität vorweisen konnten.

Zum Teufel damit. Ben machte auf dem Rückweg vom Probenamt einen kleinen Hüpfer, und auf dem Höllendeck nahm niemand Anstoß an ein bißchen Überschwang — wenn ein Mann glücklich war, mußte dieser Mann Grund dazu haben. In dieser Gesellschaft kam es darauf an, Glück zu haben, und wenn jemand so aussah, als habe er es gefunden, wollte jeder gern in seiner Nähe sein, weil er einen vielleicht hinführen konnte.

Was Ben hatte, war eine Karte in seiner Tasche, die besagte, daß sie ein paar hübsche Funde hatten und daß todsicher Geld auf ihr Konto fließen würde. Da markierst du Felsen und weißt nicht, wie lange es dauern wird, bis der Treiber hinkommt, aber was du in deiner Schlinge hast, ist Geld — und in diesem Fall ein ganz hübscher Batzen.

Jawohl!

Im Loch angekommen, fragte er Mike an der Bar: »Ist Meg oder Sal da?« Wo Bird wahrscheinlich steckte, wußte er, nämlich da, wo Bird die ganze letzte Woche um diese Tageszeit immer gewesen war.

»Sie sind nicht da«, antwortete Mike, »aber die Polizei war da.«

Ben sah Mike für einen Augenblick verständnislos an. Es war schwer, so schnell die Spur zu wechseln. »Die Polizei.«

»Die Beamten waren nicht in Uniform. Aber sie hatten Abzeichen. Gibt es da etwas, das ich wissen sollte?«

Ben seufzte. Teufel, wenn es Ärger gab, brauchte er den hier ansässigen Zeugen auf seiner Seite. Deshalb sagte er: »In Ordnung, Mike. Der Mann, den wir gerettet haben — draußen im Gürtel. Wir haben einen Anspruch auf das Schiff. Es gehörte ihm. Er ist der einzige Überlebende. Der Mann ist verrückt. Gott allein weiß, was er gesagt hat. Die Polizisten wollten sich wahrscheinlich nur vergewissern, daß wir anständige Kerle sind.«

Nun blickte Mike eine Schattierung freundlicher

drein. Und dazu interessiert. »Einen Anspruch auf das Schiff, so?«

Ben klopfte mit seinem Schlüssel auf die Bar. »Das ist eine lange, lange Geschichte, und dieser Teil ist streng geheim. Dir vertrauen wir. Ich will gleich mal nachsehen.«

Er verließ die Bar wieder und ging den Flur hinunter, an dem die Schlafzimmer lagen, öffnete die Tür zu dem Zimmer, das er (wenigstens offiziell) mit Bird teilte.

»Scheiße!« war seine erste Reaktion.

Nicht etwa, als ob sie viel gehabt hätten, was in Unordnung zu bringen war, aber wenn Diebe hier gewesen wären, hätten sie den Raum ordentlicher hinterlassen. Vier Tage hatte es gedauert, bis sie ihre Reisetaschen von der Polizei zurückbekommen hatten, und hier war alles, was sie besaßen, über dem Waschbecken verstreut, die Schränke standen offen, ihre Wäsche war auf das Bett geworfen — und am Spiegel klebte ein großer, knallroter Zettel, auf dem stand: *Diese Zimmer wurden aufgrund eines Durchsuchungsbefehls von der ASTEX-Sicherheit auf Schmuggelware durchsucht. Bitte überprüfen Sie, ob alle Ihre persönlichen Besitztümer vorhanden sind und melden Sie alle zerbrochenen und fehlenden Artikel oder unverschlossenen Türen sofort, indem Sie Ihr Public-Relations-Büro der ASTEX-Sicherheit anrufen, Nummer …*

Ben zog den Zettel vom Spiegel ab. Papier, dicker als Seidenpapier, war sein Gewicht in Gold wert. Buchstäblich. Man konnte das Ding falten und wichtige geheime Notizen an die Ränder schreiben, falls man es schaffte, einen Bleistift aufzutreiben, und Bleistifte waren ebenso rar wie Papier.

Scheiße, Scheiße, *Scheiße!*

Ben öffnete die Verbindungstür, die zu Megs und Sals Zimmer führte. Hier herrschte ein noch größeres Chaos. Meg und Sal besaßen mehr Kleider.

Meg und Sal würden sie umbringen. Das war der eine Gedanke, der Ben durch den Kopf ging. Der andere war helle Wut über diese Niedertracht. Er rang nach Atem und hätte gern etwas zertrümmert.

Zum Teufel, wonach hatten sie gesucht?

Nach etwas, das von jenem Schiff stammte?

Nach einer Datenkarte?

Plötzlich fielen ihm die Pläne ein, und ihm wurde eiskalt. Aber diese Datenkarte trug er wie immer bei sich. Er steckte die Hand in die Tasche, um sich zu vergewissern.

Verdammt!

Er stürmte hinaus, verschloß die Tür, lief den Flur hinunter und versuchte, sich vor Mike nichts anmerken zu lassen. »Stimmt etwas nicht?« fragte Mike.

»Nicht daß ich wüßte. Ich bin gleich wieder da.« Ben ging, ohne sich weiter aufzuhalten, zur nächsten Trans, um zum 3. Deck hinaufzufahren.

Er spürte diese schreckliche Kälte auf der ganzen Fahrt nach oben, auf dem ganzen Weg zu dem Sportstudio und zu den Spinden. Mit zitternden Händen öffnete er mit seiner Personalkarte den Schrank. Plötzlich durchfuhr es ihn: Zu allen Orten, wo ich diese Karte benutze, kann die Sicherheit meine Spur verfolgen. Ebenso wie im Institut. Nichts bleibt ihr verborgen ...

Er bekam die Tür auf, er faßte in die Tasche seines Straßenanzugs ...

Die Karte mit den Plänen war da. Er war über den Bericht des Probenamtes so aufgeregt gewesen, daß er vergessen hatte, sie in die Tasche seiner Freizeitkleidung zu stecken.

Aber, o Gott, wo war sie jetzt sicher?

In dem Zimmer, das bereits durchsucht worden war?

Vielleicht erwarteten die Sicherheitsleute, daß er sie genau da versteckte. Und sie mochten nichts als Schikane im Sinn haben — aber wenn sie etwas Illegales fanden ...

Verdammt!

Dekker hörte jemanden im Zimmer und öffnete versuchsweise die Augen — sah, daß sein Arzt sich über ihn beugte. Die Drogen hatten sich zu einem fernen Nebel zurückgezogen.

»Wurde auch verdammt Zeit«, sagte er.

Der Arzt hob eins seiner Lider, leuchtete ihm ins Auge, betrachtete ihn mit Stirnrunzeln. »Hmm«, sagte der Arzt. Pranh war sein Name. Dekker las ihn auf der Identitätsplakette.

»Dr. Pranh, ich will keine Sedative mehr. Ich will hier raus. — Was hat die Polizei herausgefunden?«

Pranh trat zurück, steckte seine Lampe in die Tasche. »Das weiß ich nicht. Ich vermute, die Untersuchung dauert noch an.«

»Wie lange?«

»Wie lange was?«

»Wie lange dauert die Untersuchung schon?«

»Grübeln Sie immer noch über die Zeit nach?«

Es berührte immer noch einen Nerv. Doch Dekker war fähig, den Kopf zu schütteln und zu sagen — obwohl er sich dabei treulos vorkam —: »Ich weiß, Cory ist wahrscheinlich tot. Jetzt möchte ich wissen, warum.«

Pranhs Gesicht wurde merkwürdig leer. Er sah auf den Fußboden — er sah Dekker nie richtig an — und begann, etwas auf seiner Tafel einzugeben.

»Sie haben nichts von der Polizei gehört«, sagte Dekker. Es fiel ihm schwer, zu sprechen. Er hatte noch genug von der Droge in sich, daß er sehr leicht hätte die Augen schließen und wieder untergehen können, doch er strengte sich an, wach zu bleiben. Pranh antwortete ihm nicht, und er drängte: »Wie lange ist es her?«

»Ihre Partnerin ist tot. Nicht nur wahrscheinlich tot. Das Ableugnen von Tatsachen ist eine normale Phase des Trauerns. Je eher Sie darüber hinwegkommen ...«

»Ich weiß nicht, ob sie tot ist. Sie wissen es auch nicht. Soviel ich weiß, hat dieses Schiff sie aufgenommen. Ich möchte mit der Polizei sprechen. Ich möchte ein Telefon.«

»Beruhigen Sie sich.«

»Ich möchte ein Telefon, verdammt noch mal!«

»Es steht in dem offiziellen Bericht. Ein Felsen hat Sie getroffen, ein Tank ist explodiert.«

»Es war überhaupt kein Felsen da ...«

»Sie haben gesagt, da war einer. Verändern Sie Ihre Geschichte?«

»Ich verändere gar nichts! Es war ein Treiber da draußen. Er hat auf unseren Anruf nicht geantwortet, er ist einfach über uns weggefahren!«

»Ableugnen von Tatsachen«, stellte Pranh ruhig fest. »Zorn. Übertragung. Ich habe mit den Beamten gesprochen, die die Untersuchung durchgeführt haben. Es gibt keinen Treiber. Es ist nie ein Treiber in Ihrer Nähe gewesen. Es war überhaupt nur ein einziger bei der Arbeit. Möglicherweise sind Sie von einem Hochgeschwindigkeitsfelsen getroffen worden. Von einem Kiesel.«

»Von wegen, Kiesel! Ich will mit der Polizei sprechen. Ich will wissen, was dieser Treiber-Kapitän sagt! Ich will ein Telefon!«

Der Arzt ging an die Tür, beugte sich hinaus und sprach mit jemandem, der draußen stand. Und ging.

»Ich will mit jemandem vom Management sprechen!« schrie Dekker dem leeren Eingang zu. »Verdammt noch mal, ich will mit jemandem sprechen, der weiß, was da draußen vor sich geht!«

Aber alles, was durch die Tür kam, waren zwei Pfleger mit einer Spritze.

Er fluchte, als sie ihn faßten und als sie ihm die Spritze gaben, und er fluchte immer weiter, während er von neuem unterging. Die Tränen liefen ihm über das Gesicht, und sein Hals war rauh vom Schreien. Er dachte an Cory, Cory schüttelte den Kopf und machte ein Gesicht, wie sie es immer dann hatte, wenn etwas nicht repariert werden konnte.

Das kann ich nicht, Dek.

Und er sagte zu sich selbst und zu Cory: Du mußt aber.

Bird kam ins Loch spaziert, und Ben hatte zwei Neuigkeiten für ihn. Aber so gut die eine war, die schlechte drängte sich ihm mit Vehemenz auf.

»Wir haben bei einem großen Fund einen Signalverlust«, murmelte Bird und setzte sich auf sein Bett. Das stieß er ausdruckslos hervor, weil es von dem Anblick, den das Zimmer bot, vollkommen überwältigt wurde. »Bist du sicher, daß es Polizisten waren?«

»Sie haben eine Nachricht hinterlassen. An den Spiegel geklebt.« Ben zog das zusammengefaltete Papier aus der Tasche und zeigte es ihm. »Es war vorher schlimmer. Ich habe ein bißchen aufgeräumt — Sals und Megs Kleider zusammengelegt.«

»Bei ihnen sind sie auch gewesen?«

»So ist es.«

»Verdammt.« Mehr zu sagen fiel Bird nicht ein. Er schüttelte nur den Kopf.

»Vielleicht«, überlegte Ben, »vielleicht überprüfen sie uns bloß. Ich meine, dem Gesetz nach dürfen sie durchsuchen, was sie wollen — und wir haben diesen Antrag gestellt …«

»Ich bin mir nicht sicher, ob das Gesetz es ihnen erlaubt«, gab Bird mit zusammengebissenen Zähnen zurück. »Aber die Beschwerdeannahme ist sehr weit weg von R2.« Dann dachte er an Wanzen, er machte Ben ein Zeichen, still zu sein, stand auf und führte ihn aus dem Zimmer den Flur hinunter an einen Tisch in der Bar. Bis dahin mußte Ben den Grund erkannt haben. Jedenfalls nahm Ben mit besorgtem Gesicht Platz.

»Zwei Bier«, sagte Bird zu Mike Arezzo, holte sie, brachte sie an den Tisch zurück und setzte sich. Er sagte zu Ben:

»Vielleicht haben sie die Zimmer verwanzt. Aber

wenn wir um neue bitten, werden sie sich fragen, warum, und sich dafür interessieren.«

»Ich weiß gar nicht, warum sie überhaupt an uns interessiert sind«, erwiderte Ben. »Bestimmt ist es dieser verdammte Dekker. Wer weiß, was für eine Geschichte er ihnen erzählt hat.«

»Das wissen wir nicht.«

»Es wäre aber verdammt nützlich, wenn wir es wüßten. Ich könnte mit jemandem reden, der im ...«

Bird legte Ben die Hand auf den Arm. »Versuch es erst gar nicht. Ich will nicht wissen, wen du kennst. Es ist zu gefährlich.«

»Gefährlich, daß ich nicht lache! Wir haben nichts weiter getan, als daß wir diesem Knilch das Leben gerettet haben!«

Ben glaubte ehrlich an verschiedene Dinge. Zum Beispiel an Das System oder an Die Gesetze, die er ständig mißachtete. Bird erwiderte: »Weißt du noch, daß du mich nach Nouri und seiner Bande fragtest? Ich sagte, es sei noch gar nicht so lange her. Die Polizei kann alles tun, was sie will. Sie hat es damals getan. Sie kann es immer noch tun. Hat man dir das bei deiner Company-Ausbildung beigebracht?«

»Es gibt Vorschriften, an die sie sich halten muß.«

»Das ist gut. Es gibt Vorschriften, an die sie sich manchmal eben nicht hält. Denk an Nouri! Auf den Docks gab es nichts, was nicht durchsucht wurde, und kein Mensch sagte: Ich habe meine Rechte. Die Company läßt die Zügel mal locker, und mal zieht sie sie scharf an, und wir beide können uns an die Zeit erinnern, als Toilettenpapier noch nicht den Bestandteil enthielt, der es sich auflösen läßt. Man stellt kein festes Papier mehr her, und deshalb müssen wir diese verdammten Karten benutzen, die man in diese verdammten Lesegeräte steckt, und zum Teufel, wir haben keine Ahnung, womit sie verbunden sind. *Ich* kann mich an die Zeit erinnern, als Schiffe innerhalb und außerhalb der Sektoren arbeiteten, und niemand fand etwas dabei, wenn man ankoppelte und eine Flasche teilte. Heute bekommt man dafür eine Geldstrafe aufgebrummt, die man im ganzen Leben nicht abbezahlen kann. Ich kann mich an die Zeit erinnern, als sich niemand um diesen blöden Krieg mit Leuten kümmerte, die eine Ewigkeit weit weg von hier leben, von denen es aber heute heißt, sie könnten herkommen und uns alle umbringen. Und es war einmal eine Zeit, da zog einem die Company-Bank Signalverluste nicht gleich vom Konto ab, wenn man für die Suche bezahlte, sondern erst dann, wenn die Wiederentdekkung ›unmöglich‹ meldete. Ich habe viele Veränderungen miterlebt, Freund. Ich habe Leute reden hören, die Company müsse dieses tun und die Company müsse jenes tun, und wenn wir uns organisierten und fest zusammenhielten, müsse die Company nachgeben. Von wegen! Wir sind nicht die Shepherds, die Company braucht nicht nachzugeben. Die Company kann uns ersetzen, die Company würde uns nur *zu gern* ersetzen, und wenn die Charta nicht wäre, in der es heißt, sie habe Unabhängige ›auf der Grundlage von Gerechtigkeit und Gleichberechtigung‹ zu behandeln, hätte sie uns alle längst ausgelöscht. Lernt ihr das in der Company-Schule?«

»Trotzdem gibt es Vorschriften. Die Polizei ist dem höheren Management verantwortlich.«

»Ja, sie ist verantwortlich. Die einzige Verantwortlichkeit, auf die es ankommt, ist die Bilanz. Wir hätten keinen Anspruch auf dieses Schiff anmelden sollen, Ben. Das hätten wir wirklich nicht tun sollen.«

»Du redest Unsinn. Das sind die Company-Vorschriften. Die Company hat die Regeln für die Bergung aufgestellt. Willst du behaupten, man werde sie nicht beachten?«

»Ben, die Regeln sind nicht dazu aufgestellt worden, daß sie die Company Geld kosten. *Das* ist die Regel hinter den Regeln. Von Anfang an habe ich wegen dieser

Sache ein ungutes Gefühl gehabt. Du kommst nicht an das große Geld. Du kommst nie an das große Geld.«

»Wenn du die Chancen nicht wahrnimmst, die sich dir bieten, ganz bestimmt nicht!«

»Du bist glänzend neu und frisch lackiert. Das bin ich einmal vor langer Zeit gewesen.« Bird nahm einen Mundvoll Bier und schluckte. »Ich kann mich auch noch an die Zeit erinnern, als sie anfingen, dieses Zeug herzustellen. Du würdest die Fässer, aus denen das hier gekommen ist, nicht sehen wollen.«

»Na gut, vielleicht war alles, an was du dich erinnerst, wirklich besser. Vielleicht ist jetzt alles Scheiße. Oder vielleicht war es immer Scheiße.«

»Wir hatten nicht immer die Company im Nacken. Sie hat nicht immer jeden Penny aus uns herausgequetscht, den sie in die Finger bekommen konnte, wir hatten nicht immer eine verdammte militärische Schiffswerft nebenan, die uns zum Ziel macht — es ist nicht immer dieses ganze blöde Happy-Zeug auf den Bildschirm gekommen, wenn wir doch wissen, daß zu Hause gar nichts *happy* ist, Ben!« Soviel hätte er nicht sagen dürfen, nicht einmal draußen in der Bar, wo Wanzen unwahrscheinlich waren. Soviel hätte er nicht einmal denken dürfen. Ben blickte verwirrt drein.

»Hier sind wir zu Hause, Bird. Dies ist unser Zuhause.«

»Ja«, stimmte Bird ihm zu. »Es ist auch mein Zuhause. Aber manchmal möchte ich ihm in den Hintern treten.«

Meg und Sal kamen in die Tür. Die beiden Männer mußten ihnen erklären, was geschehen war.

Sal sagte: »Hurensöhne«, und meinte, wie Ben hoffte, die Polizisten. Aber Meg und Sal waren in mancher Beziehung klüger als Ben. Sie ließen das Thema sofort fallen und bemerkten, ein Dinner würde vieles wiedergutmachen.

Komisch, dachte Ben dann, sie waren gar nicht darauf

gekommen, die Polizisten könnten Beweise für etwas gesucht haben, das Meg und Sal getan hatten, und dabei waren sie beinahe sicher Diebinnen und gerade erst von einer Fahrt zurückgekehrt. Aber der Company machte Diebstahl nicht viel aus, wie es ihr auch nicht viel ausmachte, daß Sal Geld von Männern nahm — Sal erwies einem Mann eben keinen Gratis-Gefallen, falls sie nicht seine Partnerin war. Und um der Wahrheit die Ehre zu geben, sie holte auch ein bißchen aus Ben heraus, so in der Art, wie sie sich gerade ein kostenloses Dinner besorgt hatte. Company-Kinder verstanden sich untereinander.

Die Mädchen regten sich nicht einmal besonders auf, sie taten es gewissermaßen mit einem Achselzucken ab und schüttelten den Kopf, als ob zwei Männer, die sich in die Schwierigkeiten eines anderen verwickeln ließen, mit der Polizei hätten rechnen müssen. Oder vielleicht wollten sie nur erreichen, daß alle vernünftig blieben, das konnte man bei Frauen nie wissen. Sie mochten schrecklich wütend sein und sich ausmalen, wie gern sie bestimmten Männern den Hals umdrehen würden, aber sie würden eine Weile darüber nachdenken und zu dem Schluß kommen, daß ihnen diese beiden Männer dafür etwas schuldig waren, und zwar mehr als ein paar Gläser Bier.

Also sagten sie, sie wollten aufräumen, und verabschiedeten sich. Ben blieb noch eine Minute und trank sein Bier aus, und dann sagte er, er wolle zur Bank und sich vergewissern, daß das Geld richtig verbucht werde, was ein Vorwand war. Gott allein wußte, wohin Ben wirklich wollte.

Bird warnte: »Mach bloß keine Dummheiten.«

Ben murmelte »Nein« und ging.

Vielleicht, dachte Bird, hätte er die Mädchen vor Wanzen warnen sollen. Wahrscheinlich schimpften sie im Augenblick über ihn und Ben. Aber vielleicht war es besser, daß sie im Zimmer redeten, so daß derjenige, der es verwanzt hatte, glaubte, sie hätten keinen Verdacht. Sicher, Meg und Sal wußten von dem Schiff. Aber sie wußten nicht, daß es sonst noch Dinge gab, über die man sich Sorgen machen mußte.

Zum Beispiel, daß ein Treiber an dem Ort saß, von dem dieses Schiff gekommen war.

Treiber fressen weg, was Erzsucher finden — sie extrahieren und sortieren und schicken Eimerladungen zum alten Jupiter, der sie wieder verlangsamt, damit die Shepherds sie holen können, und dann werden sie zu Blechen und Schaum und dergleichen verarbeitet. Wenn Mama den Erzsuchern Sektoren zuweist, berücksichtigt sie dabei die Positionen der Treiber. Du weißt immer, es ist einer in der Nähe, aber *zwischen* dir und dem Schwerkraftschacht, und sein Bug zeigt in die andere Richtung. Sollte dir der Gedanke kommen, dich der Feuerspur eines Treibers zu nähern, wirst du darüber nachdenken, wie groß er ist und wie klein du bist und wie das, was er wegschleudert, so schnell durch die Gegend saust, daß du nicht wissen wirst, wie dir geschieht, wenn es dich trifft. Die Feuerspuren von Treibern sind die einzige Information, die Mama für fünf oder mehr Sektoren gleichzeitig herausgibt, und dabei beachtet sie nicht einmal die Grenzlinie, die die R1-Arbeitszone von R2 trennt. Jede Zündung der Treiber muß mit der genauen Zeit protokolliert und Mama gemeldet werden. Man kann einen Treiber nicht ohne Mamas Erlaubnis von der Stelle bewegen. Und verstecken kann man ganz bestimmt keinen.

Mama sollte also schlicht vergessen haben, einen Treiber auf Dekkers Plänen anzugeben? Er hatte auf den Plänen gestanden, die Mama der *Trinidad* überspielt hatte — und das waren genau die Koordinaten, wo Dekker den Unfall gehabt haben wollte.

Verdammt, so etwas wollte Bird gar nicht denken.

In letzter Zeit machte Mama viel Druck — die oberen Dienstgrade bei ASTEX benahmen sich oft richtig verrückt. Zum Beispiel wurden in den Fabriken Überstunden verlangt, zum Beispiel wurde versucht, den Vertrag mit den Shepherds neu zu gestalten — sie sollten ein paar von der Company ausgebildete Leute in die Crews von Shepherd-Schiffen aufnehmen. Jeder Idiot konnte sich abfingern, wohin das führte. In keiner der bisherigen drastischen Veränderungen ließ sich ein Sinn erkennen, aber alles war möglich, wenn die Earth Company dahintersteckte. Die EC konnte die Vorschriften ändern, sie konnte die *Gesetze* ändern, wenn ihr eins im Weg stand. Die EC hatte so viele Senatoren in der Tasche, und die EC stellte für so viele Menschen auf die eine oder andere Weise den Essensbon dar, vor allem mit diesem Boom im Schiffsbau, und es gab so viele Himmelsblaugucker, die keine Ahnung vom Raum und von der Politik hatten.

Sie lebten unten in der alten Heimat wie sein eigener Bruder, der ihm zweimal im Jahr zu den Erde-Gürtel-Portokosten zwei Seiten über Frau und Kinder schrieb und daß er in diesem Frühjahr grüne Bohnen anpflanzen werde. Gott. Dachten die Menschen immer noch über solche Dinge nach?

»Sie brauchen nur hier zu unterschreiben«, sagten sie und schoben eine Eingabetafel unter Dekkers Hand. Sie hatten das Bett hochgekippt und ihm Kissen in den Rücken gestopft, aber das Beruhigungsmittel wirkte noch, und er konnte kaum aus den Augen sehen. Diesmal war die Schwerkraft hoch. Er hatte Mühe zu atmen.

»Was ist das?« fragte er, denn er hatte noch von niemandem an diesem Ort irgendeine Hilfe bekommen, und er vertraute keinem von ihnen. Er mochte damit seine Zustimmung geben, daß man an ihm herumschneiden oder ihm Gott weiß was für Drogen geben durfte, und verdammt wollte er sein, wenn er das an einem Ort, wo man so schwer war wie auf dem 1. Deck, unterschrieb, ohne es gelesen zu haben.

Sie sagten — *sie,* die kamen und gingen, Polizisten, Ärzte, Pfleger, er war im Augenblick nicht klar genug, um zu erkennen, welche es waren —: »Es ist nur dazu, daß Sie hier weggehen können. Sie möchten doch hier weg, nicht wahr?«

»Hauen Sie ab«, murmelte er, krank im Magen.

»Möchten Sie nicht weggehen?« Dekker hatte den Stift fallengelassen. Sie steckten ihn wieder zwischen seine Finger.

Nun versuchte er, sich das Schriftstück anzusehen. Es kostete ihn eine Menge Arbeit, die Buchstaben aus dem allgemeinen Nebel zu lösen. Doch sie lauteten: EIDESSTATTLICHE ERKLÄRUNG. Juristischer Kram. Er mühte sich weiter damit ab. Schließlich erkannte er, daß es ein Unfallbericht war.

Unfall. Von wegen.

Er schleuderte die Tafel von sich. Vielleicht hatte er sie kaputtgemacht. Sie traf die Wand und fiel mit einem Klappern wie zerbrochene Plastik. Er dachte: So schwer würde sie oben nicht fallen.

Er sagte: »Ohne Rechtsanwalt unterschreibe ich gar nichts.«

Die Polizisten hatten ein scheußliches Durcheinander zurückgelassen. Meg ärgerte sich am meisten über den Schmuck. Sie saß da, entwirrte Ohrringe und fluchte. »Wir sollten eigentlich melden, es fehle etwas. Das geschähe den Bullen recht.«

Und Sal, die die Stummel von Make-up-Stiften sortierte: »Sie haben jede einzelne Spitze abgestumpft, diese Schweinehunde.«

»*Wir* haben doch gar nichts getan.« Es bedurfte einiger Denkarbeit, aber das war der Fall. Meg wickelte Kettchen auf und spürte, wie ihr Magen sich verkrampfte. »Diese Hurensöhne, warum, zum Teufel, haben sie alles zusammengeworfen ...«

Sal kam zu ihr und stemmte die Faust auf das Bett.

Das signalisierte, schnell und scharf: Vorsichtig. Wodurch das Gefühl in Megs Magen nicht besser wurde. Wenn sie verwanzt waren, und so, wie es aussah, wollte sie es gern glauben, konnten ebensogut wie Geräusche auch Bilder übertragen werden.

Dieser Ärger war nicht nötig gewesen. Sie hatten eine Chance, Anteile an diesem Schiff zu erwerben, *gewollt,* aber dieser Ärger war gewiß nicht nötig gewesen, und die Sache roch nach Ärger für die beiden Männer.

Sie könnten ausziehen. Es gab noch weitere Hotels außer dem Loch. Sie konnten Ben und Bird einen Abschiedskuß geben und ein anderes Schiff zum Chartern finden. Aber wenn dieses zweite Schiff dann doch Bird zugesprochen wurde ...

Dann würden sie sich am liebsten den Hals abschneiden. In der Zusammenarbeit mit Bird und Ben bot sich ihnen die beste Chance. Meg hatte keine Chance in der Company. Sal hatte keine, die der Rede wert war; mit einem Vorstrafenregister kannst du als Unabhängiger arbeiten, aber du bekommst keine Vergünstigungen, und du wirst von der Company nicht anerkannt, und wenn auf dem Deck, wo du dich befindest, etwas schiefgeht, stehst du auf der Liste der Polizei ganz oben.

Es war Zeit, daß zur Abwechslung einmal etwas klappte. Sie hatten genug Pech gehabt.

Zum Beispiel hatte ihnen der Sektor, den sie zuletzt gezogen hatten, eine hübsche Kollektion von Eis und Stein beschert, woran Mama nicht besonders interessiert war, nein, danke. Crews, die ein Schiff gechartert hatten, bekamen in letzter Zeit immer solche Zuteilungen. Es gab dünne Stellen im Gürtel, augenblicklich passierten sie eine, und die Schiffseigentümer nahmen die guten, auch wenn sie Gesundheits- und Sicherheitsvorschriften brechen mußten, um wieder hinauszukommen.

Nun ja, sie würden weitermachen, sie würden sich durchbeißen. Sie würden stehlen, wenn sie mußten, und ihr verdammt Bestes tun. Meg Kady schwor sich eines: Sie würde nicht pleite gegangen sterben, und sie würde sich von keinem Company-Polizisten, der ihre Sachen durcheinanderwarf, ins Bockshorn jagen lassen.

Ihre Hände, die mit den Kettchen hantierten, wurden ganz ruhig. Ihr Mund verzog sich zu dem ihr eigenen kleinen Lächeln. Vertrautes Territorium. Amen. »Die Polizisten auf Sol haben mehr Klasse«, sagte sie richtig fröhlich zu Sal. »Diese Verrückten sollten einmal einen Kurs im Ordnunghalten belegen, meinst du nicht auch?«

»Sie sind schlampig«, pflichtete Sal ihr bei. »Richtig schlampig.«

Salvatore sank in seinen Sessel, schob einen Stapel von irgend jemandes Problemen beiseite, nahm sein Inhaliergerät aus der Schreibtischschublade und atmete die Dämpfe ein — so lange, bis er einige Distanz gewonnen hatte. Er nahm einen tieferen Atemzug. Die Droge stürmte in seine Lungen und seinen Blutkreislauf, erreichte seine Nerven und riet ihm, sich bloß nicht aufzuregen. Er haßte Szenen. Er haßte junge Idioten, die der Sicherheit weitere Probleme aufhalsten, und Ärzte, die auf ihre Privilegien pochten.

Vor allem haßte er es, feststellen zu müssen, daß hinter einem Fall mehr steckte, als die Verwaltung ihm mitgeteilt hatte.

Das Telefon piepte. Er holte noch einmal tief Atem, ließ ihn entweichen. Seine Sekretärin würde sich melden, und er hoffte ...

»Mr. Salvatore«, verkündete seine Sekretärin über die Gegensprechanlage, »Mr. Payne ist am Apparat.«

Das war an diesem Tag der dritte Anruf von der Abteilung für öffentliche Informationen. Es war kein Anruf, den Salvatore sich wünschte, und er wußte, was Payne gehört hatte. Gott, er war nicht dafür bereit.

Er schaltete sich ein, sagte: »Mr. Payne, Sir.«

»Man hat mir gesagt, daß wir ein Problem haben«, sagte eine junge Stimme durch das Telefon. Salvatores Büro hatte keine Bildschirmtelefone, und er war froh darüber. Payne war noch jung, ein vielversprechender junger Mann in der Verwaltung, Vizepräsident mit dem Arbeitsgebiet öffentliche Information und PR, Crayton direkt unterstellt, und Crayton war Towney selbst direkt unterstellt, und es gab absolut keinen Zweifel daran, daß ihm jemand anders in letzter Zeit Feuer unter dem Hintern gemacht hatte. Also, sagte sich Salvatore, gab Payne den Ärger über *seine* Befehlskette weiter nach unten, nämlich an die Sicherheit. »Dieser verdammte Dummkopf wird weitermachen, bis wir eine gemeinsame Haftbarkeit haben. Das nützt niemandem etwas, Salvatore.«

»Das ist mir klar.«

»Hören Sie, dies kommt von den oberen Ebenen, ist Ihnen das *auch* klar?«

»Auch das, ja ...«

»Daraus wird sich eine verdammte Schweinerei entwickeln, genau das. Die Mutter des Mädchens verlangt den Kopf des Jungen, und wir haben so schon genug Probleme. Wir haben Verträge zu erfüllen. Wir müssen Termine einhalten. Wir brauchen diese Unterschrift. Der Fall muß abgeschlossen werden.«

»Ich werde ihm raten zu unterschreiben, Mr. Payne.« Mit einem tiefen Atemzug sog Salvatore diesmal unverfälschte Büroluft ein. Gott, mit wem redete Payne? »Wir arbeiten daran. Es gibt da eine Möglichkeit, so wie ich es sehe.« Er klärte seine Gedanken mit einem weiteren Atemzug und riskierte es bei Payne. »Wir haben Hinweise, daß die jungen Leute vielleicht nicht dort gewesen sind, wo sie nach ihrem Log hätten sein sollen. Es mag ein Irrtum gewesen sein, es mag Absicht gewesen sein. Ich glaube, sie wollten stehlen.«

Am anderen Ende herrschte lange Zeit Schweigen.

Salvatore hoffte bei Gott, er habe mit dieser Aussage keinen fatalen Fehler begangen.

»Was wir haben«, erklang endlich Paynes ruhige Stimme, »ist ein unwichtiger Unfall, der die Company viel zu viel Zeit kostet.«

»Jawohl, Sir.«

»Deutlicher kann ich nicht mehr werden. Wir können keinen Unabhängigen vor Gericht brauchen, vor allem dann nicht, wenn es ein junger Bursche mit Kamera-Appeal ist. Ich habe die Daten auf meinem Schreibtisch, ich werde sie Ihnen zusenden. Dort war kein Treiber. Wir haben das Log. Es enthält keinen solchen Eintrag. Ich will Ihnen sagen, was da draußen passiert ist, Captain. Diese beiden jungen Leute führten nichts Gutes im Schilde, sehr wahrscheinlich wollten sie stehlen, sie hatten eine Mordsangst und gingen das Risiko ein, sich an einen Felsen zu wagen, der bei weitem zu groß für ihre Ausrüstung war. Dekker hat entweder Mist gebaut und einen Unfall verursacht, bei dem seine Partnerin getötet wurde, oder es lag an einem technischen Versagen — suchen Sie sich von den Verletzungen der Sicherheitsvorschriften auf diesem Schiff etwas aus. Vielleicht sollten wir Anklage wegen Fahrlässigkeit oder auch wegen Diebstahl erheben, aber mir liegt die offizielle Erklärung der Rechtsabteilung vor, daß wir keine Anklage erheben werden. Der Junge ist durch die Hölle gegangen, es ist ganz ausgeschlossen, daß er imstande sein wird, eine Zeugenaussage zu machen, und zudem würde er alles noch mehr komplizieren, indem er bei einer Verhandlung irrelevante Gesichtspunkte zur Sprache brächte. Wir wollen keinen sich hinschleppenden Prozeß, ob nun Salazar klagt oder er. Manche Leute auf dieser Station wären begeistert darüber, Sie verstehen mich, Captain?«

»Jawohl, ich verstehe, Sir.«

»Also bringen Sie den Fall zum Abschluß. Hören Sie? Ich will diese Unterschrift. Ich schicke Ihnen den Unfallbericht. Sie verstehen mich? Wir haben hier Elemente, die mehr als bereit sind, jemanden wie Dekker zu benutzen. Ich will nicht, daß diese Sache aufgebläht wird. Ich will, daß sie aus der Welt geschafft wird.«

Salvatore dachte an den Recorder auf seinem Schreibtisch. Seine Finger zögerten über dem Knopf. Dann überlegte er es sich anders. Aber er wollte Payne dazu bringen, daß er es aussprach. »Soll ich die Untersuchung abblasen?«

»Sie sollen das Feuer auslöschen, Mr. Salvatore. Hier geht es um die Schadensbegrenzung. Ich will eine Lösung. Ich will, daß das Problem neutralisiert wird. Hören Sie?«

»Jawohl, Sir«, sagte Salvatore — was überflüssig war, denn Payne hatte aufgelegt. Salvatore tippte eine Nummer ein, die seines Vorzimmers. Er sagte zu seinem Adjutanten: »Holen Sie mir Wills an den Apparat. Sofort!«

Verdammt, wenn die jungen Leute gestohlen hatten, bekamen sie eben eine Geldstrafe. Wer die Company bestiehlt, ist erledigt. Punkt. Aber die Mutter des Mädchens bestand darauf, so sei es nicht gewesen. Niemals hätte sich ihre Tochter in dunkle Machenschaften verwickeln lassen. Es gebe gar keinen Zweifel daran, daß Dekker ihre Tochter des Bankkontos wegen ermordet habe.

Gut argumentiert, nur daß es schon ein hartnäckig entschlossener Mörder sein mußte, der eines Alibis wegen sein Schiff zerstörte und sich selbst um den Verstand brachte. Salvatore hatte schon erlebt, daß Erzsucher Verrücktheiten begingen, er hatte einen Fall untersucht, der ihm immer noch Alpträume verursachte, aber niemand hatte Corazon Salazar hier mit Waffengewalt zurückgehalten, und niemand hatte einen Hinweis darauf, daß Dekker hinter Geld her war. Wie die bisherige Untersuchung ergab, hatte das Mädchen das College verlassen, das Geld aus einem Treuhandvermögen genommen, *Dekkers* Passage nach hier bezahlt und alles, was sie besaß, in ein überaltertes Schiff und seine Ausrüstung gesteckt.

Es war schon ein Wunder, daß sie das erstemal lebendig zurückgekommen waren — und wenn überhaupt jemand gekidnappt worden war, hörte es sich eher so an, als sei das Opfer Dekker gewesen ... der ein Schweineglück gehabt hatte, gefunden worden zu sein, denn von der Sekunde an, als die Tanks explodierten, hatte das Schiff nur noch den physikalischen Gesetzen gehorcht, ganz bestimmt nicht dem Jungen. Nur Gott und die Computer wußten, warum es in der Ekliptik geblieben war. Raffinierte Planung konnte das nicht gewesen sein.

Teufel, Dek hatte nichts mit Geld zu tun, hatte einer der Befragten bei den Nachforschungen auf R1 ausgesagt. *Er hat das Schiff nur geflogen. Immerzu hat er daran herumgebastelt ...*

Gesellig? Nun ja, er kam zusammen mit Cory, aber er machte Computerspiele oder so etwas — auf diese Weise gewann er Bons für die Bar. Er war ein ganz friedlicher Typ. Manchmal konnte man ihn reizen, daß er ein bißchen angab, aber im allgemeinen hat er auf mich einen schüchternen Eindruck gemacht. Die Spiele waren sein Ventil. Inmitten einer Menschenmenge verzog er sich in eine Ecke. Cory saß am Tisch und redete über Physik und Felsen, ja, sie waren schon ein seltsames Paar, ganz verschieden voneinander, aber mir kam es so vor, als tue Cory die Kopfarbeit, und Dek sei der Praktiker.

Ja, Dek konnte wütend werden. Cory aber auch. Sie ließ sich nicht herumschubsen.

Ja, sie schliefen miteinander — aber nicht ausschließlich. Kümmerten sich um ihre eigenen Angelegenheiten — schlossen mit niemandem echte Freundschaft. Wenn Leute meinten, sie übervorteilen zu können, weil sie noch so jung waren, behaupteten sie sich — tatsächlich war Cory energischer als Dek. Sie gab den Ton an, und er unterstützte sie ... Er war nicht groß, ältere Männer versuchten immer wieder, ihn un-

terzubuttern, aber er ließ sich das nicht gefallen, das merkten sie dann bald.

Ehrlich? Das weiß ich nicht. Ich habe nie gehört, daß sie in eine krumme Sache verwickelt gewesen wären …

Dort draußen war tatsächlich ein Treiber. Salvatore hatte die neuesten Pläne vorliegen. Nach den Company-Berichten war er am 24. März dort eingetroffen, und der Unfall war am 12. März passiert. Aber die Logs der Schiffe lagen bei der Dienstaufsicht des Gürtel-Managements fest, und der Speicher war gelöscht worden. Eine gründliche Durchsuchung beider Schiffe hatte keine illegal gespeicherten Daten zu Tage gefördert, und Wills hatte in den Zimmern der Erzsucher keine Datenkarten gefunden.

Was nicht bedeutete, daß keine Datenkarten aus dem Schiff mitgenommen worden waren. Es war ein gewaltiger Schnitzer vom Zoll gewesen, die Leute durchzuwinken. Die Verwaltung würde deswegen noch bohrende Fragen stellen.

Aber niemand hatte ihm gleich zu Anfang gesagt, daß es Fragen wegen der Pläne gab, und demzufolge hatte er Wills nichts gesagt. Und wo die Beweise nun waren, wußte Gott. Oder ob sie noch existierten. Salvatore versuchte, bei seiner Arbeit Gerechtigkeit walten zu lassen. Ein Junge lag im Krankenhaus und hatte mehr Probleme, als er zu begreifen fähig war, er hatte eine Frau zur Feindin, die genug Geld besaß, um ihn nach Sol zurückholen zu lassen — und vor einen Gerichtshof zu bringen, wo Geld, das Militär, unzufriedene Vertragsparteien und verschiedene Gewerkschafts- und Antikriegsorganisationen eine Haupt- und Staatsaktion aus der Sache machen würden.

Salvatore wußte, was von ihm verlangt wurde. Er ertappte sich bei dem Gedanken, daß er zwar nicht degradiert, aber abgeschoben werden würde, auf irgendein Nebengleis wie eine Beratungsstelle, deren Rat niemand beachtete, weg von dem Hauptgleis der Company.

Er hatte eine Frau. Eine Tochter, die Verwaltungswissenschaft studierte, und Jilly verließ sich auf die Kontakte ihres Vaters, die den entscheidenden Unterschied bedeuten würden. Jilly war intelligent. Sie war so verdammt intelligent. Und wie sollte er ihr — oder Mariko — beibringen, dieser unbedeutende Junge im Krankenhaus sei Jillys Chancen wert?

Salvatore atmete noch einmal tief die Dämpfe aus dem Inhalierapparat ein und dachte: Zum Teufel, Dekker ist kein Engel gewesen. Er hat ein Vorstrafenregister auf Sol, jugendliche Dummheiten, seine Mutter hat Kaution für ihn gestellt. Wir können nichts, was er getan hat, beweisen …

Aber junge Leute wissen nicht, was sie tun. Wenn der Junge nicht genug Verstand hat, muß ich meinen Verstand für ihn benutzen.

Das leichte Schwindelgefühl, das vom Inhalieren kam, befiel ihn. Übertreiben Sie es nicht, hatte sein Arzt gesagt und die Dosis rationiert. Aber sein Arzt hatte William Payne nicht im Nacken. Und brauchte nicht zu befürchten, daß ein störrischer Bengel das Leben seiner Frau und seiner Tochter ruinierte.

Wenn Dekker sein Gehirn benutzt hätte, wäre er nicht da, wo er jetzt war. Salvatore kannte sich aus mit jungen Leuten. Sie machten nie Fehler, sie waren zu klug, um Fehler zu machen — aber dieser Junge *hatte* einen Fehler gemacht, er steckte bis an den Hals im Dreck.

Seine Partnerin war tot, und er hatte sich mit den Schuldkomplexen des Überlebenden abzuplagen. Die Antwort darauf lautete: Biete dem Jungen einen Ausweg. In seinem Alter hatte man kein Verständnis für Politik und Gewerkschaften und Verteidigungsbudgets. Dekker hatte auf diese Weise nichts zu gewinnen, und der Versuch würde ihm nur Ärger eintragen. Biete ihm eine Entschuldigung, zeige ihm einen Weg, die Verantwortung für seine Fehler nicht tragen zu müssen.

Bevor ihn sein Mundwerk in echte Schwierigkeiten brachte.

Der Statistik-Abteilung zufolge spiegelt der Anstieg der Geburtenrate in diesem Jahr die steigende Zahl von Frauen in der Bevölkerung wider, und diese Zahl wird weiter ansteigen. Ein Sprecher des James-R.-Reynolds-Krankenhauses kommentierte heute, die Company solle empfängnisverhütende Mittel auf die Liste der allgemeinen Beihilfen setzen. Die durchschnittliche Zahl der Arbeitsstunden ist in den letzten fünf Jahren um 10% gefallen, während der Lebensstandard kontinuierlich gestiegen ist …

»So ein Quatsch«, sagte Meg.

… *Bevölkerungswachstum um 15% während des letzten Jahrzehnts …*

»Warum, zum Teufel, werden dann Überstunden gemacht?«

… *Präsident Towney erklärt, R2 nähere sich einer Bevölkerungskrise, und wendet sich an alle Frauen mit dem dringenden Appell, ihre eigene wirtschaftliche Situation zu bedenken. Die Statistik beweist, daß Frauen, die das Kinderkriegen bis nach dem 30. Lebensjahr aufschieben, sich eines um 25% höheren Lebensstandards erfreuen. Präsident Towney mahnt alle Arbeiter und Arbeiterinnen, diejenigen, die in der Company befördert werden möchten, sollten VORSICHTIG sein …*

»Glaubst du, sie werden uns befördern, wenn wir vorsichtig sind?« schnaubte Meg.

»Vielleicht sollten wir ihnen sagen, daß wir darauf warten«, versetzte Sal.

Der Fernseher im Sportstudio dröhnte weiter. Man konnte ihm nicht entrinnen. Meg und Sal saßen schwitzend da und wollten für die nächste Runde mit den Maschinen wieder zu Atem kommen, und Towney schwafelte von neuem los.

Andererseits …

Meg betrachtete ihre Nägel. Es war ein Hobby, sich

während der Schwerkraftzeit lange Nägel wachsen zu lassen. Sie wurden kurzgeschnitten, sobald man sich an ernste Arbeit machte. Oder sie brachen in der trockenen Kälte schließlich ab.

Ihr eigentlicher Grund war aber, daß sie nicht hochblicken wollte, weil eben dieser Chelovek hereingekommen war, den sie nicht sehen wollte. Sal hatte darauf bestanden, *dieses* Studio zu besuchen. Und Meg hatte gemeint, lieber ginge sie in eines, das ein bißchen weniger exklusiv sei.

»Sal.«

»Ja. Ich sehe ihn.«

Meg schielte unter den Brauen hoch und versuchte, wie ein Möbelstück auszusehen. Ihr Herz klopfte.

Ein großer Mann, das Haar abrasiert, nordisch oder so etwas. Sein Name war Mitch, er war ein Shepherd-Chefingenieur, und er war ein Freund von Sal. Nicht von Meg — ganz bestimmt nicht von Meg. Mitch hatte sie beide gesehen, war einen halben Herzschlag lang stehengeblieben und dann zu den Gewichten weitergegangen.

»Ich glaube, ich verdufte besser«, sagte Meg zu Sal.

»Nein. Bleib sitzen.«

Es war einwandfrei Shepherd-Territorium, wo sie waren, hier in diesem kleinen Studio ziemlich am Ende des Höllendecks. Es war ein Studio, in dem Sal schon immer Rechte gehabt hatte. Meg nicht. Und dieser Mitch — Mitch hatte ihre Partnerschaft nie gebilligt ... höflich ausgedrückt.

Sal stand auf, ging zu ihm und sprach mit ihm. Meg versuchte, nicht so unverschämt zu sein, daß sie Lippen las, aber sie sah Sals Gesichtsausdruck, und der war nicht gerade glücklich.

Dann legte Sal den Arm um Mitch und kam mit ihm zu Meg zurück.

»Meg«, sagte Mitch.

Stur, wie sie war, stand sie nicht auf. Sie wrang ein

Handtuch, neigte den Kopf auf die Seite, um ihn, der das Licht im Rücken hatte, betrachten zu können, und bedachte ihn mit einem kühlen Lächeln. *»B'jour,* Mitch, *que pasa?«*

Er sah aus wie ein Rab auf Shepherd-Weise, und so benahm er sich auch. Keinesfalls bediente er sich der Rab-Sprache. Und keinesfalls tat er Rab-Taten. »Wie geht es dir, Kady?« fragte er.

»Oh, bestens.«

»Das ist gut. Das ist gut, Kady. Kein Aufsehen, kein Theater. Du bist die Freundin der Freundin eines Freundes, verstehst du. Das hat dich so weit gebracht. Ich muß sagen, ich war beeindruckt.«

»Du bist ein Hurensohn, Mitchell. Wie schön, daß ich dich in letzter Zeit nicht gesehen habe.«

Mitch lächelte. Ein gutaussehender Hurensohn. Und er hatte die Macht, sie aus dem Studio hier und aus Sals Leben hinauszuwerfen.

»Raste nicht aus, Kady. Du bist geduldet. Bisher hast du dich ganz ordentlich gehalten. Wie ich schon zu Sal sagte, könnte man dir eine Chance geben.«

»Stopfe sie dir in den Hals. Ich bin nicht von *dir* geduldet.«

Mitchs Augenbrauen wanderten in die Höhe. Dann setzte er sein hochmütiges Gesicht auf, zuckte die Achseln und ging.

Meg rieb sich den Nasenrücken, denn sie wollte Sal nicht ansehen. Sie wußte nicht, warum sie das getan hatte. Ehrlich, sie wußte es nicht. Sehr gescheit war es nicht gewesen.

»Tut mir leid, Aboujib.«

»Ja, schon gut.« Sal hockte sich auf die Fersen, legte die Arme auf die Knie. »Er hat es herausgefordert, und das ist ihm bewußt. Er ist in Ordnung.«

»Ja, ich weiß, wie in Ordnung er ist. Der Hurensohn. Der kleine Schwerkraft-Gott. Nichts hat er für dich getan.«

Sal schwieg eine Weile. Sie war im Falle Mitch zu weit gegangen. Schließlich sagte sie: »Sie haben davon gehört, daß unser Zimmer verwüstet worden ist. Mitch möchte, daß wir abhauen. Er sagt, chartert ein Schiff und macht, daß ihr hier wegkommt. Sie machen sich Sorgen.«

»Von wegen!« höhnte Meg. »Wir haben eine große Chance in Reichweite, verdammt noch mal. Was geht das ihn an?«

Sals dunkles Gesicht war ein einziges Stirnrunzeln. »Wir haben eine Warnung bekommen.«

»Na und?«

»Eine eindringliche Warnung.«

»Er will mich auch von hier weg haben, seien wir ehrlich. Chartere *du* ein Schiff, ich bleibe hier und halte uns den Platz auf dem anderen Schiff frei.«

»Das habe ich nicht gesagt.«

»Ich will doch nicht, daß wir uns trennen, ich meine nur, ich will hierbleiben und uns den Platz freihalten, und du hältst deine Freunde bei Laune.«

»Sein Rat war an uns beide gerichtet.«

Meg wischte sich mit einem Handtuchzipfel die Stirn, weil sie sich erst wieder beruhigen mußte. »Wir sind so nahe daran. Verdammt noch mal, Sal, so dicht sind Chancen nicht gesät. Wir werden keine zweite mehr bekommen.«

Sal schwieg. Meg dachte: Sals Chancen liegen bei ihnen, sie würde eine Chance bei ihnen haben, wenn sie sich linientreu verhielte. Die verdammten Hurensöhne. Konnten ihr nicht helfen. Konnten sie nicht aufnehmen. Ein Mädchen so hinauszuwerfen ... sie Runden drehen zu lassen, bis sie sich bewährt hat — von wegen, Mitchell.

Schließlich sagte Sal: »Komm, Meg. Raus hier.«

Unterwegs, draußen im Lärm und Verkehr des Decks: »Ich glaube nicht, daß da drin eine Wanze war — Mitchell hätte sonst nichts gesagt. Aber ich muß dir etwas gestehen, Meg. Kann sein, daß ich zuviel geredet habe.«

»Worüber?«

»Ben hat Daten bei sich, die sie gesammelt haben, als sie hinter diesem Schiff her waren. Er hat mit ihnen gearbeitet, und es ist ihm ganz egal, was sie in den Augen anderer Leute darstellen. Es sind seine Pläne, und er will nicht, daß sie gelöscht werden. Das hat er gesagt.«

Meg nahm einen langen, langen Atemzug. »*Merde.* Das hast du Mitch erzählt?«

»Mitch ist zu mir gekommen. Sie wollen eine Kopie.«

»Ben würde dich umbringen.«

Sal dämpfte die Stimme unter den Lärm und die Echos. »Ja. Das weiß ich. Aber sie werden nicht den gleichen Gebrauch von den Plänen machen — sie wollen nur die Information, nur die Zahlen. Du mußt mir helfen, Kady. Mitch hat in diesem Augenblick meine Karte. Damit kann er für die nächste Zeit an unseren Schrank.«

»Scheiße, Aboujib!«

»Andererseits ...«

»Diese Sache hat sowieso schon zu viele Seiten!«

»Andererseits werden wir danach bei den Shepherds etwas guthaben. Ich weiß nicht, was sie mit diesen Plänen anfangen können — aber sie glauben, es ist etwas verdammt *ni-kulturny* an der ganzen Sache — daß Birds Schiff festgehalten wird, daß dieses Mädchen da draußen ums Leben gekommen ist, daß die Polizisten alles durchsucht haben ...«

»Du hast es ihm gesagt. Du bist zu ihm gegangen.«

Sal zog den Kopf ein. »Ich machte mir Sorgen. Wenn du die Wahrheit wissen willst, ich machte mir Sorgen, ob wir uns nicht besser absetzen sollten. Wenn du dich fragst, warum die Polizei unser Zimmer auf den Kopf gestellt hat, frag dich lieber, ob wir in irgend etwas verwickelt sind, das außerhalb des Normalen liegt, abgesehen davon, daß wir zwei Freunde haben, die Anspruch auf ein geborgenes Schiff angemeldet haben.«

»Aboujib ...«

»Ja, ich weiß. Ich habe nur eine Frage gestellt. Ich sagte, meiner Meinung nach könnte die Polizei nach Daten gesucht haben ...«

»Aboujib, hättest du etwas dagegen, mir in Zukunft Bescheid zu sagen, wenn du einen Diebstahl dieser Art vorhast?«

»Hm, also, ich fürchtete, du würdest dich aufregen.«

»Ich hätte dich umgebracht. — Weiß Ben Bescheid?«

»Nein.«

»Und was meinst du, wie lange es dauern wird, bis er es herausfindet? Gott, Aboujib, dieser *jeune fils* ist kein Dummkopf. Er könnte die verdammte Datenkarte verwanzt haben.«

Sal schürzte die Lippen. »Er hat.«

»Dann weiß er es also doch?«

»Nein. Natürlich nicht. Wir haben *beide* das Institut besucht.«

8. KAPITEL

Es war ein Test: Schieb den Ring auf den Stock, paß die Pflöcke in die blöden Löcher ein. Füg weitere Bauklötzchen hinzu. Dekker merkte gleich, was sie vorhatten, als sie ihm das Kinderspielzeug gaben.

»Weg damit!« Er schubste die ganze Schachtel auf den Fußboden — er wünschte, die Schwerkraft wäre höher. Aber die Teile machten einen zufriedenstellenden Krach. Er sah zu dem verstörten Psychologen hoch. »Haut alle ab! Ich lasse mich nicht von euch testen, bevor ich mit einem Rechtsanwalt gesprochen habe.«

Er stand auf. Die Pfleger standen sprungbereit. Der kleine Psychologe erstarrte, hielt die Eingabetafel wie einen Schild vor sich.

Dekker warf den Ring, den er noch in der Hand hielt, in die Luft. Fing ihn auf, bevor er fiel, schleuderte ihn in die Ecke, sah die Pfleger an.

»Kommen Sie mit?« fragte Tommy. Er war derjenige, der sprach.

Dekker zuckte die Achseln. »Ja.« Er ging zur Tür hinüber, wo Tommy und Alvie ihn fassen würden. Sie waren zu einer Übereinkunft gelangt: Er ging, und sie brachen ihm die Arme nicht.

Wenn er ruhig war, übten sie nur wenig Zwang aus, und er behielt die Hände frei. Es war die Hölle, wenn er sich nicht kratzen konnte.

Sie steckten ihn ins Bett. »Fernsehen«, verlangte er. Er hatte einen Fernseher in seinem Zimmer. Tommy stellte den Apparat für ihn an. Dekker hatte nicht einmal Lust, darüber nachzudenken, wo er gewesen war, was sie gemacht hatten. Es war nur ein weiterer Versuch gewesen, der sich in nichts von den vorherigen unterschied.

Aber er hatte Angst bekommen.

Ein neuer Arzt kam herein, stellte den Fernseher ab. Dekker hatte diesen Mann noch nie zuvor gesehen. Aber Arzt war er. Er hatte die unvermeidliche Tafel dabei, die Taschen voller Stifte und Taschenlampen und Sonden. Und ein Namensschild, auf dem Driscoll stand.

Driscoll kam näher, setzte sich auf die Bettkante.

»Nicht die freundliche Masche«, sagte Dekker. »Ich bin dazu nicht in der Stimmung.«

Es amüsierte ihn, daß der Bastard sich geradesetzte und einen beleidigten Gesichtsausdruck annahm. In letzter Zeit hatte er nur noch kleine Freuden. Driscoll zog auf geheimnisvolle Weise seine Tafel zu Rate. Vielleicht war Driscoll von ihnen beiden derjenige, der Probleme mit dem Gedächtnis hatte.

»Ich verstehe Ihre Ungeduld«, behauptete Driscoll.

»Ich will mit einem Rechtsanwalt sprechen.«

»Wir haben Ihre Testergebnisse.«

»Sie haben überhaupt keinen Test durchgeführt.«

Driscoll sah von neuem auf seine Tafel. »Beeinträchtigte motorische Funktionen, Gedächtnislücken ...«

»Das ist Quatsch.«

»Leichte Gehirnerschütterung, lange Isolation, Sauerstoffmangel, Gefährdung durch toxische Stoffe — Möglichkeit einer dauernden Dysfunktion ...«

»Quatsch!«

»Unangemessenes Benehmen. Feindseligkeit.«

»Zum Teufel, verlassen Sie mein Zimmer! Wo ist Pranh?«

»Dr. Pranh ist in Urlaub. Ich übernehme seine Fälle.« Driscoll machte eine Notiz auf seiner Tafel. »Ich vermute, Sie möchten gern hier weg.«

»Verdammt richtig.«

»Ich werde die Formulare kommen lassen.«

»Ich unterschreibe keine Formulare.«

Driscoll stand auf, ging bis zur Tür und blieb dort stehen. »Versuchen Sie, diese Ausbrüche unter Kontrolle zu halten, Mr. Dekker. Das medizinische Personal versteht Ihr Problem. Aber es wäre für alle leichter, wenn Sie sich etwas Mühe gäben. Um Ihrer selbst willen. — Haben Sie weiterhin Halluzinationen?«

Dekker starrte ihn an. »Natürlich nicht.« Er dachte: Das ist eine verdammte Lüge.

Aber es machte ihm angst. Es trieb seine Pulsfrequenz hoch. Sie hatten den Piepton abgestellt, das bedeutete jedoch nicht, daß sie ihn nicht abhörten oder daß er nicht irgendwo gespeichert wurde.

Schließlich kam ein jüngerer Mann herein — ebenfalls mit einer Tafel ausgerüstet —, trat ans Bett und fragte: »Wie fühlen Sie sich?«

Auf seinem Namensschild stand Hewett. Er sah kaum wie zwanzig aus, und er war blaß und nervös. Vielleicht hatte man ihm gesagt, er, Dekker, sei verrückt.

Dekker antwortete ihm nicht, er fixierte ihn nur. Der junge Mann sagte: »Ich habe Ihre Entlassungsformulare.« Er hielt ihm die Tafel hin. »Sie unterschreiben da unten ...«

»Ich unterschreibe dieses Ding nicht.«

»Sie müssen es unterschreiben.«

»Ich habe einen Rechtsanwalt verlangt. Ich unterschreibe dieses Ding nicht.«

Hewett verlor die Fassung. »Sie müssen es unterschreiben, Mr. Dekker.«

»Nein, das tue ich nicht.«

»Sie möchten doch hier weg, oder?«

»Man will mich hier weg haben.« Ihm war kalt. Vielleicht war die Klimaanlage auf eine zu niedrige Temperatur eingestellt. Wenn ein Puls-Monitor eingeschaltet war, dachte Dekker, mußte er jetzt über die Skala hinaushauen. »Ich werde das Ding nicht unterschreiben. Sollen das doch die Ärzte tun. Sie haben doch auch in jedem anderen Punkt gelogen.«

Hewett zögerte, überlegte und sagte dann mit gedämpfter Stimme: »Unterschreiben Sie einfach. Das ist alles, was Sie zu tun haben.«

»Nein.« Dekker schloß die Augen. Öffnete sie wieder, als Hewett ging.

Er wollte hier raus. Er glaubte nicht mehr, daß er hier vor irgend etwas sicher war. Aber er sah keinen Weg.

Sollte er zur Tür stürmen? Falls er nach draußen gelangte, würde man wer weiß was für Anklagen gegen ihn erheben, vor allem, wenn er irgendwen dabei niederschlagen mußte. Sollte er das Formular unterschreiben und dann einen Rechtsanwalt aufsuchen? Ein unterschriebenes Formular war alles, worauf es diesen Leuten ankam. Es war alles, worauf sie hörten. Und welchen juristischen Beistand würde er hier bekommen? Einen Company-Rechtsanwalt? Company-Zeugen?

Auf der Sol-Station hatte er schon einmal mit dem Gesetz zu tun gehabt — wegen Kindereien. Aber jetzt wußte er über Rechtsanwälte Bescheid. Er wußte über Prozesse Bescheid. Die Richter kamen schon mit fertigen Urteilen herein.

Ein weiterer weißer Kittel erschien. Mit einer Tafel. Diesmal war es eine Frau. Sie kam ans Bett, hielt ihm die Tafel hin und sagte: »Das ist für Ihre Krankenversicherung. Unterschreiben Sie.«

Er sah sich die Tafel, sah sich die Frau mißtrauisch an.

»Es ist nur der Auftrag, Ihre Rechnungen zu bezahlen. Ein großes Glück für Sie, daß Sie diese Versicherung haben. Sie sind zu hundert Prozent gedeckt.«

Er nahm die Tafel. Der Text sah korrekt aus. Er war genannt, Cory war genannt. Dekker unterschrieb, und ihm fiel ein, wie er wegen dieser Police mit Cory gestritten hatte. Angeschrien hatten sie sich, er hatte gebrüllt: Wir brauchen keine Versicherung, Cory, Gott, wenn einer hier draußen einen Unfall hat, ist sowieso alles zu Ende — das ist doch nur eine verdammte Geldverschwendung ...

Und Cory, das College-Mädchen, das ganz anders aufgewachsen war als er, hatte erklärt: Ich bin nie ohne

Versicherung gewesen. Wir brauchen zumindest eine Krankenversicherung, mir ist es gleich, was sie kostet. Wenn wir sie brauchen, wird sie da sein ...

Cory hatte wirklich verrückte Ansichten. Sie machte Krach wegen einer blöden Jacke und gab tausend Dollar pro Jahr für eine Company-Police aus, die ihnen überhaupt nichts nützte. Dekker fing an zu weinen. Er wußte nicht einmal, warum. Die Ärztin stand da und sah ihn an, und er legte den Arm über das Gesicht und drehte sich so weit wie möglich zur Seite. Sie ging. Aber er konnte mit Weinen nicht aufhören.

Tommy kam herein und fragte: »Möchten Sie eine Spritze, Mr. Dekker?«

Dekker packte sein Kissen und begrub sein Gesicht darin. Tommy ging wieder.

»Ich habe etwas für dich«, verkündete Marcie Hager in ihrem Büro im Archiv mit dieser eigentümlichen Selbstgefälligkeit, an die Ben sich erinnerte. Er löste sich vom Türrahmen und trat näher. Vor ein paar Tagen hatte er an Marcies Tür geläutet und eine Flasche guten Wein mitgebracht. Marcies Sorte bezahlte man niemals mit Geld. Aber man wollte ihr im Gedächtnis bleiben.

In ganz leisem Flüsterton hauchte Marcie: »Ich habe einen Wink wegen deines Anspruchs auf dieses Schiff bekommen. Anscheinend ist Dekkers Lizenz soeben eingezogen worden.«

Ben schürzte die Lippen. »Gründe?«

»Es wurden keine genannt. Erschien nur auf der Liste.«

»Hmmm.« Ben zwinkerte Marcie zu, sagte »Danke«, wobei er die Brauen ein wenig hob. »Vielen Dank.«

Marcie blickte selbstzufrieden drein. »Es war mir ein Vergnügen.« Ben war sicher, daß sie den Wein meinte. Aber das hieß nicht, daß mit dem Wein alles bezahlt war. Marcie war auf Beförderung aus — ihr Ziel war die Personalabteilung. Das vergaß er nicht.

Also war Dekkers Lizenz eingezogen worden.

Ben verließ das Archiv, die Hände in den Taschen, und überschlug, was er wußte und wen er kannte. Er gelangte zu dem Schluß, zu einem bestimmten kleinen Büro in der Verwaltung zu spazieren — keiner besonders wichtigen Stelle.

Aber dort arbeitete Fergie Tucker.

Fergie ließ sich ohne Umwege bestechen.

»Hallo, Fergie«, sagte Ben und stützte die Arme auf die Theke. »Darf ich dich zum Lunch einladen?«

»Der Mann hat jetzt keine Lizenz mehr«, sagte Ben bei einem Sandwich in Ios blinkender Neon-Dekoration. Hier wußte man nie, was man aß — alles flackerte rot und orange und grün, und die Musik ließ den Wein im Glas zittern, aber Tucker gefiel es. »Er ist in der Klinik. Wenn du mich fragst, in der Psychiatrie. Auf dem ganzen Rückweg war er geistig weggetreten — es kann gar keine Rede davon sein, daß er das Schiff unter Kontrolle hatte.«

Tucker nahm einen Schluck. Blitze färbten den Wein schwarz und dann Tuckers Gesicht rot, als er das Glas abstellte, eine ruckartige Bewegung, synchron mit dem die Tonleiter hinunterrasselnden Baß. Der Wein schwankte. Die Luft bebte. Tucker sagte — lauter, als es Ben gefiel —: »Was genau willst du?«

Ben rückte dicht an ihn heran. »Ein beschleunigtes Verfahren.«

»Hä?« fragte Tucker. Wahrscheinlich hörte er nicht mehr gut.

»Beschleunige es!« übertönte Ben den Baß. »Es gibt überhaupt keine Möglichkeit, daß er die Kontrolle hatte. So lautet das Gesetz. Er muß die Kontrolle haben, oder das Schiff gehört uns.«

»Ich kenne das Gesetz.«

»Nun?«

Tucker zuckte die Achseln und nahm einen großen

Bissen von seinem Sandwich. Solange er den Mund voll hatte, war er außer Gefecht. Tucker war in der Schule ein Schwein gewesen, und er war immer noch ein Schwein. Aber ein Schwein mit einem hohen Dienstgrad. Und er konnte den Datenfluß beschleunigen, wenn er wollte.

»Ist alles in Ordnung?« fragte Tucker, als er schließlich geschluckt hatte.

»Der Antrag ist wasserdicht. Filmaufnahmen. Vorher, nachher und währenddessen. Bescheinigung von der Polizei.«

»Untersuchungsausschuß?« Dies fragte Tucker mit vollem Mund.

»Es hat keine Klagen gegeben. Gegen uns liegt nichts vor. Gegen ihn vielleicht. Aber ich weiß, daß der Besitztitel einwandfrei ist. Er ist der Eigentümer. Die Partnerin ist tot, da draußen ums Leben gekommen. Also ist nur noch er übrig. Es liegen keine Pfandrechte auf dem Schiff.«

Tuckers Gesicht war jetzt orange mit tanzenden Schatten. Ein Sitar-Lauf. Becken rasselten. Baß in Synkopen.

»Worüber reden wir also?«

»Schieb das Verfahren einfach in der Schlange noch vorn.«

Tucker schluckte. Langsam sagte er: »Dazu brauche ich einen Grund. Gib mir einen.«

»Was für einen?« fragte Ben vorsichtig und neigte den Kopf so weit über den Tisch, wie es möglich war. Die Musik war bei einer lauten Stelle.

»Wo ist dieses Schiff? In welchem Zustand ist es?«

»Es ist im Dock. Das Lebenserhaltungssystem ist hin. Die Tanks sind geborsten. Es ist saumäßig schmutzig, und die Polizei hat es.«

»Könnte man weiterführenden Schaden geltend machen?«

»Möglicherweise. Haben wir keine bessere Chance?«

»Härtefall.«

»Für wen?«

»Den Antragsteller. Habt ihr Schaden erlitten?«

Gott, er war dem Erfolg so nahe, daß er ihn schmekken konnte. »Meinst du finanziellen?«

»Irgendeinen Schaden. Kannst du ihn belegen?«

»Ja!« Ben zuckte zusammen. Die Musik vibrierte durch die Tischplatte. Er wartete einen Augenblick mit der Erklärung, dann brüllte er: »Wir haben unseren Reservetreibstoff verbraucht, um den Kahn einzuholen. Wir haben unser Bankkonto überzogen, wir können unser Schiff nicht verpachten, weil die Polizei es beschlagnahmt hat, und jetzt wissen wir nicht, was wir tun sollen — die *Trinidad* müßte längst wieder draußen sein, verstehst du, wir haben schon einen Großteil unserer Schwerkraftzeit hinter uns, und sie sitzt müßig herum. Eine ganze Reihe von Crews will sie chartern, und wir brauchen das Geld, aber daran verdienen würden wir nur, wenn das gleich geschähe.«

»Und wieso ist das ein Härtefall?«

»Wir müssen vielleicht hierbleiben, weil man uns Fragen über das andere Schiff stellen will — wir versuchen, uns an die Vorschriften zu halten, aber wir wissen nicht mehr ein noch aus. Wir haben schon einen dicken Brokken von unserem Kapital verloren, und wir wollen auch gar nicht weg, weil wir Angst haben, damit könnten wir die ganze Sache aus dem Fallschacht hinausblasen, du verstehst, was ich meine? Wir warten jetzt schon Monate, und der Zeitpunkt, zu dem wir hinausfahren sollten, aber nicht können, rückt immer näher.«

»Ja«, stimmte Tucker ihm zu. »Weißt du, es könnte sogar jemand anders mit einem Angebot dazwischenkommen und sich das Schiff unter den Nagel reißen, wenn bekannt wird, daß Anspruch als Bergungsgut darauf erhoben wird, wenn du nicht in der Nähe bist, um, sagen wir, die Räder zu schmieren.«

Tucker war ein richtiger Schweinehund. Ben sah ihn

an und dachte: Mach dir bloß nicht zu große Hoffnungen, du Dreckskerl. Dabei wechselte die Musik von Grün zu Rot und sein Blutdruck stieg immer höher.

»Ja«, sagte er, »aber es ist für uns tatsächlich ein Härtefall.«

»Sicher, aber du weißt, solche Anträge sind verteufelt schwer zu stellen. Du mußt die richtigen Ausdrücke verwenden, du mußt genau das sagen, was die Beamten hören wollen. Und du brauchst jemanden, der den Antrag hinbringt und auf den richtigen Schreibtisch legt.«

»Garantiert?«

»Garantiert.« Tuckers Schweinsäuglein musterten ihn von oben bis unten. »Ein Schiffseigentümer besitzt normalerweise nichts außer seinem Schiff. Hat nie Geld in der Tasche. Wie steht es mit deinen Finanzen?«

»Fünfhundert.«

»Fünftausend.«

»Du spinnst!«

Tucker zuckte die Achseln, wandte den Blick ab, stopfte sich den Mund mit Sandwich voll. Der Baß flatterte die Tonleiter hinauf und hinunter.

»In Ordnung!« brüllte Ben.

Die *Trinidad* war frei. Das war am Morgen durchgekommen. Gott sei Dank. Bird hielt sich an seinem Bierglas und dem letzten mageren Schaum fest. Er hätte gern ein zweites gehabt, aber die Rechnung im ›Loch‹ war so schon zu hoch. Man schrieb, verdammt noch mal, den 15. August, und die *Trinidad* lag immer noch im Dock.

Meg klopfte ihm auf die Schulter und ging zur Bar. Bird konnte sich denken, was sie vorhatte, drehte sich halb um und wollte protestieren, aber Mike zapfte bereits das erste Glas, und Sal Aboujib legte von seiner anderen Seite her ihre Hand auf die seine. »Bier ist billig«, sagte Sal. »Laß sie dieses eine bezahlen. Wir sind dir mehrere schuldig.«

Er hatte eine Tafel voller Zahlen, die zu keinem Ergebnis führten. Ben vertrat immer noch den Standpunkt, sie sollten hierbleiben, Dez Green und Alvarez und viele der anderen Unabhängigen, die bei ihrer Ankunft dagewesen waren, hatten die Station wieder verlassen und waren auf Fahrt gegangen, und Ben versuchte im Augenblick, sich zu entscheiden, ob alte Knochen das Risiko eingehen dürften, ihre eigene Schwerkraftzeit abzukürzen, oder ob sie die *Trinidad* an Brower und seinen Partner verpachten und in der Basis hockenbleiben sollten, wobei die Rechnungen für das Hotel und das Essen immer höher wurden. Vielleicht sollten sie die *Trinidad* sogar an Meg und Sal verpachten. Ihnen das neue Schiff *versprechen,* sobald sie es hätten. Übrigens fehlte es ihnen an Vorräten, die Bank zeigte sich nicht hilfsbereit, und das verdammte verlorengegangene Signal war nie wieder aufgetaucht. Sie konnten noch eins versuchen, sie konnten die Abteilung für Wiederentdeckung dazu bringen, es aufzuwecken — aber diese Computer-Zeit war teuer, und Bird war sich nicht sicher, ob es das wert war. Tags zuvor hatten sie einen weiteren, aber kleineren Signalverlust gehabt. Den Fund hatten sie nicht selbst gemacht, sondern Peterson, als er das Schiff gechartert hatte, und so war es ein 15-und-20. Bird hätte nur gern gewußt, ob das einfach Pech war oder ob Peterson schuld war oder ob zu dem Zeitpunkt, als das Signal verstummte, in diesem Sektor jemand gearbeitet hatte. Die Company liebte es nicht, solche Informationen herauszugeben. Es gab Hitzköpfe auf dem Höllendeck, die würden einen Aufruhr veranstalten, wenn sie zu Recht oder zu Unrecht glaubten, sie seien beraubt worden. In dem Fall konnte man Mama die Geheimniskrämerei nicht verübeln. Prügeleien mit Ketten und Flaschen waren das letzte, was die Polizei sich wünschte.

Sie steckten also den zweiten Signalverlust weg und würden den Gürtel enger schnallen müssen, das war alles. Und Bird wußte, warum Meg und Sal sich mit ihm und Ben langweilten, statt ein Schiff zu chartern, wenn das die logische Handlungsweise gewesen wäre.

Er hätte es gemein gefunden, ihnen zu diesem Zeitpunkt zu sagen, sie seien nicht gut genug als vorrangige Charter-Crew, und sie sollten sich lieber um jemand anders bemühen, wo doch er und Ben, verdammt noch mal, einen Tag nach dem anderen zuließen, daß Meg und Sal sich mit allem Geld, das sie hatten, um sie bemühten und zu ihnen hielten, während jeder andere sie Dummköpfe genannt hätte.

Paßt auf, hatte er ihnen anfangs mehr als einmal gesagt, ich muß euch ehrlich sagen, ich glaube nicht, daß Ben mit seinem Antrag auf dieses Schiff durchkommt.

Schreckte sie das ab? O nein.

Er hätte geradeheraus und kalt sagen sollen: Meg, wie ich höre, bist du eine klasse Pilotin, und du, Sal, bist nicht schlecht am Computer, aber es fehlt euch an Erfahrung — an mathematischen Kenntnissen — am Fingerspitzengefühl ...

Er hätte schon vor langer Zeit sagen sollen: Ihr beiden hättet euch nie als Team zusammenschließen dürfen. Zwei Anfängerinnen im gleichen Schiff werden für das, was ihr wollt, nicht schnell genug besser.

Aber er wußte, mit was für Kotzbrocken sie schon gefahren waren, bevor sie auf der *Trinidad* bewiesen, daß sie es allein schafften, und anfingen, Schiffe zu chartern. Und Meg hatte sich mit ihm zusammentun wollen, doch dann war Ben mit seinem Geld und seiner Ausbildung aufgetaucht. Bird wand sich innerlich immer noch, wenn er daran dachte, wie er es Meg hatte sagen müssen, und Meg hatte es sehr gut aufgenommen, obwohl sie ausgesehen hatte, als habe er ihr einen Tiefschlag verpaßt. Vielleicht wußte Sal sogar darüber Bescheid. Aber Meg und Sal waren trotzdem zusammengeblieben.

Sie hielten ein Schiff gut in Schuß und brachten es heil und sauber zurück. Von Hall und Brower, die die

Trinidad zuletzt gechartert hatten, ließ sich das nicht sagen. Und Meg und Sal mochten mit anständigen Plänen — und ein bißchen Hilfe von Ben — bessere Ergebnisse erzielen als bisher.

Sal und Ben waren in letzter Zeit ein engverbundenes Paar. Leute, die Ben kannten, mochten kichern, und Leute, die Sal kannten, würden niemals in einer Million Jahren eine Wette auf das gewinnen, was tatsächlich stundenlang im Zimmer vor sich ging: Ben sagte Zahlen an, und Soheila Aboujib tippte sie in ihren gemieteten Computer ein, die Unterlippe zwischen den Zähnen und mit diesem Stirnrunzeln, das Glas hätte brechen können — Sal konnte wütender aussehen als jeder andere Mensch, den Bird kannte, ausgenommen Crazy Bob Crawford. Wenn Ben sich einmal eine Idee in den Kopf gesetzt hatte, war er kaum wieder davon abzubringen, aber wenn es um pure Entschlossenheit ging, standen Aboujib und Meg Kady mit dem stursten Volk, das es gab, in einer Reihe.

Wir könnten Schlechtere finden, stellte Ben immer wieder fest — wo es doch nie Bens Aufgabe gewesen war, zu entscheiden, wem sie das Schiff geben wollten —, aber Bird wollte nicht behaupten, Ben habe unrecht. Nur kam ihm heute der Gedanke, daß sie schon beinahe zwei Monate hier vertrödelt hatten, und erst jetzt war die *Trinidad* freigegeben worden. Er und Ben konnten selbst wieder auf Fahrt gehen.

Doch sie waren beide hier, und ihre Verpflichtung gegenüber den beiden Frauen, die bei ihnen blieben, wurde immer größer. Er wußte nicht, wie er in die Sache hineingeraten war, er konnte den Zeitpunkt nicht nennen, zu dem es zu spät gewesen war. Aber als die Polizei ihre Zimmer durchsucht und Megs und Sals Sachen durcheinandergeworfen hatte, war es ein sehr ungünstiger Augenblick gewesen, um ihnen zu sagen, sie sollten abhauen und das Ganze vergessen …

Diesen Morgen schien es ein noch ungünstigerer Augenblick zu sein. Ihr Konto hatte die Schwindsucht, und er mußte sich von Meg ein Bier spendieren lassen. Bird wußte, er sollte so kalt, wie er es nur fertigbrachte, sagen: Meg, Sal, laßt das sein, denn ihr werdet nicht bekommen, was ihr so gern haben möchtet, und ihr verschwendet euer Geld auf etwas, das niemals Realität werden wird ...

Aber Meg stellte ihm den Krug hin, klopfte ihm auf die Schulter und ließ sich auf den Stuhl neben ihm sinken. »Wir haben eine Idee, Bird. Du und Sal, ihr fahrt mit der *Trinidad* hinaus, Ben und ich bleiben hier, um den Antrag am Leben zu halten und uns um Probleme zu kümmern — wir werfen das Geld, das Sal und ich besitzen, mit dem euren in einen Topf — meinst du nicht auch, daß das richtig wäre?«

»Ich muß dir sagen ...« Weiter kam er nicht mit der verzweifelten Antwort: *Ich halte das nicht für eine gute Idee, und ich kann euer Geld nicht nehmen ...*
— als er hinter sich einen bekannten Schritt hörte und eine Hand ein Papier auf den Tisch vor ihm knallte.

Seine Augen mußten nachlassen, denn es dauerte eine ganze Weile, bis er begriff, was das war. Ein Stück richtiges Papier. Mit amtlichem Druck.

Und Ben landete auf dem Stuhl auf seiner anderen Seite, packte seinen Arm und schüttelte ihn. »Es gehört uns! Es gehört uns, Bird!«

»Das Schiff?« Sofort wußte er, daß das Papier ein Besitztitel war. Er hatte den der *Trinidad* in den Händen gehalten — vor Jahren, bevor er ihn ins Bankfach legte. »Da steht Zwei-Zwei-Zehn Charlie. Das ist nicht die Nummer ...«

»Aber dasselbe Schiff. Das Schiff mit den geborstenen Tanks. Es hat eine neue Nummer bekommen. Als ob es neu wäre. Ein neuer Anfang. Alles ist neu. Wir können es verkaufen, oder wir können es reparieren. Es gehört uns, Bird!«

Bird wurde es ein bißchen schwindelig. Er nahm einen Schluck Bier. Meg faßte von der anderen Seite her seinen Arm. Sal war aufgesprungen und umarmte Ben, und Ben bestellte Getränke.

»Langsam!« bat Bird. »Langsam! Haben wir Schulden mit übernommen?«

»Keine Schulden«, strahlte Ben. »Wir müssen ein paar Gebühren bezahlen, aber was soll's, wir besitzen jetzt ein zweites beleihungsfähiges Schiff.«

»Was für Gebühren?«

»Wir müssen so acht- oder neuntausend bezahlen ... und die Dockgebühren.«

»Neun*tausend!*«

»Verwaltungskosten. Das ist nichts, Bird — *gar nichts* im Vergleich mit dem Wert dieses Schiffes. Denke doch! Es gehört uns!«

»Ich glaube es nicht.«

Ben zeigte auf das Papier, wo stand: *Mitinhaberschaft* und ihre beiden Namen. Es war nicht die Aufteilung, die sie immer gehabt hatten, aber, dachte er, schließlich hatte Ben sich mit den Formularen herumgeschlagen, Ben hatte die Beinarbeit geleistet, Ben hatte Dampf dahintergemacht, als er selbst überzeugt gewesen war, es werde nie etwas daraus werden.

Mike kam herbei, Mike hörte, was los war, und spendierte ihnen eine Runde auf Kosten des Hauses — das hatte das Loch noch nie getan. Aber Mike tat es jetzt.

Sie tranken mehr, als gut für sie war.

Zu diesem Zeitpunkt berichtete Ben, er habe gehört, Dekker werde lange, lange Zeit in der Klinik sein. Und seine Lizenz sei eingezogen worden.

Gehirnschaden, sagte Ben.

»Scheiße.« Bird hatte plötzlich ein scheußliches Gefühl im Magen.

»He, habe ich das nicht gleich gesagt? Dekker ist ein einwandfreier Fall von Geistesgestörtheit.«

»Ist ihm die Lizenz auf Lebenszeit entzogen?« fragte Sal.

Ben zuckte die Achseln. »Im Grunde läuft es darauf hinaus. *Falls* er rehabilitiert wird, bekommt er doch niemals mehr eine Klasse 1. D 3 vielleicht, aber Erster Pilot kann er nicht wieder werden. Das Schiff gehört *uns*, weil es ein taumelndes Wrack war, als wir es fanden, und daß er sich darin befand, ist un-we-sent-lich. Er war nichts als Fracht. Er konnte das Taumeln nicht abstellen, und er war nicht in der Verfassung, sich selbst zu helfen.«

Der arme Kerl, dachte Bird.

»Tatsache ist«, fuhr Ben fort, »daß wir immer noch einen Haufen Forderungen an ihn haben. Und wenn er geistig weggetreten ist, braucht er das Geld nicht. Man wird ihn in die alte Heimat verfrachten. Ich habe die Pfändung seines Bankkontos erwirkt.«

Das war zuviel. »Ben, übertreib es nicht. Wir haben doch das Schiff.«

»Und die Rechnungen für die Reparaturen. Und für unseren Treibstoff und unsere Dockzeit — und es *ist* Dockzeit, vergiß das nicht. Alle diese Kosten kommen auf uns zu.«

Ein unerfreulicher Gedanke. »Und für das Säubern des Innern«, sagte Bird. »Gott, hast du einen Voranschlag, was *das* kosten wird?«

»Ich habe keine Ahnung«, gab Ben zu. »Aber wir können unsere Ausgaben zurückbekommen.«

Bird ekelte es vor sich selbst, weil er sich so freute, das zu hören. Vielleicht machte sich noch mehr Ekel am Tisch breit. Meg und Sal waren ganz still geworden.

Aber Ben zog seine Taschentafel hervor und fing an zu rechnen. »Was können wir tun? Wir führen die Reparaturen selbst durch, wir verwenden das Reservegeld ...«

»Halt, halt! Das ist unser privater Versicherungsfonds.«

»So darfst du nicht denken. Das *Schiff* ist unser Versicherungsfonds. Wir haben jetzt flexibles Kapital, Ben.

Sicher möchten wir gern eine Reserve haben, aber wir müssen das Schiff in betriebsfähigen Zustand bringen. Wir gehen das Risiko jetzt ein, während es in dieser Verfassung ist. Wir verpachten die *Trinidad* diesmal nicht, wir schaffen die Reparaturen in einem Monat, wenn wir uns dahinterklemmen, und wir bauen unseren Fonds von neuem auf. Das wird klappen.«

»Teufel«, brummte Bird, »ich weiß nicht. Dieser arme Teufel ...«

»Das ist nicht unser Problem«, wehrte Ben ab.

»Ben ...«

Ben sah ihn verständnislos an.

»Wir werden diesem Jungen nichts mehr wegnehmen. Das ist mein letztes Wort. Wir stellen keine Rechnungen auf ihn aus.«

Ben schwieg eine Weile. Er blickte drein, als beunruhige oder verwirre ihn der Einwand. Schließlich lenkte er ein: »Ja gut, geht in Ordnung. Aber wir reden von einem Mann, der vielleicht nie mehr aus der Psychiatrischen herauskommt.«

»Oder vielleicht doch.«

»Auch gut. Wir ziehen das Geld ein, und wenn er herauskommt, können wir ihm unter die Arme greifen. Und wenn er nicht herauskommt, wer fragt dann danach?« Die Aufregung überwältigte ihn, er grinste breit und schlug Bird auf die Schulter. »Es gehört uns, Bird, wir haben es geschafft.«

Die beiden Männer gingen und redeten davon, sich nach den Preisen für Tanks zu erkundigen. Im großen und ganzen waren sie glücklich — sie alle hätten glücklich sein müssen. Alles hatte funktioniert.

Aber Meg saß da neben Sal, drehte ihr Glas sinnlos im Kreis und war von einer unerklärlichen Angst erfüllt. Im allgemeinen war sie nicht abergläubisch. Vielleicht hatte sie gelernt, einem guten Blatt zu mißtrauen. Es waren immer die großen Chancen, die einen zu Fall brachten. Man verlor den Sinn für die Realität und ließ sich zu fatalen Fehlern verleiten — wie die Chance damals auf Sol, als sie diesem Schubiak geglaubt hatte.

»Dieses arme Schwein hat nichts als Pech«, bemerkte sie. »Die gute alte Mama, dieses Luder. Sie hat ihn völlig fertiggemacht.«

»Ja«, stimmte Sal ihr zu. »Hat Mitch das nicht gesagt?«

»Und wenn er nun wirklich verrückt ist?«

»Ben schwört, er ist es.«

»So ein Unglück für ihn.«

»Wäre Ben nicht aktiv geworden, hätte die Company das Schiff bekommen. Wir schädigen nur die Company.«

»Das ist wahr.«

»Ich wette, Luder Mama erläßt ganz schnell eine neue Vorschrift, damit so etwas nicht noch einmal passieren kann. Ich wette, Luder Mama hat sich bisher einfach nicht vorstellen können, jemand werde mit all der Scheißarbeit fertigwerden und all diese Formulare einreichen. Sie glaubt, wir wüßten gar nicht, wie man so etwas macht.«

»Ah, aber sie hat den Anspruch anerkannt. Das beweist, daß Luder Mama ehrlich ist, nicht wahr? Und jetzt wird sie die Vorschrift erlassen.«

Sal nagte an der Unterlippe. Sie neigte den Kopf auf die Seite, so daß die Metallspangen an den Zöpfchen klirrten. »Damit schreibst du Mama Verstand zu. Das ist bisher noch nie bewiesen worden.«

»Das ist wahr. Wahr hier, wahr überall.«

Ihre Gläser klangen aneinander.

»Auf ein weiteres armes Schwein«, sagte Sal. »Die Gesellschaft soll uns am Arsch lecken.«

»Jawohl«, erwiderte Meg. »Auf die Vorschriften.«

»Die Dummheit«, fiel Sal ein.

»Die Unfähigkeit.«

»Die Korruptheit.«

»Ist das eine Abteilung?«

»Untersteht direkt dem Präsidenten der Gesellschaft.«

Kling. »Auf einen Verantwortungsbewußten.«

»Muß auf dem Mars sein.«

»Bestimmt ist er nicht hier.«

Ein leises Schnauben. Und ein Ausdruck tödlichen Ernstes in Sals Augen.

»Fertiggemacht«, sagte Sal.

»Ja«, erwiderte Meg, »aber ist das etwas Neues? Vielleicht hat er doch noch Glück. Vielleicht schickt man ihn in seine Zone zurück, läßt ihn umschulen.«

»Willst du wetten? Er könnte dort *Freunde* haben.«

»Ich werde nicht dagegen wetten.« Meg zerstörte einen Wasserring mit dem Finger.

Sal meinte: »Es wäre der Mühe wert, einmal vorsichtig nachzufragen.«

Meg sah hoch. Sal zuckte ein bißchen die Achseln, hob die Brauen und hatte diesen selbstgefälligen Ausdruck in den Augen.

»Laßt die Finger davon, du und deine Freunde.«

»Keine Bange, Kady.«

Sal war kalt wie Eis, aber manchmal hatte Meg das Gefühl, sie plane etwas, bei dem sie den Hals riskierte, und atme es ein wie einen Sauerstoffrausch. Sal war die Tochter eines Shepherds. Und ein tiefer Sturz in den Schwerkraftschacht hatte Sal zur Waise gemacht.

Auch das durfte man nicht vergessen.

9. KAPITEL

Beim Frühstück hatten sie ihn nach seiner Schuhgröße gefragt. Jetzt holten sie ihn aus dem Bett, gaben ihm Unterwäsche und Socken, dazu eine billige kleine Reisetasche, ein Paar brandneue Stiefel (schwarz) und einen Overall (blau), an dem man deutlich die Kniffe vom Zusammenlegen sah, so daß Dekker aussah wie ein Fall von Geisteskrankheit. Sie erlaubten ihm, sich selbst zu rasieren, aber das Haar hing ihm um die Ohren und in den Kragen hinein. Er erinnerte sich nicht, wann Cory es ihm zum letztenmal geschnitten hatte. Er stand bloß da vor dem Spiegel, sah darin einen hohlwangigen, wildäugigen Fremden und verstand nicht, was Paul Dekker mit dieser hageren, verrückten Person zu tun hatte.

Er wußte nicht, woher diese kleine weiße Narbe an seiner Schläfe kam, er verstand nicht, wie die Wunde hatte völlig verheilen können, ohne daß er gemerkt hatte, wie er sie empfangen hatte ...

Tommy faßte ihn behutsam am Arm — er hatte Tommy lieber als Alvie. Alvie tat nur seine Arbeit; Tommy hatte Mitgefühl. Tommy ließ ihm immer einen Augenblick Zeit, um sich zurechtzufinden, diesen Augenblick, in dem ihm zu Bewußtsein kam, daß er tun mußte, was sie wollten, denn Tommy hatte seine Befehle, aber Tommy war niemals grob mit ihm, und Tommy führte ihn rücksichtsvoll.

»Wohin gehen wir?« fragte Dekker.

»Nur den Flur hinunter«, antwortete Tommy. »Es ist alles in Ordnung, Mr. Dekker.«

»Keine weiteren Tests?«

»Nein, Sir. Wir gehen nur ins Büro.«

In seinem Kopf hallte alles mögliche wider. Er fragte: »Tommy, hat man mir etwas gegeben?«

»Ja, Sir, bei dem Test während dieser Wache. Noch ein bißchen groggy?«

»Benommen«, sagte er.

»Ja, Sir. Wir lassen es eben langsam angehen, recht so? Sie haben gute Aussichten, heute nachmittag entlassen zu werden.«

Das machte ihm angst. Er dachte: Wohin? Wo bin ich hier? Man würde ihn hinauslassen, und er würde sich an einem Ort befinden, den er nicht kannte, und Tommy würde nicht da sein. Nur Fremde.

Tommy öffnete eine Tür für ihn und brachte ihn in ein Büro. Dekker wollte dort nicht bleiben. Er wollte nicht mit irgendwelchen Ärzten allein sein. Tommy setzte ihn auf einen Stuhl, und er faßte Tommys Arm. »Bleiben Sie«, bat er.

Tommy klopfte ihm die Schulter. »Alles in Ordnung.« Der Arzt kam durch die zweite Tür herein, und er war vom gleichen Schlag wie die anderen. Tommy hatte ihm den Namen des Arztes genannt, aber der interessierte ihn nicht, er wollte nur raus hier. Tommy blieb mit der Hand auf seiner Schulter für einen Augenblick stehen, und als der Arzt es ihm befahl, verließ Tommy ihn.

»Wie geht es uns denn?« fragte der Arzt.

»Scheren Sie sich zum Teufel«, erklärte Dekker lustlos. Ihm war, als schwebe er.

»Es gefällt Ihnen hier nicht, stimmt's?«

Diese Frage war nicht einmal eine Antwort wert. Er wollte wieder ins Bett. Wollte fernsehen. Oder schlafen.

»Haben Sie immer noch Gedächtnislücken, Mr. Dekker?«

Ehrlich, er wußte es nicht. Er schüttelte den Kopf.

»Ich bin Dr. Visconti. Für die ambulanten Patienten. Dr. Driscoll sagt, es gehe Ihnen viel besser.«

Vielleicht wurde von ihm erwartet, daß er dazu etwas sagte. Er tat es nicht. Er nickte nur.

Visconti fuhr fort: »Wir haben auf Ihren Antrag, einen Untersuchungsausschuß einzusetzen, Antwort vom Management erhalten. Möchten Sie, daß ich sie Ihnen vorlese? Möchten Sie sie selbst lesen?«

»Ich will sie lesen«, sagte Dekker. Visconti zog eine Karte aus seiner Tasche, schob sie in die Tafel, die auf seinem Schreibtisch lag, und reichte sie ihm. Da stand:

Mary Finn, Sonderrichterin
Rechtsfragen Technische Abteilung
Betr. Anfrage Gürtel-Management, Abt. 2,
Erzsuche & Wiederentdeckung
ASTEX
AKTENNOTIZ AN:
Mr. Paul F. Dekker
c/o James-R.-Reynolds-Krankenhaus
R2/ASTEX MINING

01.08.23

Sehr geehrter Mr. Dekker,
wir haben Ihre Aussagen bezüglich des Unfalls mit Todesfolge, der am oder um den 12. März dieses Jahres geschehen ist, überprüft. In der Anlage finden Sie die Erklärungen 1. von der Abteilung Wiederentdeckung, die versucht hat, den Kurs von 1-84-Z festzustellen und den Ort des Unfalls zu bestimmen, 2. von Mohammed Fahdi, Navigationsoffizier, und Lyle Xavier, Kapitän des Schiffes Industry, *welches als einziges Schiff seiner Klasse in der Nähe dieses Kurses operierte, 3. von Frances E. Rodrigues, Betriebsleiter von BCOM/R 1, 4. von Gianpaulo Belloporto, Chefprüfer, ASTEX R2-ABT. EC-SAA. Dieses Amt ist zu dem Schluß gekommen, daß ein Versagen des Haupteinlaßventils eine Explosion des Tanks Nummer 2 von 1-84-Z hervorrief, was das Fahrzeug in einer unvorhergesehenen Beschleunigung auf den verzeichneten Asteroiden 2961 zuschleuderte …*

»Das ist eine verdammte Lüge. Der ganze Brief ist eine Lüge!«

»Mr. Dekker.«

»Es hat kein Versagen gegeben.«

»Mr. Dekker. Zu der Zeit hat sich *kein* Treiber in Ihrer Nachbarschaft befunden. In dem Bericht heißt es nicht, Sie seien schuld. Es war ein sehr unglückliches doppeltes Systemversagen. Der Druck in diesem Tank stieg an, während Sie manövrierten und Ihre Partnerin draußen war. Das Ventil versagte. Ein akustisches Warnsignal hätte ertönen müssen. Es gibt keinen Beweis, daß es das getan hat. Die Ablaßvorrichtung hat offenbar nicht funktioniert — dieser Teil des Tanks fehlt, und man kann unmöglich feststellen ...«

»Was sind Sie, Psychiater oder Mechaniker?«

»Mr. Dekker, Teil unserer Arbeit ist es, festzustellen, was geschehen ist, bevor wir Rat anbieten. Die Prüfer finden keinen Hinweis auf Nachlässigkeit, und sie machen Sie in keiner Weise für den Unfall verantwortlich.«

Dekker sagte nichts mehr, er starrte nur die Wand an. Widerspruch war sinnlos. Absolut sinnlos.

»Es war einfach nicht Ihre Schuld, verstehen Sie? Es war niemandes Schuld. Bei der Wartung auf R1 wird eine gründliche Untersuchung stattfinden — aber, so wurde mir von dort mitgeteilt, für die meisten schweren Unfälle ist ein dreifaches Versagen erforderlich, entweder menschlicher Wesen oder der Ausrüstung. Wie ich es verstehe, ist die Druckwarnung nicht erklungen. Das weiß man genau aus der Log-Aufzeichnung. Die Ablaßvorrichtung kann nicht richtig funktioniert haben. Hier heißt es, sie untersuchen die Möglichkeit, daß ein Kontrollmodul mit einer Positionskontrolleinheit verdrahtet worden ist, wodurch die Sicherheitsverriegelung den Druck verstärkte, statt abzuschalten. Wenn es Ihnen ein Trost ist, man erwägt, die Konstruktion dieses bestimmten Moduls zu verändern. Wie die technischen Einzelheiten auch aussehen mögen — die Experten meinen, das Unglück wäre irgendwann während einer Zeit häufiger kurzer Zündungen auf jeden Fall geschehen —, der Untersuchungsausschuß geht davon aus, es kam durch die Manöver, die Sie ausführten, um Ihre Partnerin aufzunehmen. Deshalb trifft Sie überhaupt keine Schuld, Mr. Dekker. Sie hatten keine Möglichkeit, die Fehlfunktion zu entdecken, keine Möglichkeit, sie vorherzusehen, und als sie eintrat, gab es nichts, was Sie hätten tun können. Das ist keine Frage der Schuldzuweisung. Und Sie *haben* sich schuldig gefühlt, nicht wahr, Mr. Dekker?«

»Ganz wie Sie meinen, Doktor.«

»Man nennt es Übertragung. Eine schreckliche Erfahrung, eine lange Spanne der Desorientierung, zeitweise Bewußtlosigkeit. Schuldgefühle für etwas, das Sie nicht getan haben. Ein Treiber-Unfall ist etwas, wovor jeder Erzsucher Angst hat — etwas, wogegen man sich nicht verteidigen kann, ein Schuß aus dem Nirgendwo, schneller als alles, was einen warnen könnte. Ein Verlust der Kontrolle. Ebenso wie diese Explosion. So schnell. Cory ist tot ...«

»Nicht Cory.«

»Nicht Cory?« wunderte sich der Arzt.

»Was soll das heißen? Erlaubt ihr Tod Ihnen, sie mit dem Vornamen zu bezeichnen? Gehen Sie zum Teufel, Doktor!«

»Natürlich hätten Sie sie geschützt. Sie schützen sie immer noch. Aber Sie müssen akzeptieren, daß Sie keine Schuld trifft. Etwas ist explodiert. Irgend jemand mag tatsächlich daran schuld sein, aber nicht Sie. Der nächste Treiber da draußen war einen Sektor von Ihnen entfernt. Er hat nicht gezündet. Die Ereignisse, die Sie sich zusammenphantasiert haben, hat es einfach nicht gegeben. Es *braucht* sie nicht gegeben zu haben, damit Sie unschuldig sind. Sie müssen sich von diesen Phantasien lösen. Ihre Partnerin ist tot. Sie kann unmöglich noch am Leben sein. Es gibt keine Hoffnung. Es hat seit den ersten paar Stunden nach dem Unfall keine Hoffnung mehr gegeben. Das müssen Sie einsehen. Sie müssen sich jetzt um sich selbst kümmern, Mr. Dekker.«

»Es ist eine verdammte Lüge«, wiederholte Dekker. »Sie sind neu hier, nicht wahr? Erst hat es geheißen, es sei überhaupt kein Treiber dagewesen. Jetzt lautet die Geschichte anders.«

»Es ist eine andere Geschichte, Mr. Dekker, weil die Aufzeichnungen nach Zonen und nach Sektoren gespeichert werden. Sie hatten beinahe recht, aber Sie erinnerten sich an eine frühere Position. Solche Streiche spielt einem das Gedächtnis. Es war kein Treiber in der Nachbarschaft. Die Büros des Gürtel-Managements auf R1 und hier auf R2 haben ihre Aufzeichnungen miteinander verglichen. Jetzt kennen sie Ihren Kurs. Anfangs kannten sie ihn nicht. Jetzt sind sie sicher, daß der Treiber sich nicht in der Nähe des Unfallortes befunden hat.«

Darauf hatte Dekker keine Antwort. Dazu hatte er die Erinnerung an das, was geschehen war, nicht fest genug im Griff. Er entschloß sich, den Mund zu halten, damit sie ihm nicht noch ein weiteres Stück seines Gedächtnisses wegargumentierten.

Der Arzt nahm die Tafel, steckte eine andere Karte hinein. »Sind Sie bereit, das Krankenhaus zu verlassen, Mr. Dekker?«

»Verdammt noch mal, ja!«

»Sie werden eine Weile in ambulanter Behandlung bleiben.« Der Arzt reichte ihm die Tafel. »Sie bekommen ein Rezept für ein Medikament, das Ihnen schlafen hilft — wie ich hörte, haben Sie immer noch Probleme mit Alpträumen. Das ist nichts als normal. Sie müssen diese Erinnerungen verarbeiten. Sie müssen an diese Tragödie denken und sich mit ihr befassen. Ich denke, das verstehen Sie. Aber Sie werden das Medikament haben, wenn Sie es brauchen.« Er hielt Dekker einen Stift hin. »Unterschreiben Sie das Dokument. Mit dem Datum.«

Dekker drückte den Knopf, ließ den Text zurückrollen. Er las:
»*... daß ich den oben aufgeführten Untersuchungsergebnissen beistimme ...*«

»Nein«, sagte er und schob dem Arzt die Tafel wieder zu. »Ich stimme dem nicht bei.«

»Sie meinen, Sie sind noch nicht soweit, daß Sie entlassen werden können.«

Der Arzt nahm die Tafel nicht. Sie blieb in Dekkers Hand, und seine Hand zitterte. Er dachte: Wenn ich diese Lüge unterschreibe, wird nie jemand für dieses Verbrechen bezahlen müssen. Sie haben Cory ermordet, und ich habe sie im Stich gelassen, zum Schluß habe sogar ich sie im Stich gelassen ...

Aber wenn ich im Krankenhaus bleibe, werden sie mich in den Wahnsinn treiben. Sie können an Lügen erzählen, was sie wollen.

Was ist Gerechtigkeit? Was ist Gerechtigkeit, wenn niemand da ist, der sie Lügner nennen kann?

Er legte sich die Tafel auf den Schoß. Er zitterte so heftig, daß er kaum seinen Namen schreiben konnte, aber er schrieb ihn hin. Seine Sicht trübte sich. Er gab die Tafel zurück.

»Können Sie jetzt wenigstens einräumen«, sagte der Arzt, »daß es *vielleicht* eine Explosion gewesen ist? Daß es *vielleicht* ein Unfall gewesen ist? Können Sie soweit gehen, Mr. Dekker? Können Sie es jetzt zugeben?«

Dekker nickte.

»Mr. Dekker?«

»Ja«, sagte er.

»Gut.« Visconti nahm die Datenkarte aus der Tafel und steckte sie in die Tasche. Er stand von der Schreibtischkante auf. »Kommen Sie mit, Mr. Dekker. Ich bringe Sie zur Entlassung.«

Dekker stellte sich auf die Füße. Jedes Gelenk tat ihm weh. Sie gingen zur Seitentür hinaus und kamen in einen Korridor, von dessen Existenz er gar nichts gewußt hatte. Er wünschte nur, Tommy wäre dagewesen. Er hätte so gern Tommy bei sich gehabt.

»Machen Sie sich nichts daraus, daß Sie ein bißchen steif sind«, sagte Visconti unterwegs. »Ich möchte, daß Sie gehen. Ich möchte, daß Sie Übungen machen, bei denen Sie mit beiden Füßen auf dem Boden bleiben — Sie brauchen nicht auch noch gebrochene Knochen, um die Sache zu komplizieren. Nicht springen. Nicht joggen. Wenn Schmerzen im Rücken eintreten, hören Sie auf. Die Karte, die wir Ihnen geben werden, nennt alle Ihre Medikamente mit Dosierungen und Vorsichtsmaßregeln. Ich brauche Sie nicht vor Kalziummangel, Nierensteinen und dergleichen zu warnen. Mit den Kalzitonin-Regulatoren sind Sie doch sicher vertraut. Was ich Ihnen gegeben habe, sollte keine Nebenwirkungen zeitigen, aber nehmen Sie etwaige Symptome ernst. Folgen Sie gewissenhaft den Anweisungen, die ich mit der genauen Zahl der Wiederholungen für die Übungen angegeben habe. Sollten die Schlafstörungen ungewöhnlich heftig werden, kommen Sie zu mir. Wenn Sie Blut im Urin haben sollten, wenn Sie unter stechenden Kopfschmerzen leiden, wenn Sie undeutlich sehen, wenn Sie Halluzinationen bekommen oder Schmerzen in der Brust spüren, stecken Sie diese Karte in das nächste Lesegerät, tippen Sie 888 und bleiben Sie bei dem Lesegerät. Ein Rettungstrupp wird Sie finden.«

»888.«

»Richtig. Ich bin Ihr behandelnder Arzt. Zögern Sie nicht, mich anzurufen.« Sie kamen zu einem Schalter in einem Flur, der sich dem Licht entgegenstreckte. »Dies ist Patient Dekker, Paul F. Würden Sie bitte seine Akte und seinen persönlichen Besitz heraussuchen?« Visconti streckte die Hand aus. »Viel Glück, Mr. Dekker.«

Vielleicht wäre es tapferer gewesen, Visconti zu sagen, er solle zum Teufel gehen. Aber dann wäre er vielleicht wieder in dem anderen Flur gelandet und man hätte ihm noch mehr Zeug gespritzt, und die Ärzte hätten weiterhin gefragt: Haben Sie immer noch diese Gedächtnislücken?

Dekker schüttelte Visconti die Hand. Der Arzt ging, und Dekker wartete allein an dem Schalter. Seine Beine zitterten. In seinen Ohren summte es. Er hatte Angst, er werde fallen und man werde ihn wieder ins Bett stekken. Deshalb setzte er sich auf eine mit Sitzvertiefungen ausgestattete Bank, die ihm Rückenschmerzen verursachte, und wartete, bis jemand an dem Fenster seinen Namen rief.

Man gab ihm seine Datenkarte und verlangte von ihm eine weitere Unterschrift als Bestätigung, daß er seinen persönlichen Besitz und seine Karte und seine Verschreibungen erhalten habe. Man gab ihm einen Beutel mit Medizinfläschchen und einen zweiten Beutel, der seine Uhr und seine alten Kleidungsstücke, Overall und Stim-Anzug, enthielt. Dekker unterschrieb, und man forderte ihn auf, seine Karte in den Schlitz in der Theke zu stecken.

Er drückte ›Bestätigen‹. Er drückte ›Lesen‹, weil er wissen wollte, was auf der Karte stand, und der Schirm des Lesegeräts bestätigte zweierlei als gültig: Die ASBANK-Kontonummer und seine Versicherung. Auf dem Schirm stand, es sei der 15. August und ALLE AKTIVEN KONTEN WERDEN AUF ASBANK ABT. R2 ÜBERTRAGEN.

Und darunter: PILOTEN-AUSWEIS UNGÜLTIG GEMACHT.

Einen Augenblick lang war Dekker unfähig, sich zu bewegen. Der Angestellte sagte: »Mr. Dekker?« und fragte, ob ihm etwas fehle.

Er konnte nicht denken. Es gab nur eine Tür in eine Eingangshalle, nur einen Weg nach draußen, und er steckte seine Karte wieder ein, stemmte sich von dem Schalter weg und ging auf das Licht zu.

Als Dekker das Krankenhaus verließ, hatte er keine Ahnung, wo er sich befand. Er ging eine Weile breite beigefarbene Gänge entlang, und in seinem Kopf war kein einziger klarer Gedanke außer dem, daß er aus der Klinik draußen war und niemand ihn aufgehalten hatte.

Aber ein Polizist hielt ihn auf. Er stellte sich ihm in den Weg und verlangte seine Identitätskarte zu sehen. Dekker gab sie ihm und hatte Angst, man werde ihn zurückbringen, während Leute in Straßenkleidung vorbeigingen und die Situation ignorierten.

Der Polizist steckte die Karte in seine Taschentafel. Sein Gesichtsausdruck verriet, daß er ihn bestenfalls für einen Dieb hielt und daß er, sollte auf diesem ganzen Deck irgend etwas nicht stimmen, der Hauptverdächtige sein würde. Dann blickte der Polizist — immer noch mit diesem stumpfen Gesichtsausdruck — die Straße hinunter und sagte zu niemanden, den Dekker sehen konnte: »Ja. Ja. Protokollieren Sie das. Danke.« Er gab ihm die Karte mit einer Spur weniger Kälte zurück und steckte seine Tafel in die Tasche. »Gerade aus der Klinik entlassen, was?«

»Jawohl, Sir.«

»Brauchen Sie Hilfe, Mr. Dekker?«

»Nein, Sir. Alles in Ordnung.«

»Wo werden Sie wohnen?«

»Weiß nicht. Höllendeck.«

»Trans ist ein Stück weiter den Weg hinunter, etwa hundert Meter. Sie nehmen am besten den letzten Wagen. Es ist die vierte oder fünfte Haltestelle.«

Dekker bedankte sich und ging in die Richtung, die der Polizist ihm gezeigt hatte. Die ASTEX liebte es nicht, wenn ein Raumfahrer auf ihrem sauberen Deck herumlief und Fingerabdrücke auf den beigefarben getäfelten Wänden hinterließ. Dekker kannte die Vorschriften. Er spuckte nicht einmal auf den Boden. Er schaffte es bis zur Transstation, lehnte sich an die Wand und wartete, bis die Trans kam und die Türen sich öffneten. Leute in Straßenkleidung stiegen aus, er stieg in einen leeren Wagen ein und setzte sich. Eine Frau setzte sich ihm gegenüber. Sie sah ihn nicht an, obwohl es nichts anderes gab, was sie hätte ansehen können. Die Trans fuhr an und raste zu ihrer nächsten Haltestelle am Rand. Noch jemand stieg ein. Schließlich stiegen all die Typen in Straßenkleidung aus, und Raumfahrer und Arbeiter stiegen ein. Ein Schirm zeigte an: NÄCHSTE HALTESTELLE 2. Die Trans fuhr jetzt in die andere Richtung und nach oben.

Es wäre ihm eine Hilfe gewesen, wenn er hätte nach dem Weg fragen können. Aber das tat man nicht. In der Trans hielt man den Mund, das war hier genauso wie auf R1. Ein Informationsschirm zeigte bei plärrender Musik an, was an der nächsten Haltestelle zu erwarten war. An der ersten waren es vor allem Dienstleistungsbüros des Gürtel-Managements, an der zweiten Geschäfte, an der dritten Hotels, Sportstudios und Bars. Hier stieg Dekker aus und ging hinein in den widerhallenden Lärm des Höllendecks.

Er wackelte ein bißchen beim Gehen, aber das war hier aus dem einen oder anderen Grund nicht unüblich. Er sah wie ein Spinner aus, er trug alles, was er besaß, in Plastikbeuteln bei sich, und auch das war hier nicht unüblich, sondern der normale Höllendeck-Verkehr. Irgendein religiöser Typ drängte sich an ihn, ein religiöser Typ, der etwas über Gott und Gericht und Aliens schrie und wollte, daß er mitkam und sich ein Band anhörte. Aber das tat Dekker nicht, er wollte nichts als in Ruhe gelassen werden, und der Kerl versicherte ihm, er werde zur Hölle fahren.

Für eine Weile verlor er jede Orientierung — er glaubte beinahe, es habe nie ein Krankenhaus gegeben, es habe nie ein Wrack gegeben, alles um ihn herum hörte und fühlte sich an, als sei er auf der Basis, die für die letzten beiden Jahre sein Zuhause gewesen war — aber die Namen waren alle anders ...

Cory hatte hier nie existiert. Seine Augen und seine Ohren beteuerten ihm andauernd, er sei endlich wieder zu Hause, aber die Leute hier waren in Lokalen mit anderen Namen emsig mit ihrem eigenen Leben beschäftigt.

Er ging weiter, er benahm sich genauso wie die Leute, die hierhergehörten. Er wußte nicht, was er wollte. Seine Knie und seine Füße und seine Schultern begannen, von der ungewohnten Anstrengung zu schmerzen, und er erinnerte sich, daß er sich während des langen Alptraums im Schiff sehnlich ein Bier gewünscht hatte. Deshalb betrat er in dem Prozeß, sein Leben wiederaufzunehmen, eine gemütlich wirkende Bar. Sie hieß ›Pazifik‹ und hatte bunte Plastikfische und Plastik-Korallenriffe und blaues Licht über der Theke. Die Gäste — es waren etwa zehn — waren zumeist Schlepper-Crews und Dockaffen. Die Formen und Schatten von Wesen, die er nie gesehen hatte, erinnerten ihn lebhaft an die Sol-Station, wo er eine Mutter hatte, die ehrlich bekümmert sein mochte, wenn sie erfuhr, in welcher Scheiße er saß.

Sie würde jammern: Paul, habe ich dir das nicht vorhergesagt? Habe ich nicht immer gesagt, du wirst einmal als der letzte Dummkopf dastehen?

Sie würde sagen, mit Tränen in den Augen und so aufgelöst, daß es nicht mehr zu ertragen war: Paul, wie, zum Teufel, soll ich dich aus dieser Klemme herausholen? Du kostest mich alles, was ich in meinem ganzen Leben erworben habe. Du hast dir sehr viel Mühe gegeben, dich ins Unglück zu stürzen. Was soll ich denn jetzt für dich tun?

Aber er wäre eingezogen worden, wenn er auf der Station geblieben wäre. Keine lebenswichtige Arbeit, 18 Jahre alt, kein medizinischer Grund, ihn auszumustern, da hätte man ihn genommen, und das hatte sie auch nicht gewollt. In dem Punkt waren sie sich einig gewesen. Sie hatte ihm einen Abschiedskuß gegeben, und das war ihm peinlich gewesen, und er hatte sich schnell verdrückt. Das letzte Mal, das er sie gesehen hatte, war er sich gedemütigt vorgekommen, weil seine Mutter ihn in aller Öffentlichkeit geküßt hatte. Er begriff jetzt, daß er eine Nervensäge gewesen war, und nach all dem unverdienten Kummer war das letzte, was Ingrid Dekker brauchte, ein Anruf ihres erwachsenen Sohnes, er komme nach Hause — um doch noch vom Militär vereinnahmt zu werden, falls man dort einen nachweislich Irren haben wollte ...

Also, was konnten sie sich gegenseitig schon Gutes tun? Er wollte sie nicht um noch mehr Geld bringen. Oder um ihren Seelenfrieden, wie auch immer es jetzt damit stehen mochte. Und helfen konnte sie ihm nicht.

Er bestellte ein Bier und reichte seine Karte hin, hoffend, das Krankenhaus habe ihm den Alkohol nicht verboten. Alkohol war nicht gut für einen Mann, der Beruhigungsmittel bekam, aber das war ihm einerlei. Der Barkeeper sah ihn an und steckte die Karte in das Lesegerät, wo er soviel herausfinden konnte, wie ein Barkeeper wissen mußte, nämlich, ob der Gast imstande war, für das, was er soeben bestellt hatte, zu bezahlen, und ob er von der Polizei gesucht wurde.

Ein Arzt tauchte auf. Von der Stelle aus, wo er sich auf die Bar stützte, konnte er den Schirm sehen. Doch der Barkeeper erhob keinen Einspruch gegen das Bier, er zapfte eins und gab es ihm. Dekker suchte sich eine leere Nische, ließ sich hineinfallen und trank sein Bier mit geschlossenen Augen. Eine Weile saß er dort in relativer Leere, bis sein Gehirn anfing, Bilder heraufzubeschwören, an die er sich gar nicht erinnern wollte. Deshalb sah er sich das Zeug an, das man ihm im Krankenhaus mitgegeben hatte — nahm seine Uhr aus dem Beutel und band sie sich um.

Sie zeigte 06.06.23, 15:48:10 und dann 15:48:11 an; er sah die Sekunden vorüberticken und dachte: Nein, das Datum stimmt nicht. Es ist August. Der 15. August.

Cory ist irgendwo da draußen. In all dieser Schwärze. In all diesem Nichts um sie herum.

Sie würde die Explosion gesehen haben, das Schiff gesehen haben — vielleicht war es genau über sie weggefahren ...

Verdammt, nein! Das hätte sie nicht gesehen, weil das gar nicht passiert war, hatte der Arzt gesagt. Es gab kein nicht funktionierendes Ventil, es war ein Treiber dagewesen ... Er hatte mit ihm gestritten: Das ist unser Fund, hörst du?

Die Instrumente spielten verrückt, der Kollisionsalarm heulte — er brüllte immer wieder und wieder: *A-20, Mayday, Mayday, meine Partnerin ist da draußen ...*

Du verdammter Esel! Was glaubst du, was du da tust?

Dekker preßte die Handballen in die Augen. Das Log mußte doch diese Anzeigen der Instrumente enthalten! Die Ärzte hatten immerzu etwas anderes behauptet, aber vielleicht waren die Polizisten gar nicht in das Schiff eingedrungen — die Ärzte verstanden einen Dreck von den technischen Dingen, und sie interessierten sich auch nicht dafür. Sie erfanden einfach Geschichten, von denen sie glaubten, daß sie ihn zum Schweigen bringen würden. Das war ihre Aufgabe, und sie wollten nicht, daß er sie komplizierte. So, wie die Company arbeitete, hatten wahrscheinlich auch die Polizisten nicht einmal nachgesehen. Irgendein Richter hatte all diese Aussagen von einem Treiber bekommen, der keine Aufzeichnung darüber wünschte, was er getan hatte, und von Angestellten des Gürtel-Managements, die nicht zugeben wollten ...

— nicht zugeben wollten, daß ein Treiber sich den Fund eines anderen angeeignet hatte.

Dekker hatte heftige Kopfschmerzen. Er scheute vor den Gründen der Company zurück. Die Medikamente fielen ihm ein, er sah den ganzen Haufen durch und las die Etiketten.

Aber darüber hinaus ...

Wieder sah er nach der Uhr. 15. August. Der Unfall ...

(Es war kein Unfall gewesen, verdammt noch mal!) Das war am 12. März gewesen.

Vom 12. März bis zum 31. März sind es zwanzig Tage. 20 plus 30 Tage im April sind 50. 50 plus 21 im Mai sind 71.

Vom 1. Januar bis zum 12. März. Einunddreißig Tage im Januar, 28 im Februar — es war kein Schaltjahr —, 12 im März. 31 und 28 und 12 machen einundsiebzig Tage. Einundsiebzig Tage, bis sie mich gefunden haben. Einundsiebzig Tage vom 1. Januar bis zu dem Unfall. Nein. Seit dem Unfall — darum zeigte die Uhr den 12. an. Die Zahlen stimmen überein — das ist alles. Und zwischen damals und heute — ist es Zufall? Oder tun die Monate das immer? Was haben 30 Tage und 31 Tage mit dem gesunden Menschenverstand zu tun?

Er konnte nicht denken. Immer, wenn er seine Gedanken einen längeren Weg entlangschicken wollte, glitten sie ab. Das machte ihm Kopfschmerzen. Er nahm seine Datenkarte und benutzte ihre Kante, um seine Uhr neu einzustellen. August. Der 15. Das war es. Die Uhr zeigte den 15. August an, und Cory war irgendwo da draußen, während er in einer R2-Bar saß. Ein halbes Jahr war vergangen, ein Teil davon im Dunkel verloren, ein Teil davon auf dem Schiff, ein Teil davon in der Klinik. Der 15. August. Und seine Karte war hier gültig, hier auf R2, und man hatte kein Wort davon gesagt, daß man ihn nach Hause schicken wolle. Vermutlich scheute man die Kosten.

Oder man wollte nicht, daß er redete.

Zum Henker damit — als ob er auf dem Höllendeck irgend jemand kennen würde, dem er etwas hätte erzählen können.

Wenn sie sein Schiff mitgebracht hatten, wenn — dann hatte er etwas, wovon er leben konnte.

Ihm fiel wieder ein, daß man ihm die Lizenz entzogen

hatte. Die Ärzte behaupteten, das liege am Sauerstoffmangel und an einem Nervenschaden, weil er eine dumme Schachtel auf den Boden geworfen und einen Arzt mit seinem Benehmen verärgert hatte. Das war dann in seine Akte gekommen. Oder sie hatten ihm die Lizenz wegen des Unfalls entzogen — aber es war ja festgestellt worden, daß er keine Schuld daran trug. Von seinen Problemen ließ sich das mit der Lizenz lösen. Er würde das Zittern überwinden, sich ausschlafen und ein paar Tage in einem Sportstudio verbringen ...

Er brauchte nichts weiter zu tun, als anzuheuern und die Prüfungen noch einmal zu machen. Kein Problem.

Aber würde er den Anforderungen gewachsen sein?

Würde die Company mit sich reden lassen? Die Frage drehte ihm den Magen um.

Vielleicht sollte er die medizinischen Tests wiederholen und diesmal die verdammten Ringe tatsächlich auf die Stäbe schieben. Er könnte beweisen, daß die Lizenz niemals hätte eingezogen werden dürfen. Die Reparaturen an dem Schiff würden wohl alles verschlingen, was er besaß — die Tanks geborsten, all dieser Dreck, als das Lebenserhaltungssystem versagte. Aber er konnte von den Säuberungsarbeiten eine Menge selbst tun — nur die Dockgebühren ... Wann hatten sie angelegt? Am 26. Juli? Am 26. *Juni?*

Gott, er wollte nicht länger über die Zeit nachdenken, er wollte keine Zahlen addieren oder jetzt gleich in diesem Augenblick Geld aus dem Boden stampfen oder ausrechnen, wieviel er verloren hatte. Doch jetzt hatte er einmal mit diesen Überlegungen angefangen und konnte nicht mehr damit aufhören. In seinem Zustand gelang es ihm nicht, Zahlen im Kopf zu behalten, und er hatte keine Ahnung, was die Tanks kosten würden. Zwanzig-, dreißigtausend pro Stück vielleicht, wenn man die Ventile und Regler und den Einbau mitrechnete. Für die geborgenen alten Tanks konnte er ein bißchen bekommen. Es lief jedoch auf einen Bankkredit hinaus, und man hatte sein Konto eingefroren. Klüger mochte es sein, das Schiff zu verkaufen und ein neues anzuschaffen ...

Die Bar besaß ein öffentliches Lesegerät. Dekker ging mit seinem Bier und seinen Beuteln voller Pillen und seinen Habseligkeiten hin, steckte seine Karte hinein und verlangte diesmal über die Oberflächeninformation hinaus Einzelheiten zu wissen.

ANTRAG GESTELLT AUF ÜBERWEISUNG VON GUTHABEN 47 289,08 BEI ASBANK FILIALE R1 AUF ASBANK R2. ZUGRIFF NACH 60 TAGEN MÖGLICH. ÖFFENTLICHE BEKANNTMACHUNG ABGESANDT AM 15.08.23. VERFÜGBARER SALDO DES GIROKONTOS 494,50.

Sechzig Tage. Gott. Was konnte 60 Tage dauern? Dekker wollte wissen, wo sein Schiff war, an welchem Liegeplatz, wie hoch inzwischen die Gebühren angelaufen waren. Er tippte: 1-84-Z: STATUS.

Der Computer von R2 antwortete: NICHT VERFÜGBAR.

Verdammt! Es gab nichts in seinem Leben, das irgendeine verdammte Dienststelle nicht durcheinandergebracht hatte.

Er nahm seine Karte an sich, ging an die Bar, fragte: »Kann ich das Telefon benutzen?«

Der Barkeeper streckte die Hand aus, Dekker überließ ihm seine Karte für die Gebühren, und der Mann winkte ihn zu einem Wandapparat am Ende der Bar.

Dekker wählte INFORMATION, fragte: DOCK-BÜRO, drückte RUFEN, wartete, während die Dockbehörde aufzeichnete, drückte OPTION 2 und trank geduldig sein Bier, während sein Anruf in der Schlange vorrückte. Schließlich meldete sich die Stimme eines lebenden Menschen, und er sagte: »Ich bin Paul Dekker, Eigentümer von Einser Vierundachtzig Zebra. Das Schiff müßte im Dock sein. Ich erhalte von dem Computer ein NICHT VERFÜGBAR. Können Sie mir sagen, was ...?«

»Bestätigen Sie. Ein Einser-Schiff?«

»Ja. Abgeschleppt. Könnte in der Reparatur sein.«

»Langsam. Sie sagten, Ihr Name sei Dekker?«

»Paul Dekker.«

»Eine Minute, Mr. Dekker.«

Dekker nahm wieder einen Schluck Bier und lehnte sich schwer auf die Theke. Sein Atem ging schnell. Er hatte die Nase voll von Unfähigkeit, verdammt noch mal, er hatte die Nase voll von Ärzten, die mit ihm darüber stritten, was er gesehen und was er nicht gesehen hatte, und er war nicht bereit, eine Runde mit der Dockbehörde zu kämpfen. Es müßte verdammt schwierig sein, ein Schiff von der Größe der *Way Out* zu verlegen.

»Mr. Dekker, dieses Schiff war hier. Ich finde keine Aufzeichnung darüber. Nur eine Minute.«

Eine lange Wartezeit, in der er sein Bier trank. Sein Herz hämmerte.

»Mr. Dekker?«

»Ja.«

»Sind Sie sicher, daß dieses Schiff nicht abgelegt hat?«

Inzwischen stand er dicht davor, den Verstand zu verlieren. Er sagte: »Ich bin der Eigentümer und Betreiber. Nein, es hat nicht abgelegt. Es kann gar nicht abgelegt haben. Versuchen Sie es bei der Reparatur.«

»Ich werde nachsehen.« Es klang beunruhigt. Endlich.

Der Barkeeper sah zu ihm her. Eine Gruppe Militär kam herein und zog Dekkers Aufmerksamkeit auf sich. Er hatte auf R1 nie Soldaten gesehen. Aber sie kamen als Gäste. Dekker war froh über die Ablenkung. Er war nicht in der Stimmung, die Fragen eines Barkeepers zu beantworten.

Der Barkeeper servierte die anderen Getränke. Die Unterbrechung des Telefongesprächs dauerte an. Die Soldaten nahmen an einem Tisch Platz. Der Barkeeper fragte mit einer Geste: Noch eins?

Dekker ließ das leere Glas über die Theke gleiten. Er wartete weiter, lauschte weiter alberner Musik.

»Mr. Dekker?« fragte das Telefon.

»Ja.«

»Ich verbinde Sie mit meinem Vorgesetzten. Bleiben Sie bitte am Apparat.«

Dekker hatte ein ungutes Gefühl, ein sehr ungutes Gefühl. Das Bierglas kam zu ihm zurückgesegelt, er stoppte es und trank geistesabwesend daraus.

»Mr. Dekker?« Eine andere Stimme. Älter.

»Ja.«

»Mr. Dekker, die Nummer dieses Schiffes ist geändert worden. Ich habe gerade die Aufzeichnung vor mir. Sie sind Mr. Paul F. Dekker. Würden Sie das bitte mit der Nummer Ihrer Personalkarte bestätigen?«

»12-9078-79.«

»Jawohl, Sir. Der Besitztitel wurde durch Gerichtsbeschluß übertragen. Auf das Schiff wurde Anspruch als Bergungsgut erhoben.«

Einen Augenblick lang bekam er keine Luft. Er nahm einen Schluck Bier, um seine Kehle zum Arbeiten zu zwingen.

»Mr. Dekker?«

»Heißt der Mensch, der den Anspruch erhoben hat, zufällig Bird? Oder Benjamin Sowieso?«

»Ich darf diese Information nicht herausgeben, Mr. Dekker. Aber ich kann Ihnen die Aktennummer und den Namen des Richters nennen. Wenn Sie eine Frage haben, rate ich Ihnen, zur Rechtsabteilung zu gehen. Wir treffen die Entscheidungen nicht. Wir protokollieren nur, was uns mitgeteilt wird. Es tut mir sehr leid.«

»Ja.« Dekker hatte Schwierigkeiten mit der Atmung. Er hatte seine Karte nicht und konnte deshalb die Information, die das Dockbüro ihm durchgab, nicht aufnehmen. Andererseits wollte er den Barkeeper nicht hineinziehen, indem er sich die Karte von ihm zurückgeben ließ. Die Nachricht ging dahin, wohin alle Nachrichten gehen, wenn man versäumt, AUFNAHME zu drücken. »Danke.«

»Viel Glück, Mr. Dekker.«

Die Dockbehörde hängte auf. Dekker begann von vorn, drückte Information und ging weiter zur Registrierung. Diesmal wählte er Option 1 und fragte den Roboter nach M. Bird.

Bird, Morris L.: 2-29-T Liegeplatz 29 und 2-210-C in Reparatur.

Er verließ die Registrierung, kehrte zur Information zurück und suchte Morris Bird. Er hatte eine Telefonnummer, unter der er zu erreichen war.

Dekker wählte sie. Eine Stimme meldete sich mit *»Schwarzes Loch.«*

»Ist das ein Hotel?«

»Hotel und Bar. Kann ich Ihnen helfen?«

Dekker hängte auf. Er nahm einen großen Schluck Bier und sammelte seine auf der Theke liegenden Beutel ein. »Wo ist das Schwarze Loch?« erkundigte er sich bei dem Barkeeper.

»Ungefähr drei Türen weiter unten. Stimmt etwas nicht, Mister?«

»So ist es«, sagte er.

Und ging.

10. KAPITEL

Eins der wichtigsten Dinge an der Schwerkraftzeit war, daß man eine Chance hatte, sich alle Filme anzusehen, die man verpaßt hatte, alle Speisen zu genießen, die der Versorgungsdienst nicht abgesegnet hatte, Gesichter zu betrachten, die man drei Monate lang Tag für Tag nicht sehen würde, und die Neuigkeiten zu erfahren, die man da draußen versäumte, wo der einzige Klatsch aus Mamas Nachrichtensendungen bestand, solchem Quatsch wie zum Beispiel, die Gasproduktion in R2 sei um 0,3 % gestiegen oder: Es hat heute einen kleineren Unglücksfall im Kernabschnitt 12 gegeben, als eine Schlauchkupplung sich löste und 10 000 Liter Wasser ausströmten.

Das Gehirn beschwor fesselnde Bilder herauf — aber sie waren schmale Kost, wenn man davon leben wollte. Die Schwerkraftzeit war das wirkliche Leben: Die Besprechungen der zehn besten Filme, die Mama in den tiefen Gürtel hinausfunkte, sagten einem nur, was man sich unbedingt ansehen mußte, wenn man zurückkam. Ein schales Bekanntgeben von Handball-Ergebnissen war kein Ersatz für das Zuschauen bei den Spielen der Abteilungen gegeneinander, und elektronisches Schach mit dem Schiffspartner war gewiß kein Ersatz für Sex.

In der Schwerkraftzeit verbrachte man Stunden in öffentlichen Sportstudios und mit Geselligkeit in Hotels und Bars und durchstöberte Trödelläden, und auch sonst bot sie einem alles, was man sich leisten konnte. Außer Verbrauchsgütern und Grundnahrungsmitteln konnte man nur sehr wenig kaufen, denn in einem Erzsucherschiff ist kein Platz, um unnütze Dinge zu verstauen, und Masse kostet Treibstoff. Aber Erfahrung ergibt nicht viel Masse außer um die Gürtellinie. Deshalb waren die Etablissements, die man auf dem Höllendeck gern besuchte, solche, die den kulturellen, den sexuellen und den kulinarischen Nachholbedarf befriedigten.

Und wenn ein Pärchen dauernd verschwand und auch zum Abendessen nicht wieder auftauchte, wußte man, es widmete sich wahrscheinlich einem der oben erwähnten Dinge.

Man konnte es Ben nicht allzu sehr verübeln, und Bird tat es auch nicht, obwohl es dadurch Bird überlassen blieb, die Vorräte einzukaufen und mit den Leuten zu verhandeln, die ein Schiff chartern wollten. Ben hatte nie eine Neigung zu solchen Arbeiten gehabt, Ben hatte viel Zeit für den juristischen Kram und die Anträge geopfert, und Ben hatte mit der Reparaturmannschaft der Company einen Handel abgeschlossen, daß sie die Tanks installierten.

Aber daß Ben ihm die Telefongespräche überließ …

Den regulären Crews, die ein Stück von der *Trinidad* oder der *Way Out* haben wollten — denen konnte man es erklären. Sie freuten sich nicht gerade darüber, aber sie verstanden es. Ärger machte die Horde der partnerlosen Teilzeit-Möchtegerns, denen Bird meistens nicht einmal zutraute, daß sie den Weg den Mast hinauf und zurück finden würden. Sie stellten fest, daß die *Trinidad,* neu auf der Liste, nicht zu chartern war, und stritten sich deswegen mit ihm herum und, noch schlimmer, daß ein brandneues Schiff, die *Way Out,* bereits einer gewissen Kady und einer gewissen Aboujib versprochen war, die ein geringeres Dienstalter und dafür einen gewissen Ruf hatten.

Es verriet ihm, daß er die Schiffe diesen Hitzköpfen auf keinen Fall hätte geben dürfen. Dem letzten Anrufer dieser Art sagte er: »Sie können mich auch, Mister. Verdammt will ich sein, wenn Sie je ein Schiff bekommen, über das ich zu sagen habe«, und hängte auf.

Danach kehrte er, gefolgt von den Blicken der Gäste an den anderen Tischen, zu dem Tisch an der Tür zurück und zu den Zahlen, an denen er mit Meg arbeitete

— diese Woche waren Rechnungen über Rechnungen gekommen, meistens Ausrüstungsgegenstände für die *Way Out*. Bird setzte sich und schüttelte den Kopf.

»Wieder so ein Idiot.« Er gab ›Wiederherstellung‹ auf der neben seinem Teller liegenden Tafel ein und versuchte, sich den Gedankengang von vorhin ins Gedächtnis zurückzurufen. Wenn sie einem doch nur Rechnungen aus Papier schickten statt dieser verdammten Fenster auf einer Tafel, die das Licht der Deckenlampen reflektierten! »Das war Wayland Fleming. Ich habe die *Trinidad* noch nie an diesen Hurensohn verpachtet, und jetzt bin ich heilfroh darüber. — Wohin, zum Teufel, sind übrigens Ben und Sal verschwunden?«

»Ich glaube, sie sehen sich einen Film an.«

»Geldverschwendung.« Bird schüttelte den Kopf. »Ich weiß nicht, was in Ben gefahren ist.«

Meg blickte mit hochgezogenen Augenbrauen auf. »Also, Bird, du *weißt* es.«

Nein, er hatte es sich ehrlich nicht denken können, bis Meg es ihm sagte — und es drehte ihm den Magen um. Ben und Sal? Der kalte, kühle Ben?

Mit Sal Aboujib?

»Du hast wirklich nichts davon geahnt?« wunderte sich Meg. »Na, na, Bird.«

Sicher, sie schliefen miteinander — und daß sie es nonstop betrieben, lag an den jugendlichen Hormonen. Meg meinte etwas anderes. Ein Mann wie Ben, der sein ganzes Leben lang jeden Penny gespart hatte, gab Geld für eine Frau aus?

Ben, der beste Computermann, den er je gehabt hatte, machte Kadys Partnerin den Hof? Und redete ihm dazwischen, wem er, gegen seine bessere Einsicht, die Schiffe verpachten sollte?

Meg hatte die Ausgaben addiert, während er am Telefon gewesen war. Sie kannte sich mit Kontoauszügen besser aus als er, sie war verdammt hübsch, auch wenn sich die Augen eines alten Himmelsblauguckers erst an feuerrotes Haar, das an den Seiten wegrasiert war, und Reifen an den Ohren gewöhnen mußten. Und manchmal, wenn er sie ansah, dachte er, daß Frauen wie Meg das Interesse eines Mannes am Leben wachhalten konnten.

Doch was hatte das zu bedeuten, daß er neuerdings ständig mit Meg Kady schlief, wo er doch schon lange Zeiten an Land verbracht hatte, ohne eine Frau auch nur anzusehen? Und was hatte das zu bedeuten, daß Ben für Sal Geld ausgab?

Bird fürchtete, die Antwort darauf schon zu kennen, und vielleicht war er nichts als verrückt. Vielleicht hätte er die ränkespinnende Meg Kady beim Ohr fassen und hinauswerfen und Ben vor Sals Gaunereien retten sollen.

Das Problem bei einem Vorgehen dieser Art war …

Eine Hand landete auf seiner Schulter, riß ihn herum und von seinem Stuhl hoch.

Eine Faust schleuderte ihn über den Tisch zurück. Er hatte schon den Fuß gehoben, um einen weiteren Angriff abzublocken, aber er *kannte* den wildäugigen Irren, der schwankend dort stand. Alle Gäste in der Bar waren aufgesprungen. Meg hielt ihren Stuhl in den Händen. Mike rief wahrscheinlich die Polizei, und Dekker stand da und sah aus, als ob das Stehen allein schon eine Anstrengung für ihn bedeute.

»Wo ist mein Schiff?« brüllte Dekker.

Bird hielt Meg mit erhobener Hand davon ab, ihm den Stuhl auf den Kopf zu dreschen. »Nur ruhig«, sagte er, und Mike Arezzo hinter der Bar rief er zu: »Es ist in Ordnung, Mike, ich kenne diesen Irren.«

»Damit, daß du mich kennst, hast du verdammt recht!« sagte Dekker. »Ich komme aus der Klinik, ich rufe das Dock an, um mich nach den Gebühren zu erkundigen, und was höre ich?«

Der Kiefer war nicht gebrochen, aber es konnten Zähne locker sein. Bird rollte sich von dem Tisch. Mit Megs

Hand unter seinem Arm kam er taumelnd auf die Füße.

»Ist das Dekker?« fragte Meg.

»Das ist Dekker«, antwortete Bird. »Setz dich, Junge, du siehst aus, als kämst du aus der Hölle.«

»Ich bin dort gewesen.« Dekker zog sich einen Stuhl heran, um sich auf ihn zu stützen. Er rang nach Atem. »Du verdammter Dieb.«

»Ruhig! Immer mit der Ruhe!«

»Mit der Ruhe? Du hast mein Schiff gestohlen, du verlogener Heuchler!«

Das war kein Thema, das ein Mann gern vor sämtlichen Nachbarn diskutierte. Mike Arezzo fragte von der Bar her: »Möchtest du, daß ich die Polizei rufe, Bird?« An den Tischen überall im Raum hörte eine Menge Leute zu. »Ich will nicht, daß mein Lokal demoliert wird.«

»Laß ihn doch die Polizei rufen!« keuchte Dekker. »Beweise diesmal, daß ich verrückt bin, dann hast du gar keine Mühe mehr mit mir. Den Rest kann die Polizei erledigen — so hast du es doch gewollt, nicht wahr? Diese Falle hast du doch für mich aufgestellt. Du hast mir alles andere genommen. Warum führst du die Arbeit nicht zu Ende?«

»Mike, ich spendiere dem Jungen einen Drink. Ich möchte mit ihm reden. Er ist in Ordnung.«

»Ich will nicht mit einem verdammten Dieb reden!«

»Bier, Mike, das hat er vorher gehabt. — Setz dich hin, Dekker. Setz dich!«

Dekker stützte sich immer noch auf den Stuhl. »Ich brauche diese Log-Aufzeichnungen. Gib mir die Log-Aufzeichnungen, das ist es, was ich will!«

»Ich habe sie nicht«, erklärte Bird. Und als Dekker einfach stehenblieb und ihn ansah: »Das Schiff wurde vor der Übergabe ausgeräumt. Das ist die heilige Wahrheit, Junge. Ein Log wird niemals einer anderen Person ausgehändigt — ich weiß nicht, ob es irgendwo gespeichert worden ist, aber das ganze Aufnahmeband war leer, als wir das Schiff bekamen. Null. Nada. Es ist alles weg.«

Dekker war totenbleich. »Die verdammte Company hat meine Partnerin ermordet, jetzt sagen ihre Leute, es sei nie ein Treiber in unserer Nähe gewesen — sie haben mein Log *gelöscht?*«

»Junge, sei still und setz dich hin.«

»Du weißt, daß dieser Treiber da draußen war! Du weißt, wie die Wahrheit ausgesehen hat, bevor sie sie veränderten.«

Meg zog an seinem Arm. »Bird ...«

»Schon gut, Meg. — *Setz dich hin,* Junge.« Gäste strebten der Tür zu. Die Bar leerte sich.

Dekker sank gegen die Stuhllehne, senkte den Kopf, schüttelte ihn verneinend, und Abe Persky, der auf dem Weg nach draußen dicht an ihnen vorbeikam, sagte: »Das ist nicht klug, Junge. Verstanden?«

Abe ging. Mike war verärgert, weil seine Gäste vergrault wurden *und* wegen des Lärms. Er brachte das Bier und verlangte: »Bring diesen Mann zum Schweigen. Solche Art von Ärger brauchen wir hier nicht.«

»Schon erledigt.« Meg faßte Dekker bei den Schultern und steuerte ihn vor den Stuhl. »Komm wieder auf den Teppich, hörst du? Bird ist kein Dieb.«

»Die Company ist der Dieb — ihr habt bloß ...«

Meg sagte: »Sei still, sei ganz still, *jeune fils!* Hör mir zu! Und setz dich hin, verdammt noch mal!«

Dekker plumpste auf den Stuhl, faßte den Kopf mit den Händen. Es herrschte eine Stille, die nicht einmal die Musik übertönen konnte.

»Ich weiß wirklich nicht, warum ich mir das gefallen lasse«, schimpfte Mike. »Ich gebe euch Jungs eine Chance, und ihr gebt mir einen Irren?«

Dekker blickte hoch. »Ich bin nicht verrückt!«

»Paßt bloß auf!« Damit stellte Mike das Glas auf den Tisch.

Dekker tat es ehrlich leid, daß er Bird geschlagen hatte. Eigentlich hatte er Ben finden wollen, bevor die Polizei kam und ihn abführte. Vielleicht hätte er Ben umgebracht. Und vielleicht hätte ihn das befriedigt.

Aber Bird hatte dem Barkeeper verboten, die Polizei zu rufen, ob ihm das nun etwas nutzte oder nicht, die rothaarige Frau hatte dafür gesorgt, daß er an ihrem Tisch Platz nahm, und sie hatten ihm ein Bier gegeben, das er nicht brauchte.

Gott, dieses Hämmern in seinem Kopf. Seine Augen schmerzten.

Diese beiden — Bird und die Frau mit dem roten Haar, die eine Shepherd sein mochte — saßen mit ihm am Tisch und setzten ihm auseinander, daß die Company auf jeden Fall alles genommen hätte, was er besaß, daß er klug sein und den Mund halten solle, weil er sonst nur Leuten, die keine andere Wahl gehabt hätten, Ärger mache ...

»Und was bleibt *mir?*« fragte er.

»Still!« Bird faßte sein Handgelenk und drückte es fest, so wie Bird es auf dem Schiff getan hatte, wenn er ihm sagen wollte, er solle still sein, damit Ben ihn nicht umbrachte. Und seine Nerven reagierten darauf. Er *glaubte* Bird, daß Gefahr bestand, er *glaubte,* daß Birds Rat richtig war, und er kam sich ebenso hilflos und dumm vor wie bei dieser anderen Gelegenheit, als er von dem einen Augenblick zum anderen geglaubt hatte, was die Ärzte ihm erzählten. Da wußte er, daß er verloren war. Er sagte, und er flehte Bird damit um Hilfe an: »Die Leute belügen mich.«

Bird flüsterte: »Still. Still, Junge. Dann lügen sie eben. Mach keinen Ärger, wenn du noch irgendeine Hoffnung hast, deine Lizenz zurückzubekommen.«

Dekker erinnerte sich nicht, Bird etwas von seiner Lizenz gesagt zu haben. Er konnte sich nicht einmal mehr erinnern, wie lange er hier schon saß, nur daß seine Hand brannte, was ihm verriet, wie lange es her war, daß er Bird geschlagen hatte. Löcher in seinem Gedächtnis, hatten die Ärzte gesagt. Gehirnschaden ...

»Was auch immer geschehen ist ...« — Bird sprach leise, hielt immer noch seinen Arm, beugte sich dicht zu ihm —, »was immer auch geschehen ist, Junge, wir sind nicht gegen dich. Wir möchten dir helfen. In Ordnung?«

Er war allein an diesem Ort, er kannte niemanden auf R2 außer Bird und Ben, eine Handvoll Ärzten und Tommy. Er saß da, und Bird hielt sein Handgelenk und hielt ihn in der Realität verankert. Andernfalls wäre er vielleicht gleich davongetrieben. Bird sagte, er wolle helfen. Das würde sonst niemand hier tun. Gürtelbewohner halfen nicht, und er konnte nicht nach R1 zurückkehren — konnte nicht ohne Cory nach Hause fliegen, selbst wenn man ihn hätte nach Hause schicken wollen. Corys Freunde würden sagen: Warum hast du sie sterben lassen? Warum hast du nichts getan? Und all diese Briefe von ihrer Mutter, die auf sie warteten ...

»Der Junge ist hinüber«, sagte die Stimme der Frau.

»Ja.« Bird schüttelte seinen Arm. »Dekker, stehst du unter Drogen?«

»Klinik«, murmelte er. Er starrte auf etwas. Er sah einen Nebel. Er hatte keine Ahnung, warum er ihn ansah oder wie er sich davon losreißen und sich wieder bewegen sollte, wenn Bird nicht merkte, daß er in Schwierigkeiten war und ihn zurückholte ...

»Dekker?« fragte Bird.

»Ja?«

»Sag mal, wo wohnst du?«

Diese Frage erforderte einiges Nachdenken. Sie machte den Raum ein bißchen klarer. »Ich weiß es nicht«, antwortete er und fragte sich, ob das überhaupt eine Rolle spiele. Aber Bird schüttelte von neuem seinen Arm.

»Hör zu. Du bist ganz schön benebelt. Wie steht es mit deinen Finanzen? Hast du irgendwelche Mittel?«

Dekker versuchte, auch darüber nachzudenken. Ihm

fiel die Verzögerung von 60 Tagen ein — Verdammt noch mal, er war schon länger als das auf R2, und warum hatte die Bank mit der Überweisung bloß gewartet, bis er aus dem Krankenhaus entlassen war? Er hatte keine Ahnung, wie er vor einer Weile sein Bier bezahlt hatte. Er hatte keine Ahnung, wie rund 500 Dollar auf seinem Konto gelandet waren — ob das sein Geld war, oder ob er sich einfach nicht erinnerte ...

Bird fuhr fort: »Wir könnten dich für ein paar Tage bei uns aufnehmen — nicht etwa, daß wir dazu verpflichtet wären, verstehst du? Das muß ganz deutlich gesagt werden. Aber ich verübele es dir im Grunde nicht, daß du fuchsteufelswild hier hereingekommen bist. Vielleicht können wir etwas ausarbeiten, ein paar Leute dazu bringen, daß sie dir helfen. Du verstehst, was ich meine?«

Es klang besser als das, was Pranh und alle übrigen ihm angeboten hatten, besser als das, was die Polizisten ihm gegeben hatten. Bird war ihm immer wie ein anständiger Mensch vorgekommen — Bird hatte ihm auch von dem Treiber erzählt.

»Da draußen«, flüsterte er. Er versuchte, den Kopf zu drehen und Bird in die Augen zu blicken, um seine Reaktion abschätzen zu können, aber er brachte die Bewegung nicht zustande. »Da draußen — du hast es gesehen. Du erinnerst dich, was passiert ist ...«

Bird drückte sein Handgelenk noch fester, so daß seine Finger abstarben und sein Arm schmerzte. Das erinnerte ihn daran, daß Bird noch ein anderes Gesicht hatte. »Konzentrier dich lieber darauf, wohin du gehst, Junge, und denk an nichts anderes mehr. Du kannst deiner Partnerin nicht mehr helfen. Sie ist tot. Du mußt zusehen, wie du selbst zurechtkommst. Denk darüber nach. Deine Cory würde wollen, daß du deinen Verstand benutzt, nicht wahr? Sie würde wollen, daß mit dir alles in Ordnung kommt. Ist es nicht das, was sie sagen würde?«

Das machte ihn wütend. Niemand hatte das Recht, Cory etwas in den Mund zu legen. Sie hätte es gehaßt. Aber er konnte von da, wo er war, nicht zurückkommen. Den Blick ins Leere gerichtet, murmelte er: »Geh zum Teufel, Bird.«

»Auch gut«, sagte Bird. »Da versucht man, einem Mann zu helfen ...«

Eine andere Hand legte sich auf seinen Arm und zog ihn herum, bis er braune Augen, einen rasierten Kopf und einen dunkelroten Haarbusch sah — Rab, radikal, radrab, Shepherd oder was auch immer sie sein mochte, er wußte es nicht. Er war fasziniert — und auch mißtrauisch. Früher einmal hatte er zum Rabble gehört. Aber Cory hatte es mißbilligt — Cory war zu sparsam, zu marsianisch, um Geld zu verschwenden, pflegte sie zu sagen, oder Mühe auf das System zu verschwenden, und wenn es im Kampf gegen das System war.

Dieser Senator — Broden war sein Name — hatte gesagt, als sie das Feuer auf die Teilnehmer an den Emigrationsaufständen eröffneten: »Wir verhandeln nicht mit dem gesetzlosen Pöbel ...«

Kurzmeldungen, als er — wie alt? — gewesen war? Zehn, zwölf? Das war der Augenblick, als in ihm das politische Bewußtsein erwacht war, als er sah, wie Menschen niedergeschossen wurden, Blut die Glastüren besudelte ...

Rabble-Stil und Rabble-Mode waren eine Sache für sich. Shepherds trugen so etwas in abgewandelter Form, Dekker vermutete, weil es die Company-Leute ärgerte. Aber diese Frau, so extrem sie war, mit Spuren des Alters um die Augen. »Du bist von der Sol-Station«, stellte die Frau fest. »Richtig?«

»Ja.«

Sie betrachtete ihn lange Zeit. Es kam ihm jedenfalls wie eine lange Zeit vor. Vielleicht würde sie sich gegen ihn stellen. Schließlich sagte sie, und ihre Hand hatte die Birds auf seinem Handgelenk abgelöst, ohne daß er es gemerkt hatte: »Schrecklich jung, schrecklich dumm, *cher jeune fils.* Die Company wird dich fressen. Bird hat ganz recht. Wenn Bird dir etwas sagt, *tust* du es. Oder glaubst du, Luder Mama wird dich retten? Das ist *idiotisch.* Das ist *vollkommen idiotisch, petit cher.*«

Rabble-Sprache aus der Zeit vor Jahren. Aus der Zeit vor Cory. Aus einem völlig anderen Leben. Die Rabble-Mode war respektabel geworden, außer wenn man sie nicht aus den Trendläden hatte, außer wenn man tatsächlich zu den Unruhestiftern gehörte.

Kleidung wie diese war auf dem Höllendeck ein Statement — ein Code, den er nicht mehr entziffern konnte. Er wußte nicht, was die Farben bedeuteten, was die Ohrringe verrieten, welches Bekenntnis der rasierte Kopf ablegte ... Diese Frau sah ihm in die Augen und sprach mit ihm, als erkenne sie, was er vor Cory gewesen war — ein verdammter Narr, der sich mit Farben und mit politischen Ansichten schmückte, deren Bedeutung er damals gar nicht gekannt hatte.

Ein dummer Junge, der in der Station herumgammelte, ohne Ziel, nichts als Unfug im Sinn — vernichtet das System, stiftet Unruhe, berauscht euch letzten Endes an der Möglichkeit, gefaßt zu werden ...

Er war damals so klug gewesen, er hatte alles gewußt, er hatte soviel gewußt, daß er festgenommen und als ein Jugendlicher außerhalb der elterlichen Kontrolle in das System hineingezogen worden war — er und seine Mutter sollten in die alte Heimat deportiert werden, bis seine Mutter alles bezahlte, was sie gespart hatte, um sie beide freizubekommen.

(Gott, Paul, du bist für mich nichts als eine Katastrophe gewesen, du hast mir von dem Augenblick an, als ich wußte, daß ich dich empfangen hatte, nichts als Kosten verursacht ...)

Sie steckten ihn in ein Jugendprogramm, spezielle Studienfächer, Briefwechsel mit Jugendlichen auf dem Mars ...

Mein Name ist Cory. Ich lebe in der Mars-Basis ...

»Hörst du, *jeune* Rab? Verstehst du mich?«

Er sagte: »Ja. Ich höre.«

»Gut.« Meg klopfte ihm die Wange und sah weg, zu jemand anders hin. »Der Kleine ist weggetreten. Bier ist keine gute Idee.«

Jemand anders kam. Er konnte die Schritte hören. »Dem geht es nicht besonders, wie?«

Er kannte die Stimme nicht.

»Der Junge ist ein bißchen benommen.« Das war Bird. Etwas traf sein Gesicht. Rüttelte ihn. »Dek, mein Junge, gib acht. Das hier ist Mike Arezzo, Eigentümer des Loches. — Der Junge hat eine Pechsträhne gehabt. Er kommt eben aus der Klinik.«

»Das ist er also, was?«

Dekker konnte diesen Mike sehen, als Mike an Megs Schulter vorbeiging. Aber er erkannte ihn nicht. Sicher war er sich nur, was Bird anging.

Dann hörte er eine andere Stimme, die er kannte. »Was, zum Teufel, geht denn hier vor?«

Sein Herz verkrampfte sich. Er konnte sich nicht mehr bewegen. Er konnte nicht mehr denken. Ben war da, und er sagte: »Ruf die Polizei, daß sie den Knilch hinausschafft ...« Und Bird sagte: »Beruhige dich, Ben, ist ja gut.«

Ben würde ihn umbringen. Er konnte sich immer noch nicht bewegen.

Eine klare, weibliche Stimme fragte: »Dekker, wie?«

Dunkelhäutiges Gesicht. Ihre Hand faßte sein Kinn, drehte seinen Kopf, zwang ihn, ihr in die Augen zu sehen.

»Hinüber«, stellte die dunkle Frau fest. Sie hatte tausend Zöpfchen mit Metallspangen. Sie hatte recht. Er war völlig hinüber. Mit einem letzten schwachen Versuch, Vernunft zu beweisen, sagte er: »Beruhigungsmittel. Klinik. Bier.«

Sie sagte: »Dummkopf.«

Jack Malinski hatte Bens Arm gefaßt, als Ben und Sal nach ihrem Streifzug durch die Läden gerade nach Hause gehen wollten. Malinski hatte gesagt: »Ben, irgend so ein Kerl hat eben deinen Partner unten im Loch zusammengeschlagen und wilde Reden über das Schiff, das ihr bekommen habt, geführt.«

Ben war losgerannt. Er war bis zum Loch gerannt, und Sal war ihm auf den Fersen geblieben und ganz außer Atem hier angekommen. Ben hatte geglaubt, es sei ein Mann, der über die Charterliste wütend war. Aber sie kamen an die Tür des Lochs, und es war Dekker, ohne Frage — Dekker saß auf einem Stuhl an ihrem gewohnten Tisch, und Bird stand auf und zog Ben beiseite, bevor Ben den Schweinehund schlagen konnte. »Ich muß mit dir reden«, sagte Bird, und bei diesem Ton hatte Ben das scheußliche Gefühl, er wisse schon genau, was Bird ihm unter vier Augen sagen werde. Bird mit seinen blöden Schuldgefühlen wegen dieses Schiffes.

Bird sagte: »Dekker ist ein bißchen erregt. Man hat ihn aus der Klinik entlassen.«

»Fein. Rufen wir die Polizei.«

»Er ist in Ordnung. Der Junge ist einfach am Ende seiner Kräfte.«

»Er hat den Verstand verloren, Bird, um Gottes willen, schon seit langem, wir können nichts für ihn tun — wir sind nicht *qualifiziert*, etwas für ihn zu tun.«

»Gib ihm eine Chance, Ben. Der Junge ist einfach wütend. Wütend und aufgeregt.«

»Mordlustig ist er!«

»Nein. Nein. Das ist er nicht. Sieh es ein, Ben.«

»Nichts sehe ich ein, zum Teufel. Dein Mund sieht schlimm aus.«

Bird tupfte sich die Lippe mit dem Handrücken ab, sah nach Blutspuren. »Kann nicht sagen, daß ich es ihm verüble. Er hat seine Partnerin verloren, sein Schiff verloren, seine Lizenz verloren ...«

»Das ist nicht unsere Schuld!«

»Ben, ich möchte mich weiterhin im Spiegel ansehen können. Du verstehst? Es ist nicht unsere Schuld, aber es ist auch nicht so, daß wir nichts von ihm bekommen haben.«

»So ist das Leben!«

»Ben ...« Bird blickte ganz verzweifelt drein. Er war verzweifelt über *ihn*, als sei es seine Schuld, Bird verschloß sich wieder vor ihm, Ben hatte keine Ahnung, warum, und es erboste ihn. Er wußte, er war nicht sympathisch; es gab nicht viele Menschen, die ihn jemals gern gehabt hatten — während andere nur ihres Aussehens wegen bekamen, was sie wollten. Dekker war auch von der Sorte, er war einer von denen, die ihm angst machten, wenn sie in die Nähe eines Menschen kamen, den er mochte. Verdammt noch mal, alles, was er besaß, und alles, was er wollte, war mit Bird verbunden. Und mit Sal. Und er war bereit, dafür zu kämpfen, wenn er nur gewußt hätte, wie.

Sollte er mitspielen? Oder sollte er in der Verwaltung an Fäden ziehen, alle seine Kontakte mobilisieren, um den Knilch in die Klinik zurückzuschaffen?

Bird hatte ihm die Schulter zugedreht. Er sah böse aus, und er beobachtete den Tisch, wo Meg und Sal sich beide für den Hübschen ins Zeug legten. Das war zu erwarten gewesen. Frauen waren so — obwohl er die schwache Hoffnung gehegt hatte, Sal sei vernünftiger. Er knirschte mit den Zähnen und fragte: »Bird, was willst du tun?«

»Nur ...« Bird war immer noch aufgebracht. Wenigstens sah er ihn jetzt an. »Wir können dem Jungen helfen. Kostet uns nicht viel — wenn wir ihm die Chance geben, sich wieder zurechtzufinden und seine Papiere in Ordnung zu bringen. Du kannst die richtigen Fäden ziehen. Du weißt, wie man das macht.«

Es kam dem, was er eben — in genau entgegengesetzter Richtung — gedacht hatte, zu nahe. »Sieh ihn dir doch an!« schrie Ben. »Der Junge ist plemplem! Er hat den Verstand verloren! Und du denkst daran, *ihm* Geld zu geben? Mein Gott, Bird!«

»Kein Geld. Nur daran, ihn hier und da bekanntzumachen, ihm die Möglichkeit zu einem neuen Anfang zu geben, ihn vielleicht als Partner bei irgendeinem anständigen ...«

»Wir wissen nicht, was mit dem letzten wirklich passiert ist! Verdammt noch mal, das weiß niemand, Bird!«

Bird faßte seinen Arm, beugte sich zu ihm und sagte halblaut: »Hör auf. Wir wissen, daß es nicht seine Schuld war.«

Ebenso leise antwortete Ben: »Wir wissen, was er gesagt hat. Aber sehr viel Sinn hatte das nicht. Das ist ja das Problem, nicht wahr?«

»Um Gottes willen, Ben, gib dem Jungen eine Chance — du hast selbst gesagt, wenn wir das Geld haben, werden wir ihm unter die Arme greifen.«

»Ich weiß nicht, warum du diesem Kerl die Schlüssel zu allem, was uns gehört, geben und ihn einladen willst, sich zu bedienen. Was ist mit mir? Habe ich nicht meine gesamten Ersparnisse beigesteuert? Dieser Kerl könnte, soviel wir wissen, ein Bauchaufschlitzer sein, und du willst ihm unser Geld nachwerfen?«

»Sei still, Ben.«

Ben verstummte. Bird ließ ihn los, ging an die Bar und sprach mit Mike. Mike machte ein finsteres Gesicht. Dekker saß immer noch geistesabwesend am Tisch und starrte ins Leere.

Meg saß auf dem Stuhl neben ihm und redete auf ihn ein. Sal beugte sich über ihn und zeigte den Spalt zwischen ihren Brüsten. Ben trat neben Dekker und legte ihm die Hand auf die Schulter. Er war darauf vorbereitet, zur Seite zu springen, sollte Dekker nach ihm boxen wollen. Er drückte Dekkers Schulter und sagte ungezwungen: »Hallo, Dek. Erinnerst du dich noch an mich? Ich bin Ben Pollard. Wie geht es dir?«

Dekker zuckte zusammen, und nun konnte er sich bewegen. Sehr langsam drehte er den Kopf und blickte zu Ben hoch. Er erinnerte sich, daß sie nicht im Schiff waren, sie waren in einer Hotelbar auf R2, und er hatte Bird eben geschlagen. Wahrscheinlich würde Ben am liebsten *ihn* schlagen und tat es nur deshalb nicht, weil dies ein öffentliches Lokal war.

Er sagte: »Hallo, Ben.« Fast gelang es ihm, aus dem Nebel herauszukommen. Ben war für ihn weitaus klarer, als es die Frauen gewesen waren. Er war richtig froh, als Ben einen Stuhl heranzog und sich setzte, sich zu seinem Gesicht vorbeugte, seinen Arm hielt.

Ben fragte: »Nun, wie ist es dir ergangen, Dekker?«

»Nicht gut«, antwortete er, und in dem verzweifelten Bemühen, von da, wo er war, zurückzukehren, nahm er sich vor, höflich zu Ben zu sein, solange Ben es zu ihm war. Vielleicht war er wirklich verrückt gewesen. Vielleicht. Ben versuchte aufrichtig, einen neuen Anfang zu machen. »Und euch?«

»Uns geht es gut. Uns geht es ausgezeichnet. Tut mir leid wegen des Schiffes.«

Dekker sagte sich, Ben wolle damit ausdrücken, daß er im Recht sei, und er dachte nicht daran, es zu akzeptieren. Aber die Benommenheit gab ihm eine Selbstbeherrschung, die er andernfalls nicht gehabt hätte. »Nun ja, schon gut«, sagte er.

Ben drückte seinen Arm. »Wir sind ein bißchen benebelt, was?«

»Sie haben mir etwas gegeben.« Dekker hielt die weißen Plastikbeutel hoch. Ben nahm sie ihm ab. Tablettenfläschchen schimmerten durch die Plastik. »Die soll ich nehmen.«

»Nicht alle auf einmal«, murmelte Meg. »Er hat genug verdammte Pillen und entschieden zuviel Bier gehabt. Der Mann soll aufstehen und laufen, das ist es, was er braucht.«

Ben dachte: Na gut, soll sie ihren Willen haben, geben wir dem Knilch die Chance, zu zeigen, wie verrückt er ist — der arme kleine Liebling.

Deshalb stand er auf und zog an Dekkers Arm. »Komm, Dekker, auf die Füße. Lauf dir die Happy-Pillen ab.«

Dekker widersetzte sich nicht. Er stand auf. Ben legte den Arm um ihn, bevor seine Knie nachgaben.

Bird kam und verkündete: »Das Pazifik hat angerufen. Anscheinend hat er seine Karte dort liegengelassen. Der Barkeeper hebt sie auf.«

»Er hat eine Karte.« Jetzt fühlte sich Ben ein bißchen besser, er hoffte, Dekker besaß ein Guthaben. »Hat er im Pazifik ein Zimmer?«

»Nein, ich habe etwas mit Mike vereinbart.«

Ben blieb stehen, die Arme um Dekker gelegt.

Er dachte: *Scheiße!*

11. KAPITEL

Dekker wachte auf, sah mit offenen Augen ins Dunkel. Die Schwerkraft hielt ihn fest. Aber dies war nicht die Klinik, es roch nicht wie die Klinik. Es hörte sich nicht an wie die Klinik. Es hörte sich an wie das Höllendeck, bevor sie gegangen waren. Sein Herz schlug schneller und schneller, alles geriet außer Kontrolle. Vielleicht war nichts wirklich. Vielleicht war nichts wirklich, woran er sich erinnerte.

»*Cory?*« schrie er. »Cory?« Und wartete, daß sie irgendwo aus dem Dunkel antworten würde: »Ja? Was ist denn los?«

Aber es kam kein Laut, außer daß sich etwas hinter der Wand, an der sein Bett stand, regte.

Da lag er still, eine Hand auf der Decke über seiner Brust. Er konnte den Stoff fühlen. Er steckte nicht in einem Stim-Anzug. Er trug gar nichts außer den Laken und einer Decke. Er versuchte, die Stücke zusammenzusetzen, und es gab so viele von ihnen. R1. Sol. Mars. Das Wrack. Die Klinik. Das Schwarze Loch. Sein ganzes Leben war in Stücke zerbrochen, und er wußte nicht, welches er zuerst aufnehmen sollte. Sie hatten keine Ordnung, keine Struktur. Er konnte irgendwo sein. Alles sollte noch geschehen oder war geschehen. Er wußte es nicht.

Irgendwo öffnete sich eine Tür. Jemand kam den Flur entlang. Dann öffnete sich seine Tür, ein unheilverkündendes Klicken war zu hören, und zwei Silhouetten zeichneten sich im Eingang ab, bevor die Deckenbeleuchtung aufflammte und ihn blendete.

Birds Stimme fragte: »Fehlt dir etwas, Junge?«

»Nein.« Sein Herz schlug immer noch im Eiltempo. Er hob den Arm und beschattete die Augen. Die Zeit rollte vor und zurück und wieder vor. Allmählich war er sich sicher, daß dies ein Hotel war, und er erinnerte sich, mit Bird und Ben in der Bar gewesen zu sein. Es waren Bird und die rothaarige Frau, die in der Tür standen, Bird in ein Handtuch, die Frau — Meg — in ein Bettlaken gehüllt. Ben tauchte hinter ihnen im Gang auf, ebenfalls mit einem Bettlaken bekleidet und offensichtlich wütend. Mit Recht, mußte Dekker sich eingestehen. Er sagte: »Es tut mir leid.«

»Kopf wieder klar?« erkundigte sich Bird.

»Ja.« Um ihn drehte sich immer noch alles. Er erinnerte sich, in dem Flur hinter der Bar auf und ab gegangen zu sein, auf und ab mit Ben und Meg und einer Schwarzen, er erinnerte sich, ein Stück von einem Sandwich gegessen zu haben, weil Ben gedroht hatte, ihn zu schlagen, wenn er nicht wach bliebe — aber er erinnerte sich überhaupt nicht, wie er ins Bett oder wie er aus seinen Kleidern gekommen war. Er hatte Bird auf den Mund geboxt. Das sagten ihm seine verletzten Knöchel. »Es tut mir leid. Mir fehlt nichts. Eine Sekunde lang wußte ich nur nicht, wo ich bin.«

»Dann geht es jetzt doch ein bißchen besser«, sagte Bird.

»Ja.« Er stützte sich auf den Ellbogen hoch, kniff die Augen immer noch vor dem hellen Deckenlicht zusammen. »Ich bin in Ordnung.« Er war voller Verlegenheit. Und Angst. Die Ärzte hatten gesagt, er habe Gedächtnisausfälle. Er wußte nicht, wie lange dieser gedauert hatte oder wie viele Tage er sich seit seinen letzten Erinnerungen hier befand. »Danke.«

Bird kam jetzt ganz herein. »Du sprichst, als fühltest du dich besser.«

»Tue ich auch. Ehrlich. Entschuldigt, daß ich Lärm gemacht habe.«

Ben schob sich hinter Bird ins Zimmer und sah ihn finster an. »Bier und Pillen haben diese Wirkung, weißt du.«

»Ja.« Er wollte sich wirklich nicht mit Ben schlagen.

Sein Kopf fing an zu schmerzen. »Danke für die Rettung.«

»Großer Gott!« rief Ben. »Entschuldigt und danke, alles in einer Stunde. Er *muß* den Verstand verloren haben.«

»Das habe ich herausgefordert«, sagte Dekker. »Ich weiß.« Er legte sich wieder hin, er wünschte sich Zeit, um sich zu erinnern, wo er war. »Laßt ihr bitte das Licht an?«

Ben brummte: »Zum Teufel, wenn er dann ruhig ist ...«

Er ging, die Frau auch, aber Bird trat näher, ragte zwischen ihm und der einzigen Deckenlampe auf, eine gesichtslose Gestalt.

»Du hast Schweres hinter dir«, sagte Bird. »Du hast hier ein paar Freunde, wenn du aufrichtig zu uns bist. Sei vorsichtig mit diesen Tabletten, versuche, dich ruhig zu verhalten. Der Eigentümer ist ein richtig netter Kerl, er hat die Polizei nicht gerufen, er hat unser Wort dafür genommen, daß du in Ordnung bist. Alles klar?«

Dekker erinnerte sich, was er getan hatte. Er wußte, er hatte vielleicht eine Chance bei Bird, vielleicht sogar bei Ben, wenn er sich zusammennahm und sich nicht mit ihm schlug. »Sag Ben — ich hätte nicht ganz klar gedacht. Wußte nicht, auf welchem Schiff ich war.«

»Aber jetzt blickst du durch?«

»Ich hoffe.« In seinem Kopf hämmerte es. Er wünschte sich verzweifelt, daß sie ihm glaubten. Er wußte nicht, ob er *ihnen* glaubte — aber ihm bot sich kein anderer Ausweg. Er legte die Arme über die Augen. »Danke, Bird.«

Bird ging. Das Licht blieb an. Dekker rührte sich nicht. Nach einer Weile nahm er die Arme herunter, um sich das Zimmer einzuprägen. In Verwirrung geriet er meistens dann, wenn er die Augen schloß, oder wenn er geschlafen hatte und wieder aufwachte. Immerzu versicherte er sich, daß er nicht mehr in der Klinik war, er war wieder bei Menschen, die — anders als die Ärzte — verstanden, wie es da draußen ist.

Und die beiden Rab-Mädchen, die Shepherds sein mochten, aber nicht so redeten — er war sich nicht sicher, was sie waren oder was sie wollten oder warum sie sich so um ihn kümmerten. Sie ängstigten ihn auf die gleiche Weise wie Ben — nicht die Kleidung, die Einstellung — die Einstellung, die sagte: Zum Teufel mit der Obrigkeit. Keine Zukunft. Nur die Gegenwart. Nimm dir, was du kannst, solange du es noch kannst, denn der Krieg steht vor der Tür, der Krieg, der alle Kriege beenden wird.

Sicher, ja, Cory hatte gesagt, der Krieg könne das Ende der Erde bedeuten. Aber doch nicht das Ende der menschlichen Rasse, das ist doch der Grund, warum wir hinausziehen ...

Leute in Konferenzsälen hatten den Krieg wegen Dingen angefangen, die niemand verstand. Und der Rabble hatte gesagt ... ach, egal. Und sie hatten an den Gitterstäben gerüttelt, wann und wie sie konnten, bis die Company sie zusammenschoß. Das hatte er als Kind nicht gewußt. Er hatte überhaupt nichts verstanden, nur daß er wütend war über das, was, wie es hieß, der menschlichen Rasse widerfuhr. Er hatte die Schule gehaßt, hatte die Kinder der Reichen und der Company-Bonzen gehaßt — doch, was Korruption und Schiebung war, hatte er verstanden. Er hielt sich für einen Rab und schmierte Slogans auf Wände und schoß Lampen mit einer Steinschleuder aus. Ein paarmal betrank er sich und klaute ein paar Kinkerlitzchen in Läden, bevor er herausfand, was der Rabble war und was nicht und warum diese Leute bei dem Versuch, durch diese Türen zu gelangen, gestorben waren — er war damals dreizehn gewesen, nichts konnte ihm etwas anhaben, und er würde für immer dreizehn bleiben ...

Bis Cory kam.

Und Cory — Cory hätte absolut nicht verstanden,

daß er sich zu zwei solchen Frauen an den Tisch gesetzt hatte. Cory würde ihn sich später vorknöpfen und sagen, wie sie es schon mehr als einmal getan hatte: Halte dich von dieser Sorte fern, Dek. Gott, ich möchte wissen, wo du deinen Verstand gelassen hast ... wir wollen keinen Ärger, wir wollen nicht, daß so etwas in unseren Akten steht.

Meg, so lautete der Name der Älteren. Meg. Mit dem roten Haar und dem Sol-Akzent, der ihm nie bewußt gewesen war, bis er hier ankam und Corys marsianisches Schnurren und den eigentümlichen Singsang der Gürtelbewohner hörte. Es mochte eine kräftige Dosis Sol in Birds Sprache sein. Aber davon war keine Spur bei Ben und bei der Schwarzen zu finden — sie alle waren die letzten Typen, von denen man annehmen würde, daß sie sich mit einem so schlichten Menschen wie Bird abgeben würden — oder miteinander. Das sah Shepherd-Frauen *nicht* ähnlich. Möglich, daß sie mit Erzsuchern tranken. Aber weit unwahrscheinlicher war, daß sie mit ihnen schliefen ... wo doch Frauen hier draußen so rar waren wie Diamanten und verfügbare, gutaussehende Frauen ihre Auswahl unter den Männern bis hinauf zur Company-Elite treffen konnten, wenn sie wollten, vorausgesetzt, daß sie kein Vorstrafenregister hatten. Sie brauchten nicht auf dem Höllendeck zu leben — es sei denn, sie wünschten es.

Vielleicht verstand Bird den Rabble nicht ... zerstöre alles, nimm dir, was du willst, zerfetze die Company!

Dekker hielt nichts mehr von Idealen und gerechten Sachen. Hier war es das gleiche wie auf Sol. Das gleiche in der Bewegung wie in den Konferenzsälen der Company. Kein Unterschied.

Er kniff die Augen zusammen, spürte Tränen hervorrinnen. Grausamer Schmerz. Er hatte keine Ahnung, warum. Er dachte ...

Zum Teufel mit ihnen allen. Ob sie zur Company gehören oder nicht.

Aber das meinte er nicht auf die dumme Art, wie das Kind auf Sol es gemeint hatte, 13 und dumm und der Prügeleien mit Company-Typen überdrüssig und in panischer Angst wegen der Gerüchte, seine Generation habe keine Chance mehr, groß zu werden — sein Magen hatte sich verknotet, und er hatte die halbe Nacht wachgelegen, als er das erstemal hörte, die Kolonien brauchten keinen Schuß abzufeuern — die Rebellen könnten einfach einen Felsbrocken aus dem Sprungraum werfen, ein Geschoß mit nahezu Lichtgeschwindigkeit, genau auf die Erde oder die Sol-Station gezielt. Niemand würde es rechtzeitig kommen sehen. Und aus wäre es mit der Erde — mit der ganzen Geschichte, die sie auswendig lernen sollten, mit all den Regeln, all den Gesetzen. In fünf Minuten vorbei. Warum also sollte er etwas lernen, das doch vernichtet werden würde? Warum sollte er sich anstrengen außer dafür, sich soviel zu grapschen, wie er konnte, bevor alles auseinanderflog?

Aber niemand würde so etwas tun. Niemand würde die Erde vernichten oder eine Station und alle diese Menschen töten. Das war ganz ausgeschlossen.

Cory pflegte zu sagen: Ich will nur schnell genug weit genug weg. Cory hatte ihm von Orten erzählt, für die er sich nie interessiert hatte, bis sie es so darstellte, als gäbe es eine reelle Chance, hinzugelangen — wenn man das Geld hatte. Wenn man die Visa bekommen konnte. Wenn die Polizei einen nicht in letzter Minute aufhielt und sagte: Einen Augenblick, Dekker, du hast ein Vorstrafenregister ...

Die Earth Company sagte: Keine kostenlose Beförderung mehr, und man mußte seine Steuerschulden bezahlt haben, bevor man ein Visum bekam. Dann bekam man ein einziges Mal etwas von seiner eigenen Regierung zu sehen, wenn sie einen als Zubehör des Schiffes, von dem man einen Anteil gekauft hatte, abschrieb, und dann man durfte gehen ...

— dahin, wo noch etwas übrig ist, pflegte Cory zu sagen ... Cory war felsenfest überzeugt, DA DRAUSSEN sei es viel besser als da, wo sie waren ...

— auf einem Schiff, das keine Verwendung für einen Piloten mit einer Lizenz für Fahrten innerhalb des Systems hatte. Er wußte nicht, ob das Leben war oder nicht. Um der Wahrheit die Ehre zu geben, er hatte nie eine Vorstellung gehabt, was er später tun würde — vermutlich würde er weiter auf einem Fuß balancieren, ja sagen und nein meinen, mit Cory gehen, weil Cory irgendwohin ging — und er hatte den Verdacht, die Erzsucher würden auch eingezogen werden, sobald diese Schiffe gebaut waren — man würde ihn wegholen, damit er im Bauch eines Kriegsschiffes lebte und für die Company getötet wurde, für die Company zur Hölle geschickt wurde.

Immer einen Schritt nach dem anderen, hatte Tommy ihm immer geraten, wenn er zum Gehen zu benommen war. Immer einen Schritt nach dem anderen, Mr. Dekker ...

Verdammt noch mal, er wollte in den Raum, das war alles, er wollte nur das zurück haben — seine Hände wieder auf die Kontrollen legen.

In den letzten paar Augenblicken hatte er gedacht — er hatte klar und kalt und ohne jede Angst gedacht, er könne immer noch ausweichen ...

Er könne diesen Hurensohn immer noch zwingen, seinen Funkspruch zur Kenntnis zu nehmen ...

Jemanden auf diesem verdammten Schiff aufwecken, ihren Kollisionsalarm in Gang setzen, wenn es das war, was sie brauchten ...

Er betrachtete die Deckenplatten. Vermutlich waren sie real. Vermutlich war er weit weg von dem Wrack. Aber ganz gleich, wie sehr er die Zeit streckte, sie schnellte einfach zurück und versank in diesem Augenblick wie Licht in einem Schwarzen Loch. Es war ein einziger Augenblick, in dem es hätte klappen können und doch nicht klappte ...

Die Hurensöhne auf diesem Treiber hatten gewußt, daß er da war. Hatten gewußt, daß sie ein Schiff gerammt hatten. Sie mußten es gewußt haben. Selbst wenn sie ihn nicht gehört hatten — wenn sein Funkspruch irgendwie nicht zu ihnen durchgekommen war — wenn sonst nichts ihre Aufmerksamkeit geweckt hatte, als die Tanks explodierten, hätten sie erkennen müssen, daß das, was sie rammten, kein Felsen war.

Und wenn *sein* Funkspruch sie nicht erreichte — hätten sie nicht das Notfall-Band abgehört, nachdem sie ein Schiff gerammt hatten? Hätten sie Corys Anzugfunk nicht gehört?

Und ob sie das alles gehört hätten.

Meg beugte sich dicht vor den Spiegel und malte eine dünne schwarze Linie unter die unteren Wimpern. Immer wieder begannen die Augen zu tränen, kaum daß sie mit dem Make-up fertig war. Sie wischte mit dem Finger, versuchte es von neuem. Die Tür des Nebenzimmers öffnete und schloß sich. Ben und Bird gingen zum Frühstück; sie zogen sich alle da an, wo ihre Garderobe war. Sal, deren Spiegelbild neben Megs Schulter zu sehen war, stieg gerade in ihre Stiefel. »Wir haben heute eine Menge vor«, sagte Meg mit einem Blick aus dem Augenwinkel. »Aber wir können die zweite Schicht nehmen. Ich stimme dafür, daß wir als erstes den neuen Chelovek beschnuppern.«

»Ein komischer Kauz.«

»Ein dekorativer Kauz.« Augenbrauenstift. Kastanienbraun. Hier draußen schwer zu bekommen. Wenn man pleite war, benutzte man Fettstifte, und *die* waren teuer. »Er wurde heute nacht nach seinem Anfall ganz vernünftig. Anscheinend wird er wieder klar ... Bird hat mit ihm gesprochen.«

»Nach all den Dingen, die er in der Bar nicht hätte sagen sollen, Kady. Ein solcher Mangel an Selbstbeherrschung — *alle* haben darüber gesprochen.«

»Er war betrunken. Weggetreten. Das wissen alle.«

»Er hat also keine Sicherungen? Scheiße, Kady! Ben hat deswegen die schwersten Bedenken.«

»Tsss.« Meg schminkte das zweite Auge mit drei gleichmäßigen Strichen, hörte Sal aufstehen und fing ihr Spiegelbild ein, indem sie mit dem Knöchel an das Glas klopfte. »Bleibt abzuwarten. Später ist noch genug Zeit. Sagt Bird.«

»Sagt Bird. Sagt Bird. Was geht bloß in Birds Kopf vor? ›Wir suchen ihm einen Partner.‹ Ben kann das nicht ertragen. Und offen heraus, mir gefällt dieses ›Partner‹-Gerede nicht, und es gefällt mir absolut nicht, daß Bird so intim mit diesem *jeune fils* ist, dessen Rechnungen wir, ich weiß nicht, warum, mit *unserem* Geld bezahlen, während er eine Karte und ein Bankguthaben hat. Nein, danke«, schimpfte Sal.

»Verstehe *ich* es denn?« Aber Meg verstand es wohl, besser als Sal. Sie sah dem Spiegelbild Sals in die Augen, drehte sich dann um, lehnte sich gegen den Toilettentisch und dachte die drei Gedanken, die man denken soll, bevor man sich in die Wahrheit stürzt. Aber Sal war an diesem Morgen zu aufgeregt — Sal hatte ein Auge auf dieses Schiff geworfen, und Sal hatte diese Nacht in diesem Zimmer mit Ben geredet, das war Punkt eins. Es war schon schlimm genug, wenn das alles sein sollte, und bei einer Sache wie dieser gab es eine ganze Menge Punkte, in denen sie sich bei Sal gar nicht sicher war. »Wir müssen miteinander reden, Sal.«

Sal sah sie für ein paar Herzschläge an, immer noch aufgebracht, zuckte die Achseln und griff nach ihrer Jacke. »Nein. Erst Frühstücken.«

Meg rührte sich nicht. Sal hatte etwas gegen rückhaltlose Aussprachen, vor allem dann, wenn sie schon zu einem Urteil über eine bestimmte Sache gekommen war, aber es lag in ihrer Natur, daß sie auch etwas gegen Geheimnisse hatte. Meg sagte zu Sals Rücken: »Sal — möchtest du *quelque chose* wissen?«

Sie wartete, sie *wußte*, Sal werde sich mit einem verzweifelten Blick umdrehen und sagen:

»*Was* möchte ich angeblich wissen?« Als könne nichts die Belästigung wert sein. Sal packte manchmal mit dem Geist ebenso fest zu wie mit den Fäusten.

Meg sah sich bedeutungsvoll im Zimmer um, sie drückte pantomimisch Knöpfe. »Ich werde es dir doch lieber erst später erzählen.«

Sal hatte diesen Gesichtsausdruck, als wolle sie jemanden erstechen, aber das bedeutete nur, daß Sals Verstand wieder arbeitete, und seit die Polizisten ihr Zimmer auseinandergenommen hatten, waren sie außerordentlich vorsichtig wegen etwaiger Wanzen gewesen. Meg nahm ihre Jacke. Sie traten auf den Flur hinaus und öffneten die Tür zu dem eigentlichen Schwarzen Loch, wo die Jungs in der Hetze des Schichtwechsels einen Tisch hatten — Ben und Bird saßen bereits beim Frühstück. Der Brauch war, daß man zur Heizplatte am Ende der Bar ging und Price, dem Koch der zweiten Schicht, sagte, man wolle Frühstück, und Price warf was auch immer auf einen Teller, während man sich den Kaffee selbst zapfte.

Meg und Sal trugen ihre Teller und Tassen an Birds und Bens Tisch und setzten sich. »Guten Morgen«, sagte Bird. »Guten Morgen«, antwortete Meg und dachte, daß auch dieser Ausdruck dem geborenen Gürtelbewohner nicht geläufig war.

Eine wunderliche Art von Partnerschaft, wenn man einmal darüber nachdachte.

Noch wunderlicher war, daß, gerade als sie sich setzten, Dekker im Eingang erschien. Er machte ein paar Schritte auf ihren Tisch zu und fragte mit einer vorsichtigen kleinen Geste: Darf ich mich euch anschließen?

Bird winkte, schluckte einen Mundvoll hinunter. »Hol dir einen Teller.«

Dekker war sauber rasiert, seine Haare waren feucht

und zurückgekämmt. Er benahm sich ruhig und höflich. Das war ein Plus. Gute Knochen unter einem Jumpsuit, der nicht paßte. Einer Frau fielen solche Dinge auf, falls sie am Leben war.

»Müßte aufgefüttert werden«, bemerkte Bird.

Ben zuckte mißmutig die Achseln. Meg versuchte, an etwas Fröhliches zu denken, nahm eine Gabel des besten Ersatzes, den das Loch für Wurst und Eier zu bieten hatte, und einen Schluck von einem gar nicht üblen Kaffee, während sie alle darauf warteten, daß ein Irrer an ihren Tisch kam und sich zu ihnen setzte.

»Sollen wir wetten, daß er nach der Zeit fragen wird?« murrte Ben.

»Halt du ja den Mund«, befahl Bird streng.

»Habe ich etwas gesagt?«

»Hübscher Hintern«, bemerkte Meg.

»Beeindruckt mich nicht«, erklärte Ben.

»Ruhig.«

»Stundenlang wird er immer wieder nach der Zeit fragen.«

»Ben ...«

»Schon gut, schon gut. Er benimmt sich tadellos. Hat Price nicht angegriffen oder so etwas.«

»Ben!«

Dekker kam mit seinem Essen und seinem Kaffee und stieß auf ein plötzliches Schweigen an ihrem Tisch. Er setzte sich.

»Wie fühlst du dich?« fragte Bird.

»Verkatert.« Dekker nahm einen Schluck Kaffee, verzog das Gesicht und begann, aus Fläschchen in verschiedenen Taschen eine Reihe von Tabletten auszulegen. Nicht ungewöhnlich für einen Raumfahrer — Knochenpillen, Mineralpillen, Vitaminpillen. Aber Dekkers Sammlung war in der Tat eindrucksvoll.

»Dekker?« erkundigte sich Ben. »Nimmst du Eier zu deinen Pillen oder was sonst?«

Dekker antwortete mit diesem defensiven kurzen

Hochblicken von der kalten Sorte. Es ließ Megs Hand nach dem Messer zucken, das sie nicht bei sich hatte. Dekker sah keinen von ihnen gerade an. »Ja. Ich möchte mich bei demjenigen bedanken, der mir gestern abend die Kräcker ans Bett gestellt hat. Ich habe sie in der Nacht aufgegessen. Mein Magen war nicht in Ordnung.«

»Hat man dir die Telefonnummer eines Arztes gegeben?« fragte Bird.

Dekker nickte, griff sich eine Handvoll Tabletten, spülte sie eine nach der anderen mit Kaffee hinunter und gab keine weitere Antwort auf die Frage. Bird zuckte die Achseln. Dekker aß seine Eier. Die anderen aßen ihre Eier. Schließlich stand Dekker auf, sagte etwas davon, daß er seinen Schlaf brauche, und kehrte auf sein Zimmer zurück.

»Nun ja.« Ben starrte ihm nach.

»Der Mann hat einen Kater«, meinte Bird.

Dazu sagte Ben nichts anderes als: »Gehen wir zu den Docks?«

»Ja«, bestätigte Bird. »Ich fürchte, die Arbeit geht nicht voran, wenn wir nicht Dampf dahintermachen. Und wir können gleich selbst die Wandplatten abmontieren. Das können wir. Aber für vier ist es da oben zu eng.«

Die *Way Out* lebte beinahe schon wieder. Vor drei Tagen waren die Tanks angeschlossen worden, sie hatten das Innere ausblasen und sich die Ungefährlichkeit bescheinigen lassen. Alles stand kurz vor der Vollendung. Sie mußten nur die Reparatur-Mannschaften dazu bringen, daß sie fleißig bei der Arbeit blieben und die kompletten Ventile anschlossen ... Aber es war nicht leicht, Fachkräfte in ihrer Freizeit zu bekommen. Dazu brauchte es einen Anreiz *und* ständiges Kontrollieren, damit müde Crews in Überstunden noch genau hinsahen und es richtig machten.

»Zum Abendessen sind wir wieder zurück«, sagte

Bird. »Und wenn es euch beiden nichts ausmacht, hierzubleiben ...«

»He!« Sal hob die Hand. »Bürdet uns die Verantwortung für diesen Mann nicht auf!«

»Gebt acht, daß er Price nicht ärgert. Oder Mike. In Ordnung?«

»Nein!«

»Zur Kenntnis genommen.« Bird und Ben standen auf und traten einen schnellen Rückzug an.

»Zum Teufel!« fluchte Sal.

»Es gibt Schlimmeres.«

»Lieber möchte ich die Kabine ausblasen.«

»Urteile nicht zu früh. Das ist ein *guter* Knochenbau.«

Sal reagierte darauf mit einem angewiderten Blick.

Meg sagte: »Du kannst nach oben gehen, wenn du möchtest. Ich halte hier die Stellung. Oder wir machen einen Spaziergang, und ich erzähle dir, was ich im Zimmer nicht sagen wollte.«

»Ja«, sagte Wills am Telefon, *»ja, wir haben ihn gefunden.«*

Salvatore holte Atem. »Ihr Glück.«

»Jawohl, Sir.«

»Und wo, zum Teufel, ist er?«

»In einem Hotel, Sir. Er hatte bisher nur noch keine Rechnung bezahlt. Kein Problem.«

»Es sollte auch besser keins geben. Hören Sie mir zu. Wenn Sie seine Spur nicht auf andere Weise verfolgen können, setzen Sie einen Mitarbeiter auf ihn an. Sie lassen sich diesen Mann nicht durch die Lappen gehen. Verstanden?«

»Jawohl, Sir. Der Bericht geht Ihnen in diesem Augenblick zu.«

Wills' Stimme klang, als sei er völlig aus der Fassung. Aber er hatte sich sofort hinterhergemacht, als ein Routine-Ausdruck zeigte, daß Dekkers Karte nicht für ein Hotel benutzt worden war. Eigentlich konnte man Wills keinen Vorwurf machen. Dekker war nicht der einzige

Fall, den Wills am Hals hatte, und mehrere davon waren Schwerverbrechen, während es sich bei Dekker um eine Minimale Überwachung handelte. Aber der Hilfsdienst hatte zu dem einzigen Zweck, daß man Dekker auf der Spur bleiben konnte, fünf ganze Hunderter auf diese Karte überwiesen, und es war für die Abteilung peinlich, daß er in den ersten paar Stunden entschlüpft war, an einem Ort, wo er keine Freunde, keine Kontakte, keinen Kredit und keine Möglichkeit hatte, Kredit zu bekommen.

Wills fragte: »*Wünschen Sie, daß Browning ein paar Fragen stellt?*«

Salvatore überflog den Bericht. Dekker hatte etwas mehr als fünf Dollar in einer Höllendeck-Bar ausgegeben, 5,50 für Bier und Telefongespräche und sonst nichts.

Browning hatte mit dem Mann im Pazifik gesprochen, der Dekker ein Stück die Straße hinunter zum Schwarzen Loch gewiesen und ihm seine Karte dorthin nachgeschickt hatte, nachdem die Direktion des Loches deswegen angerufen hatte. Browning hatte soviel Verstand, bei Wills rückzufragen, bevor er einen weiteren Schritt tat, und Wills hatte Browning befohlen, Dekker nicht zu dicht auf die Fersen zu rücken. Offenbar war er noch dort, das Loch war ein ruhiges Hotel und hatte keinen erkennbaren Grund, das Pazifik zu belügen, aber Dekker hatte die Karte, nachdem sie ihm zugestellt worden war, im Loch nicht benutzt — woraus zu folgern war, daß Dekker dort Leute kannte — oder daß er eine Möglichkeit gefunden hatte, seinen Lebensunterhalt zu bestreiten — also sich für irgend etwas zu verdingen und die Karte eine Weile in der Tasche zu lassen. Das war kein ungewöhnlicher Schachzug für einen, der der Polizei aus dem Weg ging. Prostitution war der übliche Weg, wenn jemand Grund hatte, sich für das System unsichtbar zu machen — und wenn nicht das, dann mußte er Freunde haben.

Wills sagte: *»Bird und Pollard wohnen dort. Das hatten wir bereits festgestellt.«*

Bird und Pollard. Salvatore forschte in seinen jüngsten Erinnerungen.

»Die Leute, die Anspruch auf sein Schiff erhoben haben«, ergänzte Wills. *»Die ihn hergebracht haben. Der Anspruch wurde anerkannt. Die Company bezahlte. Aber Bird und Pollard haben ihm das Leben gerettet. Ich vermute, er suchte sie auf — warum, weiß ich nicht, offensichtlich jedoch nicht, um ihnen den Krieg zu erklären. Er wohnt dort und bezahlt mit einer von ihren Karten.«*

Also war Dekker nicht unbedingt darauf aus, Ärger zu machen. Es war nur vernünftig, daß er sich den beiden einzigen Menschen anschloß, die er kannte. Salvatore nahm einen Schluck von seinem kalt werdenden Kaffee, dachte darüber nach und sagte: »Also gut, also gut, der Junge hat sich eine Unterkunft beschafft. Wir tun nichts, solange er sich ruhig verhält, verstanden? Besorgen Sie sich nur eine Liste der gegenwärtigen Bewohner. Überprüfen Sie deren Hintergrund. Das Übliche.«

»Ist notiert«, sagte Wills. *»Wir können eine Steuerprüfung zum Vorwand nehmen.«*

»Tun Sie das.«

Es war ihnen gelungen, den Prozeß niederzuschlagen — der Bericht hatte den Vorstand der Earth Company überzeugt, aber wie knapp man der Gefahr entgangen war, ahnte der Junge nicht einmal. Immerhin hatte er den Unfallbericht unterschrieben. Er war aus dem Krankenhaus entlassen worden, und wenn er ohne weiteres Arbeit und Unterkunft fand, war das doch fein. Visconti behauptete, eine Rehabilitation werde im Augenblick nicht viel nützen. Es herrschte eine Menge Feindseligkeit.

Also sollte Dekker ruhig das Geld des Hilfsdienstes ausgeben. Sollte er sich irgendwo niederlassen und darüber nachdenken, wie er am Leben bleiben konnte. Es lag keine Nachlässigkeit vor, es war keine Anklage zu erheben, und Dekker kam nicht vor Gericht, ganz gleich, wie energisch Alyce Salazar seinen Kopf forderte. Salazar drohte jetzt mit einer Zivilklage, um das Bankkonto und die Versicherung beschlagnahmen zu lassen. Craytons Büro hatte Salvatore den Wink gegeben, sich darüber keine Gedanken zu machen. Die Tochter war über 18 gewesen, der Partnerschaftsvertrag mit seiner Begünstigungsklausel für den Überlebenden war unterschrieben und legal, und das Guthaben war auf jeden Fall gemeinsam erworben worden. Dekker war vor ihr sicher. Es gab keinen legalen Weg, auf dem Salazar etwas gegen ihn unternehmen konnte.

Diese Karte konnte auf den Stapel der schwebenden Verfahren kommen.

Meg und Sal schlenderten spinwärts vom Loch die Straße entlang, und Sal hatte selbst etwas auf dem Herzen. Da Meg nicht begann, tat sie es: »Ich will dir was sagen, Kady, wir müssen ihn von dort wegschaffen. Gott, warum ist er ausgerechnet ins Loch gekommen!«

»Das ist nur zu verständlich.«

»Verständlich! Er hat doch gesagt, man habe ihm alles weggenommen, was er besaß, alles, was ihm teuer war. Und was wird er jetzt tun — das Ganze vergessen?«

Meg ging ein paar Schritte weiter. Trat nach einem Fleck auf dem Boden. »Ich weiß es nicht. Schwierig zu sagen. Aber sollen wir ihn vielleicht hinauswerfen? Das würde er ganz bestimmt nicht verzeihen.«

»Der verzeiht nie!«

Von neuem herrschte Schweigen. »Weißt du, ganz offen heraus, Sal — zwischen Ben und Bird gibt es einen Unterschied.«

»Wir reden von Dekker. Oder warum laufen wir hier draußen herum?«

»Wir reden davon. *Calmati, calma,* he?«

»Nun rede schon! Bisher hat nichts Sinn gemacht.«

»Ich sage dir, ich habe nie irgendeine Verwendung für die alte Heimat gehabt. Du erst recht nicht.«

»Verdammt richtig.«

»Soll sie doch kaputtgehen und all dieser Blödsinn, richtig? — Aber ... ich weiß nicht, Sal, ich habe darüber nachgedacht — und ich *weiß*, warum Bird das Zimmer für diesen Jungen bezahlt.«

»Und warum tut er es?«

»Du weißt doch, du sagst nicht ›Guten Morgen‹.«

»Natürlich sage ich ›Guten Morgen‹. Und was bedeutet das so oder so?«

»Du sagst es, weil ich es sage. Du hast es nicht von Anfang an gesagt. Auch nicht ›Guten Abend‹. Das ist etwas völlig anderes, Sal.«

»Und?«

»Auf die Weise anders, wie Bird anders ist als wir. Ich habe nie begriffen, welche Bedeutung die alte Heimat hat, bis mir das aufgegangen ist.«

»Das ist doch Quatsch.« Sal haßte Rührseligkeit. Das hier wurde rührselig, es sah Meg nicht ähnlich, und sie fühlte sich zunehmend unbehaglich dabei.

»Sei es, was auch immer«, sagte Meg. »Aber ich weiß, warum Bird zahlt.«

»Weil die alte Heimat dich verrückt macht.«

»Dekker ist aus der alten Heimat. Zumindest von der Sol-Station — was für ›Guten Morgen‹ nahe genug daran ist.«

»Der Akzent verrät es einem.«

»Ja. Aber wir *denken* mit Akzent. Das ist es, wovon ich rede. Von deinem und meinem Akzent. Ich kann der alten Heimat den Rücken kehren, ich kann mitnehmen, was ich will, und den Rest zurücklassen. Bird ist kein Rab, Bird verkörpert die Norm, aber ich weiß, wie sein Verstand arbeitet — vergiß nicht, ich habe schon mit Leuten von dort zu tun gehabt.«

»Sind das alles Dummköpfe?«

»Dummköpfe, *peut et*. Aber sie sind nicht die einzigen. Versteh mich nicht falsch, Sal — du könntest über das, was ich sagen möchte, ärgerlich auf mich werden.«

Rätsel über Rätsel. Alte-Heimat-Gewohnheiten konnten einem schon manchmal auf die Nerven gehen. »Nun gut, da haben wir dieses tiefe Geheimnis, daß Leute aus der alten Heimat anders sind. Es ist fünf Dollar wert. Weiter.«

»Also dann, gerade heraus: Luder Mama begaunert ihre Kinder.«

»Ist das etwas Neues?«

»Ja, wenn man es nicht sieht. Weißt du, sogar die Filme, die wir hier draußen bekommen, sind nichts als Mist, Aboujib, es sind Company-Filme. Entweder werden Leute in Stücke gehackt oder Polizisten werden gejagt oder es geht um Blödsinn, der komisch sein soll, dazu der Ehre-dem-Firmenemblem-Scheiß, und alles ist gründlich zensiert — verstehst du mich? Luder Mama hat dich die ganze Zeit beraubt, immer in kleinen Stückchen. Mich ebenso. Diesen Blödmännern *gefällt*, was rab ist. Rab ist für sie kein Problem, Teufel, rab ist das, wohin sie gehen — vergiß die Erde. Vergiß, was auf den Müll gehört. — Nur bestimmt hier draußen die *Company*, was rab ist. *Capisce?*«

»Nein.« Sal hatte den leichten Verdacht, Meg sehe sie von oben herab an, an einer langen Alte-Heimat-Nase herunter, und dazu noch einer über dreißigjährigen langen Nase. Aber das, was Meg gesagt hatte, ergab bisher noch nicht genug Sinn, um sie böse zu machen. »Wird das irgendwann zu einer wesentlichen Aussage führen?«

»Noch einmal: Es ist das Institut. Verstehst du? Du hast dich dort nicht verdummen lassen. Aber du sagst nicht ›Guten Morgen‹ ...«

»Um Gottes willen, Kady. Dann also: Guten Morgen!«

»Gürtelbewohner sagen das nicht. Bird hat mich einmal darauf aufmerksam gemacht. Leute von der Sol-Station sagen es, Gürtelbewohner sagen es nicht. Gürtelbewohner geben dir keine zweite Tasse Kaffee, ohne daß du dafür bezahlst. Auf der Sol-Station erwartet man es. Gürtelbewohner geben dir nie eine zweite Chance. Hast du einmal einen Fehler gemacht, bist du abgeschrieben, erledigt!«

»E-vo-lu-tion. Dummköpfe sollen sich nicht fortpflanzen.«

»*Company*-Brauch, Aboujib. Es ist nicht immer so gewesen.«

An einer verdammt langen Alte-Heimat-Nase herunter.

»Hast du dir in den letzten paar Jahren einmal die company-konformen Angestellten angesehen, Aboujib? Wie sie sich kleiden? Rabs, die zu Anzügen übergegangen sind.«

»Na und? Die armen Teufel verstehen es immer noch falsch.«

»Nein. Nein. Sie verstehen es *richtig*. Ich will nicht behaupten, daß es Absicht ist — ich bin mir gar nicht sicher, ob bei ihnen viele Neuronen kompatibel sind —, aber sie *sympathisieren* mit dem Rabble. In ihren kleinen konformen Gehirnen denken sie: Scheiße, ja, weg mit der Vergangenheit, soll doch die Company bestimmen, was Mode, was rab und was überholt ist — sie mögen es nicht, wenn ein Rechtsanwalt, der ein Himmelsblaugucker ist, ihnen die Charter-Gesetze vorträgt, also ist das überholt. Belehre niemanden über höhere Werte. Wir Techniker und Piloten brauchen nichts anderes als Horrorfilme und Possen, richtig? Techniker brauchen nichts weiter zu verstehen als ihren Job. Verdammt, der Rabble hat nie gesagt, weg mit allen Gescheiten, wir haben gesagt: Hört auf, die Erde für maßgebend zu halten, wacht auf und seht, was sich da draußen wirklich abspielt. Aber die oberflächlichen Nachahmer sagen: *Weg mit der Vergangenheit*. Wir sagten: Zugriff für das Volk, und die Nachahmer sagen: *Nimm es dir, solange du das noch kannst.* Company-Brauch. Die Slogans kommen bei den Nachahmern an, Aboujib, die Nachahmer stellen keine Fragen, die Nachahmer sind immer dümmer als das Management. Teufel, nein, das Management hat nicht etwa sein Gehirn angestrengt und *geplant,* uns zu übernehmen, es ist einfach immer den einfachsten Weg entlanggewackelt, und, verdammt noch mal, wir haben ihm dabei geholfen.«

Das mit dem Company-Brauch machte auf häßliche Weise Sinn. Das Institut diente ohne Frage dazu, kleine company-konforme Piloten herzustellen — Sal wußte Bescheid. Sie hatte dem Firmenemblem keine Ehre erwiesen, und man hatte einen Weg gefunden, sie ganz schnell loszuwerden.

Sie schritten eine Weile schweigend dahin. Dann sagte Meg: »Ich bin 35. Ich bin eine alte Rab. Vor acht, neun Jahren hat man uns vor den Türen niedergeschossen, und die Politokraten im Bett der Company sagten, die gute alte Earth Company sei im Recht gewesen, es sei Selbstverteidigung gewesen, der Rabble habe das Gesetz gebrochen und eine Anlage von strategischer Bedeutung gefährdet. Glaubst du das? Ist das Gesellschaftshauptquartier eine Anlage von strategischer Bedeutung? — Es ist Zeit, daß die Erzsucher *und* die Shepherds den Mut finden, die verdammte Company zum Teufel zu schicken und das ganze Unternehmen zu privatisieren. Aber wo sind sie, Sal? Wo sind sie? Es gibt fast keine Selbständigen mehr. Jetzt landen nur noch ganz wenige hier. Die Company bildet die Angehörigen der neuen Generation aus, bezahlt ihre Rechnungen und gibt ihnen die guten Sektoren, bis sie alles in ihrer Tasche haben. Die Shepherds haben sich von der Company ausrüsten lassen, und jetzt kämpfen sie darum, ihre Privilegien zu behalten. Der Rabble hat sich im Jahre 15 niederschießen lassen, und heute stolzieren diese verdammten synthetischen Rabs herum und tragen dabei den Stempel der Company auf der Stirn. Die Nachahmer wissen nicht, was wir waren. Sie verwandeln uns in Kleider. In *Company*-Mode. Die verdammten jungen Nachahmer machen die Musik ohne die Worte. Auf Sol ist die Bewegung wahrscheinlich tot. Alt. Antik. Und wohin gehe ich?«

»Ins Nichts.« Sal steckte die Hände in die Taschen und blieb Schritt für Schritt an Megs Seite. Anscheinend war Meg fertig mit dem, was sie hatte sagen wollen. So verrückt es sich anhörte, Sal fragte sich, ob das Institut die Dinge, die sie nicht wissen sollten, tatsächlich zensiert habe, und dabei kam ihr zu Bewußtsein, daß sich die Spielregeln gewaltig verändert hatten.

Zum Beispiel gab es das nicht mehr, daß ein Schiff Gemeinschaftseigentum der Mannschaft war, wie man es auf Shepherd-Schiffen gehalten hatte. Zum Beispiel weigerte die Bank sich, abgezeichnete Kassenbons einzulösen. So hatten die Shepherds früher Bonusse gezahlt, und das hatte Geld außerhalb des Bankkarten-Systems bedeutet.

Sal dachte daran, welchen Kurs sie hätte segeln können, wenn Arschkriecherei ihr Fall gewesen wäre. Sie dachte an ihre Mutter und an die Freunde ihres Vaters, darunter Mitch, der gesagt hatte: Du bist ein Dummkopf, Mädchen. Du hättest den Kopf nicht aus der Dekkung strecken sollen, bevor du deinen Abschluß hattest. Wir können dir kein Diplom ausstellen, verstehst du? Ein Mädchen, in dessen Personalakte fahrlässige Verletzung der Sicherheitsvorschriften steht ...

Sie war also ein Dummkopf, und die Lehrer warfen sie hinaus und sagten ihr das gleiche, was sie Ben gesagt hatten: Nicht ausreichende Begabung. Sie lernte von Meg — sie hatte von Meg mehr gelernt, als sie beim Lizenzausschuß gebraucht hatte, und wenn die Zeit kam, in der sie von Meg nichts mehr lernen konnte, würde sie um sehr vieles besser zu Mitch zurückkehren, als Mitch ihr jemals zugetraut hätte ... auch wenn sie in der Schule versagt und nicht die richtige Einstellung gezeigt hatte und all das.

Aber in der Zwischenzeit wurden die Freunde ihrer Mutter und ihres Vaters grauer und dünner und brüchiger, einige starben an den lausigen Schutzschirmen, die man früher gehabt hatte, die alten Offiziere und Mannschaftsdienstgrade blieben bei ihren Jobs, weil sie die Fachleute waren, die die Company dringend benötigte.

Aber die Company bildete neue Techniker aus, so schnell sie konnte, und der neue Leiter von Luder Mama sprach davon, man wolle anstelle von jahrelanger Shepherd-Erfahrung Institutsstunden anrechnen und nach dem 40. Geburtstag alle fünf Jahre eine Neuprüfung verlangen.

Die Shepherds hatten Luder Mama natürlich gesagt, wohin sie ihre Fracht in dem Augenblick, wo sie das tue, schicken würden, und die Company drohte, diese neuen Vorschriften in Kraft zu setzen, wenn die Shepherds das täten — aber die Zahl der Company-Piloten, auf die soviel Verlaß war, daß sie nicht außer der Fracht sonst noch etwas in den Schwerkraftschacht warfen oder sich und ihre Schiffe durch puren Zufall rösteten, war zu gering, als daß die Lücken hätten gefüllt werden können. Im Augenblick.

Deshalb hatte Big Mama ihre brandneuen Techniker-Crews vorerst auf die Treiber stecken müssen, weil Shepherd-Crews sich weigerten, mit den Discount-Talenten der Company zu fliegen, die geradenwegs aus der ›Beschleunigten Ausbildung‹ kamen — und weil das Militär Mama wegen der Termine die Hölle heiß machte. Aber die Zeit und der Gürtel forderten ihren natürlichen Tribut, und der Tag war nicht mehr fern — sogar eine Versagerin mit der verkehrten Einstellung konnte ihn kommen sehen —, an dem einfach zu wenige von der alten Garde noch übrig waren, um ein störendes Wellchen in den Absichten der Company zu erzeugen. Eines Tages würde die Company ihre neuen Vorschriften in

Kraft setzen, und Sal hatte das richtige Alter, um sich darin zu verfangen. Megs Gedankengang gefiel ihr überhaupt nicht, und sie begriff den Bezug zur Gegenwart nicht — aber Meg hatte ihr versprochen, darauf werde sie noch kommen.

»Und?« fragte Sal. »Wohin führt das alles? Was hat es mit unserem Problem zu tun?«

»Wenn du Bird verstehen willst«, sagte Meg, »mußt du dir zuerst einmal klarmachen, daß Himmelsblaugukker nicht wissen, was Mangel ist. Sie rechnen nicht in Gedanken nach. Die Luft ist kostenlos, und sie haben nichts als Schwerkraftzeit, deshalb verschenken sie sie — sie verschenken sie sogar dann, wenn sie sie nicht haben, weil das ihr Stolz ist, siehst du? Sie müssen sagen, daß sie es tun können, auch wenn sie es *nicht* tun können, weil den Naturgesetzen folgende Menschen es können und sie niemals zugeben werden, weniger zu sein.«

»Eine sichere Methode zu verhungern«, stellte Sal fest. »Eine Methode, bei einem Company-Job zu enden. Das ist reine Dummheit, Kady. Und Bird ist nicht dumm.«

»Die Luft ist kostenlos auf der Erde. Füße können gehen.«

»Wenn einem Dreck nichts ausmacht. Und dort gibt es Gesetze, die einem vorschreiben, wo man gehen darf. Das habe ich von Bird gehört.«

»Das schon.« Meg ging ein paar Schritte weiter. Sal fiel ein, daß Meg, ungeachtet alter Geschäftsbeziehungen zur Sol-Station, dem blauen Himmel viel näher war, als sie selbst es je sein konnte, und sie fragte sich bekümmert, ob Meg verstummt war, weil sie diese dumme Redensart über den Dreck gebracht hatte.

Aber Meg fühlte sich wohl doch nicht beleidigt, denn sie fuhr fort: »So ist es für Angestellte der Company, nicht wahr? Die Luft ist kostenlos, wo auch immer sie sich aufhalten. Mangel heißt für sie, daß ihnen ihr

Chardonnay '87 ausgegangen ist — ich weiß es. Teufel, ich habe diese Fracht befördert. Ich weiß, was diese Hurensöhne essen, diese Kerle mit ihren venetianischen Antiken und ihren Bettdecken aus Nerz.«

»Venetianisch?«

»*Italiano.* Rasend teuer. Zerbrechlich. Nerze sind wollige Lebewesen. Man trägt ihre Pelze.«

Sal sah sie an. Manchmal veralberte Meg einen, wenn sie in der Stimmung dazu war. Es ließ sich schwer sagen.

»Das ist kein Spaß. Ich habe das Zeug transportiert. Perlen, Edelhölzer, solche Sachen. Wenn man es klaute, konnte man es auf dem Schwarzen Markt an Sternenschiffe losschlagen oder es geradenwegs zurückverkaufen. Kannst du erraten, wo?«

Sal hob eine Braue.

»Ich nehme an, der Company-Bonze bekam seine Wohnung möbliert«, sagte Meg. »Oder er hatte eine billigere Quelle gefunden. SolCorp wollte mich nicht vor Gericht bringen, Teufel, nein. Man sagte mir, ich könne herkommen und auf eigene Rechnung fliegen oder für die gute alte Earth Company Pilotin auf einem Marspendler werden, wenn ich absolut nicht auf die Erzsuche gehen wolle.«

Das hatte Meg noch nie so unumwunden zugegeben — daß sie ein Schwarzmarktgeschäft mit einem leitenden Angestellten der Company hatte machen wollen und daß er sie in eine Falle gelockt hatte.

Was nach diesen vielen Jahren nicht alles herauskam!

Sie mochte Meg jetzt viel lieber als vor all diesen Jahren, soviel stand fest — sie konnte ihren Gedankengängen besser folgen, wenn auch nicht allen, und sie war sich nicht völlig sicher, ob sie wissen wollte, wo Meg gewesen war oder welche Ausbildung Meg hatte. In einen planetaren Schwerkraftschacht eintauchen oder ein Schiff aus einem hinausbringen — bei der Vorstellung standen einer Shepherd-Tochter die Haare zu Berge.

»Nun ist Bird gegenüber diesem Jungen ein bißchen zu großzügig gewesen. Bird wird nicht nein sagen, wird diesen Jungen auch nicht dazu bringen, daß er fragt. Machismo. So etwas in der Art. Tatsache ist, ich bin da gewesen, wo dieser Junge ist, und es nimmt mich ein bißchen mit, Sal. Ehrlich.«

»Nun, ich bin mit dir einig, daß ich auch nicht gern sehen würde, wie dieser Junge zum Teufel geht. Ich habe sogar Mitch eingeschaltet, und *sie* haben sich eine ganze Menge Mühe gemacht — aber nach dem, was der Junge getan hat, werden sie ganz schnell die Hände von ihm lassen. Ich will dir sagen, was mir nicht gefällt, Kady. Ich habe es von Persky gehört. Der Junge hat herumgeschrien, Bird und Ben wüßten, daß ein Treiber da draußen war.«

»Er war doch betrunken.«

»Das spielt keine Rolle, Kady, verdammt noch mal, ich habe sehr wenige Pluspunkte bei Mitch.«

»Mitch kann mich mal.«

»Ja, zum Teufel mit Mitch — Mitch wird mir nur eins raten. Distanziere dich von Bird, das wird er mir sagen.«

»Würdest du es tun?«

»Es ist schon auf dem ganzen verdammten Deck bekannt, was er gesagt hat.«

»Tss. Man hat ihm den Verstand mit Drogen benebelt, Aboujib.«

»Wir haben hier eine tickende Bombe, Kady. Das können wir uns nicht leisten. Ben und Bird können es sich nicht leisten!«

»Gut, ich will dir erzählen, was Bird mir gesagt hat. Dies ist vertraulich. Laß es in ein Schwarzes Loch fallen.«

»Mach schon.«

»Ein Treiber sitzt da draußen genau an der Stelle, wo sich der Unfall ereignet hat. Dekker hat ihnen die Koordinaten gegeben. Sagte, er und seine Partnerin hätten einen großen Felsen gefunden. Klasse B. Da sitzt der Treiber jetzt, zerkleinert ihn und spuckt ihn zum Schwerkraftschacht, so schnell er kann. Noch ein paar Monate, und es wird nichts mehr da sein.«

»Warum, zum *Teufel,* hast du mir das nicht gesagt?«

»Ich *sage* es dir. Ich habe es heute nacht von Bird gehört. Das kannst du auf diesen Plänen sehen, die du geklaut hast.«

»Scheiße! — Aber das ergibt doch keinen Sinn. Etwas rollt von DA DRAUSSEN herein — ja, solche Felsen kommen vor, aber die bekommen *wir* doch nicht. Sie zeigen sich auf den Schirmen der optischen Erfassung.«

»Jemandem ist eben ein Fehler unterlaufen — er hat den Sektor den jungen Leuten zugewiesen. Luder Mama wird einem selbständigen Erzsucher kein solches Geschenk machen. Willst du wissen, wie viele hier herumwimmeln würden, wenn das die Regel wäre? Die Passage hierher *bezahlen* würden? Wenn es wirklich Eisen war, wie Dekker behauptet, ist das Wert in der Höhe einer Staatsschuld!«

Sal ließ den Atem durch zusammengebissene Zähne entweichen. »Gott.«

»Du kennst die Hilfe, die unsereiner von Luder Mama bekommt. Irgendein untergeordneter Trottel im Gürtel-Management macht einen Fehler, schickt diesen unabhängigen Erzsucher dorthin, und dann findet sein Vorgesetzter es heraus. Und meldet sich ein Unabhängiger, bevor er seine Probe hat? Du und ich arbeiten jedenfalls nicht so. Wir wollen nicht, daß das Luder sagt, Schluß, verfolgt die Sache nicht weiter, und dann gibt sie den guten Stoff ihren Schoßhündchen ... und du mußt den jungen Leuten schon ein *bißchen* Ahnung darüber zubilligen, wie das System funktioniert. Sie haben dem Luder nicht getraut. Sie haben weitergemacht und eine Probe genommen — damit sie erst einmal eine solide Analyse des Gehaltes hatten.«

»Lebensgefährlich für ein Schiff dieser Größe. Vielleicht war es doch der Felsbrocken, der sie erwischt hat, vielleicht sind sie überrascht worden ...«

»Möglich. Ich weiß es nicht. Der *jeune fils* denkt nicht so.«

»Und ein solcher Felsen — ohne Markierung — wo ist der hergekommen? Das Ding muß einen Orbit von einer halben Ewigkeit gehabt haben. Und Eisen?«

»Wir wissen nicht, was es war. Wir wissen nur, das Mädchen ist tot, und Luder Mama hat das Log gelöscht. Aber die Trümmer müssen jetzt jeden Tag am Schwerkraftschacht ankommen. *Das* kannst du Mitch stecken.«

»Ich kann es ihm stecken, was es auch wert sein mag. Aber wenn der Junge den Mund so weit aufreißt ...«

»Äußerst jung, äußerst grün, Aboujib. Wir können ihn auf Vordermann bringen.«

»Kady.«

»Doch. Und ich will dir noch etwas sagen. Wir *müssen* ihn auf Vordermann bringen. *Sie* wissen, wo er letzte Nacht gewesen ist.«

»Wovon redest du?«

»Von *Luder Mama*. Er ist ins Hotel gekommen. Er hat sich ein Zimmer gemietet. Er kennt Bird und Ben.«

»O Gott.«

»Ganz recht, ›o Gott‹. Ich habe das selbst schon durchgemacht. Sie haben ihn an der Leine. Vielleicht nicht an einer kurzen, aber das hängt davon ab, in was er hineingerät. Und was sollen wir Bird sagen? Entschuldige, Bird, aber du mußt diesen Jungen wirklich hinauswerfen, weil Luder Mama auf Ärger aus ist und weil Sal den Shepherds Bens Pläne zugespielt hat?«

»Verdammt noch mal, warum hast du nichts gesagt?«

»Wie kann ich etwas sagen, das ich nicht weiß? Ich hatte das Wort ›Treiber‹ nicht gehört. Ich hatte diese Pläne nicht gesehen. Ich hatte das Wort ›Felsen‹ vor letzter Nacht nicht gehört.«

»Verdammt, verdammt, verdammt!«

»Möchtest du noch einen Gedanken, mit dem du

schlafen kannst? Wir fahren in zwei Wochen wieder hinaus, und was wird *er* tun — oder sagen —, während wir da draußen sind? Können wir ihn aufhalten?«

»Gott.«

»Was wird Mitch wohl dazu sagen?«

»Ich weiß es nicht!«

»Wir könnten ihn für etwa drei Monate zum Schweigen bringen.«

»Was sagst du da? Wir sollen ihn *mitnehmen?*«

Sie gingen an dem lärmerfüllten Eingang zu einer Bar vorbei. Auf der anderen Seite angekommen, sagte Meg: »Also, ich denke folgendes. Der *jeune fils* muß seine Lizenz zurückbekommen. Angenommen, er besteht die Prüfung. Dann braucht er immer noch Bordzeit. Zweihundert Stunden. In der Zeit ist er nicht hier. In der Zeit kann er nicht quatschen.«

»Ja, und wie hast du Ben eingeplant? Ben wird den Jungen *umbringen.*«

»Wer sagt Bird und Ben?«

»Du hast den Verstand verloren, Kady.«

»Paß auf. Er hat Schulden bei Bird — und wir können sie für ihn bezahlen. Wir tun das als eine Gefälligkeit. Dann hat Bird Karma für uns bekommen. Der Junge auch — der ebenfalls aus der alten Heimat stammt.«

»Der ebenfalls verbogen ist. Und wir werden ihn auf dem Hals haben!«

»Erkläre Mitch, was wir vorhaben. Sag ihm, wir werden diesen Jungen *zurecht*biegen. Wollen *sie* ihn jetzt? Das glaube ich nicht. Wir können Dekkers Probleme lösen, Birds Probleme lösen, Mitchs Probleme lösen. *Unser* Ruf kann keinen besonderen Schaden nehmen. Wir werden uns nützlich machen. Wir gewinnen die ernsthafte Aufmerksamkeit dieses *jeune fils,* und er wird kein Problem mehr darstellen.«

Sal rollte die Augen. An dieses Schiff, dem sie so nahe waren, knüpfte sich eine *teuflische* Situation ...

Dekorativ ist schön und gut, dachte sie. Aber zahlt es

sich aus? Meg wirft mit diesem Stuß über kostenlose Luft und Großzügigkeit herum wie ein Prediger. Und was bringt uns dieser Junge wirklich?

Sie gingen weiter, sahen sich die Schaufenster an. Die tiefen Baß-Rhythmen der Musik dröhnten aus den Lautsprechern und wurden von den Trägern oben zurückgeworfen.

Sal sagte zu Meg: »Ich will dir eins sagen, es ist nur zu hoffen, daß dieser Chelovek nicht beim Klauen war. Unser Ruf ist schon schlecht genug. Und er sollte besser nicht noch einmal im Drogenrausch ins Schwarze Loch kommen. Wenn er bloß nicht von dieser Sorte ist!«

»Das konnte man heute morgen nicht sagen«, meinte Meg.

»Man konnte ebensowenig sagen, er sei high gewesen. Ich hasse diese stillen Typen. Im Ernst, Meg, wenn wir mit dem Schiff draußen sind und er durchdreht — was, zum Teufel, sollen wir dann tun? Wir wissen doch nicht, ob wir es *schaffen*, ihn auf Vordermann zu bringen. Dieser Junge könnte da draußen Fürchterliches anstellen. Was machen wir dann?«

»Ihn an die Rohre binden, wie Bird und Ben es getan haben? Das würde ich notfalls tun.«

Sal holte tief Atem. »Verdreht, Kady!«

»Nun, he — er ist nicht nutzlos, oder?«

»Teufel!«

»Das gibt Mitch drei ganze Monate«, sagte Meg. »Möchtest du, daß dieser *jeune fils* in seinem Zustand auf dem Deck los ist und über Bird und Ben und Treiberschiffe quasselt?«

»Ein Punkt für dich.«

»Wir müssen also überlegen, wie wir von Luder Mama die Genehmigung für ihn bekommen.«

»Als was sollen wir ihn denn deklarieren? Als Ballast?«

Lüsternes Grinsen. »Als ergänzende Information?«

»Primitiv, Kady.«

»Ja.« Meg warf einen Blick zur Seite und schmunzelte.

»Hör auf mit dem Blödeln! Wir haben hier ein gar nicht mal kleines Problem. Gesetzt den Fall, wir bringen den Jungen auf Vordermann, dann stellt er immer noch einen Störfaktor dar. Denk daran, Ben ist richtig außer sich ... Ben wird damit *nicht* einverstanden sein, er wird keine Gemeinschaft mit ihm eingehen.«

»Ben sollte Bird in dieser Sache besser keine Vorschriften machen. Es ist nicht nötig, daß er es einsieht, er soll es bloß bleibenlassen. Jeder braucht irgendwann etwas Freiraum.«

»Und ob, Meg. Ben braucht einen besonders großen.«

»Der Junge braucht ja nicht mit Ben zu arbeiten.«

»Wer wird dann mit ihm arbeiten? Wir haben eine kilometerlange Warteliste, und jeder Computermann, der einen Piloten braucht, will einen, der keine außerirdischen Lebewesen sieht, um Gottes willen. Dieser *jeune fils* hat sich gestern einen Ruf verschafft, mit dem er lange Zeit wird leben müssen, bis die Leute es vergessen.«

»Da ist immer noch Yoji Carpajias.«

»Gott.« Yoji war ein großer Computermann. Aber er badete nicht. »Wir müßten das ganze Schiff ausdämpfen und ausblasen.«

»Ja. Aber es *gibt* ihn. Es gibt andere. Soll Ben auf der *Trinidad* bleiben, wir nehmen die *Way Out*. Wenn Luder Mama erlaubt, daß Dekker sich neu qualifiziert, ist Stillverhalten genau das, was sie haben möchte. Und ein Dekker, der seine Lizenz zurückbekommen hat, ist sehr viel glaubwürdiger, nicht wahr?«

»Ja, und wie halten wir ihn an der Leine? Im Augenblick ist er Gift. Aber wir kennen ihn nicht. Wir wissen nicht, in *welche* Richtung er sich entwickeln wird.«

»Dekker ist von Sol. Er ist Bird sehr ähnlich. Du mußt einberechnen, daß sein Handeln von Gründen bestimmt wird, wie Bird-Typen sie haben. Er hat zu seiner Partnerin gehalten, stimmt's? Er wird uns verpflichtet sein. Viel Karma.«

Jetzt begriff sie erst richtig, was Meg sagen wollte. »Karma, von wegen. Wenn Bird diesem Hurensohn Bordzeit verschafft, kann er sie ihm berechnen. Er kann sich seine Forderung aus Dekkers Haut schneiden, jawohl. Entweder besitzt Dekker Geld, um diese Zeit zu bezahlen, oder Bird hat sich eine Piloten-Marionette verschafft. Dieser alte Halunke!«

»Ich glaube nicht, daß Bird es aus diesem Grund tut.«

Sal maß Meg mit einem Blick, dachte das Ganze ein paarmal durch, fragte sich, ob sie Megs Gedankengängen in jedem Fall richtig gefolgt war. »Ja, aber sind *wir* so verrückt? Bird gehört die *Way Out* — aber *uns* gehört unsere Zeit. Wir protokollieren die Bordzeit dieses Jungen, und er ist unser Eigentum, bis er seine Schulden bei uns bezahlen kann — so lautet das Gesetz, das ist das einzig Nützliche, was ich im Institut gelernt habe. Wir binden den Jungen auf Zeit an uns, *wir* sorgen dafür, daß er seine Lizenz zurückerhält, und die Company kriegt ihn nicht ums Verrecken in die Finger. Tun wir damit nicht auch ein gutes Werk?« Sal blieb plötzlich wie angewurzelt mit den Händen in den Taschen stehen. Eine ganz neue Idee nahm Gestalt an. Mitch und die *Way Out* und ein Kartenblatt von weit höherem Wert, mit dem sie das Spiel machen konnten. »Vielleicht ist das der Grund, warum Luder Mama das Prediger-Zeug in der Piloten-Ausbildung weggelassen hat, was meinst du?«

Es war nicht ganz das Richtige, jetzt bei Null-Ge zu arbeiten. Stundenlang hintereinander schwebte man herum und machte alles zunichte, was die Schwerkraftzeit hätte gutmachen sollen, aber schließlich hatten die Ärzte, die die Gesundheits- und Sicherheitsvorschriften aufstellten, nicht die heutigen Arbeitslöhne festgesetzt.

Arbeitslosigkeit gleich Null, behauptete die Company, oder doch so nahe an Null, daß es nicht zählte. Sicher, man konnte ein paar ganz Ausgeflippte zum Schrubben anheuern, doch sie begaunerten einen und stahlen, was nicht niet- und nagelfest war. Bird vertrat die Meinung — Ben übrigens auch —, es sei besser, die längere Dockzeit in Kauf zu nehmen, das Ausdämpfen und Ausblasen selbst zu erledigen und zuzusehen, ob sie beschädigte Systeme, die man wirklich noch reparieren konnte und nicht zu ersetzen brauchte, an den Inspektoren vorbeischmuggeln konnten, statt das Schiff einer Reparaturfirma wie Towney Brothers zu übergeben. Sie würde eine gewaltige Rechnung schicken, nicht zuletzt deshalb, weil Towney Kungelgeschäfte mit einem halben Dutzend Lieferanten machte.

A-men.

Also ersetzten sie die Dusche nicht, sie lösten nur die Wandplatten und schmirgelten die Kanten in einer Mietwerkstatt auf dem 3. Deck selbst ab. Die Dusche sah aus wie neu, als die Platten wieder festgeschraubt waren. Sie nahmen Geräte auseinander und trugen sie aufs Dritte, reinigten sie und setzten sie wieder zusammen, bis hinunter zu den elektronischen Bestandteilen. Und sie reinigten und desinfizierten und nahmen auseinander und setzten zusammen. Wahrscheinlich lernte Ben mehr darüber, wie ein Schiff funktioniert, als es ursprünglich in seiner Absicht gelegen hatte.

Ben war gerade nicht da, er trug eine umfangreiche Last von Teilen zum Dritten hinunter, an denen die Mädchen oder er und Bird arbeiten würden, wenn sie nach dem Lunch herkamen.

Vielleicht konnten sie Dekker gegen Unterkunft und Verpflegung beschäftigen, dachte Bird, wenn er sich vernünftig benahm und wenn er körperlich fit war. Ein Pilot eines Erzsucher-Schiffes, der keine vollständige Niete war, mußte ein guter Mechaniker sein. Inzwischen …

»Bird?« fragte Meg aus dem allgegenwärtigen Lärm des Kerns. Bird traf statt eines Bolzens seinen Finger mit dem Schlagbohrer. Er sagte etwas, das er normalerweise nicht sagte, saugte an dem verletzten Finger, sah sich nach der offenen Luke um, die sie halb geschlossen und mit einer Plastikbahn zugehängt hatten, um die warme Luft drinnen und den Docklärm draußen zu halten.

»Tut mir leid.« Meg trieb herein, hielt die Plastikbahn zur Seite, ein hübscher Anblick in ihrem blauen Lochmuster-Pullover. Sie drehte sich, so daß sie sich mit dem richtigen Ende nach oben ansahen. »Es tut mir leid, Bird. — Brauchst du dabei Hilfe?«

»Nein, danke.« Er wandte sich wieder seiner Arbeit zu, setzte den Schlagbohrer an und trieb die Schraube in die Platte, die er soeben festmachte. Er pflückte sich die nächste vom Klebstreifen. »Ist dir nicht kalt, Mädchen? Und wer paßt auf Dekker auf?«

»Sal und ich haben eine Idee«, verkündete Meg. »Uns schwebt eine Art von Partnerschaftsvertrag vor.«

Bird hörte sie bis zu Ende an. Er sprach kein Wort, solange Meg redete. Er schlief mit dieser Frau, und er konnte sich denken, daß er es sich die ganze Nacht würde anhören müssen, wenn er es sich jetzt nicht anhörte. Es drehte ihm ein bißchen den Magen um.

Meg sagte: »Es geht gar nicht anders, als daß uns das Geld einbringt, Bird.«

»Ja, vorausgesetzt, der Junge ist imstande, so bald schon hinauszugehen. Vorausgesetzt, er bekommt tatsächlich seine Lizenz zurück. Wir sollen dich und Sal für drei Monate mit ihm zusammen in ein Schiff stecken? Es war schlimm genug mit Ben und mir. Ihr Mädchen — ganz allein da draußen ...«

Meg blinzelte und erklärte tugendhaft: »Ja, aber wir werden die Situation nicht ausnutzen.«

»Sei ernst, Meg.«

»Wir sind ganz ernst.«

»Du läßt die Wärme hinaus, Meg.«

»Hör mir zu. Wir können einen Vertrag mit ihm schließen, Sal meint, das sei vollkommen legal. Wir berechnen ihm die Bordzeit als Ausbildung, er wird uns mit Geld oder mit Zeit bezahlen ...«

»Also ein Lehrvertrag.«

»Wie bitte?«

»Ein Lehrvertrag. Ich habe darüber gelesen. Als wir noch Papier hatten, bevor wir Toilettenpapier bekamen, das auseinanderfiel. Du redest von einem Lehrvertrag. Wir haben das Schiff des Jungen. Ben wollte sein Bankkonto pfänden lassen. Jetzt willst du ihn selbst? Das *stinkt*, Meg.«

Da verstummte Meg. Bird war sicher, daß sie beleidigt war. Er griff nach einer neuen Schraube und trieb sie in das Loch.

»Welche anderen Chancen hat er denn?« fragte Meg. »Bird — wer außer uns schert sich einen Dreck darum, was mit dem Jungen wird?«

Bird zog die Schraube fest und sah sich zu Meg um. Jetzt wurde er mißtrauisch — man konnte schon mißtrauisch werden, wenn Meg Kady anfing, über Nächstenliebe zu reden.

»Was heißt ›uns‹?«

»Wir, die wir von der Erde stammen.«

Es war mindestes das dritte Mal, daß er hörte, wie Meg ihren Ursprungsplaneten wechselte. Doch Bird war höflich und erwähnte das nicht.

Meg fuhr fort: »Dekker kommt auch aus der alten Heimat, nicht wahr? Ebenso wie wir.«

»Von der Sol-Station, so, wie er spricht.«

»Stell dir das doch einmal vor, Bird — ein grüner Junge wie er, als Partnerin ein zweites Kind — sie muß noch sehr jung gewesen sein. Die beiden hatten die Spielregeln doch gar nicht begriffen. Schlimmer hätte er es ja gar nicht treffen können. Er hatte niemandem, der ihm den Weg zeigte — der Junge ist nicht ausgezogen, um ins Unglück zu laufen. Er hatte nur keine andere Wahl.«

Gleich würde gefühlvolle Musik einsetzen. Nein, was da summte, war das Heizgerät, und es blies Geld auf das kalte Dock hinaus. »Willst du endlich den Vorhang schließen, Mädchen?«

Meg tauchte zurück und schloß ihn. Das gab Bird Zeit zum Nachdenken. Für Meg und Sal mußte irgendeine große Sache dahinterstecken. Die Zeit reichte, daß er erkannte, was es war.

»Gut«, sagte er. »Das harte Verkaufsgespräch habe ich gehört. Wie lautet jetzt das Angebot?«

Meg zögerte, rollte ihre Augen in einer Geste, die bedeutete: Wir sprechen besser nicht hier — und sagte: »Bird, was hast du zum Lunch vor?«

12. KAPITEL

Dekker döste bei dem gedämpften Musikgeräusch aus der Bar vor sich hin. Er lag halb wach in einem 0,9-Ge-Bett und hatte sich eindringlich zugeredet, niemand werde mit Spritzen oder Tests oder Anschuldigungen durch die Tür kommen. Mehr wollte er gar nicht. Er war sicher an diesem Ort, und vielleicht würde sich, wenn er sich ganz still verhielt, eine Weile niemand für ihn interessieren, Bird und Ben eingeschlossen.

Bitte, lieber Gott.

Er bekam Hunger und immer größeren Hunger — das Frühstück war nicht üppig gewesen. Schließlich sah er auf seine Uhr, betrachtete sie eine Weile — wußte die richtige Zeit nicht, Bird hatte ihm gesagt, die Uhr sei stehengeblieben. Aber es war der 16. August. Es blieb der 16. August. Er wußte, wo er geistig weggetreten war und wie völlig durcheinander er gewesen war — er hätte nie gedacht, daß er es überhaupt fertigbrächte, in eine solche Verwirrung zu geraten, er hätte sich mehr zugetraut. Auf dem Schiff hatte er eine Art von Stundenplan eingehalten, sobald er das Taumeln mit den Andockdüsen ein bißchen verlangsamt hatte — es genügte, daß er sich im Schiff bewegen, notwendige Dinge tun konnte — irrationale Dinge, dachte er jetzt. Einige von ihnen waren einfach sinnlos, er tat sie nur, weil Cory sie früher getan hatte. Gott, er hätte sich beinahe bei Hausarbeiten umgebracht — nur weil Cory sie immer erledigt hatte.

Er war sich nicht sicher, wieviel er vergessen hatte. Da klafften ein paar Löcher, die er wohl nie mehr würde flicken können. Andere Erinnerungen — sie hielten keinerlei Ordnung ein. Er hatte Angst, sie zu sortieren — Angst, er werde irgendeine Erinnerung finden, die aufsprang und ihn bei der Kehle packte wie dieser verdammte Lichtblitz auf der Wand der Dusche, die Uhr — er wußte nicht einmal mehr, ob er an dem Tag des Unfalls geduscht hatte. Nein, dachte er, es war zuviel los gewesen.

Da war ein Loch. Ein tiefes Loch. Ein furchterregendes Loch. Sein Herz hämmerte. Es war nur die grüne Wand, der Ort auf Birds Schiff, der genauso aussah wie auf seinem eigenen. Dort war er durcheinandergeraten — aber es gab so viele andere Orte. Die Bar draußen, das Deck, die Leute, die er nicht kannte — er hatte Hunger, und er wollte nicht aus dem Zimmer gehen und sich Menschen und Fragen und Fremden stellen. Deshalb lag er lange Zeit still und lauschte dem Rhythmus der Musik, und schließlich, als er sich sagte, es müsse an der Zeit sein, nahm er seine Tabletten.

Dann meldete sich sein Magen im Ernst. Er sollte sich wirklich etwas zu essen besorgen, um die Tabletten abzupolstern. Also wagte er sich bis in die Bar hinaus. Es war niemand da, an den er sich erinnerte, als der Eigentümer, der ihm keinerlei Freundlichkeit entgegenbrachte ...

Nein, Lunch servierten sie nicht. Da waren Chips. Ein Dollar fünfzig das Päckchen. Wollte er welche?

Er nahm ein Päckchen und einen Softdrink — wollte beides mit seiner Karte bezahlen, aber der Eigentümer sagte, das gehe auf Birds Karte, und ließ sich nicht umstimmen.

Dekker wollte keinen Streit. Er nahm seine Karte wieder an sich und schlich sich in sein Zimmer zurück, stinksauer, obwohl es keinen Grund dazu gab, es sei denn, daß er nicht wußte, wie die Spielregeln lauteten, und daß er zu ängstlich gewesen war, um zu verlangen, daß die Chips mit seiner Karte bezahlt wurden. Aber er war zu ängstlich gewesen, und er schämte sich. Er aß die Chips mit einem Klumpen in der Kehle, saß da auf seinem Bett und dachte darüber nach, ob er eine Schlaftablette nehmen und einfach für ein paar Stunden in Betäubung versinken solle. Denn er hatte sich da draußen am falschen Ort gefühlt, nichts und niemand da draußen war vertraut. Er konnte nicht hier sitzen und zulassen, daß sich seine Gedanken den ganzen Tag im Kreis drehten. Er hatte den Stundenplan nicht, der ihn bei Verstand gehalten hatte, er saß hier und wartete, er wußte selbst nicht, auf was, und er geriet immer wieder in mentale Endlosbänder hinein.

Er holte den Beutel mit den Tabletten hervor — wunderte sich über die Größe des Fläschchens, das die Schlaftabletten enthielt. Gott, dachte er. Was soll denn das? Wie viele Tabletten sind da drin?

Aus purer Neugier schüttete er die Tabletten auf den Tisch und zählte sie.

212 Stück.

Von denen werde ich eine ganze Weile keinen Nachschub brauchen.

Er mochte ein bißchen verschwommen denken. Dazu neigte er in letzter Zeit. Vielleicht hatte er doch einen Gehirnschaden. Aber im Krankenhaus hatte er nichts zu lachen gehabt — da hatte es nur ständige Schikanen gegeben. Zug und Gegenzug. Sie machten einen Zug. Er machte einen Zug. Er vertraute ihnen nicht. Nichts, was sie taten, ergab auf die Dauer Sinn.

Dekker schüttete alle Tabletten auf seinem Nachttisch aus und begann zu zählen. Vitaminpillen, Kalium, je etwa 30. Das Calcitropin-Zeug, genug für einen Monat ... Eine große Flasche mit dem Etikett: Magenbeschwerden: Nach Bedarf. Auf einer anderen stand: Gegen Schmerzen: 1 Tablette alle 4 Stunden. 40 waren darin. Gegen Blutandrang: 45 Tabletten: 1 Tablette alle 4 Stunden. Harntreibendes Mittel: 60 Tabletten: 1 täglich. Trinken Sie reichlich Flüssigkeit. Entzündungshemmend: 40 Tabletten, nehmen Sie 2 vor den Mahlzeiten. Depressionen: 60 Tabletten. Kontraindikation: Alkohol.

Er saß da mit diesem Tablettenhäufchen auf dem Nachttisch, und einer davon war ein alle überragender großer Haufen, und er starrte und starrte ihn an und dachte: 212 Schlaftabletten?

Was ist da passiert, hat jemand das Rezept falsch gelesen?

Nein.

Das ist es nicht.

Cory ist tot, sie sagen mir, ich sei verrückt, sie nehmen mir mein Schiff und meine Lizenz und sagen mir, ich werde nie wieder fliegen, und sie geben mir 60 Aufputschtabletten und 212 Schlaftabletten?

Sie sind wirklich besorgt, daß ich meinen Abgang nicht verpfusche.

Er hatte nicht gewußt, wohin er ging und was er tat, bis er eine Weile auf diesen Tablettenhaufen gestarrt hatte.

Er dachte: Erst ermorden sie Cory. Dann wollen sie meinen Tod.

Zum Teufel damit!

Er wischte die Tabletten in die entsprechenden Flaschen und fragte sich, ob es eine Möglichkeit gebe, auf die Ebene der Gesellschaft zu gelangen.

Nein, das war wirklich verrückt. Nur Verrückte liefen irgendwohin und brachten Leute um, die mit ihren Problemen überhaupt nichts zu tun hatten. Ob ein unschuldiger kleiner Tastendrücker oder ein redegewandter Company-Bonze es versuchte — keiner von beiden würde an die Verantwortlichen herankommen.

Draußen war jemand. Jemand klopfte an seine Tür, und ihn packte kalte Angst.

»Dekker?«

»Ja?« sagte er.

»Dekker?« Die Stimme einer Frau — einer von Birds Freundinnen. Er wußte nicht, warum seine Hände zitterten, er wußte nicht, was er eben getan oder gedacht hatte, *daß* seine Hände zitterten, aber sein Herz schlug im Eiltempo, und Vernunft hatte nichts damit zu tun. »Ich bin Meg Kady. Öffnest du bitte die Tür?«

Er warf die Tablettenflaschen in den Plastikbeutel, den Plastikbeutel in die Schublade. Es paßten immer noch nicht alle Teile zusammen.

»Dekker?«

Einen komischen Kauz hatte Sal ihn genannt, und als Meg ihm von Angesicht zu Angesicht gegenüberstand, fürchtete sie sehr, Sal möge recht haben. Er öffnete die Tür einen Spalt, hörte sich mit eiskaltem Gesichtsausdruck an, daß sie und Sal ihn zu einem Glas einladen wollten. »Wir dachten, du könntest es leid sein, die Wände anzustarren. Komm mit! Geh ein bißchen an die Luft. Trink ein Glas oder zwei.«

Er sah aus, als werde er ihr die Tür jede Sekunde vor der Nase zuknallen und abschließen — vielleicht mit gutem Grund, dachte Meg. Der Mann mußte wissen, daß Ben ihn nicht leiden konnte, und was den Rest von Birds Freunden betraf, mochte er sehr argwöhnisch sein.

»He!« Sie bedachte ihn mit ihrem freundlichsten Grinsen. »Du hast doch keine Angst vor *uns?*«

Wenn das und der Pullover, den sie anhatte, einen Mann nicht aus seinem Zimmer lockten, war ihm nicht mehr zu helfen.

Dekker murmelte etwas vor sich hin, blickte verwirrt drein und tastete seine Taschen ab. »Kann man in diesem Hotel Sachen im Zimmer lassen?«

»Ja. Wenn jemand im Schwarzen Loch stiehlt, wird Mike ihn zum Frühstück fressen. — Wie geht es dir?«

»Gut.«

Mit tonloser Stimme: Gut. Dekker kam heraus, ließ seine Tür zuschnappen, ging mit ihr den Flur hinunter zur Bar, als könne er jede Sekunde davonrennen.

Komischer Kauz. Ja. Oder er traute ihnen und ihren Beweggründen nicht.

Sal wartete schon. Es war leicht, sich einen Tisch zu sichern, der freien Raum um sich hatte — zu dieser

Stunde war nur ganz wenig Verkehr, die meisten Leute waren bei der Arbeit. Sie absolvierten die sozialen Riten, Hallo, gut siehst du aus, wie geht es dir? Sal zog einen Stuhl zurück, stand auf, er setzte sich, sie setzte sich, Meg setzte sich. Mike kam Gott sei Dank sofort herbei, um die Bestellungen aufzunehmen.

»Gewürzter Rum?« fragte Dekker.

»Mit Aufschlag«, sagte Mike.

Dekker zögerte, faßte nach seiner Karte. Meg hielt ihn auf. »Laß uns bezahlen.«

Das verdroß ihn. Langsam legte er seine Karte auf den Tisch. »Buchen Sie es auf meine. Alles. Rum und was die Damen sonst noch möchten.«

Meg schoß Sal einen Blick zu und bedachte Mike mit einem Achselzucken. »Wie er will«, sagte sie und dachte: Er hat einen kostspieligen Geschmack.

Mike nahm die Karte. Dekker wollte sich zurücksetzen, den Arm über die Rückenlehne des Stuhls legen, als sei sein Platz eine befestigte Ecke, aus der er sich nicht vertreiben lassen würde. Aber seine Hand zitterte. Er legte sie auf die Tischplatte.

Sal fragte: »Wie nennt man dich?«

»Dek — unter Freunden.«

»Dek.« Sal streckte die Hand über den Tisch. »Sal. Aboujib, wenn du mich suchst.«

Er zögerte, dann schnellte sein Arm vor, und er schüttelte Sal feierlich die Hand.

Meg reichte ihm die ihre. »Magritte Kady.« Kalte Finger, völlig verängstigt. »Unter ›Meg‹ bin ich überall zu finden. Es gibt nur eine auf R2. — Hast du dein Zimmer heute schon einmal verlassen?«

»Zum Lunch«, murmelte Dekker.

»War er gut?«

Er zuckte die Achseln.

Mike brachte die Drinks, schnell, Gott sei Dank, ein paar gnädige Herzschläge ohne Konversation. Dekker nahm sein Glas. Meg hob ihres mit Schwung.

»Willkommen auf R2, Dek.«

»Danke«, erwiderte er schwach.

»Danke für die Drinks. — Erinnerst du dich überhaupt an uns?«

Er nickte.

Sal erklärte: »Wir sollten wohl besser von vornherein sagen, daß wir diejenigen sind, die die *Way Out* gechartert haben.«

Darauf reagierte er überhaupt nicht, er sah Sal bloß unverwandt an.

»Ich bin die Pilotin«, erzählte Meg. »Sal ist mein Computermann. Du warst der Chef von eurem Team, richtig?«

Dekker nickte bedrückt, beobachtete sie, beobachtete jede Bewegung. Er hielt den Rum in der einen Hand, der andere Arm hing über der Stuhllehne. »Ja. War ich.«

»Entschuldige.« Meg stützte die Ellbogen auf den Tisch und verringerte so die Distanz. »Laß uns offen sein. Deine Lizenz ist eingezogen worden. Bird und Ben haben Anspruch auf dein Schiff erhoben — aber sie haben dir auch nicht kaltblütig den Hals durchgeschnitten. Sie haben ihre wirtschaftliche Existenz aufs Spiel gesetzt, um dir das Leben zu retten. Verstehst du? Eine Menge Unkosten.«

»Ja.«

»Wir haben nun das Schiff gechartert, das früher einmal deins war, und wahrscheinlich hegst du keine besonders freundlichen Gefühle gegen uns.«

Dekkers Stimme klang tonlos. »Nun ja. Ist nicht eure Schuld. Deswegen keine Feindschaft.«

»Aber«, schaltete Sal sich ein, »wir haben überlegt, wie wir dir und gleichzeitig uns etwas Gutes antun könnten.«

Meg sagte hastig: »Natürlich möchtest du deine Lizenz zurückhaben. Dafür mußt du Bordzeit nachweisen. Was teuer werden könnte, wenn du auf die Company angewiesen wärest — und außerdem würdest du sicher

Hilfe brauchen, um an den Bürokraten vorbeizukommen.«

Dekker richtete den Blick schnell auf sie. Seine Augen fragten: Was, zum Teufel, führst du im Schilde?

»Chelovek ...« — Meg sprach leise, denn sogar in der Bar, sogar bei lauter Musik mußte man sich in letzter Zeit, seit die Polizei ihre Zimmer durchsucht hatte, Sorgen um Wanzen machen —, »du sitzt böse in der Klemme — du bist ins Getriebe hineingeraten, du *und* deine Partnerin. — Woher stammst du eigentlich? Von der Sol-Station?«

Dekker nickte.

»Neu hier draußen?«

»Ich bin zwei Jahre hier.« Sein Unterkiefer war angespannt. Er war entschlossen, keine Silbe mehr zu sagen, als er mußte. Gegenüber seinem gestrigen Benehmen war das eine Verbesserung, dachte Meg.

»Offen heraus gesagt, Dek, du sitzt in der Scheiße, und es gibt *beaucoup* Leute auf R2, die bis an dein Lebensende die Hände in deiner Tasche haben werden. Aber zufällig gehören wir nicht zu ihnen, und Bird ist ein Himmelsblaugucker, deshalb hat er gleich gemerkt, woher du kommst. — Nicht etwa, daß wir dir etwas schuldig wären, so ist es nicht. Bird liegt es jedoch nicht, die Situation auszunutzen. Es gibt Dinge, die können wir nicht in Ordnung bringen. Mal angenommen, wir könnten es — was wäre im Augenblick dein Hauptanliegen? Was sollten wir an erster Stelle für dich tun?«

Dekker schüttelte den Kopf und sah in eine andere Richtung.

»Du bist wütend, und das mache ich dir nicht zum Vorwurf, *jeune fils*. Aber willst du mit dir selbst hadern? Was können wir tun, um es für dich leichter zu machen? Ist da etwas, das du brauchst?«

Erneutes Kopfschütteln.

»Du weißt, was die Company-Leute wollen, nicht wahr?«

Das erzielte einen Blick — einen tückischen.

»Sie wollen, daß du ganz ihnen gehörst, *jeune fils.* Sie können die Unabhängigen überhaupt nicht leiden. Ihre Charta zwingt sie, uns zu akzeptieren, aber dich haben sie soweit gebracht, daß du eigentlich nur noch bei der Company anheuern kannst.«

»Bei der Company wird man mich nicht nehmen. Ich habe keine Lizenz mehr.«

»Oh, sie werden sie dir zurückgeben, *jeune fils.* Sobald du ihnen gehörst. Nach den ASTEX-Dienstvorschriften kannst du deine Prüfung wiederholen, und die ASBANK wird bereit sein, dir Geld zu leihen. Was hast du für Pläne? Darf ich mich danach erkundigen?«

»Nein.«

»Also gut, ich darf nicht. Aber möchtest du deine Lizenz ohne die Company-Leute zurückbekommen?«

Eine kleine Reaktion. Kein Wort.

»Wir wollen dir ein Angebot machen. Du leistest deine Bordzeit bei uns ab, du nimmst unsere Hilfe an. Du, ich, Sal, Bird und Ben, wir alle treffen unsere eigenen kleinen Abmachungen, die dir Arbeit, Unterkunft und Verpflegung verschaffen und letzten Endes zu deiner Rehabilitierung führen werden. Na, wie ist es?«

Endlich Interesse. Feindseligkeit. »Warum? Nur weil du ein gütiges Herz hast, Rab?«

»Du bezahlst uns mit Geld für unsere Zeit, wenn du kannst, oder mit Arbeitsleistung. Dafür verbürgt sich Bird mit seinem Wort, vorausgesetzt, Sal und ich sind mit dir zufrieden.«

Er sah anderswohin. Meg ließ das Schweigen eine Weile andauern, dann sagte sie: »Es ist nicht schwer, mit uns auszukommen, Dek. Wir sind eine recht gute Gesellschaft.«

»Meine Partnerin ist tot, das interessiert euch wohl einen Dreck?«

Sal fragte: »Sie würde es also gern sehen, wenn du verhungerst? So ein *herzloses* Luder, *jeune* Rab.«

Dekker schoß einen mörderischen Blick auf sie ab. Trotzdem segelte Sal auf dem gleichen Kurs weiter.

»Ich glaube aber, daß sie kein herzloses Luder war, und es würde ihr nicht gefallen, was du dir antust, wenn sie hier wäre, was sie nicht ist und auch nie sein wird. Sie hat *abgemustert,* Mann, das tun wir eines Tages alle. Tod ist Leben, weißt du, und das Leben geht weiter.«

»Hau ab!« Dekker strich sich das Haar zurück und stand auf. Meg stand ebenfalls auf, legte ihm die Hand auf den Arm; er schleuderte sie weg. Mike langte drüben an der Bar wahrscheinlich schon nach dem Stück Rohr, das er dort aufbewahrte.

Meg hob beide Hände und sagte ruhig: »Immer mit der Ruhe. Es sind keine Polizisten hier. Wir wollen dich nicht beleidigen. Wir wollen dir nur helfen. Das ist alles.«

»Du bist eine Antike, weißt du das? Eine verdammte Antike. Rab ist out. Du bist nicht mehr *in.*«

Meg spürte tatsächlich einen schmerzhaften Funken von Interesse — der *jeune fils* war erst kürzlich von Sol gekommen und auf dem laufenden über die neuere Entwicklung. »Wirklich?« Sie neigte den Kopf auf die Seite. Ihre Haltung sagte deutlich: Geh zum Teufel. »Bist du besser, kleiner Nachahmer?«

Er war vielleicht zwanzig — an den Augen konnte man es nicht sehen, aber am Körper. Wie er sich vom Kurs abbringen ließ, diese Verängstigung, das alles verriet den dummen Jungen. Vielleicht war es ihm ganz gleichgültig, was sie jetzt dachte, er griff nur blindlings an, ganz auf die Art eines dummen Jungen, und für einen einzigen unruhigen Augenblick war Meg sich bewußt, daß sie eben zurückgeschlagen hatte.

»Hör auf damit«, spottete Dekker, »wir sind in den Zwanzigerjahren.«

»Na und? Haben die Zwanziger uns etwas zu bieten, das das Jahr 15 nicht hatte? Company-konforme Leute in schicken Anzügen? Hier auf R2 ist immer noch das zweite Jahrzehnt des 24. Jahrhunderts. Vielleicht kann ich dich morgen nicht mehr leiden, weil du bis dahin ein kleiner Company-Mann geworden bist.«

»Auf Sol ist es 2323, und man baut Kriegsschiffe, die die menschliche Rasse vernichten werden. Ihr Rabs habt wahrhaftig eine Menge verändert!«

»Wie lautet also die Parole, kleiner Nachahmer?«

»Die Parole lautet Straßenanzüge, die Parole lautet: Nimm es dir, bevor es weg ist. Das ist Sol. Das ist alles Gute, was ihr bewirkt habt.«

Bittere Neuigkeiten, nicht besser als das, was sie bereits wußte. Sie balancierte auf den Fußballen, die Hände im Gürtel, und zuckte die Achseln. »Es geht *weiter,* junger Rab. Haben wir euch damals, im Jahr 15 nicht gesagt: Wacht auf! Du willst für sie fliegen?«

»Ich werde für niemanden fliegen.«

»Du wirst bis an dein Lebensende ein Angestellter der Company sein, wenn du dich jetzt wie ein Dummkopf verhältst. Du wirst ihr Eigentum sein — und du wirst ein verdammtes Raffinerie-Schubfahrzeug fliegen, bis du älter bist als Bird.« Freundlich setzte sie hinzu: »Oder du kannst dich hinsetzen, *jeune fils,* mir zuhören und dein Gehirn zu etwas anderem als Ballast benutzen.«

Er stand da, ohne etwas zu sagen. Meg beobachtete Sal aus dem Augenwinkel und dachte: Um Gottes willen, beweg dich nicht, Aboujib, halt den Mund, der Junge wird explodieren, wenn du nur Atem holst.

Dekker wandte den Blick von ihr ab, dann hakte er den Fuß um ein Vorderbein seines Stuhls und schmolz darauf nieder.

Meg stieß einen Seufzer aus und setzte sich auf den Stuhl neben dem seinen, so daß er ihr in die Augen sehen mußte. »Brechen wir vorerst ab, *jeune* Rab. Wir wollen den Handel nicht sofort abschließen. Komm mit uns hinaus aufs Deck, dann zeigen wir dir die Billigläden.«

»Mir ist nicht danach zumute.«

»Es ist nicht weit. Entspann dich. Wir sind verworfene Kreaturen, aber wir werden die Situation nicht ausnutzen. Dich nicht drängen. Wir laden dich nur zu einem kleinen Spaziergang ein.«

Der Junge war bleich vor Angst. Und er brachte es fertig, ihr nicht in die Augen zu sehen.

»Komm mit«, bat Meg. »Du hast zuviel von der Klinik gesehen. Sal und ich würden gern ein bißchen Geld ausgeben, dich ausstaffieren, dir ein etwas besseres Gepäckstück kaufen als diesen Plastikbeutel, den du benutzt — und ein paar Toilettenartikel, verstehst du? Auch wenn du dich entscheidest, den Rest unseres Angebots nicht anzunehmen.«

Da sie Sal kannte, vermutete sie, daß Sal in diesem Augenblick einen Magenkrampf bekam. Meg, würde Sal sagen, möchtest du nicht auch noch Traktate verteilen?

Dekkers Atmung beruhigte sich nach einer Weile. Er sagte: »Hau ab!«

»Du meinst, daß du lieber zur Company gehen willst? Wir sollen dich in Frieden lassen, uns nicht in dein Leben einmischen?«

Noch ein paar Atemzüge. Mit zitternder Hand ergriff er sein Glas, leerte es bis auf das Eis und stellte es ab. Dann nickte er, und es sah aus, als sinke er ein bißchen in sich zusammen. »Ja, so ist es.«

Als könnten sie ihn in Stücke hacken, wenn sie wollten, und ihm sei es einerlei.

Meg legte die Hand auf die Rückenlehne seines Stuhls, sie stand auf, und er stand auf. Sie schob ihn zur Tür. »Mike? Sag Bird, wir sind Einkaufen gegangen.«

Und Sal, verdammt sollte sie sein, hängte sich mit der Unverfrorenheit eines Dockaffen an Dekkers Arm, und als sie aus der Tür gingen, sagte sie: »Ich kenne den Laden. Absolut erstklassig. Du wirst sehen. In Ordnung?«

»Medium«, sagte er zu dem Händler, verlegen wegen seiner Begleitung, erschöpft von dem Spaziergang, nicht sicher, was sie mit ihm vorhatten, und es mochte etwas Gefährliches sein. Er hatte die Regel gebrochen, die Cory Regel Eins nannte, er war mit Gürtelbewohnern, die er überhaupt nicht kannte, in Läden gegangen, die sie kannten, er hatte ihr Wort dafür genommen, wo er kaufen und wem er vertrauen durfte — er wußte nicht, ob sie die Dinge sahen wie Bird oder nicht. Soviel er wußte, teilten sie Bens Ansichten, aber sie hatten alle miteinander Spaß, und er war aus der Niedergeschlagenheit gerissen, in die zu versinken er sich bemüht hatte.

Er ließ sich vielleicht ein bißchen treiben. Aber sie hatten es fertiggebracht, daß er sich bewegte, sie hatten ihn wütend gemacht, aber sie hatten für seine Nerven mehr getan als Viscontis sämtliche Tabletten. Er war am Leben. Er dachte an etwas anderes außer an Cory, er war überwältigt von Musik, Farben und Stoffen und aufgeregten, fröhlichen Stimmen ...

Einen Augenblick lang war er halbwegs glücklich.

»Also, Pat, du gibst ihm jetzt das, was wir ausgesucht haben«, sagte Sal zu dem Händler, was immer das auch bedeuten mochte, und Meg rief ihm nach: »Keine Radikalen-Klamotten! Etwas Seriöses!«

Der Händler brachte eine Hose und einen weiten Pullover. In der Hose stand ›Medium‹. Sie war aus grauem Stretchmaterial und sah nicht halb so groß wie ›Medium‹ aus. Sie kostete 49,99, was für einen Billigladen ein hoher Preis war.

»Das ist zuviel«, protestierte Dekker. Der Händler brachte eine andere Hose mit diagonalen Streifen in Schwarz und Rot zum Vorschein, die wie der Alptraum eines Rab aussah, und drapierte sie zusammen mit einem blauen Pullover.

»Gott«, wehrte Meg ab, »nicht blau. Rot! Hast du nichts in Rot?«

»Sehen wir uns doch einmal Overalls an«, schlug Dekker vor. »In Blau oder Grau. Etwas, das paßt.«

»Ach, Arbeitskleidung«, sagte Meg. »Langweilig. Kein Spaß. — Probier die graue Hose an, mach schon, Dek. Du hast die richtige Figur dafür.«

»Ausgehungert«, murmelte er. Er sollte Schluß machen mit dem Unsinn, nur schnell seinen alten Overall gegen etwas Passendes eintauschen. Aber beide Mädchen bedrängten ihn, er solle die graue Hose probieren, sie hielten ihm Pullover an, und bei ihrem Eifer war es einfacher, nachzugeben, sich zum Narren zu machen und ein für allemal zu beweisen, daß er so etwas nicht tragen konnte.

Aber der Spiegel zeigte ihm ein wandelndes Knochengestell, das in der Hose gar nicht schlecht aussah und einen Pullover, der doppelt so groß war wie nötig, gut brauchen konnte, um seine dünnen Schultern zu verbergen.

Er war sich jedoch nicht sicher wegen der breiten Streifen in dem Pullover. Entsetzlich verlegen kam er aus der Kabine, um den dunkelblauen zu holen, und die Frauen gaben anerkennende Laute von sich. »Ein *Rab*-Pullover«, stellte Meg fest. »Oh, der gefällt mir.«

Dann geriet er in eine Urteilskrise, als er in den Spiegel außerhalb der Kabine sah, und bevor er wieder zu sich gekommen war, sagte Sal: »Ob ihm diese metallgrauen Stiefel nicht passen würden? Er hat kleine Füße.«

Eigentlich wollte er gar keinen weiten gestreiften Pullover. Er war nicht ausgezogen, um sich metallgraue Stiefel zu besorgen, die zu einer Prostituierten gehörten. Und ganz bestimmt brauchte er das Armband nicht, das Sal ihm überstreifte. Aber: »Es macht mir doch Freude«, beteuerte Sal. »Mann, du mußt es nehmen. Zieh die Ärmel hoch.«

»Arbeitskleidung brauche ich dringender. Blaue. Auf *meine* Karte.«

»Er versteift sich auf einen Overall«, sagte Meg zu dem Händler. »Hast du einen in seiner Größe?«

»Ja.« Der Händler brachte einen, in dem ›Small‹ stand. »Wenn er nicht paßt, können Sie ihn umtauschen. Sie sind eine ganz kleine Medium-Größe.«

Das hört ein Mann gar nicht gern, wenn er hart genug gearbeitet hat, um überhaupt diese Größe zu erreichen. Aber Dekker sagte sich, nach dem Krankenhaus könne es durchaus sein. Er nahm das Armband. Er kaufte etwas billige Unterwäsche und eine Thermohose, einen einfachen grauen Stim-Anzug, da sein alter zu einem Lumpen verwaschen war — das war teuer. Und es endete damit, daß er auch den blauen Pullover bekam, zusammen mit einer schwarzen Hose (aus Stretch wie die graue) und schwarze Dockarbeiter-Stiefel, gebraucht. Er fühlte sich jetzt müde, benommen und wakkelig auf den Beinen, er wäre gern auf sein Zimmer gegangen und dort zusammengebrochen. Der Mann addierte die Preise, und Dekker erlebte einen Augenblick kalter Panik, als diese Zahlen hochrollten. Er war sich nicht mehr sicher, was er eben getan hatte, war sich nicht einmal sicher, ob er den Mut haben würde, das zu tragen, was sie ihm aufgeschwatzt hatten. Er war damals, mit dreizehn, ein Rab gewesen, aber er war es doch nicht hier, wo die Kleidung eine Aussage darstellte, die ihm nicht klar war, ob sie Company-Konformität bedeutete oder Dinge symbolisierte, die er nicht verstand ...

Ich bin ein Idiot, dachte er. Er stellte sich vor, wie Bird und Ben ihn mustern würden, wenn er zurückkam — und die übrigen Bewohner des Schwarzen Loches, von denen einige schweren Anstoß nehmen mochten, wenn ein Mann ohne Lizenz so angab. Er hatte seine Probleme vergessen, die Mädchen hatten es fertiggebracht, daß er sie für ein paar vernebelte Augenblicke vergaß, und sie hatten ihn verdammt großzügig ausgestattet.

»Ich glaube, wir gehen besser ins Hotel zurück«, sagte er, denn er brauchte Zeit zum Nachdenken. Der Kopf drehte sich ihm. Doch Meg erklärte: »Nichts da. Du kannst nicht so zottig herumlaufen. Du mußt dir die Haare schneiden lassen.«

»Dieses hübsche Haar abschneiden?« rief Sal in dem gleichen Ton, in dem er selbst protestiert hatte — als er dreizehn gewesen war. »Nein!«

»Nicht alles«, beruhigte Meg sie. »Komm, Dek. Lassen wir dich verschönern. Es liegt auf dem Weg. Wird keine fünfzehn Minuten brauchen.«

»Nein«, sagte er.

Es endete damit, daß er sich im Stuhl eines Friseurs wiederfand. Ihm war schwindelig, und ihm fiel ein, daß er zumindest einmal seine Tabletten nicht genommen hatte, und währenddessen setzten zwei Frauen einem Höllendeck-Friseur auseinander, daß er ja nicht zuviel abschneiden dürfe —, »außer an den Seiten«, sagte Meg.

Er gab auf. Es war wie im Krankenhaus. Er war einfach zu müde, um für sich selbst zu kämpfen, und die Mädchen hatten recht, er sah mit dem schulterlangen Haar und den Schatten unter den Augen wie ein Irrer aus. Wenn der Schnitt zu extrem ausfiel, konnte er die Haare oben selbst stutzen, mit einem Packmesser oder dergleichen. Gott, im Augenblick war es ihm ganz einerlei, es war ein Platz zum Hinsetzen.

Cory und er hatten sich, um Geld zu sparen, gegenseitig die Haare geschnitten, konservativ, im marsianischen Stil — einfach und praktisch. Dekker sah zu, was im Spiegel vor ihm geschah, und dachte ständig im Licht der Neonröhren des Frisiersalons: Cory würde das nicht gefallen. Corys Gesicht würde diesen angewiderten Oberklassen-Ausdruck annehmen, und sie würde sagen: Das ist *wirklich* nicht dein Stil, Dek.

Corys erste Briefe hatten ihm mitgeteilt, daß sie den Rabble nicht mochte. Dann schickte sie ihm ihr Bild, und er sagte sich, daß er ihr seins schicken mußte — mit dem langen Haar und den wilden Farben und, Gott, mit dem goldenen Ohrring, den hatte er ganz vergessen ...

Aber er war dreizehn gewesen. Er hatte ein ernsthaftes Mädchen mit sanften Augen gesehen, so vernünftig und so freundlich wie ihre Briefe. Deshalb war er, auch damals in einer Urteilskrise, zu einem Friseur gegangen, und er hatte sich einen einfachen blauen Pullover geliehen — sich einen seriösen Job besorgt, auch das hatte er vergessen gehabt — hatte versucht, das vor seinen Freunden zu verheimlichen, aber sie hatten es herausgekriegt und verdammt komisch gefunden.

Danach hatte er diese Freunde nicht mehr gehabt. Er hatte danach überhaupt nicht mehr viele Freunde gehabt — außer Cory, und er hatte sie nie von Angesicht zu Angesicht gesehen.

Eine blöde Art zu leben. Er hatte es nicht geplant. Er war nicht glücklich mit seiner Schule, mit seiner Arbeit gewesen, mit nichts außer dem Fliegen. Er flog die kleinen Schubfahrzeuge für die Schiffswerften — man verlangte von ihm, daß er sie belud; die dortigen Gesundheits- und Sicherheitsvorschriften erlaubten es nicht, daß Jugendliche außerhalb des Docks arbeiteten. Aber er hatte seine Lizenz Klasse 3 bekommen. Und der Chef ließ ihn Vertretungen machen, bis er einen Mann vertrat, der ein Schubfahrzeug in eine Ladung Stahlplatten getrieben hatte ...

»... an den Seiten hoch«, befahl Meg. »Ja, ja!«

Sal beugte sich mit ihren metallspangenbewehrten Zöpfchen vor, um ihn von vorn ansehen zu können, grinste, daß ihre weißen Zähne aufblitzten, und rief: »Das ist optimal!«

Es verletzt die Gefühle eines Mannes nicht, wenn zwei Frauen erklären, er sehe gut aus, aber was sich in dem Spiegel vor ihm entwickelte, war ein Mensch, dem er nie zuvor begegnet war. Es war wieder 2315 — aber er war keine 11, er war 20 ... Es war so, wie der Händler aus dem tiefen Raum gesagt hatte, den man damals dazu gewonnen hatte, einen Vortrag vor der Klasse zu halten: Man lebt auf Wellenfronten. Lebt man auf einer Station, wird man von der lokalen Welle getragen, von der Zeit, die man kennt. Geht man anderswohin, ist es eine andere Welle. Vielleicht ein ganzer Satz von Wellen, der von unterschiedlichen Orten, aus unterschiedlichen Zeiten kommt. Es gibt eine Informationswelle. Es gibt Moden. Es gibt Waren. Es gibt Ideen. Sie pflanzen sich mit unterschiedlicher Geschwindigkeit fort.

Irgendein dummer Junge hatte einen Witz über das Fortpflanzen gemacht.

Der Händler hatte todernst erwidert: Auch Stationsbewohner pflanzen sich fort. Manche sollten es nicht tun. Und dann hatte zwei angsteinflößende Herzschläge lang feindseliges Schweigen geherrscht, und der Lehrer hatte die Fassung verloren, denn Männer aus dem tiefen Raum, die einen Besuch auf einer Station machten, waren berüchtigt dafür, daß sie sich mit Stationsbewohnerinnen einließen, und von den Stationsbewohnerinnen war es dumm — vor allem, wenn es sich um einen Mann handelte, der weiterzog und nichts mehr von sich hören ließ. Corys Mutter war so dumm gewesen — und man sehe sich an, was daraus geworden war ... ein Mädchen, das die Überzeugung vertrat, der Mars sei ohne Bedeutung. Das sagte, der Rabble sei ohne Bedeutung. Cory pflegte zu sagen: Der Rabble kann nichts wirklich verändern. Er kann nicht aufbauen. Diese Leute wollen die Politik der Erde reformieren — aber es wird nicht klappen. Planeten sind Sümpfe, sie sind Gruben, in denen die Menschen kleine enge Ideen lernen — die Luna-Basis war ein Fehler. Die Mars-Basis war auch einer. Als wir die Erde einmal verlassen hatten, hätten wir nie mehr auch nur einen Penny in einen Schwerkraftschacht werfen sollen ...

Cory hatte mehr als einmal gesagt: Ich möchte lieber mein ganzes zukünftiges Leben auf einem Erzsucher-Schiff verbringen, als auf einem Planeten festzusitzen.

Dekker konzentrierte sich auf den Spiegel, der nicht die Kabine der *Way Out* war und nicht Corys Gesicht. Und der dünne Fremde mit den Schatten unter den Augen, der aus dem Stuhl aufstand, sah aus wie einer, der möglicherweise ein Messer im Stiefel trug. Er war sich nicht sicher, ob Cory ihn wiedererkennen würde. Er war sich nicht sicher, ob Cory ihn gemocht hätte, wenn sie ihn so kennengelernt hätte.

»Seriöser Rab-Stil«, erklärte Meg mit einer Hand auf seiner Schulter. Sie sah über seine Schulter hinweg in den Spiegel, rotes Haar, Glitzerzeug und alles. Sal stand auf seiner anderen Seite.

Dekker starrte sein Bild an und dachte: Ich bin verloren. Ich weiß nicht, wo ich bin.

Der da hat den Schiffbruch überlebt. Es ist jemand, den kennenzulernen Cory nie den Wunsch gehabt hätte.

Aber er ist der, der jetzt ist. Und er denkt nicht so wie früher — er geht nicht mehr in die gleiche Richtung wie du, Cory. Das kann er nicht.

Ich habe schon Verrückte gesehen, mit Gesichtern wie Statuen. Sie starren auf diese Weise. Die Leute lassen sie in Ruhe.

Er sieht nicht aus, als ob er Angst habe. Aber er hat Angst, Cory.

Gott, soviel Angst.

13. KAPITEL

Er hatte Geld ausgegeben, das er gar nicht hatte ausgeben wollen und das einen tiefen Einschnitt in alles machte, wovon er in den nächsten Tagen leben mußte. Er hatte Meg an dem einen Arm und Sal an dem anderen, und beide erzählten ihm, er sehe großartig aus, und vielleicht stimmte das auch, aber er war sich nicht sicher, ob seine Beine ihn tragen würden — war sich nicht sicher, ob er nicht gleich in Ohnmacht fallen würde — das Hintergrundgeräusch des Decks, die Echos, das Krachen hallten in seinem Schädel wider und ließen ihn blindlings voranstolpern.

Sal hielt seinen linken Arm in festem Griff, Meg seinen rechten. Sal bemerkte in dem allgegenwärtigen Getöse, er sei sicher ganz erschöpft, und Meg räumte ein, sie hätten wohl zuviel von ihm verlangt.

»Wir können einkehren und einen Bissen essen«, regte Meg an.

»Ich möchte nichts als nach Hause«, sagte er. Sie trugen seine Pakete, sie hielten ihn auf den Füßen — er hatte keine Ahnung, wo er war. Vor einer Ladenfront stand ein Company-Polizist, und Dekker fiel der Polizist ein, der ihn vor dem Krankenhaus aufgehalten hatte. Tatsache war, daß er schwankte, und jetzt brauchte er nur noch zu fallen, und man würde ihn ins Krankenhaus zurückbringen. Dann würde Pranh ihn mit Beruhigungsmitteln vollspritzen und ihm erzählen, er sei verrückt.

Gott, wäre er nur schon in seinem Zimmer und seinem Bett! Wäre er doch nur nicht so dumm gewesen, mit diesen Mädchen zu gehen — hätte er doch nur kein Geld ausgegeben! Als ihm die Gegend endlich bekannt vorkam und er das blinkende Schild des Schwarzen Loches sah, dachte er an nichts anderes mehr, als durch die Tür und durch die Bar und durch die Hintertür zu gelangen. Das war alles, wonach ihn verlangte.

Drinnen war die Beleuchtung matter, die Helligkeit nahm zu und nahm ab, und Dekker versuchte krampfhaft, sich zu erinnern, in welcher Tasche sein Schlüssel steckte, und er betete zu Gott, daß er ihn nicht in diesem Laden in seinem alten Overall gelassen hatte.

Aber Bird und Ben saßen an dem Tisch, den sie auch beim Frühstück eingenommen hatten, gleich an der Hintertür. Meg und Sal steuerten ihn hin, damit die beiden Männer ihn inspizieren konnten. Ben musterte ihn von oben bis unten, als habe er etwas über den Fußboden kriechen sehen.

»Hast du Töne.«

Bird forderte ihn auf: »Setz dich doch, Dek.«

»Ich wollte eigentlich auf mein Zimmer gehen.«

»Jetzt ist es schon *sein* Zimmer«, spöttelte Ben.

Meg faßte Bens Arm mit eisernem Griff. »Benimm dich. Der Mann ist völlig erschöpft. Er ist einkaufen gewesen.«

»Ja.« Ben zog einen Stuhl unter dem Tisch hervor. »Sieht ganz so aus. — Setz dich, Dekker.«

Dekkers Knie gaben nach. Aber Ben schlug plötzlich einen ganz ungewohnt höflichen Ton gegen ihn an, da schien es keine gute Idee zu sein, einfach wegzugehen, und Dekker hatte Angst davor, ihre Friedensangebote abzulehnen, was sie auch wert sein mochten — ganz bestimmt würden keine weiteren kommen. Er ließ sich auf den angebotenen Stuhl sinken, Meg und Sal rückten sich auch Stühle zurecht, und Dekker gab es auf, sich zu verteidigen. Wenn sie etwas wollten, bitte schön. Ben konnte nichts anderes im Sinn haben, als ihn zusammenzuschlagen, aber es sah nicht so aus, als wolle er das — aus welchen Gründen auch immer — gleich tun. Der Eigentümer — Mike — kam herbei und fragte, was er trinken wolle. Bird und Ben waren bei ihrem Abendessen, und Dekker hörte durch das Dröhnen in seinen

Ohren, daß Bird vorschlug, er solle ihrem Beispiel folgen. Aber es war schon zu spät. Er konnte nicht wieder aufstehen und sich da drüben anstellen, und er war sich nicht sicher, ob sein Magen im Augenblick mit dem Fett und den scharfen Gewürzen fertigwerden würde. Er erinnerte sich an die Chips, und er bestellte: »Bier und Chips.«

»Chips sind aus. Brezeln.«

»Ja«, sagte er, »danke. Brezeln sind auch gut.« Vielleicht waren Brezeln ein bißchen mehr wie richtiges Essen, er hatte keine Ahnung, und Bier war mehr wie richtiges Essen als Rum. In diesem Augenblick war ihm alles recht.

»Ist das alles, was du essen willst?« fragte Bird.

Ben stieß ihm in die Rippen und meinte: »Du mußt heute gut bei Kasse sein. Wer bezahlt die Brezeln, Dekker?«

Meg bat: »Sei friedlich, Ben. Er ist total fertig.«

»Das ist nichts Neues«, sagte Ben, und Bird mahnte: »Ben.«

»Ich habe doch nur gefragt, wer die Brezeln bezahlt.«

»Ich«, erklärte Dekker. »Wenn du welche möchtest, mach den Mund auf und sag bitte.«

Ben pfiff und hob in gespieltem Schreck die Hände. »Oh, schon gut, das macht mir gar nichts. Gott, bist du empfindlich.«

Unter günstigeren Umständen wäre Dekker aufgestanden und hätte Ben angegriffen. Natürlich wäre das nicht klug gewesen. Aber etwas ergriff Besitz von ihm und ließ ihn das Kinn vorschieben und sagen: »Ich habe kein ›Bitte‹ gehört.«

»Oh. Bitte.« Ben schwenkte lässig die Hand. »Wir teilen wohl ringsum milde Gaben aus, was? Wir zahlen unsere Schulden ab? Ist Geld eingegangen?«

»Noch nicht. Es wird aber noch kommen. Möchtest du meine Karte sehen?« Dekker zog sie aus der Tasche und warf sie auf den Tisch. »Geh und sieh nach, Pollard. Nimm dir alles, was du meinst, daß ich es dir schulde.«

Ben sah ihn an, und Bird drehte den Kopf und rief: »Mike, bring uns gleich jedem ein Bier, Ben hat sich den Mund verbrannt. — Entschuldige ihn, Junge. Wenn du die Brezeln bezahlen möchtest, gehen die Drinks auf uns.«

»Ich bezahle meine eigene Rechnung«, erklärte er. Zu barsch. Ihm war schwindelig. Er wünschte, das Bier käme bald. Er wünschte, er sei sicher in seinem Zimmer, und er wünschte, er wisse, wie er hingelangen sollte, bevor er mit Ben in eine Schlägerei geriet. Ein Fehler, sagte er zu sich selbst, ein schwerer Fehler.

»Wir haben im Gespräch mit ihm die Bordzeit erwähnt«, berichtete Meg. »Er sagt, er will darüber nachdenken.«

»Was heißt ›nachdenken‹?« mischte sich Ben ein. »Er hat, verdammt noch mal, keine Wahl.«

»Ben, halt den Mund.« Sals Stimme klang verzweifelt.

»Es stimmt doch aber«, stellte Ben ruhiger fest. Sein Gesicht war finster. »Da versucht man, einem Menschen zu helfen ...«

»Ben«, sagte Bird.

»Wir bezahlen ihm sogar sein Bier!«

Meg schlug mit der flachen Hand auf den Tisch, und das knallte mit einem massiven Ring an jedem Finger. »Ben, wir haben über die Verpachtung gesprochen, und der *jeune fils* denkt darüber nach, das ist sein gutes Recht. Inzwischen hat er *angeboten,* seine Rechnung selbst zu bezahlen, stimmt's? Also stänkere nicht. — Und du, Dek, achte gar nicht auf ihn. Manchmal muß man das, was Ben sagt, erst übersetzen. Er meint, *très bon,* daß du wieder auf den Beinen bist, und *merci* für die Brezeln.«

Das Bier und die Brezeln kamen. Dek nahm seine Karte vom Tisch, schob sie Mike zu und sagte: »Alles auf meine Rechnung.« Er versuchte, nicht daran zu denken, wie sein Konto jetzt aussehen mußte.

Bird sagte: »Das brauchst du nicht zu tun, Junge.«

»Ist schon in Ordnung.« Dekker griff nach seinem Bierglas. Da legte sich Bens Hand schwer auf seine Schulter, so, wie Ben es auf dem Schiff getan hatte, wenn er drohte, ihn zu töten. Ben drückte seine Schulter, beugte sich vor und ließ die Gläser aneinanderklingen.

»Trag's mir nicht nach«, sagte Ben.

Dekker traute Ben nicht weiter, als er seine beiden Hände sehen konnte. Sein Magen rumorte, er zitterte, und das Bier in dem Glas, dessen Rand Ben berührt hatte, kam ihm plötzlich wie Gift vor. Aber er blieb still sitzen und nahm den Schluck, den die Höflichkeit erforderte.

»Also du willst die Bordzeit?« fragte Ben.

Dekker sah zu Bird hinüber, fragte wortlos, ob der Vorschlag auch von Bird ausgegangen sei. Bird leugnete es nicht.

»Ja«, sagte Dekker.

»Dann müssen Fäden gezogen werden«, erklärte Ben. »Die Zeit ist knapp, deshalb muß es schnell gehen, sonst bekommst du keinen Termin für die Prüfung, bevor wir starten — und wenn du diese Formulare nicht richtig ausfüllst, kommen sie nicht durch. Zufällig kenne ich jedoch die Leute, die du brauchst. Du tust die Arbeit in der Werkstatt.«

»Was für Arbeit?«

»Ich dachte, ihr hättet mit ihm geredet«, warf Bird ein.

»Ich sagte, wir hätten das Thema erwähnt«, korrigierte Meg. »Bis zu diesem Punkt sind wir nicht gekommen.«

»Dann reden wir jetzt darüber«, ergriff Ben wieder das Wort. »Auf andere Weise läßt es sich nicht machen, Dekkie. Sonst wird nichts aus dem Geschäft. Also, du hast zugestimmt. Wir warten darauf, zu hören, wie du dafür bezahlen willst. Mit Zeit? Oder mit Geld? Oder mit dem Vergnügen deiner Gesellschaft?«

Sie griffen ihn von allen Seiten an. Er war sich nicht sicher, ob da nicht ein Augenblick fehlte — seine Ohren klangen, alle sahen sie ihn an, Ben mit der Hand auf seiner Stuhllehne — er vergaß Dinge, hatten die Ärzte gesagt. Und jetzt saß er hier, umgeben von diesen Leuten, die ihm ebensogut hätten eine Pistole an den Kopf halten können. Wenn sie ihm halfen, mochte er eine Chance haben — aber wenn sie entdeckten, daß er tatsächlich Ausfälle hatte, würde das herumkommen, und dann war alles vorbei, er bekam seine Lizenz nicht zurück und endete als Arbeiter in einer Raffinerie ...

»Bist du ein guter Mechaniker?« wollte Bird wissen.

»Ich habe die *Way Out* in Schuß gehalten.«

»Als Pilot?«

»Ich war gut.« Er erwartete nicht, daß Bird ihm glaubte. Verlegen setzte er hinzu: »Wir waren nicht bankrott.« Er hatte in Bird immer den besten von ihnen gesehen, Bird hatte ihn am Leben gehalten und bei diesen Leuten für ihn gesprochen. Er wünschte sich verzweifelt, daß Bird auch jetzt seine Partei ergriffe. Und wenn sie ihn übervorteilten, es gab Schlimmeres. »Cory und ich hatten siebenundvierzigtausend auf der Bank. Ganz zu schweigen davon, daß das Schiff schuldenfrei war. Die R1-Bank überweist das Geld, nur komme ich für noch fünfzig, sechzig Tage nicht dran.«

»Siebenundvierzigtausend«, höhnte Ben. »Na, na, Dekker.«

Dekker sah Ben nicht an. Er sah Bird und Sal an, legte die Hände um die feuchte Kühle seines Bierglases. »Corys Mutter war recht wohlhabend. Cory hatte ihr eigenes Geld — einen Trustfonds. In der Stunde, als sie 18 wurde, nahm sie das Geld, reiste zu mir und bezahlte für uns beide die Fahrkarten. Sie kam vom Mars, ich kam von Sol — wir trafen uns hier draußen, und wir kauften das Schiff. Zahlten hundertachtundfünfzigtausend dafür. Noch einmal vierzig für die Ausrüstung. Wir machten ein paar Fehler. Viel praktische Erfahrung hatten wir nicht — wir waren erst zwei Jahre hier draußen. Aber Cory wußte, was sie tat. Sie hätte beinahe ihren akademischen Grad in Gürteldynamik gehabt. 28 von diesen 47tausend hatten wir noch nicht, als wir herkamen. Wir haben ganz gut verdient.«

»Verdammt gut«, kommentierte Bird.

»Ein College-Mädchen hätte sich die Company sofort geschnappt«, behauptete Ben.

»Sie hat nichts davon gesagt. Sie wollte nicht bei der Company anheuern.«

»Mit soviel Geld? Dann war sie ein Dummkopf.«

»Ben«, mahnte Bird.

»Sie war aber einer.«

Dekker biß die Zähne zusammen, *zwang* sich zur Geduld. »Sie wollte einfach nicht. Tatsache ist, sie wollte einen Anteil an einem Sternenschiff.«

»Oh, um Gottes willen!« stöhnte Ben.

»Sie wollte unter die Händler gehen. Da muß man sich einkaufen. Ihr Trustfonds reichte nicht — nicht für uns beide. Und sie hatte es sich einmal in den Kopf gesetzt und wollte nichts anderes hören.«

»Warum?« Sal beugte sich vor, das Kinn auf die verschlungenen, reich beringten Hände gestützt. Das Neonlicht lockte Feuerfunken aus den Metallperlen in ihren Zöpfen. »Warum, wenn sie doch reich war?«

»Darum«, war alles, was er als Antwort herausbrachte. Ein Klumpen saß in seiner Kehle, und er dachte, wenn Ben jetzt den Mund auftäte, würde er die Beherrschung verlieren. Cory war so verdammt zurückhaltend gewesen. Cory dachte nicht daran, den Leuten ihre Gründe mitzuteilen. Aber sie saßen gespannt da und warteten darauf, daß er etwas sagte. Deshalb zuckte er die Achseln. »Weil sie Planeten haßte. Weil ihr Vater ein Händler aus dem Tiefenraum war — ihre Mutter hatte ein Kind gewollt, aber keinen Ehemann, und in der Mars-Basis sollte kein Mann Anspruch auf Cory haben. Cory war ein Solo-Projekt. Cory war das Werk ihrer Mutter, von Anfang bis ...«

... Ende. Das Wort wollte ihm nicht über die Lippen. Er beobachtete das Kondenswasser, das am Bierglas hinunterrann. »Wußte nicht einmal seinen Namen. Cory machte sich ihre eigenen Vorstellungen zurecht. Sie redete von nichts anderem als von den Sternen. Sie wollte eine Ausbildung als Technikerin machen. Ihre Mutter war dagegen. Deshalb studierte sie Astrophysik. Sie hatte die ganze Sache geplant — das Geld abzuheben, herzukommen, uns beide in den Raum zu bringen.«

Ben sagte leise: »Teufel, wenn sie ein Schiff kaufen konnte, wäre sie als Angestellte der Company schneller zu einem gekommen. Wieviel würde man brauchen? Achtzig-, neunzigtausend, um sich von der Steuerschuld zu befreien?«

Und ihre Mutter, dachte Dekker, ihre Mutter im Vorstand der MarsCorp, die über die entsprechenden Verbindungen verfügte, hätte sie erst in die Pleite getrieben und dann zurückgeholt. Aber das sagte er nicht. Er sagte: »Man hätte mich eingezogen, wenn ich auf Sol geblieben wäre. Das war einer ihrer Gründe. Wir wollten zusammen hinausgehen. So hatten wir es geplant.«

»So verrückt war sie nach dir?«

»Ben«, sagte Meg, »halt den Mund ...«

»Ich weiß nicht, warum jeder mir sagt, ich solle den Mund halten. Es war doch *tatsächlich* nicht das Intelligenteste, was sie tun konnte. Sie hätte zur Sol-Station gehen und sich wahrscheinlich mit ihrem Geld sofort in ein Schiff einkaufen können — erwartete sie, hier als selbständige Erzsucherin reich zu werden?«

»Ihre Mutter«, antwortete Dekker, »wollte, daß Cory aufs College zurückging. Sie wollte ... Gott allein weiß es.« Sein Magen schmerzte. Er nahm einen Schluck

Bier, damit seine Kehle funktionierte. »Sie war minderjährig. Konnte gegen den Einspruch ihrer Mutter kein Ausreise-Visum bekommen. Weiter als bis hier konnte sie nicht reisen. Bis sie einundzwanzig geworden wäre.«

»Das Schiff und 47tausend auf der Bank«, begann Ben. »Was verlangen diese Hurensöhne übrigens für einen Anteil?«

»Vielleicht zweihunderttausend pro Stück. Um das Visum zu bekommen, muß man der Regierung vorher seine Steuerschulden bezahlen, und erst dann kann man einen Schiffsanteil kaufen. Und Corys Steuerschuld war hoch, weil sie auf dem College gewesen war. Dann weitere 70tausend für jeden, um nach Sol zurückzureisen. Ich sagte zu ihr, steig aus — schon bei unserer ersten Fahrt sah ich ein, daß es keinen Sinn hatte. Wir wußten nicht, wie hart das Leben hier draußen war. Wir hätten diesen Weg auch nicht gewählt — aber bis dahin hatten wir schon so viel in das Schiff gesteckt ... und allein die Passage nach Sol hätte alles verschlungen, was wir hatten ...«

Sie hatte ihn an dem Abend vor ihrer letzten Fahrt angeschrien: Der Krieg wird immer verrückter. Jetzt verlangen sie diese verdammten Ausreisegebühren, Gott weiß, wann sie sie erhöhen werden — wenn du jetzt nicht gehst, läßt sich nicht absehen, was sie als Nächstes tun werden, es gibt keine Garantie, daß du überhaupt gehen kannst ...

Er hatte gefleht: Du brauchst mir bloß das zu lassen, was übrigbleibt. Ich werde mich in ein anderes Schiff einkaufen, ein paar Jahre arbeiten — ganz gleich, auf welchem Schiff du sein wirst, es wird hierher zurückkommen. Dann schließe ich mich dir an.

Mit dem letzten Punkt hatte er gelogen. Cory hatte das gewußt, sie hatte gewußt, daß er einfach nicht gehen wollte. Und sie hatte gewußt, daß er recht hatte, daß sie es beide zusammen nicht schaffen würden. Sie hatte gewußt, daß sie würde allein gehen müssen, früher oder später, oder sie würden dahin geraten, wo jeder Selbständige letzten Endes landet — in Schulden. Aus diesem Grund schrie sie. Aus diesem Grund war sie in Tränen ausgebrochen ...

»Und was sagte sie?« erkundigte sich Meg.

Dekker hatte den Faden verloren. Verwirrt blinzelte er Meg an. Er konnte sich ehrlich nicht mehr erinnern, was er ihnen erzählt hatte. Er nahm eine Brezel aus der Schüssel und aß sie, ohne sie anzusehen. Oder ihnen zu antworten.

Bird bemerkte: »Der Junge ist müde.«

»Ja«, gab Dekker zu, und ihm fiel ein, daß er mit seiner Medizin in Verzug geraten war, ihm fiel ein, daß die Company-Bonzen alle Hurensöhne waren und daß *sie* die Lizenzen vergaben. Sogar das lag in ihren Händen.

Bird schnippte mit einem schwarzrandigen Fingernagel gegen Dekkers Glas. »Möchtest du noch eine Runde? Ein Bier? Von uns? Damit du gut schläfst?«

»Du hast recht«, sagte Dekker. »Ich bin ziemlich müde.« Er dachte an sein Zimmer. Er dachte an das Bett und die Medikamente, die er nehmen sollte.

All diese Schlaftabletten ...

Meg legte ihm die Hand auf die rechte Schulter, beugte sich dicht an ihn heran und sagte: »Wir bringen dich besser zu Bett.«

Er konnte nicht antworten. Er schob ihre Hand weg, stand auf und ging.

»Der Mann leidet unter starken Schmerzen«, bemerkte Meg halblaut und sah ihm über die Schulter nach.

»In meinen Augen sah er aus, als fehle ihm gar nichts«, konterte Ben. »Und er war Einkaufen und hat Geld hinausgeworfen, als gebe es kein Morgen.«

»Ja, addiere es, Ben«, murmelte Meg. Bird, auf der anderen Seite des Tisches, blickte finster drein. Meg glaubte, Bird habe etwas zu sagen, und blieb für mehrere Schlucke Bier stumm.

Doch Bird sagte nichts. Ben stemmte die Ellbogen auf den Tisch, und seine Haltung verkündete, er wisse recht gut, daß Bird böse auf ihn sei, aber auch er sei böse.

Es konnte nicht mehr lange dauern, und es kam zu einem offenen Streit.

»Entschuldigt uns.« Meg stand auf und faßte Sals Ärmel. Sal deutete es sich als Alarm Rot und ging mit ihr ans Ende der Bar, wo die Jungs das Gespräch nicht von ihren Lippen ablesen konnten. »Aboujib, wir haben ein ernstes Problem.«

»Ja. Diese Männer!«

»Langsam, langsam. Hier entwickelt sich ein Partner/Partner-Problem.«

»Du weißt, Ben ist gut im Bett. Aber er wird langsam unverschämt.«

»Ehrlich, davon wollte ich jetzt nicht anfangen.«

»Mir macht es nichts aus, das zu sagen. Ich werde ihm den Hintern versohlen, wenn Bird es nicht tut. Ich habe Ben *gesagt*, was ich ihm abschneiden werde, wenn er gegen mich vorlaut wird. Und Bird läßt es sich ganz bestimmt nicht gefallen.«

»Bird wird mit ihm fertig.«

»Ja.« Sal holte Atem. »Mit einem Schraubenschlüssel. Ich sage dir, ich mache bei diesem Theater nicht mit. Und ebensowenig werde ich mich in die Schußlinie stellen. Ich schlage vor, wir gehen aus und sehen uns eine Show an und lassen den Jungs das eine Zimmer.«

Manchmal hatte Sal ausgezeichnete Ideen. »Ja«, stimmte Meg ihr zu, »das klingt gut.«

»Ich mache mir richtige Sorgen«, sagte Bird.

Ben blickte auf den Tisch nieder. »Nun ja. Tut mir leid, Bird.«

»Warum hackst du immer auf ihm herum?«

»Wenn ich das nur selbst wüßte«, seufzte Ben, und er wußte es wirklich nicht. Meg und Sal kamen zurück, um zu sagen, daß sie ausgehen wollten. »Macht ihr beiden es miteinander aus«, riet Sal ihnen. Und das machte Ben noch wütender. Die Mädchen gingen. Er hatte keine Ahnung, wohin, aber er spürte das Eis auf allen Seiten.

»Ich weiß nicht, was, zum Teufel, das ist.« Er sah Bird nicht an dabei. »Ich weiß nicht, was der Junge an sich hat, aber anscheinend raubt es den Leuten den gesunden Menschenverstand.« Diese Partner-Idee hatte ihm gleich nicht gefallen, als Sal in die Werkstatt auf dem 3. Deck gekommen war und ihm auseinandergesetzt hatte, wie es sie alle reich machen könnte, wenn sie Dekker weiterhalfen, und Dekker bekomme dadurch seine Lizenz zurück und so weiter. Sein Widerstand war noch stärker geworden, als der hübsche Junge so fein herausgeputzt in die Bar geschlendert kam. Da wußte er gleich, daß es Streit geben würde.

Bird schwieg erst einmal eine Weile. Schließlich gab er zu bedenken: »Vielleicht kommen manche Leute einfach nicht darauf, warum du einen solchen Piek auf ihn hast.«

»Weil er verrückt ist!« rief Ben. »Weil wir diesen Irren mit nach draußen nehmen werden, wo er sein Schiff zurückbekommen kann — er braucht den Mädchen nur die Kehle durchzuschneiden und mit dem Schiff über die Grenze zu fahren ...«

»Du hast dir wieder diese gräßlichen Filme angesehen. Zum Teufel, wie soll er es drüben in R1 rechtfertigen, daß zwei weitere Personen verschwunden sind? ›Verzeihen Sie, die beiden haben zusammen einen Spaziergang gemacht‹?«

»Er braucht keine gute Entschuldigung zu haben! Er ist verrückt! Verrückte haben keine Gründe für das, was sie tun, darum sind sie ja verrückt!«

»Er würde es immer noch dem Gürtel-Management erklären müssen.«

»Das würde Meg und Sal nichts mehr nützen.«

»Ich würde mein Geld auf Meg und Sal setzen.«

»Mach keine Witze, Bird, das ist nicht komisch.«

»Ich finde es verdammt komisch. Wir haben bei der Bank eine Hypothek von 95tausend auf die *Way Out* aufgenommen, die *Trinidad* hat uns in den letzten paar Monaten nichts als Dockgebühren eingebracht, wir haben die Inspektion der Reparatur noch nicht hinter uns, und wir müssen erst einen Antrag genehmigt bekommen, bevor wir daran denken können, die Station zu verlassen. Falls du es nicht bemerkt haben solltest, Ben, mein Sohn, wir könnten ein weiteres Paar Hände sehr gut brauchen. Mit zwei Schiffen im Dock rinnt uns das Geld nur so durch die Finger.«

»Meg und Sal leisten gute Arbeit. Von dem Knilch wissen wir das nicht. Und wir hätten heute *zwei* Paar Hände mehr gehabt, wenn Meg und Sal nicht unterwegs gewesen wären, um für ihn Geld hinauszuwerfen. Er bedeutet *Ärger,* Bird, er hat uns vom ersten Augenblick an, als wir ihn gesehen haben, nichts als Ärger eingebracht.«

»Wir können immer noch nein sagen, wenn sich herausstellt, daß er Ärger bedeutet. Wir haben noch Zeit genug, um es herauszufinden. Geben wir ihm doch einfach Arbeit, dann sehen wir, wie er damit zurechtkommt.«

»Du *kannst nicht* nein sagen, Bird, du hast ein ganz großes Problem mit dem Neinsagen. Du kriechst rückwärts in eine Sache hinein, die dich Geld kosten wird. Wenn ich nicht ...«

»Ich kann sehr gut nein sagen, Ben, wenn du dich erinnerst. Ich habe zu Meg nein gesagt, und ich habe zu gar nicht wenigen Bewerbern nein gesagt, bevor ich dich zum Partner genommen habe. Jetzt *sind* du und ich Partner, und ich gebe dir eine Menge, was ich nicht jedem geben würde — aber eine Partnerschaft ist eine zweiseitige Beziehung. Und im Augenblick bitte ich dich, mir ein bißchen mehr Leine zu lassen.«

»Um was zu tun? Um zu warten, bis sein Geld überwiesen wird? Wird er dann seine Rechnungen selbst bezahlen? Das ist sehr bequem für ihn, Bird, das ist verdammt bequem. Er braucht überhaupt nichts zu bezahlen, er braucht überhaupt nichts zu tun, und wir spendieren ihm noch seine Mahlzeiten!«

»Ben ...«

»Ich weiß wirklich nicht, warum du ihm mehr glaubst als mir!«

»Ben — ich weiß nicht, ob die Mädchen mit dieser Abmachung recht haben; es könnte sein. Da versuche ich, zu einer Entscheidung zu gelangen, ob ich Dekker vertrauen darf, und du benimmst dich so irre, daß es damit endet, daß ich ihn verteidige. Ich kann ja nicht *deine* Partei ergreifen, indem ich ihn vom Deck hinunterprügele, oder?«

»Dann wären wir ihn wenigstens los!«

»Ja, und wenn die Mädchen recht haben und dieser Junge für uns eine zuverlässige Geldquelle ist?«

»Zuverlässig? — Daß ich nicht lache! Bird, wer soll denn das aushalten, wenn er ständig fragt: ›Wieviel Uhr ist es? Wieviel Uhr ist es?‹«

»Er muß da draußen ja einen gewaltigen Eindruck auf dich gemacht haben!«

Ben konnte es nicht leiden, wenn man ihn gönnerhaft behandelte. »Nur einen negativen!«

»Gut«, sagte Bird. »Gut.«

»Verdammt, du sollst mir nicht ...«

»Was?«

Nicht so das Wort abschneiden, dachte Ben finster. Was er sagte, war jedoch: »Schon gut, schon gut. Wir werden in der nächsten Woche sehen, wie er sich anstellt.« Er nahm sich eine Brezel aus der Schüssel. »Er hat sie nicht aufgegessen.« Eine verschwenderische Gewohnheit. Dekker benahm sich wie jemand, der Geld hat, der daran gewöhnt ist, Geld zu haben. Und bei dem Gedanken an die 47tausend, die Dekker angeblich besaß, entfuhr es Ben: »Wenn er soviel Geld hat, wie er behauptet, ist er eine wandelnde Bank. Woher hat er es, wenn nicht von diesem reichen College-Mädchen? Er hatte durch ihren Tod eine Menge zu gewinnen, weißt du.«

»Ja, sieht aus, als habe er sich da draußen trefflich amüsiert, oder?«

Ben haßte es, wenn Bird verdrießlich mit ihm sprach. Es rief in ihm den Verdacht wach, vielleicht benehme er sich unvernünftig.

Bird sagte: »Weißt du, die Nouri-Sache hat eine Menge verändert. Polizisten mit Haftbefehlen tun, was sie wollen, die Nachrichten sind voll davon, daß Leute ihre Freunde denunziert haben ... Ich glaube nicht, daß auch nur die Hälfte der krummen Sachen vorgekommen ist, die die Company geltend macht — als wären wir ein gefährliches Leck in ihrer Kasse. Das waren wir nicht. Wir hatten Erfolg. Verstehst du? Damals halfen die Leute sich gegenseitig, das spielte sich ab. Wenn man in Schwierigkeiten geriet und ein Ersatzteil brauchte, ging man nicht zu einer Bank, man ging zu einem Freund. Man konnte sich Geld zu niedrigeren Zinsen als bei der Bank leihen, wenn man hielt, was man versprochen hatte, gute Arbeit leistete und seine Schulden bezahlte — und du konntest Gift darauf nehmen, daß das alles bekannt war. Wir hatten Erfolg, und die Company hatte keinen. Jetzt sag du mir, wer die besseren Geschäftsleute sind.« Bird zuckte mit einer Achsel und nahm einen Schluck von dem schal werdenden Bier. »Jetzt kommt eine Generation von der Erde her, die sich vor Einbildung nicht lassen kann. Aus dem Institut kommt eine Generation, die nie von Shakespeare gehört hat.«

»Gott, nun gib mir doch ein Band, Bird! Ich schwöre, ich werde mir den Hurensohn anhören.«

Bird maß ihn mit einem seltsamen Blick, ergriff über den Tisch weg seine Hand, wie es ein Mann mit einer Frau macht, was noch seltsamer war, und da Bird es tat, der Mann, mit dem er ein Schiff teilte, war es unheimlich seltsam. Bird sagte: »Ben, du bist ein guter Junge. Wirklich. *Bleib so.*«

Ben rettete seine Hand. Er war erschüttert. »Was hat denn das zu bedeuten?«

Bird sagte nur in der gleichen eigentümlichen Art: »Ben, mein Sohn, ich werde dir dieses Band heraussuchen.«

Dekker starrte an die Decke und dachte an eine Schlaftablette, dachte an die ganze verdammte Flasche — aber nein, die Befriedigung gönnte er der Company wirklich nicht.

Ben würde ihn nie in Ruhe lassen. So war es nun einmal, und so würde es in Zukunft sein. Ben konnte ihn nicht leiden, und bei Gürtelbewohnern mochte das durchaus das letzte Wort in dieser Sache sein. Ben hatte ihm sein Schiff weggenommen, und jetzt sah Ben in ihm nur noch eine Quelle des Ärgers — auch so würde es in Zukunft sein.

Dekker wußte nicht, warum Ben ihn so schikanierte. Er wußte nicht, warum er selbst so reagiert, warum er über Corys Angelegenheiten gesprochen hatte, und er fragte sich, ob er sich dadurch, daß er weggegangen war, nicht jede Chance bei ihnen verspielt habe. Außerdem hatte er keine Ahnung, was Bird dachte.

Zumindest mußte er denken, daß er und Ben zusammen ein Problem darstellten. Dekker zweifelte nicht daran, wie Bird sich entscheiden würde, wenn Ben ihn draußen haben wollte.

Und Ben redete davon, er könne seine Lizenz zurückbekommen, ohne daß es ihn etwas kosten werde. Es würde ihn alles kosten, was er hatte, davon war er überzeugt — *falls* man ihn nach der Katastrophe da draußen überhaupt noch nahm. Ben hielt ihn für verrückt, Ben glaubte, er werde zusammenbrechen, wenn er wieder hinauskam, und ehrlich gesagt, er war sich seiner selbst nicht sicher. Der Tiefe Gürtel war nicht der richtige Ort, um zu entdecken, daß man sich vor der Dunkelheit fürchtete, und wenn man beim Anbringen einer Markierung ein Schiff manövrierte, war das nicht der richtige Augenblick für Gedächtnisausfälle. Vielleicht erinnerte man sich nicht, welcher Schritt als nächstes kam oder wo man in einer Sequenz gerade stand oder was man bereits getan hatte. Eine zweite Chance bekam man nicht. Der Gürtel gab einem keine.

Dekker wußte selbst nicht, was geschehen würde, wenn sich die Luke hinter ihm schloß. Würde er in Panik geraten, würde er normal bleiben — würde er glauben, er sei normal, und dann immer stärker zwischen Vergangenheit und Gegenwart hin- und herpendeln, wie es ihm in der Dusche passiert war — in *dieser* Dusche, in derselben Umgebung mit nichts als der Anwesenheit seiner neuen Partner, um ihn in der Zeit zu verankern?

Alle Welt forderte ihn auf, sich zusammenzunehmen, weiterzuleben, als sei nichts geschehen. Anscheinend machten die anderen es so — sie betäubten jedes Gefühl, stellten sich blind und taub gegen das Unrecht, mit dem die Company durchkam, hielten einfach den Mund, steckten das Geld ein, das sie kriegen konnten, und gewöhnten sich daran, jeden Morgen im Spiegel einen verlogenen Hurensohn zu sehen, denn nur so einer hatte an diesem Ort eine Chance.

Dekker wußte nicht, ob er das fertigbrachte. Er wußte nicht einmal, ob er die Finger von der Schublade mit den Tabletten lassen und die Nacht lebend überstehen konnte oder ob das Leben überhaupt noch der Mühe wert war.

Cory, hatte er gesagt, als sie den Streit hatten, vielleicht will ich gar nicht gehen. Was, zum Teufel, habe ich auf einem Sternenschiff verloren? Ich habe in Mathematik versagt. Ich habe in Physik versagt. Ich habe nicht deinen Verstand, Cory, das Ganze war allein deine Idee. Man wird keine Arbeit für mich haben, ich werde tote Masse sein, und das für mein ganzes übriges Leben, Cory. Was wäre das für ein Leben?

Sie hatte ihn mundtot gemacht, sie hatte ihm in aller Deutlichkeit auseinandergesetzt, er habe keine Chance, wenn er bleibe. Sie hatte ihm gesagt, die Company sei verbrecherisch, die Company betrüge die Selbständigen, betrüge die Piloten, betrüge jeden, der für sie arbeite. Cory war mit großem Geld umgegangen, sie wußte, wie Banken große Operationen durchführen. Sie hatte ihm gesagt, was die ASTEX mit ihren elektronischen Datenkarten und mit ihren Policen auf Funde anstellte. Sie hatte versucht, ihm genau zu erklären, was es für ein Konto und für die Zinsen bedeutete, wenn ein Erzsucher sofort nach einem Signalverlust Geld abgezogen bekam, und wie die Selbständigen auf eine Weise begaunert wurden, die nichts mit Felsen zu tun hatte.

Sei nicht dumm, Dekker, hatte sie gesagt, hier hast du keine Zukunft. Heute bringen sie die Selbständigen um, in nicht allzu vielen Jahren werden sie sich die Shepherds vornehmen — hier gibt es keine Hoffnung.

Sie hatte gesagt: Glaube ja nicht, daß ich dich zurücklassen werde ...

Sal und Meg saßen mit ihren Drinks in der blauen Neonbeleuchtung des Skorpions. Der Film war nicht allzu schlecht gewesen, er handelte davon, daß Leute zerhackt wurden, wie Meg gesagt hatte, aber es war kein langer Film, und Sal hatte gemeint, es sei noch viel zu früh, sich den Jungs wieder anzuschließen. Außerdem wollte sie bei Freunden nebenan ein Wort fallenlassen. Es war Sals Lieblingslokal — Shepherd-Territorium, Tür an Tür mit dem Club — teuer, schick: Hier verkehrten zwar auch die Bürotypen, die überall am Rand des Höllendecks anzutreffen waren, aber die Verbindung des Skorpions zu den Shepherds gab es seit langer Zeit. Shepherds erhielten die Tische in dem Winkel hinter den Glaspfeilern, und die Gläser von Shepherds wurden bis zum Überlaufen gefüllt, sie bekamen nicht zu wenig, und sie bekamen es ohne einen Schuß Wasser.

Es war kein Lokal, das sich Meg und Sal als ständige Gewohnheit zulegen konnten, falls sie sich keine Männer einfingen, die finanziell auf Shepherd-Niveau standen, und das hatten sie heute nicht vor.

Auf dieser Seite der Pfeiler bestand Gott sei Dank auch keine Gefahr, angesprochen zu werden. Durch das Verhältnis Frauen zu Männern auf dem Höllendeck waren Shepherds daran gewöhnt, daß man sich um sie bemühte, nicht umgekehrt, und zwei Frauen, die keine Zeichen gaben, waren sicher vor den Belästigungen, die in vielen der billigeren Bars jedes vernünftige Gespräch unmöglich machten. Es konnte in Restaurants passieren, in Kino-Eingängen — in dieser Schicht war ein R&R-Haufen von der Werft eingetroffen, und die jungen Soldaten auf Urlaub waren die allerschlimmsten. In den letzten paar Stunden hatten Meg und Sal männliche Dummköpfe bis zum Überdruß genossen, und der Skorpion bedeutete einen Zufluchtsort, der in Sals wohlerwogener Meinung die hohen Preise wert war.

»Ich will dir was sagen«, teilte sie Meg über einem absolut echten Margarit mit, »mein Instinkt rät mir, ich solle mir diesen Dek einmal vornehmen, ehe wir hinausfahren, du weißt schon, ganz privat, in aller Freundschaft. Ihn schütteln und sehen, was klappert. Das halte ich für eine ernste Sicherheitsfrage. Aber da haben wir Ben als Sand im Getriebe. Zur Hölle mit ihm!«

»Willst du meine Meinung hören, Aboujib?«

»Du hältst Ben für eifersüchtig?«

»Für jungfräulich, Aboujib. Wahrscheinlich bist du die erste, die ihn jemals gefragt hat.«

»Verdammt, er ist auch auf Bird irgendwie eifersüchtig.«

»Ja.«

Jetzt sah Sal, worauf Meg hinauswollte. »Er ist in vieler Beziehung eifersüchtig, nicht wahr?«

Meg rührte ihren Drink mit dem kleinen Plastikhalm um. »Der Mann hat ein großes Problem. Bis jetzt hat uns das noch keinen Schaden gemacht. Aber wir sollten darüber nachdenken. Wie er sich heute abend gegen Bird benommen hat, das war *ni-kulturny.*«

»Stimmt«, pflichtete Sal mit einem unbehaglichen Zucken ihrer Schultern bei. Sie nahm einen Schluck von ihrem Margarit und dachte, daß sie mit Ben ganz anders verkehrten als sonst. Wenn er nicht der beste Computermann auf R2, sondern irgendein anderer gewesen wäre, hätte sie ihn an Meg abgegeben — kurz und schmerzlos, wie man einen Schalter tätigt und eine Verbindung trennt. Aber, verdammt noch mal, Ben war etwas Besonders, er war der absolut Beste, und eine Beziehung zwischen Meg und Ben würde ihnen überhaupt nichts nützen. Meg kannte die richtigen Fragen nicht, und außerdem führte sie nicht die Berechnungen durch.

Es war auch nicht Meg, die Ben so verrückt machte, daß er ihr Dinge zeigte, die sie im Institut nicht gelernt hatte, seine eigenen Erfindungen, die er niemandem sonst überlassen würde. Sal hatte noch nie einen Menschen wie Ben kennengelernt — in der einen Minute fühlte man sich mit ihm *simpatico,* und in der nächsten hätte man ihm am liebsten das Genick gebrochen. Sie hatte noch nie einen Menschen kennengelernt, dem sie so *vertraute* wie Ben — Meg und Bird ausgenommen. Nur mit einem von diesen dreien würde sie es wagen, im Raum Arbeiten außerhalb des Schiffes durchzuführen. Doch wenn sie sich sein verrücktes Benehmen vor Augen führte, kamen ihr neuerdings Bedenken.

Wenigstens war er nicht wie der dreckige Hurensohn, der gedroht hatte, sie nicht ins Schiff zurückzulassen, falls sie ihm nicht bestimmte Gefälligkeiten erweise. Computerleute waren immer im Nachteil, immer hatten sie Probleme, bis sie so gut waren wie Ben, den *niemand* verlieren wollte. Meg hatte Schwierigkeiten dieser besonderen Art nicht durchmachen müssen — ein Computermann wagte es nicht, seinen Piloten gegen sich aufzubringen, wenn er eine Spur von Verstand besaß, und er schickte seinen Piloten auch nicht auf einen Spaziergang nach draußen. Aber ein Computermann konnte in diesem Geschäft schon an äußerst merkwürdige Typen geraten, und wenn man einige wenige Partner hatte, deren man sich sicher war, ließ man sie nicht gehen. Man versuchte nicht, in ihr Leben einzugreifen, aber man würde große Anstrengungen auf sich nehmen, damit alles so blieb, wie es war.

Auch jemanden töten? Wenn es soweit kam, daß es sein mußte — ja, dann würde sie es tun. Und versuchen, zwei zu groß geratene Kinder davon abzuhalten, sich da draußen gegenseitig umzubringen ...

»Was sollen wir machen, Kady?«

Meg schürzte die Lippen. »Genau das, was wir sowieso schon machen. Es Bird überlassen.«

Jemand kam dicht an ihrem Tisch vorbei. Berührte Sals Schulter. »Aboujib?«

Gott. Suchte er Anschluß? Sofort runzelte Meg die Stirn. Sal sah sich um und an der teuren Jacke eines Shepherds hinauf. Es war einer von Sunderlands Crew, ein Freund von Mitch — sie wußte den Namen nicht. Sehr schnell sagte er und ließ dabei etwas in ihre Tasche gleiten: »Diese noch offenstehende Frage?«

»Ja«, sagte Sal — ein anderes Problem. *Dasselbe* Problem. Sie hielt den Atem an. Spürte etwas Flaches und Rundes aus Plastik in ihrer Tasche. Ihr Herz raste.

»Das ist Kady?«

»Das kann man wohl sagen.«

»Wie es heißt, ist das Problem größer geworden. Du bist damit markiert. Geh mit ihm den Weg, den du genannt hast. Die Zeit ist uns recht. Aber wenn du dein Startdatum erfährst ... laß es uns wissen. Das ist sehr wichtig.«

Der Mann ging.

»Zum Teufel, was sollte das?« fragte Meg.

»Ich weiß es nicht.« Sal dachte an einen schattenhaften Treiber, der da draußen saß und Trümmer zum Schwerkraftschacht spuckte. Und an Luder Mama, die die Pläne *und* die Kurse der Erzsucher berechnete und sie beschleunigte und bremste. »Ich weiß es nicht.« Sie hatte plötzlich ein Gefühl im Magen, als ob sie etwas sehr Kaltes geschluckt hätte.

»Ist es das, was ich meine, gehört zu haben?« fragte Meg. »Sie glauben, wir seien in Gefahr?«

»Ich weiß es nicht.«

»O Gott! Großartig!«

»Wir dürfen nur nicht in Panik geraten.«

»Natürlich nicht. Die Wetteinsätze gefallen mir auf einmal nicht mehr.«

Sal beugte sich über den Tisch und dämpfte die Stimme so, daß sie gerade noch zu verstehen war. »Meg. Sie werden nicht zulassen, daß wir in die Gefahr hineinlaufen.«

»Ja«, flüsterte Meg zurück. »›Hineinlaufen‹ will ich gar nicht erst gehört haben. Mir gefallen diese Ausdrükke alle nicht. Mir gefällt dieses ›Geh mit ihm‹ nicht. Vielleicht hätte ich gern ein bißchen mehr Informationen, als wir bekommen.«

»*Sie* sagen, wir tun das Richtige.«

»Ja, wir tun das Richtige. Wir können da draußen zu Märtyrern werden. Ist es das, was *sie* wollen?«

Sal faßte Megs Hand, denn sie hatte Angst, Meg werde ihr davonlaufen. »Wir haben hier eine echte Chance.«

»Was für eine echte Chance? Die Chance, daß deine großmächtigen Freunde eine schöne Bestattung für uns veranstalten werden? Die Chance, daß wir das Karma sammeln und sie sauber bleiben?«

»Meg, ich kann dich *hinein*bringen.«

»Zum Henker damit!« Meg riß ihre Hand zurück. »Ich will ihre Mildtätigkeit nicht.«

»Meg, um Gottes willen, mach es uns nicht kaputt.«

Meg biß die Zähne zusammen. Holte mehrmals langsam Atem, wie sie es tat, wenn sie wütend war. »Was geben sie uns für eine Garantie? Scheiße, hier könnten Wanzen sein ...«

Sal holte die flache Plastikscheibe aus ihrer Tasche. Ein grünes Lämpchen leuchtete darauf. Sie schloß schnell die Hand darum zur Faust.

»O Gott«, stöhnte Meg.

»*Sie* sind um ein paar Züge voraus. *Sie* werden uns nicht in die Gefahr hineinlaufen lassen.«

»Oh, du hast eine Menge Vertrauen zu ihnen. Das ist Schmuggelware, verdammt noch mal!«

»Meg, sie sind keine Dummköpfe.«

»Sie müssen uns für Dummköpfe halten.«

»Wir haben ihnen ein Angebot gemacht, Meg, und sie *sagen*, daß sie einverstanden sind. Sie warnen uns.«

»Ja, wir sind ›damit markiert‹. Das gefällt mir. Und wie mir das gefällt.«

»Meg.« Sal durfte nicht mehr sagen, als Meg sowieso schon wußte. Meg blickte mörderisch drein.

Doch schließlich lenkte Meg ein: »Dann sind wir also damit markiert. — Reden wir davon, auf den Chartervertrag zu verzichten?«

Die Antwort lautete ja. Meg wußte es. Meg wußte es ganz genau.

»Verdammt«, sagte sie.

»Wir haben, was sie wollen. Sie wollen *ihn*. Sie haben ihre Schulden bezahlt. Das sagen sie. Sie bitten uns, ein Risiko auf uns zu nehmen, und dann sind wir drin, Meg, sie machen uns ein Angebot. Wenn wir sie enttäuschen — oder wenn wir jetzt einen Rückzieher machen ...«

Sal nahm ihre Zuflucht zum Betteln. Wenn Meg in diese Richtung sprang, wurde sie in zu viele andere Richtungen gezogen. Gott, es war alles, was sie sich wünschte, *alles*. »Ein Platz auf einem Shepherd-Schiff, Meg. Noch eine letzte Fahrt. Wir schaffen Dek für ein paar Monate in das große Schweigen hinaus, und das wär's dann schon. Ben und Bird sind mit den beiden Schiffen wohlhabende Leute. Das Karma ist bezahlt. Wir kommen hier *raus,* Meg. Wir kommen auf ein *richtiges* Schiff. Wir beide.«

Das hatte Gewicht bei Meg. Es war das einzige, was sie umstimmen konnte. Doch Megs Gesicht wurde noch wütender. Schließlich sagte sie: »Von wegen. Wach auf, Aboujib.«

»Doch, doch, doch. Das ist die ganz große Chance, Meg, glaub mir.«

Meg schüttelte den Kopf. Aber das bedeutete ja. In Ordnung. Wir werden Dummköpfe sein.

»Wir wollen nur hoffen, daß du recht hast, Aboujib. — Und dieser *jeune fils* täte gut daran, verdammt schnell die Orientierung wiederzufinden. Wenn er in einen Prozeß verwickelt wird, sollte er besser nicht verrückt sein.«

14. KAPITEL

Seine Schlafenszeit mit Bird zu verbringen war nicht gerade das, was Ben vorgeschwebt hatte. Auch war es für ihn nicht das höchste Vergnügen, zusammen mit Dekker zu frühstücken, aber Bird hatte darauf bestanden.

Da waren sie nun, er und Bird saßen am Tisch, und Dekker stand in der Schlange. Meg und Sal schliefen noch. Sie waren letzte Schicht *spät* nach Hause gekommen, und Ben versuchte gar nicht erst, sich vorzustellen, was sie getrieben hatten. Dekker seinerseits hatte sich auch nicht begeistert über ihre Gesellschaft gezeigt. Er hatte durch die Tür seines Zimmers gerufen, ja, er komme, und dann war er endlich erschienen — mit an den Seiten geschorenen Haaren und so weiter.

»Er braucht nur noch ein Paar Ohrringe«, knötterte Ben.

»Sei nett«, schalt Bird ihn über der Wurst und den nicht zu identifizierenden Eiern.

Ben sah ihn an, hob kalt eine Schulter. »He, habe ich vielleicht etwas getan?« Aber er nahm sich vor, seine Zunge im Zaum zu halten und die Kritik an Birds Hübschem hinunterzuschlucken, so wie er gestern zu dem Schluß gekommen war: Wenn der Wahnsinn schon auf Meg und Sal übergegriffen hatte, konnte er ebenso gut mitmachen.

Bird schoß einen Blick zu ihm herüber, der besagte, er traue ihm zu, daß er Dekker im Bett ersteche. Soweit war es schon mit ihnen gekommen, und das war der Hauptgrund, aus dem er sich sagte, es sei besser, mitzumachen.

Solange, bis Dekker ein Fehler unterlief. Dann wollte er sogar Gnade walten lassen und Bird nicht unter die Nase reiben, er habe das ja gleich gesagt — vorausgesetzt, Bird sah klar, wenn es passierte, und kam wieder zu Verstand.

Dekker nahte mit seiner Tasse Kaffee und seinen Eiern, sah keinen von beiden richtig an, angelte sich mit dem Fuß einen Stuhl hervor und setzte sich.

»Ich muß mich entschuldigen«, sagte Dekker als erstes, immer noch, ohne sie anzusehen.

Ben hielt mannhaft den Mund.

»Ich bin gestern irgendwie geistig weggetreten«, gestand Dekker.

Bird zuckte die Achseln, aber Dekker sah es nicht, denn als der Ausgeflippte, der er war, starrte er seinen Teller an. Bird meinte: »Tabletten haben manchmal die Wirkung.«

»Ich setze sie ab«, erklärte Dekker. Seine Hand, die die Gabel hielt, zitterte. Heftig. — Na, ist das nicht schön? dachte Ben. Wir sollen mit diesem Knilch hinausfahren. Dieser Verrückte wird da draußen an den Kontrollen sitzen.

Nun blickte Dekker doch auf, hohläugig, als habe er nicht viel geschlafen. »Ich habe euch gestern nicht ausreden lassen. Wenn das Angebot noch gilt — ich würde gern darüber reden.«

»Das Angebot gilt noch«, bestätigte Bird. Ben dachte: Verdammt.

Dekker sagte eine Weile gar nichts, er rührte nur in den Eiern auf seinem Teller herum. Dann kam ein zweiter Blick auf Bird. »Ich möchte meine Lizenz zurückhaben. Was ist die Zeit wert?«

»Das hängt von deiner Arbeit ab«, antwortete Bird.

Ben führte eine schnelle Berechnung durch: Was besaß Dekker, und was war ein gerechtes Entgelt dafür, daß sie sich mit ihm abplagen mußten? »Zehntausend pauschal. Einschließlich einer Garantie, daß du die Lizenz bekommst.«

Dekker blickte bestürzt drein — vielleicht war er ein bißchen erschrocken über den Preis.

Bird schwieg, Dekker schwieg, deshalb setzte Ben mit einer gewissen Selbstzufriedenheit hinzu: »Das ist angemessen, nicht wahr? Die Garantie gilt für Klasse 1.«

Bird wirkte ein bißchen besorgt. Aber er schwieg weiter.

»*Wer* garantiert das?« fragte Dekker.

Ben bedachte ihn mit einem kalten Starren. »Ich. Andererseits, wenn du irgend jemanden nach der Zeit fragst, Dekker, wenn du uns da draußen *irgendwelchen* Ärger machst, gehst du mit nacktem Arsch auf einen Spaziergang.«

»Ben«, mahnte Bird.

»Das ist mein voller Ernst«, betonte Ben, und Dekker bekam es mit der Angst zu tun.

»Ben ist in Ordnung«, versicherte Bird. »Wirklich.«

Schließlich sagte Dekker: »Ich habe keine anderen Angebote.«

»Kein Wunder«, sagte Ben und merkte einen Sekundenbruchteil, bevor Bird ihm einen finsteren Blick zuschoß, daß er von seinem Entschluß abgekommen war.

Dekkers Blick war ebenfalls finster. Dekker sagte: »Ich werde mir mein Essen verdienen.«

»Und ob du das tun wirst«, erwiderte Ben. »Du wirst alles tun, was man dir sagt. Du wirst erledigen, welchen Scheiß man dir aufträgt, ganz gleich, was du davon hältst, und das ohne zu meckern.«

Bird fiel ein: »Ben ...«

Dekker streckte bedrückt seine Hand aus. Ben brauchte einen Augenblick, bis er begriff, daß er ihm die Hand reichen wollte, daß Dekker ihn tatsächlich beim Wort nahm und auf das Angebot einging.

Verdammt, dachte Ben. Ebenso gern hätte er seine Hand in einen Fleischwolf gesteckt, aber zwischen ihm und Bird stand es heikel. Deshalb verzog er das Gesicht zum Lächeln und ergriff Dekkers Hand. Über den Tellern vollführten sie ein schlaffes, freudloses Händeschütteln.

Niemand sah überzeugt aus, weder Dekker noch Bird. Ben war es bestimmt nicht. Aber er sagte: »Nachdem wir uns nun einig sind, könnten wir sofort den Antrag auf Rückgabe der Lizenz stellen. Ich nehme an, du hast das noch nicht gemacht.«

Meg und Sal betraten die Bar. »Keine Krater zu sehen«, bemerkte Meg. Sie waren letzte Schicht spät heimgekommen, sie hatten lange geschlafen, und jetzt erwischten sie das äußerste Schwanzende des Frühstücks. Kein Dekker, kein Bird, kein Ben. Meg steckte die Hände in die Taschen und sah zu Mike an der Bar hinüber. Sal sah ebenfalls Mike an und hob dabei die Augenbrauen.

»Ob sie sich gegenseitig umgebracht haben?« überlegte sie.

Mike trug ihnen den Rest der gummiartigen Eier auf. »Sind wie alte Freunde zusammen weggegangen, alle drei. Ich soll euch ausrichten, sie seien zum Dock hinauf. Sie lassen euch einen Haufen Zeug zum Säubern und Abschleifen in der Werkstatt.«

»Das macht Spaß«, bemerkte Sal sauer.

»Ben zusammen mit Dekker?« Meg wurde zunehmend unruhig. »Höchst unwahrscheinlich. Hier haben wir ein Problem.«

Sal zapfte sich Kaffee und nahm den Teller, den Mike ihr reichte. »Kady, ich glaube, wir müssen Strategie anwenden.«

»Was für eine Strategie? Ich stimme dafür, daß wir Ben erschießen.«

»Nein, nein, er tut ja, was Bird will.« Sal trug Teller und Kaffee an den Tisch und zog sich einen Stuhl heraus. Meg folgte ihrem Beispiel. »Wir brauchen, sagen wir, drei Wochen, wenn wir Dampf dahintersetzen. Wenn Dek fähig ist, gute Arbeit zu leisten. Die Jungs werden uns noch Ärger machen. *Très macho.*«

»*Très* Schmerz im Arsch. Wenn *Bird* einmal einen festen Standpunkt eingenommen hat, braucht man eine Brechstange.«

»Wir dürfen nicht zulassen, daß Ben und Dekker in dasselbe Schiff kommen. Das ist vorrangig.«

»Dann nimmt Bird eben Dekker — und *wir* nehmen Ben.« Wenn man es recht bedachte, war das gar keine schlechte Idee. Seit zwei Jahren waren sie hinter Bens Berechnungen her. *Das* war etwas Solides, und die Versprechungen der Shepherds waren ›Wenns‹ und ›Vielleichts‹.

Außerdem: Wenn es überhaupt einen Menschen gab, der Dekker im Zaum halten konnte ...

Sal senkte den Kopf, suchte kurz in ihrer Tasche — Gott, auch hier mochten Wanzen sein, dachte Meg mit einem Knoten im Magen. Sal blickte auf, und teuflische Gedanken glitzerten in ihren Augen. »Ich will dir sagen, was wir tun werden, Kady. Wir beantragen, als Tandem hinauszugehen. Wir *alle.* Und ich will dir auch sagen, warum.« Sal stieß mit dem Finger auf die Tischplatte. »Weil Bird nicht will, daß Dekker der Hals abgeschnitten wird. Weil Bird schon eine Fahrt mit Ben und Dekker hinter sich hat und wir ihm einen Weg zeigen, wie er sich das Leben erleichtern kann. Wir fordern genaue Aufteilung der Bordzeit, nur damit er es glaubt, wir regeln es mit Luder Mama, und wir bekommen Ben und seine Berechnungen *und* Zugriff auf Dekker.«

»Wir haben aber ein Schiff, das gerade aus der Reparatur kommt. Das ist eine Probefahrt.«

»Eben aus diesem Grund. Das ist der einzige Grund, warum sie es tun werden.«

»Ein bißchen viel Lärm. Müssen wir Luder Mamas spezielle Aufmerksamkeit auf uns lenken? Ich halte einen Antrag nicht für eine gute Idee.«

»Kady, die Aufmerksamkeit des Luders haben wir schon. Ich werde meine Freunde fragen, aber das ist doch immer noch die beste Lösung. Und *wenn* sie sagen, wir sollen es tun, und wenn SIE uns läßt — Teufel, wenn wir als Tandem fahren dürfen, können wir einfach unsere Arbeit tun wie immer, die Scheiße mag fliegen, wie sie will, und dabei haben wir die Gewißheit, daß weiterverhandelt wird — auf dem Weg nach draußen werden die ASTEX-Leute nichts unternehmen, es sei denn, sie werden dazu herausgefordert, und wenn die Shepherd-Gesellschaft einen Vertragspunkt daraus macht, bin ich verdammt sicher, das Luder wird uns auf dem Rückweg nicht gegen einen Felsen rennen lassen. Es gibt Zufälle, und es gibt Zufälle. Die ASTEX ist nur noch ein kleines Stückchen davon entfernt, daß die Earth Company kommt und hier energisch nach dem Rechten sieht.«

Meg fragte sich, ob bei dieser kurzen Begegnung im Skorpion mehr an Verständigung vor sich gegangen war, als Sal bisher zugegeben hatte: Und der Gedanke, von Luder Mama auf ein Ziel hin beschleunigt zu werden, das Luder Mama ausgesucht hatte — mit Plänen, bei denen es vielleicht genau auf ihrem Kurs einen kleinen technischen Fehler gab —, hatte sie nicht mehr ruhig schlafen lassen.

Luder Mama gab endlich in den Nachrichten zu, es könne zu einem Schlichtungsverfahren mit den Shepherds kommen, um die massiven Beschwerden zu regeln und die wunden Stellen zu heilen — Luder Mama mußte diesen ungeheuer wichtigen Produktionsplan einhalten, weil das Oberkommando der Flotte ihr im Nacken saß.

Das war die Haltung, die man der Öffentlichkeit gegenüber einnahm. Hinter den Türen des Managements standen Karrieren auf dem Spiel.

Die ganze Existenz der Shepherds stand auf dem Spiel.

»Ich möchte doch zu gern wissen«, sagte Meg zu Sal, während sie weiter mit ihren Eiern herumspielte, »ob du zusätzliche Informationen hast — jetzt oder in Zukunft.«

»Wenn ich sie bekomme, werde ich es dir sagen.« Ein feierlicher Blick. »Das schwöre ich.«

»Danke.« Meg versuchte das zu glauben.

Ein Platz auf einem Schiff der Shepherds, hatte Sal gesagt. Es war bereits eine gefährdete Spezies. Und Sal und sie wären dumm, wenn sie anders dächten. Man gewöhnte sich das Denken auf lange Sicht ab, wenn man keinen anderen Ausweg sah als einen Glückstreffer in einem Geschäft, das dabei war, in die Hölle abzustürzen. Unabhängige würde es nicht ewig geben. Jetzt konnten sie das Schiff chartern oder Sals Vorschlag folgen — abwarten, ob die Shepherds sich an die Abmachung hielten beziehungsweise ob es überhaupt eine Abmachung gab — oder ob die Shepherds immer noch unabhängig waren, wenn es zum Krach kam.

Sal hatte sich diese Chance gewünscht, Gott, sie jagte seit Jahren hinterher — hatte sie sich schon einmal verdorben, soviel Meg wußte, und ihre schuftigen Verwandten hatten sie beinahe sechs Jahre lang an der Nase herumgeführt, hatten Aboujib dazu ausgenützt, ihre Augen und Ohren auf dem Höllendeck zu sein, gaben ihr Aufträge und brachten sie in Gefahr, verhaftet zu werden, ließen sie so lange schwitzen, bis sie sicher sein konnten, daß sie Befehle ausführte.

Aboujib hatte eine ernste Warnung von der Shepherd-Gesellschaft erhalten, als sie sich mit ihr zusammengetan hatte — und da sie nun einmal Aboujib war, hatte sie an ihrem Fehler festgehalten und zur Hölle mit den Folgen. Ihre großmächtigen Freunde hatten gesagt, laß Kady fallen, und Sal hatte mit dem einen oder anderen Offizier gesprochen — Gott allein wußte, was sie bei diesem Treffen gesagt hatte oder was die Shepherds gesagt oder gedroht hatten. Jedenfalls war Sal aus ihrem exklusiven Club herausgestürmt gekommen und hatte beinahe einen ganzen Monat lang nicht mehr über einen Platz auf einem Shepherd-Schiff gesprochen.

Seitdem war es mit ihnen auf und ab gegangen, und

sie standen heute sehr viel besser da als zu Anfang. Alles hatte so klar und so möglich ausgesehen — bis gestern, bis die Shepherd-Gesellschaft Sal ihren Traum vor der Nase baumeln ließ. Diese Schufte.

Meg hatte gestern abend zu Sal ja gesagt. Heute morgen hatte sie das deprimierende Gefühl, sie sei ein chronischer Dummkopf und habe eine Zusage gegeben, die sie ohne die beiden Margarits nicht gegeben hätte. Aber ein entschiedenes Nein hatte sie sich auch heute morgen nicht abgerungen, und da saßen sie nun beide und riskierten den Hals auf das kleine grüne Licht hin — Sal war wild entschlossen.

Meg brachte es nicht fertig, den Mund aufzumachen und zu sagen: Nein, Sal. Wir lassen es bleiben und chartern die *Way Out*.

Sie wußte nicht, ob man das Freundschaft nannte. Sie wußte nicht, was mit ihrem Kopf nicht stimmte — aber so, wie sich die Lage auf R2 entwickelte, blieben den Selbständigen nicht mehr viele weitere Jahre. Sie machte sich Sorgen um Bird. Ihre Beziehung zu Bird war keine Romanze. Aber sie verstanden sich gut. Und sie wollte es nicht erleben, daß Bird gegen einen Felsen rannte:

Wenn Dekker das Problem war ... Sie waren alle markiert, wie der Shepherd es ausgedrückt hatte, Bird, Ben, sie *alle.* Die Shepherd-Gesellschaft nutzte sie aus — aber die Gesellschaft mochte für eine Handvoll Erzsucher der einzige Schutz sein. Die einzigen Unabhängigen, die irgendwelche Macht hatten, waren die Shepherds.

Folglich, sagte sich Meg, hielt sie besser den Mund. Und sagte nicht nein.

Wie hatte der Shepherd sich ausgedrückt? Es handele sich um ein größeres Problem? Das Problem sei größer *geworden?*

Irgend etwas hatte sich verändert. Lag es an Bens Plänen? An etwas, das die ASTEX getan hatte?

Die Dummköpfe in der Schußlinie bekamen diese Art von Informationen nicht.

Reiche den Antrag auf Rückgabe der Lizenz ein, hatte Ben gesagt. Tu es gleich. Die *Way Out* sollte so bald wie möglich starten, die Dockzeit kostete Geld, Ben schwor, er habe Freunde, die die Prüfung innerhalb einer Woche ansetzen könnten, und da Bird keinen Kommentar dazu gab, kam Dekker zu dem Schluß, Ben spreche möglicherweise die Wahrheit.

Deshalb war es ein guter Gedanke, es zu tun, sagte sich Dekker und fand sich in einem Trans-Wagen zwischen Bird und Ben wieder und war so nervös wie ein Kind auf dem Weg zum Zahnarzt. Nur langsam beruhigte er sich und akzeptierte die Vorstellung, er werde die praktische Prüfung ablegen, bevor seine Knie aufgehört hatten zu schlottern. In zehn Tagen ist es noch früh genug, hatte Bird gemeint. Laß ihm ein bißchen Zeit. Zehn Tage, um dieses Flattern der Nerven zu überwinden, zehn Tage, bis er dem GM beweisen mußte, daß er immer noch Nerven besaß — dann war noch Zeit genug, sagte Ben, um die Lizenz Klasse 3 durchzubringen, die er haben mußte, damit ihm die Zeit an Bord der *Way Out* angerechnet wurde.

Gott, er durfte nicht versagen.

Bird sagte: »Wir dachten, wenn wir das erledigt haben, nehmen wir dich mit zum Dock hoch und zeigen dir das Schiff. In Ordnung?«

»In Ordnung«, antwortete Dekker ganz benommen vor Angst. Er fragte sich, was sie wohl im Schilde führten — *zeigen dir das Schiff ...*

Vielleicht wollten sie sehen, ob er fähig war, es wegzustecken. Vielleicht schikanierten sie ihn, weil sie sehen wollten, ob er überschnappte.

Plötzliche Erinnerung an das stinkende kalte Innere, an den Anzug, der gegen die Schalttafel trieb — der Arm bewegte sich. Er war im Beinahe-Dunkeln aufgewacht und hatte sich eingebildet, es sei Cory, und sie winke ihm.

Bird sprach ihm ins Ohr, sprach über den Schaden, den das Schiff genommen hatte, sprach über das, was sie repariert hatten.

Aber das Schiff in seinen Gedanken war das, an das er sich erinnerte. Der Gestank und die Kälte und die Angst ...

Der Trans-Wagen hielt. »Verwaltung«, meldete Ben. »Wir sind da.«

Dekker stand auf, ging mit den beiden in eine Bürozone, ganz in Beige und Grau mit dem muffigen Geruch aller Büros nach kalten elektronischen Geräten. Sie gingen durch eine Tür, an der ›ECSAA-Bescheinigungen‹ stand, und Ben und Bird begleiteten ihn bis zur Theke.

»Ich möchte eine Lizenz beantragen«, sagte Dekker.

»Als Wiedergültigmachung.« Ben stemmte neben ihm die Ellbogen auf.

»Laß mich das machen.« Dekker konnte nicht denken, wenn Ben ihm Worte in den Mund legte. Er spürte schon, daß er das Zittern bekam — er hatte sich in der Trans erkältet —, und er wollte das Antragsformular nicht mit zitternder Hand ausfüllen. Dann würde er in diesem Büro einen *feinen* Eindruck erwecken.

Der Beamte ging weg, kam mit einer Datenkarte zurück, wies ihn an einen Seitentisch und ein Lesegerät.

Dekker ging hinüber, und sein Gefolge kam mit ihm, auf jeder Seite einer. Er steckte die Karte in den Schlitz und vertat sich bei der Eingabe seines Namens dreimal.

»Hört mal, ihr macht mich nervös.«

»Das geht in Ordnung«, sagte Ben. Dekker versuchte, die nächste Frage zu beantworten: Grund für den Lizenzentzug. Und Ben sagte: »Nicht doch. Schreibe: Klinikaufenthalt.«

»Der Grund ist aber ein verdammt dummer Arzt.«

»Einzelheiten sind gar nicht erwünscht.« Ben faßte ihm über die Schulter und bewegte den Cursor zurück.

»Gib keine Erklärungen. Die einzige Antwort, die jede Abteilung auf ihren Formularen sehen möchte, ist der Text ihrer Handbücher. Gib darüber hinaus nichts preis, versuche nicht, hilfsbereit zu sein, und wenn du dir nicht sicher bist, schreibst du ›nicht zutreffend‹ oder frisierst die Tatsachen zu deinen Gunsten. Vergiß nicht, du sprichst mit Beamten, nicht mit Piloten. Jetzt schreibst du: ›Klinikaufenthalt.‹«

Das sah er ein. Er wünschte nur, die Hilfe wäre nicht von Ben gekommen.

»›Grund des Antrags?‹« las Ben von dem Formular ab und zeigte auf die Stelle. »Schreibe: ›Besserung des Gesundheitszustandes.‹«

Dekker hatte nicht daran gedacht, daß er auch eine medizinische Untersuchung über sich ergehen lassen mußte. Der Gedanke an Ärzte drehte ihm den Magen um. Aber er tippte brav, was Ben diktierte.

»Unterschreib!« befahl Ben. »Steck deine Karte ein. Das war alles.«

Es waren noch eine Menge Zeilen leer. »Was ist mit ›Gibt es andere Umstände ...‹?«

»Dies ist ein 839-RC.« Ben klopfte auf den oberen Rand des Schirms, wo die Nummer stand. »Ein 839-RC *beantragt,* das ist alles, was er tut. Er erklärt nicht. Er ist nicht Teil eines Examens. Drück einfach auf Senden.«

»Hast du hier schon einmal ein Formular ausgefüllt?«

»Das spielt keine Rolle. Ich habe im Probenamt gearbeitet. Antworte in Schlagworten. Stell die Beamten nicht vor ein Problem, sonst wandert dein Antrag sofort an die unterste Stelle des Stapels ›Unerledigt‹. Mach keine Zicken. Sende.«

»Tu das«, sagte Bird.

Dekker drückte Senden. Der Schirm blinkte und benachrichtigte ihn, sein Konto sei mit 250,00 für den Antrag belastet worden und er habe sich der praktischen Prüfung innerhalb von sechzig Tagen zu unterziehen, wonach er 200 Stunden im Simulator oder an Bord eines

Schiffes ableisten und darüber eine eidliche Erklärung eines Klasse-1-Piloten vorlegen müsse.

Und dann müsse er eine schriftliche Prüfung ablegen.

Ebensogut hätte man ihm in den Unterleib boxen können. Er stand da und starrte die Mitteilung an, bis Bird ihm die Hand auf die Schulter legte und sagte, sie wollten jetzt zum Kern hinauf.

Sein Konto war auf 95 Dollar zusammengeschmolzen, er hatte seine Rechnung im Loch noch nicht bezahlt, und er würde die schriftliche Prüfung niemals bestehen. Er war von Schubfahrzeugen zu den strahlgelenkten Kurzstrecken-Schleppern und von da zu einem Erzsucher-Schiff aufgestiegen, aber er hatte nie eine schriftliche Prüfung ablegen müssen.

Ben stieß ihm mit dem Ellbogen in den Rücken. »Komm, Schlafmütze! Vergiß deine Karte nicht!«

Dekker nahm sie aus dem Schlitz. Vollkommen benebelt verließ er mit den anderen beiden das Büro. Sie erreichten die Transstation, als gerade ein Wagen einfuhr und die Türen sich öffneten.

»Komm schon!« Daß Ben seinen Arm faßte, war der Tropfen, der das Faß zum Überlaufen brachte. Dekker schnaubte: »Laß mich los!« und schüttelte Bens Hand ab. Er wollte nichts als auf das Höllendeck zurückkehren, sein Zimmer aufsuchen, die Tür verschließen, eine Tablette nehmen und sich um den Rest des Tages oder vielleicht drei oder vier Tage nicht mehr scheren.

»Komm!« Bird nahm seinen anderen Arm und zog ihn weiter. Die Wagentüren wollten sich vor ihrer Nase schließen, die Robotstimme befahl ihnen zurückzutreten. »Zum Teufel«, fluchte Dekker und ließ sich ins Innere ziehen, denn sonst wären sie nicht mehr mitgekommen und hätten hier stehen müssen, bis die nächste Trans kam, und dann hätten sie von ihm wissen wollen, warum er in solcher Trottel sei.

Sie fielen in ihre Sitze, die Türen schlossen sich, und die Trans setzte sich in Bewegung. »Was ist los mit dir, verdammt noch mal?« fragte Ben. »Fängst du wieder an zu spinnen, Dekker?«

»Nein.« Er sank auf seinem Sitz zusammen und richtete den Blick auf einen Punkt zwischen den beiden anderen.

»Macht es dir etwas aus, das Schiff wiederzusehen?« fragte Bird.

»Nein.« Er schob das Kinn vor und wurde wütend, eine lebenslängliche Gewohnheit, wenn Leute, die über sein Leben bestimmten, ihn bedrängten.

Ben behauptete: »Doch, du spinnst, Dekker.«

Wahrscheinlich tat er das, dachte er. Und ein Junge mochte den Mund halten, aber ein erwachsener Mann, der bis über die Ohren in Schulden steckte und bei einer Arbeit in einer Schwerkraftzone enden mochte, mußte sich endlich klar darüber werden, wem er etwas schuldete und wieviel. Er versuchte, den Klumpen in seiner Kehle hinunterzuschlucken, und murmelte: »Ich kann keine schriftliche Prüfung machen.«

Bird neigte ihm das Ohr zu und fragte laut: »Was?«

Nun mußte er es wiederholen. »Ich kann keine schriftliche Prüfung machen.«

»Was meinst du damit, du kannst keine schriftliche Prüfung machen?« Ben sprach laut genug, daß die Leute in ihrer Umgebung es hörten. »Du hast doch eine Lizenz gehabt, oder?«

Geh zur Hölle, hätte er Ben am liebsten angeschrien. Laß mich in Frieden! Aber er antwortete ruhig: »Ja, ich hatte eine.«

»Ohne Prüfung?«

»So etwas ist möglich«, sagte Bird zu Ben. »Zum Beispiel kann man beim Schiffsbau von einer Klasse zur anderen springen und braucht nur die praktische Prüfung abzulegen und ein paar Fragen zu beantworten. So habe ich es auch gemacht. Nicht jeder ist ein Institutsabgänger.«

»Na dann«, brummte Ben. »Du bist aber ein Klasse-1-

Pilot gewesen. Du behauptest, du wärst gut. Du kennst die Antworten. Was ist schon eine Prüfung?«

Ben machte ihn wütend. Ben konnte ihn wütend machen, wenn er nur atmete. Er versuchte, ruhig zu bleiben. »Ich kann aber keine schriftlichen Fragen beantworten!«

»Gott.« Ben rutschte tiefer in seinen Sitz. »Einer von denen. Kannst du lesen?«

Dekker wollte gar nicht wissen, was Ben mit ›denen‹ meinte. Er wollte im Augenblick nicht darüber sprechen. Er wollte Ben den Hals brechen. Er starrte weiter auf die Ecke hinter Bens Schulter. Er würde zu dem Schiff mitgehen, ja, er würde sich beherrschen und sich nicht wie ein Irrer aufführen, er würde die praktische Prüfung bestehen und die Stundenzahl in Birds Schiff ableisten und zurückkommen und bei der verdammten schriftlichen Prüfung durchfallen.

Aber in der Zwischenzeit hätte er zu essen bekommen. Er hätte sich mit Bird angefreundet. Vielleicht konnte er eine beschränkte Lizenz für das Befördern von Fracht mit Schubfahrzeugen erwerben, sich im Schiffsbau da draußen wieder hocharbeiten. Er wußte es nicht, er wußte nicht einmal, ob das draußen im Gürtel möglich war. Er wollte sich im Augenblick darüber keine Sorgen machen, er wollte einen Schritt nach dem anderen tun und nicht über die Scheiße, in der er saß, nachgrübeln.

Bird und Ben unterhielten sich mit leiser Stimme, und zwar über ihn; Bruchstücke bekam er trotz des Lärms mit. Bis zum Kernaufzug waren es noch zwei weitere Haltestellen. Wenn diese Fahrt doch nur vorüber wäre! Er wünschte, sie wären oben im Dock, auf dem Schiff, irgendwo, nur damit sie auf ein anderes Thema kamen.

»Paß auf.« Ben beugte sich vor. »Diese Prüfung ist ganz leicht zu schaffen. Das ist ein *System*, es gibt eine Technik ...«

»Leicht für dich!«

»Bist du ein halbwegs guter Pilot?«

»Ich bin verdammt gut!«

»Dann hör mir zu. Es ist das gleiche wie beim Ausfüllen der Formulare vorhin. Gib Schreibtischpiloten keine echten Antworten. Der Schlüssel zu Formularen *und* zu Prüfungen ist, daß deine Antwort niemals klüger sein darf als die Person, die die Fragen stellt.«

Dekker holte Atem. Er nahm an, Ben habe ihn beleidigt, doch er wußte nicht, wie.

»Wir können dich durchbringen.« Ben wedelte mit der Hand. »Nur laß uns zuerst bei der praktischen Prüfung sehen, ob du überhaupt etwas wert bist.«

Er wollte Ben nichts zu verdanken haben. Er sagte sich, Ben habe sich wahrscheinlich eine neue Methode ausgedacht, ihn fertigzumachen — und wenn es überhaupt irgendwelche Hoffnung gab, dann die, daß Bens Methode, ihn fertigzumachen, zufällig die Rückgabe seiner Lizenz miteinschloß.

Wenn er Sklavenarbeit leisten sollte, war das in seiner Situation in Ordnung. Er würde alles tun, was sie verlangten — solange er diese Genehmigung und seine Lizenz dafür bekam.

Darüber dachte er nach, bis die Trans an den Aufzügen hielt. Sie stiegen zusammen aus, drückten den Knopf für den Kern und warteten auf die Kabine. Dekker steckte die Hände in die Taschen und versuchte, nicht vorauszudenken, nicht an die Prüfungen, nicht an das Dock, nicht daran, wie das Schiff aussehen werde.

Alles würde in Ordnung kommen, er würde nicht in Panik geraten, er würde nicht kotzen, wenn er gewichtslos wurde, nur würde es da oben verdammt kalt sein, bitterkalt. Allein aus diesem Grund zitterte er beim Einsteigen in den Aufzug.

Er drückte sich gegen die Wand und klammerte sich an die Sicherheitsstange, während der Aufzug am Kern vorbeifuhr. Erst stiegen die Ge-Werte, und zum Schluß waren sie auf Null — das reichte schon, um einem den

Magen umzudrehen. Die Kabine hielt, entließ sie in die Mast-Sicherheitszone, und sie schoben ihre Karten in den Schlitz.

Wenigstens machte ihm die Null-Schwerkraft hier nichts aus — es war nur so ein Gefühl ...

... als sei er wieder an einem vertrauten Ort, als habe er eine Zeitreise gemacht, aber das war er nicht, und das hatte er nicht. Sein Verstand wußte, er war noch nie am R2-Mast gewesen, während er bei Bewußtsein gewesen war. Ständig behielt er Bird im Auge, damit er verankert blieb, hakte sich an und bewegte sich zwischen Ben und Bird an der Handleine vorwärts.

Das Getöse, das hektische Treiben, der Geruch nach Öl und Kälte und Maschinen — all das hätte R1 sein können. Aber ich bin auf R2, hämmerte er sich immerzu ein, und als sie den Liegeplatz der *Way Out* in der Reparatur erreichten, hätte sein Magen mit Recht erregt sein können, aber er hatte es geschafft, sich in eine Art Betäubung hineinzuarbeiten.

Er folgte Bird und Ben durch die Schleuse, und nicht einmal das Betreten des Schiffes versetzte ihm den Schock, den er erwartet hatte. Bird schaltete das Licht ein, und das Schiff wirkte — wieder ganz normal. Es roch nach Desinfektionsmitteln, frischem Leim und Öl. Dekker berührte die Platten der *Way Out* mit vor Kälte steifen Fingern und hielt Umschau. Alles war so, wie es gewesen war, als hätte es den Schiffbruch nie gegeben. Sie hatte sogar noch den alten Namen — es war ein Witz von Cory gewesen —, aber man hatte ihr eine neue Nummer gegeben, und sie gehörte nicht mehr Cory und ihm.

Vor allem war Corys Existenz hier nicht länger zu spüren. Auch sie war ausgelöscht worden. Und vielleicht war es diese Präsenz gewesen, vor der er sich am meisten gefürchtet hatte.

»Wir haben die Tanks ersetzen lassen.« Bird wandte sich ihm wieder zu. »Uns fehlt noch ein einziges lausiges Teil, das wir auf dem Tauschmarkt aufzutreiben versuchen — aber sonst sind wir nahezu fertig.«

»Wie sieht sie aus?« fragte Ben rundheraus, und Dekker gelang es, ruhig und ohne daß seine Zähne klapperten zu antworten: »Ihr habt euch eine Menge Arbeit mit ihr gemacht.«

»Möchtest du die Schalttafeln einmal ausprobieren?« fragte Bird. »Das Hauptsystem ist angeschlossen. Möchtest du einen Test machen?«

Jetzt wußte Dekker, was sie beabsichtigten, warum sie ihn mitgenommen hatten: Sie unterzogen ihn ihrer eigenen praktischen Prüfung. Sie wollten mit eigenen Augen sehen, ob ihm Teile seines Verstandes fehlten. Das war etwas ganz Einfaches, setz dich an die Schalttafeln, mach einen Test ...

Dekker atmete die bitterkalte Luft ein, zog sich hinunter und schnallte sich an der Hauptschalttafel an. Er nahm Abdeckungen von Schaltern und drückte Knöpfe — er brauchte nicht darüber nachzudenken, er dachte nicht darüber nach, bis ihm zu Bewußtsein kam, daß er soeben mehr getan hatte als den einfachen Test der Bordschaltungen. Die Erinnerungen fluteten hoch, die Finger hatten die Standardfragen eingegeben, und er konnte wieder atmen. Er wußte nicht, wohin er ging, er wußte nicht genau, an welchem Punkt er Schluß machen würde und ob sie wünschten, daß er die richtigen Checks durchführte, die Daten in das Log einspeiste ...

... Trimmdüse Nummer 4 zündete nicht — die Anomalie sprang ihn aus den vorbeiströmenden Zahlen an, die rapide Abdrift nach Backbord. Schnell glich er über Nummer 2 aus und trat auf die Bugbremsen, damit das Gieren ihn nicht noch weiter vom Kurs abbringen konnte. Das war nicht schulmäßig — er erkannte es einen Herzschlag später, nachdem er es getan hatte.

Der Schirm wurde schwarz. Der Prüfer fragte: »Sie sind Frachtschieber gewesen, nicht wahr?«

Dekker antwortete — und gab sich Mühe, das Zittern gar nicht erst wieder anfangen zu lassen —: »Ja, früher einmal.« Der Prüfer verstand nun, was er getan hatte. Und warum.

Der Prüfer — es war ein Mann, und er war alt — drückte einen Knopf. Zahlen erschienen, zwei Spalten. Graphische Darstellungen folgten.

»Sie wollen den Lizenzentzug rückgängig gemacht haben«, stellte der Prüfer fest.

»Ich versuche es.« Dekker achtete darauf, gleichmäßig zu atmen, sah, daß der Prüfer eine weitere Reihe von Knöpfen drückte.

»Sie können Ihre Karte herausnehmen.«

»Habe ich bestanden?«

»Fahrzeuge Klasse D, Zulassung Klasse 3 mit lizenziertem Beobachter.« Der Prüfer schaltete das Gerät ab. »Gültig für ein Jahr. — Sind Sie im Institut gewesen?«

»Privatunterricht«, sagte Dekker, und der Prüfer sah ihn ein zweites Mal an.

»Bei wem?«

»Morrie Bird. *Trinidad.*«

»Hmmmm.«

Dekker wünschte, er habe den Mut, zu fragen, was das bedeute. Aber seiner Erfahrung nach verrieten einem Prüfer nicht, welches Ergebnis man erzielt hatte, sie diskutierten den Test nicht, sie stellten selten Fragen. Der hier machte ihn nervös, aber er dankte Gott, daß der Mann mehr war als ein Knopfdrücker. Er mußte mehr sein.

Dekker verließ den Simulator-Raum mit seiner Karte in der Hand und nahm den Aufzug-Lift der B-Speiche zum ECSAA-Büro hinunter. Das Zittern erwischte ihn nun doch, während er an der Theke auf seine Lizenz wartete, und es war so schlimm, daß er die Hände in die Taschen steckte, damit die Büroangestellten es nicht bemerkten.

Das verdammte Warnlicht hatte in der Simulation

versagt — oder er hatte es nicht gesehen, bis es sich in den Zahlen zeigte. Er würde nie erfahren, ob es so oder so gewesen war. Ein Alarmlicht mochte geflackert haben, er mochte es übersehen haben, es mochte einfach wieder ausgegangen sein — er hatte das Gefühl gehabt, die Zeit laufe nicht richtig ab, als dieser Zahlenstrom erschien und er eine schnelle und unsaubere Berechnung durchführen mußte und dabei dachte ... *dachte,* es sei eine gefährliche Situation, nur hatte er keine Ahnung, warum, sein Gehirn teilte ihm nur diese Tatsache mit, und er hatte geglaubt, es gebe einen Zusammenstoß, während so etwas in der Simulation gar nicht vorgesehen war.

Nein, verdammt noch mal, die Simulation hatte den Ge-Wert scharf erhöht, und einen übelkeiterregenden Augenblick lang hatte er die Halluzination gehabt, die Motoren zündeten.

Vielleicht waren es nur seine Nerven. Er war sich nicht mehr sicher.

Vielleicht war das das Problem.

»Uh-oh«, sagte Meg, als sie Dekker herauskommen und die Verwaltungsstraße hinuntergehen sah. Sie hatten ihre Arbeit in der Werkstatt im Stich gelassen, um Dek nach Hause zu bringen ... für den Fall, daß es schlecht ausgegangen ist, hatte Meg gesagt, und Sal hatte ihr zugestimmt.

Da sie wußten, er war bereits nervös, hatten sie ihm nicht gesagt, daß sie in seiner Nähe waren, und sie waren nicht mit ihm hinuntergefahren. Sie hatten nur angerufen und eine Sekretärin im Lizenzvergabebüro gefragt, wie lange eine Prüfung für eine D3-Erlaubnis wohl dauere, und sie waren rechtzeitig vom dritten Deck heruntergekommen — für alle Fälle.

»Sieht nicht gut aus«, meinte Sal, und Meg kamen für einen Augenblick Zweifel, ob sie sich nicht besser in der Menschenmenge an der Transstation verkrümeln sollten — was weder in ihrem noch in Sals Fall leicht gewesen wäre. Deshalb bot sich ihnen keine Chance zur Feigheit. Meg winkte.

Aber vielleicht konnten sie doch noch verschwinden, ohne gesehen worden zu sein. Dekker wanderte dahin, den Blick auf seine Füße gerichtet, und offenbar befand er sich in einem anderen Universum.

Nun hatte er sie erreicht. »Dek? Wie ist es gegangen?« fragte Meg.

Er sah auf, wirkte benommen, als könne er sich ihre Anwesenheit nicht erklären. Oder er hatte einfach die Frage nicht gehört.

»Wie ist es gegangen?« fragte nun auch Sal.

»Gut«, antwortete er.

»Du hast also die Lizenz bekommen?«

»Ja.«

»Bravo, *jeune* Rab!« Sal nahm ihn in die Arme und drückte ihn. »Das haben wir gleich gesagt, nicht wahr?«

Dekker war totenblaß. Er blickte verängstigt drein — und ein bißchen benommen. »Ich habe Bird versprochen, daß ich ihn im Schiff anrufe — ihm sage, wie es ausgegangen ist. Ich brauche ein Telefon.«

Raumkrank, dachte Meg voller Unbehagen. Er hat es fertiggebracht, die Prüfung heil und ganz zu überstehen, und dann hat es bei ihm ausgehakt. Hoffen wir zu Gott, daß die Leute im Büro das nicht gemerkt haben. Sie schob ihren Arm durch seinen, nahm ihn in Schutzhaft. »Komm mit. Zum Telefonieren und zum Lunch. In dieser Reihenfolge.«

Dekker ging mit den Mädchen. Sie fanden ein öffentliches Telefon in der Nähe der Transstation, und Meg stellte die Verbindung mit Bird her. Bird sagte: »Gut«, als er die Nachricht hörte, und aus dem Hintergrund war Bens Stimme zu hören: »Wozu dann das Theater?«

Eines Tages werde ich dem Mann den Hals brechen, dachte Meg. Mit meinen eigenen bloßen Händen.

Wieder eine verdammte Panne in D-28, und im Mast war eine Pumpenverbindung am Dock geborsten und hatte 800 Liter einer hydraulischen Flüssigkeit im freien Fall auf die rotierende Kernoberfläche gesprüht. Der Inspektor schwor, es sei Sabotage von seiten der Arbeiter, und Salvatore, auf dessen Schreibtisch drei weitere Fälle lagen, hatte Kopfschmerzen.

Er setzte einen Technik-Spezialisten auf die Untersuchung an, goß sich eine Tasse Kaffee ein und ermahnte sich selbst, er müsse seinen Schreibtisch aufräumen. Die Stapel von Datenkarten im Korb hatten die kritische Masse erreicht, die Verwaltung wurde hysterisch, weil der Vierteljahresbericht eine Woche Verspätung hatte, denn sie hatte einen Flottenleutnant am Hals, der wegen der Terminverzögerung Stunk machte, und Salvatore konnte die Karten nicht finden, auf die die laufenden Markierungen hinwiesen.

Eine Markierung auf Walker. Der Kerl hatte seine Karte in der Nähe eines Büros benutzt, in das eingebrochen worden war, und er hatte dort nichts zu suchen — keine offenkundige Verbindung zu dem Verbrechen, nur war sein Auftauchen an diesem Ort unerklärlich. Markierung auf Kermidge; allen Anzeichen nach trieb er sich wieder in schlechter Gesellschaft herum. Markierung auf Dekker: Hatte im Simulator eine Leistung gezeigt, die ihm nicht zustand.

Salvatore rief die Unterdatei auf.

Wills' Stimme erklang aus dem Computer: *»Dekker hat die D3-Prüfung bestanden. Das Ergebnis wurde sofort dem Chefprüfer durchgegeben. Angeblich sprang die Simulation aus der D-Klasse und machte mit der C-Klasse weiter, bevor der Prüfer den Test beendete — Standard-Vorgehen im Falle eines Überlaufs: Das Lizenzvergabebüro hat den Verdacht, daß der Prüfling bei Einzug seiner Lizenz einen höheren Grad hatte — es hatte mit der Durchsicht von Gerichtsakten begonnen, wollte Nachforschungen auf Sol anstellen …«*

O Scheiße!

»Ich schaltete mich ein, sagte dem Lizenzvergabebüro, es solle die Lizenz bei D3 lassen, bis ich bei diesem Büro rückgefragt hätte. Ich hoffe, richtig gehandelt zu haben.«

Gott sei Dank.

»Ich habe mir den Bericht des Prüfers angesehen. Er ist ein Pilot a.D., ECI-Ausbildung, Sol-Basis, guter Leumund, drei Jahre in seiner gegenwärtigen Position und so weiter. Er ist sauber.

Aber es hat eine andere interessante Entwicklung gegeben: Bird und Pollard, die beiden Männer, die Dekker herbrachten und die sein Schiff als Bergungsgut bekommen haben, wohnen mit ihm im gleichen Hotel. Sie haben den Antrag gestellt, zusammen mit einem zweiten Schiff auf Fahrt gehen zu dürfen, und zwar mit Dekkers repariertem früheren Schiff, das sie an eine gewisse Kady und eine gewisse Aboujib verpachtet haben. Dekker erscheint auf diesem Antrag als ein D3, der Bordzeit braucht.

Die Sache hat folgenden Haken. Aboujib und Kady haben Vorstrafenregister — Kadys ist so lang wie Ihr Arm. Schmuggeln, Rab-Agitation — SolCorp-Vergangenheit, entschied sich bei einer Strafversetzung für R2. Aboujib wurde unehrenhaft aus dem Institut entlassen, grob fahrlässiger Umgang mit einem Raumfahrzeug, Shepherd-Herkunft, ein paar kleinere Vergehen moralischer Art, ein tätlicher Angriff, schlug einen Mann mit einer Flasche nieder. Vergabestelle hat noch keine Entscheidung getroffen. Verweigern oder weiterlaufen lassen?«

Salvatore drückte ›Pause‹, stützte die Ellbogen auf den Schreibtisch, faßte nach seinem Inhaliergerät und dachte: Der Hurensohn ...

Damit war nicht etwa Wills gemeint. Wills hatte gute Arbeit geleistet — so weit es überhaupt möglich gewesen war. Die Sache mit dem Prüfer ließ kleine Alarmglocken klingeln, ebenso die zweifelhafte Gesellschaft des untadeligen Bird.

Sollte er diese Untersuchungsergebnisse an Paynes

Büro weitergeben? Payne hatte gesagt: Wir brauchen die Sache nicht in die Länge zu ziehen. In dem Bericht an die ECSAA hieß es technisches Versagen, keine Schuld des Piloten ...

Payne wollte, daß der Fall abgeschlossen wurde. Aber, verdammt noch mal, er stieg immer wieder an die Oberfläche, und mit Wills' Informationen kam jetzt die quälende Sorge, wenn es Anomalien in offiziellen Berichten gab, konnte es auch Geheimnisse des Managements geben. Der von Salazar angedrohte Prozeß, Streit mit Vertragspartnern, die Anhäufung von Zwischenfällen im Dock und in den Fabriken — dazu bestand das Militär darauf, Sicherheitspersonal auf R2 zu stationieren — eine Art von ›Bereitschaftsüberwachung‹ in Zusammenhang mit den Verträgen, wobei, so konnte man argwöhnen, eine enge Beziehung zur Nichteinhaltung von Terminen bestand, und das, verdammt noch mal, schob die Schuld *seiner* Abteilung zu. In den Toiletten der Company wurde getuschelt, die Flotte übe starken Druck auf das ASTEX-Management aus, die Earth Company mache sich Sorgen über Sabotage, Terminverzögerungen und mögliche Aktivitäten von Sympathisanten. Die Gewerkschaftsfunktionäre lauerten auf den richtigen Augenblick, um die ASTEX in Verlegenheit zu bringen. Und es stimmte, radikal Angehauchte aller Sorten suchten nach einem Weg, die Gewerkschaftsbewegung unter ihre Kontrolle zu bekommen. Von diesen Elementen hatte die ASTEX mehr, als ihr von Rechts wegen zustand, und das hatte sie der EC-Politik zu verdanken, Unzufriedene und Unruhestifter nach hier ausreisen zu lassen — ohne Prozeß, ohne Publizität, die in der alten Heimat, wo ständig Streiks und Aufstände der Sozialhilfeempfänger drohten und verrückte Religionen grassierten, die Aufmerksamkeit der Medien hätte auf sich ziehen können. Diese Kady war wahrscheinlich ein gutes Beispiel, aber eher finanziell als politisch. Das war kein Problem. Shepherd-Verbindungen? Die Shepherds hatten mehr Kinder, als sie unterbringen konnten. Fahrlässigkeit? Ein ECSAA-Vergehen. Dafür war seine Dienststelle nicht zuständig, und auf dem Höllendeck konnte es in jeder Schicht zu drei oder vier tätlichen Angriffen und auch ein paar Fällen für die Klinik kommen.

Die ASTEX-Sicherheit hatte sich um sehr viel mehr Gedanken zu machen als um zwei unwichtige Unzufriedene und ein umstrittenes Erzsucher-Schiff. Auf Dekker mußte man aufpassen, aber Dekker hatte bisher nichts Schlimmeres angestellt, als daß durch ihn eine Anomalie in einer Simulation aufgedeckt worden war — besser als Durchschnitt. Währenddessen hatte das Management drüben in dieser geheimen Werft ein Schiff im Bau, bei dem man weit hinter den festgesetzten Terminen herhinkte, und in einer Plastik-Fabrik war es zu Sabotage-Akten gekommen, für die es weiter keinen Grund gab als die Dummheit des Direktors.

Teufel, nein, der ASTEX-Vorstand würde die Schuld nicht auf sich nehmen. Den Vorstand traf nie die Schuld — dem ASTEX-Management ließ sich kein Vorwurf machen. Der wurde der Sicherheit gemacht und landete prompt auf Salvatores Schreibtisch.

Er hatte also ein vermißtes Mädchen mit einer Mutter, die im Vorstand der MarsCorps saß, deren Rechtsanwälte drohten, die Konstruktionsabteilung auf R1 wegen Fahrlässigkeit zu verklagen und Einsicht in die Unterlagen verlangten. Dekker hatte einen Unfall gehabt und wilde Anklagen gegen die Firma erhoben — aber seitdem hatte er sich still verhalten, hatte Geld für Kleider, für Essen ausgegeben — seine einzige jüngere Sünde war, daß er eine neue Lizenz für Klasse D beantragt hatte, während er — Salvatore überflog Wills' Bericht noch einmal — in eine höhere Klasse hätte kommen können.

Man mußte sich allerdings fragen, ob da nicht ein Spion von einer höheren Ebene aus eingeschleust worden war, jemand, der für ein Ermittlungsbüro arbeitete. In dieser von Nervosität beherrschten Zeit sollte so etwas dem MI zur Kenntnis gebracht werden.

Wenn er den Dekker-Fall aufbauschte, konnte er seiner Karriere Lebewohl sagen. Aber wenn er ein Problem nicht meldete und sich etwas aus der Hand gleiten ließ, erhob sich die Frage nach seiner Kompetenz. Das war eine teuflische Klemme. In seinen paranoiden Augenblicken war er versucht zu fragen, ob es jemals eine Cory Salazar gegeben habe …

Aber wegen Dekker gab es auf keiner Ebene, zu der er Zugriff hatte, irgendwelche Zweifel. Die verschiedenen Abteilungen drüben auf R1 wußten über sein Leben in den letzten zwei Jahren Bescheid, und kein Spion wäre so dumm, daß er bei einem Test die Aufmerksamkeit auf sich lenkte. Die Sache roch in keiner Weise nach einer EC-Sondierung oder gar einem Sicherheitsproblem.

Teufel, Dekker hatte seine D1-Lizenz im Jahr 20 bekommen, er hatte seitdem praktische Erfahrung gesammelt, und es war sehr gut möglich, daß er sich damals, 2320 nur vor der Einberufung hatte drücken wollen. Ein solches Verhalten war bei jungen Männern im entsprechenden Alter epidemisch. Das gegen ihn sprechende ärztliche Attest war die Ursache gewesen, daß er alles verloren hatte, was er besaß — und beinahe wäre er wieder in Ms. Salazars Schußfeld geraten. Gott sei Dank, daß Wills das verhindert hatte.

Dekker wollte also zurück in den Raum. Das war im Augenblick nicht die schlechteste Lösung. Man konnte sich nicht ruhiger verhalten, als wenn man draußen im tiefen Gürtel war und keine andere Kommunikation als die mit dem GM hatte. Alyce Salazars Rechtsanwälte mußten schon einen verdammt langen Arm haben, wenn sie ihm dort eine Vorladung überreichen wollten.

Aktennotiz an den Arzt, der Dekker behandelte, er

solle die Entlassung unterschreiben und dem sich einmischenden Beamten den Mund mit dem ECSAA-Handbuch stopfen. Er mußte Dekker aus den täglichen Markierungen herausbekommen, und wenn Dekker da draußen den Verstand verlor und Bird und Pollard die Kehle durchschnitt, konnte man nur sagen, daß sie hätten wissen müssen, in was sie sich einließen. Es war nur zu hoffen, daß statt dessen Kady und Aboujib bei ihm waren. Er, Salvatore, konnte gut darauf verzichten, daß sich die letzten Vertreter des Rabble in seinem Zuständigkeitsbereich wichtig machten.

So hatte er, indem er ein paar Tasten drückte, *ein* Problem für drei Monate von seinem Schreibtisch geschafft — jedenfalls von der Minute an, in der das Schiff das Dock verließ. Eine Markierung auf das Datum seiner Rückkehr, eine Markierung auf — Gott! — Bird und Pollard, Aboujib und Kady. Wills' Büro sollte mit Muße sämtliche Datenspuren zurückverfolgen, die sie hinterlassen haben mochten. In einer Situation, die aufgrund einer Laune von Salazars Rechtsanwälten leicht wieder brenzlich werden konnte, würden die oberen Dienstgrade von ihm vollständige Unterlagen verlangen.

Zu schade, dachte Salvatore, daß er nicht noch ein paar andere Probleme auf eine dreimonatige Kreuzfahrt in den Gürtel schicken konnte ...

Zum Beispiel den Chef von D-28 mit seinen Kleidervorschriften und seinen Inspektionen und seinen verdammten dauernden Aktennotizen über das sexuelle Verhalten außerhalb der Dienstzeit und seinen Vorschriften über Schnurrbärte, Gott, wie gern würde er Payne mitteilen, Abteilungsleiter Collin R. Sabich habe ein privates Problem mit perversen Filmen, aber der Besitz der Filme war nicht illegal, und die Tatsache bewies weiter nichts, als das Sabich ein Schwein war. Die Verwaltung wußte das. Die Verwaltung hatte ihn bereits dreimal seitwärts befördert und konnte offenbar keinen weniger kritischen Posten für ihn finden. Was sollte man mit so einem Hurensohn anfangen, der einen perversen Geschmack und einen akademischen Grad des Instituts in Fabrik-Management hatte?

Wer weiß, vielleicht würde man ihm die Leitung eines Verwaltungsbüros übergeben.

15. KAPITEL

Wenigstens eine Sache lief jetzt richtig, dachte Dekker, und — Gott! — eine zweite folgte: Beim Frühstück tauchte in der Post-Datei der Bar eine an Mr. M. Bird adressierte Nachricht des Gürtel-Managements auf. Es war eine Sondererlaubnis, daß zwei Schiffe in demselben Sektor operieren dürften — Starterlaubnis und alles, die üblichen Genehmigungen für das Beladen usw. usw. Ein Sektor war ihnen zugewiesen, die Koordinaten und die Pläne würden sie bekommen, wenn sie an Bord gingen, das Startdatum war der 18. September, also in vier Tagen. Darüber hatte Bird den Kopf geschüttelt. Es war eine dieser verdammten Tu-es-sofort-Entscheidungen vom GM, das war auf R2 nicht anders als auf R1. Man rechnete mit einer Verzögerung, man stellte den Antrag frühzeitig — und man erhielt ein Gogestern.

Erst hatte er das Angebot von Bird, dann ein Stück seiner Lizenz zurückerhalten, und Ben wurde regelrecht höflich. Jetzt genehmigte das GM eine gemeinsame Fahrt — und es ging immer noch nichts in Stücke. Dekker saß da mit seiner Kaffeetasse in der Hand, hörte zu, wie die Stammgäste der Bar Bird zu dem entgegenkommenden Benehmen des GM gratulierten, und sagte sich, in der letzten Zeit laufe doch alles gut für ihn ...

Aber er gestattete sich nicht, diesen Gedankengang weiter zu verfolgen. Er konzentrierte sich darauf, wo er jetzt war. Der Brief mußte ein Zeichen sein, daß sein Schicksal eine glückhafte Wendung genommen hatte, oder vielleicht ein Signal vom GM, daß das Management sich entschlossen hatte, für eine Weile jemand anders zu verfolgen. Wer weiß? Vielleicht war ein Fehler passiert, und keiner hatte bemerkt, daß er in der Crew war. Vielleicht signalisierte das GM, es werde die Fehde gegen ihn einstellen und ihn sein Leben weiterführen lassen, wenn er nur den Mund hielt.

Mach dir keine Sorgen um das, was kommen könnte, drückte Meg es aus. Verliere nicht den Kopf, mach keinen Lärm. Luder Mama hat einen sehr kurzfristigen Krisensinn. Nächste Woche wird ein neuer armer Teufel auf ihrer Kummerliste stehen, und dich wird sie ganz vergessen haben.

Wie gern würde er glauben, der Schiffbruch sei ein abgeschlossener Fall! Aber die Erfahrung lehrte ihn, daß sich kein Schreibtischpilot jemals die Mühe machte, das, was ein anderer Schreibtischpilot gespeichert hatte, zu überprüfen und zu löschen. Dieses ärztliche Attest und alles andere über ihn würde für den Rest seines Lebens bestimmt immer wieder an die Oberfläche kommen, eine in ihrem Lauf durch die Firmen-Computer nicht einzufangende Datei ... wahrscheinlich tauchte sie jedesmal auf, wenn er sich um die Zuweisung eines Sektors bewarb. Und ganz bestimmt tauchte sie auf, wenn er sich als C3 qualifizieren wollte.

Nun schickte ihn das GM wieder an die Arbeit — und immer noch war nicht entschieden worden, was nun wirklich passiert war, keine Lösung, keine Gerechtigkeit. Es war eine Vernebelung, die Corys Mutter offenbar nicht durchdringen konnte. Dekker war überzeugt, inzwischen hatte sie es erfahren — wenigstens die offizielle Version. Erwartete man von ihm, daß ihm etwas gelang, das eine Mutter im Vorstand der MarsCorp nicht fertigbrachte?

Er dachte daran, Alyce Salazar selbst zu schreiben, ihr seinen eigenen Bericht über die Geschehnisse zu schicken, ohne sich daran zu stören, daß Ms. Salazar ihn leidenschaftlich haßte. Aber die Post ging durch viele Hände, bevor sie R2 verließ. Wenn die Post einer bestimmten Person besondere Aufmerksamkeit erregte — und seine Post würde es mit hundertprozentiger Sicherheit tun ... So schlau war er inzwischen geworden.

Es sah also ganz so aus, als würden sie wirklich auf Fahrt gehen, und er brauchte weiter nichts zu tun, als bis zum Start die Nerven zu behalten und sich aus Schwierigkeiten herauszuhalten. Falls ein Fehler vorlag, hoffte er, man deckte ihn nicht vorzeitig auf. Und in der Zwischenzeit wollte er versuchen, daran zu glauben, daß Ben es eben ehrlich gemeint hatte, als er ihm auf die Schulter schlug und in seiner feinfühligen Art erklärte, auch wenn er ein Esel sei, könne es mit ihm klappen.

Bird steckte seine Datenkarte ein und bemerkte, da es dem GM so eile, müßten sie noch ein paar Arbeiten in der Werkstatt erledigen, und sie machten sich besser gleich daran …

Sal sagte: »Schon gut, schon gut, Bird. Gott, wir haben diese Woche fünfzig Stunden gearbeitet!« Und Bird versetzte: »Ja, aber was nützt euch das, wenn die Dusche nicht funktioniert. Dann werde ich kein Mitgefühl für euch haben.«

Es waren in letzter Minute noch eine Menge Dinge zu erledigen, doch nichts davon war wirklich lebenswichtig. Aber Bird wollte, daß aufgeräumt wurde, und die Werkstatt war eine Zufluchtsstätte, wo man sitzen, Schrauben in Löcher drehen und Schaltungen testen konnte, ohne an etwas anderes als die Arbeit zu denken, die man gerade verrichtete. Dekker hatte gar nichts dagegen — er wollte gern alles tun, was die Hände beschäftigt hielt.

Ben kam und ging und tat die Beinarbeit. Meg und Sal schafften in der Werkstatt, unterhielten sich über frühere Liebhaber, die Qualität von Haarfärbemitteln, einen Film, über den sie sich nicht einig werden konnten — Geplapper, nichts als Geplapper … menschliche Geräusche. Die Mädchen wirkten angestrengt. Und müde. Aber Dekker hatte das dringende Gefühl, es stecke mehr dahinter.

Er dachte nicht. Er wollte nicht denken.

Der Tag vor dem Start. Dekker bewahrte die Ruhe. Sal war fix und fertig. Bird war kurz angebunden. »Startnerven«, stellte Meg leise fest. »Bird, verdammt noch mal, reg dich nicht auf, wir haben alles erledigt.«

»Es wäre für uns ein weiter Weg, wenn wir Vorräte brauchen sollten«, fuhr Bird sie an und ging, um den ganzen verbleibenden Tag im Dock zu arbeiten, obwohl die anderen ihm vorhielten, alte Knochen täten gut daran, alles an Schwerkraftzeit mitzunehmen, was sie konnten.

»Mit ihm ist nicht zu reden«, seufzte Meg. Und Bird schickte Ben mit einem Korb voller kleiner Geräte aus der *Trinidad* nach unten, die er gewartet haben wollte — 36 Stunden vor dem Start.

»Warum, zum Teufel«, stöhnte Sal, »ist ihm das nicht acht Wochen früher eingefallen?«

Ben schüttelte nur den Kopf. »So ist es jedes Mal. Bei allem meint er, es wird schon gehen, bis er anfängt, die Vorräte zu verpacken. Erst dann hat diese Luke zuviel Spiel, und er erinnert sich, daß wir bei der letzten Fahrt ein Problem mit dem Kondenswasser hatten.«

Es hielt ihre Hände beschäftigt. Es lenkte sie von den vergehenden Stunden ab. Dekker hatte Verständnis für Birds Nervenzustand. Schließlich, bitte, lieber Gott, würden sie an Bord gehen und mit den Startvorbereitungen beginnen und vielleicht, dachte Dekker, kam er doch noch mit intaktem Verstand von R2 weg.

»Was für Filme magst du gern?« fragte Meg ihn, während er einen Druckschalter testete.

Dekker zuckte die Achseln. Meg erkundigte sich wohl, weil sie ein paar Filme für die Fahrt leihen wollten, für die Freizeit, die sie nicht haben würden, und er hatte früher gern Action-Filme gesehen. Wenn er jetzt darüber nachdachte, wünschte er sie sich jedoch nicht mehr. Cory hatte Witze über seine Vorliebe für diese blutrünstigen Sachen gemacht — so hatte sie sie genannt —, aber er fürchtete, er könne nie wieder in einem Film eine Explosion sehen, ohne daß sich seine sämtlichen Eingeweide verkrampften. Er schrieb das ebenso ab wie die anderen dummen, einfachen Dinge, die er bei dem Schiffbruch verloren hatte. Vielleicht kam er eines Tages darüber hinweg. Im Augenblick ging es noch nicht. Im Augenblick wollte er das alles auf Armeslänge von sich fernhalten. Immer einen Schritt nach dem anderen, Mr. Dekker ...

»Dek?«

»Hä?«

»Möchtest du heute abend ausgehen?«

Er schüttelte den Kopf. »Nein«, lehnte er scharf ab — er wollte nicht unhöflich sein, aber es war die Wahrheit — er wollte keine Explosionen sehen, er wollte nicht in einem dunklen Kino sitzen, und Gott wußte, daß er keine Spannung wollte — er wußte nicht, was er 24 Stunden vor dem Start tun wollte — aber das war es nicht.

»Ach, komm doch mit«, bat Sal. »Wie wär's mit einem Dinner? Wir könnten Bird überreden, daß er uns einlädt. Etwas ganz Schickes. Kerzen und Tischtücher. Wir lassen uns viel Zeit dabei. Was sagst du? Dinner um 1900, Zug durch die Bars, wir sagen auf dem ganzen Deck *au revoir.*«

»Ja-a«, stimmte er schließlich zu. Heute abend mit Leuten beisammen zu sein war wahrscheinlich eine gute Idee. Meg und Sal wollten ihn an ihren Abschiedsfeiern teilnehmen lassen, bemühten sich, ihn ins Gespräch zu ziehen, aber jetzt, wo er sich verpflichtet hatte, überkam ihn etwas wie Panik — als tue er damit einen Schritt über eine Grenzlinie hinaus und wolle es sich lieber noch einmal gründlich überlegen. Er besaß keine anderen Freunde als diese Menschen, keine andere Zukunft als die, die sie für ihn arrangierten. Sie machten ihre Witze, sie redeten mit ihm, er antwortete auf ihre Fragen ...

Aber dann packte es ihn wieder — so eine Art Hau-alles-kurz-und-klein-Einstellung — eine regelrechte

Wut, daß sie versuchten, an ihn heranzukommen. Sie hatten alles, was ihm gehört hatte, und nun wollten sie auch noch, daß er sich damit einverstanden erklärte, jetzt wollten sie ihm den Groll wegnehmen, der ihn am Leben gehalten hatte. Er wußte selbst, daß das eine dumme Haltung war, aber ihre Freundlichkeit und die Bens machte ihn wütend. Er versuchte, den Grund dafür zu finden und kein Esel zu sein, wie Ben ihn genannt hatte.

Verdammt noch mal, alles zerrte an den Nerven. Sogar ihr Abschiedsdinner. Mit Cory hatte er es ebenso gehalten — aber Cory machte keine zweideutigen Witze über die Männer, mit denen sie geschlafen hatte.

Das war eine wunde Stelle. Sein Geist war voll von Abgründen, in die er heute nachmittag nicht hineinblikken wollte. Das Startfieber löste Erinnerungen aus, Gott allein wußte, was in seinem Innern vorging. Dieses Gefühl, er taumele, habe die Kontrolle verloren, machte es ihm unmöglich, sein Leben als selbstverständlich zu betrachten. Alle Stücke waren in Unordnung geraten. Alles wirkte neu, fehl am Platz.

Der Rabble sagte: Handelt! Bewegt euch! Seid!

Wohin bewegen? Was sein? Meg und Sal hatten die Köpfe zusammengesteckt, sprachen mit leiser Stimme, schützten ein Geheimnis, das sie ihm nicht anvertrauen würden — aber sie wollten, daß er sich von ihnen führen ließ. Verdammt, sie hatten ihn ausstaffiert wie eine Puppe — das war kein Witz auf seine Kosten, dafür war es viel zu ernst. Sie hatten Pläne für ihn, von denen er vermutete, daß sie mit Sex nicht soviel zu tun hatten wie mit einer bestimmten Weltanschauung ... sie machten bittere Witze, sie stellten zur Schau, daß sie anders waren, sie versuchten, ihn von Corys Art, das Leben zu meistern, wegzuziehen, ihn zurückzustoßen in all die blinde Empörung, die er früher empfunden hatte. Wach auf, Junge, komm zu uns, Junge, sei wie wir, *denke* wie wir und überlebe.

Vielleicht *war* das Freundschaft. Sei dankbar, ermahnte er sich selbst. Geh aus mit ihnen, achte auf deine Manieren — denk nicht über den heutigen Tag hinaus. Es gibt Schlimmeres. Du hättest in etwas sehr viel Schlimmeres hineingeraten können.

Da sind die Leute, die an diesem Ort das Sagen haben.

Für einen Augenblick war er zurück auf dem Schiff. Und dann saß er wieder in der Werkstatt mit einer kleinen Schaltanordnung in der Hand und konnte sich nicht erinnern, ob er gerade mit der Arbeit daran angefangen oder sie beendet hatte.

Eiskalte Panik packte ihn. Er saß da, starrte das Werkstück an und versuchte, darauf zu kommen, was er damit tat.

»Das ist das letzte.« Sal nahm es ihm aus der Hand und warf es in den Korb. »Gott, Dek, komm, mach Schluß, wir sind fertig!«

Es war nichts, was er nicht mit einem Schraubenzieher hätte in Ordnung bringen können, wenn es später nicht funktionierte. Nichts Lebenswichtiges. Er hatte nicht vor einer möglichen Panne Angst. Nur vor der Lücke, in die er gerutscht war.

Ein verdammt nervöses Wrack, dachte Sal. Sie wischte sich den Schweiß ab und prüfte die Räder des Null-Ge-Karrens mit einem Fußtritt. An dem hier saßen die Räder fest. Die Leihfirma schwor, einen anderen hätten sie nicht. — Wir wollen *alle* machen, daß wir hier wegkommen.

Peng. Man hob das eine Ende an und knallte es auf den Fußboden. Beim zweiten Mal bekam man es los.

»Aboujib«, sagte jemand.

Sal drehte sich um und schnappte nach Luft.

Mitchs Freund.

»Ihr startet nach wie vor am 18.?«

»Ja.«

»Verlaß dich nicht darauf.«

»Scheiße! — Was geht da vor?«

»Die Parole lautet: Halte dein Problem an der Leine. An einer festen Leine.«

»Warum?«

Der Shepherd fragte: »Du hast das Ding, das ich dir gegeben habe?«

»Ich habe es nicht bei mir; ich nehme es nicht in den Kern mit ...«

»Ich möchte, daß du es morgen in den Club mitbringst. Kein Wort vorher zu Kady, kein Wort zu irgend jemandem. Du bringst nur das Ding, deine Freundin und dein Problem mit.«

»Wir werden morgen ...« — starten, hatte sie einwenden wollen. Das Universum drehte sich um diesen Punkt. Ihrer aller Gedanken drehten sich mit manischer Konzentration um diesen Punkt.

»Morgen«, wiederholte der Shepherd.

Sal verlor allen Mut. Mein Gott, dachte sie, Bird und Ben haben alles, was sie besitzen, in diese Fahrt gesteckt ...

Der Start *kann nicht* aufgeschoben werden ... das ist ein Ding der Unmöglichkeit. »So kurzfristig könnt ihr gar nichts machen. Luder Mama wird den Starttermin nicht verschieben!«

»Das entzieht sich unserer Kontrolle«, sagte der Shepherd und ging.

»Warum kommst du nicht mit mir?« fragte Meg ihn. »Sal bringt diese letzte Ladung zu Bird hoch, und wenn er versucht, uns noch einen Korb unterzujubeln, sagen wir, tut uns leid, die Werkstatt ist geschlossen. Du und ich können abschließen und die Schlüssel zurückgeben. Ich möchte mir ein paar Sachen bei Ward holen, vielleicht einen Kaffee trinken ...«

Dekker schüttelte den Kopf. »Ich muß trainieren.« Es war der einzige Fluchtweg, der ihm einfiel. Im Augenblick ertrug er Megs Gesellschaft nicht, konnte es nicht riskieren, sich mit ihr zu verabreden, wenn es das war, was er eben getan hatte. Er ging, und es kam ihm nicht einmal zu Bewußtsein, wie dumm die Ausrede war, bis ihm im Aufzug nach unten einfiel, daß er es Meg überlassen hatte, einen schweren Werkzeugkasten ins Leihbüro zurückzubringen.

Inzwischen war es zu spät, umzukehren und sie einzuholen, und er hatte keine Ahnung, was er mit sich anfangen sollte, außer tatsächlich ins Sportstudio zu gehen. Plötzlich schien nichts mehr fest zu sein, nichts in seinem Leben war in Ordnung — die *Zeit* beunruhigte ihn — er war im freien Fall, er hatte zuviel Angst, um sich einzugestehen, daß er den Autopiloten eingeschaltet gehabt hatte — er hatte Angst, daß eine Luke, die sich hinter ihm schloß, den Anfang der Auflösung bedeutete ...

Der Blip bewegte sich noch. Keine Frage.

Cory hielt ihm vor: »Das ist die größte Chance, die wir je haben werden!«

Ein Stück Erinnerung rastete ein, war einfach da, zusammen mit diesem Gefühl angstvoller Dummheit — er hatte die Gefahr erkannt, die der Treiber darstellte — und er hatte den Streit beendet, genau wie er das Gespräch mit Meg da oben beendet hatte. Er hatte das Schiff vollständig in den Händen gehabt — aber er hatte Angst gehabt, Angst zu haben, er hatte sich von Corys College-Bildung überzeugen lassen, daß sie recht hatte, obwohl sein Bauch ihm sagte, ein schweigend auf sie zukommender Treiber, den die Company-Pläne nicht zeigten, spiele nicht nach den Regeln, die Cory verstand.

Cory, die die MarsCorp in- und auswendig kannte, hatte gesagt: Wir werden uns nicht von ihm bluffen lassen, er steht in jeder einzelnen Minute mit dem GM in Verbindung ... und er war erstarrt. Er konnte nicht sagen: Cory, dies bringt mich um vor Angst. Er hatte zuviel Angst vor Corys Bildung gehabt, um zu sagen: Cory, das ist nur ein verdammter dummer ...

Wenn sie jetzt hier wäre, würde sie sagen: Nun ja, da habe ich richtig Mist gebaut, was?

Und er hatte nichts sagen können. Er fand keine Worte, wenn er fürchtete, als Dummkopf dazustehen ...

Deshalb hatte er diese verdammte wunde Stelle geschützt. Und Cory war gestorben.

Er rannte gegen jemanden, murmelte eine Entschuldigung und ging weiter. Immer wieder und wieder spielte er jenen Augenblick in Gedanken durch.

Sie beide waren unverwundbar gewesen — damals. Nichts konnte schiefgehen. Cory hatte eine schlechte Wahl getroffen, aber Felsen waren ihr Ressort, das Schiff war seins. Die Company ging darauf aus, sie zu begaunern, aber er würde sich nichts vormachen lassen. Er würde dieses Schiff zwingen, ihm zuzuhören ...

Er hatte eine falsche Entscheidung getroffen. Er hatte es gewußt, und er hatte es trotzdem getan. Das mußte er ansehen und wieder ansehen, bis es sich einen Weg in sein Gehirn gebrannt hatte.

16. KAPITEL

Sie warteten und warteten in der Bar — sie hatten Bird überredet, ihn praktisch mit Gewalt aus der *Trinidad* geschleppt und ihm den Gedanken an ein schickes Dinner, die besten Kleider, eine Tischreservierung im Europa, danach ein Streifzug durch die Bars schmackhaft gemacht — und jetzt kam Dekker nicht. Ben war böse, Sal war ein nervöses Wrack — Dekker hatte sich den ganzen Tag schon seltsam benommen, erinnerte Meg sich bedrückt, und gab ihr eigenes Geld dafür aus, das Sportstudio anzurufen, das er schon vor Stunden hatte besuchen wollen.

Natürlich hatte er es nicht getan.

Verdammt.

»Paßt auf«, sagte Bird, als Meg diese Tatsache am Tisch meldete, »wir bitten einfach Mike, ihm etwas auszurichten. Mike kann ihm die Richtung weisen, wenn er aufkreuzt. Er wird uns schon finden.«

»Wir sollen diesen Knilch auf dem Deck loslassen?« stöhnte Ben. So hätte Meg es nicht ausgedrückt, aber es war ein weiterer Sorgen bereitender Gesichtspunkt. »Warten wir doch noch ein Weilchen.«

»Er ist ein großer Junge«, erklärte Bird. »Er hat den Weg rund um den Gürtel gefunden, um Gottes willen, er kann sich doch nicht verlaufen haben. Vielleicht hat er nicht verstanden, daß es eine Verabredung war.«

»Das hat er verstanden.« Meg wollte noch sagen, sie stimme Ben zu und sie sollten lieber noch ein Weilchen warten, als Mike ihr von der Bar her ein Zeichen gab, jemand wolle am Telefon mit ihnen sprechen.

Meg stand auf, um das Gespräch entgegenzunehmen, aber zu ihrer bitteren Enttäuschung deutete Mike an, Sal werde persönlich gewünscht. Sie setzte sich wieder, während Sal an den Apparat ging — wahrscheinlich irgendein Freund, der auf R2 angekommen war, dachte Meg. Dekker würde *sie* anrufen, wenn er in einer Klemme steckte, vielleicht würde er auch Bird anrufen, aber daß er Sal verlangte, war unwahrscheinlich.

»Sitzt wahrscheinlich in irgendeiner Bar«, kommentierte Ben. »Trinkt sich wahrscheinlich Mut für morgen an. Oder er ist benebelt von Pillen. — Verdammt noch mal, Meg, laß dir einfallen, welches Lokal das sein könnte.«

»Das Pazifik«, meinte Bird.

»Dann laß uns dort anrufen«, sagte Ben und noch etwas, das Meg nicht mehr mitbekam. Sal hängte auf und bedeutete ihr ›Komm-her!‹ Sie wirkte ernstlich beunruhigt.

»Entschuldigt mich«, murmelte Meg, stand auf und ging zu Sal am Telefon. Sal berichtete mit eingezogenem Kopf und gedämpfter Stimme:

»Das war Mitch. Er will mich draußen vor der Tür sprechen. Sofort.«

Meg lief ein kleiner Kälteschauer den Rücken hinunter. Aber sie war auch verwirrt. »Ein ernster Verstoß gegen die Vorschriften. Hat er etwas gesagt?«

»Nein. Nur das.« Sal blickte richtig verängstigt drein. Geradezu entsetzt. »Gib mir Rückendeckung bei Bird. Ich weiß nicht, wie lange es dauern wird.«

»Gott«, sagte Meg. »Ja. In Ordnung.«

Sal ging zur Tür, und Meg kehrte an den Tisch zurück.

»Was war das?« wollte Ben wissen.

»Ein Freund mit einem Problem.«

»Dekker?«

»Nein.«

»Aus unserer Abschiedsfeier wird nichts mehr. Wir sind über das ganze verdammte Deck verstreut!«

»Ich finde, wir sollten das Pazifik anrufen.«

»Tu das«, sagte Bird, also holte Meg ihre Karte hervor und ging wieder zum Telefon.

»Nein«, sagte das Pazifik. »... Ja, ich kenne ihn. Nein, er ist nicht hier gewesen.«

Wieder ein erfolgloser Versuch. Sal war fort. Dekker wurde vermißt. Bird kriegte es fertig, als nächster zu gehen. Meg sagte zu Mike: »Noch eine Runde.«

»Kommt Sal zurück?«

»Ich wünschte, ich wüßte es«, antwortete Meg. »Ein etwas hektischer Tag, Mike.«

Mike schüttelte leicht den Kopf. »Viele Leute hätten die Geduld nicht.«

»Ja«, bestätigte Meg und setzte sich wieder an den Tisch.

»Nun?« fragte Ben.

Sie verneinte.

»Gott, ich weiß nicht, warum wir uns das gefallen lassen!«

»Der Junge muß wahrscheinlich in aller Ruhe über ein paar Dinge nachdenken«, meinte Bird. »Mich überrascht das eigentlich nicht.«

»Von wegen! Soviel wir wissen, ist er von der Polizei festgenommen worden.«

»Wir könnten doch noch etwas herumtelefonieren«, schlug Bird vor. »Es gibt acht weitere Sportstudios.«

Sal kam wieder herein. Sie sah nicht so aus, als habe sie etwas Erfreuliches erfahren. Sie trat an den Tisch und stützte sich mit den Händen darauf. »Scheußlich«, sagte sie sehr leise. »Man hat eben Deks Partnerin gefunden.«

»Lebend?« fragte Meg.

»Nein. Ein Shepherd-Schiff hat ihre treibende Leiche gefunden. Am Schwerkraftschacht.«

Manchmal hört man Worte, die einfach keinen Sinn ergeben. Ein dummes Mädchen war weit weg an der Grenze von zwei Raffinerie-Zonen irgendwann im März ums Leben gekommen und tauchte zweihundert Millionen Kilometer davon entfernt im September in dem Arbeitsgebiet eines Shepherd-Schiffes auf?

»Unmöglich«, erklärte Ben.

»Habt ihr schon herausgefunden«, fragte Sal, »wo Dek ist?«

»Nein.« Meg lehnte sich zurück, denn Mike brachte die Drinks.

»Auf meine Rechnung«, sagte Bird betont harmlos zu Mike, und Mike zog sich klugerweise sofort zurück.

Ben zischte: »Was soll es heißen, am Schwerkraftschacht treibend? Was, zum Teufel, geht da vor sich?«

Sal schüttelte den Kopf, daß die metallspangenbewehrten Zöpfchen glitzerten und rasselten. »Das wissen sie nicht. Sie haben die Nachricht über ihr Netz weitergegeben — codiert, an jeden Shepherd, der draußen ist ... ihr habt das nicht gehört. Sie wissen nicht, ob Luder Mama den Code knacken kann, sie wird fuchsteufelswild, wenn sie das machen — aber wir haben einen gewaltig vom Kurs abgekommenen Treiber da draußen.«

»Der eine Leiche zum Schwerkraftschacht geschossen hat?« fragte Ben. »Irgend jemand muß da total verrückt sein!«

»Mach dir lieber Sorgen, was sonst noch passieren kann«, sagte Meg. »Wenn eine Botschaft an alle über das Shepherd-Netz verbreitet wird, muß dieser Treiber mitbekommen, daß gesendet wird, wann gesendet wird und von wo gesendet wird, und dann kann er sich eine recht gute Vorstellung davon machen, wie die Botschaft lautet, auch wenn er den Code nicht knacken kann.«

»*Sie* werden Luder Mama nichts sagen.« Sals Stimme zitterte. »Die Frage ist nur, wie lange die Shepherds das geheimhalten können. Es ist ein äußerst ungünstiger Augenblick dafür, daß uns Dek verlorengegangen ist.«

»Falls die Polizei ihn nicht festgenommen hat«, überlegte Bird. »Aber weiß Mama, was die Sendung zu bedeuten hat? Man wird Dekker aufgreifen.«

Sal zog zwei Datenkarten aus der Tasche und legte sie auf den Tisch. »Die sind von zwei Freunden. Wir sind sie. Sie sind in einer ganz hohen Zugriff-Klasse. Die Parole lautet: ›Findet Dek. Bringt ihn in den Club neben dem Skorpion und benutzt weder eure Karten noch seine.‹«

Ben flüsterte: »Verdammt, wir starten morgen!«

»Vielleicht schafft er es nicht.«

Vielleicht schaffen wir es nicht, dachte Meg. Die Karten lagen da — es war durch und durch illegal, was die Shepherds taten und was sie selbst und ihre Freunde riskierten. Ein Mädchen war tot. Die Wahrscheinlichkeit war hoch, daß es einen weiteren Todesfall geben würde.

Sie nahm die eine Karte.

Bird nahm die andere.

Der Stapelspeicher war voll, bis William Payne das Büro erreichte — er war mitten in einem wichtigen Dinner gewesen und hatte drei Gläser Wein intus, als das Telefon läutete, und er wünschte bei Gott, er hätte zumindest ein Glas weniger getrunken. Er drehte das Licht an, ließ sich in seinen Sessel sinken, schaltete auf Wiedergabe und ließ die mit Priorität gekennzeichneten Meldungen vorüberflackern.

Crayton, sein unmittelbarer Vorgesetzter, schickte ihm eine kryptische Aktennotiz: *Die Shepherds sind dabei, eine unerklärliche Schiff-zu-Schiff-Botschaft zu senden. Machen Sie sich auf Sabotage gefaßt.*

Eine Erklärung des Vorstandsvorsitzenden: *Die ASTEX hält sich an ihre Richtlinien über den Mißbrauch von Kommunikationsmitteln.*

Von Cooley in Nachrichten & Unterhaltung: *Setzen reguläres Programm fort, bis wir anderslautende Anweisungen erhalten.*

Von Salvatore in der Sicherheit: *Wir werden Alarm Stufe 1 geben. Das Code-Team versammelt sich.*

Payne tippte ›Weiter‹ und wartete darauf, daß Craytons Instruktionen über den Schirm flossen, wartete auf eine Nachricht von Salvatore. Er erschauerte. Die Temperatur im Büro hatte den eingestellten Wert noch nicht erreicht. Oder es waren die Nerven.

Die Verhandlungen mit den Shepherds waren festgefahren, und jetzt *dies* — offenbar wurden sie aktiv, und die Company mußte die Vertragsgespräche abbrechen, oder sie würde ihre Glaubwürdigkeit verlieren.

Dazu hetzten Agitatoren die Dockarbeiter auf, und die Raffineriearbeiter übten Druck aus, um ihre Forderungen durchzusetzen — in diesen Gruppen gab es ernste Probleme. Die EC bestand darauf, ihre heiklen Fälle hierher zu verlagern, aber diese Probleme lösten sich nicht von selbst, sie rekrutierten nur weitere Probleme und stellten Bedingungen. Diese Unruhestifter öffneten Ventile im Mast. Sie zerschnitten Schläuche. Sie zerschlugen Plastikfässer. Jetzt machten sich die Shepherds eines überlegten, massiven Vergehens gegen die ASTEX-Vorschriften schuldig — sie forderten die Firma heraus, etwas zu unternehmen, und vielleicht wollten sie damit sogar die lange angedrohte Arbeitsniederlegung ankündigen.

Jetzt mußten sie den richtigen Schritt tun, und die eingehenden Nachrichten und die ausgehenden Anweisungen kreuzten sich auf Paynes Schreibtisch in der Öffentlichen Information.

Die Medien weiter im dunkeln lassen? Das mochte den Deckel noch für eine Stunde geschlossen halten, aber es machte auch die Gerüchte zur Hauptinformationsquelle für die Arbeiter. Besser fing er an, Informationen herauströpfeln zu lassen, sobald er von Crayton einen Hinweis auf die einzuschlagende Richtung bekommen konnte. Das hielt die Arbeiter vor den Bildschirmen fest und von den offenen Decks fern. Ein paar Büros im Mast hatten Ausrüstungen, mit denen sie diese illegale Sendung abhören konnten, und es brauchten nur zwei Arbeiter in der Kaffeepause gemeinsam vor den Verkaufsmaschinen des 8. Decks zu stehen, und schon verbreiteten sich Gerüchte. Die Angst vor dem Krieg ging um — und codierte Sendungen wie diese konnten Alarm in der Werft, in der Militärbasis, ja geradenwegs in der Sicherheitszone der Erde auslösen.

Payne tippte eine Anfrage von der Öffentlichen Information an Crayton in der Hauptverwaltung ein. *Erbitte Genehmigung zur Herausgabe von Nachrichten, um Gerüchten und Spekulationen entgegenzuwirken.*

Jeder Beamte in der Informationskette würde sich bohrenden Fragen ausgesetzt sehen. Jede Entscheidung, die in den nächsten paar Stunden getroffen wurde, würde unter ein Vergrößerungsglas gelegt werden. EC, UN, UI — Gott allein wußte, wie weit sich dies ausbreitete und wie viele Karrieren dadurch beendet wurden. Die Shepherds, verdammt sollten sie sein, hatten sich von der ASTEX nicht bluffen lassen.

Dekker war nicht im Pazifik, er war nicht im Tycho oder Europa oder Apollo, und soweit sie es feststellen konnten, war er in keinem Sportstudio, das sie jemals besucht hatten. Sie trennten sich, verzichteten auf eine Kommunikation untereinander — wie sollten sie telefonieren, wenn sie nicht wußten, wo sie anrufen sollten, und man konnte nie wissen, ob die Company nicht mithörte. Ich überprüfe Deck 3, hatte Meg zu Ben gesagt, als sich ihre Wege zum letzten Mal kreuzten, und die Trans zum 3. genommen, um dort die Sportstudios abzuklappern.

»Habt ihr einen dunkelhaarigen jungen Mann gesehen, Rab-Haarschnitt, etwa 20, dünn?«

Nein, nein und nein. Sie hatte Seitenstechen, sie hatte sich während einer hastigen Bewegung bei 0,8 Ge den Ellbogen angeschlagen, und langsam gab es keine Orte mehr, die weder Polizei noch Klinik waren. Meg konnte sich denken, daß man ihr komische Blicke nachsandte und die Gerüchte sich die Korridore entlang verbreiteten: Was ist los mit dem dunkelhaarigen Rab? Auf dem

Höllendeck bekam sie von den Männern, bei denen sie sich erkundigte, noch »Wie wär's denn mit mir?« zur Antwort, in dem letzten Sportstudio aber fragte sie niemand mehr, so verzweifelt und abgehetzt, wie sie aussah. Das war nicht gut. Das forderte Fragen von der Polizei heraus — vor allem jetzt, wo die Shepherds illegale Sendungen machten. Meg ging die Strecke zur Transstation in langsamem Schritt zurück, versuchte, wieder zu Atem zu kommen, und zermarterte sich das Gehirn, wo sie als nächstes suchen sollte, als ihr schlagartig bewußt wurde, daß sie sich bereits auf dem Dritten befand. Offenbar entbehrte Dekkers Verhalten jeder Logik, sonst hätten sie ihn inzwischen gefunden.

Inzwischen mochte die Polizei auf die Spur der fremden Karten gekommen sein, und es war nicht viel gescheiter, eine Shepherd-Karte zu benutzen als ihre eigene. Aber es gab auf R2 mehr Shepherds als Meg Kadys, und ein Polizist, der nach einem Mann Ausschau hielt, sah vielleicht an ihr vorbei. Sie sah nach allen Seiten und ging zum Kernaufzug, benutzte die Karte und fuhr mit zwei widerwärtigen Schlepper-Jockeys, die vertraulich werden wollten, hinauf. Sie sah stur auf die Tür, die Arme vor der Brust gekreuzt, schwitzend, in Panik, und sie dachte: Gott, jetzt bloß keinen Ärger, ich will keine Polizei ... nicht wenn ich eine illegale Karte bei mir trage ...

Auf der Fahrt nach oben wurde man von Deck zu Deck leichter und mußte sich festhalten. Die Schlepper-Jockeys wollten sie überreden, auf dem 8. auszusteigen und mit ihnen auf eine schnelle Nummer in ein Hotel zu gehen. Sie sagte nein, ganz geduldig, und schwor sich, sollte sie jemals aus dieser Klemme hinauskommen, werde sie die Kerle eines Tages aufspüren und umbringen.

8. Die Jockeys stiegen aus. Gott sei Dank ... Die Kabine vollführte den ruckenden Übergang zum Kern und blieb stehen — ein Licht forderte zum Zahlen auf, Meg

steckte die Karte in den Schlitz und hoffte zu Gott, der Zoll habe nicht gerade jetzt Dienst.

Die Tür öffnete sich. Sie faßte den Handgriff an der Leine und schwebte durch die betäubende Kälte — keine Jacke, offensichtlich nicht für den Kern gekleidet. Aber sie hatte so etwas schon gemacht, und die Zollbeamten in ihrem warmen kleinen Büro hatten sie ein Dutzend Mal kommen und gehen sehen.

Wenn nur keine Wache bei den Schiffen aufgestellt war.

Bis Meg die Leine verließ und das Tau der *Trinidad* faßte, war sie halb erfroren. Sie hatte nicht einmal eine Handdüse, sie mußte sich bis zur Luke weitergreifen. Ihr Atem ging in abgerissenen Stößen, ihre Zähne klapperten. Sie öffnete die Luke und zog sich hindurch.

Der verdammte Idiot war da und wischte an einem Schrank herum. Langsam wandte er sich ihr zu, ganz ruhig, als wolle er sagen: Was soll die Aufregung, Meg? Was ist denn nur los?

Meg landete an einer Konsole, hielt sich ganz außer Atem fest, um nicht davon abzuprallen, wußte nicht, was dieser Blick bedeuten sollte — daß er den Verstand verloren hatte und völlig weggetreten war oder daß er den Verstand zusammenhielt und hier an Bord die Grenzen seiner geistigen Gesundheit testete.

»Du hast unsere Verabredung zum Dinner nicht eingehalten«, sagte sie.

Dekker blinzelte, als wechsele er zu einem anderen Gedankengang über. »Ach ja«, sagte er, »das tut mir leid.«

Ahnungslos und unschuldig. Meg war sich nicht vollkommen sicher, ob er im Augenblick vernünftig war oder ob es auch nur ungefährlich für sie war, an diesem einsamen, geräuschisolierten Ort mit ihm allein zu sein. Mit klappernden Zähnen sagte sie: »Dek, wir müssen nach unten und Bird suchen — auf der Stelle. Es ist etwas geschehen.«

»Etwas Schlimmes?«

Sie dachte nicht daran, es ihm zu sagen, hier, allein mit ihm. Sie faßte seinen Arm. »Es ist nur so, daß wir ein Problem haben.« Ihre Zähne klapperten so schlimm, daß sie kaum sprechen konnte. »Komm, Dek, um Gottes willen, ich erfriere.«

»Was ist los?«

»Das erzähle ich dir unterwegs.« Sie machte mit dem Finger ein Zeichen, das *Wanzen* bedeutete. »Bird möchte dich sprechen. Sofort.«

Dekker legte das Tuch weg, das er in der Hand gehalten hatte. Er wischte sich die Hände am Pullover ab. Jetzt bekam er es mit der Angst zu tun.

Aber er löschte das Licht und folgte Meg aus der Luke.

Botschaft von Salvatore: *Wir haben so etwas wie Unruhe unter dem militärischen Personal auf dem Deck — Militärpolizisten und Offiziere gehen von Bar zu Bar, verteilen sich. Sieht aus, als riefen sie Leute aus dem Urlaub zurück ...*

Payne gab die Botschaft an Craytons Büro weiter und griff nach dem Telefon. »Flottenkommando«, verlangte er und bekam ein Läuten nach dem anderen, dann eine Robotstimme.

»Bitte geben Sie Ihre Priorität an.«

»Hier spricht Payne, ASTEX-Büro für Öffentliche Information.«

»Ihr Anruf wird auf Warten geschaltet ...«

Ein Piepton, der Priorität bedeutete, warf ihn aus der Leitung. Rote Lichter breiteten sich wie eine Seuche über die Telefonkonsole aus.

»Sir!« sagte ihm Salvatore ins Ohr, aber eine andere Priorität verbannte Salvatore in die automatische Aufzeichnung.

Das Telefon sagte gleichzeitig mit dem Computer: *»... Hier ist Präsident Towneys Büro. Wir erhielten eine nicht codierte Botschaft, die von einem Shepherd-Fahrzeug am*

Schwerkraftschacht weitergeleitet wurde. Ich zitiere: ... ›Am 2. September um 1540 Uhr nahm das Shepherd-Schiff Athen *in seiner Arbeitszone ein anomales Objekt auf. Es erwies sich als menschliche Überreste mit der Identifikation einer gewissen Corazon Salazar, einer Erzsucherin, die auf R1 registriert ist und früher in diesem Jahr nach einem Zusammenstoß zwischen dem Treiber* Industrie *und dem Erzsucher-Schiff 1-89-Z als vermißt gemeldet wurde. Aus unseren Berechnungen geht hervor, daß die Leiche von dem gleichen Ort gekommen ist wie andere von dem oben genannten Treiber abgeschossene Ladungen. Wir sind im Besitz von Plänen, die auf Fälschung von Aufzeichnungen hinweisen. Wir teilen der ASTEX diese Tatsachen mit und verlangen, daß sofort Anklage wegen vorsätzlichen Mordes und versuchten Mordes erhoben wird mit Haftbefehlen gegen die leitenden Offiziere des Treiber-Schiffes ...«*

Schwitzend und mit klopfendem Herzen gab Payne an Salvatore durch:

Aufenthalt von Paul Dekker. Priorität eins.

17. KAPITEL

Dekker biß die Zähne zusammen, um keine Fragen mehr zu stellen, die Meg offenbar nicht beantworten wollte. »Ich weiß nicht, wie die Lage im Augenblick ist«, war die letzte Information, die sie von sich gegeben hatte, als sie darauf bestand, auf dem 4. Deck haltzumachen und in halsbrecherischer Eile zu einem Aufzug zu gehen, der nur solche Karten annahm, wie sie eine benutzte, obwohl sie ihr nicht gehörte. Die einzige Karte dieser Art, die er jemals gesehen hatte, bedeutete Shepherd-Zugriff.

Sie verließen den Lift an einem Ende des Höllendecks, das ihm völlig fremd war. Meg ging ihm voraus ohne zu zögern auf eine Tür neben einem eleganten Restaurant zu. Eine kartengroße goldene Plakette war das einzige Geschäftszeichen: Das Shepherd-Emblem, Jupiter und die Arbeitsspur, direkt über dem Kartenschloß.

»Was ist das hier?« fragte Dekker.

Meg steckte die Karte in das elektronische Schloß, es klickte, und Meg öffnete die Tür.

Dekker schob sich hinter ihr ins Innere, in einen teppichbelegten Empfangsraum, in den sie nicht gehörten, wie er wußte — ohne diese Karte wären sie auch niemals hineingekommen.

Ein blonder Mann sah von dem Empfangstisch auf.

Meg sagte: »Das ist Dek. Dek, das ist Mitch. — Haben die anderen schon von sich hören lassen?«

»Nein«, antwortete Mitch, bevor Dekker etwas sagen konnte, und zeigte auf die erste Tür den Gang hinunter. »Wartet da drinnen. Alle beide.«

»Aber es sind Freunde von mir draußen auf der Suche nach ihm«, protestierte Meg.

»Wir werden diesbezüglich etwas unternehmen, Kady. Und es wird schneller gehen, wenn du auf ihn aufpaßt.«

»Vielleicht wäre es besser, wenn du mir sagtest, was los ist«, beschwerte sich Dekker, aber Meg faßte seinen Arm, drängte: »Komm, Dek«, und zog ihn den Flur entlang.

»Verdammt noch mal, Meg ...«

»Ich weiß es nicht, ich weiß es nicht, komm einfach mit — dieser Hurensohn! Hurensöhne stehen mir bis da oben ...« Meg führte ihn in eine luxuriöse, völlig leere Bar, ließ ihn stehen, während sie das Licht anschaltete, hinter die Bar trat und schnell und mit zitternden Händen zwei Gläser füllte, eins mit Whisky, eins mit Rum.

Dekker kam, stützte die Ellbogen auf die Bar und fragte vorsichtig: »Wir werden morgen nicht starten, oder?«

Meg nahm einen Schluck Whisky und schob ihm den Rum zu. »Trink aus!«

»Meg, was ist geschehen? Was machen wir hier?«

Meg beugte sich über die Bar, stieß seine Hand mit ihrem Glas an. »Im Ernst, du solltest einen Schluck davon nehmen, *jeune* Rab. — Man hat deine Partnerin gefunden.«

Das war es also. — Aber der Shepherd-Zugriff, Megs atemlose Eile — diese Bar ... Er fand sich nicht zurecht. Meg kam um das Ende der Bar herum, faßte ihn beim Ärmel, zog ihn zu einem Tisch und setzte ihn auf den Stuhl sich gegenüber.

Sie sagte: »Dek, man hat sie am Schwerkraftschacht gefunden. Dieser Hurensohn hat sie in einen Eimer gesteckt und auf die lange Reise zum Jupiter geschickt. Ein Shepherd hat sie in seiner Arbeitszone aufgenommen.«

Meg hatte sich ganz behutsam angeschlichen, und dann war der Tiefschlag gekommen. Sein Verstand wurde leer und schwarz ...

Diese riesige dunkle Maschine ...

»Warum, zum Teufel ...« Der Atem stockte ihm in der Kehle. Er brachte es nicht heraus. Er faßte nach dem Glas, verkleckerte die Flüssigkeit links und rechts beim Trinken.

Meg faßte nach seiner freien Hand und drückte sie, bis sie schmerzte.

»*Cher.* Es gibt den Tod. Schmerz ist Leben. Und vor allem gibt es Hurensöhne. Atme tief durch. Du bist nicht der einzige, der es jetzt weiß. Du bist da draußen nicht allein. Das ging gegen die Unabhängigen ... die selbständigen Erzsucher ... die Shepherds. Die alte, alte Geschichte.«

»Aber was, zum Teufel, denken sie sich dabei?« Seine Stimme kam höher heraus, als es seine Absicht war. Sie war kaum wiederzuerkennen. »Was für ein Spiel ist das? Wie konnten sie sich einbilden, damit durchzukommen?«

»Es sind Verrückte. Sie haben uns vor den Türen der ASTEX zusammengeschossen. Überall Kameras der Nachrichtenleute. Jeder hat es gesehen, in der ganzen Welt. Wie sind sie damit durchgekommen, kannst du mir das sagen, *jeune* Rab? — Trink deinen Rum! Die Nachricht wird über das Kommunikationsnetz der Shepherds verbreitet. Jetzt wird man sie schon auf Sol hören. Die Company will nicht, daß du redest, verstehst du — um keinen Preis sollst du mit irgend jemandem reden. Das ist los. Aber wenn Luder Mama jetzt mit Schikanen anfängt, werden die Shepherds Luder Mama niederschießen. Sollen doch die Company-Bonzen die Schiffe mit ihren Leuten aus den Kurzlehrgängen bemannen. Sollen doch die Company-Bonzen am Schwerkraftschacht arbeiten.«

»Ich will diesen Kerl, Meg.«

»So nahe, wie wir herankommen können. Du hast die Kerle, die ihn beauftragt haben. *Irgend jemand* hat seinen Posten verloren. Das ist die schlimmste Strafe für diese Hurensöhne.«

Er ist im Kern gesehen worden, lautete der letzte Bericht aus Salvatores Büro. Sie suchten immer noch, und Payne, von dem Towneys Büro das Dekker-Dossier verlangte, suchte Schirm auf Schirm nach Meldungen ab, die Salvatores Untersuchung produzierte.

Antrag auf neue Lizenz gestellt. Erteilt unter der Bedingung, Bordzeit nachzuweisen. Will mit den beiden Männern, die ihn aufgenommen hatten, und Kady und Aboujib, beide weiblich, auf die Erzsuche gehen ...

Startdatum beider Schiffe der 18., der Hoteleigentümer schwört, er habe keine Ahnung gehabt, wer Dekker ist — Dekker ist zu einer Verabredung zum Abendessen nicht gekommen: Seine Partner hatten auf der Suche nach ihm herumtelefoniert. Dekker könnte gekommen und wieder gegangen sein, der Eigentümer wußte es nicht, er hatte vor dem Bildschirm gesessen. Jeder Gast in der Bar hatte nur Aufmerksamkeit für den Bildschirm gehabt ...

Aboujib und Pollard stammten beide von Shepherd-Eltern ab. Kady war eine unehrenhaft entlassene Shuttle-Pilotin. Bird war ein Verdächtiger in der Nouri-Affaire gewesen, ein enger Freund von Pratt und Marks.

Die Akte war auf Towneys Schreibtisch gelandet.

Und der Affe kletterte den Rücken der Öffentlichen Information hoch.

Seinem Büro hatte niemand gesagt, daß Dekker etwas anderes sei als — allerschlimmstenfalls — ein Dieb, der erwischt und gerammt worden war. Ihm hatte niemand gesagt, daß ein Treiber-Kapitän die Shepherds mit einer solchen Geste einschüchtern würde.

Er holte den Bericht der *Industrie* auf den Schirm, den zweiten Plan dazu als Fenster.

Kein Bericht über Asteroid 98879 vor dem Unfall. Die *Industrie* hatte ihn entdeckt und im Namen der ASTEX in Besitz genommen. Am 7. März.

O Gott!

Dekker war wegen des bevorstehenden Starts durchgedreht — das war Bens Meinung zu der Sache. Sie hatten es in Restaurants, in Spielsalons und von neuem in den Bars versucht, weil er ja von einem Lokal zum anderen gehen konnte, aber Polizei und Militär traten auf dem Deck immer deutlicher in Erscheinung.

Zum Teufel mit dem Knilch! Ben versuchte, unverdächtig zu wirken — ein Trupp Militärpolizei kam die Straße entlang. Drinnen verkündete der Schirm etwas über Verlängerung der Schicht wegen ›militärischer Übungen‹ und ›eines Tests der Sicherheitsvorkehrungen‹.

Eine Hand landete auf seiner Schulter. Fast wäre ihm das Herz stehengeblieben. Er fuhr herum und fand sich Nase an Nase mit Bird wieder.

»Tu so etwas nicht noch einmal!«

»Jetzt haben *wir* ein Problem. Im Loch wohnt Wand an Wand mit uns Polizei.«

Ben tastete seine Taschen ab. Ihm war plötzlich kalt geworden. »Ich habe meine Karte bei mir. Wir sind okay.«

»Okay«, wiederholte Bird. »Du hast eine entzückende Vorstellung von ›okay‹. Hast du Sal oder Meg gesehen?«

»Schon seit einer Stunde nicht mehr.«

Der Lautsprecher plärrte: *»Die Schicht wird um eine weitere Stunde verlängert. Es wird eine Übung des Zivilschutzes durchgeführt. Wer von Ihnen in der 3. Schicht arbeitet, begebe sich sofort an seinen Posten. Diejenigen, die keine bestimmte Funktion haben, werden aufgefordert, die Decks zu räumen und ihre Wohnungen aufzusuchen. Ich wiederhole, Leute der Freischicht haben die Decks zu räumen und ihre Wohnungen aufzusuchen.«*

»So etwas habe ich schon einmal erlebt«, murmelte Bird vor sich hin.

»Was geht denn vor?«

»Polizei«, sagte Bird. »Kriegsrecht. Aus ist es mit unserer Suche nach dem Jungen. Sie werden ihn zum

Schweigen bringen, sie werden der Sache ein für allemal ein Ende bereiten — es ist ganz wie damals bei Nouri.« Birds Hand schloß sich um Bens Arm. »Und wir stecken bis zu den Ohren drin, hast du mich verstanden?«

Und ob Ben verstand. Er sah, wie sich Company-Polizisten durch die Menge bewegten — sah auch Militärpolizei in blauer Uniform mit schweren Seitenwaffen.

Bird sagte: »Diesmal geben wir die Parole aus. Wir brauchen nur ein paar Freunde zu suchen, es ihnen zu erzählen, sie zu bitten, daß sie es weitersagen.«

»Warum sollen wir den Hals riskieren? Wir haben schon genug Probleme.«

»Das haben wir das letzte Mal gesagt.«

»Bird — das da draußen sind Schußwaffen!«

»Hast du schon einmal etwas von einer falschen Beschuldigung gehört, Ben, mein Sohn? Pratt und Marks waren unschuldig. Diese beiden konnten gar nichts mit Nouris Bande zu tun gehabt haben. Sie waren gute, einfältige Jungs. Aber jetzt ist niemand mehr sicher. — Tu du, was du möchtest.«

»Wohin gehst du?«

»Ich werde ein paar diskrete Worte in verschiedene Ohren fallenlassen. Mich bringt die Company nicht zum Schweigen. Diesmal haben wir die Zahlen und die Daten.«

Bens Gedanken zerflatterten vor Panik — der Start morgen ... aber der würde nicht stattfinden. Der Drang, Dekker umzubringen, weil er sie in diese Sache hineingezogen hatte ... aber Dekker wurde wahrscheinlich als erster verhaftet.

Er griff sich eine Handvoll von Birds Jacke, zog ihn zurück. »Bird ...«

»Ich wußte, daß Pratt und Marks hereingelegt wurden«, sagte Bird. »Ich hatte die Beweise, verstehst du mich. Sie hätten — in gewissen Augen — eine Verbindung zwischen mir und Nouri hergestellt. Alle Welt hatte Angst. Alle Welt wollte den eigenen Arsch retten. Und alle Welt hat verloren. — Diesmal nicht.«

»Bird, um Gottes willen!«

»Diesmal sind *wir* in der Feuerspur, du verstehst mich? Und wir sind keine dummen Jungs. Du hast diese Datenkarte. Gib sie mir.«

Ben tastete nach dem flachen Umriß in seiner Innentasche, suchte verzweifelt in seiner Erinnerung nach alten Klassenkameraden, die hier helfen konnten — aber da gab es keinen. Keine einzige Seele gab es, die nicht darauf bedacht sein würde, wie Bird es ausgedrückt hatte, den eigenen Arsch zu retten.

»Gib sie mir!«

»Was willst du tun?«

»Sie in die Bulletin-Box eingeben. Und es weitersagen.«

»Scheiße!«

Bird beugte sich zu ihm und legte ihm die Hand auf die Schulter. »Such dir ein Loch, hörst du? Geh zum Club hinunter. Ich weiß nicht, ob Sals Freunde dich einlassen werden, aber, Teufel, du hast dort Verbindungen. Benutze sie. Es ist das einzige Loch, in dem du dich möglicherweise verstecken kannst.«

Bird, der versuchte, irgend etwas unter dem Tisch zu tun — Bird wußte einen Scheißdreck über die Sicherheitsschaltungen von Computer-Systemen, Bird wußte einen Scheißdreck darüber, was er vorhatte, verdammt noch mal, diese Pläne bedeuteten ihren Lebensunterhalt! Außerdem waren sie der einzige existierende Beweis dafür, wo sie gewesen waren und was sie getan hatten, und wenn die ASTEX sie festnahm und die Daten löschte ...

»Du hast doch diese Shepherd-Karte«, sagte Ben. »Mit dem Ding hast du Zugang zum 1. Deck.«

»Und was soll ich damit tun? Teufel, Ben, das Ding ist wahrscheinlich gefährlicher als ...«

»Überlaß den Computerkram nur mir und halte dich

heraus. Bird, du hast doch keine Ahnung, wie du an den Sperren vorbeikommen sollst. Ich komme in alle Speicher hinein, sogar in die Systeme, Bird, ich kenne die Modem-Codes ...«

»Wo, zum Teufel, hast du die bekommen?«

Ben sagte: »Gib mir einfach die verdammte Karte, Bird, und sag ihnen, der Dateiname sei *Dekker.*«

»Mr. Crayton ist in einer Konferenz«, sagte die Sekretärin, und Payne schoß die Aktennotiz in seiner Verzweiflung durch. »Geben Sie ihm das. Wir brauchen eine politische Entscheidung. In spätestens dreißig Minuten!«

»Ich glaube, das ist das Thema der Kon ...«

Payne hing frustriert auf und starrte die immer noch nicht freigegebene Presseverlautbarung auf seinem Schirm an. Dann gab er sie als freigegeben an Nachrichten und Unterhaltung weiter.

Der Gegenstand einer codierten Shepherd-Sendung ist als eine Anfrage an die Leiter der Shepherd-Verwaltung bezüglich der Entdeckung menschlicher Überreste in einer Shepherd-Arbeitszone enthüllt worden. Nach ASTEX-Berichten kann eine vorläufige Identifizierung der Leiche als die von Corazon Salazar vorgenommen werden, die in diesem Jahr nach einem Unfall nahe der R2/R1-Grenze vermißt wurde. Corazon Salazar ist die Tochter von Alyce Salazar, die zum MarsCorp-Vorstand gehört und prominentes Mitglied des Beratungsausschusses für die Verteidigung ist. Corazon Salazar war zwei Jahre auf R1 wohnhaft. Offenbar wurde sie bei Arbeiten außerhalb des Fahrzeugs getroffen und getötet, als ihr Schiff durch eine Tankexplosion außer Kontrolle geriet. Danach trieb das Schiff hilflos mit hoher Geschwindigkeit in die R2-Zone. Dr. Ronald Michaels vom Institut vertritt die Theorie, daß die Leiche in die Feuerspur des Treiber-Schiffes Industrie *geriet, von einer Ladung getroffen und mit ihr weiterbefördert wurde, und zwar mit ausreichend hoher Geschwindigkeit, um den Ort der Auffindung zu erreichen.*

Die Shepherd-Entdeckung fügt der schon vorher tragi-

schen Geschichte des vom Unglück verfolgten Erzsucher-Schiffes Way Out *ein neues Kapitel hinzu. Mr. Paul Dekker, der überlebende Partner, wurde von einem zu seiner Rettung ausgesandten R2-Schiff aufgenommen. Mr. Dekker, der nach unglaublichen 71 Tagen unkontrollierten Dahintreibens Isolierung, Kälte und das Versagen des Lebenserhaltungssystems überlebt hatte, wurde nach eingehender Behandlung physischer und psychischer Traumata aus der James-R.-Reynolds-Klinik entlassen. Ein Sprecher des Krankenhauses äußerte sich in dieser Schicht besorgt dazu, daß Mr. Dekker auf dringende Versuche, ihn im voraus über die Veröffentlichung dieser Nachrichten zu informieren, nicht gemeldet habe. Mr. Dekker ist augenblicklich auf R2 nicht aufzufinden. Dr. Emil Visconti, Mr. Dekkers behandelnder Arzt, genehmigte die Veröffentlichung, weil er fürchtet, Mr. Dekker habe den Bericht aus anderen Quellen gehört. Er bittet Mr. Dekker beziehungsweise jeden, der seinen Aufenthaltsort kennt, sofort die Sicherheit oder die Auskunft in der Reynolds-Klinik anzurufen. Mr. Dekker ist in medikamentöser Behandlung, und der Schock über die tragische Neuigkeit könnte bei ihm Desorientierung oder geistige Verwirrung ausgelöst haben. Ein Sprecher der ASTEX-Verwaltung versichert Mr. Dekker, der Unfall sei das Ergebnis eines katastrophalen Versagens der Ausrüstung gewesen, und er sei von jedem Verdacht der Schuld daran befreit. Er bittet Mr. Dekker dringend, sofort Kontakt mit der Klinik aufzunehmen …*

Verdammt sollte er sein. Dieser verdammte Crayton — hängte ihm einen solchen Fall auf, ohne auch nur anzudeuten, daß er verborgene Probleme enthielt.

Und Crayton brachte es nicht einmal fertig, eine Verlautbarung genehmigen zu lassen. Dafür mußte er den Kopf hinhalten, er mußte aufpassen, daß der Deckel geschlossen blieb. Er wußte nur zu gut, wie die Sache auch ausging, die ASTEX wollte sie in ein Schwarzes Loch geworfen haben. Verloren. Vergessen. Zusammen mit jedem Menschen, der sich in irgendeiner Weise daran angesteckt hatte.

Der Computer schluckte die Botschaft. Eine andere erschien, eine für Salvatore.

Im Kern kam und ging ein Shepherd zwischen 2041 und 2108. Die Zollbeamten haben ihn nicht gesehen. Sie waren in ihrem Büro und hörten sich die illegale Sendung an. Die Karte gehört einem Techniker namens Nate Chaney, der sich bei Anrufen unter seinen Telefonnummern nicht meldet ...

Es gab keine Möglichkeit, an den Mietcomputer im Schwarzen Loch zu gelangen — aber irgendein Telefon, das eine Tastatur hatte, tat es auch, und das schicke Lokal Io besaß ein solches. Neon flackerte, färbte das im Glas zitternde Bier grün und rot. An diesem Ort würde man nicht einmal hören, wenn der Kern explodierte, dachte Ben. Es wimmelte hier von Firmenangehörigen der unteren Dienstgrade — aber er trug seine beste Deck-Freizeitkleidung, und die Ecke der Bar bot eine dunkle Stelle. Erst die Shepherd-Karte, dann seine:

Boote Datei: PROZESS. Gehezu: RUF13; LIESMICH5; ZUSATZ2; ZUSATZ1; ZUSATZ3

Boote Speicher Einwohnerdatei: PROZESS2. Enter.

Studentenstreiche. Das Datenfenster zeigte Punkte, das Ei setzte seine einzelnen Stücke zusammen.

Das Datenfenster sagte: RUFMICH: EINSETZE TXT
INPUT: $/PLAN.CUR; PLAN.14; PLAN.15
OUTPUT: DEKKER

Das Datenfenster sagte: ENTER SYSZUGR

Bens Hände zitterten über den Tasten. Er dachte nicht an die Polizei. Oder an den hinter ihm wartenden Firmenangestellten, der auch telefonieren wollte. Er dachte an Daten. In rasender Eile tippte er: *2;20;W489\209: INSTAL:c\$/$y;*BOOT3;*3.L/$;7{rs/#}/p*280: [TAG/*1]

Er wechselte die Datenkarte — setzte die Shepherd-Karte ein, bevor die Pause zu Ende war.

Die Telefongebühr wurde mit Hilfe der Shepherd-Karte berechnet. Gebucht wurde sie aber erst auf den ersten, der das Telefon nach ihm benutzte. Damit spielte er dem Mann, der nervös hinter ihm wartete, einen gemeinen Streich. *Er* würde bis dahin die Bar verlassen haben.

Er trank einen Schluck Bier, tippte Belastung, zog die Karte heraus, verbarg sie statt seiner eigenen in der Handfläche und hielt die eigene hoch. Sie hatte die richtige Farbe für einen Erzsucher, falls es in dem blauen Neonlicht darauf ankam. »Danke«, rief er, was im Donnern der Bässe unterging, ließ sein Bier auf der Bar stehen und ging zur Tür hinaus.

Bis dahin zitterte er von Kopf bis Fuß — aber, verdammt noch mal, er hatte das Ding gedreht. Es war ein von ihm verbesserter alter Institutsstreich, und mit den Zugriffsnummern vom Probenamt und der Durchwahl-Kommunikation und mit der Shepherd-Vollmacht, das Telefonsystem des 1. Decks zu benutzen, hatte er es tatsächlich *geschafft*. Die Frage war nun, ob er einen Vorsprung im gegenwärtigen Wettkampf mit den Fallen-Programmen hatte ...

... und ob er Bird vom Deck herunterholen konnte — ob er Bird *finden* konnte, bevor die Polizei ihn fand.

Die Polizei war in Massen vertreten und räumte das Deck. Es war das alte Spiel, die Polizisten sagten weitergehen, man sagte, jawohl, Sir, und man ging an einen anderen Ort als den, wo man wohnte — das Höllendeck trieb dieses Spiel, die Polizisten wußten, daß es ein Spiel war — setzten nicht zuviel Druck dahinter, da die Höllendeck-Bewohner nun einmal ein eigenes Völkchen waren. Sie würden den Hotels befehlen, Gäste, die keine Hotelbewohner waren, nicht in ihre Bars zu lassen, wenn es ihnen ernst war und sie nicht nur fühlen lassen wollten, daß es sie gab. Und durch *diesen* Schachzug standen dann legitime Hotelbewohner ausgesperrt draußen auf dem Deck, und es kam links und rechts zu zornigen Konfrontationen. Das war es nicht, was die Polizei anstrebte, sagte sich Ben, aber es mochte dein

Gesicht sein, nach dem sie Ausschau hielten, und so war es eine wirklich gute Idee, sich hinter den Menschenmengen zu halten, Deckung hinter größeren Passanten zu nehmen und sich weiterzuschieben, wenn sie es taten.

Gott, dachte Ben, in was mag Bird jetzt hineintappen! Ich muß ihn in irgendein Versteck bringen — und wenn sie uns aufgreifen, spielen wir mit, bewahren die Ruhe, warten, bis die höheren Dienstgrade darüber nachgedacht haben.

Sie können uns einfach nichts anhängen — zu viele Menschen kennen die Wahrheit, zu viele Menschen werden sich schützen wollen, und um das zu tun, müssen sie *uns* schützen, sie müssen diesen Hurensohn von einem Kapitän da draußen schlachten und dazu jeden Beamten, dem sie eine Schuld daran nachweisen können. *Die* müssen sich Sorgen machen.

Gerechtigkeit gibt es nicht, Bird. Auf die Leute, die man kennt, kommt es an, darauf, wo sie sind und was man ihnen vor Gericht antun kann.

Er brauchte jetzt nichts weiter mehr zu tun, als die Datenkarte zu löschen ...

... und in einen Mülleimer zu werfen.

»Den Jungen haben sie fertiggemacht.« Bird beugte sich dicht an Abe Persky heran und flüsterte durch die Musik im Europa. »Aber was sie dem Mädchen angetan haben, das war kein Befehl der ASTEX. Das war eine Treiber-Shepherd-Sache — und diesmal ging es um verdammt viel mehr, als einen Stein aus einer Schlinge rutschen zu lassen. Die Shepherds senden es, jetzt ohne Code — man wird es noch ganz deutlich auf der Erde empfangen. *Darum* ist Alarm gegeben worden.«

»Verdammt.« Persky schüttelte den Kopf.

»Hör zu. Ich habe meine Pläne in die Bulletin-Box vom Höllendeck eingegeben — sieh sie dir an, bevor sie gelöscht werden. Der Dateiname ist *Dekker. D-e-k-*

k-e-r.« Er knuffte Persky gegen den Arm. »Gib es weiter, an jeden, den du kennst.«

»Verstanden.« Persky griff nach seiner Datenkarte. Gab ihm im Weggehen den Knuff zurück. »*Vorsichtig*, Bird.«

Collins Tisch kam als nächstes. Collins arbeitete jetzt als ASTEX-Pilot, doch es gefiel ihm nicht, das zu sein. Er kam aufs Höllendeck, um alte Bekanntschaften aufrechtzuerhalten. Er saß mit Robley zusammen — Robley arbeitete neuerdings in einer Fabrik; die Nieren waren hin.

Bird setzte sich zu Collins und Robley und sah, daß Persky bezahlte und ging.

Immer nur einen oder zwei auf einmal. Aber der Deck-Telegraph war schnell wie der Blitz.

Wieder ein Anruf von Paynes Büro. Salvatore sagte: »Ja, Sir« und »Wir versuchen es, Sir, wir haben daran gedacht, Sir, wir versuchen auch das, Sir ...«

Payne erwiderte: »Reden Sie nicht immer von ›Versuchen‹. Ich will alle Berichte, ich will das gesamte Dossier über diesen Mann. Über sie *alle*. Liefern Sie mir keinen weiteren Toten mit Verwandten in der MarsCorp, verdammt noch mal, die Verwaltung hat in diesem Fall genug Überraschungen erlebt! Ich will wissen, wo dieser Dekker ist, ich will wissen, ob er ein Vorstrafenregister hat, es ist mir gleichgültig, ob es sich um Bagatellvergehen handelt, ich will ein vollständiges Profil! Hören Sie? Alle Dossiers, nicht nur von den letzten zehn Jahren, ich will die Unterlagen zurückgehend bis dahin, wo sie anfangen, und ich will sie gestern!«

Payne hängte auf. Der Computer ließ eine neue Botschaft aufleuchten. *Arbeiter in Textilien 2B verlangen, daß man sie gehen läßt. Es hat einige Unruhe mit Zerstörungen, Drängeln und Schubsen gegeben, der Direktor hat Angst und bittet um Hilfe.*

Und noch eine Botschaft von Craytons Büro: *Flotten-*

kommando ruft sein Personal aus dem Urlaub zurück, stationiert bewaffnete Wachen an zwei Shuttle-Docks und an wichtigen Lebenserhaltungs- und Produktionszugängen. Wir müssen Unternehmungen sofort koordinieren ...

Gott, dachte Salvatore, und schon traf ein Bericht von Wills ein:

Morris Bird hatte zum Dinner Plätze für fünf Personen im Europa reservieren lassen. Dann ist keiner gekommen.

Salvatore lechzte nach seinem Inhaliergerät. Er wagte nicht, es zu benutzen. »Rufen Sie meine Frau zu Hause an«, befahl er seinem Sekretär. »Sagen Sie ihr, sie soll sich vergewissern, ob meine Tochter im Schlafsaal ist.« Er nahm einen Schluck kalten Kaffee und überlegte, wen er entbehren konnte, um ihn zum Verbindungsmann zur Militärpolizei zu machen.

Weitere Botschaften krochen über den Schirm. *Ein Mann in Textilien 2B hat Schmerzen in der Brust. Notarzt ist verständigt ...*

Wieder Wills: *Brown hat einen Zeugen im Zollamt ausfindig gemacht, der meint, Meg Kady sei um ungefähr 2040 Uhr im Kern gewesen. Er ist sich nicht sicher, sagt, er hat sie in den letzten Tagen alle immerzu kommen und gehen sehen, wenn sie Teile forttrugen und zurückbrachten — sie hatten eine Genehmigung dafür, ein Schiff in Reparatur. Wir haben aber eine Bestätigung, daß Dekker unter Benutzung seiner Karte um 1723 Uhr hier oben war. Kein Beleg, daß er wieder gegangen ist. Kady hat seit einem Telefongespräch, das sie um 1846 vom Schwarzen Loch aus mit dem Pazifik führte, ihre Karte überhaupt nicht mehr benutzt. Der Eigentümer des Schwarzen Loches sagt, sie seien alle gegen 1900 gegangen. Glaubt er.*

Zwei Personen waren mit einer geliehenen Karte an einer Sicherheitsabsperrung vorbeigeschlüpft. Das passierte ein- oder zweimal die Woche, und im allgemeinen handelte es sich um ein heimliches Stelldichein. Der Mast machte eine Suche so gut wie unmöglich, selbst unter optimalen Bedingungen.

Textilien 2B meldet, daß die Unruhen sich verstärken. Direktor verlangt zusätzliches Sicherheitspersonal und Notärzte ...

Eine Priorität kam durch und drängte diese Nachricht zur Seite: *Virus-Alarm. Technische Ebene abgeriegelt.*

Prioritätsoverride: *Ein Virus verbreitet eine nicht genehmigte Datei durch das Gürtel-Management-System. Inhalt sind illegale Sektor-Pläne. Virus-Variation auf COPYI. Abteilung für Computer-Verbrechen wird gebeten, Virus aufzuspüren und Verbreitung durch GM-System zu verhindern.*

»... der Unfall sei das Ergebnis eines katastrophalen Versagens der Ausrüstung gewesen, und er sei von jedem Verdacht der Schuld daran befreit. Er bittet Mr. Dekker dringend, sofort Kontakt mit der Klinik aufzunehmen ...«

Bird warf über die Schulter weg einen Blick auf den Bildschirm, schüttelte den Kopf und sah Tim Egel an. »Du bist ein guter Computermann. Glaubst du das?«

»Nein«, antwortete Egel, »und ich glaube auch nicht an die Zahnfee. Von einer Ladung zum Schwerkraftschacht befördert. Die Berechnungen dieser Bahn möchte ich sehen.«

»In Kaufmännischer Verwaltung wird keine Physik gelehrt.«

»Mathematik auch nicht, oder?« Das war ein Schlepper-Jockey, der zu ihnen trat, ein Bierglas in der Hand. »Was ist das für ein Zeug, das da gesendet wird?«

»Sie wollen Dekker wieder im Krankenhaus haben. Sie haben ihn mit Drogen bearbeitet. Aber er erinnerte sich trotzdem an die Zahlen. Die können sie nicht wegerklären. 79, 709. 12. Dort war ein gewaltig großer Felsen. Darum ging es. Dieser Treiber kam über sie, als sie gerade dabei waren, den Felsen zu markieren. Jetzt sitzt der Treiber da draußen und zerlegt den Felsen zu Ladungen. Ich würde zu gern diese Ladungen mit der Probe vergleichen, die Dekker in seiner Schlinge hatte.«

»Kann das irgend jemand machen?«

»Ich habe die Probe an mich genommen. Sie liegt im Probenamt.«

»Das hier ist Morrie Bird«, stellte Egel vor. »Der Mann, der Dekker hergebracht hat.«

»Tatsächlich? Ich habe von dir gehört! Du bist der *Alte!*«

Ruhm bringt Drinks. Ruhm kann aber auch Verhaftung bringen. Bird nahm zwei Schlucke von dem Bier, das sie ihm unbedingt hatten spendieren wollen, stellte das Glas ab und sagte: »Wenn ihr neugierig seid, seht einmal in den Boxen nach einer Datei namens Dekker. Mit zwei K.«

»Dekker«, wiederholte der Jockey.

Egel erklärte — Bird konnte es gerade noch hören —: »Jetzt will ich dir einmal sagen, was sie vorhaben, Freund. Sie hatten nicht die Absicht, einen Unabhängigen für diesen Felsbrocken zu bezahlen. Schon bald werden sie auch keinen von ihnen angestellten Erzsucher mehr bezahlen. Und die Schlepper auch nicht. Wenn es keine Unabhängigen mehr gibt, sind auch die Privilegien, die *jedem* auf ASTEX-Karte zustehen, weg. Wenn sie nicht mehr mit Unabhängigen wie uns zu konkurrieren brauchen …«

»Das können sie nicht tun«, behauptete ein anderer.

Zeit zu gehen, dachte Bird. Hier wurde es ein bißchen zu heiß. Er schob sich rückwärts in die Menge hinein, drehte sich um, hielt nach einem Fluchtweg Ausschau — und sah die Polizisten ins Lokal kommen.

Die Polizisten wateten mitten durch die Menschenmasse und riefen etwas über eine Anordnung, die Bar zu schließen, und daß nur Hotelgäste bleiben dürften. Bird hielt sich im Schatten, bis der Eingang frei war.

Dann war er draußen. Davongekommen. Aber das gab zu denken: Die Polizei wurde ein bißchen zu aktiv.

»Wo können sie nur sein?« fragte Meg das einzige menschliche Wesen, das sie in der Bar finden konnte.

Hier gab es keinen Mitch, nur diesen teiggesichtige Mann am Empfangspult mit dem Telefon. Sie hatte nicht gehört, daß Anrufe gekommen wären — möglicherweise funktionierte es nicht. Es funktionierte überhaupt nichts, stellte sie fest, nicht einmal der Bildschirm.

»Bis jetzt noch kein Wort«, sagte der Shepherd — ein Mann in den Dreißigern mit einer ernsthaften, langen Nase, der sich darauf konzentrierte, was er über seinen Knopf im Ohr hörte — es war ihm nicht ganz angenehm, richtigen Rabble auf seinem sauberen Club-Teppich zu haben. Er richtete kurz den Blick auf Meg und hob, ihr Einhalt gebietend, die manikürte Hand. »Ms. Kady — seien Sie ein bißchen vorsichtig mit dem Whisky.«

Meg hatte sich schon zum Gehen gewandt. Jetzt kehrte sie um, stützte die Hände auf das Pult. »Mir geht es bestens, Mister. Wo ist Mitch? Wo ist meine Partnerin?«

»Wir haben andere Probleme.«

»Was für welche?«

Ein Abwinken. Ein Stirnrunzeln auf einem Shepherd-Gesicht. Er lauschte einer Durchsage. Dann nicht mehr.

»Hören Sie«, begann Meg von neuem, »mir ist es scheußlich unangenehm, Ihnen hier lästig zu fallen, aber der Junge da drinnen ist in einem verzweifelten Zustand und hat es verdammt satt, im Kreis herumzurennen. Ich übrigens auch. Deshalb schlage ich vor, Sie sagen mir, was draußen vorgeht.«

»Was da vorgeht, ist ein großes Polizeiaufgebot. Die 2. Schicht wird immer noch festgehalten.«

»Verdammt!«

»Seien Sie nicht dumm, Kady. — Diese Tür ist abgeschlossen.«

»Dann öffnen Sie sie!« brüllte Dekker.

»Kady, gehen Sie sofort an die Bar zurück und nehmen Sie den Jungen mit!«

»Meg?«

Sie drehte sich um. Dekker stand im Foyer. »Dek, hab Geduld, ich versuche, ein paar Antworten zu bekommen.«

»Es gibt keine Antworten, Kady«, mischte sich der Shepherd ein. »Beschäftigen Sie den Jungen, das ist alles.«

Meg wurde es rot vor den Augen. Sie schlug mit der Handfläche auf das Pult. »Hören Sie zu, Sie Hurensohn — wo, zum Geier, ist meine Partnerin?«

»Ich weiß nicht, wo Ihre Partnerin ist. Wenn sie den Befehlen gehorcht hätte, wäre sie hier.«

»Sie weiß doch nicht, daß wir den Jungen haben! Sie hört Ihren Sender nicht!«

»Ich weiß von einer Menge Personen nicht, wo sie sich im Augenblick befinden, Kady — wir haben sehr viel mehr Probleme als Ihres ...« Der Shepherd drückte seinen Ohrhörer fester, hob Schweigen gebietend die Hand.

»Was?«

»Drüben in der Werft läßt man die Maschinen dieses Kriegsschiffes warmlaufen. Sie wollen, daß wir dieses Lokal verlassen.«

»Sie. Wer, sie?«

»Die Leute der *Hamilton.* Eine Fähre hat am Mast angelegt. Aber wir können keine Verbindung mit ihr herstellen. Die *Hamilton* sagt, sie kriegt sie nicht rein. Das ist unser Transportmittel.«

»Scheiße! Die Sache geht schief, Mister!«

»Halten Sie den Mund, Kady!«

Nachricht von Computer-Verbrechen: *Bankensystem ist sofort abzuschalten. Das Virus hat die Bulletin-Boxen auf dem 2. Deck erreicht und verbreitet sich jedesmal, wenn eine Karte benutzt wird, über die infizierte Karte ...*

Der Mann in Textilien 2B war gestorben. Es hatte ein gebrochenes Bein beim Sturz von einem Gehsteig gegeben, Maschinen waren beschädigt worden, eine Frau war in die Wehen gekommen — Salvatore bekam über eine Optex Einblick, und es war die Hölle. Die Telefone waren auf dem Zweiten abgestellt worden, aber die verdammten Pläne hatten sich von den Bulletin-Boxen auf das Kartenbelastungssystem übertragen und waren in jedes Handelsunternehmen auf R2 eingedrungen. Man wußte nicht, ob sie nicht schon in den Bank-Datenspeicher selbst waren.

Salvatore spülte eine Tablette gegen Magensäure mit abgestandenem Kaffee hinunter und versuchte, Payne zu beschwichtigen. Payne sagte, er müsse zu einer Konferenz. Payne sagte, sein Assistent LeBrun übernehme die Leitung des Büros.

Nur gut, daß eine Konferenz stattfand! Es war auch dringend nötig, eine abzuhalten. Mit ein paar schnelleren politischen Entscheidungen. Salvatores Hände zitterten. Wem durfte er es zutrauen, sich der Notfälle so lange anzunehmen, daß er bis zur Toilette und zurück kam?

»Sir«, meldete die Gegensprechanlage, »Sir, ein Leutnant Porey möchte Sie sprechen.«

Er hatte keinen Leutnant Porey auf seiner Liste. Schon setzte er zum Protestieren an, er werde niemanden empfangen, als sich plötzlich die Tür öffnete und ein Flottenoffizier hereinkam, *mit* seinem Adjutanten. »Mr. Salvatore«, sagte der Mann. Afrikanische Züge. Ein Akzent, den Salvatore nicht unterbringen konnte. Und das eingebildete Benehmen eines Mannes aus dem Tiefenraum. Salvatore hätte Geld darauf gesetzt, daß er erwartete, Raumstationen nach *seiner* Pfeife tanzen zu sehen.

Salvatore stand auf. Ein zweiter Adjutant erschien und vertrat seinem Sekretär den Weg. Und schloß die Tür.

»Mr. Porey.« Mißmutig bot er dem Flottenoffizier die Hand. Porey berührte sie flüchtig. Die ganze Zeit dachte

Salvatore: Darüber werde ich mit Crayton sprechen. Ich will verdammt sein, wenn ich es nicht tue.

»*Mr.* Salvatore, auf dem 2. Deck verschärft sich die Lage. Gerüchte gehen um, und irgendein *Esel* aus Ihrem Büro verweist das Flottenkommando an die Öffentliche Information ...«

Gott, ein aufgebrachter, eingebildeter Flottenoffizier. »Das ist die Befehlskette.«

»Nicht bei *unseren* Operationen. Ich verlange die Unterlagen über diesen Dekker, und ich verlange die Unterlagen über die gesamte Shepherd-Führerschaft.«

»Ich bedaure, aber das fällt alles unter unsere Gerichtsbarkeit, Mr. Porey. Für diesen Zugriff werden Sie eine Genehmigung der Verwaltung brauchen. Wenden Sie sich an Mr. Crayton in der Hauptverwaltung.«

Porey faßte in die Innentasche seines Jacketts, zog eine Karte hervor und warf sie auf den Schreibtisch. »Stecken Sie diese Vollmacht in Ihr Lesegerät.«

Salvatore dämmerte, daß die Probleme, mit denen sie es hier zu tun hatten, auf Earth Company-Ebene lagen. Er nahm die Karte, steckte sie in den Schlitz und las:

Durchführungsverordnung der Earth Company, Büro des Präsidenten, Sol-Station, Verwaltungszone Erde.

An alle Offiziere und Agenten der Sicherheit und der Kommunikation in den ASTEX-Gebieten.

Nach einstimmigem Beschluß seiner Mitglieder erklärt der Vorstand für alle ASTEX-Operationen, die militärische Prioritätskontrakte in Gefahr bringen, den Notstand. Die Sicherheit, die Kommunikationsagenturen und die Angestellten der ASTEX werden hiermit davon in Kenntnis gesetzt, daß alle betroffenen Firmen und Operationen nach Bestimmung 28 der ASTEX-Charta (siehe Anhang) dem Befehl der EcoCorp unterstellt werden und den Anordnungen der EcoCorp-Direktoren zu gehorchen haben ... Hiermit weise ich die ASTEX-Polizei und die Offiziere der Hilfsdienste an, sich zwecks Schutz von Aufzeichnungen und Personal dem Befehl des Vereinigten Verteidigungskommandos VVK, Abteilung Sicherheitsdienst, zu unterstellen, solange diese Übertragung der Befehlsgewalt andauert.

Salvatore setzte sich und las das noch einmal.

»Ihr Gehaltsscheck«, sagte Porey, »kommt jetzt direkt von der EC. Sie sind ein ziviler Vollstreckungsbeamter bei einer heiklen strategischen Operation und unterstehen den Vorschriften und Entscheidungen des VVK, der UN, der EC-Offiziere und des EC-Vorstandes. Ich weise Sie an, mir diese Unterlagen zu übergeben.«

»Sie können sich keinen Befehl von der EC besorgt haben — es war gar keine Zeit für eine Antwort.«

»Gut, Mr. Salvatore. Sie sind ein kritischer Denker. Es hat auslösende Mechanismen gegeben. Das Übertragungsdokument hatte schon einige Tage auf dem Schreibtisch meines kommandierenden Offiziers gelegen. Aber ich würde es mir an Ihrer Stelle gut überlegen, ob ich Unterlagen vernichten oder meine früheren Beamten über meinen Loyalitätswechsel informieren sollte. Sie haben eine lange Laufbahn bei der EC vor sich, wenn Sie Ihren Verstand benutzen. Das kann ich nicht von allen Ihren Managern sagen.« Eine zweite Karte fiel auf den Schreibtisch. »Die geht in ein Terminal der Sicherheit. Sie schafft sich ihre eigenen Zugriffe. Können Sie Ihrem Sekretär vertrauen?«

»Ich ...« Er sah die Waffen — Automatiken. Explosivmunition. Nicht die Ausrüstung, mit der man einen Aufstand niederschlägt. Und keine ASTEX-Leute mehr. »Ich glaube, ich erkläre es ihm besser«, sagte er und dachte an seine Frau, an seine Tochter. Er nahm die Karte, steckte sie in den Computer und drückte ENTER.

Der Schirm ging auf Zugriff und zeigte dann eine Reihe von Punkten. Porey kreuzte die Arme vor der Brust, sah es sich eine Weile an, richtete den Blick auf Salvatore und hob eine Braue.

»Die *Industrie*-Akte. Sie muß als erstes weg.«

»*Weg?* Ich soll sie *löschen?*«

»Sie hat keine Bedeutung mehr. Das Personal ist bereits versetzt worden. Gewisse Fragen werden außerhalb dieses Büros nicht gestellt werden. Das ist amtlich, Mr. Salvatore. Ihre Karriere steht und fällt mit diesem einfachen Punkt. Seien Sie sehr sorgfältig beim Löschen. — Mr. Paget.«

»Sir!«

»Finden Sie Paul Dekker und bringen Sie ihn zum Dock.«

»Wie also lautet der neue Plan?« fragte Meg mit — wie sie glaubte — großer Zurückhaltung. Auf der einen Seite hatte sie Dekker, der kurz vor einem Wutanfall stand, auf der anderen einen Shepherd, der den Datenjockey spielte, sich auf seine Vorschriften versteifte und immer wieder versuchte, Kontakt mit einer Fähre herzustellen, die wahrscheinlich ...

Der Shepherd sagte: »Es ist noch immer nicht möglich, zu Mitch durchzukommen ... — wir werden blokkiert.«

»Was haben Sie denn gedacht? Wir haben es nicht mehr einfach mit der ASTEX zu tun, sondern mit Soldaten, Mann, und auf einer Station kann man sich nicht *verstecken.*«

»Ein Schiff kann man auch nicht verstecken, Kady. Ich weiß nicht, wie lange es meinem Schiff da draußen möglich sein wird, die Position zu halten.«

»Dann lassen Sie uns zum Dock hochgehen. Um Gottes willen, seien Sie flexibel!«

»Dies ist kein Spiel, Menschenskind, wir wissen nicht, ob die Aufzüge funktionieren.«

»Bleiben Sie noch ein bißchen länger auf Ihrem Hintern sitzen, und wir werden nicht wissen, ob überhaupt noch etwas funktioniert, wenn wir es brauchen.«

»Ich bin der einzige Kontakt, den unsere Leute auf dieser Station haben ... Ich habe meine Befehle ... Mitch ist ...«

»Mitch antwortet nicht, Sie können mit niemandem

da draußen eine Verbindung herstellen, die Telefone sind tot, das ganze Deck wimmelt von Soldaten — wir haben doch gar keine andere Wahl, als so schnell wie möglich zum Dock hochzugehen!«

»Es würde uns nichts nützen, die Fähre zu erreichen, unser Pilot ist da draußen auf dem Deck!«

»Ist *das* Ihr Problem? Haben Sie ein Glück, Mister! Sie stehen bis zum Hals in Piloten.«

»C-Klasse, Kady, nicht mit einer Lizenz für ein Erzsucher-Schiff.«

»Erde-Orbit, Schiff-Station, *B1*, alles, was an diesem Höllenloch andocken kann. Machen wir nur, daß wir nach oben kommen!«

»Kady, da draußen ist Polizei. Bewaffnete Polizisten stehen vor unserer Tür. Wissen Sie eine Möglichkeit, an ihnen vorbeizukommen?«

Eine *gute* Frage.

Ein ganzer Trupp Soldaten kam vorbei, strebte in Eile irgendeinem Ziel zu. Ben, der in einer Menge aufgeregter Gäste stand, entwickelte plötzlich Interesse für ein Barfenster. Sie schlossen tatsächlich die Bars, verdammt noch mal. Wenigstens schlossen sie die Türen.

Höchste Zeit, anderswohin zu gelangen. Vielleicht war Bird zum Loch zurückgegangen, vielleicht war er längst verhaftet worden. Gott allein wußte, wo er steckte.

Jemand berührte seinen Arm. Sein Herz machte einen Satz. Er blickte in die Richtung und sah ein kaffeebraunes Gesicht unter der Strickmütze eines Dockarbeiters.

Es war auch der Overall eines Dockaffen. Wo Frauen verdammt rar auf den Docks waren. »Was hast du denn vor?«

»Ich will so unauffällig wie möglich zum Club gelangen, und ich finde, das sollten wir schleunigst beide tun. Hast du von Dekker gehört?«

»Nein, zum Teufel mit ihm! Im Augenblick suche ich nach Bird.«

»Wenn wir ihn nur finden! Man hat inzwischen Soldaten mit Gewehren eingesetzt. Diese Jungs sind aus dem Urlaub zurückgerufen worden, und teilweise werden sie vor den Büros zusammengezogen.«

»Verdammt, das gefällt mir nicht.«

»Mir auch nicht, *cher*. Ein paar von den Kerlen sind immer noch blau.«

»Welch kluger Einfall. Typisch Company.«

»Das sind keine Company-Leute, *cher*, das sind *Soldaten*, die sich hier unten versammeln. Sieh nicht hin. Laß uns weitergehen und nach Bird suchen.«

Bis jetzt hatte er keine besondere Angst gehabt. Er setzte sich in Marsch, hörte von fern Rufen. Leute kamen hinter ihnen aus der Bar.

Ein Bierglas fiel zu Boden und zerbrach.

»Immer weitergehen«, sagte Sal.

»Laß meinen Arm los. Du bist ein Mann, verdammt noch mal!«

»Ja«, sagte Sal und ließ Bens Arm los.

Wie findet man auf einer Raffinerie-Station ein Streichholz?

»Im Skorpion gibt es Kerzen.« Der Shepherd kramte in seiner Werkzeugtasche.

»Das nützt uns nicht viel, Mister. Vergessen Sie den Schraubenzieher, ich brauche eine Schraube. Haben Sie eine Messingschraube? Draht?«

Dekker protestierte: »Meg, was hast du vor?«

Sie zog die Abdeckung von dem Türschalter. »Wart's ab, *cher* Rab. Gott, der Mann hat tatsächlich Draht. Womit wird er uns noch überraschen?«

»Ein Kurzschluß wird weiter nichts bewirken.«

Jetzt bekam Dekker diesen ganz bestimmten Ausdruck.

»Abwarten.« Meg wickelte Draht um bloße Kontakte.

»Erinnerst du dich noch an das Jahr 15, *cher?* Nimm bitte ein paar Servietten und die Wodkaflaschen an dich ... ich werde hier keine Minute brauchen.«

»Diese Tür«, erklärte der Shepherd, »wird sich in dem Augenblick verriegeln, in dem der Feuer-Sensor anspricht. Wir werden ersticken.«

»O nein. Die Tür wird offenbleiben. Machen Sie mich glücklich. Sagen Sie, daß es hier drinnen Rauchmasken gibt.«

18. KAPITEL

Die Notfall-Lautsprecher plärrten von jeder zweiten Ladenfront: *Dies ist ein Sicherheitsvollalarm. Suchen Sie sofort Ihre Wohnung auf. Suchen Sie sofort Ihre Wohnung auf. Machen Sie die Straßen für die Notfall-Fahrzeuge frei.*

Sal sagte: »Also, was sollen wir tun, nach Hause gehen oder die Straßen freimachen? Diese Blödmänner!«

»Mir gefällt das nicht«, meinte Ben.

»Es ist höchste Zeit, zum Club hinunterzugehen.«

Die Drähte sprühten und schmolzen, die Tür öffnete sich, Meg schleuderte einen Stuhl in den Eingang und trat geduckt zurück. Schüsse knatterten. Dekker hielt die Hände ruhig. Das Toilettenpapier fing Feuer, die Stoffasern fingen Feuer, der Stoff fing Feuer, blaues Feuer in seinen Falten. Dekker brannte die nächste Flasche an, und Meg nahm sie und warf sie nach draußen.

Die Flasche zerschellte. Dekker steckte die dritte an und gab sie weiter. Meg schleuderte sie aus der Tür und trat zurück. Ein Schmerzensschrei erklang.

Der Shepherd stand auf einem Stuhl und hielt ein weiteres brennendes Stoffstück in der Hand. Der Feueralarm im Innern des Lokals wurde ausgelöst. Die Löschanlage fing an zu sprühen, die Tür versuchte, sich zu schließen. Kugeln prallten von ihrer Kante ab und zerfetzten die Stuhllehne. Meg und Dekker hatten inzwischen zu Ginflaschen übergehen müssen.

Die Löschanlage draußen wurde in Gang gesetzt. Weiße Chemikalienwolken blähten sich.

»Das wär's.« Meg schob ihre Maske hoch, trat auf den Stuhl und raste in den Qualm hinaus. Schüsse drangen herein.

Ohne zu wissen, ob sie es geschafft hatte, ohne zu wissen, wie er ausweichen oder sich ducken sollte, verschloß Dekker seine Ohren vor den Schüssen, wich dem Stuhl aus und warf sich in dem von Neonlicht beleuchteten Rauch an die gegenüberliegende Wand. Schatten stürmten aus dem Skorpion, schreiend vor Angst.

Schüsse schlugen in die Menge ein. Körper flogen durch die Luft. Kreischende Stimmen übertönten die heulenden Sirenen. Dekker sprintete an dem blauen Licht des Restaurants vorbei, überholte andere Flüchtende. Im Augenblick war es ihm gleichgültig, ob der Shepherd hinter ihm war oder nicht — Meg war vor ihm und versuchte, den Notschacht zu erreichen, Meg hatte die Shepherd-Karte. Leute, die in dem Restaurant Deckung gesucht hatten, liefen nach allen Richtungen durch den Nebel und in das Gewehrfeuer hinein.

Dekker sah, daß Meg stehenblieb und versuchte, die Karte in einen Schlitz zu stecken.

Ein Schuß riß ein Loch in die Wand neben ihr. Dekker zuckte zusammen, drückte sich so flach an die Wand, wie er konnte.

»Nehmen Sie den Aufzug auf der nächsten Ebene«, keuchte der Shepherd neben ihm und faßte seine Schulter. »Unsere Karten sind bestimmt gesperrt worden — benutzen Sie Ihre eigene. Liegeplatz 18 für den Fall, daß wir getrennt werden ...«

Menschenmassen ballten sich um sie in Panik zusammen — ein Mann in Kellnerkleidung hatte eine Karte, schob Meg zur Seite. Die Tür öffnete sich. Meg schlüpfte mit der Menge hinein, und Dekker schob sich ihr hinterher. Es kümmerte ihn nicht, wen er dabei aus dem Weg stieß. Von hinten wurde immer stärker nachgedrängt, man schob sie an der zweiten Tür vorbei und die Treppe hinauf. Dekker zog die Maske herunter, schnappte nach Luft, umklammerte das Geländer, um nicht nach unten gestoßen zu werden, und gelangte, immer den Shepherd dicht auf den Fersen, um die Kehre und bis nach oben.

»Die Tür zum 3. Deck wird sich nicht öffnen lassen!«

rief der Shepherd im Treppenhaus durch das Getöse hinter ihnen. »Die Tür da unten ist noch offen! Gehen wir aufs 4. Deck, damit wir eine Tür hinter uns schließen können!«

Dekker drehte die Schultern, faßte einen Handgriff, erzwang sich den Weg an verängstigten, ermatteten Büroangestellten und Restaurant-Hilfen vorbei — der Shepherd brüllte »Los!« und schob ihn von hinten an.

Hundert Fuß von einem Deck zum anderen. Büroarbeitern und Kellnern war es unmöglich, Raumfahrerbeine, die vier Monate Training in Sportstudios hinter sich hatten, kletternd zu überholen. Meg war über ihnen schon außer Sicht.

In der Ferne, hinter der Krümmung des Decks heulte eine Sirene los. Ben konnte nicht sehen, wo — aber, o Gott, es war in der Richtung des Clubs, wohin sie wollten.

»Komm!« Sal versuchte, Ben zur Eile anzutreiben — faßte seine Hand und zog ihn durch die Menge, die aus dem Amalthea kam. Hinter ihnen erklangen Laufschritte. »Stehenbleiben!« rief jemand dicht hinter ihren Rükken. Eine Hand packte Bens Schulter, drehte ihn um, zog ihn zurück und schleuderte ihn gegen die Plexiglasfront einer Bar. Ben fand sich Nase an Nase mit einem Polizisten und mit einem unter seinem Kinn eingeklemmten Gummiknüppel wieder.

»Pollard, stimmt's?«

Scheiße, dachte er und rang nach Luft.

Aus dem Nichts kam Birds Stimme: »He! He, was bilden Sie sich denn ein?« Dann war Bird da, er faßte den Polizisten, ein zweiter Polizist faßte Bird, und irgendwer in der Menge drehte den Polizisten herum, so daß dieser sich plötzlich einem Bierkrug gegenübersah.

»Laß das«, versuchte Ben zu sagen, »warte, verdammt noch mal — *Bird!*«

Es gab einen Knall, das Plexiglasfenster erbebte unter

dem Aufschlag, und überall war Blut. Ben rutschte aus und fiel auf die Knie, und dabei wurde er den Gummiknüppel des Polizisten los. Bird lag da mit einem großen blutigen Loch im Ärmel. Der Schock stand ihm im Gesicht geschrieben. Sonst konnte Ben nichts anderes sehen als Beine und nichts anderes hören als das Fluchen und Schreien der Menschen. Er kroch hin zu Bird, faßte seine Jacke und zerrte ihn dicht vor das Schaufenster. Bird verlor das Bewußtsein, die Leute traten sie, bis einen Augenblick lang etwas freier Raum um sie war und Sal seinen Arm nahm, um ihn auf die Füße zu ziehen.

»Ben! Komm!«

Mühsam kam Ben auf die Füße, zerrte an Bird. Sal zog, Bird versuchte, die Beine unter den Körper zu bekommen, Sal und Ben schlangen die Arme um ihn und liefen mit der Menge, wurden von Leuten, die sie überholten, angerempelt. Bird tat sein Bestes, Sal stützte ihn von der anderen Seite — Gewehrfeuer und Rufe hallten hinter ihnen wider.

Vor ihnen brach Geschrei los. Die Menge wogte jäh zu ihnen zurück, schob sie in die entgegengesetzte Richtung. Der Lautsprecher übertönte die Stimmen und die ferne Sirene: *Dies ist keine Übung. Dies ist ein echter Notfall ...*

»Treppe«, keuchte Bird, und Ben dachte: Gott, wo ist die Treppe? Wie oft lief man an den Wartungszugängen vorüber — zwischen den Schaufenstern, hinten in den Bars ...

... im Institut hatten sie sie benutzt, die Schlafsäle hinauf und hinunter, hatten sich unter den Sicherheitskameras weggeduckt ...

Ein Zugang war gleich neben dem Schwarzen Loch, jawohl.

Sie erreichten die Nische. Bens Lungen brannten, Bird konnte kaum noch laufen, er stolperte bei jedem Schritt. Sal drückte gegen die Tür.

»Mike hat eine Karte«, keuchte Bird.

»Zum Teufel mit der Karte!« Ben drückte gleichzeitig NR., / und 9, dann 8, 0 und /, die Notschaltung des Managements.

Sie waren nicht die einzigen, die über die Treppe fliehen wollten. Ben fuhr Sal an: »Geh mir aus dem Weg!« Die Panik der Menge, die nach der sich öffnenden Tür drängte, war beinahe greifbar — Gott, dachte Ben, wir kommen mit Bird zwischen uns nicht die Stufen hoch! Er schob eine Schulter unter ihn und trug ihn allein, und Sal rannte vor ihm hinauf. Hysterische Menschen schoben ihn von hinten weiter, quetschten sich an ihm vorbei, warfen ihn beinahe um. Fast hätte er das Gleichgewicht verloren, aber einer mit Verstand richtete ihn Gott sei Dank wieder auf und schob ihn vorwärts.

»Das ist eine Schleuse, verdammt noch mal!« brüllte Sal — die Tür zum 3. Deck würde sich nicht öffnen, solange die untere Tür nicht zu war, und die Leute vor ihr konnten nicht hinaus. Ben sah es als verwischtes Bild mit schwarz zulaufendem Rand, hörte durch das Dröhnen der Stufen und das Hämmern in seiner Brust eine dünne weibliche Stimme: »Notfall-Drill, *immer nur zehn auf einmal,* ihr Vollidioten!«

Sie hatten eine menschliche Welle hinter sich. Sal hielt die Tür auf. Sal schrie ihnen zu, durchzugehen, und Gott sei Dank drehten sich Leute hinter ihnen um und drängten die Flut zurück. Die Tür schloß sich, die Tür zur Straße öffnete sich, und die klare kalte Luft des 3. Decks wehte ihnen entgegen.

»Kernaufzug!« rief Sal und faßte nach Ben. Er wußte nicht, wie er es schaffen sollte, aber Bird war nicht mehr imstande, auf eigenen Füßen zu gehen. Bens Knie und Knöchel knickten ein und schwankten bei jedem Schritt, sein Sehvermögen war beeinträchtigt — Leute rannten an ihnen vorbei in sämtliche Richtungen, pferchten sich in die Trans, suchten verzweifelt irgendeinen Fluchtweg. Er bekam keine Luft mehr, er war kurz davor zusammenzubrechen, aber es war nicht mehr weit ... er wußte, es war nicht mehr weit.

Jetzt sah er nichts mehr als verwischte Flecken — wußte nicht einmal mehr, wo sie waren. Sal stützte ihn, und Sal drückte auf den Knopf, als sie angekommen waren, und stellte ihn auf die Füße. Immerzu mußte er sich den Schweiß aus den Augen blinzeln, er hörte nur noch das Pochen seines Herzens und ferne Schreie, er hatte entsetzliche Angst, der Kernaufzug sei auf dem dritten Deck abgeschaltet worden, als auf dem Höllendeck der Alarm losging. Doch die Tür öffnete sich und begrüßte sie mit weißem Licht und kalter Luft.

Sal bekam die Tür zu. Ben bückte sich, ließ Bird von seiner Schulter gleiten, hielt ihn fest, bis er ihn gegen die Wand lehnen konnte. Birds Gesicht war bleich, obwohl er mit dem Kopf nach unten getragen worden war, sein Blut tränkte Bens Kleider, aber Bird brachte ein paar zusammenhängende Worte über die Tür heraus.

Sal versuchte, den Aufzug mit einer Karte in Bewegung zu setzen. Ben schwankte an die Schalttafel, um den Notfall-Code einzugeben. Plötzlich war die Energie ohne sein Zutun wieder da, und die Kabine stieg in die Höhe.

»Was hast du gemacht?« keuchte er — aber schon wurde die Kabine wieder langsamer, sie waren auf dem 4. Deck angelangt. Die Tür öffnete sich, und es drängten sich herein eine atemlose Meg, Dekker und ein Shepherd mit einer Karte ...

»Gott«, sagte Meg. Und: »Bird?«

Der Shepherd schob die beiden anderen vor sich hinein und programmierte den Aufzug. Ben krümmte sich vor Schmerz im Unterleib, Meg und Sal knieten neben Bird und bemühten sich, etwas für ihn zu tun.

»Wir haben gewartet«, keuchte Dekker. »Solange wir konnten ...«

Ben nickte. Er hatte nicht genug Luft, um Dekker zu sagen, er sei ein Esel und es sei, verdammt noch mal, seine Schuld. Er war sich nicht einmal sicher, ob er den nächsten Atemzug schaffen würde. Mit einer hilflosen Geste wies er auf Bird, was bedeutete, kümmere dich um ihn, du Trottel. Er war nicht fähig, sich aufzurichten, während die Kabine dem Kern entgegenschoß und der Shepherd sagte: »Wir wissen nicht, was da oben auf uns wartet. Sowie die Tür aufgeht, raus aus der Kabine und ran an die Handleine. Wenn er sich nicht festhalten kann ...« Er winkte in Birds Richtung. »Es gibt keine Möglichkeit, ihn mitzunehmen.«

»Geh zum Teufel!« sagte Dekker. »Wir nehmen ihn mit!«

»Da oben auf dem Dock sind Wachposten!«

»Dann sollen sie auch zum Teufel gehen!« brüllte Dekker.

»Hör zu, Junge ...«

»Halt die *Schnauze!*« schrie Meg, und Ben bemerkte, auf welche Weise sie Bird festhielt — wie Bird plötzlich zu einem Gewicht in ihren Armen geworden war und seine Augen und sein Mund immer noch offenstanden. Nein, dachte Ben. Er konnte sich nicht bewegen, er stand nur da, wartete darauf, daß Bird ein Lebenszeichen von sich gab, beugte sich trotz der Schmerzen im Unterleib über ihn, bis Sal aufstand und mit der einen Hand ihn, mit der anderen einen Griff faßte, denn sie näherten sich der Null-G-Zone.

Meg sagte, nach Atem ringend, Bird immer noch in den Armen haltend: »Wir haben eine Fähre auf 18, ganz am äußersten Ende des Mastes, die Dummköpfe konnten sie nicht näher parken — und sie wird uns zu einem Shepherd-Schiff hinausbringen. Dieser Truppentransporter kommt von der Werft herüber, und ich weiß nicht, ob die Kanonen schon montiert sind.«

»Er ist schnell«, bemerkte der Shepherd. »Zu verdammt schnell.«

Was sie sagten, rauschte an Bens Ohren vorbei. Es lief durch sein Gehirn als eine Reihe von Tatsachen, die erklärten, wohin sie unterwegs waren und daß ihre Chancen nicht gut standen. Er dachte, er müsse etwas Besseres vorschlagen, aber sein Gehirn funktionierte nicht richtig — er spürte nur, daß die Kabine diesen übelkeiterregenden Ort erreichte und sich sein Magen verkrampfte.

Bird war nicht tot, Bird konnte nicht tot sein — er faßte es nicht. Er hatte alles getan, was er konnte, und Bird war irgendwie — von ihnen gegangen, und er wußte nicht, was er mit ihm anfangen sollte. Es war so verdammt ungerecht, was geschehen war — er hatte ihn *getragen*, bis sein Bauch voller Messer war, und Bird war nicht tot, er konnte sie nicht einfach so im Stich lassen ...

Die Kabine klirrte in die Schnittstelle. Dekker faßte wie in einer Zeitlupenaufnahme nach Bens Arm, Dekker hielt ihn fest, bis die Kabine anhielt und die Tür sich öffnete. Der Shepherd schwang sich als erster von dem Griff in der Kabine an die Aussteighilfe und griff sich Hand über Hand zur Leine weiter. Meg hatte Bird losgelassen, und Meg ging als nächste.

Es geht nicht anders, dachte Ben mit einem gequälten Blick zu Bird, der da so weiß und so anders als sonst zwischen Blutstropfen schwebte, faßte die Ausstieghilfe und verließ die Kabine so schnell er konnte. Ohne Bird.

Unheimliche Stille im Kern. Der Fallschacht war tot. Man konnte hören, wie sich die Leine in der Führung bewegte, man konnte das leise statische Summen der Rotationsschnittstelle hören. Sehen konnte man für einen Augenblick nichts als das Motorgehäuse der Leine, das an ihnen vorüberglitt.

Ben blickte zurück, um sich zu vergewissern, daß alles Wirklichkeit war. Aber Sal und Dekker griffen nach der Leine und versperrten ihm die Sicht auf das Innere der Kabine.

Meg hing hinter dem Shepherd an der Leine, Ben war drei Plätze hinter ihr. Sie ließen das Gehäuse hinter sich und kamen ins Freie, wo der Kern sich zu einem verschwindenden Punkt drehte und das Auge und den sowieso schon schmerzenden Magen betrog. Ben hielt sich fest — hielt sich einfach fest, auch wenn die Muskeln sich in der Kälte verkrampften.

Vorbei an der Zollzone. Immerzu dachte er: Wenn nun jemand ein Gewehr hat — wenn sie wissen, wer wir sind? Hier oben waren sie vollkommen hilflos. Die Geschwindigkeit, mit der sie sich weiterbewegten, bestimmte die Leine. Die Kälte drang durch seine blutgetränkte Kleidung und machte sie steif. Die Finger verloren jedes Gefühl, die Augen tränten von der Kälte, die bitterer war, als er sie je zuvor empfunden hatte, und die Leine lief im immer gleichen gemächlichen Tempo weiter, klirr, klirr, klirr. Seine Zähne klapperten, und der einzige Gedanke in seinem Kopf war jetzt, daß er die Finger um den Handgriff geschlossen halten mußte. Liegeplatz 18, hatte Meg gesagt. 18 lag am alleräußersten Ende des Mastes. Sie sollten eine Fähre zu einem Schiff nehmen, das Dekker und sie alle von hier wegbringen würde, vermutete er, aber immer wieder und wieder drängte sich das Bild in den Vordergrund, wie der Schuß fiel und Bird getroffen wurde …

Ben hatte keine Zeit gehabt, die Blutung zu stillen, verdammt. Hatte keine Zeit gehabt — Sal hatte gewußt, wohin sie gehen mußten, Sal hatte von der Fähre gewußt — hatte ihnen nichts davon gesagt, Gott, er hätte sie zur Hölle schicken und Bird zur Trans tragen, ihn in die Klinik bringen sollen — dann wäre Bird jetzt nicht tot …

Sie kamen an der *Trinidad* vorüber, und die *Way Out* war für die Reise, die sie nie mehr machen würden, an sie angekoppelt. Sie waren so verdammt nahe daran gewesen …

Sein Auge fing eine Bewegung auf, die gegen den Spin des Kerns verlief, ein großer Vorratsbehälter, frei schwebend — Teufel! dachte Ben, entsetzt über den Anblick, verdammt gefährlich, ein Ding von der Größe eines Boots fliegt da herum, ohne daß ein Schubfahrzeug dransitzt ...

Er dachte so klar, wie er überhaupt noch denken konnte: Das ist verkehrt.

Das ist *verkehrt*, das ist ...

Die Leine ruckte und hielt an.

»Scheiße!« japste Sal laut in diese plötzliche Stille hinein, und Dekker dachte: Wir kommen nie hin, es wird nicht klappen — wir hängen hier oben, und wir können die Fähre nicht erreichen — können die Abstiegsleine nicht erreichen ...

»Hände weg von der Leine!« rief Meg wie bei dem alten Sicherheitsdrill. Ben streckte den Arm nach Sal aus, ergriff ihre Hand — sah plötzlich, wie die ganze Leine sich buckelte, eine Welle, die auf sie zukam.

Dekker brüllte: »Loslassen!« und warf alles, was er an Kraft besaß, in die Kette, die sie, sich die Hände reichend, bildeten — er warf seinen ganzen Körper in diese scharfe Drehung, zielte, so gut er konnte, und ließ los ...

Ein Augenblick des freien Schwebens. Sie konnten nichts tun, wenn die Leine sie traf, wenn sie die Abstiegsleine verpaßten ...

Die Welle schwirrte über ihre Köpfe und ließ sie zurück. Der Shepherd fing eine Abstiegsleine mit dem Fuß ein und zog sie alle auf sie zu.

Meg rief: »Mastmitte! Bis zur Fähre schaffen wir es nicht, aber dort liegt unser *eigenes* Schiff. Seine Tanks sind voll!«

»Damit können wir nicht andocken!« erwiderte der Shepherd.

»Wir müssen nehmen, was wir kriegen können!« brüllte Sal. »Sie haben die Leine losgemacht, wir haben keine Möglichkeit, zur Fähre zu gelangen, Sammy, bewege deinen Hintern!«

Schüsse knallten, Dekker kannte das Geräusch. »Sie schießen auf etwas«, stellte er fest und folgte Sal und Ben die Leine entlang, die die Dockanlagen miteinander verband.

Etwas pfiff an ihm vorbei. Gott, diese Dummköpfe, dachte er, hier sind Siegel, und sie schießen mit Kugeln!

Wieder ein Querschläger — Meg wurde zur Seite geschleudert, Blut spritzte — Ben dachte schon, sie werde die Leine verlieren, aber ihre linke Hand blieb dran, und Sal holte zu ihr auf und faßte ihre Jacke. Ben beeilte sich, um beiden zu helfen. Meg hatte die linke Hand in Sals Jacke gekrallt, Blut floß in großen dunklen Perlen in der Nähe ihres anderen Arms. Sal schrie Ben zu, er solle ihr aus dem Weg gehen und die Luke öffnen.

Ben hantelte sich an der Leine weiter und überholte den Shepherd am Eingang der *Trinidad.* Sal holte Schwung und schwebte frei auf sie zu. Dekker schleuderte sich hinterher, faßte Megs Arm und hielt die Hand über die Blutung. Ben und der Shepherd schoben alle drei in die offene Luke hinein.

»Luke schließen!« Ben stoppte mit einem Fuß auf einem Kontaktpunkt. »Meg!«

Meg schob Dekkers Hand beiseite, preßte ihre eigene auf die Wunde. »Gott, gebt mir irgendein Pflaster«, stieß sie zwischen zusammengebissenen Zähnen hervor. »Bringt uns so schnell wie möglich hier weg! Bringt uns zu der Fähre, Liegeplatz 18, der Mann hier wird euch sagen ...«

»Wir können nicht an einem Fährendock anlegen!« rief der Shepherd. »Wir erreichen das Schiff nicht mehr, alles, was wir haben, ist Deckung. Aboujib, stelle Verbindung mit der *Hamilton* her, erkläre unsere Situation, sie sollen versuchen zu verhandeln.«

»Das wird kaum etwas nützen, Sammy.«

Das wird kaum etwas nützen, dachte Meg, während Ben sich bemühte, ihren Arm zu verbinden, mit Ärmel und allem. Sie konnte den Arm nicht bewegen, Blut perlte nach allen Richtungen. Sie war nahe daran, ausgelöscht zu werden.

Wie Bird.

Ohne große Umstände, ohne allzu große Schmerzen einfach — ausgelöscht werden.

»Halte durch«, sagte Ben und tat ihr mit dem Verband weh. »Verdammt noch mal, Meg, paß auf! Halte durch!«

Greifer klirrten. Sie dachte: Ein guter Junge, der Dek ...

... Der ganze Tisch lag voller Rechnungen, Bird entschuldigte sich, ging zur Bar, sprach eine Minute lang mit Mike, Bird hatte dermaßen die Fassung verloren, wie sie ihn in der Zeit, als sie das Schiff reparierten, nie gesehen hatte. Er arbeitete sich in einen Herzanfall hinein. Inzwischen saß sie da, betrachtete ihre Fingernägel und sagte sich, sie sei ein Dummkopf, daß sie bei dieser ganzen verrückten Idee mitmachte.

Grund war ihr alter Groll, gestand sie sich ein. Also gewann die ASTEX auch die nächste Runde. Also starb wieder ein junger Mensch. Es waren viele junge Menschen gestorben ...

Immerzu hörte sie die Gewehrschüsse durch das Klirren von Glas. Sah die Rabs fallen. Kinder mit entsetzten Gesichtern. Die Company-Polizisten ohne Gesichter, nur silberne Visiere, in denen sich der Rauch und die entsetzten Gesichter ihrer Opfer spiegelten.

Gesetzloser Rabble.

Eigentumsrecht. Firmenvorschriften.

»Wir müssen das wieder in Ordnung bringen«, hatte Bird an dem Tag gesagt, als Dekker zu ihnen gekommen war. »Was man da gemacht hat, ist eine Ungerechtigkeit.« Und sie hatte mit einem unguten Gefühl im Magen gedacht: Verdammt, Bird, man wird dich umbringen ...

Die Trimmdüsen zündeten immer wieder. Sie spürte die Erschütterungen.

Die Haupttriebwerke der Fähre liefen an, dort in der hohen einsamen Kälte über der Erdatmosphäre. Sie liebte diesen Übergang. Man wußte, man kehrte nach Hause zurück, die alte Heimat konnte einen nicht halten ...

Hinauf, nicht hinunter ...

Eine Weile war alles schwarz. Meg spürte den Bremsschub, Sals Arm hielt sie umschlungen, die Hilfsschalttafeln waren vor ihr, Sal versuchte, sie anzuschnallen. Sie hob den Arm, der nicht weh tat, nahm den Gürtel und ließ ihn einschnappen. Zog daran, überprüfte, ob er fest genug für einen unruhigen Flug war. »Schnall dich selbst an, Aboujib«, sagte sie zu Sal. »Ich komme schon zurecht.«

Wieder feuerten die Trimmdüsen. Dek manövrierte, Ben schnallte ihn dabei an, während der Shepherd — Sal nannte ihn Sammy — am Funkgerät eingesprungen war. Er sagte hastig: »Wir werden aufgefordert, wieder anzudocken. Dieser Truppentransporter nähert sich sehr schnell. Die *Hamilton* läßt jetzt die Maschinen warmlaufen. Wir können es nicht schaffen, die *Hamilton* hat gar keine Zeit mehr, uns aufzunehmen!«

Die Trimmdüsen feuerten mehrmals hintereinander auf der einen und auf der anderen Seite. Meg hatte den Kamera-Ausblick, eine Reihe angedockter Boote wurden undeutlich in dem Monitor Nummer zwei sichtbar, als sie die Mastoberfläche entlangschlitterten — das war *verdammt* nahe, Junge!

Statisches Rauschen kam aus dem Funkgerät. Der Shepherd hatte Kanal B eingeschaltet. »*AMC Neunundzwanzig Hamilton,* hier spricht das Flottenkommando. Sie verletzen die VVK-Vorschriften. Legen Sie an!«

»Stell das verdammte Ding ab!« fauchte Ben. »Wir haben schon genug am Hals.«

»Wir können nicht bei der *Hamilton* andocken!« schrie der Shepherd. Sal schnallte sich an. Ben war schon angeschnallt. Die Haupttriebwerke bauten die Beschleunigung mit Hammerschlägen auf. Der Mast raste schneller und schneller vorbei ...

Dann nichts mehr. Ein plötzlicher langer Schub von den Bug-Stabilisatoren, und der Mast kam wieder in Sicht — wich jetzt zurück — die Haupttriebwerke der *Trinidad* feuerten ...

Nein, dachte Meg — die Haupttriebwerke der *Way Out* ... wir sind aneinandergekoppelt. Doppelte Masse. — Werden wir aufgeben? Zurückkehren? Die Fähre ist am Mast, Dek, haben wir sie verfehlt? Dreh bloß nicht durch, Junge ...

Ben sagte etwas. Dek sagte etwas, und die Trimmdüsen brachten das Schiff in — o Gott, in einen rechten Winkel zur Station, so fühlte es sich an.

Gott, er will zur *Hamilton* ...

Wieder die Haupttriebwerke, ein *starker* Schub — Schmerz von dem Arm, richtiger Schmerz ...

Das ist interessant, dachte Meg, spürte die Beschleunigung, stellte sich die Vektoren vor. Eine Höllenfahrt, Dek — sagst du ihnen, daß wir kommen?

Schub. Von neuem Dunkelheit. Meg hörte die Pieptöne von den Entfernungsanzeigen, die höheren Bereit-Töne von den auf Warten geschalteten Systemen. Sie dachte: Das ist ein schönes, *schönes* Geräusch, das, alles klappt optimal ...

Ein lauter Streit und das Winseln der vorderen Ladebucht-Hydraulik.

»Zum Henker, was machen Sie da?« rief die Stimme eines Mannes. »Die *Hamilton* ist bereit zum Ablegen, wir sind ihr im Weg — sie hat einen Truppentransporter auf Abfangkurs.«

Sals Stimme, klar und vernünftig: »Halt den Mund, Sammy!«

Gott sei Dank, dachte Meg und lauschte auf die verschiedenen Töne. Das war leichter, als die Augen offenzuhalten. Sie erhielt so eine Menge Informationen: Die Ladebucht war offen, der Greifarm funktionierte —

Sammy sagte: »O Gott, Sie Idiot, Sie verdammter Idiot ...«

Das war einen Blick wert. Meg blinzelte, bis die verwischten Monitore deutlich wurden, sah eine unregelmäßige Oberfläche mit eingekerbten Staub-Deflektoren und angeschraubten Haltestreben — der Arm streckte sich vor ihnen aus, weiß im Scheinwerferlicht, sein Schatten fiel auf die unregelmäßige Beplattung ...

»Greif zu, greif zu!« sagte Sal. »Du hast sie, Ben!«

Eine weiche Berührung. Kaum zu spüren.

Festgemacht. An einer Haltestrebe. Der Greifer schloß sich und rastete ein.

»*Gute* Arbeit«, sagte Meg. Sie war sich nicht sicher, ob es irgendwer gehört hatte.

Der Shepherd brüllte: »*Los!*«

Die Beschleunigung setzte ein, wuchs und wuchs.

Wirf diese Tanks besser ab, Dek, löse einfach die Verbindung zur *Way Out,* laß sie los und hoffe, daß der Arm hält — es ist sowieso unmöglich, daß wir abbremsen können, was ein Shepherd auf uns loslassen kann ...

Das muß ich dem Jungen sagen. Aber es ist so schwer, die Gedanken zusammenzuhalten — so schwer, den Mund zum Arbeiten zu bringen.

Instabile Last. Eine Menge Schub. Druck baute sich in ihrem Arm auf und verließ ihr Gehirn.

Nach *oben,* Jungs, nach *oben,* so lange und mit soviel Schub, wie wir es fertigbringen!

Stille. Er konnte nicht einmal mehr die Ventilatoren hören. Keine Schwerkraft.

Geschmack nach Blut.

Explosion ...

Aber sie taumelten nicht. Es war nicht so, wie es damals gewesen war. Dekker öffnete die Augen, bekam bei diesem friedlichen Dahintreiben die Schalttafel ins Blickfeld — der Hals war steif, die Muskeln verkrampften sich. Er drehte den Kopf und sah den bewußtlosen

Ben. Der Shepherd war neben ihm, seine Kopfhörer schwebten in der Luft. Wenn irgendwo ein Geräusch war, konnte er es nicht hören.

Dann erinnerte er sich, abgeschaltet zu haben. Erinnerte sich an Meg — versuchte, sich zu bewegen. Es gab keinen Muskel, der nicht weh tat. Aber er öffnete den Sicherheitsgurt, stieß sich ab, drehte sich und schwebte zu Meg hinüber.

Das Blut bildete einen feinen Nebel. Sie war weiß wie ein Gespenst. Er berührte ihr Gesicht und stellte fest, daß sie kalt war. Sie sah aus, als sei sie tot.

Aber die Spannung kehrte zurück. Einen Augenblick war sie tot, dann durch eine subtile Veränderung, die nicht einmal Bewegung war, bis die Augenlider zuckten, bewußtlos, aber *da*. Ben regte sich.

»Wird sie durchkommen?« fragte Ben benommen.

Meg antwortete selbst. »Ja«, murmelte sie. Wenigstens hörte es sich so an.

»Sitzt der Greifarm noch fest?«

»Ich weiß es nicht«, sagte Dekker. »Anscheinend sind wir stabil.«

Ben machte sich los und sah nach Sal, die gerade ins Bewußtsein zurückkehrte. Der Shepherd war noch nicht wieder zu sich gekommen. Dekker faßte nach dem Kopfhörer, hörte, bevor er ihn ans Ohr hielt, schwache statische Geräusche und eine dünne Stimme: »... noch einer am Leben?« und »Ich höre Stimmen. Ihr Funkgerät steht auf Sendung ...«

»Ja.« Ben zog das Mikrophon heran. »Dies ist das Erzsucher-Schiff *Trinidad*. Ist dort die *Hamilton*?«

19. KAPITEL

»Er hatte überhaupt nichts getan«, berichtete Ben. Er und Sal waren ganz voll Blut, und Dekker sah, daß auch auf seinen eigenen Händen Blut trocknete — von Bird, von Meg, er hatte keine Ahnung. Es war zuviel davon da.

»Nichts?« fragte der Offizier.

»Die Polizisten hatten *mich* gepackt, verdammt noch mal, er war ganz zufällig da, er tat überhaupt nichts, er erhob nur dagegen Einspruch, und irgendein Idiot drückte einfach ab.«

Dekker betrachtete seine Handrücken, sah wieder Meg in der Aufzugkabine, wie sie Bird festhielt.

Sal erklärte: »Ich habe es gesehen. Sie haben Soldaten bewaffnet, die eben aus dem Urlaub zurückgerufen worden waren, und einige von ihnen waren so besoffen, daß es stank wie die Korruption in der Company. Grüne Jungs, wußten einen Scheißdreck davon, was sie taten.«

»Es war ein Soldat?«

»Verdammt richtig, es war ein Soldat. Marine. Kann noch keine zwanzig gewesen sein.«

Der Zahlmeister der *Hamilton* stellte den Recorder ab. »Das haben wir. Wir werden es senden, bevor wir zünden.«

Dekker fragte: »Wie ist denn die Treibstoff-Situation?«

»Nicht optimal«, gestand der Zahlmeister.

»Mist.« Sal schüttelte den Kopf. Der Zahlmeister ging. Ben sagte gar nichts, ließ nur den angehaltenen Atem entweichen und verschränkte die Hände zwischen den Knien.

Das war alles an Information, was sie erhielten. Man hatte es ihnen gleich gesagt, als sie an Bord gekommen waren. Sammy hatten sie nicht wiedergesehen — er hatte Freiwache, schlief wahrscheinlich in seiner eigenen Koje mit oder ohne Medikament, falls er die Neuigkeit noch nicht erfahren hatte. Sammy — Ford war sein Nachname — war ziemlich erschüttert gewesen, hatte nicht einmal Fragen gestellt. Im Dock war alles schiefgegangen, die Mannschaft der Fähre hatte nicht geantwortet, die Gruppe des 8. Decks hatte nicht geantwortet, sie hatten den Verdacht gehabt, daß sie abgehört wurden: Mitch war nach nebenan gegangen, um über das Telefon des Restaurants Verbindung mit seiner Crew herzustellen und war nicht zurückgekommen, verhaftet oder Schlimmeres, sie hatten es bis zur Stunde nicht herausgefunden. Sammy war kein Pilot, er war Verbindungsoffizier für juristische Angelegenheiten, ein Shepherd-Unterhändler, um Gottes willen, der nach R2 gekommen war, um mit dem Management zu verhandeln, wenn alles nach Plan verlaufen wäre, wenn die Soldaten nicht gekommen wären …

Sammy hatte sich gut gehalten, dachte Dekker. Sehr gut für einen Mann, der sich wahrscheinlich noch nie die Hände schmutzig gemacht hatte. Das mußte er Meg erzählen, sobald sie wieder bei Bewußtsein war. Es würde sie zum Lachen bringen.

Ein anderer Offizier tauchte auf, ging an ihnen vorbei, wie sie da in der Enge des Krankenreviers warteten. Verschwand im Operationsraum.

Eine wütende Stimme hinter der Tür, eine Art von Antwort.

»Ich glaube, sie haben da eine eilige Sache«, murmelte Sal.

Weitere Stimmen. Etwas über Paralyse und noch einmal dreißig Minuten. Ganz deutlich war zu hören: »… nützt ihr gar nichts, wenn sie tot ist, Hank, wir haben deine dreißig Minuten nicht. Bereite deine Patientin vor, wir zünden.«

Ein Mann kam durch die Tür zurück, sah sie an und

sagte in ruhigerem Ton: »Wir haben Ihr Schiff freibekommen, wir haben ein Positionsproblem, und sobald wir das außerhalb des Schiffes arbeitende Team an Bord geholt haben und ich wieder auf der Brücke bin, werden wir eine Korrektionszündung durchführen. Unter diesen Umständen ist es das Bestmögliche. Sie haben hier Sicherheitsgurte. Legen Sie sie an. Der medizinische Stab hat Haltegriffe.«

Es stand also schlecht. Dekker biß die Zähne zusammen und faßte nach dem Gürtel, der in der Seitenlehne untergebracht war. Sal und Ben taten ebenso. Der Offizier war bereits hinausgegangen.

»Solche Scheiße«, brummte Ben. Seine Hände zitterten. Sal hielt die ihren im Schoß verschlungen.

Sie waren in Schwierigkeiten, dachte Dekker. Und in was für welchen. Vielleicht stürzten sie geradenwegs in Jupiters Schwerkraftschacht, das brauchte ihnen niemand erst zu sagen. ›Positionsproblem‹ bei einem auf Jupiter gerichteten Vektor konnte nur eins heißen, und eine solche Beeilung bedeutete, daß sie auf sich selbst angewiesen waren, keinen Strahl hatten, nur den noch übrigen Treibstoff — der kein überzeugendes Argument gegen den steilen Hang des Schwerkraftschachtes darstellte.

Die ganze Masse der *Way Out* hatte abgestoßen werden müssen — das war seine Entscheidung gewesen: erspare der *Hamilton* den Treibstoff, die *Way Out* zu schleppen, bewahre den Greifarm der *Trinidad* davor, an der Strebe abgerissen zu werden oder vielleicht sogar das Schott mitzunehmen. Aber der Treibstoff in den Tanks der *Trinidad* war eine große Masse gewesen — zu groß für diese Streben. Dekker hatte im Bruchteil einer Sekunde gehandelt, und das war die letzte Bewegung gewesen, bevor er das Bewußtsein verlor. Vielleicht hatte es ihnen das Leben gerettet, daß er dieses Ventil öffnete. Wenn das Schott herausgerissen worden wäre, hätte das Dekompression bedeutet, andererseits, wenn eine nicht mit einberechnete Masse an der *Hamilton* hing und drei Viertel davon ohne Warnung abgestoßen wurde, während die Zündung schon erfolgte ... das hatte ihre Situation nicht verbessert. Die Computer hatten eine Neuberechnung durchgeführt. Aber das Massenzentrum hatte sich bei dieser Beschleunigung zweimal verändert, und als das Getriebe des Greifarms brach — der Haltering hatte mit einem Laser durchgeschnitten werden müssen —, waren sie gegen die Hülle der *Hamilton* gedrückt worden, und das hatte das Massenzentrum von neuem verlagert. Zu der Zeit hatte Dekker bereits das Bewußtsein verloren. Er wußte nicht, wie lange die *Hamilton* beschleunigt hatte, aber da ein Kriegsschiff auf sie zukam, mußte sie eine klare Entscheidung treffen, ob sie ihm davonlaufen oder es mit R2 zu tun bekommen wollte.

Die Crew der *Hamilton* war im Augenblick bestimmt nicht sehr glücklich über ihre Passagiere.

Die Schleusenhydraulik lief an und stoppte. Eine Sirene kreischte. Eine Konservenstimme befahl: SOFORT ANSCHNALLEN.

»Alle Mann bereithalten für Kurskorrektur-Zündung. Achtung. Ich wiederhole ...«

»Das Luder will ihnen keinen Strahl geben«, murmelte Sal mit klappernden Zähnen und überprüfte ihren Gurt. »Das Luder hofft von Herzen, daß wir alle den tiefen Sturz tun. Wird keinen Finger krummachen.«

»Es wird schon gutgehen«, beschwichtigte Dekker sie.

»›Es wird schon gutgehen‹«, spottete Ben. »›Es wird schon gutgehen.‹ Weißt du was? Wenn du kein Spinner wärst, würde Bird noch leben. Meg wäre nicht da drin. Wir wären nicht da, wo wir sind. Diese ganze verdammte Scheiße ist deine Schuld.«

Dekker holte tief Atem. »Ja. Das weiß ich.«

»Und Bird war auch selber schuld«, schimpfte Ben. »Die Polizisten waren nicht hinter ihm her, sie wußten gar nicht, wer er war. Er war nicht in Gefahr, verdammt noch mal. Ich weiß nicht, warum er das getan hat.«

Die Triebwerke feuerten. Die *Hamilton* strengte alle ihre Kräfte an, um an dem Schwerkraftschacht vorbeizukommen.

Dekker dachte: Ich hätte die *Trinidad* einfach hinaussteuern können. Ich brauchte nicht bei der *Hamilton* anzulegen. Mir ist nur nichts anderes als das eingefallen.

Man hätte uns eingefangen. Aber bis dahin wäre die Schießerei vorbei gewesen. Und wir säßen nicht in dieser Scheiße. Ben hat recht.

»Bird hat unlogisch gehandelt«, erklärte Ben. »Verdammt soll er sein, er hat *immer* unlogisch gehandelt ...«

Irgendwer hatte angefangen zu schießen. Die Polizei schwor, es sei militärische Munition, und Craytons Büro wollte diese Information sofort veröffentlichen.

In der Erklärung von Craytons Büro hieß es: *... bedauern zutiefst den Verlust von Menschenleben ...*

Morris Bird war ein Name, den nie gehört zu haben Payne sich innigst wünschte. Ein Veteran mit dreißig Jahren Erfahrung, der älteste Erzsucher im Gürtel, mit Pratt und Marks bekannt gewesen und beliebt auf dem Deck — jetzt hatten sie einen verdammten Märtyrer. Jemand hatte BIRD mit roter Farbe über ein großes Stück des 3. Decks gesprüht. Auf dem 8. war BIRD in die Farbe eingekratzt, und ein weiteres Wort war nicht notwendig. In der Klinik wurden Verletzte auf den Fluren untergebracht, eine Datei namens DEKKER drang an Orte vor, die man immer noch nicht gefunden hatte, und der Shepherd-Sender verbreitete seine eigenen Nachrichten, verlangte ein Eingreifen der Earth Company, den Rücktritt des Vorstandes und die Aufhebung des Kriegsrechts.

Jetzt machten die Shepherds Fernsehsendungen —

ein Shepherd-Kapitän erklärte, wie das Erzsucher-Schiff *Trinidad* zu der *Hamilton* geflohen war — weitere Namen, über die Payne schon viel zuviel gehört hatte. Ein Pilot, dem man aufgrund einer gesundheitlichen Schädigung die Lizenz entzogen hatte. Eine Crew, die mit Bird zusammengewesen war, als es zu der Schießerei kam. Die Geschichte wuchs von Minute zu Minute — erwarb immer seltsamere Aspekte, und Nachrichten und Unterhaltung konnte ihr nicht den kleinsten Vorsprung abgewinnen.

... Ein Sprecher der ASTEX hat Erleichterung darüber ausgedrückt, daß die Trinidad *und alle, die sich an Bord befanden, gut auf der* Hamilton *angekommen sind. Die gleiche Quelle verurteilt den Einsatz tödlicher Waffen gegen unbewaffnete Demonstranten scharf und verspricht eine gründliche ...*

Die Tür öffnete sich. Payne blinzelte, sah Gewehre, zwei blauuniformierte Marine-Soldaten. Ein dritter folgte ihnen und sagte:

»William Payne? Diese Dienststelle steht nach dem Notstand-Zusatz des Verteidigungsgesetzes Abschnitt 18, Artikel 2, unter dem Befehl des Vereinigten Verteidigungskommandos VVK.«

Payne sah die Gewehre an, sah den Offizier an. Versuchte, sich an das richtige Vorgehen zu erinnern. »Ich muß mich mit dem Hauptbüro in Verbindung setzen.«

»Tun Sie das, Mr. Payne.«

Er bezweifelte, ob es ungefährlich war, das zu tun, zögerte, zum Telefon zu greifen, zögerte, den Knopf zu drücken. »Ich rufe die Verwaltung an. Wollen Sie sich davon überzeugen?«

»Halten Sie Ihre Rückfrage, wo immer Sie wollen, Mr. Payne. Ihr Computer wird Ihnen eine Erklärung geben. Machen Sie schon. Zugriff Verwaltung.«

Payne holte Atem, berührte Tasten, holte Geschäftsführungszugriff als Fenster auf den Schirm.

Es erschien: *Anweisung der Earth Company ...*

Es erschien: Charta-Zusatz 28 und Verteidigungsgesetz Abschnitt 18, Artikel 2.

»Wir haben eine Presseverlautbarung für Sie, Mr. Payne.«

»Jawohl, *Sir*«, antwortete er. Keine Fragen. Kein Zögern. Er nahm die Datenkarte, die der Offizier ihm auf den Schreibtisch legte, und steckte sie in den Computer.

Es erschien: *Das VVK hat die Leitung der ASTEX-Unternehmen übernommen. Alle Arbeiter, Unabhängigen und Vertragsnehmer sowie alle ASTEX-Angestellten unterhalb der Direktionsebenen bleiben in ihren bisherigen Positionen. Präsident Towney ist aufgrund eines Haftbefehls festgenommen worden. Er wird der Veruntreuung von Geldern und der Steuerhinterziehung beschuldigt. Gegen verschiedene Mitglieder des Vorstandes wird gleichermaßen ermittelt. Einwohner, die über Informationen zu solchen Fällen verfügen, werden angewiesen, diese Informationen der Militärpolizei, Zugriff 14 auf dem System, zu übergeben.*

Die Karten aller Einwohner, die sich bei der VVK-Stelle ihres Decks melden, werden von neuem gültig gemacht. Diese Personen fallen ohne Fragen oder Ausnahmen unter eine Generalamnestie, die für alle nicht zum Verwaltungspersonal von R2 gehörenden Einwohner erlassen wurde.

Das VVK wird Delegationen der Unabhängigen, der Vertragsnehmer und der Zivilangestellten empfangen, um über Mißstände zu sprechen ...

»Eine schöne Bescherung«, sagte Meg. Sie saß, von Kissen gestützt, im Bett — immer noch leicht benommen, aber sie konnte die Finger innerhalb des Gipsverbandes bewegen, das hatte sie ausprobiert.

»Wir konnten dich nicht vom dem Laken unterscheiden, als du hereingebracht wurdest.« Sal setzte sich vorsichtig auf die Bettkante, streckte die dunkle Hand aus und drückte Megs unversehrte. In der Farbe war im Augenblick wirklich ein großer Unterschied, dachte

Meg bei dieser Kombination. Und dann dachte sie an Bird, der in dieser Aufzugkabine schwebend zurückgelassen worden war. Es war scheußlich, so etwas zu tun. Bird hatte etwas Besseres verdient. Aber er war immer ein praktisch denkender Mensch gewesen, wenn es darauf ankam.

Feuchtigkeit tröpfelte aus dem Winkel ihres linken Auges. Sal wischte sie mit dem Daumen fort.

»Verdammt.« Meg versuchte den Arm über die Augen zu legen, aber jedes Gelenk, das sie besaß, war verstaucht. Sie blinzelte und atmete ein paarmal tief durch. »Wir werden doch nicht in den Schwerkraftschacht stürzen?«

Sal antwortete nicht sofort. Die Gefahr war nicht gebannt. Willkommen daheim, Kady, dachte sie. Wir werden immer noch sterben.

Sal sagte: »Da ist immer noch ein kleines Vektor-Problem. Wieso weißt du davon?«

»Die Ärzte haben davon gesprochen. Hielten mich für bewußtlos. Geraten wir hinein?«

Ein neues Zögern. »Sagen wir, wir geraten viel langsamer hinein. Sie diskutieren gerade mit der EC darüber. Es wird vorgeschlagen, das Segel zur Hälfte zu entfalten und möglichst eine Verbindung mit R2-23 herzustellen, um den Kurs eine Spur abzuändern.«

»Das wäre hübsch.«

»Hör zu, du Eiskalte, wir haben die Nachricht erhalten, daß das Militär die Kontrolle übernommen hat. Towney ist verhaftet worden, jawohl. Und der ganze Vorstand. Das Militär wird die Strahlen hochschicken, das muß es einfach tun. Im Augenblick verhandelt es mit dem Höllendeck — Mitch und Persky und noch ein paar von den Jungs sollen kommen und über Mißstände sprechen.«

»Das ist ein Trick.«

»Sollen sie Soldaten-Bubis ausschicken, Felsen einzusammeln? Damit hätten sie kein Glück, Kady. Ihr erster

Fund wird ein Stück von einem Schiff sein, das unterwegs zum Saturn ist.«

»Sie werden verhandeln. Uns vielleicht sogar einen Strahl schicken. Würde mich nicht überraschen. Aber das ändert gar nichts, Aboujib.«

Sal schwieg eine Weile. Sie war auf einem eigenen Absturz. Es war nicht fair gegen Sal. Sal hatte richtig lebhafte Alpträume von Schwerkraftschächten.

Mit dem bißchen Optimismus, das sie zusammenraffen konnte, sagte Meg zu Sal: »Jedenfalls hat Towney die Leitung nicht mehr in Händen.«

»Man will diesen EC-Direktor herschicken. In der Zwischenzeit regieren die Soldaten.«

Das waren keine guten Nachrichten für die Leute auf R2. Es würde lange dauern, bis der neue Manager da war. In der Zwischenzeit taten *sie* ihr Bestes, um nicht in den Schwerkraftschacht zu fallen. Meg überlegte, wie ihre Chancen standen. Man würde ihnen einen Strahl schicken, falls die Soldaten kein Durcheinander in der Verwaltung hatten, das auf Regelung durch einen höheren Dienstgrad wartete, und falls die EC nicht darauf ausging, sie loszuwerden. Außerdem, wenn sie Verbindung zu R2-23 herstellen sollten, befanden sie sich offenbar in einem von diesen Vektoren, wo es äußerst problematisch war, einen Strahl zu bekommen. R2-23 war ein Geosynchronisierer. Geosynchronisierer am Schwerkraftschacht stellten ein niemals endendes Problem dar, sie hatten eine Panne nach der anderen, die Shepherds tankten sie mit Robotschleppern auf und zogen sie aus einem Gebiet mit intensiver Strahlung und reparierten sie, wenn sie schlimmere als die üblichen Schäden hatten — R2-23 würde ihnen viel nützen, wenn er zufällig keine Computerstörung hatte.

»Zwei gut aussehende Männer möchten dich besuchen«, sagte Sal. Sie sah im Augenblick ganz zerbrechlich aus. Aber sie tat ihr Bestes, um fröhlich zu wirken.

»Mist. Kannst du mir etwas Make-up besorgen?«

»Vergessen, es einzupacken.« Sal drückte Megs Schulter und schwankte zur Tür — sie hatte ihre Schiffsbeine noch nicht wiederbekommen.

Die Jungs auch nicht. Sie sahen fürchterlich aus, zwar hatten sie sich gewaschen, aber sie hinkten und konnten nicht richtig gehen, vor allem Ben. Die richtige Zeit, um in die Horizontale zu kommen, sagte sich Sal, der alles weh tat. Auch wenn die *Hamilton* recht groß war, ihr G-Differential neigte dazu, einen auf den Hintern zu werfen, und außerdem schwollen einem die Füße an, bis der Körper sich angepaßt hatte. Und kam man dann auf die Station, machte man das alles von vorn durch.

Nur war es fraglich, ob sie jemals wieder eine Station zu sehen bekommen würden.

Meg klopfte auf die Bettkante. »Setzt euch«, forderte sie die beiden auf. Sie setzten sich sehr vorsichtig zu beiden Seiten des Fußbrettes hin.

»Hast du arge Schmerzen?« erkundigte sich Ben. Dumme Frage.

»Ich habe schon schönere Zeiten im Bett erlebt. Und euch geht es gut?«

»Ja«, antwortete Dekker. »Uns geht es gut.«

Meg betrachtete die Verletzungen. »Wir sind schon der richtige Verein.«

Eine Kurskorrektur brachte die Hamilton *in Reichweite von R2-23,* lautete die Botschaft von der Betriebsabteilung. *Das ist ihre letzte und nach den Berechnungen äußerst knappe Chance. Die Wahrscheinlichkeit, daß ein Strahl ihr helfen kann, sinkt um 0828 Uhr auf Null. Wir haben die Tankfüllung festgestellt sowie die registrierte Masse des Erzsucher-Schiffes. Falls die* Hamilton *nicht Treibstoff aus den Tanks des Erzsucher-Schiffes übernommen hat, kann sie nichts mehr übrig haben. Kapitän der* Athen *erklärt Abfangen für unmöglich. Das Abstoßen des im Schlepptau befindlichen Schiffes hat nichts gebracht. Die* Athen *würde sich selbst gefährden. Wir nehmen an, die* Hamilton *hat ihren Kurs nur der*

Verhandlungen wegen fortgesetzt. Unsere Daten finden Sie im Anhang.

Porey klopfte mit dem Stift auf die Schreibtischplatte, rief die Zahlen ab, dachte nach, dachte über eine Mitteilung von der Konferenz im Firmenhauptquartier nach, tippte eine kurze Mitteilung. *Sagen Sie den Shepherd-Unterhändlern, wir haben die Möglichkeit, der* Hamilton *mit der* Athen *oder mit einem Strahl zu helfen, berechnet. Ab 0828 gibt es für den Strahl keine Chance mehr. Sagen Sie ihnen, es wäre uns ein Vergnügen, ihnen die Zahlen zur Verfügung zu stellen, und unser Angebot bleibe gültig.*

Keine Zeit für einen weiteren Rechtsstreit mit den Erzsuchern. Oder mit den Shepherds.

Das machte sich gut in der Öffentlichkeit. Großmut. Generalamnestie erlassen, Karten von neuem gültig machen, Towneys Festnahme im Fernsehen zeigen, die Strahlen wieder hochschicken und die *Hamilton* aus ihrer Notlage befreien.

In dem Augenblick, in dem die Shepherds Vernunft annahmen.

Frühstück.

Marmelade. Dekker hatte sie seit seiner Kindheit nicht mehr gegessen — Ben und Sal überhaupt noch nie. Meg meinte, das rufe Erinnerungen an ihre Schmugglerzeit in ihr wach.

»Ich habe dieses Zeug transportiert«, erzählte sie. »Natürlich haben wir hin und wieder einen Krug verloren.«

Sal machte das Zeichen für Lauscher, und Dekker spürte, daß sein Magen darauf reagierte. Aber Meg sagte: »Ach was, wenn sie soviel Zeit haben, daß sie sich Gedanken über uns machen können ...«

»Ein bißchen sauer«, bemerkte Ben. »Bitter. Aber nicht schlecht.«

»Ben, *cher*«, sagte Sal. »Lerne es, Dinge zu würdigen. Das Leben ist auf diese Weise soviel schöner.«

»Ich würdige die Marmelade. Sie ist bitter. Und sauer. Oder etwa nicht? Warum soll ich das nicht sagen dürfen?«

Meg rollte die Augen.

Die Tür ging auf. Dekker drehte den Kopf.

Ein Offizier.

Sie aßen nicht weiter.

»Tut mir leid, Sie zu stören.« Der Shepherd lehnte sich gegen den Türrahmen, die Arme vor der Brust gekreuzt. Afro, Haare auf der einen Seite abrasiert, die Insignien eines Shepherd-Technikers und eine goldene Kragenspange an einer teuren Jacke, die bedeutete, daß er Ober-Techniker oder so etwas war. »Ich dachte, Sie würden die Nachricht zu schätzen wissen. Wir können mit einer Rettungsaktion rechnen.«

Dekker ließ das im Geist noch einmal ablaufen. Vielleicht taten sie das alle.

Eine *gute* Nachricht?

»Wer?« fragte Meg.

»Dieser Truppentransporter. Bewegt sich wie eine Fledermaus.«

»Dieser ...« Meg schluckte den Rest hinunter.

Dekker dachte: Gott, warum? Aber er fragte nicht. Das überließ er Meg und Sal, die hier Ansehen genossen — und die nicht diejenigen waren, die sie in diese scheußliche Situation gebracht hatten.

»Sieht so aus, als würden wir noch einmal davonkommen«, kommentierte Meg.

»Gott«, sagte Ben nach einer Weile. Kein Geschrei, kein Jubel. Man nahm sich lange Zeit zusammen, tat möglichst so, als sei alles normal, und wenn man gute Nachrichten erhielt, wußte man einfach nicht, wie man darauf reagieren sollte.

»Wo ist der Haken bei der Sache?« erkundigte sich Sal. »Der Truppentransporter kann uns einfach überholen und herausziehen?«

»Er hatte zwei Minuten von R2 entfernt schon 75%

unserer augenblicklichen Geschwindigkeit. Er vergeudet keine Zeit.«

Dekker machte im Kopf einen Überschlag und dachte: Aber wir müssen jetzt schon ein gutes Stück den Hang hinunter sein …

»Die Leute auf dem Transporter reden von einem Handel«, berichtete der Shepherd. »Anscheinend ist die Flotte darauf gekommen, daß sie uns braucht. Anscheinend hat die Shepherd-Gesellschaft erklärt, es gebe keinen Vertrag ohne die Unabhängigen, und davon geht sie nicht ab. Towney ist bereits abgesägt worden, das ist jetzt sicher. Ich dachte, das würden Sie gern erfahren. — Mr. Dekker?«

»Sir.«

»Der Kapitän möchte Sie sprechen.«

Warum nur? Aber vielleicht, wenn der Notfall-Alarm vorbei war, wollte der Kapitän dem an Bord befindlichen Narren seine Ansicht klarmachen. Dekker zuckte die Achseln, sah zu Meg und Sal und Ben zurück, sagte: »Bis später!« Er meinte damit, daß sie später nachdenken könnten und übermorgen noch am Leben sein würden.

Gott, er hatte auch das große Zittern bekommen — er wußte selbst nicht, wovor er jetzt schon wieder Angst hatte. Wenn der Shepherd-Kapitän ihn herunterputzte, gut, er hatte es nicht anders verdient. Oder vielleicht lag es daran, daß er plötzlich eine Zukunft hatte, aber keine Ahnung, was er damit anfangen sollte. Der Shepherd übernahm vielleicht Meg und Sal — sogar im Falle Bens hatte sich herausgestellt, daß er einen Anspruch darauf besaß.

Aber er?

Bei der *Hamilton* war er im Augenblick nicht besonders gut angeschrieben. Die *Trinidad* war verloren, die *Way Out* ebenso — sie hatte längst nicht die Geschwindigkeit der *Trinidad* gehabt, als sie sie abkoppelten, aber jetzt befand sie sich weder in der unmittelbaren Nachbarschaft von R2 noch auf dem gleichen Kurs. Wenn sie überhaupt zu bergen war, wurde sie laut Gesetz Eigentum eines anderen. Er besaß das Bankkonto — aber Gott allein wußte, wie es aussah und welche Prozesse noch gegen ihn angestrengt werden mochten — Bonzen bleiben Bonzen, würde Meg sagen, und er glaubte nicht daran, daß die EC ihn vergessen und in Ruhe lassen würde. Nicht, nachdem es Tote und Sachschaden gegeben hatte.

Bis zu Sunderlands Büro war es nicht weit zu gehen. Der Chef-Techniker führte ihn hinein — stellte ihn einem grauhaarigen, schmächtigen Mann vor, der ihm die Hand bot — was gegenüber einem Crew-Mitglied nicht üblich war. Auf seltsame Weise wirkte es bedrohlich. Sunderland sah nicht zornig aus, sondern erschöpft und besorgt, und irgendwie machte er den Eindruck, in Verlegenheit zu sein.

Auch das störte Dekker.

»Kaffee, Mr. Dekker?«

»Nein, danke, Sir. Ich habe eben erst gefrühstückt.«

»Gut, daß Sie Appetit haben. Setzen Sie sich doch — dort. Ich gestehe, mit meinem Appetit ist in letzter Zeit nicht viel los gewesen.«

Dekker ließ sich in den Sessel sinken. »Ich weiß, mit einer Bitte um Entschuldigung ist es nicht getan. Ich hätte die Tanks nicht abstoßen sollen.«

»Dann hätten wir Sie jetzt nicht hier, das Schott hätte die Belastung nicht ausgehalten. Ich versuchte, Ihnen durchzugeben, Sie sollten die Tanks abstoßen. Weiß nicht, ob Sie es gehört haben.«

Dekker schüttelte den Kopf. »Nein, Sir.« Und dachte: Einfach nicht genug Arbeitskräfte. Nicht genug Zeit.

»Es ist alles sehr schnell gegangen, nicht wahr?«

»Jawohl, Sir.«

»Und wir hatten hier auch eine hektische Zeit. Sie wissen, daß ein Schiff kommt.«

»Jawohl, Sir.« Ihm war schwindelig — der G-Unterschied. Da genügte es, sich hinzusetzen oder aufzustehen.

»Es bedurfte einiger Verhandlungen. Aber ich habe nicht im Ernst damit gerechnet, daß man uns abstürzen lassen würde. Das sähe der EC nicht ähnlich. Die R2-23 war eine Möglichkeit — die beste, die wir ohne die Hilfe der EC hatten, wie Ihnen sicher klar ist, und dazu kamen ein paar äußerst riskante Maßnahmen, die wir nur ungern ergriffen hätten. Aber als wir heute morgen angerufen wurden und man uns sagte, R2-23 habe eine Computerstörung ... Ich hatte schon so eine Vorahnung, daß dieser Truppentransporter kommen würde und daß sie die Sache schon bis auf die Stellen hinter dem Komma ausgerechnet hatten und sie live im Fernsehen bringen wollten. Bis nach Sol zu empfangen. Die EC will uns nicht im Schwerkraftschacht haben. Das gäbe eine schlechte Presse, Mr. Dekker, besonders bei den Erzsuchern. Die EC hat die ASTEX übernommen, Sie werden es gehört haben, Towney ist entlassen worden ... Viele Veränderungen und viele davon zum Besseren. Wir können mit den Vertragsnehmern arbeiten. Wir können mit der EC arbeiten. Wir können mit dem VVK arbeiten. Das wissen sie. Sie wollten bei den Verhandlungen nur herausschlagen, was möglich war.«

Hatte der Kapitän ihn kommen lassen, um mit ihm über Politik zu reden?

Teufel. Auf was will er hinaus?

»Wir haben die Daten über den Unfall«, fuhr Sunderland fort. »Ich weiß nicht, wieviel man Ihnen mitgeteilt hat ...«

»Man hat mir mitgeteilt, Sie hätten sie um Wochen früher gefunden, als Sie es gemeldet haben.« Das hatte er am Vormittag von Ben erfahren, und je länger er darüber nachdachte, um so wütender wurde er. »Sie haben es uns nicht gesagt, Sie ließen uns die Vorbereitungen treffen, warnten uns nicht ...«

»Wir hatten keine Ahnung, wie Sie reagieren würden — ob Sie es fertigbrächten, sich nichts anmerken zu lassen. Offen gesagt, wir wußten auch nicht, ob Aboujib in unserem Interesse handeln würde oder nicht. Wir hofften es. Aber in einer solchen Situation ist sie unberechenbar. Und wir brauchten Zeit, um an die entsprechenden Berichte zu kommen. Wir wußten von dem Zusammenstoß, wir wußten, daß eine Erzsucherin vermißt wurde. Wir waren schon dabei, Pläne zu vergleichen und nach Widersprüchen zu suchen, als die *Athen* Ihre Partnerin fand. Wir wußten, daß Sie wieder auf Fahrt gehen wollten — ganz offen gesagt, wir warteten, weil wir noch mit den juristischen Vorbereitungen beschäftigt waren. Sam Ford — Sie haben Ford ja kennengelernt — war unten und vergewisserte sich, daß die Ts mit Querstrichen und die Is mit Punkten versehen wurden: Wenn man ein Gerichtsverfahren gegen die Company anstrengt, tut man gut daran, kein Schlupfloch offenzulassen. Wir gaben Aboujib die entsprechenden Hinweise, wir hatten schon Stunden, bevor das Ding über den Sender ging, einen unauffälligen Transfer in die Wege geleitet. Sie sollten ruhig zum Dock hinaufkommen, und unsere Fähre sollte sie an Bord bringen, wo sie niemand mehr würde belangen können. Wir wären dann in der Position gewesen, die ASTEX zu einigen wesentlichen Vertragsänderungen zu bewegen — ich bin jetzt ganz ehrlich mit Ihnen —, und gleichzeitig hätten wir Ihnen geholfen, Ihre Sache gegen sie zu verfechten. Unglücklicherweise ...«

»... bin ich auf einen Spaziergang gegangen.«

»Darauf ist es für den weiteren Verlauf eigentlich kaum noch angekommen. Wir hatten die Dummheit der ASTEX-Leute in Rechnung gestellt — wir erwarteten, daß das Militär eingreifen werde. Aber wir wußten nicht, daß ein EC-Befehl, die ASTEX zu übernehmen, bereits auf dem Schreibtisch des Flottenoberbefehlshabers lag und nur darauf wartete, daß sich ein legaler

Vorwand finden ließ. Man dachte schon an eine gründliche Buchprüfung bei der ASTEX, aber die Charta enthält eine Notfall-Klausel, die sich mit der Gefährdung von militärischen Operationen befaßt, und da ist das Verteidigungsgesetz, das dem Militär erlaubt, die Kontrolle zu ergreifen, wenn ein Zusammenbruch zu befürchten ist. Die Militärs hielten sich bereit — wegen der Gewerkschaftssituation und weil sie dachten, die Direktoren könnten versuchen, Aufzeichnungen zu vernichten ...«

»Das haben sie getan.«

»Sie haben es versucht. Wir hatten ein Beispiel. Es gab andere. Der Flottenoberbefehlshaber ließ diesen Truppentransporter auftanken. Das Gerücht war bis zu uns gelangt. Uns gefiel nicht, was wir hörten. Wir wußten, wenn wir uns bewegten, lieferten wir der Flotte einen Grund, gegen uns einzuschreiten — wir rechneten schon mit einer Konfrontation im Dock. Aber wir konnten uns nicht vorstellen, daß sie dermaßen schnell wäre und daß die juristisch fundierten Dokumente, mit denen sie die Kontrolle über die ASTEX ergriff, schon vorlagen und ein der Zeitverzögerung unterliegender Informationsaustausch mit der Earth Company nicht mehr erforderlich war. Das waren acht bis zehn Stunden, von denen sich herausstellte, daß sie uns fehlten. Die EC hatte ihre Leute auf R2, sie hatte Waffen in ihren Transportmitteln, das Militär schwärmte aus, besetzte das Dock und nahm die Mannschaft unserer Fähre fest, und als das passierte, waren wir in großen Schwierigkeiten. Doch dann hat sich doch noch alles zurechtgelaufen. Wir hatten nicht vorausgesehen, daß wir es so schnell mit dem VVK zu tun bekommen würden — aber wir haben erreicht, was wir erzwingen wollten, wir verhandeln jetzt direkt mit der Muttergesellschaft und mit sehr ängstlichen Vertragsnehmern *und* mit der Flotte, und jeder von ihnen hat ein Budget, aber absolut kein Personal, das unsere Aufgabe übernehmen könnte — in kompetenter Weise. Wir sind fähig, ihre Quoten zu erfüllen. Wir. Die Erzsucher *und* die Shepherds. Und die Treiber, die sich natürlich anpassen müssen. Das ist eine unverzichtbare Bedingung. So also sieht es aus.«

»Morrie Bird ist tot. Viele Menschen sind tot.«

»Das bedauern wir. Das bedauern wir aufrichtig. Aber wir sind keine Verteidigungsexperten. Wir haben mit den Waffen gekämpft, die wir hatten, und auf die beste Methode, die uns bekannt war. Natürlich sind Menschen ums Leben gekommen, so wie ihre Partnerin. Sie verstehen? Die ASTEX tötete Erzsucher, tötete uns — zum Schluß wäre etwas geschehen, das möglicherweise mehr Menschenleben gekostet hätte. Und eine der Raffinerien wäre zerstört worden.«

Das wenigstens glaubte er. Er dachte darüber nach. Dachte über das System nach, wie es war, und glaubte nicht, daß es unter dem Militär besser werden würde. »Die Schweinehunde hätten uns schon vor zehn Stunden herausziehen können«, sagte er. »Sind sie besser als Towney?«

»Nein. Aber vernünftiger.«

»Sie haben uns zehn Stunden lang abstürzen lassen ...«

»Das gehörte zum Spiel, Mr. Dekker. Wir fallen mit einer gegebenen Beschleunigung auf den Schwerkraftschacht zu ... Inzwischen treffen sich ihre Unterhändler mit unseren, sie wollen die Strahlen nicht wieder hochschicken, die EC wird durch eine Zeitverzögerung von Stunden daran gehindert, mit uns zu reden, und jeder verhält sich so, als werde man niemals zu einem Kompromiß gelangen. Ich habe das viele Jahre lang miterlebt und war fest überzeugt, es werde letzten Endes so ausgehen, wie es ausgegangen ist. Meine Haare sind schon vor langer Zeit grau geworden — zwischen dem Schwerkraftschacht und der Niedertracht der ASTEX. Die letzten haben heute die Farbe verloren, als wir auf die Nachricht warteten, dieses Schiff habe sich in Bewegung gesetzt. Aber wir waren uns so ziemlich sicher. Die ganze Zeit waren wir alle uns so ziemlich sicher.«

»Jawohl, Sir«, sagte Dekker, da Sunderland offensichtlich auf eine Reaktion wartete. Er hatte sehr viel Adrenalin im Körper und kein Ziel, zu dem er es schikken konnte. Inzwischen hatte er die Regeln begriffen. Zu ihnen gehörte, daß man einem Shepherd-Kapitän nicht die eigene Meinung auseinandersetzte. Er richtete den Blick auf einen Punkt hinter Sunderlands Schulter, und er sah Meg und das Dock und das dort treibende Blut. Er sah Bird in der Aufzugkabine. Ben, mit Blut bedeckt.

»Mr. Dekker, für die Akten hätte ich gern Ihre Version des Zwischenfalls mit der *Industrie.*«

»Gott, ich habe es berichtet. Gibt es darüber *gar keine* Aufzeichnung?«

»Nur ganz kurz. Für eine Aufzeichnung, an der die ASTEX nicht herumgepfuscht hat.«

Das war wenigstens zu verstehen. Dekker holte tief Atem, lehnte sich in seinem Sessel zurück, trug das alles noch einmal vor. »Wir fanden einen Felsbrocken, wir fuhren ihm nach, der Treiber tat das auch, und wir dachten, er werde versuchen, eher als wir dort zu sein. Oder, wenn es ihm nicht gelang, uns vielleicht mit Gewalt zu vertreiben. Deshalb wollten wir eine Probe auf unserem Schiff haben, bevor das Gürtel-Management uns anwies, die Finger davon zu lassen. Aber der Treiber tat etwas ganz anderes. Er rammte uns.«

»Er rempelte sie an.«

»Er *rammte* uns, Sir.«

»Das weiß ich. Ich weiß auch noch mehr Einzelheiten, wenn Sie sie hören wollen«, sagte Sunderland.

»Ja. Aber was, zum Teufel, hatte das für einen Sinn?«

»Der Treiber versuchte, einen unabhängigen Erzsucher daran zu hindern, den bedeutendsten Fund seit Jahren zu machen. Er wollte der ASTEX eine größere Zahlung ersparen — das hätte in diesem Vierteljahr den

Unterschied zwischen Gewinn und Verlust bedeuten können ...«

»Gott.«

»Was Sie vielleicht nicht wissen oder woran Sie vielleicht nicht gedacht haben: Treiber verfolgen die Kurse der Erzsucher — sie besitzen komplette Pläne. Ein Treiber ist eine Basis. Und Sie fuhren, wie ich annehme, mit eigener Kraft. Sie müssen bei einer ziemlich langen Fahrt eine deutliche Spur hinterlassen haben.«

Ein weiteres Stück Erinnerung fügte sich ein.

»Stimmt's?« fragte Sunderland.

Dekker nickte. Vor seinem geistigen Auge sah er all die Instrumente einer Zielverfolgungsstation. Es war eine lange Fahrt für einen Erzsucher gewesen, und er hatte nicht um einen Strahl gebeten. Eine Anomalie. Cory hatte den Verdacht gehabt, das Gürtel-Management spüre ihnen nach. Sie waren nicht auf die Idee gekommen, ein Treiber überwache sie. Das GM tat das. Aber man durfte sich in einem Sektor frei bewegen, ohne es zu melden ... vorausgesetzt, man schaffte es mit dem eigenen Antrieb.

Dummheit, dachte er, ist die Kehrseite der Erfahrung. Tödliche Dummheit. Aber ...

»Der Treiber hätte uns zurückrufen können. Er hätte geltend machen können, den Fund optisch erfaßt zu haben.«

»Warum haben Sie das nicht getan?«

»Weil ... weil Cory sagte, das GM werde es vielleicht nicht protokollieren. Es werde einfach behaupten, der Treiber habe ihn zuerst gehabt.«

»Politik. Politik. Der Fund *ist* protokolliert worden. Er hat eine Nummer bekommen.«

»Warum hat uns die Basis dann nicht angerufen und uns das mitgeteilt? Wir haben gesehen, daß der Treiber sich bewegte. Aber das GM hat uns kein einziges verdammtes Wort gesagt — nicht ›Der Felsbrocken gehört dem Treiber‹, nicht ›Bleiben Sie zurück‹, nicht ...«

»Das GM *wollte* ja, daß der Treiber Sie bei diesem Wettlauf schlug. Craytons Büro hatte sich eingeschaltet und gesagt, die Protokollierung hätte nicht in dieser Weise erfolgen dürfen und müsse rückgängig gemacht werden, da noch keine politische Entscheidung getroffen worden sei. Die Rechtsabteilung wurde um Rat gefragt. Wir können den Vorgang nicht vollständig rekonstruieren, das Militär sitzt auf diesen Berichten. Ich persönlich vermute jedoch, der Treiber war wild entschlossen, an den Fund zu kommen, das GM machte Ausflüchte — versuchte, das Problem irgendwie zu lösen, begriff schließlich, daß es in der Klemme steckte — *niemand* glaubt dem GM. Alle Welt würde überzeugt sein, Sie seien geopfert worden. Die Geschichte würde im Handumdrehen auf allen Decks von R1 bekannt sein. Ein Mitglied des Managements fürchtete vielleicht, es könne zu Unruhen kommen, ein anderes war gegenteiliger Meinung — es lief darauf hinaus, daß sie die Regelung der lokalen Basis überließen ... das ist der GM-Code dafür, daß der Kapitän die Sache ausbaden darf. ›Gehen Sie nach eigenem Ermessen vor‹, drücken sie das aus. Das heißt: Tun Sie etwas Illegales.«

Dekker hörte den Ton der Stimme, sah in helle Augen unbestimmter Farbe in einem hageren, gealterten Gesicht und dachte: Das ist ein Mann, der schon einmal in diese Lage gebracht worden ist ...

»Das GM hat alles vertuscht. Es hat die Sache dem Treiber überlassen. Es hat keine politische Entscheidung getroffen. Und für den Treiber galt Kommunikations-Blackout, denn so geht es einem, wenn man etwas für die Firma ›erledigen‹ muß. Die allgemeine Ansicht war, Sie würden durchdrehen und davonlaufen.«

»Die Leute haben meine Partnerin nicht gekannt.«

»Eine außergewöhnliche junge Frau nach dem, was ich gehört habe. Außergewöhnlich entschlossen. Haben Sie versucht, den Treiber mit optischen Signalen anzurufen?«

(— Wir verbrauchen nur Treibstoff, hatte Cory gesagt. Sie hatten darauf vertraut, daß das GM sie nach Hause bringen würde.)

»Wir waren dem Felsbrocken nahe genug, daß wir eine Probe entnehmen konnten, bevor der Treiber ankam. Er redete nicht mit uns. Wir vermuteten, er habe irgendeinen Schwindel mit den Aufzeichnungen vor, deshalb spielte es auch keine Rolle. Wir dachten, er werde abbremsen, und das hätte uns Zeit gegeben. Und hatten wir einmal die Probe an Bord — und stand unser Log gegen seines —, konnten wir vor Gericht gehen. Wir dachten ... wir waren überzeugt, das GM wisse, was vor sich ging. Wir erwarteten nicht, daß der Treiber uns rammen würde.«

»Sie wissen, was ›Anrempeln‹ ist? Sie kennen das Spiel?«

Der Mann hielt ihn für einen Trottel. ›Ihr armen dummen Kinder‹, klang es aus seiner Stimme. Dekker schob das Kinn vor. »Ich habe davon gehört. Ich hatte damals schon davon gehört.«

»Für gewöhnlich handelt es sich um einen Schubs bei niedriger Geschwindigkeit, für gewöhnlich in der Nähe der Raffinerie. Wie ein ungeschicktes Andocken. Für gewöhnlich sind es die Firmenschlepper, sie bringen einem eine Schramme bei, zwingen einen, Zeit zu vergeuden, indem man den Schaden überprüft. Aber Sie hatten den Treiber geschlagen. Sie waren ihm zuvorgekommen, obwohl er mit Höchstgeschwindigkeit fuhr und von einem Strahl unterstützt wurde. Und bei ihm ging es gegenüber der Firma um alles. Da war keine Zeit für einen Schubs von seinen Schleppern. Sie sollten nicht dazu kommen, eine Probe zu entnehmen, und wenn sie das schon getan hatten, sollten Sie sie wieder wegwerfen. Funkstille — von seiner Seite. Nichts, das hätte aufgezeichnet werden können. Er blieb auf Kurs — hatte genau ausgerechnet, wie er möglichst dicht an Ihnen vorüberfahren konnte. Auch Ihnen würde klar sein, daß man solche Giganten nicht mit einem Knopfdruck abbremsen kann. Sie würden umkommen vor Angst, Sie würden alles tun, was er sagte. Aber Sie fuhren auf seinen Kurs *zu*, nicht wahr? Und mit dieser Möglichkeit hatte sein Steuermann nicht gerechnet.«

»Was hätte ich denn tun *sollen?*«

»Die meisten wären ihm aus dem Weg gegangen.«

»Meine Partnerin war draußen!«

»Manche hätten es trotzdem getan. Manche wären wer weiß wie weit gerannt. Hätten dem GM vielleicht nur mitgeteilt, es habe einen Unfall gegeben. Hätten vielleicht von einem Treiber-Schlepper eine Rettungsaktion verlangt.«

»Teufel!« Aber er hatte es gewußt — hatte gewußt, daß es kein genauer Kollisionskurs gewesen war. Er hatte gewußt, der Treiber wollte ihn das Fürchten lehren, und er hatte sich nicht bluffen lassen ...

Und der Treiber hatte sich wiederum nicht von ihm bluffen lassen ...

»Eine einzige verdammte Kurskorrektur«, murmelte Dekker. »Das war alles, was er zu tun hatte. Die Richtungsdüsen feuern zu lassen und zu bremsen. Verdammt, er hatte den Strahl ja bereits verlassen, er hatte durchaus Möglichkeiten zum Manövrieren. Er war ebenso imstande zu bremsen wie ich.«

»Sein Steuermann war ein gebürtiger Gürtelbewohner. Und das ist ein Klasse-A-Schiff. Von vorn bis hinten automatisiert. Sie verstehen mich? Ein Institutsabgänger würde nicht einmal im Traum auf die Idee kommen, daß er eine solche Wahl hätte — und deshalb hatte er sie auch nicht im voraus in seinen Computer eingegeben. Nicht mit den Richtungsdüsen. Ohne sie, bei eingeschaltetem Autopiloten — die Düsen konnten nicht feuern, bevor er den Autopiloten ausgeschaltet hatte. Tatsächlich wollte er eine Kurskorrektur vornehmen. Bei eingeschaltetem Autopiloten. Nichts geschah. Irgendein Vorsprung des Schiffs traf Sie.«

»Gott.«

»Ich hätte den Mann entlassen. Ganz sicher. Aber da war der Treiber, er hatte Sie gerammt. Ein Tank Ihres Schiffs war explodiert, Sie waren in das R2-Gebiet davongeschossen, seine Schlepper konnten Sie nicht einholen, ohne erst einen Strahl zu erhalten, Sie waren auch noch mit dem Felsen zusammengestoßen — der Treiber saß bis zum Hals in der Scheiße — und Ms. Salazar war bei der Explosion ums Leben gekommen. Dessen sind wir sicher. — Möchten Sie diesen Teil auch hören? Sie brauchen es nicht. Entscheiden Sie selbst.«

»Ich will alles hören, was Sie wissen. Ich habe mich mit dem Gedanken, daß sie tot ist, sehr vertraut gemacht.« Doch so leicht war es nicht. Seine Hände zitterten. Er steckte sie unter die Arme und dachte: Das Schiff hat sie getötet. *Ich* habe sie getötet.

Sunderland fuhr fort: »Kapitän Manning — das ist der Senior-Kapitän auf dem Treiber — war derjenige, der an diesem Punkt die Entscheidungen traf. Einen Toten hatte es bereits gegeben. Er schätzte Ihre Chancen auf Null ein. Er hatte überhaupt keinen Zweifel daran, daß die ASTEX die ganze Sache vertuschen würde. Und er würde niemals die Erlaubnis bekommen, einem Schiff nachzujagen, das überhaupt nicht da sein sollte. Das GM würde das nicht gern im Log sehen. Er sagte sich, daß er die Leiche irgendwie loswerden müsse. Also meldete er, sie hätten den Felsen in Besitz genommen, und das GM fragte nicht, was passiert sei. Ihr Notsignal funktionierte. Das Top-Management wußte genau, was mit dem Treiber los war, deshalb stellte es keine Fragen. Niemand im Management würde Fragen stellen, und vielleicht — hier schreibe ich Manning Gedanken zu, die er gar nicht gehabt zu haben braucht — aber vielleicht machte er sich Sorgen, Sie könnten doch noch am Leben sein. Jedenfalls gab er nie einen Bericht ab, er habe das Schiff gerammt. Es muß ein Aufblitzen gegeben haben, das von dem Militär bemerkt werden konnte, aber in der Nähe von Treibern blitzt es häufig auf. Ihr Funkgerät war außer Betrieb — Sie bewegten sich in der Nähe der Feuerspur eines Treibers, also würden Sie lange Zeit nicht gefunden werden. Sollte irgendein Techniker Ihr Notsignal gemeldet haben, möchte ich wetten, daß die oberen Dienstgrade es in den nächsten zwei Monaten sehr schnell wieder verstummen ließen. Sie hatten die ganze Zeit keinen Strahl verlangt, und irgend jemand löschte die *Way Out* aus der Liste der vermißten Schiffe. Löschte sie einfach. Sie waren in der R2-Zone, Sie standen nicht auf R2s Liste, niemand würde Sie auf diese Liste setzen, und niemand auf R2 berechnete Ihren Kurs. Letzten Endes, das wußten der Treiber und vielleicht auch das Management, würden Sie in den Schwerkraftschacht geraten, und damit wäre der Fall dann erledigt gewesen.«

»Aber warum hat er Cory zum Schwerkraftschacht geschickt? Was, zum Teufel, hat er sich dabei gedacht? Was wollte er damit beweisen?«

»Wissen Sie, was ich vermute? Seine Schlepper waren Ms. Salazars Leiche nachgefahren ... er konnte sie nicht von einer Rettungsmission zurückrufen. Die Crews wußten, das andere Schiff war gerammt worden, sie wußten, alles war ganz und gar schiefgelaufen, und Manning wollte, daß sie zu verängstigt waren, um zu reden. Deshalb machte er die Treiber-Mannschaft, die Techniker, alle Menschen an Bord zu Komplizen — um sie zum Schweigen zu bringen, um vielleicht, falls sie irgendwelche Zweifel haben sollten, zu beweisen, daß die ASTEX die Sache vertuschen würde.«

Dekker war wie betäubt. »Sie hätten Cory doch *in* den Schwerkraftschacht werfen können. Sie brauchten keine Spuren zu hinterlassen.«

»Ich sage nicht, daß Manning nicht verrückt sei. Aber es herrscht keine Liebe zwischen uns und den Firmenleuten. Er war wütend, wenn Sie mich fragen, weil man ihm diese Arbeit aufgehalst hatte, er war wütend auf das GM, wütend auf die Direktoren, der Unfall hatte ihn völlig aus dem Gleis geworfen, und er zweifelte nicht im geringsten daran, daß die ASTEX ihm gegen uns Rückendeckung geben würde, wenn wir die Leiche fanden — das liegt auf einer Linie mit dem Anrempeln, böses Blut, ein Weg, etwas von den Folgen auf uns abzuwälzen — weil wir absolut nichts beweisen konnten. Auch nicht mit einer Leiche — weil es keinen Bericht gab. Es würden Gerüchte über einen Treiber-Unfall die Runde machen, aber nichts würde geschehen. So geht das schon, seit man diese Schiffe mit ASTEX-Angestellten bemannt hat. Und die Firma schickt sie auf jahrelange Fahrten. Sie sind verbittert. Sie sind böse. Sie sind wütend, eifersüchtig auf unseren Vertrag mit der ASTEX. Sie geben uns die Schuld, wenn es zu Verlusten kommt, was bedeutet, daß sie weitere Wochen draußen bleiben müssen. Völlig verrückt sind sie allerdings nicht. Sie konnten sich absolut nicht vorstellen, daß Sie überlebt hätten. Büroangestellte haben auf das Notsignal hin reagiert, und sie hatten Bird und Pollard schon zuviel mitgeteilt, bevor sie es ihren Vorgesetzten meldeten. Ich denke mir, daß diese dann entschieden, Bird und Pollard sollten das Schiff ruhig einholen, das werde weniger Aufsehen erregen, als wenn sie herumerzählten, da draußen höre man ein Geistersignal, von dem das GM nichts wisse. Kriegsbammel. Nervöses Flotten-Establishment. Dann erfuhren die Bonzen, daß Sie noch lebten, und gerieten in Panik. Um ihnen Gerechtigkeit widerfahren zu lassen, muß ich jedoch sagen, daß sie nicht einmal daran dachten, Sie zu töten. In ihren eigenen Augen haben sie niemanden getötet, es war wirklich ein Unfall, und sie wollten Sie weder im Krankenhaus noch auf dem Deck sterben lassen. Pech für sie. Glück für uns. Viele Leute sind Ihnen sehr dankbar, Mr. Dekker. — Ich kann Ihnen versichern, ganz gleich, welchen Einfluß Corys Mutter hat, ganz gleich, was wir hätten tun können — wären Sie nicht am Leben geblieben, hätten Sie der ASTEX nicht Widerstand geleistet, dann hätte es nichts weiter gegeben als eine Leiche am Schwerkraftschacht. Nichts wäre zu beweisen gewesen. Niemals. Sie haben also etwas erreicht. Sie haben gesiegt. Sie sind ein Held. Sie und Morris Bird. Die Menschen *liebten* ihn. Sie liebten ihn wirklich ...«

Dekker fiel es schwer, seine Gedanken zu ordnen. Oder über Bird zu sprechen. Er konnte es nicht.

»Sie sind der ultimate Überlebenstyp, Mr. Dekker. Das ist etwas beinahe Magisches für Gürtelbewohner — und für uns Übrige, die wir wissen, gegen was Sie zu kämpfen hatten. Aber es gibt einen Zeitpunkt — und er mag jetzt gekommen sein —, zu dem man aufhören muß, solange man noch gewinnt.«

»Was meinen Sie?«

»Sie haben einen Feind, einen sehr gefährlichen Feind.«

»Manning?«

Sunderland schüttelte den Kopf, hatte die Hände vor den Lippen zusammengelegt. »Alyce Salazar. Sie verhält sich nicht rational. Der Tod ihrer Tochter — die Umstände, unter denen die Leiche gefunden wurde — haben ihrer geistigen Verfassung nicht gutgetan. Sie, Mr. Dekker, stecken nicht länger hinter der ASTEX-Barriere. Die Earth Company hat bereits versucht, ihr zuzureden. Sie hat ihre Beziehungen spielen lassen, um das VVK zu bewegen, daß es die ASTEX überprüft. Sie wollte, daß die ASTEX übernommen wurde — nur um an die Firmenaufzeichnungen heranzukommen und mit ihrer Hilfe an Sie. Tatsächlich stellte man in den oberen Rängen der EC bereits Erwägungen in dieser Hinsicht an, aber auf dem Schreibtisch des Flottenoberkommandos lag der Befehl hauptsächlich deswegen, weil Alyce Salazar bei jedem Senator, der ihr einen Gefallen schuldig war, vorstellig wurde — es waren genug Gefallen, um einen Ausschlag zu ihren Gunsten hervorzurufen, in der EC und in der Regierung. Diese Frau will Sie vor

Gericht sehen, Mr. Dekker. Das Militär sitzt auf den Berichten. Es will nicht, daß die Sache von neuem hochgespielt wird, es will keinen Prozeß, die EC will auch keinen, aber die Bürokratie läßt sich nicht so leicht aufhalten. Finanzielle Verfehlungen ist die wahrscheinlichste Anklage, mit der sie es versuchen wird, aber sie strebt eine Anklage auf kriminelle Fahrlässigkeit an.«

Das tat weh. Aus irgendeinem Grund tat es richtig weh, daß Corys Mutter so verbittert gegen ihn war.

»Sie braucht natürlich nicht im Recht zu sein. Sie braucht den Prozeß nicht einmal zu gewinnen. Der Schaden ist dann auf jeden Fall angerichtet. Sie hat das Geld für die Rechtsanwälte, und sie hat genug Einfluß, um an der EC vorbeizukommen. Die EC will Sie bestimmt nicht angeklagt sehen — aus verschiedenen Gründen. Sie sollen weder festgenommen noch verhört werden und auch nicht vor Senatoren-Komitees aussagen — denn das könnte Auswirkungen auf die Erzsucher und auf die Fabrikarbeiter und auf uns — eine strategisch *sehr* bedeutende Einrichtung — haben. Aber vor allem sollen Sie nicht auf einem Schiff sein, das in den Schwerkraftschacht stürzt, wenn R2 davon weiß. Möglicherweise wird die EC uns dafür zahlen lassen. Aber es ist verdammt sicher, daß sie Sie nicht abstürzen lassen wird.«

Dekker gefiel nicht recht, wohin das führte. Das gleiche Lied, hatte seine Mutter immer gesagt, nur eine andere Strophe. Als Sunderland eine kurze Pause machte, fragte er: »Was wird die EC denn nun tun?«

»Sie meinen unsere Rettung? Dieses Schiff, das uns folgt? — Es wird uns herausziehen. Unser aller Leben retten. Aber Sie werden nicht nach R2 zurückkehren. Man will Sie haben. Die Flotte will Sie haben. Das war der springende Punkt in den letzten zehn Stunden. Wir haben es versucht. Wir haben versucht, Zeit zu gewinnen, aber jetzt kommt dieses Schiff. Wir haben keine andere Wahl als die Flotte. Gott weiß, daß wir nicht davonlaufen können. Und wenn wir Sie nicht übergeben, werden Leute von dem Transporter an Bord kommen — den dringenden Eindruck habe ich. In welchem Fall alles, was wir tun, nichts als eine Geste ist, wir haben die *Hamilton* aufs Spiel gesetzt, und es können Menschen Schaden nehmen.«

Dekker hatte Mühe, Luft zu bekommen. Er konnte seinen eigenen Finger nicht fühlen. »Stehe ich unter Arrest?«

»Die Flotte sagt mir, nein. Tatsache ist, Sie sind eingezogen worden.«

Sein Magen verlor den Boden. »Scheiße!« entfuhr es Dekker, bevor er bedachte, zu wem er es sagte — und sich selbst einen Trottel schimpfte. Sie zogen ihn aus dem Schwerkraftschacht, sie retteten hundert andere Leute, er sollte dankbar dafür sein ...

... daß er in den Bauch eines Kriegsschiffes geworfen werden und auf diese Weise ums Leben kommen würde.

»Vielleicht wird es gar nicht so schlimm. Meine Gesprächspartner sagten mir, man sei aus Gründen, die nichts mit der EC zu tun haben, an Ihnen interessiert. Sie wollen Sie für eine Pilotenausbildung haben.«

»Sie wollen mich da haben, wo ich nicht reden werde. Sie glauben, damit können sie mich an Bord locken. Ich werde noch von Glück sagen können, wenn sie keinen Trainingsunfall arrangieren. Eine Menge Leute wird auf diese Weise getötet.«

»Sie sind ein mißtrauischer junger Mann, Mr. Dekker.«

»Nun, Gott, ich habe gelernt, mißtrauisch zu sein.«

»Und ich bin ein weiterer lächelnder Schurke. Ja. Das bin ich. — Und ich bedauere diese Sache. Mir gefällt die Rolle nicht, die man mir aufgezwungen hat. Ich verabscheue von Herzen, was sie tun. Aber uns bleibt keine Wahl. Ich habe meine Mannschaft und mein Schiff riskiert, um Sie von R2 wegzubekommen, weil Sie dermaßen wichtig sind, ich habe die Verhandlungen so lange hingezogen, wie ich nur konnte, und, geradeheraus, mehr ist bei uns nicht mehr drin, wir können Ihnen nicht helfen, und es ist Zeit, zum Abschluß zu kommen. Ich habe fast den Verdacht, gewisse Ämter würden uns lieber alle tot sehen als Sie vor Gericht: Bei manchen Verhandlungen geraten die Kompromisse zu sehr halb und halb, und der gesunde Menschenverstand kann zum Fallschacht hinausfliegen. Menschen können bei dem Versuch, Sie zu schützen, erschossen werden. Zwei Schiffe können zur Hölle fahren. Buchstäblich. Sie verstehen, was ich sage?«

O ja, er verstand es. Er dachte an den Jungen, der Meg die Wodkaflaschen zugereicht hatte. An den Dummkopf, der gewohnheitsmäßig wegen Dingen, an deren Bedeutung er sich nicht einmal mehr erinnerte, die Beherrschung verlor. Verdammter Dummkopf, dachte er. Trottel. Ich kann jetzt nicht einmal mehr böse werden. Das Durcheinander ist zu kompliziert, zu groß, es rollt einfach weiter und über die Menschen hinweg. Über Bird. Über Meg.

Sunderland sagte freundlicher: »Wenn sie nicht ehrlich gegen Sie handeln, glaube ich, daß Sie sie dazu bringen können, Sie verstehen? Wie sie mir sagen, liegen Ihre Reflexe in den oberen zwei Prozent. Das kann man nicht lernen, das ist eine feste Verdrahtung im Gehirn. Sie sagen mir ... die Geschwindigkeiten dieser Schneller-als-Licht-Schiffe ... selbst wenn die Computer die ganze Arbeit tun, die menschliche Reaktionszeit muß da sein. Geistig und körperlich. Das ist ein ganz neues Spiel, Mr. Dekker. Und ich will Ihnen noch einen Grund nennen, warum die Flotte es sich nicht mit uns verderben will. Sie sieht die Shepherd-Piloten, die Shepherd-Techniker als eine sehr wertvolle Ressource an. Ich selbst habe kein Interesse. Das, was ich jetzt tue, werde ich für den Rest meines Lebens tun, und es ist das, was ich tun möchte. Aber die Jungen, sehr viele von den Jungen — tun vielleicht etwas ganz anderes, bevor ihr Leben zu Ende geht.«

Es beeindruckte ihn. Sunderland sprach, und er glaubte es, weil er es glauben wollte. Sunderland hörte auf zu sprechen, der Zauber verflog, und Dekker sagte sich, Sunderland sei ein Narr oder ein Lügner. Das Militär hatte eine Menge Gründe, Sunderland das glauben zu machen — und Sunderland hatte einen sehr guten Grund, *ihn* das glauben zu machen.

Auf die entfernte Möglichkeit hin, daß der Mann naiv war, sagte Dekker: »Ich werde, wo auch immer das sein mag, vor ihnen dort ankommen. Ich hoffe, es ist in Ordnung.« Hören Sie mir zu, Mann. Betrachten Sie mich. Passen Sie auf, was geschieht. Es wird wichtig für Sie sein.

Ich traue den Versicherungen von niemandem. Vielleicht denen von Meg. Aber man muß dazu ihre Gesichtspunkte kennen.

Meg wußte eine ganze Menge mehr als das, was sie Bird erzählt hat. Und Sal wußte mehr, als sie jemals einem von uns erzählt hat. Und Ben hat das gemerkt. Deshalb sind sie so kalt gegeneinander ... das ist der Grund, warum es zuletzt nur noch darauf ankommt, Partner zu sein.

Meine Partnerin ist jetzt ausbezahlt. Ich habe alles getan, was ich konnte, Cory ...

Das Gespräch war beendet. Dekker stand auf. Sunderland stand auf. Sunderland bot ihm die Hand. Dekker hatte den Anstand, sie zu ergreifen.

Eine schwierige Anpassung — sie hatten gar keine Probleme gehabt außer der Tatsache, daß ihnen der Treibstoff ausgegangen war und daß sie immer weiter auf Jupiter zufielen, und infolgedessen hatte sich die morbide Frage erhoben, ob sie in seiner Umarmung gebraten werden würden, bevor sie dort waren, oder lange genug am Leben blieben, um zu hören, wie das Schiff um sie herum zusammengedrückt wurde. Es war eine intellektuelle Frage und eine, über die Meg in den dunklen Winkeln ihres Gehirns lange nachgegrübelt hatte. Diese Spekulation war viel unterhaltender als Gedanken darüber, was die Soldaten-Bubis mit der ASTEX anfangen würden und wie es sich in der Zukunft, die jetzt vor ihnen lag, wohl von Shepherd-Mildtätigkeit lebte.

Sal und Ben durften vielleicht auf der *Hamilton* bleiben. Ben war immer noch bedrückt, er war richtig still — ihm fehlte Bird, und wahrscheinlich stellte auch er sich die Frage, wie sie jetzt, wo sie eine reelle Chance hatten, nicht zu sterben, leben sollten.

Punkt eins: Es konnte immer noch etwas schiefgehen. Wenn man wußte, man setzte zu dem großen Sturz an, Teufel, dann konzentrierte man sich auf das, was man *versuchen* konnte, und man stellte die Möglichkeiten in einer Reihe auf und ordnete sie danach, welche am wahrscheinlichsten funktionierte und am schnellsten zu verwirklichen war. Aber wenn man wußte, man würde durch die Entscheidungen von jemand anders gerettet werden und es hing von der Fähigkeit oder Unfähigkeit dieses Jemands ab, ob es gelang oder mißglückte, *dann* schwitzte man, dann malte man sich aus, auf welche Weise irgendein Trottel einem diese Chance nehmen konnte.

Punkt zwei: Sal war im Augenblick ganz wunderlich — ängstlich, nervös. Sal hatte ihren hochgestellten Freunden schon einmal Widerstand geleistet, als die Shepherds versucht hatten, einen Keil zwischen sie und Meg zu treiben, und es hatte ganz den Anschein, als befinde sie sich jetzt in einer ähnlichen Situation. Meg hörte diese Hurensöhne förmlich sagen: Ja, das ist ja alles schön und gut, Aboujib, aber Kady ist ein Klotz am Bein — Kady hat Schwierigkeiten mit der EC, und wir wollen in Zukunft mit der EC zusammenarbeiten ...

Das einzige, was Kady kann, ist fliegen, würden sie sagen, und das hieß, daß sie keine Chance hatte, denn die Shepherd-Piloten hatten alle einen Gott-Komplex *und* sehr viel mehr Erfahrung. Es mochte besser sein, wenn sie sich von Sal trennte, aus ihrem Leben verschwand, ihr die Chancen bei ihren entfernten Verwandten nicht länger verdarb und sich wieder auf die Erzsuche machte — vielleicht zusammen mit Ben, wer weiß?

Aber, Gott, es wird eine interessante Zeit werden. Die Soldaten werden die Vorschriften aufstellen. Sie werden den Erzsuchern um den Bart gehen, bis sie die Situation fest im Griff haben, und dann werden sie nicht im Traum daran denken, sich an die Vereinbarungen zu halten.

Dek ... Dek mochte aus allen Schwierigkeiten herauskommen. Aber Dek wußte vielleicht nicht, was sie von den Ärzten gehört hatte: Er war regelrecht berüchtigt, er stellte eine so heiße Ware dar, daß die EC gezwungen war, sie herauszuholen — die EC konnte es nicht zulassen, daß *Dekker* in den Schwerkraftschacht fiel, ganz im Gegensatz zu einer saudummen Shepherd-Crew, die sich selbst in Schwierigkeiten gebracht hatte. Dekker war systemweit berühmt, wie Bird es ausgedrückt hätte. Und das war sowohl gut als auch schlecht — für einen Jungen, der gerade erst wieder seine fünf Sinne beisammen hatte und mit Arschlöchern nicht gut zurechtkam, war es wohl hauptsächlich schlecht.

Eine Menge Arschlöcher wollten einen benützen, wenn man berühmt war. Verärgere einen, und er sticht dir ein Messer in den Rücken. Die Lektion hatte Meg gelernt.

In dieser Hinsicht war es gut, wenn die Shepherds ihn auf der *Hamilton* behielten. Meg glaubte allerdings nicht recht, daß sie es tun würden — ein Junge ohne Erfahrung, mit einem zweifelhaften Ruf und einer auf Messersschneide balancierenden geistigen Gesundheit ... während hier erfahrene Piloten waren, die sich für Götter hielten. In einer Woche wäre er eine kritische

Ladung. Und wenn sie ihn nach R2 zurückschickten, helfe ihm Gott, dann war für ihn kein Unterschied zwischen dem alten und dem neuen Management.

Damit blieben nur noch Sol und die EC übrig. Und das bedeutete Publizität. Und den ganzen Scheiß, der damit zusammenhing.

Meg machte sich ernste Sorgen um Dek. Immerzu fragte sie sich — während sie sich von Zeit zu Zeit gegenseitig versicherten, wie wundervoll es sei, daß sie jetzt doch nicht sterben müßten, und Ben und Sal sahen dabei verängstigter aus als mittendrin im Schlamassel ...

... fragte sich auch, was man Dekker irgendwo auf dem Schiff gerade erzählte.

Vielleicht informierten sie ihn offiziell über seine Partnerin. Bisher waren alle ziemlich beschäftigt gewesen. Jetzt war die Aufregung vorbei, und die Offiziere widmeten sich wahrscheinlich den Aufgaben, die auf ihren Listen als zweitwichtig standen.

Oder vielleicht erzählte man ihm etwas ganz anderes.

Die Tür öffnete sich. Dekker kam still zurück. Er wirkte erschüttert.

»Was war los?« fragte Ben und sprang auf. (Gott, sie würde ihn an dem Tag erwürgen, an dem der Gipsverband abkam!)

Aber Dekker sah Ben auf die gleiche Weise an, wie er sie angesehen hatte, als sie ihn im Schiff aufspürte: Kein Zorn. Nur ein verlorener, verwirrter Blick.

Vielleicht begriff Ben dieses eine Mal in seinem Leben, daß er unbedingt den Mund halten mußte.

Dekkers Aufmerksamkeit war jedoch mehr darauf gerichtet, von der Tür zum Fußende ihres Bettes zu gehen — er hatte seine Beine schon wieder recht gut in der Gewalt, dachte Meg, besser als sie, wenn sie gelegentlich aufstehen durfte.

Er sagte: »Wenigstens habe ich eine Erklärung bekommen. Mit Cory war es in großen Zügen so, wie wir es uns gedacht hatten. Und es stimmt, daß dieses Schiff zu uns unterwegs ist. Es kommt alles wieder in Ordnung.«

»Kommt mit *dir* alles wieder in Ordnung?« fragte Meg.

Dekker antwortete nicht sofort. Er sah auf die Bettdecke nieder. Es war zuviel Stille im Zimmer, und sie dauerte zu lange. Schließlich schob sich Sal näher heran und legte ihm die Hand auf die Schulter.

Dekker sagte: »Ich bin müde.«

Meg rückte mit ihren Beinen zur Seite. »Da ist Platz. Warum begibst du dich nicht für eine Weile in die Horizontale? Denk nicht nach. Es ist alles gut, Dek.«

Er stieß einen langen Seufzer aus, beugte sich vor und legte die Hand auf Megs Knie. Ließ sie dort einfach eine Weile liegen, und Meg wußte nicht, was sie zu ihm sagen sollte. Sal massierte seinen Nacken. Ben ließ sich in den Sessel neben dem Bett sinken und erkundigte sich: »Wird dieses Schiff uns greifen und abschleppen oder uns einfach aufnehmen?«

»Es wird uns abschleppen«, antwortete Dekker, »so, wie ich es gehört habe. Wahrscheinlich zeigt es nicht einmal alles, was es kann.«

»Ein Sternenschiff.« Meg dachte an einen gewissen Flug. »Ich habe sie glühen sehen, wenn sie hereinkommen.«

»Frachter«, sagte Sal. »Dieses Schiff ist etwas anderes.«

Ein Kälteschauer überlief eine alte Rab, wenn sie gleich nach einer hübschen Erinnerung an dieses ›etwas anderes‹ denken mußte. Sie dachte: Die Erde ist blind. Die Erde ist absolut blind.

Federn im Wind. Kolonien kommen nicht zurück.

Kinder kommen nicht wieder nach Hause. Nicht als dieselben.

Viel Lärm. Dekker hatte keine Ahnung, wie groß der Truppentransporter war, aber er hatte ihn und die anderen fest im Griff. Sie durften jetzt umhergehen, sich holen, was sie brauchten, bevor Sicherungsalarm gegeben wurde und die Rotation für die Rückkehr zu R2 abgestellt wurde.

Sie hatten eigens für ihn eine Handleine von Schleuse zu Schleuse angebracht, und eine Eskorte war auf die *Hamilton* herübergekommen, um ihn abzuholen. Die Flotte ließ sich nicht auf das Risiko ein, daß er es sich anders überlegte — während sie immer weiter auf Jupiters Magnetsphäre zufielen.

Er hatte es Meg und Sal nicht erzählt. Auch Ben nicht. Er hatte vorgehabt, es auf dem Weg zur Schleuse zu tun. Dann aber wollte er nur noch seine Habseligkeiten einsammeln. Die Leute von der *Hamilton* hatten ihren persönlichen Besitz aus der *Trinidad* geholt, bevor sie sie abstießen, auch das, was Birds Eigentum gewesen war.

Sie waren ja startbereit gewesen, alle Lebensmittel und in letzter Minute zu besorgenden Vorräte hatten sie in der *Trinidad* ordentlich verstaut gehabt. Aber es hatte alles durcheinandergelegen — die Shepherds konnten nicht ahnen, wem was gehörte —, und Dekker fand unter seinen Sachen ein altes Papierfoto — eine Gruppe von Leuten, vorn zwei Jungen, die die Arme umeinanderlegten, Berge im Hintergrund.

Blauer Himmel. Er wußte nicht, welche Bedeutung diese Menschen für Bird gehabt hatten. Einer der beiden Jungen sah Bird, wie er meinte, ein bißchen ähnlich. Er wußte nicht, was für Berge das waren — er kannte den Mond besser als die Erde und ihre Geographie — eine weitere Unterrichtsstunde, bei der er öfters geschwänzt als teilgenommen hatte.

Aber er sah sich das Bild lange an. Er fand, es sei nicht richtig, etwas an sich zu nehmen, das Bird gehörte — er hatte keinen Anspruch an ihn. Ben ja. Man konnte jedoch ein Bild im Gedächtnis verwahren und sich Jahre später daran erinnern.

Wenn es spätere Jahre geben würde.

Dekker packte ein, was ihm gehörte. Streifte das Armband über, das Sal ihm gekauft hatte — er dachte, das würde sie freuen. Tatsächlich wußte er nicht, ob man ihm erlauben werde, irgend etwas zu behalten. Er würde sich danach erkundigen müssen, dachte er.

»Dek?« fragte Sal.

Er war sowieso beinahe fertig. Er stopfte ein Hemd in den Sack, strich sich das Haar aus den Augen, richtete sich auf, verlor beinahe das Gleichgewicht und hielt sich an den Schränken fest.

Sie alle — sogar Meg. Sal stützte sie, damit sie sich auf den Füßen halten konnte. Ben stand hinter ihnen.

»Meg, ich wollte mich nicht davonschleichen — die Ärzte werden einen Tobsuchtsanfall bekommen.«

Meg sagte: »Wir wollten mit dir zum Aufzug hinuntergehen.« Sie sprach in diesem Ton, der jede andere Möglichkeit ausschloß. »Eine verdammte Sache, Dek.«

»Ja, nun, ich wollte euch nicht beunruhigen. — Ich bringe dich in deine Kabine zurück.«

»Mir geht es gut, danke. Ich werde mir diese Soldaten-Bubis einmal ansehen. Muß doch wissen, ob wir die Gesellschaft gutheißen können, mit der man dich zusammensteckt.«

Dekker ergriff seinen Matchsack, stemmte eine Hand gegen die Wand und trat näher. Vertraute Gesichter. Gesichter, an die er sich gewöhnt hatte — auch an das Bens. Und Megs. Besonders an das Gesicht Megs.

Er beugte sich vor und küßte sie sehr vorsichtig auf die Wange. Meg sagte: »O Teufel, Dek«, und dann küßte sie ihn nicht auf die Wange, sondern auf den Mund, lange genug, daß er begriff, Meg war es ernst, und so eng er mit Cory verbunden gewesen war, im Augenblick empfand er etwas ganz anderes.

Sal küßte ihn auch, auf die gleiche Weise. Aber es war nicht das Gleiche. Er war unfähig zu sprechen.

Ben hob abwehrend die Hand. »Wenn du denkst, jetzt bin ich dran, hast du dich geirrt.«

Man wußte nie, wie man mit Ben dran war. Ben rettete ihn davor, die Haltung zu verlieren. Er holte Atem, lachte ein bißchen und griff von neuem nach seinem Matchsack. Er hörte, daß der Schleusenmechanismus anlief.

»Man ruft mich«, sagte er. »Ich gehe besser, damit wir alle weiterfahren können. Das ist eine riskante Nachbarschaft hier.«

»Ja, sicher.« Meg folgte ihm an Sals Arm. Sie atmete mühsam. »Die sollen ja gut für dich sorgen. *Briefe* sind übrigens eine tolle Erfindung.«

»Es mag eine Weile dauern.« Dekker sah im Gehen zurück. Das war nicht gut für das Gleichgewicht. »Aber ich werde schreiben. Sobald ich kann. Sobald ich einen Soldscheck bekommen habe. Ich weiß nicht, ob ich in der Werft oder anderswo sein werde. Auf Sol vielleicht. Ich kann es einfach nicht sagen.«

Er versuchte, jeden seiner Gedanken in eine Handvoll von Minuten zu packen. Er dachte an die strengen Sicherheitsvorschriften der Flotte und die noch strengeren, die ihn persönlich einengen würden.

»Wenn ihr die Shepherds fragt, können sie vielleicht herausfinden, wo ich stationiert bin. Vielleicht kann der Kapitän mir einen Brief schicken, auch wenn ich keinen hinausbekommen kann. Meine Mutter heißt Ingrid Dekker, sie ist bei der Wartung auf der Sol-Station — schreibt ihr, wenn es mit den Shepherds nicht funktioniert. Sie könnte wissen, wo ich bin.«

Oder auch nicht, dachte er. Sie kamen in das Gebiet der Betriebsabteilung, wo der Aufzug war, der ihn zur Schleuse hinaufbringen würde. Ein blonder Mann in der Uniform der Flotte, zwei Marine-Militärpolizisten mit Pistolen. Sie standen bei Sunderland. Dekker hoffte, sie würden ihn nicht in Handschellen abführen. Nicht vor Meg, bitte, lieber Gott …

»Mr. Dekker?« fragte der Blonde — er war jung, trug Insignien, die Dekker nicht lesen konnte. Streckte ihm die Hand entgegen. Dekker nahm sie. Er sah nichts, was bedrohlich war. »Mein Name ist Graff. Ich werde Sie hinüberbringen und Sie einschreiben lassen.«

Hörte sich nicht nach einer Drohung an. Wenigstens waren es nicht die Handschellen.

Graff fragte: »Ist das Ihre Crew?«

»Meg Kady, Sal Aboujib, Ben Pollard.« Er entdeckte Sam Ford weiter rechts, Ford mit dem Arm in der Schlinge. »Sam Ford. Hat das Funkgerät für uns bedient.« Er war sich nicht sicher, ob es Ford angenehm war, daß es publik gemacht wurde. Vielleicht hätte er den Mund nicht aufreißen sollen. Aber was interessierte es die Flotte, wer die anderen waren? Sie hatten jetzt denjenigen, um den sie gefeilscht hatten, und Graff nahm auch weiter keine Notiz von ihnen. Dekker schüttelte dem Kapitän die Hand, winkte seinen Schiffskameraden kurz zu und folgte Graff, der ihm bedeutete, sie könnten gehen.

Die Aufzugkabine faßte ihn und Graff und den einen Militärpolizisten, mehr gingen nicht hinein. Auf dem Weg nach oben sagte Graff: »Die Leute von der Ausbildung sind richtig froh, Sie in die Finger zu kriegen. Als der Leutnant hörte, Sie hätten R2 verlassen, bekam er einen Herzanfall. Davon haben Sie nichts gehört.«

Dekker sah Graff ins Gesicht. Sah Belustigung. Sah, daß der Militärpolizist sich auf die Lippe biß.

Der Aufzug entließ sie an der Schleuse. Kalt hier oben. Dekker erschauerte, dann fiel es ihm ein, daß er fragen wollte. »Wird man mir erlauben, persönliche Dinge zu behalten? Oder sollte ich sie besser zurücklassen?«

»Geben Sie sie zur Aufbewahrung. In ein paar Monaten können Sie sie wieder abholen.«

Die Kabine kam zum zweiten Mal nach oben. Sie öffnete sich.

Ben trat mit dem anderen Militärpolizisten heraus.

»Ich dachte, wir hätten uns schon verabschiedet«, sagte Dekker.

»Hm ja.« Ben wandte sich Graff zu. »Haben Sie Platz für noch einen?«

Eine ganz andere Art von Schiff. ECS5 war seine Kennzeichnung — einen Namen hatte es noch nicht und würde auch keinen bekommen, solange es nicht in Dienst gestellt war. Grau und klaustrophobisch, große gebogene Abschnitte auf der Brücke, Instrumente, die er nicht kannte. Der größte Teil des Schiffes war dunkel. Offenbar war die Crew minimal, oder die Schalttafeln lebten noch nicht. Der Personalring war nicht in Betrieb — die Beschleunigung ermöglichte es ihnen, über das Deck zu gehen. Übrigens herrschte mehr als ein Ge mit der Masse der *Hamilton*. Graff hatte angekündigt, er werde sie herumführen.

Bei der Führung ging es still zu. Es war ein Arbeitsschiff. Sie gehörten nicht hierher. Sie standen nicht unter Arrest. Dekker schoß es durch den Kopf, daß Graff ihnen etwas verkaufen wollte. »Ein gutes Programm«, sagte Graff über das Pilotentraining. »Die Ausbilder wollen gar nicht, daß man mit einer Menge Erfahrung kommt — neue Techniken. Ganz neue Art von Schiff. Darf nicht darüber sprechen. Das gilt für vieles, womit wir es zu tun haben.«

Dekker wußte nicht, was er denken sollte. Die Maschine rings um ihn glich nichts, wovon er auch nur Fotos gesehen hatte.

Und das war nicht das einzige, was ihm Rätsel aufgab. Als Graff mit einem der Techniker sprach, fragte er Ben: »Bist du sicher, daß du weißt, was du tust?«

Ben antwortete wie so oft mit einem Achselzucken. Er sah blaß in dem dunklen Raum aus, der nur vom Licht der Monitore erhellt wurde. Schwitzte ein bißchen, und es war doch gar nicht warm hier. »Keine Möglichkeit mehr, voranzukommen. Du hast das Schiff verloren, Dekkie. Wir stecken bis zum Hals in Schulden … Aber ein Mann mit meinem Background — diese Sache bietet eine echte Chance. Das Militär hat jetzt die Oberhand, so, wie es auf R2 aussieht. In der Flotte kann man Karriere machen, du wirst dich später erinnern, daß ich es gesagt habe. Es gibt ein Danach zu diesem Krieg.«

»Du hast den Verstand verloren.«

»Ich werde vor meinem Ende Offizier geworden sein. Mit Lametta und allem. Ganz bestimmt, Dekkie. Du wirst dich erinnern, daß du mich gekannt hast. Du wirst sie fliegen, und ich werde in einem sicheren Büro im Sol-Hauptquartier sitzen und ihnen sagen, wie sie es machen sollen. Willst du wetten?«

»Du hast den Verstand verloren«, wiederholte Dekker halblaut und sah sich ringsumher die Dinge an, die er verstehen wollte. Er dachte, denn er konnte nicht anders: Gott, das hätte Cory sehen sollen …

HEYNE BÜCHER

Neuland

Heyne Science Fiction Band 2000
Autoren der Weltliteratur schreiben über die Welt von morgen.

Die Zukunft hat schon seit jeher die besten Autoren der Weltliteratur fasziniert. Gerade in jüngster Zeit hat sich dieses Interesse deutlich verstärkt. Etablierte Schriftsteller wie Doris Lessing, Patricia Highsmith, Fay Weldon, Lars Gustafsson, Friedrich Dürrenmatt oder Italo Calvino haben sich ebenso mit der Welt von morgen auseinandergesetzt wie die führenden Kultautoren der jüngeren Generation, z. B. Ian McEwan, Paul Auster, Martin Amis, Peter Carey oder T. C. Boyle.
Der vorliegende Sammelband bietet erstmals einen repräsentativen Überblick über einen bisher, sehr zu Unrecht, wenig beachteten Bereich der Weltliteratur. Erzähler aus Australien, Brasilien, Deutschland, Großbritannien, Italien, Kanada, Rußland, Schweden, der Schweiz und den USA versammeln sich hier zu einem Gipfeltreffen literarischer Imagination. Neuland – in jeder Beziehung.

Karl Michael Armer/Wolfgang Jeschke
Neuland
06/5000

Wilhelm Heyne Verlag
München